STONEHENGE
B.C. 2000

BERNARD CORNWELL

STONEHENGE

B.C. 2000

스톤헨지

버나드 콘웰 지음 | 유소영 옮김

랜덤하우스

버나드 콘웰에 쏟아진 찬사

"콘웰은 오늘날 실로 가장 위대한 이야기꾼이다" – 커커스 리뷰

...

"정치적, 종교적 혼란 속에 감칠맛 나게 섞인 피 튀기는 갈등.
콘웰은 얼마나 훌륭한 작가인가!" – 이코노미스트

...

"콘웰은 동시대의 역사 모험 소설 작가 중 가장 훌륭하다" – 워싱턴 포스트

《스톤헨지》에 쏟아진 찬사

"배신, 욕망, 멜로드라마 그리고 스릴러의 결합"– 엔터테인먼트 위클리

…

"라이벌 부족들에 관한 환상적인 이야기, 교활한 권모술수 …
그리고 맹렬한 전쟁"– 뉴욕 타임스 북 리뷰

…

"마법과 다신교 의식, 탐욕과 음모로 가득한 이 야생의 이야기는
이제껏 콘웰의 작품 중 가장 야심차다"– 퍼블리셔스 위클리

…

"광활하고 극적인 대서사시 … (스톤헨지)
건설에 비춰진 인간의 탐욕과 열정에 관한 이야기"– 북페이지

…

"영국의 가장 위대한 역사 기념물을 건설한 이들에 관한 수수께끼.
야망과 스릴, 그리고 상상력으로 짜인 모험담"– 사우드 웨일스 에코

…

"힘 있는 캐릭터들, 수준 높은 드라마 그리고 훌륭한 클라이맥스를 다채롭고
속도감 있게 전달하는, 거장의 기술로 풀어낸 서사시"– 타임스 리터러리 서플먼트

…

"버나드 콘웰은 이 책에서 인상적인 캐릭터와 역사적인 근거가 있는 배경을 창조하
는 데 모든 능력을 발휘했다 … 매우 그럴듯한 상상력이 끝까지 잘 유지된다"

– 요크셔 이브닝 포스트

5

목차

1부 하늘 신전

2부 그림자 신전

3부 사자의 신전

드루이드교 사제들의 무덤은 사라졌는데
훨씬 더 나은 스톤헨지는 그대로 있다. 뭐 이런 도깨비 같은 게 있나?

《돈 주앙》, 로드 바이런 _ 11 칸토, 25절

1부

하늘 신전

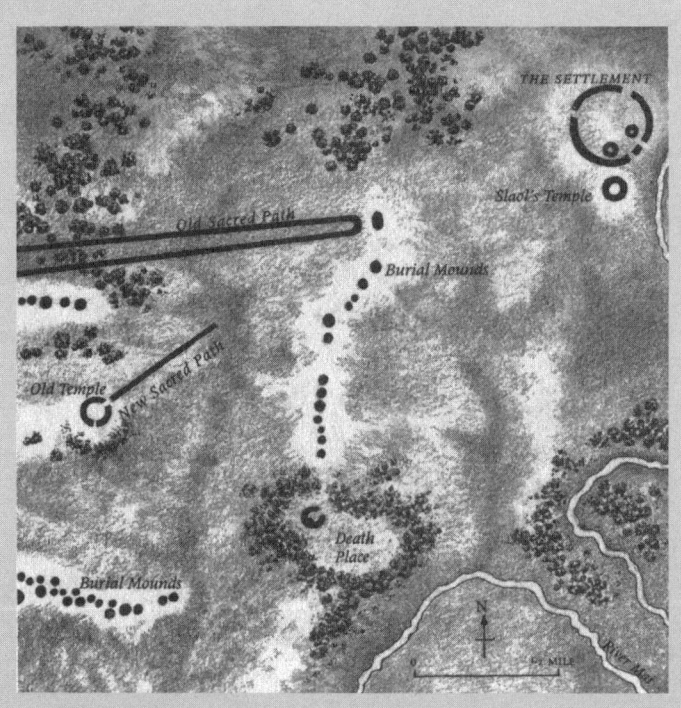

I

이방인의 보물

네게 힘을 주마. 힘을.

　신들은 징조로 말한다. 그것은 여름날 떨어지는 나뭇잎 한 장, 죽어가는 짐승의 비명, 잔잔한 수면을 스치는 물결일 수도 있다. 지면에 낮게 깔려 퍼지는 연기, 구름 사이 한줄기 햇빛, 하늘을 나는 새의 비행일 수도 있다.

　그런데 그날 신들은 폭풍을 보냈다. 오랫동안 기억에 남을 대폭풍이었지만, 사람들은 그해를 폭풍으로 이름 짓지는 않았다. 대신 그들은 그해를 '이방인이 온 해'라고 불렀다.

　폭풍이 몰아친 날 라사린에 한 이방인이 왔기 때문이다. 어느 여름, 사반이 이복형의 손에 살해당할 뻔한 바로 그날이었다.

　그날 신들은 말하지 않았다. 절규했다.

　여느 아이들처럼 사반도 여름에는 발가벗고 지냈다. 이복형 렌가보다는 여섯 살 어렸고, 아직 성인식을 치르지 않았기 때문에 부족의 문양이나 살해 표식도 몸에 새기지 않았다. 그러나 성인식이 이제 일년밖에 남지 않았다. 그래서 아버지는 렌가에게 사반을 숲으로 데려가 어디쯤 가면 사슴 떼가 있는지, 멧돼지가 돌아다니는 곳은 어디인지, 늑대 굴이 있는 곳은 어디인지 가르쳐주라고 명했다. 렌가는 내키지 않았다. 그래서 동생에게 아무것도 가르쳐주지 않고 괜히 가시덤불 사이로 끌고 다녔다. 볕에 그을린 사반의 살에 피가 맺혔다.

"넌 절대 어른이 못 될거야."

렌가는 비웃었다. 사반은 현명하게도 대꾸하지 않았다.

5년 전 성인식을 치른 렌가는 가슴에 부족의 파란 문양을, 팔에 사냥꾼과 전사의 표식을 새기고 있었다. 화살 끝에는 뿔촉을 끼우고, 힘줄로 만든 시위에 돼지기름으로 윤을 낸 긴 주목나무 활도 가지고 다녔다. 옷은 늑대 가죽이고, 긴 검은 머리는 땋아서 여우 털 끈으로 묶었다. 큰 키에 길고 마른 얼굴을 한 그는 이미 부족 최고의 사냥꾼 중 하나로 알려져 있었다. 렌가는 '늑대 눈'이라는 뜻으로, 눈동자에 노란 빛이 감돌기 때문에 붙여진 이름이었다. 태어날 때 이름은 따로 있었지만, 부족의 관습대로 성인이 되면서 다른 이름을 받았다.

사반 역시 키도 크고 검은 머리를 길게 길렀다. 사반은 '축복받은 자'라는 뜻인데, 여름을 겨우 열두 번 났지만 벌써 잘생긴 티가 나는 얼굴이라 다들 어울리는 이름이라고 생각했다. 그는 힘이 세고 유연했으며 부지런하고 잘 웃었다. 렌가는 거의 웃지 않았다.

"얼굴에 구름이 끼어 있어."

여자들은 이렇게 수군거렸지만, 다음 족장이 될 가능성이 높은 렌가인지라 그가 듣는 데서는 입을 다물었다. 렌가와 사반은 헨갈의 아들이었으며, 헨갈은 라사린 부족의 족장이었다.

하루 종일 렌가는 사반을 끌고 숲을 돌아다녔다. 사슴도, 멧돼지도, 늑대도, 들소도, 곰도 마주치지 않았다. 걷고 또 걷다 오후에 고원 지대 끝 낭떠러지에 올라서 보니 서쪽 지평선 끝까지 먹구름이 뒤덮고 있었다. 간간이 하늘이 번쩍이고 검은 구름이 하얗게 빛나며 번개가 저 멀리 숲으로 떨어졌다. 렌가는 윤을 낸 활을 잡은 채 쭈그리고 앉아 다가오는 폭풍을 바라보았다. 슬슬 집으로 돌아가는 게 좋겠지만, 그는 사반에게 겁을 주고 싶어 짐짓 폭풍의 신이 내리는 위협에도 신경 쓰지 않는 척했다.

둘이 그렇게 폭풍을 바라보고 있을 때 낯선 사람이 나타났다.

그는 땀에 범벅이 된 채 작은 암갈색 말을 타고 있었다. 안장은 반으로 접은 털 담요였고 고삐는 쐐기풀을 엮어 만든 끈이었다. 하지만 말에 탄 사람은 다치고 지쳐 고삐조차 쓰지 못하고, 작은 말 혼자서 가파른 비탈길을 오르고 있었다. 그는 고개를 숙인 채 발뒤꿈치가 땅에 끌릴 지경으로 축 늘어져 있었다. 몸에는 파랗게 염색한 망토를 둘렀다. 오른손에는 활을 들고, 왼쪽 이깨에는 갈매기와 까마귀 깃털로 장식한 화살이 가득 꽂힌 가죽 화살통을 메고 있었다. 짧은 턱수염은 검고, 뺨에 새긴 부족의 표식은 회색이었다.

렌가는 사반에게 조용히 하라고 쉿 소리를 낸 뒤, 낯선 사람의 뒤를 밟아 동쪽으로 걸음을 옮겼다. 시위에 화살을 메겼지만, 상대가 한 번도 뒤를 돌아보지 않았기 때문에 활을 쏠 필요는 없었다. 사반은 말 등 위에서 시체처럼 축 늘어져 있는 사람이 살아 있는지조차 의심스러웠다.

이방인이었다. 사반도 알아볼 수 있었다. 작고 털이 수북한 말을 타고 얼굴에 회색 표식을 새기는 사람은 이방인뿐이었기 때문이다. 이방인은 적이지만, 렌가는 아직 활을 쏘지 않았다. 렌가는 조용히 말을 따라갔다. 사반은 렌가 뒤를 따라 숲 가장자리 고사리가 자라는 곳까지 이르렀다. 이방인이 말을 멈추더니 고개를 들어 완만한 오르막 저쪽을 바라보았다. 렌가와 사반은 그의 눈을 피해 몸을 웅크렸다.

이방인은 고사리 밭과 그 너머 석회암 위로 토양층이 얇게 깔린 목초지를 둘러보았다. 나지막한 목초지 정상에는 흙무덤이 여기저기 보였다. 돼지가 고사리를 코로 헤집고, 흰 소떼가 풀을 뜯고 있었다. 여기는 아직 해가 비치고 있었다. 이방인은 숲이 끝나는 지점에서 한참을 멈춘 채 주변을 둘러보았지만 아무도 못 본 듯했다. 저 멀리 북쪽 가시덤불로 울타리를 친 밀밭 위로는 폭풍을 알리는 먹구름이 그림자를 이끌고 다가오고 있었지만, 전방은 아직 화창했다. 앞은 생명, 뒤는 어둠. 그때 작은 말이 갑자기 고사리 밭으로 뛰쳐나갔다. 이방인은 말이 가는 대로 몸을 맡겼다.

말은 흙무덤 쪽으로 향하는 완만한 경사를 올라갔다. 렌가와 사반은 이방인이 지평선 너머로 사라질 때까지 기다렸다 뒤를 따랐다. 그리고 목초지 정상에서 다시 무덤 구덩이 안에 몸을 숨겼다. 말을 탄 사람은 옛 신전 옆에 멈춰 서 있었다.

천둥이 우르릉거리고, 한줄기 돌풍이 소떼가 풀을 뜯는 목초지를 휩쓸고 지나갔다. 이방인은 말에서 내린 뒤 수풀이 무성하게 웃자란 옛 신전의 해자를 건너 신성한 원(圓) 안쪽에 빽빽하게 우거진 개암나무 관목 숲 안으로 들어섰다. 사반은 피난처를 찾는 모양이라고 생각했다.

렌가의 눈은 여전히 이방인의 뒤를 좇고 있었다. 렌가는 인정사정없는 성격이었다.

혼자 남은 말은 천둥과 소떼에 놀라 서쪽 숲을 향해 도망갔다. 렌가는 말이 숲 속으로 사라질 때까지 기다렸다가 구덩이에서 일어나 이방인이 사라진 개암나무 쪽으로 달렸다.

사반도 렌가 뒤를 따라 12년 동안 한 번도 가본 적이 없는 곳으로 향했다.

옛 신전으로.

아주 오래전, 기억하는 사람이 아무도 남아 있지 않은 시절, 옛 신전은 내륙 최대의 성소였다. 신전의 원 안에서 춤을 추러 아주 먼 곳에서 사람들이 찾아왔고, 성소를 에워싼 높은 석회암은 마치 달빛을 받은 것처럼 하얗게 빛났다. 빛나는 원 한쪽 끝에서 반대쪽 끝까지는 100걸음, 당시 성소는 가지를 쳐낸 참나무 줄기로 세 겹이나 둥글게 둘러싸인 사자(死者)의 집 주위를 돌며 맨발로 춤추는 사람들의 발밑에서 반반하게 다져진 공간이었다. 매끈하게 다듬은 참나무 줄기에는 짐승 기름을 발랐고, 호랑가시나무와 담쟁이 가지가 걸려 있었다.

그러나 이제 암반에는 풀이 자라고 잡초가 무성했다. 해자 안에서 자란 작은 개암나무 관목이 원형 암반 안쪽의 넓은 공간까지 번져 있어, 멀리서 보면 신전 자체가 작은 관목 숲 같았다. 한때 사람들이 춤을 추던 곳에는 새들이 둥지를 틀었다. 얽히고설킨 개암나무 관목 위로 사자의 집을 에워싼 참나무 기둥 하나가 여전히 비죽 솟아 있었다. 하지만 이제는 비스듬히 기울어지고 매끈하던 표면에도 검게 골이 패이고 균류가 잔뜩 끼어 있었다.

신전은 버려졌지만, 신들은 자기들의 성소를 아직 잊지 않았다. 때로 목초지 위에 안개가 자욱하게 드리운 고요한 낮이나 둥근 석회암 위로 보름달이 둥실 떠오른 밤이면 개암나무 잎들도 바람결에 스친 듯 바르르 떨곤 했다. 춤추던 사람들은 사라졌지만, 그 힘은 남아 있었다.

그런데 이방인이 신전 안으로 들어갔다.

신들은 절규하고 있었다.

구름의 그림자가 초지를 삼키자, 렌가와 사반은 신전으로 달려갔다. 사반은 춥고 무서웠다. 렌가 역시 두려웠지만, 이방인은 부유하다고 알려져 있었다. 신전에 침입한다는 두려움도 탐욕을 이길 수는 없었다.

이방인은 해자를 지나고 암반을 기어올라 성소 안으로 들어갔지만, 렌가는 좁은 둑길을 따라 성소 안쪽으로 이어진 남쪽 출입구로 향했다. 그리고 둑길을 건넌 뒤 네 발로 기며 관목나무를 헤치고 들어갔다. 사반도 폭풍의 신이 노여움을 터뜨리고 있는 목초지에 혼자 남기 싫어 마지못해 뒤따랐다.

놀랍게도 옛 신전 전체를 수풀이 뒤덮고 있지는 않았다. 사자의 집이 있던 위치에 공터가 있었다. 잡초를 뽑고 칼로 풀을 베고 사자의 집 안에 황소 두개골을 놓아둔 것을 보니 부족민 누군가가 요즘도 신전에 찾아오는 모양이었다. 이방인은 마지막 하나 남은 참나무 기둥에 등을 대고 앉아 있었다. 안색이 창백했다. 눈을 감고 있었지만, 힘들게 가슴을 들먹이며 숨을 쉬었다. 왼쪽 손목 안쪽에는 가죽 끈으로 맨 검은 돌조각을 찼다. 바지에는 피가 묻어 있었다. 짧은 활과 화살통을 황소 두개골 옆에 내려놓은 채 그는 상처 입은 배 위에 올려놓은 가죽 가방을 움켜쥐고 있었다. 그는 사흘 전 숲에서 습격을 당했다. 미처 상대를 보지도 못한 채 갑작스레 창에 맞았다. 극심한 통증을 느끼며 말을 재촉해 허겁지겁 그 자리를 벗어났다.

"내가 가서 아버지를 모셔올게."

사반이 속삭였다.

"안 돼."

렌가는 날카롭게 중얼거렸다. 상처 입은 남자가 목소리를 들었는지 눈을 뜨고 얼굴을 찡그리며 활을 집으려는 듯 몸을 앞으로 숙였다. 그러나 통증 때문에 동작이 굼떴다. 렌가가 훨씬 빨랐다. 렌가는 긴 활을 집어던지고 숨어 있던 곳에서 뛰쳐나갔다. 그리고 사자의 집을 가로질러 한 손으로는 이방인의 활을, 다른 손으로는 화살통을 잡아챘다. 그 바람에 화살통에는 화살이 단 하나밖에 남지 않았다.

서쪽에서 우르릉거리는 천둥소리가 들려왔다. 사반은 그 소리가 점점 부풀어 신의 분노로 공기를 채울 것만 같아서 몸을 부르르 떨었다. 하지만 천둥은 이내 잦아들고 회색 하늘은 다시 죽음처럼 고요해졌다.

"사나스."

이방인은 이렇게 말한 뒤 렌가도, 사반도 알아들을 수 없는 언어로 몇 마디 덧붙였다. 렌가가 물었다.

"사나스?"

"사나스."

이방인은 반가운 듯 되풀이했다. 사나스는 온 세상에 이름난 카살로의 위대한 여자 마법사였다. 그녀에게 치료를 받고 싶다는 뜻인 것 같았다.

렌가는 미소를 지었다.

"사나스는 우리 부족이 아니야. 여기서 더 북쪽에 산다."

이방인은 렌가의 말을 알아듣지 못하고 짧게 말했다.

"에렉."

덤불 속에 숨어서 지켜보던 사반은 그게 이방인의 이름 아니면 그가 섬기는 신의 이름일 거라고 짐작했다.

"에렉."

남자가 좀 더 또렷하게 말했지만, 렌가에게는 의미 없는 단어일 뿐이었다. 그는 이방인의 화살통에서 화살을 뽑아 짧은 활에 메겼다. 활은 나뭇조각과 사슴뿔을 한데 붙이고 힘줄을 매어 만든 것으로, 렌가의 부족에서는 이런 무기를 사용하지 않았다. 그들은 주목을 깎아 만든 좀 더 긴 활을 선호했다. 낯선 무기에 호기심을 느낀 렌가는 활시위를 팽팽하게 당겨 그 힘을 시험해봤다.

"에렉!"

이방인이 소리 높여 외쳤다.

"당신은 이방인이다. 여기에 올 이유가 없어."

렌가는 짧은 활의 탄력에 놀라며 다시 당겨보았다.

"치유자를 데려다줘. 사나스를 데려다줘."

이방인이 자기 부족어로 말했다.

"사나스가 여기 있다면 나부터 그 여자를 죽이겠다."

렌가는 사나스라는 이름만 알아듣고 침을 뱉었다.

"쭈그러든 노파, 악의 화신, 두꺼비 똥 같은 여자. 내게 사나스는 그런 존재일 뿐."

렌가는 다시 침을 뱉었다.

이방인은 몸을 앞으로 숙이고 화살통에서 쏟아진 화살들을 힘들게 쓸어 모아 칼처럼 만들었다. 자신을 보호하려는 듯했다. 그리고 렌가의 눈을 쳐다보았지만, 그 눈에서는 동정심을 읽을 수 없었다. 사람을 죽이는 데서 느끼는 쾌감만이 있을 뿐이었다.

"안 돼, 제발. 안 돼."

렌가는 활시위를 놓았다. 겨우 다섯 걸음 앞에서 날아간 화살은 무시무시한 기세로 표적을 맞혔다. 이방인은 옆으로 푹 쓰러졌다. 검은 털과 흰 털이 섞인 깃털 장식 화살대가 한 뼘 정도만 남기고 왼쪽 가슴 깊숙이 박혔다. 한참 동안 움직이지 않는 것을 보고 사반은 죽었다고 생각했다. 하지만 이방인은 손에 모아 쥐고 있던 화살을 떨어뜨리며 천천히, 아주 천천히 몸을 다시 일으켰다.

"제발."

그가 조용히 말했다. 사반은 덤불에서 기어 나왔다.

"렌가! 아버지를 불러올게!"

"조용히 해!"

렌가는 자기 화살통에서 검은 깃털 장식 화살을 꺼내 짧은 활시위에 메겼다. 그리고 사반에게 겨누더니 이복동생의 겁에 질린 표정을 보며 씩 웃었다.

이방인도 헝클어진 검은 머리카락과 근심에 잠긴 총명한 눈매를 한 키 크고 잘생긴 소년을 쳐다보았다. 그는 사반에게 애원했다.

"사나스. 날 사나스에게 데려다줘."

"사나스는 여기 살지 않아."

사반은 마법사의 이름만 알아듣고 대답했다. 렌가가 이방인에게 다시 활을 겨누었다.

"이곳에 사는 건 우리다. 넌 우리 가축들을 훔치고 우리 여자들을 노예로 삼고 우리 상인들을 속이는 이방인이야."

렌가는 다시 활을 쏘았다. 이번에도 화살은 가슴 깊숙이, 오른쪽 갈빗대 사이에 박혔다. 남자는 옆으로 쓰러졌지만, 마치 영혼이 상처 입은 육신을 떠나기를 거부하듯 다시 몸을 일으켰다.

"네게 힘을 주마. 힘을."

이방인의 입에서 거품 섞인 선홍색 피가 흘러나와 턱수염에 묻었다.

그러나 렌가는 이방인의 언어를 알아듣지 못했다. 화살을 두 발이나 쏘았는데도 상대가 즉시 않자, 렌가는 자신의 긴 활을 들고 화살을 메긴 뒤 이방인을 향해 시위를 당겼다.

이방인은 고개를 저었다. 하지만 이제 자신의 운명을 깨달았는지, 죽음을 두려워하지 않는다는 것을 보여주려는 듯 렌가의 눈을 똑바로 쳐다보았다. 그리고 살인자에게 저주의 말을 내뱉었지만, 신들이 도둑이자 도망자인 자신의 말에 귀를 기울여줄 것 같지는 않았다.

렌가가 활시위를 놓자 검은 깃털 장식 화살이 이방인의 심장 깊숙이 박혔다. 이방인은 돌화살촉을 튕겨내기라도 하듯 몸을 위로 쭉 뻗으며 뒤로 넘어졌다. 이어서 심장이 고동치듯 몇 번 몸을 부르르 떨더니 잠잠해졌다.

렌가는 오른손에 침을 뱉고, 활시위에 스쳐서 따가운 왼쪽 손목 안쪽을 문질렀다. 형을 바라보던 사반은 그제야 이방인이 팔뚝에 돌조각을 차고 있는 까닭을 알 수 있었다. 렌가는 살인을 축하하는 뜻으로 몇 발짝 움직이며 춤을 추었다. 하지만 남자가 확실히 죽었는지 몰라 아직 불안했다. 그는 아주 조심스럽게 시체로 다가가 뿔로 된 활촉 끝으로 쿡 찔러본 다음, 혹시 시체가 벌떡 일어나 덤벼들까봐 얼른 뒤로 물러났다. 그러나 이방인은 움직이지 않았다.

렌가는 살금살금 다가가 이방인의 손에서 가방을 낚아챈 뒤 다시 급히 물러섰다. 잠시 시체의 창백한 얼굴을 바라보며 영혼이 완전히 떠났다고 판단한 그는 가방 입구를 묶은 끈을 풀었다. 그리고 안을 들여다보며 잠시 꿈쩍도 않고 서 있다 기쁨의 탄성을 질렀다. 힘을 손에 넣은 것이다.

형의 외침에 놀라 움츠러들었던 사반은 렌가가 햐얗게 풍화된 황소 두개골 옆 풀밭 위에 가방 안의 내용물을 비우자 쭈뼛거리며 다가갔다. 가죽 가방 안에서 마치 햇살이 강물처럼 쏟아져 나오는 것 같았다.

남자의 엄지손톱만 한 작은 마름모꼴 금장식 수십 개, 남자 손만 한 큼직한 마름모꼴 금판 네 개가 나왔다. 활줄이나 옷에 달고 다닐 수 있도록 뾰족한 한쪽 끝에 작은 구멍이 뚫려 있고, 두께는 모두 아주 얇았다. 표면에는 의미를 알 수 없는 직선 문양이 새겨져 있었다. 사반이 작은 금장식 하나를 집어 들자 렌가가 얼른 빼앗았다. 그리고 크고 작은 금장식을 한데 모았다. 렌가는 금을 가리키며 동생에게 물었다.

"이게 뭔지 알아?"

"금."

렌가는 시체를 쳐다보았다.

"힘이야. 금으로 뭘 할 수 있는지 알아?"

"몸에 다는 거잖아?"

"바보! 이걸로 사람을 살 수 있어."

렌가는 발을 굴렀다. 어느덧 구름의 그림자가 시커멓게 몰려왔다. 점점 기세를 더해가는 바람결에 개암나무 가지가 흔들리고 있었다.

"창병도 사고, 궁사도 사고, 전사도 사! 힘을 살 수 있다고!"

사반은 작은 금장식 하나를 얼른 움켜쥔 뒤 빼앗으려는 렌가를 피해 도망쳤다. 작은 원형 공터 반대편까지 도망친 사반은 렌가가 따라오지 않자 쭈그리고 앉아 금장식을 살펴보았다. 이 물건이 힘을 준다니 신기했다. 사람들이 먹을 것이나 항아리, 부싯돌, 노예, 혹은 망치로 쳐서 칼과 도끼, 검, 화살촉을 만들 수 있는 청동 같은 것을 얻으려고 일하는 것이야 이해할 수 있지만 이 반짝이는 금속을 왜? 물건을 벨 수도 없는데. 단지 안에 해님 한 조각이 갇혀 있는 것처럼 구름 낀 날에도 반짝거리기만 할 뿐인데. 몸이 떨렸다. 벌거벗고 있어서가 아니라 금을 만져본 게 처음이었기 때문이다. 전능한 태양을 손에 쥐어본 적이 한 번도 없었다. 사반은 경건한 마음으로 말했다.

"이건 아버지한테 가져가야 해."

"또 노인네 창고에 처박아놓게?"

렌가는 경멸 섞인 음성으로 말하고 시체 쪽으로 돌아가 바닥에 있는 화살 무더기를 치우고 이방인의 망토를 휙 젖혔다. 바지 허리띠의 죔쇠도 묵직하고 커다란 금덩어리였다. 목에는 자잘한 금 조각을 힘줄에 엮은 목걸이가 걸려 있었다.

렌가는 동생을 흘끗 본 뒤 입술을 핥고 이방인의 손에서 떨어진 화살 하나를 집어 들었다. 그리고 자신의 긴 활시위에 화살을 메겼다. 비록 용의주도하게 동생의 눈을 피해 개암나무 덤불 쪽으로 시선을 옮겼지만, 사반은 순간 렌가의 속셈을 깨달았다. 사반이 살아서 아버지에게 이방인의 보물 이야기를 하게 되면 렌가는 그 보물을 빼앗기거나 싸워서 얻어야 할 것이다. 그러나 사반이 검은색과 흰색 깃털이 섞인 이방인의 화살을 가슴에 맞은 채 시체로 발견된다면, 렌가는 전혀 의심받지 않고 엄청난 보물을 챙길 수 있다. 서쪽에서 천둥소리가 우르릉거리고, 차가운 바람이 개암나무 윗가지를 쓸고 지나갔다. 렌가는 사반을 쳐다보지 않는 척하며 활시위를 당겼다.

"이걸 봐!"

사반은 갑자기 외치며 작은 마름모꼴 금장식을 들어 올렸다.

"보라고!"

렌가가 활시위를 늦추고 이쪽을 쳐다보는 순간 사반은 토끼처럼 펄쩍 뛰며 일어났다. 그리고 개암나무 덤불을 뚫고 태양빛이 들어오는 넓은 입구를 가로질렀다. 이쪽에도 사자의 집과 비슷한 썩은 기둥이 여러 개 서 있었다. 나무 등걸을 피해 이리저리 방향을 틀며 달리는데, 렌가의 화살이 귓전을 스쳤다.

천둥이 하늘을 갈기갈기 찢으며 비가 쏟아지기 시작했다. 굵은 빗방 울이었다. 맞은편 언덕 위에서 번개가 번쩍했다. 사반은 렌가가 따라오 고 있는지 돌아볼 겨를도 없이 기둥 사이를 달렸다. 무시무시한 굉음과 함께 점점 심해지는 빗줄기가 부락이 있는 북동쪽을 향해 달리는 소년 의 모습을 가려주었다. 혹시 목초지에 아직 양치기들이 있을까 싶어 연 신 비명을 질렀지만, 언덕마루의 흙무덤을 지나갈 때까지 아무도 보이 지 않았다. 사반은 폭우가 쏟아지는 작은 밀밭 사이 진흙길을 정신없이 달려 내려갔다.

사반의 숙부 갈레스와 남자 다섯 명이 부락으로 돌아가다 사반의 비 명 소리를 들었다. 그들은 다시 언덕길을 올라갔다. 그때 빗속을 뚫고 달려온 사반이 숙부의 사슴 가죽 윗도리를 움켜잡았다.

"왜 그러니?"

갈레스가 물었다. 사반은 숙부에게 매달리며 가쁜 숨을 몰아쉬었다.

"날 죽이려고 했어요! 날 죽이려 했다구요!"

"누가?"

갈레스는 아버지의 막냇동생으로, 키가 크고 텁수룩한 턱수염을 길렀 으며 힘이 세기로 유명했다. 한때 신전 기둥 중에서도 단연 높이 우뚝 서 있는 커다란 기둥을 번쩍 들어 올렸다는 이야기도 있었다. 나무를 베고 있었는지 남자들은 모두 커다란 청동 도끼를 들고 있었다.

"저기요!"

사반은 긴 활을 들고 활시위에 낯선 화살을 메긴 채 언덕을 내려오는 렌가를 가리켰다.

렌가는 문득 멈춰 섰다. 그리고 아무 말 없이 이복동생을 둘러싸고 있는 남자들을 쳐다보더니 활에서 화살을 거두었다.

갈레스는 큰조카를 바라보며 물었다.

"네가 네 동생을 죽이려고 했느냐?"

렌가는 웃었다.

"내가 아니라 이방인이 그랬어요."

렌가는 천천히 언덕을 내려왔다. 길고 검은 머리카락이 빗물에 축축하게 젖어 머리에 달라붙은 모습이 어쩐지 무시무시했다.

"이방인?"

갈레스는 액운을 피하기 위해 침을 뱉었다. 라사린에서는 렌가 대신 갈레스가 다음 족장이 되어야 한다고 말하는 사람도 많았지만, 숙부와 조카의 경쟁심도 이방인이라는 위협 앞에서는 무의미했다.

"초지에 이방인이 있더냐?"

"한 사람."

렌가는 대수롭지 않게 대답하고 이방인의 화살을 화살통에 집어넣었다.

"그냥 한 사람이요. 죽었습니다."

"그럼 이제 넌 안전하단다."

갈레스는 사반에게 말했다.

"안전해."

"형이 날 죽이려고 했다니까요. 금 때문에요."

사반은 그 증거로 마름모꼴 금장식을 들어 보였다.

"금?"

갈레스는 사반의 손에서 금을 받아들었다.

"이게 있더냐? 금? 네 아버지한테 갖다드려야겠구나."

렌가는 사반에게 증오로 불타는 눈길을 보냈지만 이미 늦었다. 사반이 보물에 대해 털어놓았으니 아버지의 귀에도 들어갈 것이다. 렌가는 침을 뱉은 뒤, 돌아서서 다시 언덕을 올라가기 시작했다. 폭풍 신의 노여움을 무릅쓰고 나머지 금을 가져오기 위해서였다.

그날은 폭풍우 속에서 이방인이 옛 신전을 찾아온 날이고, 렌가가 사반을 죽이려 한 날이고, 라사린이라는 세상의 모든 것이 바뀐 날이었다.

폭풍 신의 노여움은 그날 밤새도록 온 땅을 휩쓸었다. 빗줄기에 작물이 쓰러지고 언덕길은 실개천으로 변했다. 라사린 북쪽 늪이 범람했고, 마이 강의 둑을 넘어 들이친 강물이 고원 지대를 구불구불 가르며 라사린 정착지까지 이어진 가파른 계곡에서 쓰러진 나무들을 휩쓸었다. 라사린 주변의 해자도 범람했다. 바람이 초가지붕을 헤집고 신전에 서 있는 기둥 사이를 세차게 휘몰아쳤다.

강가에 있는 이 땅에 처음 정착한 사람이 누구인지, 계곡을 다스리는 신이 아린이라는 것을 그들이 어떻게 알았는지 아는 사람은 없었다. 그러나 아린이라는 이름을 따서 새 보금자리를 닦고, 계곡 주변 언덕 여러 곳에 신전을 세운 것으로 보아 분명 아린은 그들 앞에 나타났으리라. 신전은 원형으로 나무 밑동만 남기고 숲 속에 공터를 만든 단순한 형태였으며, 언제부터인지는 아무도 모르지만 사람들은 숲길을 따라 둥근 공터로 가서 신들의 수호를 빌곤 했다. 그러다 아린의 숭배자들은 참나무와 느릅나무, 물푸레나무, 개암나무를 베어내고 숲을 거의 밀어버린 다음 밭으로 개간해 보리나 밀을 심게 되었다. 아린의 아내 마이에게 바쳐진 강에서 물고기를 잡았으며, 초지에서 소떼를, 밭 사이에 드문드문 자리 잡은 작은 숲에서 돼지를 키웠고, 부족의 젊은이들은 신전 바깥 지대까지 밀려난 야생림에서 멧돼지와 사슴, 들소, 곰, 늑대를 사냥했다.

최초의 신전들이 쇠락한 자리에 새로운 신전이 세워졌다. 그리고 새 신전들도 차츰 쇠락했지만 형태만은 변함없이 원형이었다. 단지, 나무 둥치를 기둥으로 다듬어 세우고 주위에 흙으로 제방을 쌓은 다음 다시 그 바깥에 해자를 파게 되었을 뿐이다. 생명은 원형이며, 하늘도 원형, 세계의 가장자리도 원형, 태양도 원형, 달도 둥글게 찬다. 카살로, 드레웨나, 마덴, 라사린, 이 땅에 흩어진 거의 모든 마을의 신전들이 원형인 것도 그 때문이었다.

카살로와 라사린은 쌍둥이 부족이었다. 그들은 혈연으로 맺어졌고 두 아내처럼 서로를 질투했다. 한쪽의 이익은 다른 한쪽에게 모욕이 되는 법, 라사린 부족의 족장 헨갈은 이방인의 금을 놓고 생각에 잠겼다. 그는 렌가가 보물을 직접 가져오기를 기다렸다. 하지만 렌가는 가죽 가방을 갖고 라사린에 돌아온 뒤에도 아버지의 오두막을 찾지 않았다. 헨갈이 노예를 보내 보물을 가져오라고 명하자 렌가는 너무 피곤해서 그 명을 따를 수 없다는 대답을 전했다. 그래서 헨갈은 부족의 제사장에게 의견을 물었다. 히락이 말했다.

"렌가는 당신에게 도전할 것이오."

"아들이란 아버지에게 도전하게 마련이지."

헨갈은 대답했다. 족장은 키가 크고 덩치가 큰 사내였다. 얼굴에는 흉터가 있고, 텁수룩한 턱수염은 기름기로 뭉쳐 있었다. 피부는 다른 부족민처럼 흙과 검댕, 땀, 연기에 찌들어 검었다. 두꺼운 팔에는 평생 동안 전투에서 죽인 적의 숫자만큼 무수한 파란색 표식이 새겨져 있었다. 헨갈이라는 이름은 그냥 '전사'라는 뜻이었으나, 전사 헨갈은 전쟁보다 평화를 사랑했다.

히락은 헨갈보다 나이가 많았다. 몸은 비쩍 마르고 굽은 데다 허연 턱수염도 듬성듬성했다. 부족을 이끄는 것은 헨갈이지만, 히락은 신들과 대화하는 사람이므로 그의 의견은 중요했다.

"렌가는 당신과 맞서 싸울 것이오."

히락은 헨갈에게 경고했다.

"그럴 리 없어."

"그럴 수 있소. 렌가는 젊고 강해."

히락은 벌거벗은 몸이었다. 하지만 석회분과 물을 개어 몸에 바른 뒤, 아내 중 하나가 손가락으로 그린 소용돌이 문양이 피부를 온통 뒤덮고 있었다. 목에는 다람쥐 두개골을 끈에 꿰어 달고, 허리에는 호두 껍질과 곰 이빨을 엮어 차고 있었다. 머리카락과 턱수염에 바른 붉은 황토는 헨갈의 오두막에서 타오르는 뜨거운 모닥불 열기에 말라 갈라지고 있었다.

"나 또한 나이는 들었지만 강해. 렌가가 싸움을 건다면 죽일 것이오."

"그를 죽이면 당신에게 남은 아들은 둘뿐이오."

"하나뿐이야!"

헨갈은 버럭 소리치며 자신에게 아들이 적다는 사실을 떠올리게 한 제사장을 노려보았다. 카살로 족장 키탈은 아들이 여덟이고, 키탈에게 정복당하기 전 마덴의 족장이던 오사야는 여섯, 드레웨나 족장 멜락의 아들은 열한 명이나 되었다. 헨갈은 아들을 고작 셋만 둔 것이 치욕스러웠고, 그중 하나가 불구라는 게 더욱 치욕스러웠다. 물론 딸도 낳았고, 그중 여럿이 살아남았지만, 딸은 아들이 아니다. 헨갈은 불구인 둘째아들, 말더듬이 바보 카마반을 아들로 치지 않았다. 렌가와 사반은 인정했지만 중간 놈은 아니었다.

"렌가가 나한테 도전할 리가 없소. 감히 제 놈이."

"그는 겁쟁이가 아니오."

히락이 경고했다. 헨갈은 웃었다.

"그래, 겁쟁이는 아니야. 하지만 그 애는 이길 수 있는 상대하고만 싸우지. 살아남는다면 훌륭한 족장이 될 수 있는 것도 그 때문이야."

제사장은 오두막의 중심 기둥 옆에 앉아 있었다. 무릎 사이에는 가느다란 뼈 무더기가 쌓여 있었다. 지난겨울에 죽은 아기의 갈비뼈였다. 히락은 길고 앙상한 손가락으로 뼈 무더기를 휘저어 이런저런 형태로 배열하며 고개를 갸우뚱한 채 생각에 잠겼다.

"사나스는 금을 원할 것이오."

　잠시 후, 히락은 이렇게 말한 뒤 헨갈이 이 불길한 말의 뜻을 곰곰이 생각하는 동안 침묵을 지켰다. 헨갈은 모든 살아 있는 생명체가 그렇듯 카살로의 여자 마법사에 대한 경외감을 갖고 있었지만 어깨를 으쓱하고 생각을 떨어냈다.

"그리고 키탈에는 창병이 많소."

　히락은 두 번째 경고를 덧붙였다. 헨갈은 제사장의 몸을 쿡 찌르며 말했다.

"창은 내가 걱정할 문제요, 히락. 금의 의미를 말해주시오. 왜 여기로 왔을까? 누가 보냈을까? 내가 금을 어떻게 해야 할까?"

　제사장은 넓은 오두막을 둘러봤다. 한쪽에 걸린 가죽 장막 너머에는 헨갈의 새 아내를 돌보는 노예 소녀들이 있었다. 히락은 헨갈이 오두막 안에 엄청난 보물을 파묻거나 모피 더미 사이에 숨겨놓았다는 것을 알고 있었다. 헨갈은 언제나 쓰지 않고 모으기만 했다.

"금을 계속 갖고 있으면 사람들이 빼앗으려 할 것이오. 이것은 보통 금이 아니오."

"사르메닌의 금인지 아닌지는 모르지."

　헨갈은 이렇게 말했지만 별로 자신이 없는 목소리였다.

"사르메닌의 금이오."

　히락은 두 사람 사이 흙바닥 위에서 반짝이는, 사반이 가져온 작은 마름모꼴 금 조각을 가리켰다. 사르메닌은 서쪽으로 몇 킬로미터 떨어진 이방인들의 나라인데, 이미 두 달 전부터 사르메닌 부족이 중요한 보물을 잃어버렸다는 소문이 돌고 있었다.

"사반이 보물을 봤소. 이방인의 금, 슬라올을 숭배하는 이방인들의 금이오. 그들은 자기네 신을 다른 이름으로 부르고 있지만…."

히락은 잠시 입을 다물고 기억을 더듬었지만 단어가 생각나지 않았다. 태양신 슬라올은 달의 여신 라하나와 쌍벽을 이루는 강력한 신이었다. 둘은 한때 연인이었다가 멀어진 사이였다. 라사린에서 무슨 결정을 내릴 때마다 고민스러운 것도 이 두 신의 경쟁 관계 때문이었다. 한쪽에 치우치면 다른 한쪽이 분노한다. 태양과 달의 신뿐만 아니라 바람과 흙과 강과 나무와 짐승과 풀과 고사리와 비, 셀 수 없는 신들과 정령, 눈에 보이지 않는 힘에 이르기까지 경쟁 관계에 있는 모든 신을 만족시키는 것이 히락의 임무였다. 히락은 금 조각을 집어 들었다.

"슬라올이 우리에게 금을 보냈소. 금은 슬라올의 금속이지만, 마름모는 라하나의 기호."

"라하나의 금이란 말인가?"

히락은 한동안 말이 없었다. 족장은 기다렸다. 기묘한 사건의 의미를 결정하는 것은 제사장의 일이지만, 헨갈은 부족의 이익을 위해 최선을 다해서 그 결정에 개입했다.

"슬라올은 금을 그대로 사르메넌에 둘 수도 있었으나 그렇게 하지 않았소."

히락은 마침내 입을 열었다.

"그러니 보물을 잃고 고통받는 것은 저들의 몫. 금이 여기로 온 것은 나쁜 징조가 아니오."

"좋아."

히락은 신중하게 말을 이었다.

"그러나 금의 모양은 이것이 원래 라하나의 것이었다는 뜻이오. 라하나는 금을 되찾으려 할 것이오. 이방인이 사나스를 찾더라고 사반이 말하지 않았소?"

"그랬지."

"사나스는 모든 신 중에서 라하나를 가장 숭배하오. 슬라올은 이 금을 지키기 위해 여기로 보낸 것이 틀림없소. 그러나 라하나가 질투를 해 우리에게 뭔가를 원할 것이오."

"제물?"

헨갈은 미심쩍다는 듯 물었다.

제사장은 고개를 끄덕였다. 헨갈은 제사장이 라하나 신전에서 소를 몇 마리나 죽이라는 걸까 싶어 얼굴을 찡그렸다. 하지만 히락은 부족의 재산을 그 정도로 요구하지는 않았다. 금은 중요한 것이며 그것이 여기로 왔다는 것은 엄청난 일이므로 그에 대한 보답도 넉넉해야 할 터였다.

"여신은 영혼을 원하오."

가축이 무사하게 됐다는 것을 깨달은 헨갈의 안색이 밝아졌다.

"바보 카마반을 바치겠다."

둘째아들을 말하는 것이었다.

"쓸 데가 있군. 그 애의 두개골을 부수도록 하지."

히락은 눈을 반쯤 감은 채 몸을 뒤로 젖혔다.

"그에게는 라하나의 표식이 있소."

카마반은 배에 초승달 모양의 반점을 지니고 태어났다. 초승달 모양은 마름모와 마찬가지로 달의 신성한 표식이었다.

"그를 죽인다면 라하나가 노할 것이오."

"라하나가 카마반과 함께 있는 것을 좋아할 수도 있지 않나?"

헨갈은 교활하게 물었다.

"그래서 그 애한테 표식을 새긴 게 아닐까? 자기한테 바치라고?"

"맞소."

히락은 헨갈의 말에 결심을 굳힌 모양이었다.

"금을 갖고, 카마반의 영혼으로 라하나를 달래시오."

"좋아."

헨갈은 가죽 장막 쪽을 돌아보며 누군가의 이름을 불렀다. 노예 소녀가 겁에 질린 채 모닥불 쪽으로 기어왔다.

"아침에 렌가와 싸워야 한다면, 지금 아들 하나를 더 만드는 게 좋겠지."

헨갈은 제사장에게 말한 뒤 소녀에게 침대로 사용하는 양털 무더기를 가리켰다.

제사장은 아기의 뼈를 챙기고 살갗에 칠한 석회 반죽을 퍼붓는 빗줄기에 씻어내며 서둘러 자기 오두막으로 돌아갔다.

바람은 그치지 않았다. 번개가 땅 위를 핥으며 흙을 하얗게 물들였다. 신들은 절규했고, 인간은 그저 움츠릴 뿐이었다.

2

아버지와 아들

신들이 아직 그 의도를 밝히지 않았으니 우리는 답을 기다려야 한다.

사반은 잠드는 것이 무서웠다. 폭풍의 신이 대지를 두들겨대서가 아니라 금을 빼앗았다고 렌가가 밤에 와서 보복할지도 모른다는 생각이 들어서였다. 하지만 형은 그를 건드리지 않았다. 사반은 새벽에 어머니의 오두막에서 빠져나와 축축하고 싸늘한 바람 속으로 나섰다. 아직 완전히 잦아들지 않은 바람이 정착지를 둘러싼 거대한 흙 제방 안에 내린 안개를 휘젓고, 태양은 이따금 희뿌연 회색 안개 너머로 흐릿하게 모습을 드러낼 뿐 구름 뒤로 얼굴을 가리고 있었다. 빗물에 흠뻑 젖은 초가 지붕 하나가 밤새 내려앉았다. 사람들은 안에 있던 일가족이 깔려 죽지 않은 데 놀랐다. 여자들과 노예들은 줄지어 남쪽 둑길을 오가며 불어오른 강물을 퍼 나르고 아이들은 빗물이 넘친 구덩이로 오줌 항아리를 가져갔지만, 다들 렌가와 족장 사이의 일전을 놓치지 않으려고 서둘러 다시 돌아왔다. 계곡 위쪽 고원 지대의 오두막에 사는 사람들도 소식을 듣고는 괜한 구실을 만들어 라사린으로 모여들었다. 렌가가 이방인의 금을 발견했고 헨갈이 그 금을 원하니, 둘 중 하나가 이겨야 할 터였다.

헨갈이 먼저 나타났다. 커다란 곰 가죽 망토를 두르고 오두막에서 나온 그는 주변 분위기에 무관심한 척 유유히 걸음을 옮겼다. 그는 사반의 머리카락을 손으로 한번 쓸어주고 사제들과 라하나 신전 기둥 교체 문제를 의논한 뒤, 자기 오두막 바깥에 놓인 의자에 앉아 간밤의 비로 밀밭이 망가졌다는 이야기에 귀를 기울였다.

"곡식은 언제든 살 수 있다."

헨갈은 많은 사람이 들을 수 있도록 큰 목소리로 말했다.

"내 오두막에 숨겨놓은 보물로 무기를 사야 한다는 자들도 있지만 그보다는 곡식을 사는 것이 부족민한테 유익하다. 식량이라면 돼지도 있겠다, 비가 온다고 강의 물고기가 죽지는 않는다. 굶지는 않을 것이니 걱정 마라."

헨갈은 망토 자락을 젖히고, 두툼한 뱃살을 손바닥으로 툭툭 쳤다.

"올해는 이놈이 쭈그러들지 않을 것이다!"

부족민들은 웃었다.

갈레스가 남자 여섯 명을 데리고 와서 형의 오두막 근처 바닥에 앉았다. 모두 창을 들고 있는 것을 보니 형을 도우려는 모양이었다. 하지만 헨갈은 대결에 대해서는 언급하지 않고, 라하나 신전의 썩은 기둥 대신 세울 만한 커다란 참나무를 찾았는지 갈레스에게 물었다.

"찾았습니다. 한데 베지는 않았습니다."

"베지 않았다고?"

"날도 저물고 도끼날이 무뎌서."

헨갈은 씩 웃었다.

"네 여자가 아이를 가졌다고 들었는데?"

갈레스는 쑥스러우면서도 기쁜 표정이었다. 첫 아내가 사반보다 한 살 어린 아들 하나를 남기고 1년 전에 죽은 뒤 얼마 전 새 아내를 맞았던 것이다.

"맞습니다."

"그래도 무뎌지지 않은 날 하나는 있구나."

헹갈의 말에 다시 웃음이 터졌다.

그때 렌가가 자기 오두막에서 모습을 드러내자 웃음소리는 뚝 그쳤다. 회색 아침 공기 속에서 렌가는 태양처럼 빛났다. 그는 금 조각으로 만든 목걸이를 걸고 있었다. 그의 어머니이자 헹갈의 가장 나이 많은 아내인 랄라가 폭풍이 몰아치는 캄캄한 밤을 지새우며 만들어준 모양이었다. 금 죔쇠가 달린 허리띠를 차고, 사슴 가죽으로 만든 윗옷에도 커다란 금 조각 네 개가 붙어 있었다. 렌가의 절친한 사냥 동무인 젊은 전사 열두 명이 창을 들고 그 뒤를 따랐다. 들뜬 어린아이들도 사냥 창 대신 막대기를 휘두르며 진흙을 잔뜩 묻힌 채 따라왔다.

렌가는 아버지를 무시한 채 오두막 사이를 누비며 마을 안에 있는 신전 두 곳을 지난 뒤, 북쪽에 있는 옹기장이들의 오두막과 무두질 구덩이로 향했다. 추종자들이 창을 쨍그랑거렸다. 그들이 빗물에 흠뻑 젖은 둥글고 나지막한 오두막 사이로 난 좁은 길을 누비는 동안 뒤따르는 사람이 점점 늘어났다. 렌가는 마을을 두 번이나 돈 후 아버지에게로 향했다.

헹갈은 아들이 다가오자 의자에서 일어섰다. 렌가에게 영광을 누릴 시간을 허락한 그는 어깨에 걸친 곰 가죽 망토를 벗은 다음 털을 아래쪽으로 해서 발밑의 진흙 위에 던졌다. 그런 뒤 무성한 턱수염 끝으로 얼굴에 묻은 안개의 물기를 닦아내고, 그동안 죽인 적과 사냥한 짐승의 수를 뜻하는 파란 표식이 얼마나 빽빽하게 피부에 새겨져 있는지를 온마을 사람들이 다 볼 수 있도록 맨가슴을 드러낸 채 기다렸다. 말없이 서 있는 그의 검고 텁수룩한 머리카락이 바람에 흩날렸다.

렌가는 아버지 맞은편에 멈춰 섰다. 그는 헹갈만큼 키가 컸지만 그만큼 근육질은 아니었다. 대결이 벌어진다면 렌가가 좀 더 날렵할 것이고 헹갈이 좀 더 힘이 셀 터였다. 하지만 헹갈은 싸움이 두렵다는 기색은 전혀 보이지 않았다. 하품을 한 뒤 헹갈은 맏아들에게 고갯짓을 했다.

"이방인의 금을 내게 가져왔구나. 잘했다."

그러곤 땅 위에 펼쳐진 곰 가죽을 가리켰다.

"모두 거기에다 놓아라, 아들아."

렌가의 몸이 굳었다. 구경꾼 대부분은 렌가의 눈에 광기에 가까운 폭력이 이글거리는 것을 보고 싸움이 곧 시작될 거라고 생각했지만 아버지의 시선은 침착했다. 렌가는 창으로 공격하는 대신 설득하기로 했다.

"누군가가 숲에서 사슴뿔을 발견했다면, 그것을 아버지께 드려야 합니까?"

렌가는 모든 구경꾼이 다 들을 수 있도록 큰 소리로 말했다. 라사린 사람들은 둘이 대결할 공간을 둥글게 남겨둔 채 오두막 사이에 옹기종기 모여 있었다. 몇몇 사람들이 렌가의 말에 동의한다는 뜻으로 고함을 질렀다. 렌가는 지지자들의 목소리에 힘을 얻어 다시 물었다.

"제가 야생 벌꿀을 발견한다면, 그 수많은 침을 견디고도 아버지께 꿀을 드려야 합니까?"

"그렇다."

헨갈은 다시 하품을 했다.

"망토 위에 놓아라."

"한 전사가, 이방인이 우리 땅에 금을 가지고 왔습니다. 제가 그 이방인을 죽이고 금을 취했습니다. 그게 제 것이 아니란 말입니까?"

구경꾼 몇 사람이 렌가의 것이라고 외쳤지만 조금 전처럼 많지는 않았다. 헨갈의 덩치와 무심한 태도는 위협적이었다.

족장은 허리띠에 매단 주머니를 뒤져 사반이 가져다준 작은 금 조각을 꺼냈다. 그리고 망토 위에 던졌다.

"나머지도 저기에 놓아라."

"금은 제 것입니다!"

렌가가 주장했다. 이번에는 렌가의 어머니 랄라와 그의 가장 가까운 친구 제가만이 옳다고 외쳤다. 작은 몸집이지만 강인한 제가는 렌가와 동갑인데도 벌써 부족 최고의 전사였다. 전투에서는 렌가와 똑같이 닥치는 대로 사람을 죽이는 심장을 지녔고 지금도 싸우고 싶어 안달이 나 있었다. 그러나 제가를 제외한 다른 사냥 동료들은 감히 헨갈에게 맞설 배짱이 없었다. 그들은 오로지 렌가만 믿고 있었다. 렌가가 힘으로 해결하려는 듯 갑자기 창을 들어 올렸다. 하지만 상대를 찌르는 대신 자신이 하는 말을 잘 들으라는 듯 창을 높이 치켜들었다.

"내가 금을 찾았습니다! 금을 갖기 위해 사람을 죽였습니다! 금은 내 수중에 들어왔습니다! 그런데 이제 와서 그것을 아버지의 오두막에 숨겨둬야 합니까? 먼지만 쌓이라고?"

헨갈이 보물을 쌓아놓기만 하는 데 불만이 많던 라사린 사람들 사이에서 공감한다는 뜻의 속삭임이 흘러나왔다. 드레웨나나 카살로의 족장은 부를 자랑했다. 전사들에게는 청동을 선물하고 아내들의 목에는 반짝이는 금속을 달아주고 거대한 신전을 지었다. 그러나 헨갈은 라사린의 부를 자기 오두막에 쌓아둘 뿐이었다.

"금으로 무엇을 하려고 그러느냐?"

갈레스가 끼어들었다. 검은 머리를 묶지 않고 풀어헤친 모습이 마치 전투에 임하는 전사 같았다. 갈레스의 창날이 똑바로 앞을 향했다.

"말해보아라, 조카여. 금으로 뭘 하려느냐?"

제가가 갈레스에 맞서 창을 들어 올렸다. 하지만 렌가는 친구의 창끝을 내렸다. 그리고 가슴에 단 금 조각을 두드렸다.

"이 금으로 우리는 전사, 창병, 궁사를 키워서 카살로를 영원히 끝장내야 합니다!"

처음 렌가를 지지했던 목소리들이 다시 외치기 시작했다. 라사린에는 카살로의 팽창을 경계하는 사람들이 많았다. 바로 작년 여름 카살로 전사들이 라사린과 카살로 사이에 있는 마덴을 빼앗았고, 카살로 전사들이 소나 돼지를 약탈하러 헨갈의 땅을 침략하지 않는 날은 단 일주일도 없었다. 부족 중에는 그런데도 헨갈이 카살로의 침략을 막기 위해 아무 일도 하지 않는다고 불만을 가진 사람들이 많았다.

"카살로가 우리에게 공물을 바치던 때도 있었습니다!"

렌가는 구경꾼들의 지지에 힘입어 목소리를 높였다.

"카살로 여자들이 우리 신전에 춤을 추러 오던 때도 있었습니다! 한데 이제 우리는 카살로 전사들이 가까이 올 때마다 움츠러듭니다! 사나스라는 암캐 앞에 고개를 숙입니다! 우리를 해방시켜줄 수 있는 금과 청동과 호박은 모두 어디 있습니까? 내가 포기하면 이 금은 어디로 가겠습니까? 저기로 갑니다!"

렌가는 마지막 말을 뱉으며 아버지에게 창을 겨누었다.

"헨갈은 이 금을 어디다 쓸까요? 땅에 묻을 겁니다! 두더지한테 금이라니요! 벌레한테 쇠라니요! 구더기한테 보물이라니요! 금을 이렇게 모셔놓고 부싯돌 하나를 얻기 위해 기를 쓰다니요!"

헨갈은 서글프게 고개를 저었다. 렌가의 마지막 말에 환호하던 구경꾼들은 조용히 결투가 시작되길 기다렸다. 렌가의 추종자들도 때가 되었다고 생각했는지 용기를 내어 창을 겨누고 우두머리 뒤로 다가섰다. 제가는 앞뒤로 발을 구르며 이를 드러낸 채 헨갈의 배를 향해 창을 겨누었다. 갈레스가 형을 보호하기 위해 나섰다. 하지만 헨갈은 갈레스에게 물러나라고 손짓한 뒤 돌아서서 낮은 초가지붕 처마 밑에 숨겨두었던 전투용 곤봉을 꺼냈다. 웬만한 전사의 팔뚝만 한 참나무 봉 끝에 어른 두개골도 굴뚝새 알처럼 부술 수 있는 울퉁불퉁한 회색 돌덩어리를 매단 무기였다. 헨갈은 곤봉을 들어 올리고, 다시 곰 가죽 망토를 턱으로 가리켰다.

"전부 다 내놓아라, 어린놈아."

아들을 일부러 교묘하게 모욕하는 말투였다.

"거기 망토 위에."

렌가는 아버지를 응시했다. 비록 창이 곤봉보다 길지만 처음 찌를 때 빗나갔다가는 돌덩어리가 그의 머리를 부숴놓을 터였다. 렌가가 망설이자 제가가 그 옆을 지나 앞으로 나섰다. 헨갈은 제가에게 곤봉을 겨누었다.

"네 애비가 족장 자리를 놓고 도전했을 때 내가 그자를 죽였다. 뼈를 부수고 살점은 돼지 먹이로 주었지만 턱뼈는 간직했지. 히락!"

석회 반죽과 흙을 몸에 바른 제사장이 구경꾼들 한쪽 구석에서 머리를 조아렸다.

"턱뼈를 어디다 숨겨누었는지 그대는 아는가?"

"그렇습니다."

히락이 대답했다. 헨갈은 제가를 바라보며 말했다.

"이 벌레 같은 놈이 물러서지 않는다면, 이놈의 핏줄에 저주를 내리시오. 씨를 말리고 뱃속에다 검은 벌레를 가득 채우시오."

제가는 순간 멈칫했다. 헨갈의 곤봉은 두렵지 않았지만 히락의 저주는 무서웠다. 그는 물러섰다. 헨갈은 다시 아들을 보았다.

"내려놓아라, 아들아."

헨갈은 부드럽게 말했다.

"빨리! 아침을 먹어야겠다!"

렌가의 용기는 한풀 꺾였다. 치욕보다는 죽음이 낫다는 기세로 아버지에게 덤벼들던 용기도 잠깐이었다. 어깨를 축 늘어뜨리고 창을 떨어뜨린 뒤, 금목걸이를 벗고 윗옷에 매단 커다란 금 조각도 떼어냈다. 그리고 곰 가죽 위에 모든 금장식을 다 내려놓은 뒤 허리띠도 끌러 던졌다.

"금을 찾은 것은 접니다."

렌가는 금을 모두 내놓은 뒤 맥없이 중얼거렸다.

"너와 사반이 함께 찾았지. 하지만 숲이 아니라 옛 신전에서 찾았으니,

이는 금이 우리 모두에게 보내졌다는 뜻이다! 그 까닭은?"

족장은 부족 사람들이 모두 들을 수 있도록 목소리를 높였다.

"신들이 아직 그 의도를 밝히지 않았으니 우리는 답을 기다려야 한다. 그러나 이것은 슬라올의 금. 슬라올이 우리에게 보냈으니 틀림없이 뭔가 이유가 있을 것이다."

족장은 곰 가죽을 발로 질질 끌며 자기 오두막 문간으로 가져갔다. 안에서 여자의 두 손이 나타나더니 수북이 쌓인 금을 쓸어 모았다. 희미한 한숨 소리가 구경꾼들 사이에 퍼졌다. 이제 다시 금 구경을 하려면 한참을 더 기다려야 했기 때문이다.

헨갈은 한숨 소리를 무시하고 외쳤다.

"여기에는 내가 우리 전사들을 이끌고 카살로를 치길 원하는 자들이 있고, 카살로에도 그들의 젊은이를 보내 우리를 치고자 하는 자들이 있다! 그러나 모든 카살로 사람들이 전쟁을 바라는 것은 아니다. 수많은 자기네 젊은이들이 죽게 된다는 것을, 전쟁에서 이긴다 해도 치열한 전투로 부족의 힘이 약해진다는 것을 알고 있기 때문이다. 그러니 전쟁은 벌어지지 않을 것이다."

헨갈은 문득 말을 멈추었다. 드물게 긴 연설이었다. 그가 자기 생각을 드러내는 것은 흔치 않은 일이었다. 헨갈은 속내를 털어놓는 것은 영혼을 넘겨주는 것과 마찬가지라고 말한 적이 있다. 그러나 그가 전쟁을 혐오한다는 것은 그리 큰 비밀도 아니었다. 전사 헨갈은 전쟁을 싫어했다. 삶이란 곡식을 심는 것이지 칼로 찌르는 것이 아니다. 그는 입버릇처럼 말하곤 했다. 이방인들과 맞서 싸우는 것은 전혀 상관없다. 그들은 낯선 자, 도둑이므로. 그러나 헨갈은 같은 언어로 말하고 같은 신을 섬기는 사촌지간인 이웃 부족들과 싸우는 것을 싫어했다. 헨갈은 렌가를 바라보았다.

"죽은 이방인은 어디에 있느냐?"

"옛 신전에 있습니다."

렌가는 중얼거렸다. 뚱한 목소리였다. 헨갈은 갈레스에게 명했다.

"사제 하나를 데려가 시체를 치워라."

족장은 좌절하고 모욕당한 렌가를 남겨둔 채 다시 오두막으로 들어 갔다.

엷은 구름을 뚫고 해가 모습을 드러내자 안개도 걷혔다. 이끼 긴 초가 지붕에서는 김이 모락모락 오르고 있었다. 부족의 구경거리는 일단 끝 났지만, 이제 폭풍우가 남기고 간 흔적에 놀랄 차례였다. 강물은 둑 위 로 범람했고 마을 주위 제방 안에 파놓은 깊은 해자에도 물이 넘쳤으며 밀밭과 보리밭은 납작하게 누워 있었다.

헨갈은 여전히 족장이었다.

거대한 흙 제방은 라사린 마을의 경계선이었다. 조상들이 100가구 정 도가 모여 사는 오두막 촌 둘레에 사람 키의 다섯 배나 되는 높은 벽을 쌓았다는 것이 사람들은 아직도 신기하기만 했다. 사슴뿔과 소뼈를 깎 은 삽으로 흙과 석회를 쌓아 올린 다음 검은 숲의 악귀를 쫓기 위해 그 위에 소, 늑대, 적군 포로의 두개골을 얹은 둑이었다. 모든 마을, 심지어 고원 지대의 허름한 집에도 귀신을 물리치는 두개골이 있었지만, 라사 린 제방 위에 있는 두개골은 부족의 적을 막고 경계심을 일깨워주는 역 할도 했다.

주거지는 마을 남쪽에 밀집해 있고, 북쪽에는 옹기장이와 목수의 작 업장, 마을 유일의 대장간과 무두질 터가 있었다. 적의 위협이 있을 때 마을 사람들은 따로 마련해둔 공터에 소와 돼지를 몰아넣은 뒤 신전 두 곳으로 피신하곤 했다. 둘 다 나무 기둥을 원형으로 세운 신전이었다. 원형 다섯 개를 배치한 큰 신전은 달의 여신 라하나 신전이었고, 원형 세 개를 배치한 곳은 계곡의 신 아린과 그의 아내이자 강의 여신인 마이를 모신 신전이었다. 그중에서도 가장 큰 기둥은 부족민 가운데 키가 제일 큰 갈레스의 세 배나 되는 높이였다. 하지만 정착지 바깥 남쪽에 있는 세 번째 신전과 비교하면 이 정도는 아무것도 아니었다. 태양신 슬라올을 숭배하는 세 번째 신전에는 원형 여섯 개를 배치했고, 그중 두 원은 기둥마다 꼭대기가 나무 처마로 연결되어 있었다. 태양 신전을 마을 바깥에 세운 것은 슬라올과 라하나가 경쟁 관계이기 때문에 제물 바치는 모습을 서로 볼 수 없도록 의도적으로 떼어놓은 것이었다.

슬라올, 라하나, 아린, 마이는 라사린에서 가장 높은 신이었지만 사람들은 계곡에도, 구릉에도, 구릉 너머에도, 바람 속에도 무수한 신이 살고 있다는 것을 알고 있었다. 어떤 부족도 신들 하나하나를 위한 신전을 다 세울 수는 없었고, 심지어 그 신들 모두를 알 수조차 없었다. 그 수많은 미지의 신들 외에도 죽은 자의 영혼, 동물의 영혼, 강의 영혼, 나무의 영혼, 불의 영혼, 공기의 영혼, 땅 위에서 기고 숨 쉬고 죽거나 자란 모든 존재의 영혼이 있었다. 고요한 저녁, 언덕 위에 서서 귀를 기울이면 때로 영혼들의 두런거림이 들려오고, 신전에서 꾸준히 기도하지 않는 자가 그 두런거림을 들으면 미쳐버릴 수도 있다는 전설이 떠돌았다.

네 번째 신전, 즉 '옛 신전'은 개암나무가 웃자라고 잡초가 무성한 남쪽 언덕에 있었다. 슬라올을 숭배하던 신전이었지만 아무도 기억하지 못하는 오랜 옛날, 부족이 정착지 근처에 새 슬라올 신전을 지으면서 버려졌다. 신전은 그대로 썩어가고 있었다. 하지만 이방인의 금이 그곳에서 전해진 것으로 미루어볼 때 아직 힘이 남아 있는 것은 분명했다. 대폭풍이 지나간 다음 날 아침, 갈레스는 이방인의 시체를 찾아 묻기 위해 세 남자를 이끌고 옛 신전으로 출발했다. 라사린의 사제 중 가장 젊은 닐도 죽은 이방인의 영혼으로부터 전사들을 보호하기 위해 동행했다.

일행은 언덕마루에서 멈춰 옛 신전과 정착지 사이에 늘어서 있는 무덤들을 향해 절을 올렸다. 닐은 조상들의 영혼을 일깨우기 위해 개처럼 울부짖은 다음, 무슨 일로 고원까지 올라오게 되었는지 영혼들에게 고했다. 닐이 죽은 자들에게 소식을 고하는 동안, 갈레스는 서쪽으로 쭉 뻗어 있는 성스러운 길을 바라보았다. 조상들이 닦은 길이었으나 이것 역시 옛 신전처럼 잡초가 무성한 채 버려져 있었다. 사제들조차 그 길게 뻗은 직선의 도랑과 제방이 무엇 때문에 건설되었는지 알지 못했다. 히락은 천둥의 신 라노스를 달래기 위한 것이라고 생각했지만, 정확하게는 알지 못했고 신경도 쓰지 않았다. 닐이 예언을 감지하는 동안, 창에 몸을 기대고 있던 갈레스는 문득 세상이 잘못된 것 같다는 느낌이 들었다. 신성한 옛 길과 옛 신전이 썩어가고 있듯이 세상도 써어가고 있었다. 라사린이 실망스러운 수확과 끊임없는 질병에 둘러싸여 썩어가고 있듯이. 마치 신들도 끝없는 녹색 세상의 윤회에 질렸다는 듯 공기 속에 피로한 기운이 떠돌았다. 갈레스는 그 피로한 기운이 두려웠다.

"갑시다."

닐이 말했다. 하지만 함께 온 남자들은 젊은 사제가 그 풍경 속에서 어떤 징조를 감지했는지 아무도 알지 못했다. 어쩌면 나뭇가지에 덩굴처럼 휘감긴 안개 한 조각이었을 수도 있고, 비스듬히 날아가는 매 한 마리였을 수도 있고, 긴 풀숲 속을 쑤석거리던 토끼 한 마리였을 수도 있지만, 어쨌든 닐은 조상의 영혼이 허락을 내렸다고 확신했다. 일행은 작은 계곡으로 내려간 다음 옛 신전으로 향하는 경사로를 올라가기 시작했다.

닐이 앞장서서 둑길에 서 있는 썩은 기둥 사이를 지나 개암나무 덤불 속으로 들어섰다. 사자의 집에 도착했을 때, 젊은 사제는 젖은 낙엽의 물기를 사슴 가죽 튜닉에 잔뜩 묻힌 채 갑자기 우뚝 멈췄다. 그는 얼굴을 찡그리고 쉿 소리를 낸 뒤, 악한 기운을 피하기 위해 사타구니를 만졌다. 이방인의 시체 때문이 아니라 신전 한가운데 공터에 무성하던 잡초와 개암나무가 깨끗이 치워져 있었기 때문이다. 누군가가 비밀리에 여기서 참배를 올린 것 같았다. 황소 두개골이 있는 것으로 보아 이 잊혀진 신전에 찾아온 사람은 슬라올에게 참배를 드린 듯했다. 오소리와 박쥐, 올빼미가 라하나의 상징이듯이 황소는 슬라올을 상징하는 짐승이었다.

갈레스도 사타구니를 만졌지만, 이는 가슴에 화살이 세 개나 박힌 채 바닥에 등을 대고 쓰러져 죽은 이방인의 영혼을 물리치기 위함이었다. 닐은 네 발로 기는 자세를 취한 다음, 죽은 자의 영혼을 차가운 육신에서 쫓아내기 위해 개처럼 짖었다. 오랫동안 그렇게 울부짖다 문득 일어나 손을 털더니 시체는 이제 안전하다고 말했다.

"옷을 벗기고, 해자 안에 무덤을 파라."

갈레스는 부하들에게 명령했다. 라사린 사람이 아니므로 장례식은 없었다. 그는 그저 이방인일 뿐이었다. 그의 조상은 라사린의 조상이 아니기 때문에 아무도 그를 위해 춤추고 노래하지 않았다.

갈레스는 괴력의 소유자였지만 차게 식은 시신이 나무 화살대를 단단히 조이고 있어 화살을 빼내기가 어려웠다. 겨우 화살대가 빠져나왔다. 화살촉은 의도대로 시체 안에 그대로 남았다. 모든 부족은 화살촉을 화살대에 느슨하게 꽂는다. 동물이나 적이 미늘 달린 화살촉을 빼내지 못해 상처가 썩어가도록 하기 위함이었다. 갈레스는 화살대 세 개를 던져버린 뒤, 손목에 감은 납작한 돌만 남기고 시체의 옷을 모조리 벗겼다. 닐은 아름답게 윤을 낸 이 돌이 이방인의 악몽 속에 깃든 어두운 영혼으로, 라사린을 괴롭히는 마법의 부적이 아닐까 두려워했다. 활을 쏠 때 손목이 활시위에 쓸리는 것을 막기 위해 감은 것이라고 갈레스가 아무리 설명해도 젊은 사제는 듣지 않았다. 갈레스는 악귀를 막기 위해 사타구니를 만지고 돌 위에 침을 뱉었다.

"묻어라!"

갈레스의 부하들이 사슴뿔 곡괭이와 황소 어깨뼈 삽으로 태양 쪽을 향해 난 신전 입구 옆의 해자를 더 깊이 팠다. 갈레스는 시신을 끌고 가서 개암나무 덤불을 지나 얕은 구덩이에 던졌다. 이방인이 남긴 화살도 부러뜨려서 시체 옆에 던진 다음 파낸 흙을 발로 차 시체를 덮고 평평하게 다졌다. 닐은 무덤 위에 오줌을 누고 죽은 자의 영혼을 향해 저주의 말을 중얼거린 뒤 돌아서서 신전 안으로 들어갔다.

"아직 안 끝났나?"

갈레스가 물었다.

젊은 사제는 조용히 하라는 뜻으로 한 손을 들어 올렸다. 그리고 무릎을 굽힌 채 마치 커다란 짐승을 뒤쫓듯 한 발 한 발 옮길 때마다 멈춰서서 귀를 기울이며 개암나무 덤불 속을 살금살금 지나갔다. 갈레스는 이방인의 영혼이 신전에 달라붙지 못하도록 하려는 것이라 생각하고 그대로 내버려두었다. 그때 갑자기 덤불 속에서 황급히 달려가는 소리, 비명 소리, 불쌍한 울부짖음이 들렸다. 신전 한가운데로 달려가 보니, 닐이 버둥거리는 생물체의 귀를 붙잡고 있었다. 포로는 지저분한 얼굴 위로 헝클어진 머리카락이 달라붙은 더러운 몰골의 소년이었다. 너무 더러워서 인간이라기보다는 짐승 같았다. 해골처럼 바싹 마른 아이는 닐의 다리를 치며 돼지처럼 비명을 지르고, 닐은 아이를 진정시키기 위해 거칠게 손찌검을 했다.

"놓아줘라."

갈레스가 명령했다.

"히락이 데려오라고 했소."

닐이 가까스로 아이의 얼굴에 결정타를 날렸다.

"그리고 난 이 녀석이 왜 여기 숨어 있었는지 알고 싶소! 난 이 녀석의 냄새를 맡았소. 더러운 짐승 같으니."

닐은 소년에게 침을 뱉은 뒤 다시 주먹을 날렸다.

"누군가가 여기에 침입한 줄 알고 있었다."

닐은 한 손으로 황소 두개골이 놓여 있는, 깔끔하게 치워놓은 공간을 가리키며 의기양양하게 말을 이었다.

"바로 이 더러운 꼬마 녀석 짓이었어!"

마지막 단어는 고통스러운 비명으로 이어졌다. 사제가 소년의 귀를 놓고 고통에 몸부림치며 허리를 굽혔다. 소년이 뼈로 술 장식을 한 닐의 튜닉 밑으로 손을 넣어 사타구니를 움켜잡은 것이다. 소년은 사냥개의 이빨에서 뜻하지 않게 벗어난 새끼 여우처럼 네 발로 기며 덤불 속으로 허둥지둥 달아났다.

"잡아!"

닐이 외쳤다. 그리고 사타구니를 움켜잡은 채 고통을 참으려고 몸을 앞뒤로 흔들었다.

"놓아줘."

갈레스가 말했지만 닐은 고집을 부렸다.

"히락이 데려오라고 했소!"

"그러면 히락이 직접 데려가라고 해."

갈레스는 성난 음성으로 말했다.

"가자. 가자고!"

갈레스는 사제를 신전 공터에서 밀어낸 뒤, 기묘한 생물이 숨어 있는 개암나무 덤불 옆에 쭈그리고 앉았다.

"카마반?"

갈레스는 나뭇잎 사이로 외쳤다.

"카마반?"

대답이 없었다.

"널 해치려고 온 게 아니야."

"다들 나, 나, 날 해치려고 해."

카마반이 덤불 깊숙한 곳에서 대답했다.

"난 그렇지 않아. 너도 알잖아."

잠시 침묵이 흘렀다. 이윽고 카마반이 깊숙한 개암나무 덤불 안에서 긴장한 채 모습을 드러냈다. 얼굴이 길고 좁은 소년이었다. 턱이 튀어나왔고, 커다란 녹색 눈동자는 잔뜩 경계심을 품고 있었다.

"이리 와서 이야기하자."

갈레스는 공터 한가운데로 물러났다.

"난 널 해치지 않아. 예전에도 그랬잖아."

카마반은 두 손과 두 발로 기어 나왔다. 설 수도 있고 걸을 수도 있지만, 왼발이 굽은 채 태어났기 때문에 걷는 보양이 기괴할 정도로 구부정했다. 카마반이라는 이름이 붙여진 것도 그 때문이었다. '비틀린 아이'라는 뜻이었지만, 대부분의 부족 아이들은 돼지, 혹은 그보다 더한 별명으로 불렀다. 그는 헨갈의 둘째아들이었다. 하지만 헨갈은 그를 아들로 인정하지 않고 제방 너머에 사는 사람들 사이에서 빌어먹고 살도록 라사린 성벽 밖으로 추방했다. 카마반은 추방 당시 열 살이었다. 4년 전 일이었다. 많은 사람들은 카마반이 추방당한 뒤에도 아직까지 살아 있는 것을 신기해했다. 대부분의 기형아는 아주 어린 나이에 죽거나 제물로 바쳐졌지만 카마반은 살아남았다. 만약 기형아가 아니고 추방되지 않았다면 지금쯤 고된 성인식을 치렀을 나이다. 하지만 부족이 남자로 받아들이지 않기 때문에 그는 아직 어린아이, 비틀린 아이에 불과했다.

기형으로 태어난 남자애는 재난을 가져오는 징조이며 딸보다 더 못한 존재였다. 따라서 평소의 헨갈이었다면 출생 직후 죽였을 것이다. 그러나 카마반은 배에 붉은 반점을 갖고 태어났다. 그 반점이 초승달 모양이었기 때문에 히락은 아기가 라하나의 표식을 지니고 태어난 것이라고 선언했다. 아이가 어쩌면 걸을 수도 있으니 시간을 주자고 제사장은 말했다. 카마반의 어머니 역시 목숨만은 살려달라고 애원했다. 그녀는 당시 헨갈의 가장 나이 많은 아내였다. 더욱이 워낙 오랫동안 자식을 낳지 못했기 때문에 이 아이가 분명 마지막일 터였다. 아이를 생산하지 못한 모든 여인들이 그랬듯이 그녀는 라하나에게 기도를 올리고 카살로까지 순례를 떠났다. 마법사 사니스는 그녀에게 먹을 약초를 준 다음, 갓 잡은 늑대의 피 묻은 가죽으로 몸을 두른 채 하룻밤을 누워 있으라고 명했다. 아홉 달 뒤 남자애가 태어났다. 하지만 아이는 기형이었다. 그녀는 아이를 살려달라고 애원했지만, 정작 아들의 목숨을 살린 것은 배에 지닌 달 모양의 반점이었다. 두 번 다시 아이를 갖지 못한 그녀는 늑대 아들을 사랑했다. 그녀가 죽자 카마반은 어미 잃은 짐승 새끼처럼 울부짖었다. 헨갈은 아들을 때려 울음을 멈추게 한 뒤, 치를 떨며 라사린 성벽 밖으로 내다 버리라고 명했다.

"배고프냐? 말할 수 있다는 것 알아."

갈레스는 잠시 기다렸다 말을 이었다.

"조금 전에는 말을 했잖아! 배고프냐?"

"난 항상 배고파."

카마반은 헝클어진 머리카락에 가려진 눈으로 믿을 수 없다는 듯 이쪽을 빤히 쳐다보며 대답했다.

"리다한테 먹을 것을 가져다주라고 하마. 어디다 놓아둘까?"

"가, 가, 강변에. 히락의 아들이 죽은 곳."

사람들은 모두 정착지 하류의 그 암울한 장소를 알고 있었다. 제사장의 아이가 거기서 물에 빠져 죽었고, 지금은 히락이 자기 아들의 영혼이라고 주장하는 자두나무가 오리나무와 갈대 사이에서 자랐다.

"여기 말고?"

갈레스가 물었다.

"이건 비밀이야!"

카마반은 사납게 말한 뒤 하늘을 가리켰다.

"봐!"

그는 흥분해서 말했다. 갈레스는 위를 올려다보았지만 아무것도 보이지 않았다. 카마반이 더듬거리며 말했다.

"기, 기, 기둥. 기…둥."

갈레스는 다시 위를 보았다.

"기둥?"

그렇게 되묻다가 문득 옛 신전 안 사자의 집에 기둥 하나가 남아 있었다는 기억이 떠올랐다. 개암나무 덤불 사이에서 비죽 솟아 기울어가는 낯익은 옛 기념물이었지만 지금은 부러져 있었다. 밑동 전반은 아직 땅에 박혀 있지만, 위쪽은 시커멓게 타서 덤불 사이에 흩어져 있었다. 갈레스가 말했다.

"기둥이 번개에 맞았군."

"슬라올."

카마반이 말했다.

"슬라올이 아니야. 라노스야."

라노스는 번개의 신이었다. 카마반이 화가 난 듯 고집을 부렸다.

"슬라올! 슬라올!"

"좋아! 슬라올."

갈레스는 그냥 동의했다. 그리고 분노로 얼굴을 일그러뜨린 헝클어진 머리의 소년을 굽어보았다.

"슬라올에 대해서 뭘 알고 있느냐?"

"나, 나한테 말을 해."

갈레스는 신의 노여움을 피하기 위해 사타구니를 만졌다.

"너한테 말을 해?"

"가끔은 밤새도록. 레, 레, 렌가가 돌아와서 보물을 가, 가, 가져갔기 때문에 화가 났어. 그건 슬라올의 보물이잖아. 안 그래?"

마지막 말에는 진심이 담겨 있었다. 갈레스가 물었다.

"렌가가 보물을 가져갔다는 건 어떻게 알았지?"

"내, 내, 내가 봤으니까! 내가 여기 있었으니까! 그는 사, 사반을 죽이려고 했어. 날 보지는 못했어. 나는 여기 있었어."

카마반은 몸을 비틀어 개암나무 수풀 속으로 도로 기어갔다. 갈레스는 잡초를 밟아 다져놓은 길을 지나 카마반이 부드러운 가지를 얽어 만들어놓은 오두막까지 따라 들어갔다.

"내가 사는 곳이야."

카마반은 삼촌을 도전적으로 쳐다보며 말했다.

"나, 나, 난 신전 관리인이야."

갈레스는 아이의 어리석은 자랑이 불쌍해서 울고 싶었다. 카마반의 침상은 젖은 고사리 더미였다. 옆에는 얼마 안 되는 살림이 놓여 있었다. 여우 두개골, 깨진 주전자, 까마귀 날개. 유일한 옷은 무두질 구덩이 같은 악취를 풍기는 썩어가는 양가죽이었다. 갈레스가 물었다.

"네가 여기에 사는 건 아무도 모르니?"

"삼촌밖에 몰라."

아이는 갈레스를 믿는 듯 말했다.

"사, 사, 사반한테도 말하지 않았어. 나한테 가끔 먹을 걸 가져다주지만, 강으로 가, 가져오라고 했어."

"사반이 너한테 먹을 걸 갖다줘?"

갈레스는 놀랍고 흐뭇해서 물었다.

"그리고 슬라올이 여기서 너한테 말을 건다고?"

"매, 매, 매일."

카마반은 더듬었다.

갈레스는 이 말도 안 되는 얘기에 미소를 지었다. 카마반이 삼촌의 옷음을 보지 못한 채 돌아서서 나뭇잎 속으로 손을 뻗더니 비밀스러운 장소에서 짧은 활을 꺼냈다. 나무와 사슴뿔 조각에 힘줄을 묶어 만든 이방인의 활이었다.

"레, 레, 렌가가 간밤에 이걸 사용했어. 어쨌든 나, 남자는 주, 죽어가고 있었지만."

그러곤 걱정스러운 얼굴로 잠시 입을 다물었다.

"히, 히락이 왜 날 데려오라고 했지?"

갈레스는 망설였다. 카마반을 제물로 바칠 예정이라는 말은 하고 싶지 않았다. 하지만 히락에게 다른 이유가 있을 수는 없었다.

"나, 날 죽이려는 거야. 그렇지?"

카마반은 침착하게 말했다.

갈레스는 마지못해 고개를 끄덕였다. 추방당한 조카에게 달아나라고, 서쪽이나 남쪽 숲 속으로 가라고 일러주고 싶었지만 그런 충고가 무슨 도움이 되겠는가? 어차피 짐승한테 먹히거나 노예 상인들에게 잡힐 것이고, 그럴 바에야 차라리 라하나께 바쳐지는 것이 낫다.

"여신님께 가는 거야, 카마반. 넌 하늘의 별이 되어 우리를 내려다보게 될 거다."

"언제?"

카마반은 삼촌의 약속에 무감각한 얼굴로 물었다.

"아마도 내일."

소년은 갈레스에게 장난스러운 웃음을 지었다.

"히락한테 내가 내일 아침 라사린으로 가, 가, 갈 거라고 전해."

그러곤 그 소중한 활을 비밀 장소에 도로 밀어 넣었다. 거기엔 다른 물건들도 숨겨져 있었다. 이방인의 빈 화살통, 뱀 가죽, 살해당한 아이의 뼈, 옆 부분에 작게 긁힌 자국이 있는 다른 뼈들. 무엇보다도 가장 소중한 것은 렌가가 사반의 뒤를 쫓는 동안 몰래 훔쳐낸 작은 마름모꼴 금 조각 두 개였다. 카마반은 금 조각을 집어 들고 주먹을 꽉 쥐었다. 하지만 갈레스에게 보여주지는 않았다.

"삼촌은 날 바보라고 생각하지. 안 그래?"

"아냐."

"하, 하, 하지만 난 바보야."

카마반은 말했다. 그는 슬라올의 바보였고, 그래서 이런저런 꿈을 꾸었다. 그러나 아무도 알아차리지 못했다. 그가 불구였기 때문에. 그래서 그를 죽이려는 것이다.

다음 날 아침, 닐은 남자 둘을 시켜 라하나 신전 안, 바깥쪽 원형 기둥 바로 옆에 얕은 무덤을 파게 했다. 폭풍 뒤끝이라 구름이 빨리 걷히고 라하나가 슬라올의 하늘에서 창백한 얼굴을 드러내고 있어 제사를 지내기에 좋은 길일이었다.

신전의 다섯 개 원형 주위에 군중이 모이자 한층 검은 구름 몇 조각이 나타났다. 사람들은 히락이 제사를 미루지 않을까 걱정하기 시작했다. 그러나 히락은 구름을 신경 쓰지 않는 듯했다. 마침내 무용수들이 제사장의 오두막에서 모습을 드러냈다. 모두 여자로 이루어진 무용수들은 잎이 풍성하게 붙은 물푸레나무 가지로 땅을 쓸며 경쾌하게 뛰어나왔다. 그 뒤로 벌거벗은 몸에 회반죽으로 지문 모양의 소용돌이를 그려 넣은 일곱 사제가 나타났다. 히락은 가죽 끈으로 머리에 묶은 사슴뿔 두 개를 위태롭게 흔들며 여자들 뒤에서 춤을 추었다. 허리에는 뼈로 띠를 둘렀고, 진흙을 칠한 머리카락에도 뼈가 늘어져 있었다. 목에서는 윤기 나는 호박 부적이 달랑거렸다. 가장 젊은 사제인 닐이 백조 다리 뼈로 만든 나팔을 불었다. 거칠게 춤을 추는 바람에 음이 심하게 흔들렸다. 히락 다음으로 나이 많은 사제 길란은 카마반의 손을 잡고 나타났다. 소년은 오늘 하루만 라사린 입성이 허락되었다. 소년이 정착지 안으로 들어오자 여자들이 그의 검은 머리가 허리까지 곧게 늘어지도록 뼈 빗으로 잘 빗은 뒤 머리카락 사이사이에 꽃을 달아주었다. 평평한 배 위에는 라하나의 붉은 표식이 또렷이 드러나 있었다. 헨갈의 다른 두 아들과 마찬가지로 카마반도 키가 컸다. 하지만 왼발을 내딛을 때마다 몸 전체가 기괴하게 비틀리며 무너졌다. 헨갈과 부족의 원로들이 사제 뒤를 따랐다.

행렬이 전진하자 네 남자가 나무 북을 치기 시작했다. 부족민들은 신전을 둘러싸고 춤을 추었다. 처음에는 옆에서 옆으로 그냥 몸을 흔들었지만, 북소리가 차츰 속도를 더하자 태양을 향해 원을 그리며 걸음을 옮기기 시작했다. 사제와 원로늘이 시나갈 때 잠시 멈춰 길을 비켜주었을 뿐, 행렬이 지나간 뒤에는 원이 다시 닫히고 춤은 계속되었다.

신전을 둘러싼 얕은 제방에 난 좁은 입구로는 사제와 제물만이 들어갈 수 있었다. 앞장서서 새로 판 무덤 쪽으로 다가간 히락은 여신의 주의를 끌기 위해 희미한 달을 향해 울부짖었다. 길란은 카마반을 데리고 원형 반대편으로 향했다. 다른 사제들은 원형 기둥 주위를 뛰어다니기 시작했다. 한 사람은 오늘 라사린에서 벌어지는 중요한 행사를 조상들이 잘 볼 수 있도록 부족의 두개골 깃대를 높이 쳐들었고, 한 사람은 거대한 들소 허벅지 뼈를 쳐들었다. 울퉁불퉁하고 둥글게 옹이 뼈 한쪽 끝에는 붉은 황토가 칠해져 있었다. 부족의 '아이 살해' 도구였다. 어린 아이들은 부모와 함께 북소리에 맞춰 춤을 추면서도 경계심 가득한 눈으로 지켜보았다.

헨갈은 신전 입구에 우뚝 섰다. 그 혼자만 춤을 추지 않았다. 발밑에는 여신께 바칠 예물이 놓여 있었다. 돌로 만든 곤봉, 청동 덩어리, 점토에 새끼줄 문양을 찍은 이방인의 항아리. 밭에서 일을 하지 않고 양떼나 소떼를 키우지 않는 사제들은 이 예물을 보관했다가 식량을 사는 데 사용했다.

부족은 다리에 힘이 빠질 때까지, 북소리와 자기들의 노랫소리에 취해 거의 몽환 상태에 이를 때까지 춤을 추었다. 그들은 라하나의 이름을 불렀다. 혹시라도 예식을 어지럽힐지 모르는 귀신을 쫓아내기 위해 땅을 쓸던 무용수들이 나뭇가지를 던져버리고 달의 여신을 간구하는 반복적인 노래를 부르기 시작했다. 우리를 보소서, 우리가 당신을 위해 가져온 것들을 보소서, 우리를 보소서. 예물이 여신에게 기쁨을 줄 거라는 것을 알기에, 그들의 목소리에는 행복이 깃들어 있었다.

히락은 눈을 감은 채 춤을 추었다. 피부에 바른 회칠 위로 땀이 흘러내려 고랑을 이루었다. 환희에 차서 새로 판 무덤에 당장이라도 떨어질 것만 같았다. 순간, 그가 갑자기 춤을 멈추더니 눈을 뜨고 흰 구름 사이에서 아직 은은하게 빛나는 달을 향해 울부짖었다.

신전 주변에 정적이 내려앉았다. 무용수들은 동작을 서서히 멈추었다. 노래와 북소리가 잦아들고, 닐의 백조 뼈 나팔도 잠잠해졌다.

히락은 다시 울부짖은 뒤, 오른손을 뻗어 '아이 살해' 곤봉을 집어 들었다. 두개골 깃대를 든 사제가 조상들이 예식을 잘 볼 수 있도록 제사장 뒤로 다가왔다.

길란이 카마반을 앞으로 밀었다. 아이가 제 발로 걸어갈 거라고 예상한 사람은 아무도 없었다. 하지만 놀랍게도 벌거벗은 아이는 망설임 없이 절뚝거리며 무덤으로 향했다. 부족민들 사이에서 찬사의 한숨이 흘러나왔다. 비록 어리석음 때문이라 해도 희생이 자발적으로 이루어지면 더 좋은 법이다.

카마반은 자신이 묻히게 될 무덤 옆에 정확히 섰다. 히락은 아이가 갖고 있을 두려움을 달래기 위해 억지 미소를 지었다. 카마반은 눈을 깜빡이며 사제를 올려다보았지만 아무 말도 하지 않았다. 그는 하루 종일 말이 없었다. 여자들이 헝클어진 머리카락을 긴 이빨 달린 빗으로 아프게 잡아당기며 빗질을 할 때조차 아무 소리도 내지 않았다. 그는 웃고 있었다.

"누가 아이 대신 말하겠는가?"

히락이 물었다.

"나요."

헨갈이 신전 입구에서 우렁차게 외쳤다.

"아이의 이름은?"

"카마반."

헨갈이 대답했다. 히락은 예법을 지키지 않은 것이 못마땅한 듯 잠시 멈추었다가 좀 더 크게 다시 물었다.

"아이의 이름은?"

"카마반."

헨갈은 잠시 멈추었다가 말을 이었다.

"헨갈의 아들, 로크의 아들이오."

구름이 해를 가리고 신전 위에 그림자가 덮였다. 부족민 몇몇은 액운을 피하기 위해 사타구니를 만졌지만, 다른 사람들은 라하나가 아직 하늘에서 모습을 드러내고 있는 것을 주시했다.

"헨갈의 아들, 로크의 아들, 카마반의 목숨을 가진 자는 누구인가?"

"나요."

헨갈은 이렇게 말한 뒤 허리띠에 늘어진 가죽 주머니를 열어 작고 둥근 석회암 덩어리를 꺼냈다. 그것을 닐에게 넘기자 닐은 다시 히락에게 전했다. 겨우 눈알 크기만 한 이 구슬은 아기가 태어날 때 만들어두었다 그 아이가 성인이 되면 부수는 생명의 상징이었다. 성인이 될 때까지 아이의 영혼은 이 안에 담긴다. 만약 아이가 죽으면 이 구슬을 부숴 가루로 만든 뒤 물이나 우유와 섞어 영혼이 다른 몸으로 전달되도록 마신다. 그리고 아이가 귀신이나 노예를 찾는 이방인 사냥꾼들에게 납치당하면, 사라진 아이가 신의 보호를 받을 수 있도록 이 구슬을 신전 기둥 옆에 묻는다.

히락은 구슬을 받아들고 사타구니에 문지른 다음 달을 향해 높이 쳐들었다.

"라하나여! 당신에게 예물을 가져왔습니다! 헨갈의 아들, 로크의 아들, 카마반을 당신에게 바칩니다!"

그러곤 구슬을 무덤 옆 풀 위에 던졌다. 카마반은 다시 웃었다. 앞으로 달려가 구슬을 주우려다 길란이 가만히 있으라고 속삭이자 그 말을 따랐다.

히락은 무덤 옆으로 다가가 외쳤다.

"카마반, 헨갈의 아들, 로크의 아들, 나는 너를 라하나에게 바친다! 네 살은 라하나의 살, 네 피는 라하나의 피, 네 영혼은 라하나의 영혼이 될 것이다. 카마반, 헨갈의 아들, 로크의 아들, 나는 너를 부족에게서 끌어내 여신의 곁으로 던진다. 나는 너를 파괴한다!"

말을 마치고 히락은 '아이 살해' 곤봉을 머리 위로 높이 치켜들었다.

"안 돼!"

겁에 질린 목소리가 들렸다. 놀란 부족민들이 일제히 돌아보니 사반이었다. 사반 자신도 손으로 입을 틀어막고 있는 것을 보니 자기도 모르게 외친 듯했다. 하지만 비통한 기색은 역력했다. 카마반은 그의 이복형제였다.

"안 돼. 제발, 안 돼요!"

사반은 손으로 입을 가린 채 속삭였다. 헨갈은 얼굴을 찡그렸지만, 갈레스는 사반의 어깨에 부드럽게 팔을 둘렀다.

"어쩔 수 없는 일이다."

갈레스는 사반에게 속삭였다.

"내 형이에요."

"어쩔 수 없는 일이야."

"조용히 해!"

헨갈이 일갈했다. 전날 아침 굴욕을 당한 뒤 줄곧 시무룩해 있던 렌가는 동생이 아버지의 노여움을 사는 것을 보고 웃었다.

"카마반."

히락이 외쳤다.

"헨갈의 아들, 로크의 아들, 나는 너를 라하나에게 바친다!"

사반의 방해로 불쾌해진 히락은 거대한 뼈 곤봉을 내리쳐 둔중한 끝부분으로 석회암 덩어리를 산산조각 냈다. 조각이 가루가 될 때까지 두드렸다. 구경하던 부족민들은 카마반의 영혼이 이렇게 무(無)로 돌아가는 것을 보고 신음했다. 렌가는 씩 웃었지만, 헨갈의 얼굴에는 표정이 없었다. 갈레스는 움찔했고, 사반은 흐느꼈다. 하지만 그들이 할 수 있는 일은 없었다. 이는 신들과 사제의 영역이었다.

"아이의 이름은?"

히락이 물었다.

"이름은 없다."

길란이 대답했다.

"아버지는?"

"그에게 아버지는 없다."

"그의 부족은?"

"그에게 부족은 없다. 그는 존재하지 않는다."

길란이 읊조리듯 말했다. 히락은 카마반의 녹색 눈동자를 바라보았다. 히락의 눈에 소년은 보이지 않았다. 그는 이미 죽었고, 목숨과 영혼은 산산조각이 나서 흰 가루가 되었기 때문이다. 그는 명령했다.

"무릎을 꿇어라."

아이는 순순히 무릎을 꿇었다. 이렇게 키 큰 젊은이가 들소의 뼈에 맞아 죽는다는 것이 몇몇 부족민에게는 이상해 보였지만, 라사린에서 사반 외에 카마반의 죽음을 애석해하는 사람은 없었다. 기형아는 액운을 가져오므로 죽는 것이 낫다. 히락은 '아이 살해' 곤봉을 머리 위로 높이 치켜들고, 다시 라하나를 쳐다본 다음 카마반을 내려다보았다. 제사장은 일격을 가하기 위해 힘을 주었다. 하지만 곤봉은 더 이상 움직이지 않았다. 히락의 얼굴에 갑자기 공포가 떠올랐다. 동시에 슬라올을 가리고 있던 구름이 갈라지면서 한줄기 햇살이 신전 위에 내리비쳤다. 가장 높은 기둥에 앉아 있던 까마귀 한 마리가 요란하게 울어대기 시작했다.

곤봉이 손에서 떨고 있었지만, 히락은 내려치지 않았다.

"죽이시오."

길란이 속삭였다.

"죽이시오!"

그러나 길란은 카마반 뒤에 서 있었기 때문에 히락이 목격한 것을 보지 못했다. 히락은 혀를 내밀고 있는 카마반을 바라보고 있었다. 혀 위에는 작은 금 조각 두 개가 놓여 있었다. 이방인의 금. 슬라올의 금.

까마귀가 다시 울부짖었다. 히락은 까마귀의 존재가 무슨 징조일까 생각하며 새를 쳐다보았다.

카마반은 금 조각을 다시 입 안에 넣은 뒤, 손가락 하나를 적셔서 가루가 된 자신의 영혼을 가볍게 두드렸다.

"당신이 나를 죽이면 슬라올이 노할 것입니다."

카마반은 더듬지 않고 정확하게 말한 다음 손가락에 묻은 가루를 핥았다. 그렇게 산산조각 난 자신의 영혼을 계속 찍어 먹었다.

"죽여라!"

닐이 외쳤다.

"죽여라!"

헨갈이 말을 받았다.

"죽여라!"

렌가가 소리쳤다.

"죽여라!"

군중들이 외쳤다.

그러나 히락은 움직일 수 없었다. 카마반은 계속해서 가루를 먹으며 제사장을 올려다보았다.

"슬라올이 나를 살리라고 명하십니다."

카마반은 아주 침착하게, 더듬지 않고 말했다.

히락은 하마터면 무덤에 빠질 정도로 놀라 뒤로 물러서더니 곤봉을 내려놓았다. 그리고 쉰 목소리로 선언했다.

"여신이 제물을 거부하셨다."

군중은 울부짖었다. 사반은 눈물이 글썽글썽한 채 웃고 있었다. 이렇게 비틀린 아이는 풀려났다.

3

여자 마법사

가라, 내가 네 미래를 결정하는 동안.

제사가 실패로 돌아간 뒤, 라사린에는 공포가 감돌았다. 신이 제물을 거부하는 것보다 더 나쁜 징조는 거의 없었기 때문이다. 히락은 계시를 받았다고만 했을 뿐, 아이를 죽이지 않은 이유를 말하지 않고 자기 오두막으로 돌아갔다. 그의 아내들은 남편이 열병에 걸렸다고 전했다. 이틀 뒤, 제사장이 죽자 어둠 속에서 통곡이 터져 나왔다. 제사장의 아내들은 카마반이 히락에게 저주를 걸었기 때문이라고 주장했지만, 이제 라사린의 최연장 사제가 된 길란은 라하나의 표식이 있는 아이를 죽이는 것은 있을 수 없는 일이라고 말했다. 히락의 잘못이다, 그가 애석하게도 신의 계시를 잘못 해석했기 때문이라고 그는 말했다. 또 금이 옛 신전으로 간 것은 분명 신전을 재건하라는 슬라올의 계시라고 했다. 헨갈은 쾌활하고 유능한 길란의 말에 귀를 기울였지만, 그가 카살로에 대해 동경심을 갖고 있었기 때문에 신뢰하지는 않았다.

길란은 헨갈에게 말했다.

"카살로에는 모든 신을 섬기는 대신전이 하나 있는데, 신들을 잘 모시고 있소. 우리도 그렇게 해야 합니다."

"신전을 지으려면 보물을 써야 하지."

헨갈이 우울하게 말하자 길란이 받아 쳤다.

"신들을 무시하면 세상의 금과 청동, 호박이 다 무슨 소용이란 말이오?"

길란은 제사장이 되고 싶었지만, 나이가 많다는 것 하나만으로는 영광을 얻을 수 없었다. 그러려면 신들의 계시가 필요했다. 모든 사제는 자기들 손으로 직접 히락의 후계자를 선출하기 전에 계시가 내려오기를 바랐다. 그러나 제사가 실패로 돌아간 뒤 한동안 카살로 전사들의 라사린 침입이 한층 대담해졌기 때문에 계시는 액운을 뜻하는 것밖에 없는 듯했다. 매일같이 소와 돼지를 도둑맞았다는 이야기가 헨갈의 귀에 들려왔다. 침입자들을 물리치기 위해 북쪽으로 창 부대를 보내기는 했지만, 그러면서도 헨갈은 여전히 전쟁을 피했다. 헨갈은 창 부대를 보내는 대신 길란을 카살로 족장에게 보내 대화를 시도했다. 그러나 실은 무시무시한 여자 마법사 사나스를 상대해야 한다는 것을 모두 다 알고 있었다. 카살로에는 족장이, 위대한 전쟁 지도자가 있기는 했지만 실질적인 지배자는 사나스였다. 헨갈의 부족민 중 많은 이들은 그녀가 라사린에 무슨 저주를 내리지는 않았을까 겁을 먹고 있었다. 그렇지 않다면 제사가 왜 실패로 돌아갔겠는가?

징조는 점점 험악해졌다. 아이가 강물에 빠져 죽고, 수달이 십여 개의 고기잡이 덫을 찢었고, 아린과 마이 신전에는 독사가 나타났으며, 헨갈의 새 아내는 유산을 했다. 회색 비바람이 서쪽에서 몰려왔다. 카살로에서 돌아온 길란은 헨갈과 이야기를 나눈 뒤, 다시 걸어서 북쪽으로 출발했다. 부족민은 사제가 무슨 소식을 가져왔는지, 헨갈이 카살로에 어떤 답변을 보냈는지 궁금했지만 족장은 아무 말도 하지 않았다. 라사린 사람들은 다시 생업에 열중했다. 항아리도 만들어야 하고, 부싯돌도 캐내야 하고, 가죽은 무두질을 해야 하고, 돼지 먹이도 줘야 하고, 소젖도 짜야 하고, 물도 길어야 하고, 집도 수리해야 하고, 갈대로 고기잡이 덫도 짜야 하고, 광활한 숲 속의 나무를 베어 배도 만들어야 했다. 남쪽 해안에서 상인들이 황소에 조개와 소금, 예리한 돌도끼를 잔뜩 싣고 마을로 들어왔다. 헨갈은 세금을 거두어들인 뒤, 카살로로 향하는 북쪽 길을 터주었다. 슬라올 신전과 라하나 신전 안에 도끼를 하나씩 묻었지만 그 공물도 소용이 없었다. 다음 날, 늑대들이 고원 목초지에 나타나 암소 한 마리와 양 세 마리, 돼지 십여 마리를 물어갔다.

험악한 징조에 전혀 흔들리지 않는 사람은 렌가뿐인 것 같았다. 아버지에게 금을 내놓는 수모를 겪었지만, 그는 민첩한 사냥꾼이라는 명성을 차츰 회복해가고 있었다. 렌가와 그의 동료들은 매일같이 짐승과 이빨, 가죽을 가져왔다. 렌가는 신들이 자신에게 미소를 보낸다는 증거로 자기 집 문간 양쪽에 이빨을 걸었다. 헨갈은 마지막 남은 위신을 동원해 혹시 카살로 전사들과 싸움이 붙을 수도 있으니 북쪽 숲으로는 들어가지 말라고 렌가에게 엄히 명했다. 그런데 하루는 남쪽 지방에서 이방인을 만난 렌가가 적의 머리 여섯 구를 가져와 제방 꼭대기에 꽂힌 장대에 매달았다. 까마귀가 회색 문신을 새긴 그들의 머리를 포식했고, 하늘에 내걸린 전리품을 보자 더욱더 많은 부족민이 렌가가 신의 사랑을 받고 있으며 헨갈의 운이 다했다고 생각하기 시작했다.

그때 이방인 사절단이 도착했다.

그들은 헨갈이 초승달이 뜰 때마다 열리는 재판을 주재하고 있을 때 나타났다. 족장과 제사장, 부족 원로들이 아린과 마이 신전에 모여 도적질과 협박, 살해, 불륜, 약속 불이행 등에 대한 분란에 귀를 기울이고 있을 때였다. 죄인에게 죽음을 선고할 수도 있었지만, 원로들은 상대를 위해 노동력을 제공하게 하는 것을 선호했기 때문에 사형을 선고하는 일은 거의 드물었다. 그날 아침 헨갈은 이맛살을 찌푸린 채 밭의 경계석을 누가 몰래 움직였다는 불만에 귀를 기울이고 있었다. 논쟁이 한창 격렬해질 즈음, 렌가의 친구 제가가 이방인의 기마대가 서쪽에서 오고 있다고 알렸다.

이방인들은 평화 사절단이라는 뜻으로 숫양 뿔피리를 불고 있었다. 헨갈은 렌가에게 전사 부대를 이끌고 이방인들을 맞되 슬라올 신전 쪽으로는 접근하지 못하게 하라고 일렀다. 헨갈은 사제 및 원로들과 상의할 시간이 필요했고, 사제들은 장신구를 걸쳐야 했다. 먹을 것도 준비해야 했다. 이방인은 적으로 간주되었지만, 이들이 평화의 이름으로 찾아왔기 때문에 먹을 것을 주어야 했다.

젊은 사제들은 정착지 바로 바깥에 위치한 강둑에 만남의 장소를 준비했다. 그들은 영역 표시를 위해 두개골 장대를 세우고, 손님들이 앉을 자리는 둥그렇게 물을 뿌려 표시했다. 그 원 밖에는 이방인들이 혹시라도 기저왔을지 모를 저이가 밖으로 새어나오지 못하도록 황소 두개골과 석회 도끼, 호랑가시나무 가지를 놓았다. 이런 회합은 전례가 없었기에, 라사린 사람들은 들뜬 마음으로 원 밖에 모여들었다. 이방인 교역상들은 흔히 볼 수 있는 손님이고 정착지 안에는 이방인 노예도 많았다. 하지만 이방인 사절단이 온 것은 처음인지라 밤새도록 이야기하고 또 이야기할 거리가 충분할 터였다.

헨갈은 마침내 준비를 마쳤다. 부족 최고의 전사들이 이방인들을 데리러 떠났고, 최근 카살로에 갔다가 막 돌아온 길란은 이방인의 마법이 해를 끼치는 것을 막기 위해 부적을 짰다. 이방인들도 마법사를 데리고 왔다. 붉은 진흙을 발라 머리카락을 딱딱하게 뻗친 절름발이였다. 그가 길란을 향해 울부짖자 길란도 화답해 울부짖었다. 그런 뒤 절름발이는 사슴 갈비뼈를 맨살을 드러낸 다리 사이에 넣고 심장 박동이 한 번 뛸 동안 꽉 조인 다음 내던졌다. 자신의 능력을 버린다는 뜻이었다.

절름발이 마법사는 만남의 장소에 반듯이 누워 하늘만 쳐다보고, 나머지 여덟 명의 이방인은 헨갈과 부족 원로들을 향해 일렬로 앉았다. 이방인들은 통역사를 데리고 왔다. 라사린 사람들도 익히 알고 두려워하는 무역상이었다. 하락이라는 이름의 이 무역상은 거인이었다. 덩치 크고 잔인하게 생긴 하락은 늘 자신보다 더 크고 더 무섭게 생긴 귀머거리-벙어리 아들을 데리고 다녔다. 아들은 이번 사절단과 동행하지 않았고, 보통 예리한 돌도끼와 무거운 청동검을 가지고 라사린을 찾아오는 하락도 오늘만은 전언(傳言) 이외에 아무것도 가져오지 않았다. 그러나 그의 동료들은 모두 묵직한 가죽 주머니를 갖고 있어, 헨갈의 부족민들은 기대에 가득 찬 눈으로 그 주머니를 훔쳐보았다.

해가 중천에 떠오르자 회합이 시작되었다. 이방인들은 그들이 서쪽으로 걸을 수 있는 만큼 최대한 걷다보면 거친 바다와 단단한 암석, 높은 산, 빈약한 토양의 나라가 나타나는데, 그곳 사르메닌에서 왔다고 입을 열었다. 그리고 그렇게 먼 땅 사르메닌에서 라사린의 족장, 위대한 헨갈과 이야기를 나누러 왔다고 말을 이었다. 하지만 이런 아첨에도 헨갈은 신전 기둥을 떠도는 새벽안개처럼 아무런 기색이 없었다. 한낮이라 따뜻했지만 족장은 검은 곰 가죽을 어깨에 두르고 거대한 돌 곤봉을 갖고 있었다.

키가 크고 깡마른 체구에 얼굴에는 흉터가 있고 한쪽 눈이 먼 이방인의 우두머리가 젊고 어리석은 자기 부족민 하나가 부족 소유의 하찮은 보물을 훔쳐 달아났다고 설명했다. 이어서 그자가 헨갈의 땅으로 도망쳐 이곳에서 죽었다는 소식을 들었다, 그자는 죽어도 싸다, 보물은 비록 하찮은 것이지만 그래도 돌려받기를 원하며 값도 잘 쳐줄 생각이다, 라고 말했다.

하락의 긴 통역을 들은 헨갈은 그렇게 하찮은 보물과 교환하는 것만이 목적이라면 왜 굳이 자고 있는 사람을 깨웠는지 이해할 수 없다고 반박했다. 그래도 어차피 잠을 설쳤고 이방인들의 태도도 공손하므로 보물 대신 무엇을 내놓을지 보여줄 시간은 조금 주겠다고 했다. 헨갈은 하락의 통역을 믿지 않았다. 그래서 그의 말은 오래전 노예로 잡혀온 이방인 노예 발란이 통역했다. 발란은 오랫동안 헨갈을 섬긴 사람으로,

지금은 노예라기보다는 족장의 친구로서 자기 소유의 오두막과 가축, 아내도 거느리고 있었다.

외눈박이는 위대한 헨갈의 잠을 깨운 걸 사과하고, 자신은 헨갈의 부하들과도 기꺼이 거래할 생각이 있다고 했다. 그리고 족장이 이렇듯 인자하게 그들의 청에 귀를 기울이니 혹시 잃어버린 보물을 갖고 있는지 알려줄 수 있겠느냐고 물었다.

헨갈은 말했다.

"우리는 보통 하찮은 물건은 내다 버린다. 그러나 가지고 있을 수도 있다."

그러곤 어른들의 이야기가 지루하지 레가가 숲에서 가져온 이방인들의 머리가 꽂힌 장대 바로 아래 풀숲에서 구르고 뛰노는 아이들을 바라보았다. 사르메닌 이방인들이 아닌 라사린에서 가까운 곳에 사는 다른 부족의 머리였지만, 그것만으로도 손님들에게 불안감을 안겨주기에 충분했다.

"아이들은 반짝이는 물건을 좋아한다."

헨갈은 머리가 꽂힌 장대를 턱으로 가리켰다.

"그러니 어린애들을 위해 그대들의 보물을 계속 갖고 있을 수도 있다. 한데 교환할 다른 물건을 가져왔다며?"

이방인들은 땅 위에 선물을 늘어놓았다. 질 좋은 수달 가죽과 바다표범 가죽, 조개껍데기 한 바구니, 청동 막대 세 개, 구리 막대 하나, 바다 괴물에게서 얻었다는 괴상하게 생긴 뾰족한 이빨들, 반짝이는 거북 등껍질 조각, 무엇보다 금 못지않게 희귀한 호박 덩어리도 있었다. 헨갈은 그들의 가죽 주머니가 아직 반쯤 남아 있는 것을 보고 팔을 쭉 뻗어 하품을 하더니 얽힌 수염을 쓰다듬었다. 그리고 어차피 일어났으니 마이 여신께 강에서 물고기를 얼마나 낚을 수 있는지 물어보러 가야겠다고 말했다.

"어제는 큰 창꼬치가 꽤 보였지. 안 그래?"

헨갈이 갈레스에게 물었다.

"아주 컸습니다."

"창꼬치는 맛이 좋아."

헨갈이 말했다.

이방인들이 서둘러 청동 막대를 더 내놓자 라사린 사람들은 놀라 웅성거렸다. 공물은 계속 나왔다. 섬세하게 깎은 뼈 바늘, 십여 개의 뼈빗, 물고기 덫, 아주 정교한 청동 칼 세 개, 마침내 날에서 푸른빛이 돌고 미세한 결정 조각이 반짝이는 아름답게 연마한 돌도끼까지 나왔다. 헨갈은 도끼가 몹시 탐이 났지만 애써 무관심한 말투로 왜 이렇게 한심한 공물을 가지고 이렇게 먼 나라까지 왔는지 모르겠다고 물었다.

이방인의 우두머리가 마지막 보물을 내놓았다. 금 막대였다. 창살 크기만 한 금 막대는 두 손으로 들어야 할 만큼 무거웠다. 구경꾼들은 헉하고 숨을 들이쉬었다. 렌가가 가져온 마름모꼴 금 조각을 다 모아도 번쩍이는 이 금괴만큼은 되지 않을 터였다. 금에 인색하기로 유명한 이방인들이 이 정도로 큰 금을 내놓은 것은 저들이 잃어버린 보물이 하찮다는 주장과 모순되는 것이었다. 헨갈은 계속 무심한 말투로 상대를 압박했다. 그러자 이방인들은 결국 잃어버린 보물이 사소한 물건이 아니라 매년 태양의 신부를 치장하는 신성한 보물이라고 마지못해 고백했다. 하락이 그 보물은 바다의 신이 에렉에게 준 선물이며, 사르메닌 부족은 그걸 잃어버려 액운이 닥칠까봐 두려워하고 있다고 엄숙한 얼굴로 털어놓았다. 이제는 거의 사정하는 말투였다. 그들은 보물을 돌려받길 원했고, 에렉의 노여움이 두려워 비싼 값을 치를 준비도 되어 있었다.

"에렉은 저쪽에서 슬라올을 부르는 말입니다."

발란이 헨갈에게 말했다.

헨갈은 이방인이 실토를 하게끔 한 데 만족하며 일어섰다.

"이 문제를 생각해보겠다."

정착지에서 음식이 날라져왔다. 차가운 돼지고기, 납작한 빵, 훈제 물고기, 그릇에 담은 별꽃과 괭이밥이었다. 이방인들은 혹시 독이라도 들어 있지 않을까 껄끄러운 기색이었지만, 음식을 거부하는 결례를 저지르고 싶지 않은 듯 그냥 먹었다. 사제만은 아무것도 먹지 않고 그대로 누운 채 하늘만 바라보고 있었다. 길란과 라사린의 사제들은 한데 모여 낮은 목소리로 격렬하게 소곤거렸다. 렌가와 그의 친구들은 원의 반대쪽에 모여 있었다. 부족민들은 공물을 자세히 보기 위해 다가왔지만, 라사린의 사제가 이방인의 마법을 공물에서 아직 제거하지 않았기 때문에 원 인까지 들어와 만져보는 사람은 없었다. 헨갈은 원로들과 이야기하며 가끔 사제들에게 의견을 물어보기도 했다. 하지만 주로 상대한 사람은 길란이었다. 카살로를 두 번이나 다녀온 길란이 다급하게 헨갈에게 무슨 말인가를 했다. 헨갈은 귀를 기울이며 고개를 끄덕이다 마침내 길란의 주장을 수긍한 듯했다.

해가 서쪽에 있는 집을 향해 서서히 질 무렵, 헨갈은 다시 나와 앉았다. 관습상 부족민들은 헨갈이 결정을 선언하기 전에 누구라도 자유롭게 자기 생각을 말할 수 있었다. 몇몇 사람이 일어서서 자기 의견을 말했다. 대부분 이방인의 공물을 받아들이자는 쪽이었다.

갈레스가 말했다.

"금은 우리 것이 아니라 신에게서 훔친 것입니다. 어떻게 우리에게 행운을 가져다줄 수 있겠습니까? 이방인들이 보물을 갖게 합시다."

여기저기에서 지지하는 목소리가 들렸다. 그때 렌가가 창끝으로 바닥을 두드리며 일어서자 수런거림은 일시에 잦아들었다.

"갈레스의 말이 맞습니다!"

두 사람의 의견이 일치하는 일은 절대 있을 수 없을 거라고 생각했던 사람들은 몹시 놀랐다.

"이방인들은 보물을 돌려받아야 합니다. 그러나 오두막에서 대충 긁어낸 이 따위 물건보다 더 큰 대가를 요구해야 합니다."

렌가는 이방인들 앞에 쌓인 물건들을 가리켰다.

"이방인들이 보물을 돌려받고 싶다면, 먼 나라에 있는 그들의 창 부대와 화살 부대 모두를 1년 동안 우리 밑에서 봉사하게 합시다."

통역사 하락이 이 말을 전하자 이방인들은 걱정스러운 기색이 역력했다. 하지만 헨갈은 고개를 저으며 아들에게 물었다.

"그 많은 이방인 부대를 우리가 어찌 다 먹이겠느냐?"

"자기들의 무기로 얻어낸 곡식과 가축을 먹으면 됩니다."

"무슨 곡식과 가축 말이냐?"

"우리 마을 북쪽에서 자라는 곡식과 풀을 뜯는 가축들 말입니다."

렌가는 반항적으로 대답했다. 많은 부족민이 동의한다는 뜻을 표시했다. 사르메닌 부족은 전사로 유명했다. 그들은 척박한 땅에서 자란 날렵하고 배고픈 사람들이었다. 자기들 나라에서 구하지 못하는 것은 창으로 얻어냈다. 이 무시무시한 전사들이라면 분명 카살로의 공격을 막을 수 있을 터였다. 더욱 많은 부족민이 렌가의 의견에 찬성의 목소리를 높였다.

헨갈은 조용히 하라는 뜻으로 거대한 곤봉을 들었다.

"사르메닌 부대는 내륙 깊숙이 들어온 적이 없다. 그런데 그들을 초대하자고? 그들이 창과 활과 도끼를 들고 온다면, 우리가 어떻게 그들을 물리치겠느냐? 그들의 무기가 우리를 향한다면?"

"우리가 수적으로 우세합니다!"

렌가는 자신 있게 외쳤다. 헨갈은 한심하다는 듯 아들을 보았다.

"저들의 창 부대 숫자를 아느냐?"

헨갈은 이방인들을 가리키며 물었다.

"저들의 도움을 받으면 우리는 적을 쳐부술 수 있습니다."

렌가가 말했다.

헨갈은 자리에서 일어났다. 렌가의 발언 시간이 끝났다는 뜻이었다. 렌가는 잠시 동안 서 있다가 마지못해 다시 앉았다. 헨갈은 가장 바깥에 있는 군중에게까지 잘 들리도록 우렁찬 목소리로 말했다.

"카살로는 우리의 적이 아니다! 카살로는 강하다. 그렇다. 하지만 우리 역시 강하다! 우리 둘은 개와 같다. 서로 물어뜯고 상처를 입힐 수도 있지만, 서로에게 입히는 상처가 너무 커서 둘 다 살아남지 못할 수도 있다. 그러나 함께 사냥한다면 우리 둘 다 배불리 먹을 수 있다."

놀란 부족민은 침묵한 채 그를 응시했다. 금 조각에 대한 결정을 기대했는데, 족장이 카살로 문제를 들고 나왔기 때문이다.

헨갈은 외쳤다.

"함께라면! 카살로와 라사린은 이 땅의 어느 나라보다 강해질 것이다. 그러므로 우리는 혼인을 통해 두 부족을 하나로 묶기로 했다."

이 소식에 군중들이 놀라 웅성거렸다.

"하지 전날, 우리는 카살로에 가서 그들과 춤을 출 것이다."

그 장면을 상상한 군중들 사이에서 서서히 찬성하는 소리가 높아졌다. 잠시 전까지만 해도 카살로를 정복하자는 렌가의 주장에 열렬히 동의하던 사람들이었지만, 이제는 헨갈의 평화 제안에 솔깃해진 것이다.

"길란이 카살로 족장과 이야기를 했다. 저쪽도 우리가 하나의 부족이 아닌, 결혼으로 맺어진 남녀처럼 부족끼리 결합하자는 데 동의했다."

"한데 어느 쪽이 남자입니까?"

렌가가 감히 외쳤다. 헨갈은 그를 무시했다.

"전쟁은 없다."

헨갈은 단조롭게 선언한 뒤 이방인들을 내려다보았다.

"너희의 신은 보물을 받았으나 너희가 그것을 잃어버렸고, 그 보물은 우리에게 왔다. 보물이 우리의 옛 신전으로 왔다는 것은 여기에 있어야 할 운명이라는 뜻이다. 금을 너희에게 돌려주는 것은 우리 손에 그 보물을 넘긴 신들에 대한 모욕이다. 보물이 우리에게 온 것은 신전을 재건해야 한다는 뜻이므로, 그렇게 할 것이다! 신전을 재건할 것이다!"

길란은 만족스러운 얼굴이었다. 자신이 헨갈에게 그렇게 하라고 건의했기 때문이다.

외눈박이 남자는 라사린을 상대로 전쟁을 일으키겠다고 협박했다. 헨갈은 커다란 곤봉을 보란 듯이 휘둘렀다.

"전쟁? 전쟁! 너희가 라사린에 오면 내가 전쟁 맛을 보여주마. 너희의 영혼에 오줌을 누고 아이들을 노예로 삼고 여자들을 노리개로 삼고 너희의 뼈를 가루로 만들어주마. 우리가 아는 전쟁은 그런 것이다!"

그러곤 이방인들을 향해 침을 뱉었다.

"공물을 갖고 가거라!"

이방인의 사제가 하늘을 향해 울부짖었다. 우두머리는 마지막으로 항의하려 했지만 헨갈은 들으려 하지 않았다. 그는 교환을 거부했고, 이방인들은 공물을 들고 말이 있는 곳으로 돌아가는 수밖에 없었다.

그날 저녁 버드나무로 엮은 덫에 걸린 물고기처럼 해가 서쪽 나뭇가지에 걸려 있을 무렵, 렌가와 십여 명의 친한 동료들이 라사린을 떠났다. 그들은 활과 창을 들고 사냥개를 긴 가죽 끈에 묶은 다음 사냥을 하러 떠난다고 했다. 한데 렌가가 이방인 노예 여자 하나를 데려가는 것을 보고 부족민들은 놀랐다. 사냥에는 여자를 데려가지 못하도록 되어 있었기 때문이다. 그날 밤, 젊은 여자 대여섯 명이 더 라사린을 몰래 빠져나갔다. 다음 날 아침, 부족민들은 렌가가 사냥을 떠난 것이 아니라 도망쳤으며, 여자들도 전사 연인들의 뒤를 따라갔다는 것을 알고 경악했다. 헨갈의 분노는 폭풍에 범람하는 강물처럼 흘러넘쳤다. 그는 이런 큰아들을 내려준 사악한 운명에 분노를 터뜨리고 전사들을 보내 렌가의 뒤를 쫓게 했다. 하지만 이미 멀리 떠나버린 도망자들을 잡을 수 있으리라고 기대하는 사람은 없었다. 그때 헨갈은 렌가의 가장 가까운 친구로 알려진 제가가 아직 라사린에 있다는 소식을 들었다. 그래서 그를 오두막 문간으로 불러 스스로 참회하도록 했다.

제가는 땅에 납작하게 누웠다. 헨갈은 전투용 곤봉을 젊은이의 머리 위로 높이 들어 올렸다.

"내 아들은 어디로 갔느냐?"

헨갈은 차갑게 물었다. 제가가 대답했다.

"사르메닌, 이방인에게 갔습니다."

"저들이 그런 계획을 짜고 있다는 것을 알면서도 왜 내게 말하지 않았느냐?"

헨갈은 다시 분노가 서서히 치밀어 올랐다.

"당신의 아들이 내가 배신하면 내 목숨에 저주를 걸겠다고 했습니다."

헨갈은 곤봉을 거두지 않았다.

"왜 너는 함께 가지 않았느냐? 너는 그의 영혼의 친구가 아니냐?"

제가는 겸손하게 답했다.

"당신이 나의 족장이시고 여기는 내 고향이며 바닷가 먼 땅에서는 살고 싶지 않아 가지 않았습니다."

헨갈은 망설였다. 생각 같아서는 그냥 곤봉을 내려쳐서 땅을 피로 물들이고 싶었지만, 그는 공정한 사람이었기 때문에 분노를 다스리고 무기를 내려놓았다. 제가는 그의 질문에 현명하게 대답했다. 헨갈은 이 젊은이를 좋아하지 않았지만 그를 일으켜 세우고 포옹한 뒤 충성의 답례로 작은 청동 칼을 주었다.

어쨌든 렌가는 이방인에게로 갔다. 헨갈은 아들의 오두막을 불태우고 그의 항아리를 부숴 가루로 만들었다. 그리고 자신의 첫 아내인 렌가의 어머니를 죽이고, 길란에게 렌가의 아들로 알려진 소년에 대한 살해 의식을 거행하라고 명령했다. 아이의 어머니가 비명을 지르며 자비를 애원했지만 들소의 뼈가 허공을 가르고, 아이는 죽었다. 헨갈은 렌가에 대해 선언했다.

"그는 존재한 적이 없다. 앞으로도 마찬가지다."

다음 날은 하지 전날이었고, 부족이 카살로를 향해 걸어가야 하는 날이었다. 평화를 맺기 위해서. 사나스를 만나기 위해서.

부족이 북쪽을 향해 걸어가야 하는 날 새벽, 사반의 아버지는 그에게 사슴 가죽 튜닉과 보아뱀의 이빨, 나무 손잡이가 달린 돌칼을 허리띠에 차라고 주며 말했다.

"너는 내 아들이다. 내 유일한 아들. 그러니 족장의 아들처럼 보여야지. 머리를 뒤로 묶어라. 꼿꼿이 서고!"

그러곤 이미 오두막으로 들이지 않은 지 오래인 자신의 세 번째 아내, 사반의 어머니에게 턱짓을 한 뒤, 제물로 카살로로 끌고 갈 흰 암소를 검사하러 나갔다.

카마반까지도 카살로로 향했다. 헨갈은 그를 데려가고 싶지 않았지만, 길란이 사나스가 카마반을 직접 보고 싶어 한다고 주장했다. 그래서 갈레스는 옛 신전의 은신처에 숨어 있는 절름발이를 데려오게 했다. 지금 카마반은 사반과 갈레스, 갈레스의 임신한 아내 리다에게서 몇 걸음 뒤처진 채 절뚝거리며 따라가고 있었다. 그들은 계곡 위 구릉을 따라 북쪽으로 걸었다. 카살로와 라사린의 중간 지점을 의미하는 고원 끝까지 가는 데만 아침 내내 걸렸다. 부족민들은 산꼭대기에 서서 저 멀리 펼쳐진 숲과 습지를 내려다보았다. 대부분의 부족민에게 이번 여행은 마을에서 가장 멀리까지 나와보는 것이었다.

길은 작은 평지가 드문드문 자리 잡은 빽빽한 숲 속의 가파른 내리막길로 이어졌다. 비옥한 토양과 높은 나무, 넓은 습지로 유명한 마덴 땅이었다.

숲으로 들어가자 부족의 남자들이 여자들 옆으로 바짝 다가섰다. 어린 소년들은 나뭇가지에 짚단을 단단히 묶은 다음, 구멍이 숭숭 뚫린 점토 항아리에 가득 담긴 석탄을 꺼내 불을 붙였다. 그리고 길을 따라 달려가며 사악한 영혼들이 접근해서 여인들을 잉태시키는 것을 막기 위해 연기가 오르는 나뭇가지를 흔들면서 고함을 질렀다. 사제들은 노래를 불렀고, 여자들을 부적을 손에 꼭 쥐었고, 남자들은 창살로 나무둥치를 두드렸다. 마덴 가까이 이리저리 얼기설기 뻗은 지류를 건널 때마다 영혼을 달래는 노랫소리는 더욱 높아졌다.

선두에서 걷던 헨갈은 조금 넓은 강을 건넌 뒤, 사반이 따라올 때까지 강둑에서 기다렸다.

"이야기를 좀 하자꾸나."

아들에게 말하고, 헨갈은 몇 걸음 뒤에서 절뚝거리며 따라오는 카마반을 흘끗 보았다. 카마반은 낡은 튜닉 대신 썩은 양가죽을 입었다. 그리고 얼마 안 되는 소지품과 뼈, 뱀 가죽, 부적을 넣은 투박한 가죽 주머니를 차고 있었다. 몸에서는 냄새가 났고, 머리 역시 헝클어지고 더러웠다. 카마반이 아버지를 올려다보더니 몸서리를 치고는 길에 침을 뱉었다.

헨갈은 한심하다는 듯 시선을 돌려 사반과 나란히 걷기 시작했다. 잠시 후, 그는 사반에게 마덴 땅의 밀밭이 얼마나 풍성한지 보았느냐고 물었다. 그리고 폭풍도 이 밭은 비켜간 모양이라며 부럽다는 듯 말한 뒤 강변 숲에도 살찐 돼지들이 있다고 덧붙였다. 돼지와 밀은 모든 인간이 살아가기 위해 필요로 하는 것이니, 신들께 감사해야 한다고 했다.

"아니, 돼지만이라도. 먹을 것은 그것이면 충분해. 돼지와 물고기. 밀은 골칫거리일 뿐이야. 씨를 뿌려야 하니 귀찮지."

헨갈이 차고 있는 가죽 주머니가 걸음을 옮길 때마다 짤랑거렸다. 사반은 거기에 부족의 보물이 들어 있을 거라고 생각했다. 앞서가던 사람들이 노래를 부르기 시작했다. 부족민들이 하나둘 따라하면서 노랫소

리는 차츰 커졌다. 뒤에서 걷던 사람들도 흥얼거리기 시작했지만, 헨갈
과 사반은 따라 부르지 않았다.

"몇 년만 있으면 너도 족장이 되기에 충분한 나이다."

헨갈은 불쑥 말했다. 사반은 조심스럽게 대답했다.

"사제와 부족민들이 동의한다면."

"사제들은 뇌물만 있으면 돼. 부족민들은 사제가 말하는 대로 따를 것
이고."

비둘기 한 마리가 나뭇잎 사이에서 푸드덕거렸다. 헨갈은 좋은 징조
이기를 바라며 고개를 들어 새가 날아가는 방향을 살폈다. 태양을 향해
날아가고 있는 것을 보니 좋은 징조였다.

"사나스가 널 보자고 할 거다."

헨갈은 불길하게 말했다.

"무릎을 꿇고 고개를 조아려라. 여자라는 건 알고 있지만 족장 대접을
해줘야 한다."

그러곤 이맛살을 찌푸렸다.

"무서운 여자다. 무섭고 잔인하지만 권력을 갖고 있어. 신들의 사랑을
받고 있는 게 아니라면, 신들도 그녀를 두려워하는 게지."

그리고 신기하다는 듯 텁수룩한 머리를 흔들었다.

"내가 아직 어렸을 때도 늙은 여자였는데!"

사반은 사나스를 만난다는 생각에 겁이 더럭 났다.

"왜 절 만나려고 할까요?"

헨갈은 단호하게 대답했다.

"너는 카살로 여자와 결혼해야 하는데, 사나스가 여자를 골라줄 것이
다. 카살로에서는 사나스 없이 어떤 결정도 내리지 못해. 키탈이 족장이
라고는 하지만, 그도 노파의 비위를 맞추고 있지. 다들 그렇다."

사반은 아무 말도 하지 않았다. 성인식을 치르기 전에는 결혼할 수 없

다는 것을 알고 있지만, 결혼은 좋았다.

"어쨌든 너는 두 부족이 평화를 맺는 상징으로 카살로 신부를 얻어야 한다. 알겠느냐?"

"네, 아버지."

"하지만 카살로는 네가 내 유일한 아들이라는 걸 아직 모르고 있다. 그리고 아직 어리다고 마땅치 않게 생각할 거다. 그러니까 네가 사나스에게 좋은 인상을 주어야 해."

"네, 아버지."

사반은 다시 말했다. 키탈과 사나스는 렌가가 신부를 얻어가는 것으로 알고 있다. 하지만 렌가가 사라졌으니 이제 사반이 대신해야 한다.

헨갈은 무겁게 말을 이었다.

"넌 족장이 될 거다. 네가 부족의 우두머리가 되어야 한다는 뜻이야. 그러나 족장이 된다는 것은 원하는 대로 다 할 수 있다는 뜻이 아니다. 사람들은 그걸 몰라. 그들은 영웅을 원하지만, 영웅은 부족민의 목숨을 대가로 탄생하는 것이지. 훌륭한 족장들은 그걸 알아. 밤을 낮으로 바꿀 수는 없다는 것을 안다. 나는 가능한 것만을 할 수 있을 뿐, 그 이상은 못해. 물고기 덫이 마르는 것을 막기 위해 비버 둑을 무너뜨릴 수는 있지만, 강물더러 대신해달라고는 할 수 없어."

"이해합니다."

헨갈은 힘주어 말했다.

"전쟁을 치를 수는 없어. 지는 것이 두려운 게 아니라, 이기든 지든 부족의 힘이 약해지는 것이 두려운 거다. 알겠느냐?"

"네."

"내가 곧 죽는다는 건 아니야! 난 여름을 거의 서른다섯 번 살았다. 생각해봐라, 서른다섯 해! 하지만 아직 창창한 세월이 남아 있어! 내 아버지는 50년을 넘게 살았다."

"아버지도 오래 사실 거예요."

사반은 어색하게 말했다.

"하지만 너도 준비를 해야 한다. 성인식을 치르고, 사냥을 하고, 이방인의 머리를 가져오너라. 신들이 널 사랑한다는 것을 부족민들에게 보여줘."

헨갈은 갑자기 고개를 끄덕이더니 아무 말 없이 돌아서서 친구 발란에게 가까이 오라고 손짓했다.

사반은 갈레스가 따라올 때까지 기다렸다. 그가 물었다.

"무슨 말씀을 하시더냐?"

"카살로 여자와 결혼해야 한다고 하셨어요."

사반이 말하자 갈레스는 미소를 지었다.

"그래, 그렇게 해야 한다."

갈레스는 이번 결정이 사반을 다음 족장으로 생각한다는 의미라는 걸 알고 있었지만 불만은 없었다. 그는 목공 일을 할 때 가장 행복했고, 형의 뒤를 잇겠다는 대단한 야심은 없었다. 그는 사반의 머리를 살짝 쓰다듬었다.

"여자가 예뻐야 할 텐데."

"예쁠 거예요."

사반은 이렇게 말했지만 문득 못났으면 어쩌나 하는 생각이 스쳤다.

부족은 마지막 늪을 건너고 숲이 빽빽한 언덕을 올랐다. 이윽고 나무가 차츰 듬성듬성 보이면서 카살로가 그 위용을 드러내기 시작했다. 라사린의 옛 신전처럼 기둥이 썩어가고 원형 광장 안에는 개암나무가 우거진 고대의 사당을 지나자 저 멀리 언덕 비탈에 무덤들이 보였다. 언덕은 라사린 주변의 구릉처럼 낮았지만 경사는 한결 급했다. 그 중간에 저 유명한 성스러운 무덤이 자리 잡고 있었다. 라사린에는 이런 것이 없었다. 여행을 다녀온 부족민들이 다른 부족의 성스러운 무덤 이야기를 전해주곤 했지만, 모두 카살로만 한 것은 없다고 입을 모았다. 무덤은 언덕이라고 해도 좋을 정도로 거대했지만 인간의 손으로 쌓은 것이었다. 계곡에서 시작해 하늘에 닿을 정도로 높고, 석회암을 하나하나 쌓아 올려 만들었기 때문에 흰빛을 발했다. 라사린의 제방보다 훨씬 더 높고, 주변 언덕 못지않게 높았다.

"왜 이걸 만들었을까요?"

리다가 갈레스에게 물었다.

"이건 라하나의 모습을 본 딴 거야."

갈레스는 경외감에 젖은 목소리로 달의 여신이 땅 위에 만들어진 자신의 형상을 별들 사이에서 굽어보고, 카살로가 자신을 숭배한다는 것을 알아볼 수 있게끔 만든 것이라고 설명했다. 설명을 들은 리다는 이마에 손을 댔다. 여신에게 복종한다는 뜻이었다. 대부분의 여인들이 그렇듯 리다 역시 다른 어떤 신들이나 영혼보다 라하나를 우러러 숭배했다. 그때 뒤에서 절룩거리며 따라오던 카마반이 갑자기 웃음을 터뜨렸다. 갈레스가 물었다.

"뭐가 우습냐?"

"카, 카, 카살로에는 거대한 두더지들이 살고 있어."

카마반은 말했다.

리다는 사타구니에 손을 댔다. 뱃속의 아이에게 나쁜 영향을 줄까 두려워서 카마반과 이렇게 가까이 있는 것이 불편했다. 좀 뒤로 처져줬으면 하는 생각이 들었다. 하지만 카마반은 하루 종일 꿋꿋이 그들을 바짝 따라왔다. 작은 강을 첨벙거리며 건널 때나 무덤 동쪽의 언덕을 오를 때나 여전히 이렇게 꽁무니를 쫓아왔다. 언덕 꼭대기에는 신전이 있었다. 라사린의 신전들보다 훨씬 작았기 때문에 헨갈의 부족민들은 그나마 마음이 놓였다. 여기에는 나무 기둥 대신 돌 비석이 세워져 있었다. 나지막한 돌 비석은 그냥 거칠게 토막 낸 암반에 가까웠다. 사람들은 그것이 단정하게 다듬은 나무기둥에 비해 못생겼다고 생각했다. 카살로 사제들이 신전에서 그들을 기다리고 있었다. 라사린 부족은 그들에게 첫 공물을 바쳤다. 오랜 여행길을 끌려오느라 피투성이가 된 어린 암소가 신전 해자 사이에 난 통로로 끌려갔다. 카살로 사제들이 주의 깊게 암소를 살폈다. 라사린에서 가장 흰 암소는 아닐지라도 가죽에 흠집이 거의 없는 좋은 놈이 분명했다. 그런데도 의심하는 듯한 카살로 사제들의 태도에 헨갈 부족민들 사이에서 불만의 목소리가 흘러나왔다. 이리저리 찔러보고 냄새도 맡아본 뒤, 그들은 마지못한 듯 암소를 작은 신전 한가운데로 끌고 갔다. 벌거벗은 채 머리에 뿔 두 개를 단 젊은 사제가 도끼를 든 채 기다리고 있었다. 앞으로 닥칠 일을 예감한 암소가 자신을 붙잡은 손에서 벗어나려고 발버둥을 치자 사제들은 암소의 다리 힘줄을 끊었다. 움직일 수 없게 된 암소는 거대한 도끼가 내리치는 순간 구슬프게 울었다.

헨갈 부족민들은 라하나의 애가를 부르며 한 줄로 늘어서서 암소의 축축한 피를 밟으며 사제를 따라 짝을 지어 늘어선 돌길을 걷기 시작했다. 신전 자체는 별다른 감흥을 주지 않았지만, 비석보다 훨씬 더 큰 돌로 이루어진 길이 탁 트인 평야 저쪽까지 이어진 모습은 대단했다. 양옆으로 암석을 세워놓은 길은 신전에서 계곡 쪽으로 이어지다 거대한 석회암 무덤 앞에서 북쪽으로 방향을 틀어 넓은 내리막길의 정점으로 향했다. 신성한 길 양옆에는 셀 수조차 없을 만큼 많은 암석이 세워져 있었다. 높이는 모두 남자 키 이상이었다. 슬라올을 상징하는 원기둥 모양도 있었다. 원기둥은 항상 라하나를 상징하는 마름모꼴 암석과 짝을 짓고 있었다. 카살로의 경이로움은 정녕 사실이었다. 헨갈 부족민들은 말없이 사제를 따라 북쪽으로 향했다. 힘이 들어 흐느적거리며 춤을 추었지만, 그들은 충실하게 지그재그 모양으로 길을 따라 정상을 향해 올라갔다. 정상에는 카살로 주민 몇몇이 손님들을 맞이하기 위해 나와 있었다. 몸에 기름칠을 하고 머리를 땋은 전사들이 창에 몸을 기댄 채 여자들이 지나가는 것을 지켜보았다. 그러다 카마반을 보더니 굽은 그의 다리가 액운을 가져올까 두려워 눈을 가리고 침을 뱉었다.

카살로에 처음 와보는 사반은 거대한 돌이 늘어선 길이 카살로 정착지에서 암소를 희생 제물로 바친 작은 돌 신전까지 이어진 거라고 생각했다. 하지만 정상에 올라 아래를 굽어보니, 작은 신전은 신성한 길의 끝이 아니라 시작일 뿐이었다. 카살로의 경이는 여전히 눈앞에 펼쳐져 있었다.

성벽을 쌓지 않은 정착지는 서쪽에 자리 잡고 있었는데, 돌길은 그쪽으로 이어지지 않았다. 길은 지지대에서 솟아오른 거대한 석회암 제방 쪽으로 이어졌다. 그 흰색 제방이 카살로의 사당 벽이라는 말이 입에서 입으로 전해졌다. 헨갈 부족민은 라사린 마을을 둘러싼 벽만큼이나 높고 길어 보이는 사당 벽에 감탄하며 할 말을 잃었다. 높이 솟은 그 벽 정상에는 동물과 인간의 두개골이 걸려 있었다. 벽 안쪽에서 묵직한 나무 북 소리가 울려 퍼졌다.

길은 거대한 신전으로 곧장 이어지지 않고 두 번 굽어졌다. 그 때문에 아주 가까이 접근하지 않으면 높은 원형 벽 안쪽의 경이를 볼 수 없었다. 길이 굽어진 곳에서 발을 질질 끌며 춤을 추다보니, 문득 거대한 벽 너머에 있는 카살로 신전이 눈에 들어왔다. 가장 강렬한 첫인상은 돌이었다. 하늘을 찌를 듯한 석회암 벽 안쪽의 넓은 공간은 온통 육중하고 높은 회색 암석으로 가득 차 있는 듯했다. 그중엔 물기를 머금은 듯 울퉁불퉁한 표면에서 눈부신 빛이 반사되는 돌들도 있었다. 거대한 암석들은 석회암 벽 안쪽으로 빙 둘러 파놓은 해자를 따라 세워져 있었다. 벽이 높은 만큼 해자도 깊었고, 해자 안쪽 공간은 하나의 신전임에도 불구하고 겨울에 가축들을 몰아넣는 축사까지 포함된 라사린 정착지 전체만큼 넓었다.

라사린에서 결혼한 여자들은 신전에 들어갈 수 없었다. 그래서 여인들 몇몇이 망설였지만 카살로 여자들이 얼른 들어가라고 떠밀었다. 카살로에서는 남녀 모두 신전에 들어갈 수 있는 모양이었다. 헨갈 부족민들은 다 같이 춤을 추며 해자를 건너 돌 신전 안으로 들어섰다.

해자 가장자리에는 거대한 암석이 원형을 이루며 빙 둘러 있었다. 그 암석 하나하나가 라사린에서 여름에 쌓아올린 건초 더미만큼 컸다. 이런 돌이 셀 수 없을 만큼 수십 개는 세워져 있었다. 넓은 원형 공간 안쪽에는 작은 원형 공간 두 개가 더 있었다. 넓이가 라사린의 슬라올 신전만 했다. 그 안쪽 원들 사이에도 돌들이 세워져 있었다. 그중에는 거대한 암석 안에 반지처럼 구멍이 뚫린 것도 있었다. 다른 돌들이 그 반지석을 떠받치고 있는 곳 근처에는 돌판 세 개로 이루어진 사자의 집이 있었다. 사반은 경외심으로 얼어붙은 채 멍하니 쳐다보기만 했다. 이렇게 큰 돌을 어떻게 인간의 힘으로 들어 올렸는지 알 수가 없었다. 분명 신들이 기적을 행한 곳이리라. 비틀린 발을 내딛을 때마다 얼굴을 찌푸리는 카마반만이 무감각한 것 같았다.

카살로 부족민들은 벽 안쪽의 경사지에 모여 있었다. 손님들이 춤을 추며 성스러운 원 안으로 들어오자 그들은 입을 모아 큰 소리로 환영의 인사를 외쳤다. 그들의 외침이 거대한 벽에 메아리쳤다. 이어서 그들은 노래를 부르기 시작했다.

카살로 족장 키탈도 헨갈 부족민들을 맞이하기 위해 기다리고 있었다. 위용을 뽐내고 싶었는지 발목까지 오는 사슴 가죽 망토를 둘렀다. 키탈이 헨갈을 맞으러 앞으로 나서자, 석회와 오줌으로 하얗게 칠한 뒤 청동 반지를 촘촘히 박은 망토에서 햇빛이 눈부시게 빛났다. 카살로 족장은 키가 컸다. 길고 마른 얼굴에 면도를 깔끔히 했고, 금발 머리에는 긴 백조 깃털 열두 개를 꽂은 청동 머리띠를 두르고 있었다. 키탈은 헨갈과 동갑이었지만 얼굴에는 나이를 잊은 생기가 감돌았다. 발걸음도

유연하고 경쾌했다. 그가 환영의 표시로 두 팔을 활짝 벌리자 망토 자락이 벌어지면서 가죽 띠에 찬 긴 청동검이 보였다.

"라사린의 헨갈이여, 카살로에 온 것을 환영하오."

키탈 옆에 서자 헨갈이 초라해 보였다. 그는 카살로 족장보다 키가 크고 덩치도 컸지만, 턱수염을 기른 얼굴이 키탈의 날카로운 인상보다 둔해 보였다. 게다가 옷은 지저분하고 추레했다. 헨갈은 망토나 조끼에 신경을 쓰는 사람이 아니었다. 그는 날카롭게 간 창으로 턱수염의 이를 잡는 것만으로도 남자의 외모는 족하다고 여겼다. 이윽고 두 족장이 서로를 포옹했다. 평화를 상징하는 두 족장의 공개적인 포옹에 양쪽 부족은 삼사의 밀을 웅얼거렸다. 잠시 그렇게 껴안고 있던 키탈이 물러서더니 헨갈의 손을 잡고 사자의 집 옆에서 기다리고 있는 사나스에게 데려갔다.

마법사는 오소리 가죽으로 만든 망토로 몸을 친친 감고, 긴 흰머리는 모직 두건으로 가리고 있었다. 사반이 그녀를 쳐다본 순간, 마법사도 그를 쏘아 보았다. 사반은 후드 그늘 아래에 있는 사악하고 영리하고 무시무시한 눈길에 놀라 움찔했다. 사반은 그녀가 아주 나이가 많고 역사상 그 어떤 남자나 여자보다도 더 오래 살았다는 이야기를 들어 알고 있었다.

키탈과 헨갈은 사나스 앞에 무릎을 꿇었다. 고수들이 속이 빈 커다란 나무통을 리듬에 맞춰 두드렸다. 허리까지 벌거벗은 여자애들이 찔레나무와 조팝나무, 양귀비를 머리에 꽂은 채 북소리에 맞춰 앞뒤, 좌우로 움직이며 위대한 신전에 온 손님들을 환영하는 뜻에서 춤을 추기 시작했다. 손님 대부분은 여자들을 보고 입을 떡 벌렸지만, 갈레스는 거대한 암석을 쳐다보며 커다란 슬픔을 느꼈다. 카살로가 강대한 것도 무리는 아니다! 그 어떤 부족도 이런 성전을 지을 수 없을 것이며, 이 사람들만큼 신의 은총을 받을 수 없을 것이다. 라사린은 여기에 비하면 아무것도 아니다, 갈레스는 우울하게 생각했다. 라사린의 성전은 웃음거리, 라사린의 야심은 시시했다.

사반은 마법사를 바라보고 있었다. 사나스가 물러가라는 듯 손짓을 하며 고개를 돌리는 것을 보니 헨갈이 가져온 소식을 언짢게 생각하는 기색이 역력했다. 헨갈이 키탈을 보자, 키탈은 어깨를 으쓱했다. 그때 사나스가 몸을 돌리고 뭐라 호통 치더니 가장 가까운 돌 원형 옆에 있는 오두막으로 향했다. 헨갈이 일어서서 사반에게 다가왔다.

"사나스의 오두막으로 가보거라. 아까 내가 한 말 잊지 말고."

사반은 두 부족의 시선을 잔뜩 의식하며 작은 원형 두 개 사이에 있는 오두막으로 다가갔다. 오두막은 신전 안의 유일한 건물이었다. 둥근 모양에 대부분의 살림집보다 약간 컸다. 지붕은 뾰족하게 높이 솟아 있지만 벽이 너무 낮아 입구로 들어가려면 네 발로 기어야 했다. 안은 어두웠다. 문과 육중한 기둥들로 떠받친 지붕 꼭대기의 연기 구멍에서는 햇빛 한 점 들어오지 않았다. 기둥은 껍질을 벗긴 나무둥치였고, 잘라낸 그루터기 끝에는 인간의 두개골을 가득 담은 그물이 걸려 있었다. 사반은 킬킬거리는 웃음소리에 흠칫 놀랐다. 둘러보니 오두막의 낮은 담벼락에서 십여 명이 이쪽을 훔쳐보고 있었다.

"신경 쓰지 말라."

사나스는 낮고 쉰 음성으로 명령했다.

"이리 와."

마법사는 기둥 옆 모피 더미 위에 앉아 있었다. 사반은 고분고분 무릎을 꿇었다. 장대 옆에서는 작은 모닥불이 타고 있었다. 사반은 컴컴한 오두막 안을 가득 채운 독한 연기 때문에 눈물을 글썽거리며 경외의 뜻으로 고개를 숙였다.

"날 봐!"

사나스가 날카롭게 지시했다.

사반은 그녀를 보았다. 그는 사나스가 자신조차도 정확한 나이를 모를 정도로 늙었다는 것을, 카살로에서 두 번째로 나이 많은 사람이 태어났을 때조차 이미 늙은이였다는 것을 알고 있었다. 사나스는 죽지 않는다, 신에게서 영생을 받았다고 말하는 사람도 있었다. 경외심에 사로잡힌 사반이 생각하기에도 그 말이 맞는 것 같았다. 이렇게 시들고 주름지고 거친 얼굴은 본 적이 없었다. 두건을 벗어 풀어헤친 흰 머리카락이 사마귀가 잔뜩 난 해골 같은 얼굴에 부드럽게 드리워 있었다. 눈은 칠흑 같고, 하나밖에 남지 않은 누런 이가 위턱 한가운데 박혀 있었다. 오소리 가죽 망토 끝으로 튀어나온 손은 갈고리 발톱 같았다. 뼈만 남은 목에는 호박이 걸려 있었다. 미처 말라비틀어진 시체에 보석을 장식해놓은 것 같았다.

사나스가 바라보는 동안, 사반은 차츰 어슴푸레한 오두막 불빛에 적응하기 시작했다. 초조하게 주위를 둘러보니 십여 명의 소녀가 오두막 가장자리에서 그를 지켜보고 있었다. 기둥에는 박쥐 날개가 박혀 있고, 기둥 사이에는 해골과 함께 바닥이 둥근 항아리가 그물 안에 매달려 있었다. 한가운데 있는 기둥 위쪽에는 사슴뿔이 걸려 있고, 천장에는 거미줄이 잔뜩 낀 깃털과 약초가 늘어져 있었다. 모닥불 옆 나무껍질로 엮은 바구니 안에는 작은 새 뼈가 한 무더기 들어 있었다. 사반이 보기엔 사람 사는 오두막이 아니라 카살로의 제사용 보물을 보관하는 창고 같았다. 아이 살해 곤봉 같은 것을 보관하는 그런 곳.

"말해보라."

사나스는 뼈처럼 거칠거칠한 목소리로 말했다.

"말해봐라, 사반, 헨갈의 아들, 로크의 아들, 전쟁에서 납치한 이방인 여자가 낳은 자식아. 신들이 왜 라사린을 언짢게 생각하느냐?"

사반은 대답하지 않았다. 너무 겁이 났기 때문이다. 사나스가 호통을 쳤다.

"난 멍청한 아이들은 싫어. 말해봐, 바보 녀석아. 안 그러면 네 혀를 벌레로 만들어 평생 진액이나 빨면서 살도록 해주겠다."

사반은 억지로 대답을 짜냈다.

"신들은…."

말을 시작하고 보니 거의 속삭이는 듯한 음성이었다. 그는 부족을 변호해야 한다는 마음으로 목소리를 높였다.

"신들께서 우리에게 금을 보내셨는데, 어찌 우리를 언짢게 생각하시겠습니까?"

사나스는 신랄하게 말했다.

"신들이 너희에게 슬라올의 금을 보냈다. 그런데 그 뒤로 어떻게 되었지? 라하나는 제물을 거부했고, 네 형은 이방인의 땅으로 도주했다. 신들이 라사린에 금 항아리를 보냈는데, 너희들이 거기에 오줌을 싼 꼴이다."

여자들이 킬킬거렸다. 사반은 아무 말도 하지 않았다. 사나스가 그를 노려보았다.

"어른이 되었느냐?"

"아니오."

"그런데 어른의 튜닉을 입고 있구나. 지금이 겨울이냐?"

"아니오."

"그럼 벗어라. 벗어!"

사반은 급히 허리띠를 끄르고 튜닉을 머리 위로 벗었다. 오두막 가장자리에서 다시 킬킬거리는 웃음소리가 일었다. 사나스는 사반을 아래위로 쳐다보더니 코웃음을 쳤다.

"이게 라사린이 보낸 최고의 남자라고? 이 아이를 봐라, 얘들아! 달팽이집에서 뭐가 흘러나온 것 같구나."

얼굴을 붉힌 사반은 오두막이 어두운 게 천만다행이라고 생각했다.

사나스는 불쾌한 눈으로 그를 쳐다보더니, 주머니에 손을 넣어 나뭇잎으로 싼 꾸러미를 꺼냈다. 나뭇잎을 벗기자 벌집이 나타났다. 사나스는 벌집 한 조각을 뜯어 입에 넣었다.

"그 바보 히락이 네 형 카마반을 희생시키려 했다지?"

"네."

"한데 네 형은 살았어. 왜지?"

사반은 이맛살을 찌푸렸다.

"몸에 라하나의 표식이 있습니다."

"그런데 히락은 왜 그를 죽이려 했지?"

"모르겠습니다."

"넌 아는 게 별로 없구나. 한심한 어린것 같으니. 렌가가 도망갔으니 이제 네가 그 자리를 이어야 할 텐데."

사나스는 그를 노려본 뒤 모닥불에 밀랍을 뱉어냈다.

"렌가는 우리를 좋아하지 않았어. 렌가는 우리를 상대로 전쟁을 하려 했다! 그가 왜 우리를 좋아하지 않았지?"

"그는 모든 사람을 싫어합니다."

이 대답을 듣고 사나스는 삐딱한 미소를 지었다.

"우리가 자신의 후계권을 빼앗을까봐 두려웠던 것 아니냐? 우리가 그 작은 라사린을 집어삼킬까봐 두려웠던 게야."

그녀는 오두막 가장자리 어둑한 곳을 손가락으로 가리켰다.

"렌가는 저 아이와 결혼하게 되어 있었어. 데레윈, 카살로의 제사장 모르소르의 딸."

사반은 사나스가 가리킨 쪽을 보았다. 순간, 숨이 턱 막혔다. 길고 검은 머리에 아름다운 얼굴을 한 날씬한 소녀가 초조한 표정으로 앉아 있었던 것이다. 기껏해야 사반 또래에 눈이 컸다. 사반은 물론 연기로 가득 찬 이 오두막이 불편한지 소녀는 파르르 떨고 있었다. 사나스는 사반을 보며 웃었다.

"마음에 들지? 한데 왜 네가 네 형 대신 저 애와 결혼해야 할까?"

"두 부족의 평화를 위해서입니다."

"평화라!"

해골 같은 얼굴이 내뱉듯 말했다.

"평화! 왜 우리가 내 증손녀의 몸으로 너희의 초라한 평화를 사들여야 할까?"

사반은 용기를 내어 말했다.

"평화를 사들이는 것이 아닙니다. 우리 부족은 매물이 아니기 때문입니다."

"너희 부족!"

사나스가 몸을 뒤로 젖히고 날카롭게 웃더니, 갑자기 몸을 앞으로 쑥 내밀고 뼈만 남은 손으로 사반의 사타구니를 움켜잡았다. 사반은 헉 하고 숨을 들이쉬었다.

"네 부족은 말이다, 아이야, 네 부족은 아무 가치도 없어. 전혀!"

사나스는 움켜잡은 손에 더욱 힘을 주며 사반의 눈에 눈물이 괴는 것을 지켜보았다.

"네 아비의 뒤를 이어 족장이 되고 싶으냐?"

"신들이 원하신다면."

"신들은 그보다 더 희한한 일들도 원하셨지."

사나스는 마침내 사반을 놓아주었다. 그러곤 한동안 치아 없는 입에서 침을 뚝뚝 흘리며 몸을 앞뒤로 흔들었다. 사반을 지켜보며 저울질하던 그녀는 마침내 결론을 내렸다. 사반에게는 용기가 있었다. 그 점이 마음에 들었다. 잘생겼다는 것도 부정할 수 없으니, 이는 신의 은총을 받았다는 뜻이다. 그러나 사반은 아직 어리고 어린애를 결혼 상대로 내놓는다는 것은 부족에 대한 모욕이었다. 하지만 카살로와 라사린이 혼인을 맺는다면 이득이 있을 것이다. 사나스는 마침내 모욕을 참기로 했다.

"그래, 평화를 지키기 위해 데레윈과 결혼하겠느냐?"

"네."

"그렇다면 너는 바보다. 평화와 전쟁을 선물하는 건 네가 아니고, 데레윈의 다리 사이에 있는 것도 아니기 때문이지. 그것은 오로지 신들 곁에 있고, 신들이 원하는 대로 일어날 뿐. 신들이 카살로가 라사린을 지배하도록 하겠다고 결정하시면, 네가 이 부족의 모든 여자를 냄새나는 네 침대로 데려가서 논다 해도 달라질 게 없어."

사나스는 눈을 감고 다시 몸을 앞뒤로 흔들었다. 까만 사마귀에서 흰 털이 돋은 턱을 타고 꿀과 침이 질질 흘러내렸다. 이 라사린 소년에게 겁을 주어 절대 자기 뜻에 어긋나지 못하도록 해야 할 때라고 그녀는 생각했다.

"나는 라하나다."

사나스는 거의 소곤거리는 듯한 깊은 목소리로 말했다.

"네가 내 뜻을 거역한다면, 나는 네 시시한 부족을 집어삼키고 뱃속에서 소화시킨 뒤 찌꺼기로 가득 찬 도랑에다 싸버리겠다."

사나스는 웃었다. 웃음이 헐떡이는 기침으로 변했다. 기침이 멈추자 신음 소리를 내며 검은 눈을 떴다.

"가거라."

그녀는 오만하게 말했다.

"네 형 카마반을 내게 데려오고, 너는 가봐. 가라, 내가 네 미래를 결정하는 동안."

사반은 다시 햇빛 속으로 엉금엉금 기어나가 얼른 튜닉을 걸쳤다. 무희들은 앞뒤로 계속 움직이고, 고수들은 북을 치고 있었다. 사반은 몸을 떨었다. 등 뒤 오두막 안에서 웃음소리가 들려왔다. 부끄러웠다. 그의 부족은 너무나 작고, 부족민들은 너무나 약했다. 반면, 카살로는 너무나 강했다. 신들이 라사린에 등을 돌린 것처럼 느껴졌다. 그렇지 않다면 왜 렌가가 도망쳤을까? 라하나는 왜 제물을 거부했을까? 왜 나는 카살로의 노파에게 기어가야 했을까? 사반은 사나스의 위협을 믿었다. 자신의 부족이 삼켜질 위기에 처했다고 믿었다. 어떻게 부족을 구해야 할지 알 수 없었다. 아버지는 영웅심을 경계하라고 했지만, 라사린에는 영웅이 필요한 것 같았다. 헨갈은 젊은 시절엔 영웅이었으나 지금은 너무 조심스러워졌고, 갈레스에게는 야심이 없고, 사반은 아직 어른도 아니었다. 성인식을 통과할 수 있을지 없을지도 알 수 없었다. 하지만 할 수 있다면 영웅이 되어야겠다. 영웅이 없으면 부족민들에게는 고난만이 있을 테니까. 그냥 삼켜질 테니까.

4

운명적 만남

이 혼인이 평화를 지켜줄 테니, 그거면 됐어.

그날 밤, 카살로 사람들은 하지의 모닥불을 피웠다. 불꽃이 소용돌이 치며 연기를 내뿜었다. 모닥불은 들판에서 사악한 영혼을 몰아내기 위해 피우는 것이었다. 카살로의 거대한 신전 안에도 불이 켜지고, 소가죽을 두른 열두 명의 남자가 돌 사이를 뛰어다녔다. 소머리와 발굽이 그대로 붙어 있는 가죽을 두른 형상이 기괴했다. 엄청난 뿔이 달린 그림자가 불꽃 사이를 오갔다. 가죽을 두른 남자들이 부족과 가축에게 질병을 가져다주는 악귀에게 도전하는 뜻으로 괴성을 질렀다. '짐승-인간'은 카살로의 번영을 수호하는 존재였으며, 젊은 전사들 사이에서는 이 황소 가죽을 입고 춤추는 영광을 얻기 위한 경쟁이 치열했다. 밤의 어둠이 무르익고 모닥불이 별에 가 닿을 듯 하늘 높이 치솟자, 열두 명의 여자가 벌거벗은 채 둥글게 피운 모닥불 안쪽으로 들어왔다. 남자들이 괴성을 지르며 그 뒤를 따랐다. 모닥불 바깥쪽에서 춤추던 군중은 그 자리에 선 채 여자들이 거추장스러운 가죽 때문에 앞도 잘 보이지 않고 동작도 어색한 추적자들에게 겁을 먹은 척 도망 다니는 모습을 바라보았다. 그러나 여자들은 결국 하나둘 잡혀 바닥에 쓰러졌다. 군중이 환호하는 가운데 뿔 달린 괴물들이 그 위를 덮쳤다.

두 부족은 황소 춤이 끝나자 모닥불을 뛰어넘었다. 전사들은 누가 더 높이, 더 거센 모닥불 위를 뛰어넘는지 겨루었다. 불 속에 떨어져 비명을 지르며 끌려나오는 사람도 있었다. 늙은이와 아이들은 가장 작은 모닥불을 깡충깡충 뛰어넘었다. 이어서 갓 태어난 가축이 이글거리는 깜부기불 쪽으로 끌려나왔다. 어떤 이는 타다 남은 재 위를 맨발로 걷는 용기를 선보였다. 하지만 그 전에 사제들이 화상을 입지 않도록 주문을 외었다.

사나스가 오두막 문간에서 그 모습을 바라보며 냉소했다.

"저건 주문하곤 아무 상관이 없어. 발이 말라 있으면 통증이 없고, 축축하면 새끼 양처럼 춤을 추게 되지."

사나스는 오두막 옆에 구부정하게 서 있고, 카마반은 그 옆에 쭈그리고 앉아 있었다. 사나스가 말했다.

"너도 불꽃을 뛰어넘을 수 있어."

"나, 나, 나는 뛰지 못해요."

카마반은 애써 더듬지 않으려고 얼굴을 찡그리며 대답했다. 그가 왼발을 쭉 뻗자 뒤틀린 형상이 모닥불에 또렷이 드러났다. 그 발을 보며 카마반은 말을 이었다.

"내가 뛰겠다고 하면 사람들이 우, 우, 웃을 거예요."

사나스는 인간의 허벅지 뼈를 들고 있었다. 그녀를 길들였다고 생각한 두 번째 남편의 뼈였다. 사나스는 그 뼈를 뻗어 카마반의 뒤틀린 발을 가볍게 쳤다.

"내가 고쳐줄 수 있어."

사나스는 이렇게 말한 뒤 카마반의 반응을 기다렸다. 하지만 카마반이 아무 말도 않자 실망해서 잔인하게 덧붙였다.

"내 마음이 내키면. 하지만 마음이 안 내킬 수도 있어."

그러곤 망토 자락을 당겨 몸을 감았다.

"예전에 내 딸 하나도 불구였다. 정말 이상하게 생겼었지. 등이 굽은 난쟁이였어. 온몸이 비틀려서는."

그녀는 생각에 잠겨 한숨을 쉬었다.

"남편이 나더러 치료하라고 하더군."

"그래서 치료했나요?"

"라하나에게 제물로 바쳤다. 저쪽 해자에 묻혀 있어."

사나스는 뼈로 신전의 남쪽 입구를 가리켰다.

"라하나가 왜 부, 부, 불구를 원할까요?"

"비웃으려고 그러는 거지."

사나스의 대답에 카마반은 슬며시 웃었다. 아까 낮에 사나스의 오두막으로 들어가자, 여자아이들이 그의 끔찍한 왼발을 보고 깜짝 놀랐다. 그리고 가죽옷에서 나는 냄새에 몸을 떨더니 더듬거리는 말투와 심하게 헝클어진 머리카락을 조롱했다. 그러나 사나스는 달랐다. 그녀는 카마반의 배에 찍힌 달 표식을 살펴보고는 갑자기 여자아이들을 모두 오두막 밖으로 내몰았다. 그들이 나간 후, 그녀는 카마반을 한참 동안 바라보았다.

"저들이 왜 널 죽이지 않았지?"

이윽고 그녀가 물었다.

"시, 시, 신들이 날 보호하니까요."

사나스는 허벅지 뼈로 카마반의 머리를 때리며 윽박질렀다.

"내 앞에서 말을 더듬으면 두꺼비로 만들어버리겠다."

카마반은 해골 같은 얼굴에 박힌 검은 눈을 쳐다보다 아주 침착하게 몸을 앞으로 내밀고 나뭇잎으로 싸인 마법사의 벌집을 빼앗았다.

"이리 내놔!"

사나스가 말했다.

"두, 두, 두꺼비가 되어야 한다면, 꿀 먹은 두꺼비가 될래요."

사나스는 이 말을 듣고 썩어가는 치아 하나를 내보이며 입을 활짝 벌리고 웃었다. 그녀는 카마반에게 더러운 양가죽 튜닉을 벗어 오두막 밖으로 던지라고 한 다음 수달 가죽조끼를 내주었다. 그리고 헝클어진 머리카락에 묻은 흙을 떼어내고 빗질을 하도록 했다.

"잘생겼구나."

마지못해 말했지만 그건 사실이었다. 얼굴은 날렵한 미남형이고, 코는 길고 곧았으며, 진녹색 눈동자는 힘으로 가득 차 있었다. 사나스는 카마반에게 질문을 던지기 시작했다. 어디서 살았느냐? 먹을 것은 어떻게 구했느냐? 신들에 대해 어디서 배웠느냐? 카마반이 두려운 기색 없이 침착하게 대답하자 사나스는 이 소년이 마음에 들었다. 그는 거칠고 고집이 셀뿐더러 두려움이 없고 무엇보다 영리했다. 바보들로 가득 찬 세상에서 살아온 사나스 앞에 비록 어리지만 자기만의 생각을 가진 인간이 나타난 것이다. 노파와 불구 소년은 해가 지고 모닥불이 켜지고 황소 인간들이 머리를 풀어헤친 여자들을 암석 사이 어둑한 풀밭으로 쫓아갈 때까지 이야기를 나누었다.

지금 그들은 춤을 추며 모닥불 주위를 빙글빙글 도는 사람들을 지켜보고 있었다. 어둠 속에서 한 소녀의 흐느끼는 소리가 들렸다. 사나스가 말했다.

"사반에 대해 말해보아라."

카마반은 어깨를 으쓱했다.

"정직하고 열심히 일해요."

칭찬처럼 들리는 말투는 아니었다.

"제 아버지랑 비슷해요."

"그 애가 족장이 되는 거냐?"

"시간이 지나면, 그렇겠죠."

카마반은 태평스럽게 말했다.

"그가 평화를 지킬 수 있을까?"

"제가 어떻게 알겠어요?"

"넌 어떻게 생각하는데?"

"제 생각이 뭐가 중요해요? 내가 바보라는 건 모두가 다 알아요."

"그래, 넌 바보냐?"

"사람들이 그렇게 새, 새, 생각하도록 하려고 해요. 그래야 날 혼자 내버려두니까."

사나스는 마음에 든다는 듯 고개를 끄덕였다. 두 사람은 한동안 말없이 앉아서 모닥불의 광채가 평평한 암석들을 물들이는 모습을 지켜보았다. 불꽃이 하늘로 날아올라 희고 자갑게 반짝이는 별들 사이로 흩어졌다. 어둠 속에서 비명 소리가 들려왔다. 라사린과 카살로의 젊은 남자들 사이에 싸움이 붙은 모양이었다. 친구들이 양쪽을 떼어놓았지만, 이쪽의 싸움을 말리는 동안 다른 쪽에서 또 싸움이 붙었다. 카살로 주민들이 하지 축제를 위해 특별히 담근 꿀술을 넉넉히 내놓았던 것이다.

"내 할머니가 어렸을 때는 술이란 게 없었지. 이방인들이 술 만드는 법을 가르쳐줬고, 아직도 술은 그들이 가장 잘 빚어."

사나스는 잠시 생각에 잠겼다가 어깨를 으쓱했다.

"하지만 그들도 내 약은 못 만들어. 난 네게 하늘을 나는 음료를 줄 수도 있고, 밝은 꿈을 꾸게 해주는 음식도 줄 수 있다."

그녀의 눈이 두건 아래서 반짝였다. 카마반이 말했다.

"당신 밑에서 배우고 싶어요."

"난 여자아이들만 가르쳐."

노파는 차갑게 말했다.

"하지만 난 영혼이 없어요. 아, 아, 아이 살해 곤봉에 맞아 깨졌어요. 난 소년도, 어른도 아니고, 아무것도 아니에요."

"아무것도 아닌데 뭘 배울 수 있지?"

"당신이 가르쳐주는 건 저, 저, 전부 다."

카마반은 고개를 돌려 마법사를 쳐다보았다.

"대, 대, 대가를 드릴게요."

사나스는 웃었다. 몸을 앞뒤로 흔드느라 목구멍에서 씩씩거리는 숨결이 새어나왔다. 그녀는 웃음을 진정한 뒤 물었다.

"작은 라사린 출신의 불구 추방자가 나한테 뭘 주려고?"

"이거요."

카마반은 오른손을 펼쳐 마름모꼴 금붙이 하나를 내보였다.

"이방인의 금이에요. 슬라올의 신부에게 바치는 보, 보, 보물."

사나스가 금을 향해 손을 뻗자 카마반은 얼른 주먹을 쥐었다.

"이리 줘!"

"날 가르쳐주신다고 하면 드릴게요."

사나스는 눈을 감았다. 부족민 3대를 겁에 질리게 한 목소리가 흘러나왔다.

"이 끔찍한 불구 녀석아, 그걸 나한테 주지 않으면 네 몸을 벌레한테 주고, 영혼을 끝없는 숲 속에 던지겠다. 네 피를 딱딱하게 굳히고, 뼈를 곤죽으로 만들겠다. 새가 네 눈알을 쪼게 하고, 독사가 네 배를 빨아먹게 하고, 개가 네 내장을 뜯게 하겠다. 내게 아무리 울며 자비를 구해도 그냥 웃어버리고, 네 해골을 요강으로 삼겠다."

사나스는 문득 입을 다물었다. 카마반이 절뚝거리며 멀어지고 있었다.

"어디로 가는 거냐!"

"드레웨나에 마법사가 있다고 들었어요. 그 사람이라면 나한테 가, 가, 가르쳐줄 거예요."

사나스는 시체 같은 얼굴에 박힌 눈을 번뜩이며 카마반을 노려보았다. 하지만 소년은 무척이나 침착했다. 사나스는 분노로 몸을 부들부들 떨었다.

"한 발짝만 더 가면, 불구자 녀석아, 네 뒤틀린 뼈를 저 도랑의 난쟁이 딸 옆에 묻어주마."

카마반이 마름모꼴 금을 들어 보이며 말했다.

"이, 이, 이걸로 날 가, 가, 가르쳐주세요."

그러곤 다른 금붙이를 한 조각 더 꺼냈다.

"그리고 이, 이, 이걸로 제 바, 바, 발을 고쳐주세요."

"이리 와!"

사나스는 명령했다. 하지만 카마반은 움직이지 않았다. 손에 든 금 조각만이 모닥불에 반사되어 반짝일 뿐이었다. 이 정도 강력한 부적이라면, 웬만큼 저수를 내릴 수 있다는 것을 알고 있는 사나스는 금을 가만히 바라보았다. 아침이면 이 금 부적을 더 많이 얻을 수 있을 테지만, 한 조각 한 조각 모두가 소중했다. 그녀는 화를 다독였다.

"가르쳐주마."

그녀는 조용히 말했다.

"고맙습니다."

카마반은 침착하게 말한 뒤, 사나스 앞에 무릎을 꿇고 경건하게 그녀의 손 위에 금 조각 두 개를 내려놓았다.

사나스는 금에 침을 뱉고 발을 끌며 어두운 오두막으로 들어갔다. 오두막 안의 모닥불은 다 타고 숯만 남아 있었다. 그녀는 어둠 속에서 말했다.

"문 안에서 자든 밖에서 자든 맘대로 하거라. 상관없으니."

카마반은 대답 없이 거대한 신전의 돌을 응시했다. 사람들의 그림자는 이제 움직임이 없었다. 꺼져가는 모닥불이 깜빡이고, 연기 자욱한 밤에 원형의 돌들만 빛을 발하고 있었다. 마치 돌은 살아 있고 사람들은 죽은 듯했다. 한때 그의 집이었던 옛 신전이 떠올랐다. 카마반은 몸을 앞으로 숙여 땅에 이마를 대고 모든 신들에게 맹세했다. 옛 신전을 어떻게든 살려내겠다고, 신전이 춤을 추게 하겠다고, 노래하게 하겠다고, 살아나게 하겠다고.

헨갈은 키탈과의 협상 결과에 만족했다. 평화는 맺어졌고, 사반과 데레윈의 혼인으로 굳건해질 것이다.

"내가 널 위해 골라주고 싶은 여자는 아니다만."

헨갈은 라사린을 향해 남쪽으로 발길을 옮기며 아들에게 투덜거렸다.

"너무 말랐어."

"너무 말라요?"

사반은 물었다. 그는 데레윈이 아름답다고 생각했던 것이다.

"여자들은 가축이나 다를 바 없다. 엉덩이가 넓은 게 최고야. 마른 여자와 결혼해봤자 애를 낳을 때 죽어버리니까 소용이 없어. 하지만 사나스가 널 데레윈과 결혼시키겠다고 결정했고, 이 혼인이 평화를 지켜줄 테니, 그거면 됐어."

헨갈은 혼인에 동의했을 뿐 아니라 길란이 옛 신전을 재건할 수 있도록 거대한 암석 여덟 개도 샀다. 돌을 사는 데는 큰 마름모꼴 금 조각 하나와 작은 조각 아홉 개가 들었다. 헨갈은 이 정도면 싸다고 생각했다. 그는 금이 라사린의 손에 들어온 것은 옛 신전을 재건하라는 슬라올의 계시라 생각했고, 길란이 라사린도 돌로 된 신전을 갖고 있어야 한다고 설득했기 때문에 사르메닌의 금 약간과 돌을 바꾸는 것이 옳다고 판단했다.

라사린에는 돌이 없었다. 강변에는 자갈이 있고 망치나 도끼를 만들 만한 좀 더 큰 돌도 있었지만, 카살로 신전 주위에 서 있는 기둥이나 돌판 만한 큰 암석은 없었다. 라사린은 석회암과 풀 그리고 나무의 땅이었으며, 카살로는 사방 언덕에 거대한 암석이 워낙 널려 있어 멀리서 보면 거대한 회색 양떼 같을 정도였다. 사나스는 카살로 사람들이 라하나에게 바치는 거대한 무덤을 쌓는 걸 막기 위해 슬라올이 던진 돌이라고 해석했지만, 구름의 신 게왓이 땅의 녹색 얼굴에서 자기와 닮은 형상을 보고 싶어 던진 것이라고 해석하는 사람도 있었다. 어쨌든 돌은 카살로에 떨어졌고, 그곳이 라사린에서 돌을 구할 수 있는 가장 가까운 땅이었다.

사반은 라사린에 뭔가 새롭고 인상적인 것을 짓는다는 게 마음에 들었다. 헨갈의 부족민 중에는 목재 신전으로도 지금까지 신들을 충분히 잘 섬겨왔다고 투덜대는 사람이 있었다. 하지만 가죽과 부싯돌, 항아리를 싣고 나가서 도끼나 조개껍질, 소금을 구해오곤 하는 상인들은 드레웨나에도 기대한 돌 신전이 있고 저 멀리 서쪽 나라의 신전들도 거의 대부분 돌로 되어 있다, 우리에게도 돌 신전이 있으면 부족민들의 사기를 돋울 수 있을 것이라고 주장했다. 돌로 지은 새 신전이 부족에게 행운을 줄 것이다, 라는 믿음은 사제들이 길란을 새 제사장으로 추대하기로 결정하는 데 충분했다. 사제들은 헨갈에게 그 사실을 보고했다. 네 사제가 그런 결정을 내리도록 청동과 이방인 노예 소녀, 호박으로 미리 구워삶은 헨갈은 마치 신으로부터 받은 신탁인 양 엄숙하게 사제들의 보고를 받아들였다.

이리하여 길란은 새 제사장이 되었다. 그가 부족민에게 내린 첫 번째 요구는 새해에 도착할 카살로의 암석으로 새 신전을 쌓기 위해 옛 신전에서 잡초와 개암나무를 걷어내라는 것이었다.

남자들이 그 일에 나서는 동안, 여자들은 제방 밖에서 원을 이루어 춤을 추었다. 그들은 춤을 추며 슬라올의 결혼 축가를 불렀다. 오직 여자들만이 이 아름다운 노래를 부를 수 있었다. 그리고 지극히 엄숙한 예식 때에만 이 노래를 불렀다. 띄엄띄엄 부르는 노래 사이사이 긴 침묵이 흘렀고, 그때마다 무희들은 움직이지 않고 가만히 있었다. 그러다 아무도 지시하지 않았건만, 어느새 음악과 춤이 다시 시작되곤 했다. 목소리는 서로 화음을 이루었고, 연습 한 번 같이 해보지 않았지만 노래는 언제나 소름끼칠 정도로 아름다웠다. 그리고 춤과 노래는 완벽하게 박자를 맞추어 시작되고 끝났다. 어머니들은 딸들에게 노래를 한 소절씩 가르쳤다. 어떤 이는 이 부분을, 어떤 이는 저 부분을 배웠지만 그것들이 합해져 완벽한 전체를 이루었다. 비탄의 노래였기에 많은 여인들은 춤을 추며 울었다. 슬라올과 라하나의 혼인 전날 태양신은 신부와 싸워 그녀를 버렸지만, 여인들은 슬라올이 후회하며 다시 신부에게 돌아올 거라는 희망을 지니고 있었다.

작업을 감독하던 길란은 이따금 멈추어 여인들의 노래에 귀를 기울이기도 하고, 남자들이 잡초와 관목 덤불을 파내는 것을 돕기도 했다. 개암나무 몇 그루는 상당히 크게 자라 완전히 뽑아내려면 사슴뿔 삽으로 뿌리까지 파내야 했다. 그냥 잘라내면 그루터기에서 다시 자라기 때문에, 큰 나무들은 뽑아낸 다음 뿌리가 있던 구멍을 해자에서 파낸 석회암 돌멩이로 채웠다. 그들은 카마반이 신전 한가운데 두었던 황소 두개골을 해자에 묻고, 카마반의 은신처를 헐고, 잡초를 뽑고, 잔디를 돌칼로 깎고, 쓰레기는 태웠다. 연기가 몰려오자 무희들은 신전에서 조금 물러섰다. 이윽고 남자들이 해자와 안쪽 제방에 있는 풀과 잡초를 모두 제거하니, 신전을 둘러싼 희고 반짝이는 석회암 벽이 모습을 드러냈다.

태양이 들어오는 입구와 사자의 집 주위에 촘촘히 서 있던 썩어가는 기둥도 불에 던졌다. 기둥 몇 개는 너무 크고 땅속 깊숙이 묻혀 있었다. 그런 것들은 지면에 맞춰 잘라내고 남은 그루터기는 저절로 썩도록 내버려두었다. 잡초와 나무 그리고 기둥을 모조리 치운 뒤, 남자들은 원형으로 넓게 서서 여인들의 아름다운 노래에 맞춰 춤을 추었다. 신전은 다시 깨끗한 옛 모습을 드러냈다. 옛 신전은 잔디가 깔린 나지막한 제방과 해자, 아무것도 없는 원형 공터를 둘러싼 높은 제방으로 이루어져 있었다.

부족민들은 저녁나절이 되어서야 라사린으로 돌아갔다. 마지막으로 신전을 떠난 갈레스는 정착지 위쪽 언덕마루에 잠깐 멈춰 서서 신전을 돌아보았다. 남쪽 지평선을 어지럽히던 개암나무 덤불이 사라지고 조상들의 무덤만 남았지만, 무덤 앞쪽의 원형 신전은 저물어가는 햇빛을 받아 컴컴한 언덕을 배경으로 하얗게 반짝였다. 제방의 그림자가 땅에 길게 드리워졌다. 갈레스는 원형 석회암 제방이 비스듬한 경사지 위에 쌓여 하지에 태양이 떠오르는 방향 쪽으로 약간 기울어져 있다는 것을 처음으로 알아차렸다.

"아름답군요."

갈레스의 여인 리다가 말했다

"정말 아름답군."

갈레스도 동의했다. 돌을 쌓아 올려야 할 사람은 실리적이고 강인하고 유능한 갈레스 자신이었다. 그는 거대한 여덟 개의 암석이 깨끗한 잔디와 석회암 사이에 서 있는 모습을 상상한 뒤 말했다.

"슬라올이 좋아하실 거야."

그날 밤에는 천둥이 쳤지만 비는 내리지 않았다. 저 멀리서 천둥만 우르릉거렸고, 어둠 속에서 부족의 어린아이 두 명이 죽었다. 둘 다 병을 앓고 있었지만, 죽을 거라고 생각한 사람은 없었다. 그러나 아침에 떠오른 태양은 새로 청소한 석회암 벽을 밝게 비췄다. 부족민은 신들이 다시 라사린에 미소를 보내는 것이라고 여겼다.

데레윈은 아직 여인이 아니었지만 라사린과 카살로에서는 약혼한 소녀가 남편 될 사람의 집에 가서 사는 풍습이 있었다. 데레윈은 라사린으로 와서 헨갈의 살아 있는 아내 중 가장 나이 많은 여인의 오두막에서 살게 되었다.

데레윈이 도착하자 부족은 동요했다. 그녀는 여인이 되기에는 아직

한 살 어렸지만 일찌감치 미모가 피어났고, 라사린의 젊은 전사들은 욕망을 숨기지 않는 눈빛으로 그녀를 쳐다보았다. 카살로의 데레윈은 남자들의 꿈속에 나타날 만한 소녀였다. 검은 머리는 허리 아래까지 드리웠고, 긴 다리는 햇빛에 검게 그을려 있었다. 발목과 목에는 크기와 모양이 비슷한 순백의 섬세한 조개껍질 장식을 걸고 있었다. 검은 눈동자, 광대뼈가 튀어나온 날렵한 얼굴, 물총새의 날갯짓처럼 경쾌한 몸가짐. 데레윈은 젊은 전사들의 눈에 곧바로 띄었고, 전사들은 그녀를 보며 아직 아이인 사반에게는 과한 여자라고 생각했다. 전사들의 욕망을 읽은 헨갈은 데레윈을 위해 수호 부적을 걸라고 길란에게 지시했다. 제사장은 데레윈의 오두막 지붕 위에 인간의 두개골을 걸고, 그 옆에 흙으로 빚은 남근상을 놓았다. 부적을 보는 모든 남자는 위협의 의미를 읽을 수 있었다. 두개골과 남근은 데레윈을 허락 없이 건드렸다가는 죽는다는 뜻이었다. 그때부터 남자들은 그녀를 쳐다만 볼 뿐 아무 짓도 할 수 없었다.

사반 또한 데레윈을 바라보며 몹시 동경했다. 부족민 중에는 데레윈이 사반에게 눈빛을 보내는 모습을 본 사람도 있었다. 사반 역시 잘생긴 청년이 될 가능성이 충분했던 것이다. 아직 자라고 있었지만 이미 아버지만큼 키가 컸고, 렌가의 재빠른 눈빛과 손놀림도 가지고 있었다. 주목 활 솜씨도 정확했고, 부족 중에서 달리기도 가장 빠른 편에 속했다. 그럼에도 불구하고 겸손하고 침착해서 라사린 사람들에게 두루 사랑받았다. 좋은 남자로 자랄 싹이 충분했지만 성인식에서 실패하면 어른이 될 수 없었다. 사반은 데레윈과 만난 뒤 몇 달 동안 숲의 비밀과 짐승의 습성을 공부하느라 바빴다. 수사슴들이 서로 들이받으며 싸우는 모습을 관찰하고, 수달이 어디다 굴을 파는지, 성난 벌들에게서 어떻게 꿀을 훔치는지 배웠다. 아직 어려 숲에서 야영하는 것은 허락되지 않았지만, 이른 겨울에는 난생처음 화살 한 발로 늑대를 쓰러뜨린 뒤 돌도끼로 때려잡았다. 갈레스의 여인 리다가 늑대 발톱에 구멍을 뚫어 힘줄에 꿴 목걸이를 사반에게 만들어주었다.

사반은 족장의 아들이었지만, 다른 사람들과 마찬가지로 일을 했다. 헨갈은 늘 이렇게 말했다.

"일을 하지 않는 남자는 먹지도 마라."

갈레스는 부족 제일의 목수였고, 사반은 7년 전부터 삼촌의 기술을 배웠다. 그는 나무 신들의 이름을 모두 외웠고, 나무둥치를 도끼로 찍기 전에 신들을 달래는 법과 참나무와 물푸레나무를 깎아서 기둥과 대들보, 서까래 만드는 법을 배웠다. 갈레스는 부싯돌로 괭이 날을 만드는 법, 끈이 말라 수축하면 단단하게 고정되도록 젖은 황소 가죽 끈으로 날과 대를 묶는 법을 가르쳐주었다. 사반은 부싯돌 같은 도구의 사용을 허락받았지만, 갈레스의 아내에게서 태어난 아들과 마찬가지로 아직 돼지와 소를 많이 주고 사서 원거리 여행에만 들고 다니는 소중한 청동 도끼 두 자루에는 손을 댈 수가 없었다.

사반은 너도밤나무를 깎아 그릇을 만들고, 버드나무로 노 만드는 법을 배웠다. 돌처럼 딱딱한 주목 가지를 깎아 사슴 사냥용 활을 만드는 법도 배웠다. 나무를 붙인 뒤 날카로운 부싯돌이나 뼈로 다듬는 법도 배웠다. 느릅나무 둥치를 깎아 강을 따라 바다까지 나가서 소금과 조개 껍데기, 말린 생선을 싣고 돌아올 수 있는 배를 만드는 법도 배웠다. 녹색 참나무에 나무못을 박아서 단단하게 고정시키는 법도 배웠다. 사반은 배우는 속도도 빨랐다. 성인식을 하기 전 겨울 동안, 갈레스는 데레 윈이 묵는 오두막의 새 지붕 엮는 일을 사반에게 맡겼다.

사반은 썩은 짚을 걷어내기 전에 먼저 지붕 위의 해골을 데레윈에게 건넸다. 해골이 자신을 보호한다는 것을 알고 있는 데레윈은 해골 이마에 키스한 뒤 사반을 올려다보았다.

"나머지도."

그녀는 미소를 지으며 말했다.

"나머지?"

"진흙."

진흙으로 빚은 남근상은 비바람에 부서져 있었다. 하지만 사반은 썩어가는 지푸라기 사이에서 최대한 진흙을 모아 그녀에게 건넸다. 데레원은 지저분한 흙무더기를 보고 얼굴을 찌푸렸다. 그리고 비교적 깨끗한 조각 하나를 골라 다시 사반에게 내밀었다.

"삼켜요."

"삼켜?"

"삼키라고요!"

데레원은 고집을 부리더니, 흙 조각을 억지로 삼키는 사반의 표정을 보고 웃었다.

"왜 삼켜야 하지?"

사반이 물었지만 데레원은 웃기만 했다. 제가가 오두막 모퉁이를 돌아오는 순간, 그녀는 웃음을 삼켰다.

제가는 요즘 부족 최고의 사냥꾼이었다. 그는 젊은이들을 이끌고 며칠 동안 숲으로 들어가서는 시체와 이빨을 가지고 마을로 돌아왔다. 부족민 중에는 분명 신의 사랑을 받고 있는 제가가 헨갈의 뒤를 이어야 한다고 생각하는 사람도 있었다. 제가 자신은 그렇게 생각하는지 몰라도 내색은 하지 않았다. 그는 헨갈에게 공손했고, 사냥한 것 중에서 가장 좋은 고기를 바쳤다. 그 답례로 헨갈 역시 한때 렌가와 가장 가까운 친구였던 그를 정중하게 대했다.

제가는 데레원을 쳐다보고 있었다. 다른 남자들과 마찬가지로 그 역시 지붕 위의 해골 때문에 그녀에게 접근하지 못했지만, 데레원에 대한 욕망이나 사반에 대한 질투심은 숨길 수가 없었다. 모든 부족민은 새해가 되어 성인식을 치를 때 사반이 깊은 숲 속에서 사냥감이 될 거라는 사실을, 제가와 그의 사냥개들이 사반의 뒤를 쫓을 거라는 사실을 알고 있었다. 실패하면 사반은 결혼할 수 없다.

제가가 미소를 짓자 데레윈은 해골을 가슴에 꼭 안은 채 침을 뱉었다. 제가는 웃은 뒤 창날을 혀로 핥고 사반에게 겨누었다.

"내년이다, 꼬마야. 숲 속에서 보자꾸나. 너, 나, 내 사냥 친구들, 내 사냥개들."

"날 이기기 위해 친구와 사냥개까지 필요하나?"

사반이 물었다. 데레윈이 지켜보고 있다는 걸 의식하니 자신도 모르게 무모해졌다.

"내년 이야기를 해봐, 제가."

제가를 모욕하는 게 위험할 정도로 어리석다는 걸 알고는 있었지만, 협박을 당하고도 가만히 있으면 데레윈에게 경멸을 당할 것 같아 두려웠다.

"숲에서 날 잡으면 어떻게 할 거지?"

사반은 땅으로 훌쩍 뛰어내리며 물었다. 제가가 대꾸했다.

"흠씬 때려주마, 꼬마야."

"그럴 힘도 없을걸."

사반은 새로 교환할 서까래 길이를 재는 데 사용했던 물푸레나무 막대기를 집어 들었다. 그는 제가보다 키가 컸고, 수많은 사람이 지켜보는 정착지 안에서는 감히 제가가 자신을 죽이지 못할 거라는 사실을 알고 있었다. 그래도 얻어맞는 고통은 각오했다. 사반은 비웃듯이 덧붙였다.

"고양이 한 마리 못 때리는 주제에."

"일이나 계속해라, 꼬마."

제가가 이렇게 말했지만, 사반은 그를 향해 막대기를 휘둘렀다. 키가 작은 제가는 뒤로 물러섰다. 사반은 다시 막대기를 휘둘렀다. 보잘것없는 무기가 제가의 얼굴을 스쳤다. 그러자 제가도 으르렁거리며 창을 겨누었다.

"조심해."

"내가 왜 널 조심해야 하지?"

사반은 물었다. 두려움과 흥분이 뒤섞였다. 어리석은 짓이라는 것은 알고 있었지만, 데레원의 존재가 그를 이렇게 만들었다. 게다가 자존심 때문에라도 물러설 수 없었다. 그는 막대기를 물리며 말했다.

"넌 깡패에 지나지 않아, 제가. 언젠가 피투성이가 되도록 흠씬 때려주지."

"이 어린놈이!"

제가가 사반에게 달려들었다. 하지만 사반은 제가의 움직임을 미리 예상하고 막대기 끝으로 다리를 건 뒤 비틀었다. 제가가 발이 꼬여 넘어지자 그에게 덤벼들어 주먹으로 머리를 때렸다. 두 번 주먹을 날리자 제가도 몸을 비틀어 공격했다. 사반이 몸을 누르고 있어서 창을 사용할 수는 없었다. 제가는 주먹으로 쳐서 사반을 떼어놓은 뒤 눈을 찌르려 했다. 사반은 그의 손가락을 깨물었다. 피 맛이 느껴졌다. 그때 누군가의 손이 사반을 붙잡아 낚아챘다. 다른 손이 제가도 끌어냈다.

두 사람을 떼어낸 것은 갈레스였다.

"이 바보 녀석! 죽고 싶으냐?"

"내가 제가를 때리고 있었어요!"

"제가는 남자다. 넌 아이고! 네가 질 게 분명해."

갈레스는 사반을 밀쳐낸 뒤 제가를 돌아보았다.

"사반을 건드리지 말거라. 내년이 되면 기회가 있을 테니."

"저놈이 먼저 절 공격했습니다!"

제가는 말했다. 사반이 깨문 손가락에서 피가 흐르고 있었다. 제가는 피를 빤 뒤에 창을 집어 들었다. 모욕을 당한 눈에서 분노가 활활 타올랐다.

"어른에게 덤벼드는 아이는 벌을 받아야 합니다."

"먼저 덤빈 사람은 없다."

갈레스가 말했다. 그는 덩치가 크고, 분노는 무시무시했다.

"여기서는 아무 일도 없었어. 알아듣겠느냐? 아무 일도 없었다고!"

그러곤 제가를 뒤로 밀었다.

"아무 일도 없었어!"

갈레스는 눈을 커다랗게 뜨고 싸움을 지켜보던 데레윈을 돌아보았다.

"넌 네 일이나 해라."

그리고 사반을 도로 지붕 위로 밀어 올렸다.

"너도 하던 일이 있으니 마저 해."

헨갈은 싸움 소식을 듣고 킬킬 웃었다.

"정말 이기고 있더냐?"

"그냥 뒀으면 오래 못 버텼겠지만. 네, 이기고 있었습니다."

"좋은 놈이야."

헨갈은 흐뭇하게 말했다.

"좋은 놈!"

"하지만 제가가 성인식을 방해할 겁니다."

헨갈은 동생의 걱정을 물리쳤다.

"족장이 되려면 제가 같은 남자들을 다룰 줄도 알아야지."

그는 사반이 보여준 용기가 흐뭇해서 다시 킬킬 웃었다.

"네가 겨울 동안 사반을 잘 보호해주겠지? 등 뒤에서 창에 찔리기엔 아까운 놈이야."

"그러겠습니다."

갈레스는 엄숙하게 말했다.

잔인할 정도로 혹독한 겨울이었다. 그 추운 계절의 좋은 소식이라고는 카살로 전사들이 헨갈 영토에 대한 공격을 중단했다는 사실뿐이었다. 사반의 혼인을 통해 약속된 평화는 지켜졌지만, 카살로가 마덴을 정복할 때처럼 헨갈이 죽기만을 기다렸다 라사린도 집어삼킬 거라고 생각하는 사람도 있었다. 날씨 때문에 키탈의 부하들이 묶였을 뿐이라고 생각하는 사람도 있었다. 며칠 동안 눈이 두껍게 쌓이고 강이 얼어서 여자들은 매일 얼음을 깨고 물을 길어 와야 했다. 언덕 위에 쌓인 눈이 연기처럼 흩날리고, 모닥불에서는 열기가 전혀 느껴지지 않았다. 얼어붙은 오두막들은 생명과 온기의 희망조차 없는 회색의 땅 위에 웅크리고 있었다. 노인과 어린이, 병자와 저주받은 사람 같은 부족의 약자들이 죽어나갔다. 배를 곯기도 했다. 전사들은 숲 속에서 사냥을 했다. 제가와 그의 무리를 능가할 사람은 없었다. 그들은 매일같이 정착지 밖에서 사냥한 것들을 들고 왔다. 찬 공기에 드러난 내장에서는 김이 오르고, 개들은 훔쳐 먹을 게 없나 주위를 맴돌았다. 사냥꾼들이 사슴 머리를 주면 여자들은 화덕에 나무를 넣어 활활 피운 다음 사슴뿔 밑동을 달구어 뼈에서 깨끗이 분리시켰다. 봄이 되면 옛 신전에서 할 일이 많을 터였다. 카살로에서 도착할 새 암석에 구멍을 뚫을 사슴뿔 곡괭이가 많이 필요했다.

겨울은 끝이 없을 것만 같았다. 강가에 늑대가 출몰했지만, 길란은 새 신전이 완성되면 모든 것이 잘될 거라고 부족민을 안심시켰다.

"이번 겨울은 우리가 겪는 마지막 고통이자 마지막 액운. 새 신전은 라사린의 운명을 바꿀 것이다."

제사장은 이렇게 역설했다. 다시 생명과 사랑, 온기와 행복이 온 누리에 퍼질 것이며, 모든 일이 잘될 것이라고.

카마반은 마법을 배우기 위해 카살로에 가 있었다. 라사린 정착지 밖에서 굶주리며 홀로 살아가던 세월 동안, 그는 머릿속의 목소리에 귀를 기울이며 그 의미를 생각했다. 이제 세상 다른 사람들의 지혜를 통해 그렇게 쌓은 지식을 검증하고 싶었고, 카살로의 마법사 사나스보다 현명한 사람은 없었기에 카마반은 그녀의 말에 귀를 기울였다.

원래 슬라올과 라하나는 연인 사이였다고 사나스는 말했다. 그들은 서로 가까운 곳에서 끝없는 춤을 추며 세상을 돌고 있었는데, 슬라올이 라하나의 딸인 땅의 여신 갈라나를 보고 사랑에 빠져 라하나를 버렸다.

그리하여 라하나는 밝은 빛을 잃었고, 세상에는 밤이 찾아왔다.

그러나 갈라나는 어머니에 대한 의리를 지켜 슬라올의 춤을 거부했고, 이에 태양신이 골을 내자 세상에는 겨울이 찾아왔다. 슬라올은 아직도 골이 나서 땅 위에 사는 사람들의 말을 들으려 하지 않는다. 인간이 갈라나를 떠올리기 때문이다. 토라신 슬라올에게서 세상을 보호할 힘을 갖고 있는 것은 라하나뿐이며, 라하나를 다른 모든 신들보다 높이 받들어야 하는 것도 그 때문이다.

카마반은 데레원의 아버지인 카살로의 제사장 모르소르의 말에도 귀를 기울였다. 그도 비슷한 이야기를 해주었다. 하지만 그에 따르면 골이 난 것은 라하나이고, 라하나는 연인의 빛을 흐리게 하려다 실패한 수치심 때문에 얼굴을 가리는 것이라고 했다. 그녀는 아직도 슬라올의 빛을 약하게 만들려 하고 있으며, 그래서 라하나가 슬라올 앞을 지나칠 때마다 무서운 밤이 찾아오는 것이라고 했다. 모르소르는 사나스의 손자였다. 두 사람은 서로 의견이 달랐지만 싸우지는 않았다. 모르소르는 주장했다.

"신들은 균형을 이루어야 한다. 라하나는 갈라나의 땅 위에 살고 있다는 이유로 우리에게 벌을 주려 할 수도 있지만, 그래도 강력한 존재이기 때문에 잘 달래야 한다."

사나스는 이렇게 말했다.

"남자들은 슬라올을 탓하려고 하지 않아. 어머니와 딸을 동시에 사랑하는 것이 나쁘다고 생각하지 않으니까."

그러고는 땅에 침을 뱉고 덧붙였다.

"남자들이란 자기 똥 위에서 구르는 돼지들이야."

모르소르는 말했다.

"낯선 부족을 방문한다면 누구한테 제일 먼저 가야겠느냐? 족장이다! 그러니 다른 신들보다 슬라올을 가장 높이 받들어야 한다."

사나스는 말했다.

"남자들은 자기 마음대로 신을 섬기라지. 그러나 신들에게 가 닿는 것은 여자들의 기도이며, 여자들은 라하나에게 기도를 해."

그러나 사나스와 모르소르의 주장에서 일치하는 부분이 하나 있었다. 이 세상의 근심은 슬라올과 라하나의 헤어짐에서 비롯된 것이며, 그 이후로 모든 부족은 질투심 많은 두 신을 공평하게 섬기기 위해 노력한다는 것이었다. 이는 히락의 믿음과도 같았고, 내륙의 부족들은 모두 이런 믿음을 가지고 모든 신들을 조심스레 섬겼다.

카마반은 모든 이야기를 듣고 질문도 했지만 자기 의견을 입 밖에 내지는 않았다. 배우러 왔지 논쟁하러 온 것이 아닐뿐더러 사나스에게서는 배울 점이 많았다. 그녀는 이 땅에서 가장 유명한 치유사였고, 십여 개 부족민이 그녀를 찾아왔다. 사나스는 약초, 곰팡이, 불, 뼈, 피, 가죽, 부적을 다루었다. 아이를 갖지 못한 여자들은 며칠을 걸어와서 도움을 청했고, 아침마다 병자와 불구자, 절름발이, 슬픔에 빠진 이들이 신전 북쪽 입구에서 간절하게 사나스를 기다렸다. 카마반은 사나스를 위해 약초를 채집하고, 버섯을 따고, 썩은 나무에서 곰팡이를 잘라왔다. 불 위에 그물을 걸어 약초를 말리고, 자르고, 우려내고, 사나스가 약초에 붙인 이름을 배웠다. 사람들이 설명하는 병의 증상을 잘 듣고, 사나스가 처방하는 약을 잘 보았으며, 이후 병이 낫는지 죽는지도 관찰했다. 그냥 아프다며 오는 사람도 있었고, 배를 문지르며 오는 사람도 많았다. 사나스는 그들에게 곰팡이 조각을 씹으라고 하거나, 약초와 곰팡이 그리고 신선한 피를 달인 걸쭉한 물약을 마시도록 했다. 너무 아파서 몸을 펴지 못하거나, 남자들은 밭을 갈지 못하고 여자들은 맷돌을 돌리지 못할 정도로 지독한 관절통을 호소하는 사람도 적지 않았다. 사나스는 통증이 정말 지독한 환자들을 모닥불 사이에 눕힌 뒤 예리하게 간 돌칼로 아픈 부위의 관절을 그었다. 피가 솟아오를 정도로 환부를 깊게 갈랐다. 카마반이 그 상처에 말린 약초를 문지르고 피가 더 이상 나오지 않을 때까지 상처 부위에 약초를 덮으면 사나스가 그 약초에 불을 붙였다. 불꽃은 쉭쉭거리며 연기를 냈고, 오두막은 살이 타는 냄새로 가득 찼다.

그 혹독한 겨울에 한 남자가 미쳐서 아내를 때려죽이고 오두막에 불을 지른 뒤 가장 어린 자식을 불 속에 던진 일이 있었다. 사나스는 그가 악귀에 사로잡혔다고 진단했다. 남자는 사나스에게 끌려왔다. 두 전사가 양팔을 단단히 붙잡자 사나스는 그의 머리 가죽을 칼로 그어서 살을 벗겨낸 뒤, 작은 돌망치와 얇은 돌칼로 두개골에 구멍을 냈다. 그리고 뼛조각을 둥글게 들어내고 뇌에 침을 뱉은 다음 악귀에게 물러가라고 명령했다. 남자는 살아남았지만, 워낙 끔찍한 고통이었기 때문에 차라리 죽는 게 나았을 것이다.

카마반은 뼈를 맞추는 법, 이끼와 거미줄로 상처를 덮는 법, 남자들에게 꿈을 꾸게 하는 약물 만드는 법을 배웠다. 카살로의 사제들에게 이 약물을 가져가자, 사제들은 그가 사나스에게 선택된 것을 알고 경외심을 드러냈다. 카마반은 전사들이 카살로 북쪽 넓은 숲에서 이방인을 사냥할 때 화살촉에 바르는 끈적끈적한 약물 만드는 법도 배웠다. 독은 오줌과 똥 그리고 사나스가 애용하는 꽃이 피는 약초의 즙으로 만들었다. 그는 사나스가 먹을 음식을 만들어 죽처럼 갈았다. 치아가 하나밖에 없어 씹을 수가 없었기 때문이다. 그는 사나스의 주문과 송가, 수천 개에 달하는 신의 이름을 배웠고, 일이 없을 때는 오랜 여행에서 돌아온 장사꾼들의 신기한 이야기에 귀를 기울였다. 모든 것을 다 듣고 아무것도 잊지 않았으며 자기 의견은 머릿속에만 간직했다. 그 의견은 변한 적이 없었다. 머릿속에서 말을 거는 목소리는 여전히 그 안에서 울리고 있었다. 여전히 밤마다 잠을 깨우고, 여전히 경이로움으로 그의 마음을 가득 채웠다. 치료하는 법, 겁을 주는 법, 신들의 뜻에 따라 세상을 조종하는 법을 배웠지만, 카마반은 변한 적이 없었다. 세상의 지혜도 그 자신의 지혜를 건드리지는 못했다.

겨울이 한창 맹위를 떨칠 때, 슬라올이 가장 약해지고 라하나가 카살로의 신전을 밝게 비추며 암석들 위에 차가운 광채를 던지고 있을 때, 사나스는 두 전사를 데리고 신전으로 향했다.

"때가 되었다."

전사들은 신전의 높은 암석 옆에 카마반을 반듯이 눕혔다. 한 사람은 카마반의 어깨를, 다른 한 사람은 비틀린 발을 잡고 보름달 쪽으로 향하게 했다.

"너는 죽지 않으면 살 것이다."

사나스는 돌망치와 죽은 남자의 어깨뼈로 만든 칼을 들고 있었다. 그녀는 뼈 칼을 흉측하게 굽은 카마반의 발 위에 놓았다.

"아플 게다."

사나스는 이렇게 말한 뒤, 카마반의 고통이 즐겁기라도 한 듯 웃었다.

전사들은 망치가 뼈를 내리치는 순간 움찔거리는 발을 단단히 붙잡았다. 사나스는 늙은 여인이라고는 믿기지 않는 놀라운 힘으로 다시 망치를 내리쳤다. 달빛에 비친 검은 피가 발에서 솟구쳐 전사들의 손을 적시고 카마반의 다리를 타고 흘러내렸다. 사나스는 한 번 더 망치로 내리친 뒤 뼈 칼을 빼내고 이를 악문 채 카마반의 굽은 발을 바깥쪽으로 비틀었다.

"발가락이 있구나!"

사나스는 감탄했다. 전사들은 연골 뜯어지는 소리, 뼈 부서지는 소리,

부러진 뼈가 제대로 맞춰지는 소리에 부르르 떨며 고개를 돌렸다.

"라하나여!"

사나스는 이렇게 외치더니 다시 칼을 발 위에 놓고 망치로 두드려 둥근 살점과 단단히 붙은 뼈에 날카로운 날을 박아 넣었다. 그리고 발을 곧게 편 뒤 사슴 뼈 부목을 대고 늑대 가죽 끈으로 단단히 묶었다.

"나는 뼈로 뼈를 고쳤다. 넌 죽지 않으면 걷게 될 것이다."

카마반은 사나스를 쳐다보며 아무 말도 하지 않았다. 상상했던 것보다 훨씬 더 큰 고통, 달빛에 젖은 온 세상을 채울 수 있을 정도의 고통이었지만, 그는 단 한 번도 신음 소리를 내지 않았다. 눈물이 고였지만 소리는 내지 않았다. 그는 자신이 숙지 않는다는 것을 알고 있었다. 그는 살아남을 것이다. 슬라올이 그걸 원하기 때문에. 선택된 자이기 때문에. 세상을 바로세우기 위해 보내진, 비틀린 아이이기 때문에. 그는 카마반이었다.

5

성인식

멀리 도망가거라! 널 잡으러 가마, 사반!

겨울은 지나갔다. 연어가 강으로 돌아왔고, 라사린 서쪽 높다란 느릅나무에는 까마귀가 내려앉았다. 뻐꾸기가 울었고, 겨울의 얼음이 강을 얼렸던 곳에는 잠자리가 날아다녔다. 조상들의 무덤가에서 양떼가 울었고, 마이의 강에서는 왜가리가 새끼 오리로 포식을 했다. 찌르레기의 노래가 숲 속에 물결쳤고, 봄이 무르익자 사슴은 회색 겨울털을 벗어던지고 뿔을 갈았다. 헨갈의 아버지는 사슴이 자기가 떨쳐버린 뿔을 먹는 것을 보았다고 한 적이 있지만, 사실 뿔을 거두어가는 것은 숲 속을 어슬렁거리는 사슴의 신, 시락스였다. 사슴이 떨쳐버린 뿔은 귀중한 도구였기 때문에 남자들은 시락스보다 먼저 그 뿔을 거두기 위해 숲을 뒤졌다.

사람들은 밭을 갈았다. 풍족한 사람들은 황소 뒤에 불로 달궈 단단하게 만든 쟁기를 맸고, 그렇지 못한 집안은 식구들이 직접 뿔 가지로 만든 가래를 끌었다. 동쪽에서 서쪽까지 굳은 땅을 파헤친 뒤 다시 북쪽에서 남쪽으로 밭을 갈고 나면, 사제들이 첫 씨앗을 한 움큼 먼저 뿌렸다. 작년의 수확은 좋지 않았지만, 헨갈은 오두막에 잔뜩 쟁여뒀던 씨앗을 내놓고 밭에 뿌리게 했다. 흙이 기력을 다해 풀이 자라도록 내버려둔 밭도 더러 있었다. 대신 작년 봄 남자들이 숲 언저리의 나무를 베고 가을에 죽은 나무를 태운 새 토지를 개간해 씨를 뿌리기도 했다. 여자들은 양을 제물로 바쳤다. 황조롱이가 옛 신전 위를 떠다녔고, 신전에서는 난초가 꽃을 피우고 푸른 날개를 단 나비가 날아다녔다.

여름이 찾아오고 개똥지빠귀 울음이 잦아들 무렵, 헨갈 부족의 소년들은 성인식을 맞았다. 모든 소년이 성인식을 통과하지는 못한다. 목숨을 잃는 경우도 있었다. 그러나 부족민들은 실패해서 평생 조롱을 당하느니 차라리 죽는 것이 낫다고 말하곤 했다. 실패한 소년은 성인식 후 한 달 내내 여자 옷을 입고 여자들이 하는 일을 해야 했으며 오줌을 눌 때도 여자처럼 쭈그리고 앉아야 했다. 남은 평생 아내도, 노예도, 소나 돼지도 얻을 수 없었다. 실패한 소년 중 점술이나 꿈을 해몽하는 재능이 있는 아이들의 경우엔 사제가 되어 성인식을 통과한 남자들과 같은 특권을 누릴 수 있었지만 대부분은 영원히 경멸당했다. 차라리 죽는 것이 나았다.

"준비 됐느냐?"

헨갈은 성인식 첫날 아침 사반에게 물었다.

"네, 아버지."

사반은 초조하게 대답했다. 하지만 확신할 수는 없었다. 재가나 그의 사냥개들에게 사냥당할 준비가 되었다고 감히 말할 수 있는 사람이 누가 있겠는가? 솔직히 사반은 겁에 질렸지만, 아버지 앞에서 두려움을 드러낼 수는 없었다.

지난겨울 흰머리가 나기 시작한 헨갈은 사반을 불러서 밥을 먹였다.

"곰 고기를 먹으면 힘이 난다."

사반은 식욕이 없었지만 묵묵히 먹었다. 헨갈은 아들이 먹는 모습을 지켜보았다.

"난 아들 운이 없었어."

헨갈이 불쑥 입을 열었다. 사반은 악취가 풍기는 고기를 입 안 가득 문 채 아무런 대꾸도 하지 않았다. 헨갈은 렌가와 카마반을 떠올리며 한숨을 쉬었다.

"하지만 넌 좋은 아들이다. 그걸 증명해 보여라."

사반은 고개를 끄덕였다.

"내가 만약 내일 죽는다면…."

헨갈은 이렇게 말하곤 그 말에 담긴 액운을 물리치기 위해 사타구니를 만졌다.

"갈레스가 족장이 되겠지만 좋은 지도자는 못 될 것이다. 좋은 남자지만 너무 사람을 잘 믿어. 카살로가 하는 말이라면 뭐든지 믿을 게야. 하지만 카살로가 우리한테 하는 이야기는 거짓말 반 진심 반이거든. 요즘은 친구로 지내고 있다지만, 호시탐탐 우리를 집어삼킬 궁리를 하고 있을 게다. 그들은 우리의 땅을 원해. 우리의 강을 원해. 우리의 식량을 원해. 하지만 그것을 얻기 위해 치러야 할 대가가 두려운 거야. 함부로 덤볐다가는 크나큰 상처를 입을 거라는 것을 알고 있기 때문이지. 그러니 족장이 되려면, 네가 저들이 전쟁을 두려워할 정도로 용맹한 전사라는 사실을 증명해야 하지만, 동시에 언제 싸움을 참아야 하는지 판단할 수 있을 만큼 현명해야 한다."

"알겠습니다, 아버지."

사반은 이렇게 대답했지만, 제가와 날카로운 이빨 사이로 혀를 늘어뜨린 털북숭이 개들을 생각하느라 아버지의 말은 거의 들리지도 않았다.

"카살로는 널 두려워해야 한다. 나를 두려워하듯이."

"네, 아버지."

사반의 턱에서 곰의 피가 뚝뚝 떨어졌다. 구역질이 났다.

"조상들이 널 지켜보고 있으니, 그분들께 자부심을 안겨주어라. 네가 성인이 되면 데레원과 결혼시키겠다. 새 신전에서 열리는 첫 예식이 되겠지? 그러면 슬라올의 은총이 너에게 내릴 것이다."

"저는 데레원이 좋아요."

사반은 얼굴을 붉히며 말했다.

"네가 좋아하든 싫어하든 상관없어. 아들을 낳아주기만 하면 돼. 많이. 지치도록 애를 낳게 해! 자식을 얻어. 다른 여자들한테서도 얻고. 어쨌든 아들만 낳아라! 핏줄이야말로 전부다."

아버지의 명령을 귀에 담고 곰 고기 맛을 목구멍에 담은 채 사반은 정착지 입구 바로 너머 슬라올의 신전으로 향했다. 그와 함께 높은 신전 기둥 아래 모인 스물한 명의 소년은 모두 알몸이었다. 소년들은 지금부터 야생의 숲 속으로 들어가 닷새 동안 사냥을 피해 살아남아야 했다. 부족의 어른인 사냥꾼들이 신전을 둘러싸고 소년들을 향해 야유를 퍼부었다. 사냥꾼들은 모두 활이나 창을 지니고 있었다. 그들은 소년들에게 계집애 같은 담력을 가졌다고 놀리며 "너희는 실패할 것이다, 귀신과 혼령 그리고 숲의 짐승들에게 잡아먹힐 것이다."라고 겁을 주었다. 들어가기 전에 그만두어라, 저렇게 호리호리하고 연약한데 뭐하러 어른이 되겠다는 것이냐는 조롱이 이어졌다.

제사장 길란은 그들의 조롱과 모욕을 무시하고 신께 기도를 올렸다. 소년들의 생명을 상징하는 작은 석회암 구슬이 신전 한가운데, 봉헌식 때 신께 제물로 바쳐졌던 한 아이의 무덤 위에 놓였다. 성인식이 끝나고 어른이 된 아이들은 직접 구슬을 깨뜨릴 수 있고, 실패한 아이들은 그 생명의 상징을 들고 모욕당한 가족에게 돌아가야 한다.

길란은 축복의 뜻으로 소년들에게 침을 뱉었다. 무기는 각자 하나씩 허락되었다. 대부분 창이나 활을 쥐었지만, 사반은 자신이 직접 만든 손바닥 길이만 한 돌칼을 선택했다. 그는 커다란 부싯돌로 검은 돌이 흰빛을 띠며 서늘하게 날이 설 때까지 갈고 갈았다. 그 칼로 사냥을 할 거라고는 생각하지 않았다. 설령 짐승을 잡는다 해도 고기를 익히기 위해 불을 피웠다가는 사냥꾼들이 연기를 보고 찾아올 수 있기 때문이다.

"무기는 가져가지 않아도 돼."

갈레스가 이렇게 조언했지만, 사반은 만지작거리며 위안을 얻을 수 있는 작은 칼 하나는 가져가고 싶었다.

제가는 신전 가장자리에서 사반을 조롱했다. 그의 창촉에는 독수리 깃털이 잔뜩 매달렸고, 긴 머리카락에도 깃털이 꽂혀 있었다.

"사냥개를 풀어서 널 뒤쫓겠다, 사반!"

제가가 외쳤다. 털이 무성한 커다란 사냥개들이 주인 뒤에서 침을 흘리고 있었다.

"지금 포기해! 오줌이나 지리는 너 같은 애송이가 어떻게 살아남겠느냐? 하루도 못 살아남을 게 뻔해."

제가의 친구 하나도 사반에게 외쳤다.

"널 수치스럽게 끌고 와주마. 내 여동생의 옷이나 입고 내 어머니의 물이나 길어라."

헨갈은 그런 위협을 듣고도 제지하지 않았다. 이는 부족의 관습이었다. 제가와 그 친구들의 적대감에도 불구하고 살아남는다면 사반의 명성은 더욱 높아질 것이다. 사반을 숲에서 구해줄 생각도 없었다. 그랬다간 부족민들이 그가 성인식을 정당하게 치르지 않았다고 선언할 것이기 때문이다. 사반은 혼자만의 힘으로 살아남아야 했고, 실패한다면 신들이 그를 족장으로 적합하지 않다고 선언한 셈이다.

소년들은 사냥꾼들보다 한나절 일찍 출발한다. 그리고 여름의 다섯 밤 동안 사냥꾼뿐 아니라 곰, 거대한 야생 들소, 늑대, 소년들이 숲으로 나온다는 사실을 알고 노예사냥을 하러 온 이방인 전사들로부터 살아남아야 한다. 이방인들에게 잡히면 머리를 깎이고 손가락 하나를 잘린 채 끌려가서 평생 채찍질을 당하며 노예 생활을 해야 한다.

길란은 마침내 주문을 마치고 손뼉을 쳐서 겁에 질린 소년들을 신전 밖으로 몰아냈다.

제가가 외쳤다.

"멀리 도망가거라! 널 잡으러 가마, 사반!"

줄에 묶인 사냥개들이 으르렁거렸다. 사반은 이 짐승들이 두려웠다. 신이 사냥개들에게 깊은 숲 속까지 인간을 쫓을 수 있는 능력을 주었기 때문이다. 개들은 인간의 영혼을 느낄 수 있기 때문에 어둠 속에서도 사람을 찾을 수 있다. 영혼이 있는 동물이라면 어떤 짐승의 뒤도 쫓아갈 수 있고, 털이 무성하고 커다란 저 사냥개들은 앞으로 며칠 동안 사반에게 가장 무서운 적이 될 터였다.

사반은 남쪽 목초지를 가로실러 카살로에서 안석이 도착하길 기다리고 있는 옛 신전 쪽으로 향했다. 해자를 지나는 순간, 문득 카마반의 목소리가 자기 이름을 부르는 것 같았다. 어리둥절해하며 멈춰 서서 깨끗하게 치워진 신전 안을 들여다보았다. 하지만 거기에는 풀을 뜯는 흰 소 두 마리밖에 없었다. 너무 두려워 무조건 숲 속으로 달려가고 싶었지만, 사반은 한층 강렬한 본능에 따라 나지막한 바깥쪽 제방을 뛰어넘고 해자를 지난 다음 좀 더 높은 안쪽 제방을 넘어갔다.

맨살에 닿는 햇살이 따뜻했다. 그는 이유도 모른 채 신전 안 잔디 위에 무릎을 꿇고, 검고 긴 머리카락을 돌칼로 한 움큼 잘랐다. 그리고 잔디 위에 머리카락을 놓은 다음 이마를 땅에 조아렸다.

"슬라올이여, 슬라올이여."

렌가가 자기를 죽이려 했던 이곳에서 사반은 그 적개심을 피해 달아날 수 있었다. 그는 이번에도 태양신께 또 다른 적개심을 피할 수 있도록 도와달라고 기도했다. 벌써 며칠째 알고 있는 모든 신께 기도를 드렸지만 지금 이 순간, 바람 부는 언덕 위 따뜻한 석회암 장벽 안에서 슬라올이 답을 내려주었다. 어디서 온 것인지는 알 수 없지만 사반은 문득 자신이 성인식에서 살아남고, 심지어 이길 수 있으리라는 것을 깨달았다. 지금까지 그는 불안감 때문에 엉뚱한 것을 빌고 있었다. 지금껏 제가를 피해 숨을 수 있게 해달라고 신들에게 빌었던 것이다. 하지만 슬라올은 사반에게 부족 최고의 사냥꾼인 제가로 하여금 자신을 찾아내도록 해야 한다는 생각을 내려주었다. 그것은 신의 선물이었다. 제가로 하여금 먹이를 찾아내게 하라, 그리고 실패하게 하라. 사반은 눈부신 하늘을 향해 고개를 들고 감사의 말을 외쳤다.

숲 속으로 들어가자 다시금 두려움이 몰려왔다. 이곳은 야생의 땅, 늑대와 곰과 황소가 어슬렁거리는 어두운 땅이었다. 이방인 사냥 부대가 노예를 찾는 곳. 심지어 추방자들도 있었다. 누군가가 라사린에서 추방당하면 사람들은 그가 정착지에서 떠났다고 하지 않고 숲으로 들어갔다고 했다. 사반은 짐승만큼 잔인한 수많은 추방자들이 숲 속을 배회한다는 사실을 알고 있었다. 그들이 인간의 고기를 먹는다는 소문도 있었다. 게다가 부족의 소년들이 숲 속 어디에 숨는지도 알고 있다고 했다. 이 모든 위험이 두려움을 안겨주었지만, 나뭇잎 사이에는 그보다 더 끔찍한 것들도 있었다. 라하나의 안식처로 들어가지 못하고 숲 속을 떠도는 죽은 자의 영혼이었다. 때로 사냥꾼이 흔적도 없이 사라지면, 사제들은 질투심 때문에 살아 있는 사람들을 미워하는 사자에게 잡혀간 것이라고 생각했다.

숲은 어둠과 위험이 도사린 곳이었다. 항상 나무를 베어 넘어뜨리고 여자들의 출입을 금지하는 것도 바로 그 때문이다. 여자들은 정착지 근처 작은 숲에서 약초를 찾거나 남자와 함께 숲 속을 여행할 수는 있지만, 귀신이나 영혼에게 습격을 당하거나 추방자들에게 잡힐 위험이 있기 때문에 혼자 평원 끝에 있는 숲으로는 들어갈 수 없었다. 몇몇 극소수의 여자들이 추방자들을 따라 숲으로 도망치곤 했는데, 그들은 깊은 숲 속에 숨어서 곡식과 아이, 소, 양을 약탈하는 산적이 되었다.

그러나 서쪽을 향해 숲 속을 지나가는 동안 별다른 위험은 눈에 띄지 않았다. 햇빛을 받은 녹색 나뭇잎이 반짝이고, 따뜻한 바람이 나뭇가지 사이에서 속삭였다. 사반은 렌가와 함께 라사린에 보물을 가져다준 이 방인을 뒤쫓았던 길을 따라가고 있었다. 수많은 적이 도사리고 있는 숲에서 이렇게 탁 트인 길을 따라가면 위험하다는 것을 알고 있었지만, 그는 제가의 사냥개들이 얽히고설킨 나무 사이를 뚫고 쉽게 쫓아오도록 하고 싶었다.

오후가 되어 서쪽 숲 건너편 멀리까지 내려다볼 수 있는 높은 봉우리에 올라선 사반은 희미한 황소 나팔 소리를 들었다. 라사린의 사냥꾼들이 출발했다는 무시무시한 신호였다. 그들은 항아리에 이글거리는 숯불을 들고 다니기 때문에 밤에 숲 속에서 야영을 한다 해도 혼령과 짐승들을 물리칠 커다란 불을 피울 수 있었다. 사반에게는 그런 방어력이 없었다. 그가 믿는 것은 오직 슬라올의 가호와 연약한 부싯돌로 만든 짧은 칼 한 자루뿐이었다.

사반은 슬라올의 뜻에 어울릴 만한 나무를 오랫동안 찾아 헤맸다. 제가의 사냥개들이 길을 따라 달려오고 있을 터였다. 하지만 한참 먼저 출발했기 때문에 아직 시간은 충분했다. 잠시 후, 사반은 키가 낮고 가지가 넓게 퍼진 참나무 위로 올라갔다. 둥치 중간쯤에는 가지가 전혀 없는 나무였다. 누구든 아래쪽까지는 쉽게 올라올 수 있지만, 그 위에 있는 남자 팔뚝 정도의 굵은 가지를 잡으려면 펄쩍 뛰어올라야 했다. 그 가지는 완벽한 손잡이였다. 사반이 나무 위에 숨어 있다고 판단한 제가는 분명 이 가지를 잡으려고 할 것이다. 사반은 펄쩍 뛰어 그 가지를 꽉 잡은 다음, 나무둥치에 대고 발을 구르며 위로 올라갔다. 이윽고 나무 위로 올라간 그는 위쪽에 있는 좁은 가지에 걸터앉았다.

참나무 둥치를 마주보고 앉은 사반은 나무에 상처 입히는 걸 용서해 달라고 짧게 기도한 다음 칼끝으로 나뭇가지 위쪽을 조금 파냈다. 그렇게 나뭇가지를 파낸 뒤 예리한 날이 뾰족하게 솟게끔 칼을 나무에 박았다. 결과는 훌륭했다. 칼날은 나뭇가지에 단단히 박혔다. 사반은 행운을 비는 뜻으로 칼날에 침을 뱉고 나무에서 내려왔다. 그리고 그 작은 덫이 눈에 띄지 않는 것을 확인하고 가지를 파내느라 바닥에 떨어진 나뭇조각을 주워 모아 숨겼다.

언덕을 달려 내려간 사반은 산기슭에 흐르는 강물을 발견했다. 그는 얕은 곳을 골라 강을 건너기 시작했다. 영혼이 강을 건너지 못한다는 것은 모두가 아는 사실이다. 물에 있으면 영혼이 몸속으로 쪼그라들기 때문에 제가의 사냥개도 흔적을 찾지 못할 것이다. 사반은 강의 신령을 달래기 위해 이따금 기도문을 중얼거리며 겨우 물살을 헤치고 언덕으로 올라가서 쉴 만한 곳을 찾았다.

느릅나무 둥치를 올려다보니 가지 두 개가 뻗어 있었다. 사반은 작은 가지를 그 위에 얹어 안전하게 누울 수 있는 공간을 만들었다. 몸도 가릴 수 있고, 나뭇잎 사이로 밝은 하늘에 떠가는 흰 구름을 볼 수 있는 높이였다. 고개를 돌리면 나무둥치 밑에 있는 이끼 긴 흙도 보였다. 바람이 나뭇잎을 바삭거리며 스쳐갔다. 다람쥐 한 마리가 이를 갈고, 벌 두 마리가 윙윙거리며 옆을 지나갔다. 어딘가에서 나무를 쪼는 딱따구리 소리가 들리다 잠깐 멈추더니 다시 이어졌다. 낙엽 쓸리는 소리에 혹시 들켰나 싶어 아래를 내려다보았다. 하지만 농병아리를 물고 지나가는 여우였다.

문득 숲 속의 모든 살아 있는 소리가 멈췄다. 발톱 소리, 부리 소리, 발소리가 모두 사라지고 나뭇잎 사이를 스치는 바람의 한숨과 나무 삐걱거리는 소리만 남았다. 숨 쉬는 모든 것들이 소리 없이 웅크렸다. 뭔가 새롭고 낯선 존재가 등장했다는 뜻이다. 위험 신호다. 숲은 숨을 죽였고, 사반은 세상을 침묵하게 한 뭔가의 소리가 들릴 때까지 귀를 기울였다. 이윽고 사냥개가 짖었다.

따뜻한 날씨인데도 벗은 피부에 갑자기 한기가 스쳤다. 목의 털이 곤두서는 것을 느낄 수 있었다. 이어서 다른 사냥개가 짖었다. 저 멀리에서 남자들의 목소리가 들려왔다. 언덕 위쪽이었다. 사냥꾼들이었다.

사반은 그들이 눈에 보이는 듯했다. 제가가 사냥꾼 특유의 모양으로 머리를 땋고 깃털 장식을 꽂은 여섯 명의 젊은 사냥꾼을 이끌고 있을 것이다. 창에 기대 선 채 참나무 위를 올려다보면서 사반이 숨어 있다고 생각하며 조롱을 퍼붓고 있을 것이다. 어쩌면 사반을 내려오게 해서 의기양양하게 아버지의 오두막 앞으로 끌고 가 수치를 안겨주려고 나뭇잎 사이로 화살 몇 발을 쏘았을지도 모른다. 그러다 지치면—부디 제가가 그러기를 사반은 빌었다—직접 나무둥치를 타고 올라갈 것이다.

사반은 눈을 감고 누운 채 귀를 기울였다. 그때 외친 소리가 들렸다. 그냥 외치는 게 아니라 놀라움과 아픔, 분노로 가득한 외침이었다. 사반은 자신이 만든 작은 덫이 피를 보았다는 사실을 깨달았다. 사반은 미소를 지었다.

제가는 오른쪽 손바닥 깊숙이 칼에 베인 채 나무에서 떨어져 욕설을 퍼부었다. 비명을 지르며 아픔을 덜기 위해 피가 흐르는 손을 다리 사이에 끼웠다. 친구 하나가 상처에 이끼를 얹고 나뭇잎으로 묶었다. 화가 난 일행은 숲 속을 샅샅이 뒤졌다. 하지만 그들도, 울부짖는 사냥개들도 사반이 있는 쪽으로는 오지 않았다. 사반의 영혼을 따라 강가까지 왔지만 사냥개들은 거기서 그의 흔적을 잃어버렸다. 잠시 후, 그들은 추적을 중단했다. 개 짖는 소리가 차츰 멀어지자 수많은 숲의 소리가 되살아났다.

사반은 씩 웃었다. 비명이 들려온 순간을 되새기며 슬라올께 감사했다. 그는 웃었다. 이긴 것이다.

이기긴 했어도 아직 움직일 수는 없었다. 배가 고팠지만 제가가 아직 산기슭을 어슬렁거리고 있을지 몰라 식량을 찾아 나설 엄두가 나지 않았다. 사반은 작은 나뭇가지에 그대로 누운 채 둥지를 찾아 날아가는 새들과 슬라올의 분노로 붉게 물들어가는 하늘을 쳐다보았다. 세상이 라하나의 손에 넘어가고 있었다. 강 쪽에서 한기가 스멀스멀 올라왔다. 어미 사슴 한 마리와 새끼가 물푸레나무 뒤에서 천천히 우아한 자태로 나타나더니 강으로 향했다. 사슴의 기색을 보건대 위쪽 산기슭에 숨어 있는 사냥꾼은 없는 듯했다. 사반은 그래도 움직이지 않았다. 아직은 굶주림과 목마름을 참을 수 있었다. 높은 나뭇가지에 달린 나뭇잎 사이로 하늘이 희끄무레해지더니 라하나를 받드는 첫 번째 별이 나타났다. 부족은 이 별을 메라라고 불렀다. 자신의 모든 조상이 하늘에서 내려다보고 있다는 생각이 들었지만, 한편으론 치욕 속에서 죽어간 사람들의 굶주린 영혼이 이제 낮 동안의 잠에서 깨어나 어두운 숲 속을 헤맬 거라는 두려움도 일었다. 낯선 발톱이 슬그머니 모습을 드러내고 광기 어린 이빨이 번득이는 숲 속의 밤의 공포가 시작된다는.

사반은 거의 잠을 이루지 못하고 그냥 누운 채 밤의 소리에 귀를 기울였다. 잔가지 부러지는 소리, 거대한 몸통이 수풀을 헤치며 지나가는 소리가 들리더니 다시 정적이 흘렀다. 송곳니를 드러낸 거대한 짐승의 머리가 느릅나무 위를 슬그머니 올려다보고 있는 듯한 느낌이 들었다. 산속에서는 비명 소리가 더 크게 들린다. 사반은 몸을 웅크리고 낮게 흐느꼈다. 올빼미가 울었다. 유일한 위안은 조상의 별들과 나뭇잎을 은빛으로 물들이는 라하나의 차가운 달빛 그리고 데레윈이었다. 그는 데레윈을 많이 생각했다. 그 얼굴을 머릿속에 떠올리기도 했다. 한창 데레윈 생각을 하다 문득 하늘을 올려다보니 별들 사이로 한줄기 빛이 지나갔다. 신이 땅으로 내려오고 있었다. 사반은 이것이 자신과 데레윈이 운명으로 맺어졌음을 보여주는 징조라고 여겼다.

다섯 번의 낮과 밤 동안, 사반은 어둑어둑한 새벽과 황혼녘에만 나무에서 내려와 먹을 것을 찾았을 뿐 계속 숨어 지냈다. 그는 산등성이 아래, 강이 넓은 호를 그리며 굽어지는 공터에서 파슬리와 마늘을 찾아냈다. 괭이밥과 캄프리 잎도 따 먹고 금작화 싹도 찾았다. 하지만 금작화는 제철이 거의 지나 너무 썼다. 산중턱에는 커다란 느릅나무가 쓰러져 있었는데, 그곳에서 찾아낸 곰보버섯이 그중 가장 나았다. 사반은 먹을 것들을 은신처에 저장해두었다. 나무 틈새에 숨어 있는 쥐며느리도 잡아먹었다. 강의 우거진 수초 사이에서 작은 송어를 손으로 잡아 산 채로 탐욕스럽게 씹어 먹은 적도 있었다. 밤에는 자작나무 껍질에서 나온 진을 씹다 향이 다 빠지면 뱉어내곤 했다.

제가는 사냥을 포기했지만, 사반은 이 사실을 모르고 있었다. 어느 새벽, 썩어가는 느릅나무 옆에서 곰보버섯을 찾던 사반은 나뭇잎 밟는 소리를 듣고 이내 얼어붙었다. 쓰러진 나무 기둥 뒤에 몸을 숨겼기 때문에 눈에 띄지는 않았지만, 위험천만한 곳인지라 심장이 방망이질치기 시작했다.

잠시 후, 이방인 창 부대가 일렬로 지나갔다. 모두 남자에, 청동 날을 박은 창을 들고 얼굴에는 회색 줄무늬 문신을 새기고 있었다. 개는 없었다. 사냥감을 찾기보다는 얼른 산속을 벗어나는 데 더 관심이 많은 것 같았다. 물을 첨벙거리며 강을 건너는 소리, 놀란 물새가 푸드덕거리며 도망치는 소리가 들려오더니 다시 정적이 찾아왔다.

마지막 밤은 최악이었다. 비가 내리고 바람이 거세게 불었다. 나무는 젖은 하늘을 향해 고개를 흔들며 그 어느 때보다 크게 울었다. 나뭇가지가 삐걱거리고, 저 멀리에서는 천둥의 신 라노스가 암흑 속에서 몸부림쳤다. 칠흑 같은 밤이었다. 라하나의 빛은 단 한줄기도 구름을 뚫지 못했다. 공포로 가득 찬 끝없는 밤이었다. 그 밤의 어두움 한가운데에서 사반은 거대하고 낯선 무언가가 숲을 짓밟는 소리를 들었다. 그는 산 자의 살을 탐하는 죽은 자들의 영혼을 떠올리며 은신처에서 몸을 웅크렸다. 그리고 빗물에 젖고, 춥고, 배고픈 상태에서 산맥 위로 회색빛 새벽이 축축한 어둠을 조금씩 밀어내는 것을 보았다. 이윽고 하늘이 밝아지면서 비가 조금씩 그쳤다. 이어서 황소 나팔 소리가 성인식의 첫 고행이 끝났음을 알렸다.

스물두 명의 소년이 라사린을 떠났지만, 돌아온 것은 열일곱 명이었다. 하나는 사라진 채 다시는 눈에 띄지 않았고, 둘은 사냥꾼한테 잡혀 라사린으로 끌려왔으며, 다른 둘은 숲 속의 어둠이 무서운 나머지 치욕스럽게도 제 발로 걸어 들어왔다. 그러나 슬라올의 신전에 모인 열일곱 명의 소년은 목덜미 뒤로 느슨하게 머리를 묶는 게 허락되었다. 그들은 사제들을 따라 라사린 입구로 향했다. 가는 길에는 납작한 빵과 차가운 돼지고기, 말린 생선 접시를 든 여인들이 늘어서 있었다.

"먹어라. 배고플 텐데, 먹어!"

배는 고팠지만 아무도 음식에 손을 대지 않았다. 이 역시 비교적 쉽기는 하지만 고행의 일부였기 때문이다.

거대한 벽 안쪽의 이글거리는 모닥불 옆에서 기다리던 부족 남자들이 열일곱 명의 소년을 환영하는 의미에서 창끝으로 땅을 두드렸다. 아직 두 가지 시련이 더 남아 있었다. 여기에서 실패할 수도 있지만 더 이상의 조롱은 없었다. 사반은 제가를 보았다. 제가의 손에 나뭇잎이 감겨 있는 것을 본 사반은 승리의 춤을 추지 않을 수 없었다. 제가가 그를 향해 침을 뱉었다. 하지만 이는 모욕이 아니라 화풀이였다. 그는 기회를 잃었고, 사반은 숲에서 살아남았다.

다음 시험으로, 소년들은 어른과 씨름을 해야 했다. 닷새 동안 굶주린 소년들이 다 자란 성인 남자를 이기리라고 생각하는 사람은 아무도 없었기에 이기든 지든 상관없었지만, 그래도 잘 싸우고 용기를 보여주는 것이 중요했다. 사반은 곰처럼 힘이 센 이방인 해방 노예 디오가와 맞서게 되었다. 군중은 소년과 어른의 어울리지 않는 싸움에 웃음을 터뜨렸지만, 사반은 예상 외로 재빨랐다. 덮쳐오는 디오가를 살짝 피한 다음 발로 차고, 다시 옆으로 빠져나가서 손을 때리고 조롱한 뒤, 마지막으로 얼굴에 일격을 날렸다. 덩치 큰 디오가는 겨우 사반을 붙잡아 땅에 내 동댕이치고 커다란 손으로 목을 조르기 시작했다. 사반은 손가락으로 눈알을 찌르기 위해 문신을 새긴 디오가의 얼굴을 손톱으로 할퀴었다. 하지만 디오가는 신음 소리만 내뱉을 뿐 엄지손가락으로 사반의 기도를 계속해서 눌렀다. 그때 길란이 지팡이로 디오가를 때려 두 사람을 떼어놓았다.

"잘했다, 소년아."

제사장이 말했다. 사반은 입을 열려다 기침만 하고 다른 소년들과 나란히 앉아 거친 숨을 몰아쉬었다.

소년들은 마지막으로 불의 시험을 치렀다. 모닥불 쪽으로 등을 돌린 채 서자 제사장이 날카롭게 깎은 물푸레나무 가지 끝을 불에 달궈 피부가 지글거릴 때까지 어깨뼈에 댔다. 길란은 소년들이 행여 우는지 얼굴을 바라보았다. 사반은 등을 지지는 동안 라노스의 '분노의 노래'를 불렀다. 비명을 지르고 싶을 정도로 뜨거웠지만, 고통은 이내 지나갔다. 길란이 흐뭇해하며 미소를 지었다.

"잘했다, 잘했어."

사반의 가슴은 기쁨으로 가득 차 몸이 새처럼 날아갈 것만 같았다.

그는 남자가 되었다. 이제 신부를 얻을 수도 있고, 노예를 거느릴 수도 있고, 가축을 키울 수도 있고, 새 이름을 지을 수도 있고, 부족 회의에서 발언할 수도 있다. 젊은 사제 닐이 어린 시절의 영혼이 담긴 석회암 구슬을 사반에게 건넸다. 사반은 가루가 되도록 구슬을 짓이기며 기쁨의 춤을 추었다. 아버지는 기쁨을 감추지 못하며 늑대 가죽 튜닉과 날카로운 창 그리고 나무 손잡이가 달린 청동검을 선물했다. 어머니는 자신이 렌가에게서 받은 호박 부적을 선물했다. 사반은 아픈 어머니가 계속 그 부적을 지니라고 사양했지만 소용이 없었다. 갈레스는 주목으로 만든 긴 활을 주었다. 그리고 사반을 앉혀놓고 가슴에 성인을 상징하는 문신

을 새기기 시작했다. 대청에 담근 뼈 빗으로 가슴에 문신을 새기는 동안
에도 사반은 능히 그 아픔을 참아냈다. 이제 어른이 되었기 때문이다.

"이제 새 이름을 지을 수 있다."

갈레스가 말했다. 사반은 농담처럼 대꾸했다.

"손 베는 자."

갈레스는 웃었다.

"나도 네가 한 일이라고 생각했다. 잘했어. 하지만 이제 평생 원수를
만들었구나."

"그 원수는 이제 활도, 창도 들기 힘들 겁니다."

"하지만 위험한 놈이야."

"그래봤자 불구지요."

사반은 돌칼이 제가의 힘줄을 잘랐다는 소식을 들어 알고 있었다.

"최악의 원수지. 그래, 이름은 바꾸겠느냐?"

"지금 이름 그대로 하겠습니다."

태어날 때 받은 사반의 이름은 '축복받은 이'라는 뜻이다. 사반은 그게
적절한 이름이라고 생각했다. 그는 피부에서 피와 대청이 뚝뚝 떨어지
는 것을 지켜보았다. 이제 나는 남자다! 사반은 성인식을 통과한 다른
열여섯 명의 소년과 함께 고기와 빵, 꿀이 차려진 밥상을 받았다. 음식
을 먹는 동안 여인들이 아린의 전투가를 불렀다. 식사가 끝나자 해가
저물었다. 하루 종일 라하나 신전에 격리되어 있던 소녀들이 슬라올 신
전으로 불려왔다. 부족들은 정착지에서 신전까지 이어진 길가에 늘어
서서 박수를 치며 춤을 추었다. 열일곱 명의 남자들은 이제 곧 여인이
될 소녀들을 따라갔다.

소녀들 중에 데레윈은 없었다. 이 밤의 환락에 불려가기에는 너무 귀
한 신부였기 때문이다. 하지만 다음 날 아침, 사반이 오두막을 지을 만
한 곳을 찾기 위해 정착지로 돌아가자 데레윈이 그를 맞았다. 그녀는

사반에게 흰 조개껍질로 만든 소중한 목걸이 하나를 주었다. 사반이 얼굴을 붉히자 데레원은 그 표정을 보고 웃었다.

그날 길란은 여덟 개의 암석을 어떻게 세울 것인지 계획을 짜기 시작했다.

새로 성인이 된 남자들은 성인식 다음 날에는 일할 의무가 없었기 때문에, 사반은 옛 신전을 재건하는 길란의 작업을 지켜보기 위해 언덕 위로 올라갔다. 파랑색과 흰색 조각 같은 나비가 꽃이 점점이 박힌 잔디 위를 팔랑팔랑 날아다니고, 이십여 명의 남자들이 사슴뿔 곡괭이로 석회암을 파며 태양이 들어오는 신전 문으로 이어진 성스러운 긴 양쪽 가에 해자와 제방을 만들고 있었다.

사반은 신전 서쪽으로 걸어가서 잔디 위에 앉았다. 새 창이 옆에 놓여 있었다. 언제 처음 이 창을 전투에서 사용하게 될지 궁금했다. 이제 어른이었지만, 진짜 어른 대접을 받으려면 적군을 죽여야 할 것이다. 그는 아버지가 준 청동검을 꺼내 햇빛에 비춰보았다. 날은 사반의 손 길이 정도밖에 안 되었지만, 표면에 미세한 점이 촘촘히 새겨져 복잡한 무늬를 이루고 있었다. 어른의 칼이라고 사반은 생각했다. 그는 햇빛이 반사되도록 날을 양옆으로 움직여보았다.

데레원의 목소리가 등 뒤에서 들렸다.

"내 삼촌이 바로 그런 칼을 갖고 있었어요. 서쪽 바다 건너 땅에서 만든 거라고 하셨죠."

사반은 몸을 돌려 그녀를 올려다보았다.

"당신 삼촌?"

"키탈, 카살로의 족장."

데레원은 잠시 말을 끊었다 다시 입을 열었다.

"삼촌 맞아요."

그녀는 사반 옆에 쭈그리고 앉아 새로 문신을 새겨서 시퍼렇고 붉은
딱지가 앉은 부위에 섬세한 손가락을 갖다 댔다.

"아팠어요?"

"아니."

사반은 거드름을 피웠다.

"아팠을 거예요."

"약간."

그는 인정했다.

"제가한테 죽는 것보다는 이 상처가 낫지요."

"날 죽이려는 건 아니었을 거야. 그냥 날 라사린으로 끌고 와서 아버지
한테 영혼의 돌을 받게 만들려고 했던 거야."

"죽일 생각이었을 거예요."

데레윈은 이렇게 말하고 사반을 곁눈질했다.

"당신이 그의 손을 베었어요?"

"그렇다고 할 수 있지."

사반은 미소를 지었다. 데레윈이 웃음을 터뜨렸다.

"게일 말로는 다시는 손을 제대로 못 쓸 거라던데."

게일은 데레윈과 같이 살고 있는, 헨갈의 가장 나이 많은 부인이었고
치유 능력으로 유명했다.

"게일이 제가에게 사나스가 훨씬 능력이 좋으니까 그쪽으로 가보라고
했어요."

데레윈은 데이지 꽃을 뜯었다.

"사나스가 당신 형의 발을 낫게 해준 거 알아요?"

"그래?"

사반은 놀라서 물었다.

"오른발을 칼로 열었대요. 피바다였대요! 보름달이 뜬 날 밤에 치유를

행했는데, 당신 형은 신음 소리 하나 내지 않았고, 수술이 끝난 뒤에는 사슴 뼈로 고정시켰대요. 그리고 열병을 앓았는데….”

그녀는 데이지로 목걸이를 만들기 시작했다.

“좋아졌대요.”

“네가 어떻게 알아?”

“당신이 숲에 있는 동안 상인이 소식을 전해줬어요.”

데레윈은 날카로운 손톱으로 데이지 줄기에 흠집을 냈다.

“사나스가 당신 형한테 화가 났대요.”

“왜?”

“카마반이 그냥 가버려서.”

데레윈은 미간을 찌푸렸다.

“발이 다 낫기도 전에 떠나버렸는데, 어디로 갔는지 아는 사람이 없대요. 사나스는 이리로 올지도 모른다고 생각하고 있어요.”

“난 못 봤어.”

형에 대한 소식을 이제야 듣게 된 게 불만스럽기도 했고, 라사린에 오지 않았다는 게 실망스럽기도 했지만, 사실 카마반이 아버지의 부족에게 오고 싶을 이유는 없었다. 그러나 사반은 서투른 말더듬이 이복형을 좋아했다. 그 때문에 형이 아무런 소식도 전하지 않고 그냥 사라졌다는 게 마음 아팠다.

“여기로 오면 좋을 텐데.”

데레윈은 몸을 떨었다.

“나도 한 번 봤어요. 무서운 사람이라고 생각했는데.”

“그냥 서투를 뿐이야.”

사반은 반쯤 미소 지었다.

“내가 먹을 것을 갖다주면 날 놀려주곤 했지. 미친 척 말을 더듬거리면서 펄쩍펄쩍 뛰어다녔어.”

"미친 척?"

"그런 흉내 내는 걸 좋아했어."

데레윈은 어깨를 으쓱하더니, 카마반의 운명 따위는 중요하지 않다는 듯 고개를 저었다. 신전 남쪽에서는 남자들이 양의 등에서 털을 벗기고 있었다. 양들은 구슬프게 울었다. 데레윈은 헐벗은 듯한 짐승들을 보고 웃었다. 사반은 섬세한 그녀의 얼굴과 햇볕에 갈색으로 그을린 매끈한 다리를 보며 감탄했다. 데레윈은 사반 또래였지만 왠지 그에게 없는 자신감 같은 것을 갖고 있는 듯했다. 데레윈은 그런 감탄의 시선을 못 본 척하고, 길란이 갈레스와 그의 아들 메레스의 도움을 받으며 일하는 옛 신전 쪽만 쳐다보았다. 메레스는 사반보다 한 살 어렸다. 겨우 한 살. 하지만 이제 사반이 어른이 되었으니 그와 메레스 사이의 격차는 훨씬 큰 셈이었다.

길란과 두 사람은 신전의 중앙을 찾기 위해 안쪽 제방 안의 둥근 원을 가로질러 나무껍질로 엮어 만든 줄을 쳤다. 그리고 원에서 가장 넓은 폭을 찾은 다음 줄을 반으로 접어 끝에다 풀을 잡아맸다. 그렇게 하면 원의 지름과 같은 길이의 줄이 만들어지고, 반으로 접은 자리에 맨 풀은 원의 정중앙이 된다. 그들은 신전의 정확한 중심을 찾기 위해 여러 번 줄을 풀었다 매었다 반복했다. 갈레스와 메레스가 줄의 양쪽 끝을 각각 붙잡고 있으면, 길란이 한가운데 서서 두 사람이 제방 바로 옆에 있는지, 위에 있는지, 혹은 뒤쪽에 있는지 거듭 확인했다. 그들이 제자리에 섰다는 확신이 들면 길란은 풀 매듭이 있는 위치에 막대기를 박았다. 땅에는 몇 뼘 정도의 간격으로 십여 개의 막대기가 박혀 있었다. 하지만 정확히 같은 지점에 박힌 막대기는 없었다. 길란은 일치하는 두 지점을 찾기 위해 계속해서 줄로 거리를 쟀다.

"왜 신전 한가운데를 찾아야 하는 거지?"

사반이 물었다.

"하지 아침에 슬라올이 정확히 어디서 뜨는지 알아내려면, 그 지점에서 신전 한가운데까지 선을 그어야 하니까요."

데레원은 사제의 딸이었기 때문에 이런 것을 잘 알고 있었다. 길란은 여러 막대기 중 하나로 결정했는지, 다른 막대기를 모두 빼내고 새로 신전 정중앙을 표시하는 말뚝을 서툰 솜씨로 박았다. 오늘 일은 그것으로 끝인 것 같았다. 길란은 줄을 둥글게 감고 기도를 드린 뒤 라사린 쪽으로 걸어왔다.

"사냥 갈 테냐?"

갈레스가 사반에게 외쳤다.

"아뇨."

"어른이 됐다고 게을러진 게냐?"

갈레스는 기분 좋게 물은 뒤 손을 흔들고 제사장 뒤를 따랐다.

데레원이 물었다.

"사냥 안 가요?"

"난 이제 어른이야. 내 오두막, 가축, 노예를 거느릴 수 있고 숲으로 여자도 데려갈 수 있어."

"여자?"

"너."

사반은 이렇게 말한 뒤 일어나서 창을 집어 들고 손을 내밀었다. 데레원은 잠시 그를 쳐다보았다.

"어젯밤 슬라올 신전에서는 무슨 일이 있었어요?"

"남자 열일곱 명, 여자 열네 명이 있었어. 난 그냥 잤어."

"왜요?"

"널 기다렸으니까."

사반은 말했다. 가슴이 부풀어 파도처럼 일렁였다. 방금 자기가 한 말이 어두운 숲 속 이방인과 추방자들 사이에서 잠자는 것보다 훨씬 더 위험한 짓인 것만 같았다. 그는 데레윈이 준 조개껍질 목걸이를 만졌다.

"난 널 기다리고 있었어."

사반은 다시 말했다.

데레윈은 일어섰다. 순간 그녀가 돌아서서 가버릴 거라는 생각이 스쳤다. 하지만 데레윈은 미소를 짓더니 사반의 손을 잡았다.

"난 숲에 가본 적이 없어요."

"그럼, 이제 가봐야지."

사반은 그녀를 이끌고 동쪽으로 향했다. 그는 이제 성인이었다.

6

신전 건축가

내 생각에 이 땅은 세계의 한가운데다!

마이 강을 건너 동쪽으로 가다가 정착지를 지나 북쪽으로 한참 걸어가니, 가파르고 좁은 계곡을 흐르는 물 위로 아름드리나무가 가지를 높이 드리운 곳이 나타났다. 나뭇잎 사이로 햇빛이 산산이 부서지고 있었다. 밀밭의 흰눈썹뜸부기 울음소리는 오래전에 잦아들었고, 지금 들리는 것은 졸졸 흐르는 강물 소리, 속삭이는 바람 소리, 다람쥐가 앞발로 흙을 파는 소리, 높은 나뭇가지 사이로 파닥파닥 날아다니는 비둘기 날개 소리뿐이었다. 강변 박하 풀 사이에는 보라색 난초가 자랐고, 나무 그늘에는 푸르스름한 초롱꽃이 흐드러지게 피어 있었다. 빨강부리쇠물닭 새끼들이 물풀 사이에서 퍼덕거리는 강 위 하늘에서 물총새가 밝게 날갯짓을 했다.

사반은 강 한가운데 있는 섬 쪽으로 데레윈을 데리고 갔다. 강둑에 깔린 긴 풀과 두툼한 이끼 위에 버드나무와 물푸레나무가 우거져 있었다. 그들은 물살을 헤치고 섬으로 가서 이끼 위에 누웠다. 데레윈은 나뭇잎 그늘 아래 강물에서 수달이 물방울을 튀기며 물고기를 쫓아가는 것을 지켜보았다. 건너편 기슭에 암사슴 한 마리가 나타났지만, 데레윈이 감탄해서 환호하자 물도 마시지 않고 놀라 펄쩍 달아나버렸다. 데레윈은 물고기를 잡고 싶다며 사반의 새 창을 들고 얕은 물로 들어가 송어나 사루기가 보일 때마다 창을 꽂았지만 매번 놓쳤다.

"고기 아래쪽을 겨냥해야 해."

"아래쪽?"

"창이 물 안에서 구부러져 보이지?"

"그렇군요."

데레윈은 다시 창을 꽂았지만 이번에도 놓치고 웃었다. 창이 무거워 힘이 들자 그녀는 창을 기슭에 던지고 그냥 갈색 무릎 사이로 흘러가는 물살을 느끼며 서 있었다.

"족장이 되고 싶어요?"

잠시 후, 데레윈이 물었다. 사반은 고개를 끄덕였다.

"그런 것 같아. 그래."

그녀는 사반을 돌아보았다.

"왜요?"

대답할 말이 없었다. 족장이 되어야 한다는 생각에 익숙해져서 그게 전부였다. 사반의 아버지는 족장이었다. 그렇다고 헨갈의 아들이 꼭 다음 족장이 되어야 한다는 법은 없지만, 부족은 족장의 아들부터 바라보게 마련이고, 이제 사반은 그 뒤를 이을 유일한 아들이었다. 그는 조심스럽게 말했다.

"아버지처럼 되고 싶어. 좋은 족장이잖아."

"어떤 게 좋은 족장인가요?"

"겨울에 사람들이 죽지 않도록 해야 해. 숲을 베고, 분쟁을 공정하게 해결하고, 부족을 적에게서 보호해야 해."

"카살로에게서?"

"카살로가 우릴 위협한다면."

"그러지 않을 거예요. 내가 그렇게 못하도록 할게요."

"당신이?"

"키탈도 날 좋아하고, 그의 아들 중 한 사람이 다음 족장이 될 텐데, 다들 내 사촌이고 날 좋아하거든요."

데레윈은 사반이 놀랄 것을 예상한 듯 수줍게 바라보았다. 그녀는 힘주어 덧붙였다.

"내가 모두 친구처럼 지내자고 설득할 거예요. 원수로 사는 건 어리석어요. 싸우고 싶으면 이방인들을 찾아가면 되잖아요."

데레윈은 갑자기 사반에게 물을 튀겼다.

"헤엄칠 줄 알아요?"

"그럼."

"가르쳐줘요."

"그냥 물에 몸을 던지면 돼."

"난 그러면 가라앉아요. 카살로에서 남자 둘이 물에 빠져 죽었는데, 며칠 뒤 찾고 보니 퉁퉁 부어 있었어요."

데레윈은 짐짓 균형을 잃은 척했다.

"나도 그렇게 퉁퉁 불어서 물고기한테 뜯길 거예요. 그러면 헤엄치는 걸 안 가르쳐준 당신 책임이죠."

사반은 웃음을 터뜨리고 일어서서 새 늑대 가죽 튜닉을 벗었다. 며칠 전까지만 해도 여름에는 항상 벌거벗고 지냈지만, 지금은 튜닉이 없으면 민망했다. 나무 아래 열기 속에 앉아 있다 차가운 물에 몸을 담그니 기분이 좋았다. 그는 빠르게 물살을 가르고 데레윈에게서 멀어져 강물이 검게 소용돌이치는 깊은 곳으로 향했다. 머리가 잠기지 않도록 계속 철벙거리며 소용돌이 한복판에 도착한 사반은 강으로 들어오라고 외치기 위해 데레윈을 돌아보았다. 한데 그녀는 벌써 사반 바로 뒤까지 와 있었다. 데레윈은 놀란 사반의 표정을 보고 웃었다.

"오래전에 헤엄치는 걸 배웠어요."

데레윈은 이렇게 말하고 숨을 크게 들이쉬더니 머리를 물속에 넣고 맨다리로 허공을 차며 잠수했다. 그녀 역시 벌거벗고 있었다.

사반은 다시 헤엄쳐서 섬으로 돌아간 뒤 잔디 위에 배를 깔고 엎드렸다. 그는 데레윈이 헤엄치는 모습을, 길고 검은 머리카락에서 물을 뚝뚝 흘리며 뭍으로 올라오는 모습을 지켜보았다. 마치 황홀한 아름다움을 뿜내며 물에서 나오는 강의 여신 마이 같았다. 데레윈은 사반 옆에 무릎을 꿇었다. 그녀의 머리카락이 어깨뼈 위의 불에 덴 상처를 스치자 등에 소름이 돋았다. 사반은 데레윈을 의식하고 꼼짝도 하지 않았다. 혹시 놀라 도망칠까 싶어서 감히 움직일 수가 없었다. 이 때문에 숲으로 오자고 했던 거잖아. 사반은 자신에게 말했다. 하지만 막상 그 순간이 오자 초조감이 온몸을 사로잡았다. 데레윈은 그가 무슨 생각을 하는지 분명 알고 있는 것 같았다. 사반의 어깨를 어루만지며 돌아눕게 한 뒤 그의 팔에 몸을 뉘였다.

"당신은 그 흙을 먹었어요, 사반."

그녀는 속삭였다. 젖은 머리가 어깨에 차갑게 와 닿았다.

"그러니 해골의 저주도 당신은 건드릴 수 없어요."

"확실해?"

"약속해요."

마이 여신이 황홀한 자태로 물에서 걸어 나온 것 같아 사반은 몸을 떨었다. 그는 데레윈을 껴안고, 아주 꽉 껴안고, 바보처럼 이 즐거움이 영원히 계속될 거라고 생각했다.

그날 오후 몰래 집으로 숨어 들어가기 위해 해가 지고 황혼이 찾아오길 기다리고 있는데, 서쪽 강기슭 위 언덕에서 노랫소리가 들려왔다. 데레윈과 사반은 옷을 입은 뒤 지류를 헤치고 강을 건너 소리가 나는 쪽으로 올라가기 시작했다. 걸음을 옮길 때마다 노랫소리는 점점 커졌다.

두 사람은 천천히, 조심스럽게 접근했지만 눈에 띌까봐 걱정할 필요는 없었다. 사람들은 노래를 부르는 데 너무 몰두한 나머지 두 연인이 나뭇잎 사이에 몸을 숨기고 있는 것을 알아채지 못했다.

노래를 부르는 사람들은 카살로 여자들이었다. 그들은 가죽을 꼬아 만든 긴 줄에 거대한 참나무 썰매를 매달고 라사린에 가져다줄 여덟 개의 암석 중 첫 번째 돌을 땀 흘리며 나르고 있는 남자들 양옆으로 줄지어 있었다. 비교적 작은 돌이었지만, 남자들이 울퉁불퉁한 숲길을 따라 성가신 썰매를 끌고 오느라 숨을 몰아쉬며 끙끙거릴 정도로 무게가 대단했다. 나무뿌리를 잘라내고 풀을 발로 밟아 앞길을 정돈하는 사람들도 있었다. 하지만 얼마 지나지 않아 줄을 끄는 남자들은 힘이 빠져 더 이상 움직이지 못했다. 그들은 하루 종일 썰매를 끈 데다 마텐 남쪽 언덕 오르막길을 막 지나온 터였다. 그들은 썰매를 숲 한가운데 놔두고 식사를 하러 남쪽 라사린으로 향했다.

데레윈은 사반의 팔을 잡고 속삭였다.

"난 저 사람들이랑 같이 갈게요."

"왜?"

"저 사람들을 마중 나왔다는 핑계를 대려고요. 그러면 우리가 어디 있었는지 아무도 이상하게 생각하지 않을 거예요."

데레윈은 발돋움을 해서 사반의 뺨에 키스한 뒤 사람들 뒤를 따라 달려갔다.

사반은 그들이 사라질 때까지 기다렸다 참나무 썰매 쪽으로 다가가서 돌을 쓰다듬었다. 돌은 따뜻했다. 나뭇잎 사이를 뚫고 들어온 햇빛에 미세한 조각들이 반짝이고 있었다. 돌을 만지고 있으니 엄청난 행복감이 밀려왔다. 그는 이제 남자였고 이 땅 그 어느 누구보다 아름다운 여인을 소유했다. 그는 강기슭에서 데레윈을 안았고, 삶은 그 어느 때보다 풍요롭고 희망에 가득 찬 것만 같았다. 신들은 그를 사랑했다.

헹갈은 신들이 자신을 사랑한다고 느낄 수가 없었다. 그날 저녁, 카살로에서 온 많은 손님들을 먹이고 재워야 했다. 그런데 여덟 개의 암석에 대한 값으로 금을 지불할 때 음식 비용도 그만큼 많이 들어갈 거라는 것을 미처 예상하지 못했다. 게다가 돌 나르는 것을 도와줄 인력도 충원해야 했다. 그러려면 그들에게도 고기와 곡식으로 값을 치러야 했다. 헹갈은 가축이 줄어드는 것을 보며 과연 현명한 거래였는지 의문을 품을 수밖에 없었다. 하지만 거래를 취소할 생각은 없었다. 그는 사람들을 보내 돌을 나르게 했고, 그해 한여름 내내 돌은 라사린에 조금씩 더 가까이 다가왔다.

비교적 큰 네 개의 돌은 까다로웠다. 마덴 근처 수로가 많은 늪지대를 가로지르는 길이 있기는 했지만 큰 돌을 나르기에는 너무 좁았기 때문에, 키탈의 부하들은 서쪽으로 훨씬 멀리까지 올라갔다가 남쪽으로 꺾어 라사린으로 향했다. 그러나 중간에 언덕이 있었다. 작은 돌을 나른 길에 있던 언덕만큼 높지는 않았지만, 그래도 첫 번째 큰 돌을 나르기에는 무척 힘겨운 장애물이었다. 밧줄과 인력을 더 많이 동원했지만 어림도 없었다. 황소에게 썰매를 끌도록 해보았지만 줄을 잡아당기자 소들이 서로 부딪쳐서 걸음을 옮길 수조차 없었다. 갈레스가 황소에 커다란 참나무 마구를 채우고, 썰매와 마구를 줄로 묶는 방법을 생각해낸 뒤에야 겨우 돌을 언덕 위까지 올릴 수 있었다. 다른 세 개의 무거운 돌도 같은 방식으로 옮겼다. 사제들이 황소의 뿔에 꽃을 걸자 사람들은 짐승 주위에 모여 노래를 불렀다. 라사린에는 기쁨이 가득 찼다. 여름은 자애로웠고, 돌은 안전하게 도착했다. 그래서 과거의 모든 나쁜 징조까지 모두 다 물러간 것 같았다.

하지가 다가왔다. 모닥불을 지피고, 라사린 남자들은 황소 가죽을 둘러쓴 채 슬라올 신전 주위에서 여자들을 쫓았다. 사반은 남자들과 함께 달릴 수도 있었지만 대신 데레원과 나란히 앉았다. 그리고 모닥불이 꺼지자 손을 맞잡고 불 위를 건너뛰었다. 길란은 이날 밤 축제를 위해 담근 술을 내놓았다. 환각을 본 사람들은 비명을 지르기도 하고 몸이 안 좋아지거나 호전적으로 변하기도 했지만, 이윽고 밤이 깊어지자 모두 잠들었다. 사반만은 깨어 있었다. 술 취한 제가가 왼손에 창을 들고 그를 찾아다녔기 때문이다. 그날 밤, 신전 가까이 머무르며 잠든 데레윈을 지키다 새벽녘에 설핏 잠이 든 사반은 발소리에 문득 잠에서 깨어 얼른 창을 집어 들었다. 한 남자가 정착지로 통하는 길을 올라오고 있었다. 사반은 덤벼들 준비를 하며 몸을 웅크렸다. 그때 꺼져가는 모닥불에 남자의 대머리가 빛났다. 제가가 아니라 길란이었다.

"누구냐?"

제사장은 물었다.

"사반입니다."

"날 도와다오."

길란은 유쾌하게 말했다.

"도움이 필요해. 널한테 부탁하려 했는데, 개처럼 자고 있구나."

사반은 데레윈을 깨워서 함께 길란의 뒤를 따라 옛 신전으로 향했다. 일년 중 밤이 가장 짧은 날이었다. 길란은 옛 신전에 도착하기 전 해가 뜰까봐 북동쪽 지평선을 계속 확인했다.

"해가 뜨는 지점을 표시해야 한다."

길란이 무덤 사이를 지나며 설명했다. 그는 조상들에게 허리 굽혀 인사한 뒤 옛 신전 해자 바로 바깥에 세워놓은 여덟 개의 돌이 있는 쪽으로 걸음을 재촉했다. 북동쪽 하늘이 눈에 띄게 밝아왔다. 하지만 해는 아직 저 멀리 숲이 우거진 언덕 위로 모습을 드러내지 않고 있었다.

"표시를 할 만한 게 필요해."

길란이 말하자 사반은 해자 안으로 내려가 커다란 석회암 토막을 대여섯 개 주운 뒤, 길란이 신전 정중앙을 표시해놓은 막대기 쪽으로 가는 동안 신전 입구에 서서 기다렸다. 여자이기 때문에 신전에 들어가는 것이 금지된 데레윈은 해자와 새로 만든 성스러운 길 옆 제방 사이에 있었다.

사반은 북동쪽을 돌아보았다. 지평선은 어둑어둑했지만, 그 앞의 회색빛 언덕에서는 라사린 계곡 안의 꺼져가는 모닥불에서 피어오른 연기가 뭉게뭉게 퍼지고 있었다. 가까운 산비탈에서는 소떼가 하얗게 어른거렸다.

길란이 말했다.

"곧. 곧 뜬다."

그러곤 지평선에 흩어진 구름이 떠오르는 태양을 가리지 않도록 해달라고 기도했다.

구름이 분홍색으로 변했다. 분홍색이 점점 짙어지며 넓게 퍼지더니 붉은색으로 변해갔다. 타오르는 하늘과 칠흑의 땅이 만나는 지점을 바라보던 사반은 나무 위로 하늘이 열리고 갑자기 저 멀리 숲 속 위로 찌르는 듯한 밝은 빛이 타오르는 것을 보았다. 나뭇잎 사이로 태양의 위쪽 끝이 모습을 드러냈다.

길란이 외쳤다.

"왼쪽으로! 왼쪽. 한 걸음. 아니, 뒤로! 거기, 거기야!"

사반은 발밑에 석회암을 놓은 뒤, 태양이 별을 쫓아내는 광경을 지켜보았다. 처음에는 납작한 구슬 모양으로 숲이 빽빽한 능선을 따라 불을 뿜어내던 슬라올은 점점 눈을 뜨고 쳐다보기 힘들 정도로 찬란한 흰색으로 변해갔다. 새해의 첫 햇살이 옛 신전으로 이어지는 성스러운 새 길을 따라 똑바로 비쳤다. 길란이 외쳤다.

"오른쪽! 오른쪽으로 가!"

사반은 태양이 마침내 지평선 위로 완전히 모습을 드러낸 지점에 다시 돌을 놓았다. 길란은 태양이 사반의 머리 위로 올 때까지 기다렸다 세 번째로 돌을 놓게 했다. 태양을 환영하는 부족민들의 노랫소리가 풀밭 너머에서 은은하게 들려왔다.

길란은 사반이 놓은 돌을 살펴보더니 기분 좋게 끙, 하고 한숨을 쉬었다. 역시 낡은 옛 기둥이 있던 자리와 일치했던 것이다.

"잘됐다."

"이제 뭘 하죠?"

사반은 물었다. 길란은 신전 입구 양쪽을 가리켰다.

"큰 돌 두 개를 저기 정문에다 세울 것이다."

그러곤 데레윈이 서 있는 성스러운 길 쪽을 가리켰다.

"그리고 다른 두 개는 저기, 하지에 태양이 떠오르는 길목 양쪽에다 세운다."

"작은 돌 네 개는요?"

"그건 라하나의 궤적을 표시할 거야."

사제는 강 계곡 너머를 가리켰다.

"남쪽 저 끝에서 나타나는 지점을 표시해야 해."

그러곤 다시 돌아서서 반대 방향을 가리켰다.

"그리고 북쪽에서 사라지는 지점도."

길란의 얼굴은 새벽빛 속에서 행복감에 빛나고 있었다.

"단순한 신전이지만 아름다울 거야. 아주 아름답겠지. 슬라올을 위한 한 줄, 라하나를 위한 두 줄이 하늘 아래에서 그들이 만나는 지점을 알려줄 게다."

"하지만 두 신은 헤어졌잖아요."

사반이 말했다. 길란은 웃었다. 그는 친절하고 풍채 좋은 대머리였다. 히락처럼 신의 뜻을 거스르면 어쩌나 하고 노심초사하지 않았다.

"슬라올과 라하나의 균형을 맞춰야 해. 라사린에는 이미 신전이 한 곳에 합쳐져 있는데, 슬라올에게만 두 번째 신전을 만들어주면 라하나가 어떤 기분이겠느냐?"

"그래도 어쨌든 슬라올 신전이잖아요?"

사반은 성인식을 시작할 때 태양신이 자신을 도왔던 것을 떠올리며 근심스럽게 물었다. 길란도 동의했다.

"물론 슬라올 신전인 건 맞지만, 라하나 역시 인정하는 거야. 카살로 신전처럼."

그러곤 미소를 지었다.

"봉헌식 날 슬라올과 라하나의 재결합을 먼저 예비하는 뜻에서 너를 데레윈과 혼인시킬 것이다."

정착지로 돌아오는 길에는 태양이 높이 떠올라 온기를 뿜고 있었다. 길란이 자신의 포부에 대해 이야기하는 동안 사반은 연인의 손을 잡고 걸었다. 하지의 모닥불에서 피어오르는 연기가 엷게 흩어지고 있었다. 라사린은 모두 평화로웠다.

갈레스는 신전 건축자, 사반은 그의 조수가 되었다. 그들은 먼저 작은 돌 네 개를 놓기로 했다. 길란은 돌의 위치를 미리 계산해놓았다. 네 돌은 각기 쌍을 이루어 각각 라하나를 향해 놓아야 했기 때문에 어림짐작이 아니라 철저한 계산대로 배치해야 했다. 라하나가 오가는 하늘 길은 폭이 넓은 띠 안쪽으로 매년 한정되어 있지만, 인간이 평생 살아가는 동안 여신은 북쪽 끝까지 단 한 번, 남쪽 끝까지 단 한 번 간다. 정착지 안에 있는 기존 라하나 신전의 기둥들은 그 북쪽과 남쪽 경계선을 표시했고, 지평선 위에서 달이 뜨고 지는 가장 먼 두 점을 잇는 선은 하지에 태양이 뜨는 선과 직각을 이루었다. 이 점이 길란의 일을 쉽게 해주었다.

"어디서나 그렇지는 않아. 두 선이 직각을 이루는 건 오직 여기 라사린뿐이다. 드레웨나도, 카살로도, 다른 아무 데도 그렇지 않아! 여기뿐이다!"

길란은 그 사실이 경이로운 듯했다. 그는 나직하게 말을 이었다.

"이건 우리가 신들에게 특별하다는 뜻이야. 내 생각에 이 땅은 세계의 한가운데다!"

"정말요?"

사반은 감탄해서 물었다.

"정말이다. 카살로도 물론 성스러운 무덤을 두고 같은 말을 하고 있지만, 그건 오해야. 여기야말로 세상의 중심이다."

그는 옛 신전을 가리켰다.

"인간이 처음 만들어진 곳이야."

이 황홀한 생각에 감동했는지 그는 몸을 떨었다.

제사장은 하지에 태양이 뜨는 위치를 석회암으로 표시한 지점에서부터 태양의 궤적을 따라 쐐기풀로 엮은 실을 놓았다. 실은 신전 한가운데를 지나 남쪽 제방까지 이어졌다. 갈레스는 얇은 막대기 두 개를 직각으로 묶어서 실에 댄 뒤, 그 막대기에서 다른 실을 직각으로 놓았다. 새로운 선은 달의 궤적 양쪽 끝을 가리켰지만, 길란은 북쪽 끝을 가리키는 선 하나, 남쪽 끝을 가리키는 선 하나, 이렇게 평행선 두 개를 원했다. 그는 두 번째 선을 긋고, 갈레스에게 작은 돌 네 개를 두 선의 양쪽 끝 제방 안쪽에 놓으라고 지시했다. 두 쌍의 돌 중 한 쌍은 기둥이고 다른 한 쌍은 판형(板形)이었다. 사제가 기둥 옆에 서서 반대편 돌판 쪽을 바라보면 라하나가 어디서 뜨고 어디서 지는지 알 수 있고, 가장 먼 궤적 끝까지 얼마나 접근했는지 판단할 수 있었다.

갈레스는 남자 서른 명에게 일을 시켰다. 처음에는 단순히 돌을 세울 구멍만 팠다. 잔디를 걷어내고 딱딱한 석회암을 곡괭이로 찍어서 깨뜨린 뒤 삽으로 퍼냈다. 갈레스는 돌을 구멍 안으로 밀어 세울 수 있도록 한쪽을 비스듬히 파게 했다. 갈레스는 저 큰 신전 기둥을 세울 때도 마찬가지였다고 사반에게 말했다. 구멍 네 개를 다 판 뒤에는 정착지에서 더 많은 일손을 동원해 첫 번째 돌, 즉 가장 작은 기둥을 썰매에 싣고 태양의 입구 안으로 들여왔다. 사반은 돌이 성스러운 새 집으로 들어오는 것을 기념하는 의식이 있을 줄 알았지만, 길란이 하늘로 손을 뻗은 채 소리 없이 기도를 올렸을 뿐 다른 예식은 없었다. 썰매의 날이 잔디를 뭉갠 흔적을 남기고 지나갔다. 갈레스는 구멍 옆으로 돌을 끌어온 뒤, 썰매 끝을 경사면 위쪽에 걸치게 했다. 사반은 경사면에 돼지기름을 발라 미끄럽게 만든 목재 세 개를 미리 놓아두었다.

긴 참나무 지렛대로 돌을 썰매에서 들어 올리는 데는 장정 열두 명이 필요했다. 사반은 지렛대가 부러질 거라고 생각했지만, 힘을 줄 때마다 돌이 손가락 폭만큼 조금씩 움직였다. 남자들은 작업을 하며 노래를 불렀고, 몸에서는 땀이 비 오듯 쏟아졌다. 이윽고 돌은 제 무게에 못 이겨 경사면을 미끄러져 내려갔다. 남자들은 돌이 자기를 덮칠까봐 뒤로 물러섰다. 하지만 갈레스가 예상한 대로 돌은 기름칠한 목재 위를 육중하게 미끄러져 바닥까지 내려가 박혔다. 갈레스는 얼굴을 닦고 안도의 한숨을 내쉬었다.

거대한 신전 기둥을 세울 때는 줄을 맨 커다란 삼각대를 이용해 기둥 꼭대기를 하늘로 잡아당길 계획이었지만, 이번 돌기둥은 작아서 그런 도구 없이 세울 수 있을 것 같았다. 갈레스는 가장 힘 센 남자 열두 명을 골라 경사면 끝에서 비죽 솟아 있는 돌 윗부분 옆에 자리 잡게 했다. 남자들은 돌을 어깨로 받치고 힘을 주었다.

"밀어!"

갈레스가 외쳤다.

"밀어!"

밀었지만, 돌은 여전히 비스듬히 서 있었다.

"세워 올려!"

갈레스는 재촉하며 자신도 엄청난 힘을 보탰다. 그러나 돌은 여전히 꿈쩍도 하지 않았다. 사반이 구덩이 아래를 내려다보니, 돌이 수직으로 솟은 울퉁불퉁한 석회암에 끼어 있었다. 갈레스도 그걸 보았다. 그는 욕을 내뱉더니 돌도끼를 움켜쥐고 기둥이 들어갈 수 있도록 석회암을 깨뜨렸다.

돌 무게를 지탱하는 데는 열두 명의 남자로 충분했다. 장애물을 없앤 뒤, 그들은 돌을 밀어 올렸다. 돌기둥은 남자 키보다 약간 낮은 높이로 똑바로 섰다. 구덩이 역시 비슷한 깊이였다. 이제는 경사면에 흙을 채워 다지고 구멍에 돌멩이를 넣어 고정시키기만 하면 된다. 갈레스는 강에서 모아온 커다란 돌로 기둥 밑을 채웠다. 석회암 파편과 구멍을 팔 때 부러진 사슴뿔도 함께 삽으로 퍼 넣었다. 마침내 구멍과 경사로가 완전히 메워지고, 첫 번째 신전 기둥이 우뚝 섰다 지친 남자들은 환호성을 올렸다.

달을 가리키는 나머지 돌 세 개를 다 세우는 데는 수확철까지 걸렸다. 마침내 회색 암석 네 개가 사각형을 이루며 우뚝 섰다. 갈레스는 석판을 놓기 위해 짧은 참나무 기둥으로 삼각대를 만들었다. 석판은 기둥보다 더 무거웠기 때문이다. 하지만 사반이 볼 때 석판을 놓는 것이 좀 더 쉬웠던 이유는 구덩이 벽면에 기름칠한 목재를 대어 돌 모서리가 땅을 긁고 내려갈 때 석회암과 부딪히지 않았기 때문이다. 가장 무거운 네 번째 돌을 세울 때는 첫 번째 기둥을 세우는 데 걸린 시간의 절반밖에 걸리지 않았다.

"신들은 널 영리하게 만드셨구나."

갈레스가 사반을 칭찬했다.

"삼촌도요."

"난 아니야."

갈레스는 고개를 저었다.

"신들은 날 힘이 세게 만드셨지."

달을 상징하는 돌을 세우는 작업은 끝났다. 이제 두 쌍의 돌 사이로 선을 그어서 그 선을 영원히 안개가 드리운 회색 바다 저편 지구 끝까지 늘인다면, 인간은 달이 뜨고 지는 남북 끝점을 볼 수 있을 것이다. 별 사이를 끝없이 여행하는 라하나 역시 하늘에서 내려다보고, 라사린 사람들이 자신의 궤적을 표시해두었다는 걸 알게 될 것이다. 그들이 자신을 바라보고 있다는 것을, 자신을 사랑하고 있다는 것을 알고 그들의 기도를 들어줄 것이다.

밀과 보리를 수확하는 동안, 큰 돌 네 개는 신전 밖에 그대로 두었다. 수확량은 상당했다. 여자들은 하루 종일 수확의 춤을 추며 평평하고 단단하게 다져진 타작마당 주변에 서서 노래를 불렀다. 사반과 데레윈이 춤을 이끌고, 여자들은 몸을 흔들며 미소를 지었다. 데레윈은 젊은 데다 멋지고 사반도 점잖고 강한 좋은 젊은이였으니, 두 사람의 임박한 결혼은 좋은 징조였다. 아직 오른손으로 활을 쥘 수 없어 왼손으로 창만 서툴게 다루는 제가만이 두 사람을 시기했지만, 그가 할 수 있는 일은 없었다. 한 이방인 부대가 라사린 바깥에 위치한 케올 마을에서 수확한 곡식을 약탈하려 했을 때, 제가의 질투는 더욱 커졌다. 헨갈은 전투 부대를 이끌고 나가서 그들을 물리치고 여섯 개의 머리를 가져왔다. 그중 하나는 사반이 벤 목이었다. 실은 갈레스가 비명을 지르는 이방인 전사의 몸을 붙잡아줘서 쉽게 죽일 수 있었지만, 그래도 사반은 가슴에 파란 살해 표식을 그릴 수 있었다.

전투가 끝나고 곡식을 저장한 뒤, 남자들은 다시 남은 일을 하기 시작했다. 함께 일하러 가던 사반은 문득 멈춰 서서 네 개의 새 돌이 세워진 옛 신전을 바라보았다. 갑자기 신전이 달라 보였다. 가을 기운이 느껴지는 싸늘한 날이었지만, 구름 사이를 뚫고 내리쬔 햇빛이 성스러운 길의 흰 제방과 신전 해자를 둘러싼 흰 석회암을 비추고 있었다. 그 원형의 제방 안에, 아침 햇빛에 황량한 그림자를 드리운 채 네 개의 돌이 서 있었다.

갈레스가 사반 옆에 멈춰 섰다.

"보기 좋구나."

놀란 말투였다. 사실이었다. 황홀한 광경이었다. 깨끗하고, 의미심장하고, 평온해 보였다. 카살로의 신전만큼 거대하지도 웅장하지도 않았지만, 녹색 언덕의 가슴 위에 올라선 네 돌은 마치 하늘에 떠 있는 것 같았다. 하늘을 찌를 듯한 벽 때문에 낮고 폭이 넓은 돌들이 상대적으로 더 작아 보이는 카살로의 신전은 땅에 가까운 존재였지만, 이 신전은 가볍고 섬세했다.

"하늘 신전이네요."

사반이 말했다. 갈레스는 이 표현이 마음에 든 모양이었다.

"하늘 신전이라. 안 될 것 없지. 좋은 이름이야."

그는 사반의 어깨를 두드렸다.

"딱 어울리는 이름이로군. 하늘 신전!"

갈레스는 나무 하나를 들고 남쪽 지평선을 뚫어지게 쳐다보며 걸었다. 사냥 부대가 혹시 어디서 야영을 하고 있는지 연기를 찾아보려는 것이었다. 하지만 아무것도 눈에 띄지 않았다. 대규모 이방인 부대가 숲에 숨어 있다는 소문이 나돌고 있었다. 헨갈이 별도의 전투 부대를 이끌고 서남쪽으로 갔지만 이방인 부대의 흔적은 찾지 못했다.

"다른 곳으로 갔기를 바라야지."

갈레스는 사타구니를 만졌다.

"우리 땅이 아니라 다른 부족의 땅을 찾아갔기를."

이방인들은 수세대 동안 이 땅에 살고 있었지만, 그들이 동쪽 바다를 언제 건너왔는지 정확히 기억하는 사람은 없었다. 단지 풍습과 언어가 다르다는 사실만 알고 있을 뿐이었다. 그중에는 금을 잃어버린 사르메닌 부족처럼 빈 땅을 찾아 정착한 사람들도 있었으나, 아직 살 곳을 찾아 숲을 떠도는 사람들도 있었다. 라사린에 골치를 안겨주는 것은 바로 이 집 없는 유랑민들이었다. 좀 더 큰 이방인 정착지는 모두 멀리 떨어져 있었기 때문이다.

사반이 말했다.

"우리 근처에 오지는 않을 거예요. 자기 부족민들의 머리가 제방 위에 걸려 있는 동안에는."

"그러기를 빈다."

갈레스는 다시 사타구니를 만지며 말했지만, 시선은 아직 남쪽을 향해 있었다. 헨갈은 배고픈 이방인들을 찾지 못했지만, 다른 사냥 부대 하나는 아직 재가 따뜻한 야영지 하나를 찾아냈다. 상인 한 사람도 회색 문신을 새긴 남자들이 깊은 숲 속을 배회하고 있는 것을 보았다고 했다.

"우리는 수확이 좋았어. 이방인들이 곡식을 많이 거두지 못했다면 우릴 노릴 게다."

그들은 신전을 향해 걸음을 옮겼다. 마지막 돌을 옮기는 난관이 이방인들의 침략에 대한 걱정을 몰아냈다. 태양 문 양쪽에 세울 돌 두 개는 달의 여신을 위해 세운 기둥들보다 두 배 더 길고 두 배 더 두껍고 몇 배는 더 무거운 것 같았다. 구멍을 파는 시간을 제외하고도 첫 번째 돌을 세우는 데만 나흘이 걸렸다. 두 번째 돌은 다시 사흘이 걸렸다. 하지에 해가 떠오르는 길의 출입문 역할을 하게 될 마지막 돌 두 개는 한층 더 컸다. 가장 큰 돌은 마지막 차례였다. 구덩이는 남자 한 사람이 들어가서 땅 위를 올려다볼 수 없을 정도로 깊었다. 그들은 경사로를 만들고, 구덩이 벽면에 목재를 대고, 기름칠을 하기 위해 돼지 한 마리를 죽였다. 이렇게 모든 준비가 끝난 뒤 돌을 세우기 시작했다.

커다란 태양석을 썰매에서 이동시키는 데는 장정 예순 명이 필요했다. 갈레스는 돌에 밧줄을 묶어서 마흔 명은 앞으로 끌게 하고, 나머지는 지렛대를 이용해 돌을 힘껏 들어 올리게 했다. 돌을 썰매에서 이동시키는 데만 하루 종일이 걸렸고, 경사면에 제대로 자리 잡게 하는 데 다음 날 하루가 거의 다 걸렸다. 비뚤게 얹히는 바람에 지렛대로 바로 잡아야 했던 것이다. 어쨌든 이틀간의 작업 끝에 드디어 돌은 경사면에 자리를 잡았다.

갈레스는 큰 돌을 세우기 위해 참나무 삼각대를 새로 만들었다. 삼각대는 남자 키의 네 배였다. 갈레스는 돌의 꼭대기를 감싼 가죽 밧줄이 달라붙지 않도록 매끄러운 느릅나무 조각을 대고 기름을 칠했다. 그리고 돌 상단 부분에 네 개의 밧줄을 묶은 뒤, 느릅나무 조각 위로 넘겨서 끝을 참나무 삼각대에 묶고 황소 열여섯 마리에게 마구를 채웠다. 황소를 채찍질하자 돌이 천천히 움직이기 시작했다. 그러나 괴로울 정도로 느렸다. 그들은 참나무 삼각대에 밧줄을 더 많이 묶은 다음 사람들까지 마구를 차고 황소와 나란히 섰다. 다시 채찍이 허공을 가르고, 남자들은 잔디 위에서 발을 힘껏 버티며 끌기 시작했다. 천천히, 아주 천천히, 커다란 돌이 위로 치솟기 시작했다. 돌이 높이 설수록 일은 쉬웠다. 시작 단계에서는 밧줄과 돌이 좁은 각도를 이루었지만, 돌이 똑바로 서면서 밧줄이 돌의 윗부분을 삼각대 꼭대기 쪽으로 곧장 끌어당겼기 때문이다. 돌 아랫부분이 구덩이 옆면에 덧댄 기름칠한 목재를 부수고 으깨며 내려갔다. 갑자기 갈레스가 황소를 모는 남자들에게 채찍을 거두라고 소리쳤다.

"이제 부드럽게!"

갈레스는 외쳤다.

"부드럽게!"

돌은 거의 똑바로 섰다.

"다시 당겨!"

갈레스는 외쳤다. 밧줄이 삐걱거리고 삼각대가 부들부들 떨렸다. 사반은 돌 밑에 눈에 띄지 않는 장애물이 있을지 모른다고 걱정했다. 하지만 돌은 이내 구덩이 아래쪽 옆면에 댄 목재에 부딪치며 쿵 소리를 냈다. 갈레스는 돌이 구덩이 중앙을 넘어가지 않도록 남자들에게 그만 잡아당기라고 외쳤다. 밧줄이 느슨해졌다. 다행히 거대한 태양석은 쓰러지지 않았다. 남자 키 두 배나 되는 거대한 회색 돌은 그렇게 우뚝 섰다.

돌 밑바닥에 돌멩이를 괸 다음 구덩이를 채우고 줄을 풀자 모든 일이 끝났다. 이곳은 이제 옛 신전이 아니었다. 라사린은 돌로 된 성소를 갖게 되었다. 하늘 신전이 생긴 것이다.

하늘 신전의 봉헌일로 결정된 날은 늦가을이었지만 마치 한여름처럼 따뜻하고 구름 한 점 없는 길일이었다. 헨갈 부족민들은 모두 제전에 참석했다. 외곽 마을은 물론 고원 농장에서도 사람들이 속속 당도했다. 여자들은 라하나 신전에 모였고, 남자들은 신전에 창과 활을 쌓아놓고 기둥 주위를 춤추며 돌아다녔다. 오늘은 아무도 무기를 지닐 수 없었다. 오늘은 신에게 바쳐진 날이었다.

늦은 오후, 길란은 부족을 이끌고 정착지를 떠났다. 그들은 조상들의 무덤에서 잠시 멈추어 해골을 꽂은 장대를 들고 돌아다니며 오늘 일어날 일을 고한 뒤, 다시 춤을 추며 목초지 위에 새로 닦은 성스러운 길로 향했다. 사제들은 벌거벗은 몸에 지문 모양의 회칠을 했고, 머리에는 사슴뿔을 쓰고, 머리카락과 턱수염에는 동물의 뼈와 이빨을 매달았다. 뒤따르는 주민들 모두 가장 좋은 가죽을 둘렀다. 사반과 데레윈은 해가 진 뒤 결혼식을 올릴 예정이었다. 데레윈은 아주 연한 색 사슴 가죽 옷을 입고 있어 피부가 더욱 검게 보였고, 긴 머리카락은 크림색 메도스위트를 엮어 땋아 내렸다. 그녀의 부모도 제전에 참석했다. 아버지인 카살로의 제사장 모르소르는 라사린의 사제와 함께 춤을 추었다. 사제들은 세 살밖에 안 된 금발의 어린 소녀를 데리고 있었다. 그 애는 태어날 때부터 귀머거리였다. 데레윈처럼 그 애 역시 머리에 메도스위트를 드리우고 있었다.

고원의 경계를 넘어 하늘 신전에 세워진 여덟 개의 새 암석으로 향하는 성스러운 길이 시작되는 지점으로 들어서자 햇빛이 사람들의 얼굴에 이글거렸다. 길란은 담쟁이로 장식한 부족의 두개골 장대를 들고 있었고, 가장 젊은 사제 닐은 그날 오후 갈레스가 날카롭게 갈아놓은, 날에 아름다운 문양이 새겨진 녹옥 도끼를 들고 있었다.

사람들은 춤을 추며 성스러운 길 양옆의 석회암 제방 사이를 걸었다. 풀을 뜯던 양떼가 사람들이 다가오자 이리저리 흩어졌다. 남자 넷이 춤에 맞춰 염소 가죽 북으로 박자를 두드렸다. 사제들이 네 개의 큰 돌 가까이 다가갈수록 북소리는 더욱 격렬해졌고, 부족민들은 양옆에서 바삐 걸음을 옮기기 시작했다. 여자들은 슬라올을 찬양하는 노래를 선창했고, 남자들은 각 구절의 마지막 줄을 따라 불렀다.

신전에 다다르자 부족민들은 옆으로 갈라져서 그 가장자리를 돌며 춤을 계속 추었다. 사제들은 안으로 들어갔다. 그들은 신전 안에서 풀을 뜯던 소와 양을 몰아낸 뒤 둥글게 서서 복잡하게 발을 디디며 춤을 추기 시작했다. 사제들은 안에서 춤을 추었고, 부족민들은 밖에서 노래하며 춤을 추었다. 남자들은 해자 가까이에서 원형을 이루었고, 여자들은 그 밖에서 돌았다. 그들은 모두 슬라올이 지평선을 향해 지는 방향으로 춤을 추었다. 사람들은 춤과 노래로 인한 환각 상태에 빠져들었다. 여자들은 피곤한 줄도 모르고 음악에 빠져 끊임없이 춤을 추며 환희에 젖어 소리를 질렀다. 남자들이 항아리에 담아온 불로 신전 양쪽에 높이 쌓아놓은 장작 무더기에 불을 붙이자, 일시에 춤이 멈추었다. 불은 빠르게 번졌다. 작은 가지가 타닥거리고, 연기가 불꽃과 함께 위로 솟아올랐다. 돌을 날랐던 커다란 썰매도 부숴서 장작으로 썼다. 갈레스는 좋은 목재를 낭비하는 것이 싫었지만, 썰매는 성스러운 목적에 사용한 것이니 신께 돌려드려야 한다. 모닥불은 차츰 기세를 더했고, 부족은 성스러운 길

한가운데 태양 문 양쪽에 세워진 쌍둥이 기둥 주위에 모여 섰다. 북소리는 그쳤지만, 아직 춤의 여운이 가시지 않은 사람들은 발을 가만히 두지 못하고 좌우로 계속 움직였다. 여자들은 거대하게 부풀어서 저 멀리 지평선에 납작하게 걸려 있는 태양을 보며 울부짖었다.

"슬라올이여, 슬라올이여!"

"슬라올이여!"

길란은 태양을 향해 외치며 두 팔을 들었다. 헨갈은 귀머거리 아이의 손을 잡고 갈레스가 구덩이를 파놓은 신전 한가운데로 향했다. 깊지도, 넓지도 않은 구덩이였지만 이 정도면 충분했다. 헨갈은 머리에 꽃을 두른 아이를 구덩이 가장자리로 데려간 뒤, 튜닉을 머리 위로 올려서 벌거벗겼다. 길란이 무릎을 꿇고 아이에게 항아리를 건넸다.

"마셔라."

그는 부드럽게 말하며 귀가 먼 소녀에게 손짓을 했다. 아이는 양손으로 항아리를 받아들며 제사장의 친절한 얼굴을 향해 미소를 지었다.

항아리 안에는 꿈을 불러오는 약물이 들어 있었다. 버섯과 약초로 달인 약물, 귀머거리 아이를 신에게 보내줄 약물이었다. 부족민들이 모두 침묵을 지키며 바라보는 가운데, 아이는 약물을 마셨다. 약물이 쓴 듯 얼굴을 찌푸렸지만, 이내 웃으며 항아리를 내려놓았다. 길란은 일어서서 뒤로 물러나 약물이 어떤 징조를 내려줄지 기다렸다.

아이는 숨쉬기가 힘든 듯 헐떡이기 시작했다. 알아들을 수 없는 말을 부르짖더니 사람들을 향해 달려가려고 했다. 닐이 아이를 붙잡아 다시 앉혔다. 아이가 다시 비명을 지르기 시작했다. 지켜보던 아이 어머니도 통곡했다. 징조는 좋지 않았다. 아이는 웃으며 춤을 추는 대신 미친 듯이 발버둥쳤다. 아이의 비명이 부족민들의 영혼을 할퀴고 있었다. 길란은 비명을 멈추기 위해 아이를 세게 때렸다. 아이는 겁에 질려 조용해졌다. 길란은 아이를 팔이 닿는 데까지 밀어내고, 닐에게서 녹옥 도끼를 받아들였다.

길란은 저물어가는 해를 향해 도끼를 들어 올린 다음 잠시 멈추었다가 세게 내리쳤다. 피 묻은 꽃이 잔디 위에 흩어지고, 아이는 두개골이 거의 반으로 쪼개진 채 소리 없이 죽었다.

아이는 하늘로 올라갔다. 슬라올에게로 갔다. 아이 자체가 선물이었기 때문에 아이를 위한 무덤도, 아이를 위한 선물도 없었다. 아이 살해 곤봉으로 죽이지 않은 것도 그 때문이었다. 아이는 죽은 것이 아니었다. 부족민들이 경외감에 차서 침묵을 지키는 동안, 아이의 영혼은 슬라올을 위해 이 신전을 만들었다는 것을 신에게 알리기 위해 하늘로 올라가고 있었다. 금발의 아이는 라사린이 보내는 사절이었고, 우주의 시간이 끝날 때까지 하늘 신전을 내려다보게 될 것이다.

길란은 작은 시체를 구덩이 안에 눕혔다. 그리고 약물이 들었던 항아리를 깨서 시체 옆에 놓고 피 묻은 가슴 위에 생명을 상징하는 석회암 구슬도 올려놓았다. 사제들은 시체 위에 흙을 발로 차 넣기 시작했다. 아이의 어머니는 여전히 비탄에 젖어 울부짖었다. 다른 여인들이 그녀를 둘러싸고 당신의 딸은 죽은 것이 아니라 하늘에서 신들의 친구가 되어 행복할 거라고 위로했다.

태양은 지평선 아래로 저물어가고, 거대하고 창백한 라하나가 서쪽 숲 위로 떠올랐다. 모닥불이 이글거렸다. 한가운데 자리 잡은 커다란 나무가 벌겋게 타오르고, 연기가 신전 위에 붉은 장막을 드리우고 있었다. 곧 신전의 첫 예식이 시작되고, 데레윈과 사반이 신전 한가운데에서 결혼을 상징하는 춤을 출 예정이었다. 그러기에 앞서 헨갈은 슬라올에게 바친 아이의 무덤 옆에 서서 손을 들었다.

부족민들에게 방금 일어난 일을 알리는 것은 헨갈의 몫이었다. 부족민들이 영원히 기억하고 자식들에게, 자식의 자식들에게 영원토록 전하기 위해 하늘 신전에 대한 이야기를 해야 한다. 헨갈은 팔을 든 채 일어서서 생각을 가다듬었다. 두런거리던 부족민들은 입을 다물었다. 황혼이었다. 눈부신 태양은 연기로 얼룩진 붉게 물든 하늘을 남기고 사라졌다. 검붉은 황혼 속에서 사반은 문득 뭔가 번득이는 것을 보았다. 처음에는 죽은 아이의 영혼이라는 생각이 들어 기뻤다. 희생이 제대로 이루어졌다는 뜻이니까.

번득이는 것은 저물어가는 햇빛을 받아 붉게 빛나고 있었다. 사반은 그것이 죽은 아이의 영혼이 아니라, 조상들의 유골이 무덤 안에서 쉬고 있는 남쪽 고원의 꼭대기에서 날아온 화살이라는 것을 깨달았다. 화살은 아주 오랫동안 허공을 가르며 날아온 것 같았지만, 실은 아주 짧은 시간이었다. 미처 입을 벌릴 시간도, 외칠 시간조차 없었지만 아주 오랜 시간이 걸린 것만 같았다. 사반은 화살이 하늘 높이 솟아올랐다 떨어지는 것을 지켜보았다. 검은 화살촉이 모닥불 불빛을 받아 번득이는가 싶더니 헨갈의 등에 꽂혔다.

헨갈은 앞으로 비틀거렸다. 대부분의 부족민들은 아직 상황을 정확히 알지 못했지만 뭔가 액운이 닥친 것을 깨닫고 신음하기 시작했다. 헨갈의 몸이 앞으로 쓰러지는 순간, 사람들은 그의 등에 꽂힌 화살과 검은 깃털을 보았다. 그래도 아직 영문을 알 수 없었다. 사제들이 황급히 족장 곁으로 다가가자 통곡이 시작되었다.

사반은 앞으로 달려가다 멈칫했다. 더 많은 화살이 하늘에서 번득이고 있었다. 화살은 잔디 위에 꽂히고, 사제들을 맞혔다. 화살 하나가 쨍그랑 소리를 내며 달의 여신을 위한 기둥을 맞히고 떨어졌다. 온통 붉게 물든 남쪽 지평선에서 벌거벗은 인간들이 나타났다.

벌거벗은 인간들 역시 온통 붉은색이었다. 라사린 사람들은 이쪽으로 뛰어오는 붉은 인간들을 보고 비명을 지르며 정착지로 도망치려 했다. 하지만 뒤에도 그들이 막아서고 있었다. 습격자 몇몇은 작고 털이 무성한 말을 타고 성스러운 길 옆의 나지막한 석회암 제방을 뛰어넘었다.

이방인 전사들이었다. 그들은 중요한 인물이 죽었을 때 피부에 바르는 붉은 황토를 몸에 칠하고 있었다. 이 살아 있는 사자(死者)들이 고함을 지르며 무기도 없는 부족민들을 향해 점점 다가왔다. 적은 수십 명이었고, 족장을 잃은 헨갈의 부족민들은 공포에 질려 웅크릴 수밖에 없었다. 데레윈의 아버지 모르소르도 부상을 입었고, 길란은 쓰러진 채 죽어 있었다. 젊은 사제 닐은 허벅지에 화살을 맞고 신전 풀밭을 뒹굴었다.

마지막으로 붉은 전사들의 우두머리가 나타났다. 그 혼자만 옷을 입고, 얼굴을 무섭게 보이도록 하는 붉은 칠도 하지 않았다. 신전 쪽으로 성큼성큼 다가오는 그의 오른손에는 긴 주목 활이 들려 있었다. 사반의 아버지를 죽이는 데 쓰인 활이었다.

얼굴에 미소를 띤 채 하늘 신전으로 온 남자는 렌가였다. 그가 자신의 아버지를 죽인 것이다.

그가 고향으로 돌아온 것이다.

stonehenge

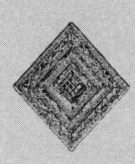

7

상인과 노예

내 앞에 무릎 꿇지 않으면, 네 머리를 베어 두개골을 술잔으로 사용하겠다.

　이방인들은 곧 학살을 멈추었다. 렌가는 완전히 학살당한 부족의 족장이 되려고 돌아온 것이 아니었다. 비명 소리가 멎은 뒤, 그는 아버지의 몸 위에 우뚝 서서 아이를 하늘로 보낸 피 묻은 도끼를 들어 올렸다. 어깨에서 망토를 떨어뜨리자 조끼에 수놓인 청동 조각이 모닥불을 받아 번쩍였다. 허리에는 긴 청동검을 차고 있었다. 그는 외쳤다.

　"나는 렌가다! 렌가! 누구든 내게 라사린의 족장이 될 권리가 있다는 데 반대하는 사람이 있다면, 지금 나오너라!"

　부족민들은 사반을 쳐다보지 않았다. 그는 렌가를 상대하기에는 아직 너무 어렸다. 대신 몇몇이 갈레스를 쳐다보았다. 렌가가 물었다.

　"내게 도전하시겠소, 삼촌?"

　"넌 네 아버지를 죽였다."

　갈레스는 아연한 눈빛으로 희생당한 아이의 무덤 위에 쓰러져 있는 형의 시체를 바라보았다.

　"족장이 되는 데 이보다 더 좋은 방법이 어디 있겠소?"

　렌가는 물은 뒤 경쟁자 쪽으로 몇 걸음 다가갔다. 사르메닌의 사자들이 퇴짜를 맞고 돌아간 날 마을에서 함께 도망쳤던 렌가의 동료들이 신전 반대쪽 해자를 기어 올라왔다. 렌가는 손짓으로 그들을 막았다.

"내게 도전하겠소?"

그는 다시 갈레스에게 묻고 조용히 대답을 기다렸다. 갈레스도, 부족의 어떤 남자도 도전하지 않자 렌가는 피 묻은 도끼를 든 무시무시한 모습으로 높은 돌기둥 사이에 우뚝 섰다.

"갈레스와 사반! 이리 오너라!"

갈레스와 사반은 불안하게 다가갔다. 신전 저쪽에서 대기하고 있는 렌가의 동료들이 화살을 쏠지도 모른다고 생각했지만, 활시위 소리는 들리지 않았다. 두 사람이 다가오자 렌가는 칼을 뽑았다.

"여기에 둘 중 누군가 내게 도전할 거라고 생각하는 자가 있을 것이다. 너도, 동생아."

그는 사반을 향해 이를 드러내며 미소를 지었다.

사반은 아무 말도 하지 않았다. 렌가는 양쪽 눈 바깥쪽에 뿔 한 쌍을 문신으로 새겼고, 뿔을 새긴 얼굴은 한층 사악해 보였다. 그는 칼끝으로 사반의 가슴을 건드렸다.

"다시 보니 반갑구나, 동생아."

"그래?"

사반은 최대한 차갑게 물었다.

"내가 라사린을 그리워하지 않았을 거라고 생각하느냐? 사르메닌은 척박한 곳이다. 거칠고 춥지."

"따뜻한 곳을 찾아서 고향으로 온 거야?"

사반은 비꼬듯 물었다.

"아니, 꼬마야. 난 라사린을 다시 위대한 부족으로 만들기 위해 왔다. 한때 카살로가 우리에게 공물을 바치고, 라사린 남자와 결혼하는 것을 자랑스럽게 여기고, 우리 신전에 춤을 추러 오고, 우리 사제에게 재난을 막아달라고 애원하던 때가 있었다. 하지만 이제 그들은 우리에게 돌을 판다."

그러곤 가까이 있는 돌을 치며 말했다.

"돌! 참나무 잎도 사지 그랬어? 물이나 공기나 똥도?"

갈레스는 형의 시체를 보았다. 그는 렌가에게 멍하니 물었다.

"네가 원하는 게 무엇이냐?"

"내 앞에 무릎을 꿇으시오, 삼촌. 모든 부족 앞에서 당신이 날 족장으로 받아들인다는 것을 보여주시오. 못하겠다면 삼촌도 조상들 곁으로 보내드리리다. 나 대신 인사를 전해주시오."

갈레스는 얼굴을 찌푸렸다.

"무릎을 꿇으면, 그다음엔?"

"삼촌은 내 영예로운 자문이자 혈족, 친구가 되는 것이오."

렌가는 극적인 말투로 대답했다.

"늘 그랬듯 우리 부족의 건축가이자 족장의 상담역을 맡는 것이오. 난 이방인들이 이 땅을 지배하게 하려고 여기 오지 않았소. 라사린을 다시 위대한 부족으로 만들기 위해 왔소."

그리고 붉은 전사들을 가리켰다.

"저들은 일을 마치면 고향으로 돌아갈 것이오. 하지만 그때까지는 우리의 하인으로 일할 것이오."

갈레스는 다시 형의 시체를 보았다.

"부족 안에서 다시 사람을 죽이는 일은 없겠느냐?"

"나를 족장으로 인정한다면 아무도 죽이지 않을 것이오."

렌가는 사반을 쳐다보며 약속했다.

갈레스는 고개를 끄덕였다. 그리고 잠시 망설이다 무릎을 꿇었다. 바라보던 부족민들 사이에서 한숨이 새어나왔다. 갈레스는 몸을 숙이고 렌가의 발에 손을 댔다.

"고맙소, 삼촌."

렌가는 말했다. 그리고 갈레스의 등을 칼로 건드린 뒤 사반에게 돌아섰다.

"이제 네 차례다, 동생아."

사반은 움직이지 않았다. 갈레스가 중얼거렸다.

"무릎을 꿇어라."

노란빛을 띤 렌가의 눈은 짙어지는 어둠 속에서 묘하게 번득이며 사반의 얼굴을 응시하고 있었다. 그는 부드럽게 말했다.

"네가 죽든 살든 난 상관없다, 동생아. 널 죽여야 한다고 말하는 자도 있으나, 늑대가 어찌 고양이를 두려워하리?"

그는 검을 뻗어 차가운 날로 사반의 뺨을 그었다.

"그러나 내 앞에 무릎 꿇지 않으면, 네 머리를 베어 두개골을 술잔으로 사용하겠다."

복종하고 싶지 않았으나, 사반은 렌가의 광기를 잘 알고 있었다. 복종하지 않으면 미친개처럼 죽음을 당할 거라는 사실도 알고 있었다. 그는 자존심을 삼키고 무릎을 꿇었다. 부족민들 사이에서 다시 한숨이 새어 나왔다. 사반은 허리를 굽혀 렌가의 발을 만졌다. 렌가는 사반의 목덜미를 청동검 날로 건드렸다.

"날 사랑하느냐, 동생아?"

"아니."

사반은 말했다.

렌가는 웃으며 검을 거두었다.

"일어서라."

그러곤 뒤로 물러서서, 조용히 서 있는 부족민들을 둘러보며 소리쳤다.

"집으로 돌아가라!"

렌가는 사반과 갈레스에게 덧붙였다.

"돌아가! 너희들도."

대부분의 군중은 렌가의 말을 따랐다. 하지만 데레윈과 그녀의 어머니는 모르소르가 부상을 당해 쓰러져 있는 해자 쪽으로 달려갔다. 사반도 그쪽으로 향했다. 사제의 어깨에는 화살이 꽂혀 있었다. 화살대가 어깨를 완전히 관통했다. 사반은 화살촉만 뽑고 화살대는 그대로 두었다.

"화살은 깨끗이 뽑힐 거야."

그는 데레윈을 안심시켰다. 모르소르의 가슴에 칠한 회칠이 분홍색으로 물들어 있었다. 사제는 숨을 가쁘게 몰아쉬었다.

"상처는 곧 나을 겁니다."

사반은 겁에 질린 사제에게 말했다. 그때 데레윈의 비명 소리가 들렸다. 사반은 휙 돌아보았다.

렌가가 데레윈의 팔을 잡고 돌려 세운 채 커다란 모닥불에 얼굴을 비춰보고 있었다. 사반이 일어서자 렌가의 검이 그를 향했다.

"원하는 게 있느냐, 동생아?"

사반은 데레윈을 보았다. 렌가가 팔을 세게 움켜쥐자 그녀는 몸을 움츠리며 눈물을 글썽였다.

"우린 결혼할 거야, 데레윈과 나."

"누가 그렇게 결정했지?"

"아버지. 그리고 데레윈의 증조모 사나스가."

렌가는 얼굴을 찡그렸다.

"아버지는 죽었다, 사반. 지금 이곳의 지배자는 나다. 그리고 카살로의 그 미치광이 노파의 뜻은 라사린에서 의미가 없다. 중요한 건 내 의지다, 동생아."

렌가가 거친 이방인 언어로 뭐라 명령하자 붉은 전사 여섯 명이 곧 그의 옆으로 달려왔다. 한 사람은 렌가에게서 칼을 받아들고, 두 사람은 창을 들어 사반의 앞을 막아섰다.

렌가는 두 손으로 데레윈의 사슴 가죽 튜닉 목 언저리를 잡았다. 그러곧 데레윈의 겁에 질린 눈을 들여다보며 웃더니 갑자기 그녀의 튜닉을 찢었다. 데레윈은 비명을 질렀다. 사반은 본능적으로 뛰쳐나갔지만, 이 방인의 창 하나가 발목을 걸었다. 다른 창이 머리를 내려치고 땅에 쓰러진 그의 배를 눌렀다.

렌가는 튜닉을 완전히 찢어발겼다. 데레윈은 알몸이 되었다. 데레윈이 몸을 움츠리며 알몸을 가리려 했지만, 렌가는 그녀를 잡아채 두 팔을 벌리게 했다.

"카살로의 물건."

그리고 데레윈을 아래위로 훑어보았다.

"그러나 아름다운 물건이군. 이렇게 아름다운 물건은 어떻게 해야 하지?"

사반에게 물었지만 대답을 기다리지는 않았다.

"오늘 밤, 카살로에 라사린의 힘이 어떤 것인지 보여주겠다."

렌가는 데레윈의 손목을 잡고 정착지 쪽으로 끌고 갔다.

"안 돼!"

사반은 이방인의 창에 눌린 채 외쳤다.

"조용히 해라, 동생아."

렌가가 소리쳤다. 데레윈이 달아나려고 발버둥을 치자 그녀의 얼굴을 세게 때렸다. 머리에 땋아 늘였던 메도스위트가 땅에 흩어졌다. 데레윈이 더 이상 반항하지 않자 렌가는 계속 끌고 갔다. 그때 데레윈이 다시 달아나려 하자 렌가는 아까보다 더 세게 얼굴을 때렸다. 데레윈은 정신을 잃은 채 신음 소리를 내며 끌려갔다. 데레윈의 어머니가 남편 곁에 무릎을 꿇고 절규했다. 그러자 붉은 칠을 한 이방인이 그녀의 입을 발로 걷어찼다.

하늘 신전에 남겨진 사반은 흐느끼는 것밖에 달리 할 수 있는 일이 없었다. 이방인 전사 둘이 그를 감시했다. 사제 닐과 모르소르는 이방인들에게 끌려갔다. 달빛 아래 헨갈과 길란의 시체만 덩그러니 놓인 신전에서 사반은 어린아이처럼 울었다. 이방인들은 그를 발로 툭툭 차면서 짐승 다루듯 정착지 쪽으로 밀어냈다.

하늘 신전을 봉헌했으나 라사린에는 재난이 찾아왔다. 사반의 세계는 암흑으로 변했다. 신들은 다시 울부짖고 있었다.

이방인 전사 대부분은 제방 꼭대기에 주둔했다. 거기서 그들은 짧은 활과 날카로운 화살로 라사린 정착지 안에 있는 사람들을 위협했다. 이방인 창병 몇 사람은 렌가가 데레윈을 데려간 헨갈의 오두막 밖을 지키고 있었다. 부족민 대부분은 아린과 마이 신전 옆에 모였다. 때리는 소리, 데레윈의 비명 소리가 들리더니 다시 조용해졌다.

"싸워야 할까요?"

갈레스의 아들 메레스가 물었다. 갈레스는 천천히 대답했다.

"저쪽의 수가 너무 많아. 너무."

비탄에 잠긴 목소리였다. 갈레스는 고개를 숙인 채 신전 한가운데 앉아 있었다.

"게다가 싸운다면 얼마나 많은 사람이 목숨을 잃겠느냐? 몇 명이나 남겠느냐? 카살로에 대항할 만한 숫자가 될까?"

그는 한숨을 쉬었다.

"난 렌가에게 무릎을 꿇었다. 그러니 그는 이제 내 족장이다…"

그러곤 잠시 입을 다물었다 중얼거리듯 말했다.

"지금으로서는."

마지막 한마디는 너무나 작았기 때문에 메레스조차 듣지 못했다. 신전 밖에서는 여자들이 헨갈을 외쳐 부르고 있었다. 그는 좋은 족장이었기 때문이다. 신전 안의 남자들은 높은 제방 위에 올라가 있는 적들을 쳐다보았다. 라하나는 땅 위에서 일어나는 비극을 무심한 얼굴로 내려다보고 있었다. 얼마 후, 겁에 질린 부족민들은 잠자리에 들었지만 악몽을 꾸며 소리쳐 우는 사람들 때문에 잠을 설쳐야 했다.

렌가는 새벽이 오기 직전, 오두막에서 나왔다. 서서히 잠에서 깨어난 부족민들은 새 족장이 사람들 사이를 지나 아린과 마이 신전 한가운데로 향하는 것을 보았다. 렌가는 아직도 청동판이 붙은 조끼를 입고 있었다. 허리에는 긴 칼을 찼지만 창이나 활은 갖고 있지 않았다.

"길란을 죽일 생각은 없었다."

렌가는 인사 없이 불쑥 말했다. 사람들은 일어나 앉아 잠을 잘 때 둘렀던 망토를 젖혔고, 신전 밖의 여자들은 몸을 앞으로 내밀며 렌가의 나직한 말에 귀를 기울였다. 그는 서글픈 목소리로 말을 이었다.

"동료들이 내가 뜻했던 것보다 과한 열성을 보인 탓이다. 화살 하나면 충분했을 것을, 겁에 질려 필요 이상으로 많은 화살을 쏘았다."

부족민들은 모두 잠에서 깼다. 남자들, 여자들, 아이들, 모든 부족민은 작은 신전 안팎에 옹기종기 모여 렌가의 말에 귀를 기울였다.

렌가는 목소리를 약간 높여 말을 이었다.

"내 아버지는 좋은 사람이었다. 힘든 겨울에 부족을 살아남게 했고, 수많은 나무를 베어 우리에게 땅을 주었다. 굶주림은 드물었고 매사에 공평했다. 그 모든 것으로 존중받아 마땅하니, 그에게 무덤을 만들어줄 것이다."

이 말에 사람들은 동의의 표시로 두런거리며 첫 번째 반응을 보였다. 렌가는 한동안 그런 소리를 듣고 있다가 한쪽 손을 들었다.

"그러나 아버지가 카살로에 대해 한 일은 옳지 않았다!"

그는 목소리를 더욱 높였다. 단호함이 깃든 말투였다.

"카살로를 두려워해서, 키탈과 사나스로 하여금 여러분을 지배하게 했다. 두 부족 간의 혼인에서 주인이 되는 것은 남자. 그러나 카살로가 여러분의 주인이 되었을 것이다! 여러분의 곡식이 저들의 창고로 운반되고, 여러분의 딸이 저들의 신전에서 황소 춤을 추고, 여러분의 창이 저들의 전투에서 피를 흘렸을 것이다. 그러나 이곳은 우리의 땅이다!"

렌가는 외쳤다. 몇몇 부족민들이 옳다고 소리쳤다. 메레스가 화난 음성으로 말했다.

"그러나 지금 우리의 땅에는 이방인이 가득 차 있습니다!"

렌가는 잠시 말을 멈추고 미소 지었다. 그리고 잠시 후 말했다.

"사촌의 말이 옳다. 내가 이방인을 여기로 데려왔다. 그러나 그 수는 많지 않다. 여러분이 지닌 창의 숫자보다 적다! 마음만 먹으면 지금 당장 저들을, 혹은 나를 죽이지 못할 이유가 무엇이겠는가?"

렌가는 대답을 기다렸지만, 아무도 움직이지 않았다.

"기억하는가? 이방인들이 와서 보물을 돌려달라고 구걸했던 일을? 그들은 높은 가격을 제시했다. 한데 우리는 어떻게 했는가? 그 제안을 거절하고, 금의 일부로 카살로의 돌을 샀다. 돌을! 슬라올의 금으로 돌을 사다니!"

렌가는 웃었다. 많은 사람들이 부족장의 판단에 부끄러움을 느꼈다.

"카살로에서는 더 이상 어떤 것도 사지 않을 것이다. 그들은 평화를 원한다지만, 속으로는 전쟁을 숨기고 있다. 그들은 라사린이 다시 강대해지는 것을 원하지 않는다. 그래서 우리를 눌러버리려 할 것이다. 우리 조상들의 시대에 우리는 카살로보다 강했다! 저들은 우리에게 공물을 바치고, 우리의 승인을 구걸했다. 한데 지금 저들은 우리를 경멸한다. 저들은 우리가 무력하게 되기를 바란다. 우리는 언젠가 저들과 싸워야 할 것이다. 어떻게 저들을 물리칠 것인가?"

렌가는 이방인 전사들이 쭈그리고 앉아 있는 제방 쪽을 가리켰다.

"우리는 이방인들의 도움을 돈으로 사서 카살로를 물리칠 것이다. 저들은 금을 돌려받을 수 있다면 어떤 대가든 치를 것이다. 그러나 금을 되돌려 받으려면, 우리가 시키는 대로 해야 할 것이다. 이 땅의 주인은 저들이 아니라 우리다! 우리는 이방인 전사들을 이용해 모든 땅에서 가장 강대한 부족이 될 것이다."

렌가는 군중을 둘러보며 반응을 살핀 뒤, 나직하게 말을 맺었다.

"내가 돌아온 이유는, 내 아버지가 조상들의 곁으로 간 이유는 그것이다. 라사린이 온 땅에 이름을 떨치고, 온 땅에 두려움을 전파하고, 온 땅과 하늘에 명예를 드높이기 위해."

부족은 다시 손으로 땅을 두드리기 시작했다. 남자들은 모두 일어나 환호했다. 렌가는 그들을 설득했다.

렌가가 이긴 것이다.

사반은 붉은 칠을 한 창병 둘의 감시를 받으며 자신의 오두막에서 그날 밤을 보냈다. 그는 데레윈을 위해 울었다. 그녀가 어둠 속에서 겪고 있을 일을 알았기에 가슴이 찢어지는 듯했다. 아버지에게서 받은 칼을 꺼내 자신의 목을 그어버리고 싶은 충동이 일었지만 복수심이 그의 손을 말렸다. 하늘 신전 입구에서 렌가 앞에 무릎을 꿇기는 했으나, 사반은 그 행동이 공허하다는 것을 알고 있었다. 형을 죽이겠다. 사반은 캄캄한 어둠 속에서 수없이 다짐하고, 신전에서 맞서 싸우지 못한 자신에게 저주를 퍼부었다. 그러나 무엇을 할 수 있있겠는가? 무기도 없는데 칼과 창, 활로 무장한 전사들과 어떻게 싸울 수 있었겠는가? 운명은 그를 짓밟았고, 사반은 절망에 빠졌다. 새벽이 다가올 무렵이 되어서야 겨우 꿈으로 뒤숭숭한 얕은 잠을 청할 수 있었다.

렌가와 함께 라사린을 탈출했던 남자 중 하나인 군두르가 그를 깨웠다.

"네 형이 부른다."

"무엇 때문에?"

사반은 분한 목소리로 말했다.

"일어나."

군두르는 경멸하듯 말했다. 사반은 청동 칼을 허리띠에 찬 다음 사냥용 창을 들고 군두르를 따라 오두막을 나섰다. 지금 당장 죽여버리겠다고 그는 결심했다. 창으로 불시에 찌르자. 렌가 동료들의 칼에 죽더라도 아버지에 대한 복수는 이룰 수 있다. 조상들도 인정할 것이고, 저승에서 환영해줄 것이다. 사반은 족장의 큰 오두막에 들어서는 순간, 창을 불끈 쥐고 결의를 다졌다.

그러나 미처 허리를 굽히고 상인방 안으로 들어서기도 전, 오두막 입구 바로 안에 서 있던 이방인 전사가 사반의 창을 빼앗았다. 물푸레나무 창을 놓치지 않으려고 발버둥 쳤지만 전사의 힘이 워낙 셌다. 잠깐의 몸싸움 끝에 사반은 수치스럽게 바닥에 나뒹굴었다. 재미있다는 듯 몸싸움을 지켜보는 렌가 뒤에 이방인 전사 셋이 앉아 있었다. 갈레스두 있었나. 렌가는 사반에게 물었다.

"아버지의 복수를 하려 했느냐?"

사반은 이방인의 억센 손에 잡혀 쓰라린 손목을 문질렀다.

"조상들이 복수할 거야."

"조상들은 아버지가 누구인지도 모를 텐데? 오늘 아침 턱뼈를 잘라냈거든."

렌가는 씩 웃으며 오두막 기둥에 못 박혀 있는, 턱수염이 늘어진 피투성이 턱뼈를 가리켰다. 죽은 자의 턱뼈를 잘라내면 저승에 가서도 조상들에게 이야기를 할 수 없게 된다.

"길란의 턱도 잘라냈다. 그러니 둘 다 저승에 가서도 더듬거릴 수밖에 없겠지. 그만 노려보고 갈레스 옆에 앉아라."

렌가는 아버지의 곰 가죽 망토를 두르고 보물에 둘러싸여 있었다. 모두 땅속에서 파내거나 헨갈이 남몰래 숨겨놓은 가죽 더미 밑에서 찾아낸 것들이었다. 렌가는 행복하게 말했다.

"우린 부자다, 동생아! 부자야! 피곤해 보이는구나. 잠을 잘 못 잤느냐?"

렌가 옆에 앉아 있던 군두르가 씩 웃었다. 말을 못 알아듣는 이방인 전사 셋은 무표정한 눈으로 사반만 뚫어지게 쳐다보고 있었다.

사반은 여자들이 기거하는 쪽을 가려놓은 가죽 커튼 쪽을 흘끗 보았다. 하지만 데레원의 기척은 느껴지지 않았다. 사반은 높이 쌓인 부족의 보물 앞에 쭈그리고 앉았다. 청동 막대, 아름답게 제련된 돌칼과 부싯돌, 호박이 든 주머니, 흑석 조각, 커다란 도끼, 구리 고리, 깎아놓은 뼈, 조개껍질 그리고 기묘한 모양으로 깎은 자갈이 가득 찬 나무 상자가 있었다. 자갈은 작고 둥글둥글했으며 남자 엄지손가락 마지막 마디보다 작았지만, 모두 소용돌이나 선 문양이 깊이 새겨져 있었다.

"이게 무엇인지 아시오?"

렌가는 갈레스에게 물었다. 갈레스는 무뚝뚝하게 대답했다.

"아니."

"마법이겠지."

렌가는 돌 하나를 이 손 저 손 번갈아 들어보았다.

"카마반은 알 거요. 요즘 그 녀석은 모르는 게 없으니까. 그가 여기 없는 게 아쉽군."

"그를 보았느냐?"

갈레스가 물었다. 렌가는 무심하게 대답했다.

"봄에 사르메닌으로 왔더군. 내가 아는 한 아직 거기 있을 거요. 이제 걸음걸이도 거의 정상이지. 같이 오자고 했지만 거절했소. 난 그 녀석을 바보라고 생각했는데, 전혀 그렇지 않았어. 아주 특이해졌지만, 바보는 아니야. 아주 영리해. 우리 핏줄이라 그런지도 모르지. 왜 그러지, 사반? 울려는 건 아니겠지? 아버지가 죽어서?"

사반은 귀중한 청동 도끼를 집어 들어 오두막 건너편 렌가 쪽으로 집어던질까 생각도 해보았지만, 이방인 창병들이 당장이라도 죽일 듯한 태세로 뚫어지게 이쪽을 쳐다보고 있었다. 성공할 가능성이 없었다. 렌가가 말했다.

"삼촌도 사르메닌의 금이 여기 없는 걸 눈치챘소?"

"눈치챘다."

"안전한 데 보관했소. 여기 있는 이방인들이 눈독을 들이면 안 되니까 내놓진 않겠소. 저들이 여기 온 목적은 오로지 그 금을 손에 넣기 위한 것이거든."

렌가는 등 뒤에 조용히 앉아 있는 이방인 전사들을 턱으로 가리켰다. 어둑어둑한 오두막 안에서, 문신을 새긴 얼굴이 마치 가면 같았다.

"저들은 우리 말을 몰라. 그러니 마음껏 모욕해도 좋지만 얼굴에는 웃음을 지어야 해. 우리가 진정 저들의 친구라고 믿게 해야 하니까 말이오."

"친구가 맞지 않나?"

"현재로서는."

렌가는 이렇게 말하고 만족스러운 듯 웃었다.

"원래는 카살로를 대신 무찔러주면 금을 돌려줄 생각이었으나, 카마반이 훨씬 더 좋은 생각을 내놨소. 녀석은 정말 영리해. 몽환 상태에서 끔찍한 병에 걸린 저들 족장의 아내를 치료하기도 했소. 녀석이 몽환 상태에 들어간 모습을 보았소? 눈알이 하얗게 변하고 혀가 튀어나오고 젖은 개처럼 부들부들 떨다, 모든 게 끝나면 슬라올의 전갈을 가져다준다오!"

렌가는 갈레스가 감탄하길 기다렸지만 그는 아무 말도 없었다. 렌가는 한숨을 쉬었다.

"어쨌든 영리한 카마반이 족장의 아내를 치료했고, 이제 족장은 카마반의 말이라면 무조건 옳다고 생각해. 생각해보시오! 절름발이 카마반이 영웅이라니! 우리의 영웅은 이방인들에게 금을 돌려받으려면 카살로를 무찔러야 할 뿐 아니라 저들의 신전 중 하나를 우리에게 내놓아야 한다고 했소. 즉, 신전 하나를 이쪽으로 옮겨야 한다는 뜻인데, 돌로 만든 신전을 옮겨 온다는 건 물론 불가능한 일이지."

렌가는 웃었다.

"그러니 우리는 카살로를 무찌르고, 금도 가질 수 있게 됐소."

"신전을 정말 가져올 수도 있겠지."

갈레스는 냉랭하게 말했다.

"차라리 사반더러 웃으라고 하지. 사반! 날 볼 때는 웃어라. 혀를 잃어버리기라도 했느냐?"

사반은 혹시라도 눈물을 보이거나 증오심을 보이지 않게 손톱으로 발목을 아프게 찌르고 있었다. 사반은 쉰 목소리로 말했다.

"왜 날 불렀지?"

"작별 인사를 하기 위해 불렀다."

렌가는 동생의 얼굴에 두려움이 떠오를 거라 생각하며 오싹하게 말했다. 그러나 사반의 표정에는 아무 변화가 없었다. 차라리 이 굴욕보다는 죽음이 낫겠다. 이런 생각이 들자 사반은 반사적으로 사타구니를 만졌다. 이를 본 렌가가 웃으며 말했다.

"널 죽이진 않겠다, 동생아. 죽여야겠지만, 난 자비롭거든. 대신 내가 네 자리를 차지하마. 라사린이 이제 카살로보다 우월하다는 증표로 데레윈과 결혼해 많은 아들을 낳게 하겠다. 그리고 너는 노예로 삼겠다, 동생아."

그러곤 손뼉을 쳤다.

"하락!"

사르메닌 부족이 보물을 돌려달라고 헨갈에게 사정하러 왔을 때 통역사로 따라왔던 험상궂게 생긴 거인 상인이 허리를 굽히고 오두막 안으로 들어왔다. 낮은 문을 통과하기 위해 몸을 거의 반으로 접어야 했다. 다시 허리를 펴자 크고 어깨 넓은 몸집이 오두막을 가득 채웠다. 그는 대머리에 숱이 많은 검은 턱수염을 길렀고 얼굴은 무자비한 가면 같았다.

"당신의 새 노예요, 하락."

렌가는 사반을 가리키며 정중하게 말했다. 갈레스가 애원하듯 말했다.

"렌가!"

"그럼, 저 꼬마를 죽이라는 거요?"

렌가가 매끄러운 말투로 물었다.

"네 동생을 노예로 삼을 수는 없다!"

"이복동생이지. 왜 노예로 삼지 못한다는 거지? 사반이 간밤에 진심으로 내 앞에서 무릎을 꿇었다고 생각하시오? 삼촌은 믿지만, 저 녀석은? 저 녀석은 눈 깜짝할 사이에 날 죽일 거요! 이 오두막에 들어온 순간부터 한 가지 생각밖에 없었지. 안 그러냐, 사반?"

렌가는 웃으며 말했다. 그러나 사반은 뿔을 그려 넣은 형의 눈만 가만히 바라볼 뿐이었다. 렌가는 침을 뱉었다.

"데려가시오, 하락."

하락은 허리를 굽히더니 커다란 손으로 사반의 팔을 잡아 일으켜 세웠다. 사반은 모욕과 비참함을 참을 수 없어 허리띠에서 작은 칼을 뽑아 거인을 향해 닥치는 대로 휘둘렀다. 하지만 하락은 손쉽게 사반의 손목을 잡아채고 힘을 주었다. 손에서 감각이 없어지면서 힘이 죽 빠졌다. 칼이 떨어졌다. 하락은 칼을 집어든 뒤, 사반을 질질 끌고 오두막을 나섰다.

아버지보다 더 큰 하락의 아들 귀머거리-벙어리가 밖에서 기다리고 있었다. 그가 사반을 넘겨받아 땅에 쓰러뜨렸다. 하락은 다시 오두막으로 들어갔다. 덩치 큰 상인에게 노예가 도망치지 못하도록 잘 단속하라고 이르는 렌가의 목소리가 들렸다. 지금 도망칠까 생각해보았지만, 귀머거리-벙어리가 옆에서 내려다보고 있었다. 갑자기 통곡 소리가 들려서 돌아보니, 모르소르의 아내가 길란의 낡은 오두막에서 남편을 부축해 나오고 있었다. 이방인 전사들이 두 사람을 쿡쿡 찌르며 라사린 북쪽 입구로 몰았다.

"모르소르!"

사반은 외치다 말고 헉, 하며 숨을 들이쉬었다. 이쪽을 돌아보는 모르소르의 두 눈이 파헤쳐져 있었다. 사반은 물었다.

"렌가가 그랬습니까?"

"렌가가 그랬다."

모르소르는 괴롭게 대답했다. 팔은 양옆으로 축 늘어졌고, 화살을 빼낸 어깨에는 피가 두껍게 말라붙어 있었다. 하지만 얼굴만은 무시무시한 가면 같았다. 모르소르는 파헤쳐진 눈을 가리키며 말했다.

"이것이 렌가가 카살로에 보내는 전갈이다."

그는 이 말을 남기고 창병들한테 이끌려 멀어졌다.

사반은 모르소르의 끔찍한 얼굴을 기억에서 지워버리기 위해 눈을 질끈 감았다. 그러자 데레윈이 한밤중에 나체로 유린당하는 모습이 눈앞에 떠올랐다. 울음을 억누르느라 어깨가 들썩였다.

"울어라, 꼬마야."

위에서 조롱하는 목소리가 들려왔다. 눈을 떠 보니 제가가 내려다보고 있었다. 렌가의 친구 둘이 제가와 함께 서서 그를 향해 창을 겨누고 있었다. 순간 그들이 자신을 죽일 거라는 생각이 스쳤다. 그러나 창은 사반을 움직이지 못하게 하려는 것이었다. 제가는 다시 말했다.

"울어라."

땅만 바라보던 사반은 문득 부르르 몸을 떨었다. 제가가 그에게 오줌을 누기 시작한 것이다. 두 창병은 웃음을 터뜨리며 오줌 줄기를 피하려는 사반에게 창을 겨누어 움직이지 못하도록 했다. 오줌은 그의 머리 위에 떨어졌다. 제가는 오줌을 누며 말했다.

"렌가는 데레윈과 결혼할 것이다. 하지만 데레윈에게 싫증이 나면, 분명 그렇게 되겠지, 나한테 주기로 약속했다. 왠지 아느냐, 사반?"

사반은 대답하지 않았다. 머리카락에서 떨어진 오줌이 얼굴을 타고 흘러 무릎 사이에 고였다. 귀머거리-벙어리가 커다란 얼굴에 어리둥절한 표정을 희미하게 지은 채 그 광경을 쳐다보고 있었다.

"렌가가 사르메닌으로 간 뒤, 내가 라사린에서 렌가의 눈과 귀 노릇을 했기 때문이다. 렌가가 어떻게 알고 어젯밤에 공격을 했겠느냐? 내가 알려줬으니까. 안 그래?"

제가는 마침 동생의 굴욕을 지켜보기 위해 오두막에서 나오는 렌가에게 마지막 질문을 던졌다. 렌가가 대답했다.

"너는 내 가장 충실한 친구다, 제가."

"오른손이 불구가 된 친구지."

제가는 이렇게 말하고 갑자기 허리를 굽혀 사반의 손을 쥐었다

"칼을 다오!"

"그를 놔주시오."

하락이 말했다. 제가는 침을 뱉었다.

"난 갚을 게 있어."

"그는 내 노예요. 놓아주시오."

덩치 큰 남자는 낮게 말했지만, 그 깊은 목소리에는 복종하지 않을 수 없는 힘이 깃들어 있었다. 하락은 사반 앞에 쭈그리고 앉아 오른손으로 사반의 청동 칼을 집어 들었다. 사반은 이방인이 제가가 하려던 짓을 대신하려는 모양이라고 생각했다. 하지만 하락은 사반의 머리채를 한 움큼 쥐더니 머리카락을 잘라 옆으로 내던졌다. 커다란 손으로 거칠게 칼질을 하는 바람에 두피가 긁혀 피가 났다. 모든 노예는 이런 식으로 머리를 깎게 되어 있었다. 비록 머리카락은 다시 자라지만, 포로의 머리를 깎는 것은 이제 하찮은 존재가 되었다는 것을 보여주기 위함이었다. 사반은 이제 아무것도 아닌 존재였다. 날카로운 칼날이 두피를 긁는 순간 사반은 움찔했다. 뺨을 타고 흘러내린 피가 제가의 오줌과 섞였다. 하락이 머리를 깎는 순간, 오두막에서 나온 사반의 어머니가 거인에게

그만두라고 소리치며 흙을 한 움큼 집어던졌다. 하지만 렌가의 창병 둘이 웃으며 그녀를 끌어냈다.

하락은 머리를 다 자른 다음, 사반의 왼손을 땅에 대고 눌렀다.

"내가 하겠소."

제가가 얼른 말했다.

"그는 내 노예요."

하락은 대답했다. 이번에도 목소리에 깃든 힘 때문에 제가는 뒤로 물러섰다.

"나를 보거라."

하락은 사반에게 명령한 뒤, 아들에게 고갯짓을 했다. 아들이 커다란 손으로 사반의 손목을 눌렀다.

사반은 눈물이 글썽이는 눈으로 하락의 냉혹한 얼굴을 쳐다보았다. 칼은 보이지 않았지만, 문득 끔찍한 통증이 느껴졌다. 아픔이 어깨까지 찌릿하게 번졌다. 사반은 소리 내어 울부짖었다. 하락은 피로 범벅이 된 사반의 손을 들어 올린 뒤, 잘린 새끼손가락 끝을 양털 뭉치로 막았다.

"양털을 대고 있거라."

하락이 명령했다.

사반은 오른손으로 양털을 움켜쥐었다. 욱신거리는 통증 때문에 정신이 혼미했지만 이를 악물고 몸을 앞뒤로 흔들었다. 하락은 잘린 머리카락과 새끼손가락 마디를 집어 들고 모닥불로 향했다. 제가가 다시 막아서며 사반에게 저주를 내리도록 머리카락을 달라고 요구했다. 하지만 하락은 냉정한 얼굴로 제가를 무시한 채 머리카락과 새끼손가락 마디를 모닥불에 던지고 타는 것을 지켜보았다.

귀머거리-벙어리가 사반을 끌고 북쪽에 있는 라사린의 대장장이 모르카의 대장간으로 향했다. 갈레스의 친구 모르카는 청동으로 창촉을 만드는 것이 주업이었다. 하지만 오늘은 하락에게서 받은 청동을 달구어야 했다. 그는 사반의 시선을 피한 채 일에 몰두했다. 하락이 사반을 땅에 쓰러뜨렸다. 눈을 질끈 감은 채 손의 통증을 잊으려고 애쓰는데, 문득 더 큰 아픔이 오른쪽 발목을 덮쳤다. 놀라서 눈을 떠 보니 왼쪽 발목에 청동 족쇄를 채우고 있었다. 거의 닫힌 원 모양으로 구부러진 족쇄였다. 모르카는 달군 청동에 얼른 망치질을 해서 양쪽 끝을 붙였다. 사반은 불처럼 뜨거운 청동의 감촉에 숨을 헐떡였다.

모르카가 청동에 물을 끼얹으며 속삭였다.

"미안하다, 사반."

"일어나라."

하락이 말했다.

사반은 일어섰다. 부족민 몇몇이 멀찍이 모여서 그 광경을 지켜보고 있었다. 발에 족쇄가 걸려 있어 걸을 수는 있지만 뛸 수는 없었다. 게다가 머리도 깎였다. 사반의 등 뒤에 선 하락은 칼로 튜닉을 위에서 아래까지 죽 잘라냈다. 사반은 금세 알몸이 되었다. 마지막으로 하락은 사반이 걸고 있던 조개껍질 목걸이를 잡아채 커다란 발로 짓이기고, 사반의 어머니가 준 호박 부적을 자기 주머니에 넣었다. 제가는 웃었고, 렌가는 박수를 쳤다.

하락은 억양 없는 목소리로 말했다.

"넌 이제 내 노예다. 널 죽이든 살리든 이제부터는 내 마음이다. 따라오너라."

모든 굴욕을 이겨내며 사반은 그의 말을 따랐다.

렌가는 신들이 두려웠다. 신을 이해하지는 못했지만, 자기 자신은 이해했다. 신들의 배신은 인간이 짜내는 어떠한 계획도 무기력하게 한다는 사실을 알고 있었기에, 그는 신을 두려워했고 최대한 신들을 달래기 위해 노력했다. 그는 사제들에게 선물을 주었다. 그리고 라사린의 모든 신전에 석회암 도끼를 묻었다. 아직 살아 있는 헨갈의 아내들 목숨을 살려주고 굶기지 않겠다고 약속까지 했다.

아버지의 영혼은 이제 조상들과 신들이 있는 저승으로 가겠지만 턱뼈가 없기 때문에 렌가가 자신을 죽였다는 사실을 고자질할 수 없을 테고, 혹시 영혼이 이승을 떠돌더라도 오른발이 없어서 렌가를 따라다닐 수도 없을 것이다. 턱뼈와 발은 돼지 먹이로 주었지만 나머지 시체는 정중하게 모셨다. 헨갈의 시신은 죽은 지 사흘 후에 이방인의 풍습에 따라 거대한 장작더미를 쌓고 화장했다. 그리고 연기가 피어오르는 재 위에 석회암과 흙을 덮었다.

아버지의 무덤을 쌓은 그날 밤, 렌가는 무덤 꼭대기에 무릎을 꿇고 앉아 머리를 조아렸다. 주위에는 아무도 없었다. 아버지와의 대화를 아무에게도 들려주고 싶지 않았던 것이다.

"당신은 너무 조심성이 많아서 죽어야 했습니다. 당신은 좋은 족장이었으나 라사린에는 위대한 족장이 필요합니다."

렌가는 잠시 말을 멈췄다.

"당신의 부인들은 죽이지 않았습니다. 사반도 아직 살아 있습니다. 언제나 아버지가 가장 좋아하던 아들 아니었습니까? 살려뒀습니다, 아버지. 아직 살아 있습니다."

사반을 살려둔 것이 좋은 생각인지는 확신할 수 없었지만, 이복동생을 죽이는 게 치명적인 짓이라고 조언한 것은 카마반이었다. 사르메닌에 있는 렌가를 찾아온 카마반은 렌가가 늘 경멸하던 말더듬이 바보가 아니었다. 그는 마법사가 되어 있었고, 렌가는 카마반과 함께 있으면 묘하게 초조했다.

"헨갈을 죽이는 것은 신들이 용서할 것이나, 사반은 아니야."

렌가가 그 이유를 묻자, 카마반은 꿈에서 슬라올과 대화를 나누었다고 주장했다. 렌가는 카마반이 꿈에서 받은 계시에 따랐다. 아직도 반신반의했지만, 그는 카마반의 마법이 두려웠다. 어쨌든 카마반은 사반을 하락의 노예로 만들라고 조언했다. 그리고 렌가는 덩치 큰 상인의 노예들이 오래 살아남지 못한다는 사실을 알고 있었다.

렌가는 무덤 꼭대기에 이마를 댄 채 한참을 그대로 있었다. 모닥불이 타고 남은 자리에 흙과 돌멩이를 대충 쌓아 올려 만든 무덤이었다. 무덤에서는 아직도 연기가 새어나오고 있었다. 그 연기에 눈이 매웠다. 그러나 렌가는 내내 공손히 머리를 조아렸다.

"언젠가 날 자랑스러워하실 겁니다, 아버지. 난 라사린을 위대하게 만들고, 카살로에 굴욕을 안겨줄 테니까요. 난 위대한 족장이 될 겁니다…"

문득 발소리가 들려 렌가는 입을 다물었다.

발소리는 아주 가까운 데서 들렸다. 무덤 위로 올라오고 있었다. 발을 잘라내긴 했지만, 문득 헨갈의 영혼이 복수하러 온 게 아닌가 싶은 두려움이 엄습했다. 렌가는 속삭였다.

"아니야, 아니야."

"그래."

깊은 목소리였다. 렌가는 안도의 한숨을 내쉰 뒤, 허리를 펴고 카마반을 올려다보았다.

"사르메닌에서부터 형을 따라 왔어."

카마반이 말했다.

렌가는 대답할 말이 없었다. 두려움에 아직 식은땀이 흐르고 있었다.

카마반은 이제 어른이었다. 얼굴은 전보다 날렵하고 더 단단했으며 높은 광대뼈, 깊숙한 눈매, 조소를 머금은 넓은 입술은 여전했다. 지저분하게 늘 엉켜 있던 머리는 뒷덜미에서 가죽 끈으로 깔끔하게 묶었다. 끈에는 작은 뼈로 만든 술이 매달려 덜그럭거렸다. 어린아이의 갈비뼈로 만든 목걸이를 찼고, 끄트머리에 인간의 턱뼈를 단 지팡이를 들고 있었다. 카마반이 지팡이 끝으로 무덤을 두드렸다.

"느껴지십니까, 아버지?"

"그러지 마라."

렌가는 쉰 목소리로 거우 말했다.

"헨갈이 두려워?"

카마반은 조롱하듯 물었다. 그러곤 지팡이로 다시 무덤을 두드리더니 침을 뱉었다.

"느껴지십니까? 제가 아버지께 침을 뱉었습니다!"

카마반은 지팡이로 석회암 덩어리를 파헤쳤다.

"느껴지십니까, 헨갈? 타들어가는 게 느껴집니까? 카마반이 왔습니다!"

렌가는 무덤에서 비틀거리며 내려섰다.

"여긴 왜 왔느냐?"

"똑바로 하고 있는지 보려고 왔어."

카마반은 마지막 작별 인사로 아버지에게 침을 뱉은 뒤 무덤에서 내려와 하늘 신전으로 향했다. 아직 조금 절룩거렸지만, 전보다는 훨씬 눈에 덜 띄었다. 사나스가 뼈를 맞춰 발을 고쳐주긴 했는데 굽히는 동작은 제대로 할 수가 없었다. 그러나 예전만큼 기괴하게 비틀린 걸음은 아니었다.

렌가는 카마반 뒤를 따르며 말했다.

"네가 나한테 무엇이 올바른지 알려줄 필요는 없다."

"용기를 되찾으셨나?"

카마반은 조소했다.

"아까는 떨고 있던데! 내가 헨갈의 영혼인 줄 알았겠지. 안 그래?"

그는 웃었다. 렌가는 경고했다.

"말조심해라, 동생아."

카마반은 돌아서서 그에게 침을 뱉었다.

"날 죽이시지? 하지만 난 슬라올의 하인이야, 렌가, 슬라올의 친구. 날 죽이면 하늘이 널 태우고, 땅은 네 뼈를 거부하고, 짐승조차 네 시체에서 나는 악취 때문에 움츠러들 거야. 벌레와 구더기조차 썩은 네 살점에 꼬이지 않을 거야. 넌 누렇게 말라비틀어져 껍질만 남은 채 바람을 타고 세상 끝 독이 든 늪으로 날아가겠지."

카마반은 이렇게 말하며 지팡이로 렌가를 겨누었다. 렌가는 뒤로 물러섰다. 렌가가 나이도 많고 전사로서 누구나 부러워할 명성을 얻고 있을지는 몰라도, 카마반은 렌가가 이해할 수 없는 힘을 가지고 있었다. 카마반은 물었다.

"사반을 죽였나?"

"하락에게 노예로 주었다."

"잘했어."

카마반은 무심하게 말했다.

"내가 그의 신부를 취했다."

"당연히 그러셨겠지. 누군가는 가져야 했으니까. 예쁜가?"

카마반은 대답을 기다리지 않고 하늘 신전으로 향했다. 낮은 바깥쪽 제방을 넘고, 절룩거리며 해자를 건너 높은 안쪽 제방을 기어올랐다. 그는 제방 꼭대기에 서서 네 개의 월석(月石)을 바라보며 냉소적으로 말했다.

"바빴겠군. 길란의 작품인가?"

렌가는 어깨를 으쓱했다. 새 신전에 대해서는 아는 바가 없었다.

"길란은 죽었어."

"잘했어. 이건 그가 한 일이 분명해. 그가 아니면 카살로에서 온 바보 같은 사제겠지. 라하나에게 조아리지 않고 슬라올만을 위한 신전을 만들어줄 배짱도 없는 족속들."

"라하나?"

"이건 월석이야."

카마반은 지팡이로 원형 안쪽에 있는 두 쌍의 기둥과 석판을 가리켰다. 렌가는 물었다.

"저걸 없애야 하나?"

"난 슬라올이 원하는 대로 할 거야. 내가 어떻게 하라고 하기 전에는 아무 짓도 하지 마."

카마반은 높이 뜬 달빛이 죽은 아이의 무덤 옆에 작은 그림자를 드리운 신전 한가운데로 들어갔다. 그는 부드러운 흙 속에 지팡이를 깊숙이 찔러 넣고 시체를 들어 올리려고 했다. 하지만 흙만 파헤쳐졌을 뿐 시체는 꼼짝도 하지 않았다.

렌가는 파헤친 흙에서 피어오르는 악취에 뒤로 물러섰다.

"뭐하는 거냐?"

"여기서 시체를 없애려는 거야."

"그러면 안 돼!"

카마반은 렌가의 외침을 무시하고 무릎을 꿇더니 흙과 돌을 손으로 파헤쳤다. 시체가 거의 다 드러났다. 그는 일어서서 썩어가는 시체를 지팡이 끝으로 들어 올렸다.

"다시 묻어야겠다."

렌가가 말했다. 카마반이 홱 돌아섰다.

"여긴 내 신전이야, 렌가. 형의 신전이 아니라, 내 신전이라고!"

거칠게 내뱉은 마지막 말에 렌가는 더럭 겁이 났다.

"난 어렸을 때 이곳을 깨끗하게 가꾸었어! 난 이 신전을 사랑했어. 다른 부족민들이 전부 라하나의 가슴만 빨고 있을 때, 난 이 원 안에서 슬라올을 숭배했어. 이 신전은 내 거야!"

그러곤 지팡이 끝으로 죽은 아이의 몸을 두드려 갈비뼈를 부쉈다.

"이건 신전이 완성되기도 전에 때 이르게 보낸 사절이야."

카마반은 시체에 침을 뱉은 뒤 지팡이를 뺐다.

"새와 짐승들이 알아서 처리해주겠지."

대수롭지 않게 내뱉고 태양 문으로 향했다. 그는 입구 양쪽에 서 있는 기둥을 무시하고 두 개의 태양석 쪽으로 갔다. 그리고 두 돌을 보며 얼굴을 찌푸렸다.

"이건 그대로 두어야 해."

카마반은 한 쌍 중에서 더 큰 돌에 손을 대더니 작은 돌을 가리켰다.

"하지만 저건 뽑아내야 해. 태양을 위해서는 하나면 충분해."

카마반은 렌가에게 짤막하게 손을 흔들어 인사하더니 왔을 때와 마찬가지로 별다른 격식 없이 북쪽을 향해 걷기 시작했다. 렌가는 동생을 향해 소리쳤다.

"어디로 가는데?"

"아직 배울 것이 남아 있어. 다 배우면 돌아올게."

"뭘 하려고?"

"신전을 지으러 오는 거지."

카마반은 돌아서며 말을 이었다.

"형은 라사린이 위대해지기를 바라지? 하지만 신들 없이 뭔가를 성취할 수 있다고 생각해? 난 형에게 신전을 주려는 거야. 이 비참한 부족을 하늘까지 올려줄 수 있는 신전."

카마반은 다시 걸음을 옮겼다.

"카마반!"

"왜?"

카마반은 짜증스럽게 물으며 돌아섰다. 렌가는 초조하게 물었다.

"넌 내 편이지. 안 그래?"

카마반은 미소를 지었다.

"난 형을 사랑해, 렌가. 동생으로서."

이 말을 남긴 채, 그는 어둠 속으로 사라졌다.

사반은 렌가와 그의 전사들을 사르메닌에서 라사린까지 인도한 것이 하락이었다는 사실을 알게 되었다. 경험 많은 상인들만이 길을 잘 알고 위험한 곳을 피해갈 수 있는데, 하락이야말로 이 땅에서 가장 경험 많은 상인 중 한 사람이었던 것이다. 10년 동안 그는 청동과 도끼, 그 외 사르메닌에 부족한 부싯돌, 흑석, 호박, 약초 등과 교환할 수 있는 물건들을 털 많은 세 마리 말에 싣고 전 세계를 누볐다. 때로는 사르메닌 바닷가에 밀려 올라온 바다 괴물의 이빨과 뼈를 싣고 값진 금속과 귀한 돌을 얻으러 다니기도 했다.

대부분 북쪽을 향해 나란히 걸으면서, 하락이 사반에게 퉁명스럽게 해준 말이었다. 가끔은 사반의 언어로 말하기도 했지만 주로 이방인의 언어를 썼다. 사반이 알아듣지 못하거나 이방인의 언어로 대답하지 못하면 지팡이로 때리기도 했다.

"넌 내 나라 말을 배워야 한다."

하락은 완강했다. 사반은 지팡이가 무서워서 시키는 대로 했다.

사반이 하는 일은 단순했다. 밤에는 음식을 만들고, 숲 속 짐승의 공격을 물리치는 모닥불을 피웠다. 낮에는 세 마리 말을 끌고, 물을 긷고, 풀을 베고, 남의 마을에 다가갈 때는 낯선 사람이 온다는 것을 알리기 위해 하락의 황소 나팔을 불었다. 카간이라는 이름의 귀머거리-벙어리도 할 수 있는 일이었다. 하지만 사반보다 몇 살 더 많은 덩치 큰 소년은 태어날 때부터 머리가 단순했다. 카간은 무슨 일이든 열심히 했고, 도울 일이 없는지 늘 아버지만 쳐다봤다. 하지만 정작 일을 시키면 실수만 했다. 모닥불을 지필 때는 화상을 입었고, 말을 끌게 하면 힘을 너무 많이 썼다. 그러나 하락은 사반보다 한 배 반은 더 큰 카간을 애지중지하는 사냥개처럼 아주 따뜻하게 대해주었다. 카간은 아버지가 친절을 베풀 때마다 감동적인 반응을 보였다. 아버지가 미소를 지으면 기쁨에 몸을 떨거나 펄쩍펄쩍 뛰며 웃거나 낑낑거리는 소리를 냈다. 매일 아침 하락은 아들의 머리를 빗질해 땋은 다음 끈으로 묶어주었다. 턱수염도 가지런하게 빗질해주었다. 그럴 때마다 카간은 행복에 겨워 몸을 꼬았다. 때로 사반은 하락이 눈물을 글썽이는 모습도 보았다.

하지만 상인은 사반을 위해서는 눈물을 흘리지 않았다. 청동 족쇄가 피부를 파고들었다. 족쇄가 쓸린 곳에서는 피가 나고 고름이 찼다. 하락은 약초로 상처를 치료한 다음 쓸리지 않도록 족쇄 밑에 나뭇잎을 대주었다. 하지만 나뭇잎은 곧 떨어져나갔다. 며칠 후, 하락은 지저분한 늑대 가죽으로 허리를 두르는 걸 허락했다. 그런데 가죽 밑에서 기어 다니는 이 때문에 사반이 몸을 긁자 하락은 짜증을 냈다.

"그만 긁어라."

막대기를 휘두르며 호령했다.

"긁는 건 참을 수 없다! 넌 개가 아니야."

일행은 동쪽으로 향하다 다시 북쪽으로 방향을 돌렸다. 보통 다른 상인들이 함께 길을 가며 서로를 보호해주었지만, 때로는 세 사람만 추방자와 사냥꾼들이 득실거리는 숲을 지나야 할 때도 있었다. 하락은 기습당할 위험은 낮다고 생각했다.

"상인 하나가 공격을 당하면 모든 상인이 공격을 당하게 될 것이다. 그래서 족장들이 우리를 보호해주는 것이다. 그래도 여전히 위험한 곳이 있어. 그런 곳에서는 늘 무리를 지어 다니지."

나무배로 노를 저어 돌아다니며 해안가에 사는 부족들과 물물교환을 하는 상인들도 있었지만, 그들에게는 하락이 주로 상대하는 내륙 지방의 더 큰 부족들을 접촉할 기회가 없었다.

정착지에 도착하면 물건을 말 등에서 내린 뒤 족장의 오두막 앞에 수달 가죽을 깔고 전시하는 것이 사반의 임무였다. 카간은 무거운 꾸러미를 말 등에서 내려준 뒤 앉아서 지켜보기만 했다. 부족민들은 그런 그를 놀리듯 쳐다보았다. 카간은 정말 덩치가 큰 거인이었다. 여자들은 킬킬거리고, 남자들은 이따금 카간이 어린아이 같은 지능을 갖고 있다는 것을 알고 놀리려 했다. 하지만 하락이 옆에서 고함을 지르면 그 덩치와 기세에 눌려 도망치곤 했다.

짐을 풀지 않는 물건들도 있었다. 가장 값이 나가는 금붙이나 우아한 청동 브로치 같은 것은 족장들을 위해 고이 간직해두었다. 흥정은 하루종일, 때로 이틀 동안 계속되었다. 흥정이 끝나면 사반은 사르메닌으로 가져갈 물건을 커다란 가죽 주머니에, 팔기 위한 물건들은 다른 주머니에 넣었다. 그러면 카간이 그 주머니를 말 등에 다시 매달았다. 커다랗고 예쁜 조개껍질만 넣어 바다에서 자란다는 묘한 해초로 감싼 주머니도 있었는데, 바다를 본 적이 없는 사반에게 그것은 별다른 의미가 없었다. 조개껍데기는 먹을 것과 교환했다.

하락은 불친절한 사람이 아니었다. 상인의 무표정한 얼굴과 시도 때도 없이 날아오는 지팡이가 두려워 사반이 이 사실을 깨닫는 데는 오랜 시간이 걸렸다. 그러나 하락은 자기 아들 이외에는 누구에게도 미소를 짓지 않았고, 누구에게도 얼굴을 찌푸리지 않았다. 그는 모든 인간과 상황을 똑같이 엄격하고 결단력 있는 태도로 대했다. 말수는 적고 남의 말을 많이 들었다. 오랜 여행길이 무료해서 이따금 사반에게 말을 걸곤 했지만, 자신의 이야기가 대단한 흥밋거리는 아니라는 듯 단조로운 말투였다.

북쪽으로 한참 올라가 있을 무렵, 차가운 바람과 빗줄기가 겨울을 알렸다. 이곳 사람들은 하락조차 잘 알아들을 수 없는 이상한 언어를 썼다. 하락은 청동 막대와 검은 돌도끼를 주고 사르메닌 사람들이 담그는 술에 맛을 내는 약초를 산 뒤, 작은 청동 창촉을 주고 양털 튜닉과 제대로 꿰맨 황소 가죽 부츠를 구해 사반에게 마지못한 듯 건넸다.

족쇄 때문에 부츠가 들어가지 않았다. 하락은 사반을 앉혀놓고 주머니 안에서 돌도끼를 꺼내 발목을 뺄 수 있게끔 족쇄를 끊어주었다.

그리고 억양 없는 말투로 말했다.

"지금 도망치면 넌 죽는다. 여긴 위험한 곳이야."

하락은 족쇄를 짐과 함께 보관했다가 다음 정착지에서 귀한 약초 주머니 스무 개를 받고 팔았다. 이 정착지에서는 상인의 도착을 알리는 뿔 나팔 소리가 들리자 모든 여자들이 얼굴을 보이지 않기 위해 오두막에 숨었다.

"이쪽 사람들은 행동 방식이 특이하지."

이제 하락과 사반은 오직 이방인의 언어로만 대화했다. 라사린은 추억일 뿐이었다. 물론 강렬한 추억이었지만, 기억은 점차 희미해지고 있었다. 데레원의 얼굴조차 흐릿해져갔다 아직두 ㄱ녀를 생각하면 가슴이 아팠다. 그러나 이제 사반은 자기 연민 대신 복수심에 불타고 있다. 밤마다 렌가를 죽이고 제가에게 굴욕을 안기는 상상을 하며 자신을 달랬다. 하지만 그런 위안조차 매일 새로 접하는 신기한 문물과 물건들로 인해 차츰 희미해져갔다.

사반은 신전들을 보았다. 큰 신전들도 많았다. 목재 신전도 있고, 돌 신전도 있었다. 돌 신전은 거대한 원형이었고, 하늘을 찌를 듯 높이 솟은 목재 신전은 담쟁이와 호랑가시나무로 장식되어 있었다. 부싯돌로 가슴에 상처를 낸 다음, 피를 흘리며 기도하는 사제들도 보았다. 강을 숭배하는 부족도 보았다. 하락이 그 부족은 초승달이 뜰 때마다 아이를 물에 빠뜨린다고 말해주었다. 황소를 숭배하는 부족도 있었는데, 이들은 매년 하지에 황소를 죽이고 고기를 먹은 뒤 새 황소를 신으로 골랐다. 경련을 일으키고 침을 흘리며 말도 안 되는 소리를 지껄이는 제사장이 있는 부족도 있었고, 불구자만 사제가 될 수 있는 부족도 있었다. 그들은 독사를 숭배했다. 그 인근에는 여자가 다스리는 부족도 있었다. 사반에게는 이 풍습이 가장 낯설어 보였다. 여자가 사나스처럼 단순히 영향력 있는 마법사가 아니라 모든 부족민의 족장이었던 것이다.

"이들은 내가 처음 알게 됐을 때부터 늘 여자를 족장으로 모셨다. 여신이 그렇게 명령하는 것 같다."

하락이 설명했다. 그 여자 족장이 하락에게 하룻밤을 같이 보내자고 떼를 썼다.

"싫다고 하면 아무것도 사지 않겠다는구나."

하락은 사반에게 주목 가지를 꺾어 활을 만들어 가지라고 지시했다. 그리고 사반이 주인을 공격하지 않으리라 믿고 화살도 사주었다.

"하지만 카간에게 화살을 주지는 마라. 자기 몸에 상처만 낼 테니."

잘려나간 손가락 끝의 상처는 딱딱하게 아물어 있었다. 사반은 예전처럼 활을 잘 쏠 자신이 있었다. 잃어버린 손가락은 노예를 상징하지만, 생활하는 데는 지장이 없었다. 머리는 다시 무성하게 자랐고, 얼굴에 미소를 짓는 날도 있었다. 어느 날 아침, 잠에서 깨어난 사반은 자신이 하락과의 생활을 즐기고 있다는 묘한 사실을 깨달았다. 그 생각을 하니 데레윈에 대한 죄책감이 가슴을 찔렀다. 그러나 사반은 아직 젊었다. 굴욕감조차 세상에 대한 호기심으로 인해 빠르게 희석되었다.

그들은 다른 상인이 모여들 때까지 여자가 다스리는 부족의 정착지에서 머물렀다. 다음 여행길은 너무 위험해서 현명한 사람은 결코 혼자 다니지 않는 곳이었다. 여자 족장은 청동 막대 하나를 받고 스무 명의 전사를 호위병으로 붙여주었다. 추운 어느 날 아침, 상인들은 흐린 하늘 때문에 어두컴컴한, 황량하고 광활한 황야를 향해 북쪽으로 길을 떠났다. 여기는 나무가 전혀 자라지 않았다. 이런 곳에서 어떻게 사람이 사는지 알 수가 없었다. 하락이 이 황야에는 깊은 바위틈이 있고, 추방자들이 그 바위틈 사이 동굴을 보금자리 삼아 살고 있다고 알려주었다.

"목숨을 부지하기 위해 필사적인 사람들이지."

그날 오후, 한 무리의 남자들이 공격해왔다. 히스(heath) 숲에서 모습을 드러낸 그들이 화살을 날렸다. 하지만 수가 적고 아주 조심스러웠다.

게다가 너무 일찍 자신을 노출시켰다. 상인들이 고용한 창병들이 고함을 지르고 창을 휘두르며 겁을 주었다. 그러나 그들은 물러서지 않고 끈질기게 길을 막았다.

"공격하시오."

하락은 전사들에게 소리쳤다. 그러나 전사들은 상인을 위해 목숨을 버리려 하지 않았다. 카간이 짐승처럼 고함을 지르며 추방자들에게 덤벼들려고 했다. 하락은 그를 만류하고 대신 사반을 앞장서게 했다. 화살 하나를 날려보니 저쪽까지 닿지 않았다. 사반은 몇 발짝 더 달려가서 다시 화살을 쏘았다. 화살은 목표물을 비켜갔다. 바람 때문이라기보다는 겨냥이 약간 빗나간 듯했다. 사반은 다시 겨냥해서 세 번째 화살을 날렸다. 이번에는 한 남자의 배에 정확히 명중했다. 적들이 사반을 향해 화살을 날렸다. 하지만 활이 그다지 좋지 않은 듯했다. 사반은 몇 걸음 더 달려가 다시 한 사람을 명중시켰다. 사반은 적을 향해 비겁하다고 조롱했다. 그는 활 솜씨가 형편없다고 놀려댄 뒤, 머리를 헝클어뜨린 한 남자의 지저분한 양털 튜닉에 세 번째 돌화살을 명중시켰다. 이윽고 적이 달아나는 것을 보며 사반은 춤을 추었다.

"너희 어미는 돼지다! 너희 여동생은 염소랑 놀아나겠지!"

사반의 말이 들릴 정도로 가까이 있다 해도, 그들 중에서 이 모욕을 알아듣는 사람은 없었다.

하락은 그런 사반을 보고 어깨를 두드리며 웃음을 터뜨렸다.

"넌 노예가 아니라 전사가 되었어야 했는데."

카간도 아버지를 따라 고개를 끄덕이며 사반을 향해 씩 웃었다.

"난 언제나 전사가 되고 싶었습니다."

"소년들은 모두 그렇지. 전사 외에 다른 것이 되고자 하는 소년이 무슨 소용이 있겠느냐? 그러나 사제를 제외한 모든 남자는 전사다."

하락은 사제라는 단어를 특히 씁쓸하게 내뱉었다. 그러나 그 이유를 말해주지는 않았다.

다음 날, 상인들은 황무지 북쪽 정착지에 도착해서 물건을 벌였다. 다른 정착지의 부족민들도 왔다. 수백 명이 목초지를 오가며 새벽부터 황혼까지 흥정을 계속했다. 하락은 그날 대부분의 물건을 교환해서 약초를 더 많이 구하고, 겨울이 끝날 때까지 흰 모피 더미를 더 받기로 했다. 그는 사반에게 말했다.

"그때까지는 여기서 지내야 한다."

양옆으로 치솟은 산 사이로 깊은 계곡밖에 없는 황량한 곳이었다. 소나무가 나지막한 산비탈을 뒤덮었고, 검은 숲 사이 회색 암반 위로 차가운 계곡물이 콸콸 흘렀다. 계곡 아래쪽에는 돌로 된 신전이 있고, 위쪽에는 오두막들이 모여 있었다. 하락은 낡은 오두막을 얻었다. 사반이 서까래를 수리하고 풀을 잘라 지붕을 이었다.

"난 여기가 좋다."

사반이 왜 겨울에 사르메닌으로 돌아가지 않느냐고 묻자, 하락은 이렇게 대답한 뒤 경고하듯 덧붙였다.

"긴 겨울이 될 게야. 길고 추운 겨울이지만, 이 겨울이 지나면 널 네 형에게 데려가겠다."

"렌가한테? 차라리 절 여기서 죽이십시오."

"렌가가 아니라 카마반에게. 널 내 노예로 쓰게 한 것은 렌가가 아니라 카마반이었다."

"카마반이라니!"

사반은 놀라 외쳤다. 하락은 침착하게 말했다.

"카마반이 그랬어. 렌가는 라사린으로 돌아가면 널 죽일 생각이었지만, 카마반은 널 살리려고 했다. 네 아버지가 카마반을 죽이려고 했을 때, 네가 반대했다지?"

"제가요?"

사반은 되물었다. 하지만 이내 실패한 희생 제의와 자기도 모르게 겁에 질려 비명을 질렀던 일이 떠올랐다.

"맞습니다."

"카마반은 널 죽이면 액운이 닥칠 거라고 렌가를 설득했다. 차라리 노예로 쓰라고 했지. 렌가 같은 남자에게 노예는 죽음보다 더한 굴욕이거든. 한데 카마반은 꿈에서 계시를 받았다며 널 다른 사람이 아닌 내 노예로 만들도록 했지. 이 모두가 네 형과 내가 꾸민 일이었다. 우리는 밤새도록 마주 앉아서 계획을 짰지."

하락은 손가락이 잘려나간 사반의 손을 보았다.

"모든 절차를 제대로 해야만 했어. 안 그랬다면 렌가는 동의하지 않았을 테고, 넌 죽었을 거야."

그러곤 주머니를 열고 헨갈이 사반에게 선물로 주었던, 사반의 손가락을 잘랐던 바로 그 소중한 칼을 꺼냈다. 하락은 사반에게 그 칼을 내밀었다.

"가져라."

그리고는 호박 부적도 돌려주었다.

사반은 어머니의 부적을 목에 걸고 칼을 허리춤에 찼다. 그리고 어리둥절해하며 물었다.

"난 자유입니까?"

"자유다."

하락은 엄숙하게 말했다.

"원한다면 가도 좋지만, 사르메닌에서 만날 때까지 네 형이 나한테 널 안전하게 지켜달라고 부탁했다. 널 내 노예로 삼는 것 외에는 달리 널 살릴 방법이 없었지. 네 형에게는 네가 필요해. 그래서 널 보호해달라고 한 게야."

"카마반에게 내가 필요하다고요?"

사반은 하락이 억양 없는 말투로 털어놓는 이야기에 완전히 넋이 나갔다. 사반의 기억에 카마반은 아직도 말더듬이에 절름발이, 가련한 생명일 뿐이었다. 조롱만 받던 그 카마반이 그의 목숨을 살리기 위해 이 모든 계획을 짜고 무시무시한 하락에게 임무를 맡기다니.

"카마반이 왜 날 필요로 할까요?"

"네 형은 대단한 일을 하고 있기 때문이다."

하락의 목소리에는 감동이 깃들어 있었다.

"위대한 사람만이 할 수 있는 일. 네 형은 새로운 세계를 만들려고 해."

하락은 오두막 입구에 드리운 가죽 장막을 들추고 밖을 내다보았다. 다시 내리기 시작한 눈이 온 세상을 천천히, 두껍게 덮고 있었다. 하락은 눈을 바라보며 말을 이었다.

"오랫동안 나는 이 세상과 신들에 대해 고민해왔다. 그 모든 것을 설명하려고 했었지."

그러곤 장막을 내리고 사반에게 도전적인 눈빛을 보냈다.

"하지만 그 고민은 내게 기쁨을 안겨주지 않았어. 그러다 네 형을 만났다. 알 리가 없어, 난 이렇게 생각했지. 이렇게 젊은 놈이! 한데 알고 있더구나. 알고 있었어. 규칙을 찾아냈어."

"규칙?"

사반은 어리둥절해서 물었다. 하락은 엄숙하게 되풀이했다.

"그는 규칙을 찾아냈어. 이제 모든 것이 새로워질 거고, 모든 것이 좋아질 거고, 모든 것이 변화할 거다."

8

태양의 신부

이만큼 사랑스러운 태양의 신부는 이제껏 없었다고 하오.

땅이 얼음처럼 굳고 나뭇가지에 맺힌 서리가 창백한 달빛 아래 빛나는 겨울 밤, 카살로 북쪽 숲에서 한 남자가 절룩거리며 걸어 나와 휴경중인 밭을 가로질렀다. 태양이 죽은 어둠, 가장 밤이 긴 날이었다. 그가 오는 것을 본 사람은 아무도 없었다. 정착지의 오두막들은 밤에 피운 불이 차츰 꺼져가면서 작은 연기를 내뿜고 있었다. 카살로의 개들은 잠이 들었고 월동 중인 황소와 양, 염소, 돼지는 낯선 사람들에게 약탈당하지 않도록 안전하게 헛간 안에 들어가 있었다.

늘대들은 남자를 보았다. 지난 저녁, 황혼녘에 십여 마리의 회색 늑대가 혀를 늘어뜨린 채 그를 뒤쫓았지만, 남자가 돌아서서 호통을 치자 낑낑거리며 흰 서리가 덮인 캄캄한 숲 속으로 도망쳤다. 남자는 계속 걸음을 옮겼다. 새벽이 오기 전 별이 총총한 시각, 그는 대신전의 북쪽 입구에 당도했다.

높은 제방 안의 거대한 돌들도 서리에 덮여 반짝이고 있었다. 입구에 서서 보니, 문득 암석으로 이루어진 거대한 원이 마치 발을 번갈아 디디며 춤을 추는 사람들 같았다. 춤추는 돌들. 남자는 이런 생각을 하며 웃고는 서둘러 풀밭을 가로질러 사나스의 오두막으로 향했다.

남자는 입구에 걸린 가죽 장막을 부드럽게 젖혔다. 오두막 안으로 들이친 차가운 바람에 꺼져가던 깜부기가 일순 빛을 발했다. 그는 허리를 숙이고 오두막 안으로 들어간 다음 장막을 내리고 조용히 서 있었다.

거의 아무것도 보이지 않았다. 화톳불은 재 속에서 불씨만 남아 있었고, 지붕에 난 작은 연기 구멍에서는 달빛 한 점 새어 들어오지 않았다. 그는 조용히 쭈그리고 앉아 사람의 숨소리가 들릴 때까지 귀를 기울였다. 사람 셋이 자고 있었다.

소리가 나지 않도록 무릎걸음으로 천천히 오두막을 가로지른 그는 맨먼저 젊은 노예를 찾아냈다. 그리고 노예의 입을 손으로 막고 다른 손으로 칼을 휘둘렀다. 목을 베인 노예는 그르륵거리는 소리를 내며 잠시 꿈틀거리다 이내 잠잠해졌다. 두 번째 여자도 마찬가지로 죽음을 당했다. 남자는 화톳불 옆으로 가서 연기만 나는 불씨에 바람을 불어넣고, 말린 버섯과 잔가지를 집어넣었다. 살아난 불꽃이 기둥에 걸린 두개골과 박쥐 날개, 약초 꾸러미, 뼈 따위를 환히 비추었다. 모피와 살인자의 손에서 피가 번들거렸다.

잠들어 있던 세 번째 사람이 오두막 저쪽 구석에서 몸을 뒤척이며 말했다.

"아침이냐?"

노파의 목소리였다.

"아직 아닙니다만…."

남자가 말했다. 그는 화톳불에 좀 더 큰 장작을 집어넣고 있었다.

"거의 새벽이 다 되긴 했습니다."

남자가 부드럽게 덧붙였다.

"아주 추울 겁니다. 아주."

"카마반?"

노파는 침상으로 사용하는 모피 더미 위에서 일어나 앉았다. 흰 머리카락으로 둘러싸인 해골 같은 얼굴에는 놀라움과 기쁨이 역력했다.

"돌아올 줄 알았다."

사나스는 피를 보지 못했다. 독한 연기에 피 냄새도 묻혔다. 그녀는 꼬장꼬장하게 물었다.

"그간 어디 있었느냐?"

"산속을 걷고, 시간보다 오래된 신전에서 기도를 올렸습니다."

카마반은 부드럽게 말하며 살아난 불꽃 위에 장작을 더 얹었다.

"세상의 지식이 마르도록 빨아들이기 위해 사제들, 노파들, 마법사들과 대화를 나누었습니다."

"마르도록!"

사나스는 웃었다.

"빨아들이기는커녕 아직 맛도 못 본 주제에, 어린 바보 놈아."

사실 사나스는 카마반이 자신이 가르친 제자 중 최고였다는 것을, 자신과 견줄 만한 능력을 가지고 있다는 것을 알고 있었다. 하지만 절대 그런 말을 입 밖에 내지 않았다. 사나스는 한쪽으로 몸을 기울이고 가죽처럼 납작한 젖가슴을 드러낸 채 벌집에 손을 뻗었다. 그녀는 벌집 한 조각을 입에 넣고 쩝쩝거리며 빨았다.

"네 형이 우리와 전쟁을 일으키려 하고 있어."

사나스는 심술궂게 말했다.

"렌가는 전쟁을 좋아합니다."

"아이 만드는 것도 좋아하지. 데레윈이 임신했다."

"저도 들었습니다."

"데레윈의 젖이 그 새끼에게, 그 애비에게 독이 되기를."

사나스는 모피를 끌어당겨 어깨에 둘렀다.

"렌가가 우리 남자들을 포로로 잡아가 자기네 신들에게 제물로 바치고 있다, 카마반."

카마반은 몸을 뒤로 젖혔다.

"렌가는 신들을 채찍질로 복종시킬 수 있는 사냥개처럼 생각하지만, 곧 신들의 채찍이 자신의 채찍보다 더 크다는 것을 배우게 되겠지요. 하지만 지금으로서는 슬라올의 일을 하고 있기 때문에 융성할 거라고 봅니다."

"슬라올!"

사나스는 잇새로 내뱉었다. 카마반은 정중하게 말했다.

"위대한 신, 신 위의 신. 우리의 슬픈 세상을 바꿀 힘을 지닌 유일한 신이지요."

사나스는 입술 위로 꿀을 흘리며 그를 바라보았다. 그리고 믿을 수 없다는 듯 되물었다.

"유일한 신?"

"전 배우고 싶다고 말씀드렸습니다. 그래서 배웠고, 슬라올이야말로 모든 신 위의 신이라는 것을 알아냈습니다. 인간의 실수는 다른 신들을 섬긴 것이지요. 다른 신들은 슬라올을 섬기느라 바빠 우리 따위는 신경 쓰지도 않습니다."

카마반은 사나스의 아연실색한 표정을 보고 웃었다.

"저는 슬라올의 신도입니다, 사나스. 어렸을 때부터, 언제나 그랬습니다. 당신이 라하나에 대해 이야기하는 것을 들으면서도, 전 슬라올의 신도였습니다."

사나스는 카마반의 불경에 몸을 떨었다.

"그럼 왜 여기로 돌아왔지, 바보 녀석아? 내가 슬라올을 사랑한다고 생각하느냐?"

"당연히 당신을 보러 왔지요."

카마반은 침착하게 말했다. 마지막 장작을 불 속에 던져 넣고 사나스 옆으로 옮겨 앉아 그녀의 어깨를 감쌌다.

"전 당신한테 가르침을 받기 위해 대가를 드렸습니다. 기억하십니까? 이제 마지막 수업을 받고 싶습니다."

노파는 그제야 카마반의 손에 묻은 피를 보고 그의 얼굴을 할퀴려 했다.

"난 네게 아무것도 주지 않을 것이다."

카마반은 몸을 돌려 사나스의 얼굴을 똑바로 보았다. 그리고 부드럽게 말했다.

"아니, 마지막 수업을 들려주실 겁니다, 사나스. 내가 슬라올의 금으로 대가를 지불했으니까요."

"아냐!"

"맞습니다."

카마반은 부드럽게 말한 다음 몸을 앞으로 숙여 사나스의 입술에 입을 맞추었다. 사나스가 발버둥을 쳤지만, 카마반은 몸으로 그녀를 밀어 눕혔다. 여전히 그녀의 입에 입술을 붙인 채였다. 사나스는 고개를 돌려 그의 입술을 피하려 했지만 힘으로는 카마반의 상대가 되지 않았다.

사나스가 카마반의 눈을 노려보았다. 카마반은 사나스의 가슴에서 모피를 밀어낸 다음 한 팔로 그녀의 몸을 조이기 시작했다. 노파는 다시 발버둥 쳤다. 작은 신음 소리가 입에서 새어 나왔다. 하지만 카마반은 입술로 그녀의 입을 막은 채 팔에 힘을 주며 왼손으로 콧구멍을 눌렀다. 그의 녹색 눈은 사나스의 검은 눈동자에 못 박혀 있었다.

한참이 걸렸다. 놀랄 정도로 오랜 시간이었다. 노파는 발로 차고 몸을 비틀다 이윽고 움직임이 멎었다. 하지만 카마반은 계속 그대로 있었다. 작은 새처럼 파들거리는 경련이 멎을 때쯤 화톳불이 다시 빛을 잃었다. 하지만 사나스는 눈을 커다랗게 뜨고 있었다. 카마반은 한참 동안 그 눈을 들여다보다 마침내 조심스럽게 천천히 얼굴을 뗐다. 그리고 사나스의 입에서 손가락 한 마디 정도 떨어져 계속 쳐다보았다. 그녀는 움직이지 않았다. 카마반은 숨조차 쉬지 않고 기다리다 마침내 미소를 지었다.

"얼마나 달콤한 입맞춤이었는가."

카마반은 시체를 향해 말한 뒤, 그 이마에 손가락을 댔다.

"나는 당신의 마지막 숨결을 가졌습니다. 당신의 영혼을 훔쳤습니다."

카마반은 잠시 그대로 앉아 승리를 만끽했다. 마지막 숨결과 함께 사나스의 능력을 훔치고 영혼을 삼킨 것이다. 문득 새벽이 오고 있다는 것을 깨닫고 서둘러 오두막을 가로질렀다. 그는 작은 화덕을 둘러싼 돌을 걷어내고 불에 탄 나무와 불씨와 뜨거운 재를 한쪽으로 치웠다. 그리고 깨진 사슴뿔로 사나스가 가장 소중한 보물을 숨겨두는 화덕 아래의 뜨거운 흙을 파헤쳤다.

흙 속에서 가죽 주머니 하나가 나왔다. 카마반은 조심스레 가죽 주머니를 들어 올린 다음 오두막 입구의 가죽 장막을 걷었다. 아침의 회색 햇살이 오두막 안에 음울한 빛을 던졌다. 카마반은 주머니를 풀고 내용물을 손바닥 위에 쏟았다. 사르메닌의 작은 마름모꼴 금붙이 열한 개와 큰 금덩이 하나가 나왔다. 헨갈이 카살로의 돌과 교환한 금과 카마반 자신이 사나스에게 준 금이었다. 카마반은 잠시 보물을 바라보다 다시 주머니에 넣은 뒤 허리띠에 차고 추운 바깥으로 나왔다.

카마반은 발길을 북쪽으로 향했다. 어린아이 하나가 회색 안개 속에서 신전을 떠나는 그를 목격했다. 하지만 수상하게 생각하지는 않았다. 절룩거리며 서리가 하얗게 덮인 밭을 지난 카마반은 해가 떠올라 카살로의 신전을 비추기 전에 어두운 숲 속으로 사라졌다.

여자 마법사 사나스가 시체로 누워 있는 곳에서.

하락은 겨울 동안 노예 여인 셋을 고용했다. 북쪽으로 훨씬 멀리 떨어져 있는 부족 출신이었다. 그녀들은 하락조차 알아들을 수 없는 말을 했지만, 맡은 일은 충실히 해냈다. 가장 젊은 여인은 하락과 동침했고,

사반과 카간은 나머지 둘을 공유했다. 하락이 사반에게 말했다.

"남자라면 여자와 자야 한다. 그건 자연스러운 일, 올바른 일이다."

그러나 하락 자신은 여인에게서 큰 즐거움을 얻지 못하는 것 같았다. 그의 즐거움은 긴 겨울의 곤궁하고 추운 생활에 있었다. 매일 아침, 그는 기도하러 신전에 갔다가 물이나 얼음을 가져와 불 위에 끼얹었고, 카간은 오두막을 같이 쓰는 말 세 마리에게 건초나 나뭇잎을 먹였다. 족장은 하락을 귀한 손님으로 대접해 세 사람에게 먹을 음식을 주었다. 사반은 사냥으로 먹을거리를 보충했다. 그는 언 땅에서 드물게 보이는 사냥감을 쫓아가 직접 잡는 것이 더 좋았다. 굴속에서 동면하는 곰을 발견했을 때는 정착지 남자들과 함께 사냥에 나서기도 했다. 그들은 불로 곰을 깨운 다음 놋칼과 청동 칼로 공격했다. 사반은 피가 흐르는 고깃덩어리를 오두막으로 가져갔다. 거인 카간에게는 음식이 늘 충분하지 못했다. 그래도 세 사람은 굶을 정도로 궁핍하진 않았다. 그들은 항아리에 저장해둔 열매와 견과를 먹고, 주머니에 담아둔 곡식과 약초로 끼니를 때우기도 했다. 때로 사슴고기나 토끼고기, 물고기로 포식을 했다.

매일매일 산 위에 쌓이는 눈이 밝게 빛나고, 공기는 반짝이는 서리로 가득 찬 듯했다. 해는 잠시만 보였다 들어가고, 밤은 끝도 없이 길었다. 그들은 사반이 한 번도 본 적이 없는 토탄을 땠지만, 이따금 오두막을 밝히기 위해 송진 때문에 독한 연기를 내뿜는 소나무를 때기도 했다. 보통은 길고 긴 밤을 조용히 보냈지만, 가끔 하락이 말문을 열 때도 있었다.

"난 사제였다."

덩치 큰 남자의 말에 사반은 놀랐다.

"사르메닌의 사제였지. 아내와 아들, 딸도 있었어."

사반은 아무 말도 하지 않았다. 토탄이 붉게 타고 있었다. 말 세 마리가 발을 굴렀다. 말을 사랑하는 카간이 그들을 진정시키기 위해 부드럽게 얼렀다. 세 여자는 모피 한 장을 같이 두른 채 남자들을 쳐다보고 있었다. 헝클어진 검은 머리가 여자들의 이마에 새겨진 노예의 표식을 반쯤 가려주었다. 사반은 이들의 언어도 배우고 있었지만, 지금은 하락과 이방인의 언어로 이야기하고 있었다.

"내 딸은 마이약이라는 이름이었다."

하락은 꾸준히 빛을 발하는 토탄을 바라보며 말을 이었다. 사반을 쳐다보지 않은 채 나지막한 목소리로 말했기 때문에 마치 혼잣말을 하는 것 같기도 했다.

"마이약."

하락의 목소리가 그 이름을 어루만지는 듯했다.

"정말 사랑스러운 녀석이었지. 정말 사랑스러운. 난 그 아이가 자라서 족장이나 전쟁 지도자와 결혼할 줄 알았다. 기뻤어. 부유한 남자와 결혼하면 내 아내와 나는 늙어서도 편하게 살 수 있을 테고, 우리가 죽은 뒤에도 카간이 탈 없이 잘살 수 있을 테니까."

사반은 아무 말도 하지 않았다. 지붕에서 눈 더미가 스르륵 소리를 내며 미끄러져 내렸다.

"한데 사르메닌에서는 매년 태양의 신부를 뽑는다. 봄에 여자를 뽑아서 석 달 동안…."

하락은 대략 석 달 정도라는 뜻으로 손을 까딱거렸다.

"여신 대접을 한다. 그리고 하지 날, 태양의 영광이 절정에 달한 날 죽이지."

"죽여요?"

사반은 놀라 물었다.

"여자를 에렉에게 보내는 것이지."

에렉이란 슬라올을 뜻하는 이방인 말이었다.

"그러던 어느 해, 마이약이 태양의 신부로 뽑혔다."

사반은 움찔했다.

"당신이 뽑았습니까?"

"사제들이 뽑았지. 나도 사제였다. 아내는 고함을 지르면서 날 때렸지만, 나는 그게 우리 가족의 영광이라고 생각했다. 마이약에게 에렉보다 더 훌륭한 신랑감이 어디 있겠느냐? 내 딸은 그렇게 죽음으로 내몰렸고, 아내는 한 달도 못 되어 세상을 떠났다. 난 캄캄한 슬픔에 잠겼지. 그 슬픔에서 빠져나오자 더 이상 사제 노릇도 싫고 지식도 싫더구나. 난 땅 위를 떠돌기 시작했지. 상인이 된 거야."

하락의 얼굴에 슬픔이 떠올랐다. 카간이 낑낑거리기 시작했다. 하락은 허리를 굽혀 아무 일 아니라는 듯 아들의 손을 두드려주었다.

사반은 불 쪽으로 다가앉으며 모피로 어깨를 덮었다. 세상이 과연 다시 따뜻해질까. 이런 생각이 들었다.

하락은 말을 이었다.

"내 쌍둥이 형제는 사르메닌의 제사장이다. 내가 더 이상 희생 제의를 믿지 않는다고 하자, 그는 사제 대신 상인이 되는 것을 허락했지. 이름은 스카셀. 아직 살아 있다면, 너도 언젠가 만나겠지."

쌍둥이 형제의 이름을 말하는 투가 어쩐지 사반이 그를 만나는 것을 원하지 않는 듯했다.

"아직 제사장이십니까?"

하락은 어깨를 으쓱했다.

"보물을 도둑맞고 나서 제정신을 잃고 산으로 도망쳤다. 살았는지 죽었는지 모르겠구나."

"보물은 누가 훔쳤습니까?"

"이름은 입에 담을 수 없다. 족장의 아들 중 하나였는데, 자기가 족장이 되고 싶었지만 형이 셋이나 있고 그보다 훌륭한 남자들이 많았지.

그래서 사르메닌에 액운을 가져오기 위해 부족의 보물을 훔쳐 달아난 거야. 사나스에 대한 소문을 듣고, 그녀라면 보물을 이용해 마법으로 아버지와 형들을 죽이고 자신을 족장으로 만들어줄 수 있을 거라고 생각했지. 그가 자기 여자한테 털어놓았기 때문에 우린 그 사실을 알 수 있었다. 여자가 죽음을 당하기 전에 고백했지. 스카셀은 액운을 피하기 위해 족장과 그 가족들을 모두 죽였어. 금은 사나스의 손에 들어가지 않았지만, 그래도 스카셀은 미치고 말았지."

하락은 잠시 말을 끊었다.

"어쩌면 액운을 피했던 게 아니었을지도 몰라. 어쨌든 내가 아는 건, 우리 부족 사람들은 보물을 돌려받기 위해서라면 무슨 짓이든 하고, 무엇이든 내놓을 수 있다는 거야."

"신전을 줘야 할지도 모릅니다."

사반은 렌가가 자신을 노예로 삼던 날 했던 말을 떠올렸다.

"그들은 카마반의 말을 따라야 한다."

하락은 부드럽게 말했다. 사반은 어색하기만 하던 절름발이 형이 갑자기 이렇게 대단한 명성을 떨치게 된 것이 새삼 신기할 뿐이었다.

며칠 뒤, 산길에 쌓인 눈이 조금 녹자 하락의 소중한 흰 모피가 배달되었다. 슬라올이 힘을 더해가면서 낮이 길어지자, 하락은 사반과 카간을 데리고 서쪽을 향해 다시 길을 떠났다. 남쪽 나라에서 많이 탐내는 검은 돌도끼를 사러 간다고 했다. 하지만 사반은 이번 여행에 다른 목적이 있다는 것을 눈치챘다. 한나절을 걸어 산꼭대기에 도착하자 느닷없이 바다가 내려다보이는 절벽이 나타났다. 바다 구경이 처음인 사반은 그 광경에 감탄을 금치 못했다. 이처럼 검고, 캄캄하고, 차갑고, 사악해 보이는 존재는 상상도 해본 적이 없었다. 바다는 흰 거품을 일으키는 수면 밑에서 근육을 불끈거리듯 끊임없이 움직였다. 그리고 땅과 만나자마자 수많은 포말을 뿌리며 부서지고 물러났다 다시 들이닥쳤다. 흰 물새의 날카로운 소리가 공기를 가득 채웠다. 영원히 바라보고만 있어도 좋을 것 같았다. 하지만 하락은 해안을 따라 북쪽으로 다시 걸음을 옮겼다. 바위가 움푹 팬 좁은 해안에는 바다 괴물의 뼈가 널려 있었다. 이윽고 도끼를 파는 부족민의 정착지에 다다른 일행은 바다 괴물의 커다랗고 굽은 뼈로 만든 서까래 위에 나지막이 나무와 풀을 얹은 오두막에서 잠을 청했다.

다음 날 아침, 하락은 카간과 사반을 데리고 거대한 대양 쪽으로 튀어나온 좁은 고원 지대를 지났다. 그 땅 끝, 쉼 없는 바다의 천둥소리로 진동하는 절벽 꼭대기에 신전이 하나 있었다. 여덟 개의 큰 돌을 원형으로 배열한 단순한 신전이었는데, 그 원형 안에 돌 하나가 자랑스럽게 우뚝 서 있었다.

"역시 에렉이다. 어디를 여행하든 에렉을 숭배하는 걸 볼 수 있을 것이다. 언제나 에렉이야."

하락이 말했다. 혼자 우뚝 선 돌은 하지에 태양이 뜨는 쪽을 향하고 있는 듯했다. 해가 땅 밑으로 숨을 때 돌 그림자가 원 안으로 길게 늘어질 것만 같았다. 기도를 올린 흔적인지 히스 잔가지가 돌 밑에 놓여 있었다. 날카로운 바닷바람조차 신전에서 얼마 전 희생된 짐승의 피 냄새를 완전히 쓸어가지는 못했다.

"사르메닌에도 이런 신전이 있다."

하락은 부드럽게 말했다.

"우리는 이걸 바다 신전이라고 부르지. 딜란과는 관계가 없지만."

사반은 이제 딜란이 사르메닌의 바다신이라는 것을 알고 있었다. 하락은 말을 이었다.

"우리의 바다 신전은 떠오르는 해를 바라보지 않고, 하지에 해가 지는 방향을 보고 있다. 방법만 있다면 그걸 무너뜨릴 텐데. 돌을 뽑아서 바다에 던져버릴 텐데. 없애버릴 텐데."

하락은 흔치 않은 쓸쓸한 목소리로 말했다. 사반은 머뭇거리며 물었다.

"태양의 신부 때문에요?"

하락은 고개를 끄덕였다.

"그 아이는 바다 신전에서 죽었다."

그는 잠시 눈을 감았다.

"에렉의 금으로 치장하고 신전으로 가서 남편을 맞는 신부처럼 알몸으로 죽음을 당했지."

하락은 무릎을 껴안았다. 사반은 그의 얼굴에서 흐르는 눈물을 볼 수 있었다. 어쩌면 바다에 흰 물결을 일으키고, 하늘에서 날카롭게 우짖는 새들을 휘젓는 바람 때문에 흘리는 눈물인 것 같기도 했다. 하락이 왜 이 고원을 찾아왔는지 알 것 같았다. 여기서는 딸의 영혼이 솟아오르는 흰 새들과 함께 날아다니는 거대한 바다를 굽어볼 수 있으니까. 하락은 말을 이었다.

"금은 딜란이 내려준 선물이었다. 물에 잠긴 배와 함께 바다 신전 근처 해안에 떠밀려왔지. 우리 선조들은 그 금을 한 신이 다른 신에게 전하는 선물이라고 결정했다. 어쩌면 옳은 생각이었는지도 모르지."

"어쩌면?"

"배는 늘 가라앉기 마련이고, 육지에서 바다를 건너오는 상인들은 금을 싣고 있으니까."

사반은 하락의 목소리에 깃든 회의에 이맛살을 찌푸렸다.

"그 말뜻은 혹시⋯."

하락은 사반을 휙 돌아보았다.

"아무 뜻도 없다. 신은 우리에게 말을 건네고, 어쩌면 신들이 그 금을 정말 보냈을지도 모르지. 딜란이 배를 가라앉히고, 절벽 끝 그 해안으로 보냈을지도 모르지. 한데 왜?"

하락은 바람에 눈살을 찌푸렸다.

"우리는 왜라고 묻지 않았다. 그저 소녀들을 금으로 치장하고 죽였을 뿐. 그 짓을 매년 해왔어!"

그는 격분해서 제물의 피가 갈색 털과 함께 얼룩져 있는 신전의 돌을 향해 침을 뱉었다.

"희생을 요구한 것은 언제나 사제들이었다. 그들은 죽인 짐승의 간과 신장, 뇌 그리고 다리 한쪽의 고기를 가졌지. 태양의 신부가 여신일 때는 보물을 두르게 했는데, 신부가 죽고 나면 보물은 누가 갖지? 사제야! 희생물을 바치지 않으면 수확이 나쁠 것이다. 사제들은 그렇게 이야기하지만, 수확이 나쁠 때도 그저 희생물을 충분히 바치지 않았으니 더 바쳐야 한다고 말할 뿐이야!"

하락은 다시 침을 뱉었다. 사반은 물었다.

"사제들이 없어져야 한다는 건가요?"

하락은 고개를 저었다.

"사제는 필요해. 신들의 말을 통역해줄 사람이 필요하니까. 한데 왜 우리는 사제를 가장 약한 자들 중에서 뽑을까?"

그는 사반을 향해 비틀린 눈빛을 보냈다.

"네 부족처럼 우리 부족 역시 성인식을 통과하지 못한 자들 중에서 사제를 뽑는다. 나는 실패했어! 헤엄을 치지 못해 빠져죽을 뻔했어. 다행히 형이 구해주었지. 형 역시 그 때문에 성인식을 통과 못했지. 하지만 스카셀은 원래부터 사제가 되고 싶어 했어."

하락은 어깨를 으쓱하고 다른 이야기로 넘어갔다.

"대부분의 사제는 약한 남자들이지만, 모든 남자와 마찬가지로 조그마한 권력만 주어져도 폭군이 된다. 게다가 많은 사제들이 바보인지라 생각할 줄도 모르고, 그저 배운 대로만 반복할 뿐이야. 세상은 변하지만 사제는 변하지 않아. 하지만 지금 세상은 더욱 빨리 변하고 있어."

"그런가요?"

하락은 사반에게 가엾다는 듯한 눈길을 보냈다.

"우리는 금을 도둑맞았다! 네 아버지는 살해당했고! 이건 신들이 내린 징표다, 사반. 그 의미를 해석하는 것이 힘든 일이지."

"그 의미를 아십니까?"

하락은 고개를 저었다.

"아니. 그러나 네 형 카마반은 알고 있다."

잠시, 사반의 영혼은 자신을 냉혹한 바다 위 신전으로 데려온 운명에 저항했다. 카마반과 하락 때문에 나도 미쳐가고 있다. 자신을 라사린에서, 데레윈의 팔에서 낚아챈 운명에 엄청난 적개심이 일었다.

"난 전사가 되고 싶었습니다!"

하락은 퉁명스럽게 대꾸했다.

"네가 원하는 건 아무것도 아니다. 그러나 네 형이 원하는 것은 극히 중요해. 그는 네 목숨을 구했다. 카마반의 계획이 아니었다면, 넌 렌가의 창에 찔려 이미 죽은 목숨일 게야. 카마반은 네게 생명을 주었다, 사반. 네 남은 인생은 그의 것이다. 넌 선택을 받았어."

세상을 새롭게 만들기 위해서. 이렇게 생각하니 웃음이 나올 것 같았다. 그러나 사반은 카마반의 꿈에 갇힌 몸이었다. 원하든 원하지 않든, 그 꿈을 실현해야 할 운명이었다.

카마반은 봄이 시작될 무렵, 사르메닌에 돌아왔다. 그는 숲 속의 옛 나무 신전에서 겨울을 났다. 썩어가는 신전에는 잡풀이 가득했지만, 카마반은 덤불을 뽑아내고 해가 원형 신전에서 물러갔다가 다시 여름의 충만함을 향해 움직이는 모습을 지켜보았다. 그동안에도 그는 내내 슬라올과 이야기를 나누고 심지어 토론을 벌이기도 했다. 때로 카마반은 자신에게 지워진 임무가 싫었다. 그만이 신들과 세계를 이해하고 세계를 태초의 모습대로 돌려놓을 수 있다는 걸 알고 있었지만, 때로 자신의 생각을 검증하며 고통스럽게 신음하고 몸을 앞뒤로 흔들기도 했다. 카마반이 성스러운 사람이라는 소문을 들은 이방인의 노예사냥 부대들은 그의 목소리를 듣거나 모습만 보고도 도망쳤다. 사르메닌에 도착했을 때, 그는 굶주려서 심술궂고 핼쑥한 모습이었다. 그는 축제날 백조 무리 속에 끼어든 더러운 까마귀 같은 모습으로 정착지에 들어섰다. 정착지 정문에는 흰 어수리와 배꽃으로 만든 화환이 걸려 있었다. 새로운 태양의 신부가 부족에게 환영을 받는 날이었다.

사르메닌 족장 케레발은 카마반을 따뜻하게 맞이했다. 언뜻 보면 케레발은 이렇게 호전적인 부족에 어울리지 않는 족장이었다. 부족 중에서 가장 키가 크지도, 힘이 세지도 않았기 때문이다. 그러나 그는 지혜롭다고 알려져 있었다. 보물을 잃어버렸을 때, 사르메닌 사람들이 새 족장에게서 가장 중요하게 생각한 점이 바로 이것이었다. 그는 작지만 강인한 사람이었다. 검은 눈동자에 회색 문신이 뺨을 뒤덮고 있었다. 검은 머리는 생선뼈로 고정했고, 모직 망토는 파란색이었다. 부족민들이 그에게 원하는 것은 보물을 찾아내는 일 단 하나였고, 케레발은 렌가와의 동맹을 통해 이를 이루려 했다. 악명 높은 전사들을 약간 보내 카살로를 무찌르는 것을 돕고, 사르메닌의 신전 하나를 라사린에 보내주면 대신 보물을 돌려주겠다는 것이 협상의 내용이었다.

"당신 형을 믿을 수 없다고 생각하는 사람도 있소."

케레발은 카마반에게 말했다. 두 사람은 케레발의 오두막 바깥에 쭈그리고 앉아 있었다. 카마반은 생선국 한 그릇과 딱딱하고 얇은 빵 한 조각을 게걸스럽게 먹었다.

"당연히 그렇겠지요."

카마반은 이렇게 대꾸했지만, 사실 머릿속은 슬라올의 영광으로 가득 차서 사람들이 무슨 생각을 하는지 관심도 없었다.

"그들은 우리가 전쟁을 해야 한다고 생각하오."

케레발은 태양의 신부가 등장했는지 보려고 정문 쪽을 힐끗 보았다. 카마반은 입에 음식을 가득 넣은 채 무심하게 말했다.

"그러면 전쟁을 하시지요. 그 하찮은 보물이 당신들에게 돌아가든 말든, 그게 내게 중요할 거라고 생각합니까?"

케레발은 아무 말도 하지 않았다. 군대를 이끌고 라사린을 공격할 생각은 추호도 없었다. 창병들은 용맹하기로 이름이 높고 척박한 땅만큼이나 냉혹하고 무자비해서 이웃 부족들이 모두 두려워했지만, 라사린은 너무 멀고 가는 길에 적군을 수없이 만날 터였다. 사르메닌은 바다와 산맥 사이의 험한 돌투성이 땅이었다. 산에서는 나무가 노인처럼 굽어져 자랐지만, 부족민 중에 노인이 될 때까지 살아남는 사람은 없었다. 돌투성이 산들 사이를 쉴 새 없이 휘몰아치는 바람에 나무가 휘듯, 고된 삶 때문에 사람들은 허리가 굽었다. 사르메닌 사람들은 바다에서 건져낸 나무와 해초, 짚, 잔디로 지붕을 얹은 나지막한 돌 오두막에서 살았다. 납작한 오두막에서 피어오르는 연기는 안개와 비, 진눈깨비에 섞였다. 누구도 원하지 않는 땅이라고 사람들은 말했다. 이 땅에 정착한 이방인 부족은 바다에서 생계를 꾸리는 한편, 산에서 캔 검은 돌로 도끼를 만들고 이웃을 약탈하며 살아갔다. 그들은 척박한 땅에서도 잘살고 있었지만, 보물을 도난당한 뒤로는 제대로 되는 일이 없었다. 평소보다 질병이 더 많이 돌았고, 소와 양떼도 시름시름 앓았다. 이십여 척의 배가 바다에 가라앉았고, 하얗게 부푼 채 물고기에게 뜯긴 선원들의 시체가 해안으로 올라왔다. 얼마 안 되는 곡식은 폭풍에 납작하게 누웠고 사람들은 굶주렸다. 산에서는 늑대가 내려와 잃어버린 보물을 탄식하듯 울부짖었다.

"당신 형이 협상을 지키지 않는다면…."

케레발이 입을 열자 카마반이 말을 끊었다.

"내 형이 약속을 지키지 않는다면 나, 카마반이 책임지고 보물을 돌려

드리겠습니다. 날 못 믿으시겠습니까?"

"물론 믿소."

진심이었다. 카마반은 사르메닌에 처음 찾아온 날, 족장이 가장 아끼는, 죽어가던 아내의 병을 고쳐주었다. 케레발의 사제와 치유사들은 속수무책이었지만 카마반은 사나스에게서 배운 약물을 처방했고, 아내는 곧, 완전히 나았다.

카마반은 마지막 빵조각으로 토기에 묻은 국물을 닦아 먹은 다음, 정문에 모인 군중 쪽을 쳐다보았다. 사람들이 갑자기 무릎을 꿇고 있었다.

"새 신부가 도착한 모양이지요?"

카마반은 냉소적으로 물었다.

"신한테 던져줄, 이빨이 비틀어지고 머리가 헝클어진 아이?"

"그렇지 않소."

케레발은 정문 앞에 모인 군중 쪽으로 가기 위해 일어섰다.

"이름은 아우레나. 사제들 말로는 이만큼 사랑스러운 태양의 신부는 이제껏 없었다고 하오. 아름다운 아이요."

"사제들은 매년 그렇게 말하지요."

카마반은 말했다. 사실이었다. 사제들은 태양의 신부가 언제나 아름답다고 말해왔다. 부족은 신에게 최고만을 바쳤다. 하지만 예전엔 아름다운 딸을 둔 부모들이 사제가 신부를 고르러 오면 그 딸을 숨기는 일이 가끔 있었다. 그러나 올해 신부의 부모는 딸을 숨기지 않았다. 젊은 남자와 결혼시켜 순결을 잃게 함으로써 태양신의 침대에 들어갈 자격을 잃게 하지도 않았다. 아우레나는 너무나 사랑스러운 소녀였다. 하지만 그 부모는 딸을 에렉에게 바치기 위해 고이 간직해두었다. 아우레나를 아내로 주면 목장 하나를 주겠다는 남자들도 있었고, 사르메닌에 금과 청동을 공급하는 바다 건너 한 족장은 아우레나가 자신이 다스리는 먼 섬까지 배를 타고 오기만 하면 그 몸무게만큼 쇳덩이를 내놓겠다고 제안하기도 했다.

　소도 양도 밭도 배도 없어서 돈이 절실히 필요했지만, 그 아버지는 모든 구혼자를 물리쳤다. 그와 그의 가족은 매일 돌을 깎았다. 가족 모두가 산에서 나오는 녹색이 감도는 검은 돌을 깎아 도끼머리를 만들었다. 아이들은 이것을 모래로 연마해 상인에게 팔아서 얼마 안 되는 먹을거리를 얻었다. 아우레나만 유일하게 돌을 깎거나 갈지 않았다. 워낙 아름다워서 인근에 사는 사제가 태양의 신부가 되리라 예언했기 때문에 부모가 허락하지 않았다. 가족들은 사제가 데리러 올 때까지 아우레나를 보호했다. 그 순간이 찾아오자 아버지는 울었고, 어머니는 딸을 끌어안았다.

“여신이 되면 우리를 돌봐다오.”

　이제 새 태양의 신부가 케레발 정착지에 도착했다. 기다리던 군중은 사제가 신부를 데리고 꽃이 걸린 문을 통과하자 이마를 땅에 댔다. 케레발은 정문 바로 안쪽에 납작하게 누운 채 아우레나가 일어나라고 허락할 때까지 움직이지 않았다. 물론 아우레나는 아직 자신이 여신으로 행동해야 한다는 것을 제대로 이해하지 못했다. 그 때문에 사제 한 사람이 옆에서 도와줘야 했다. 바닥에서 일어난 케레발은 아우레나가 소문대로라는 것을 확인하고 안도했다. 아우레나라는 이름은 이방인 언어로 ‘황금의 소녀’라는 뜻이었다. 머리카락이 연한 금빛으로 반짝였기 때문에 잘 어울리는 이름이었다. 그녀는 케레발이 본 그 어떤 여자보다 피부가 희고 깨끗했으며, 갸름한 얼굴, 침착한 눈동자, 묘한 위엄을 지니고 있었다. 정녕 미인이었다. 자신의 집으로 데려가고 싶을 정도였으나 그건 물론 불가능한 일이었다. 족장은 사제의 아내들이 여신을 씻기고 긴 금발을 빗기고 흰 모직 가운을 입히기 위해 기다리고 있는 오두막으로 아우레나를 데려갔다.

“아름답군요.”

카마반은 마지못해 케레발에게 말했다.

"그렇소."

케레발은 태양신이 이렇게 초현실적인 미인을 바치는 데 따른 보답을 해주기를 감히 바라며 대답했다.

"아름다워."

카마반은 부드럽게 말했다. 문득 아우레나를 자신의 거대한 계획에 끌어들여야겠다는 생각이 뇌리를 스쳤다. 흐린 눈이나 불구자, 사마귀 환자 아니면 허리가 굽고 상처 많은 인간들, 이가 없고 지저분한 사람들이 살아가는 이 땅에서 희고 맑은 아우레나는 눈부시게 빛났다. 카마반은 그녀를 제물로 바치는 올해가 슬라올에게 특별한 해가 될 것이라는 사실을 이해할 수 있었나.

"한데 신이 거부한다면?"

카마반은 물었다. 케레발은 사타구니를 만졌다. 액운을 피할 때 카마반 부족 사람들이 쓰는 손짓과 같았다.

"그럴 리 없소."

케레발은 격하게 대답했지만, 실은 그 역시 그런 사태가 두려웠다. 예전에는 태양의 신부들이 평화롭게 죽음의 자리로 나아갔지만, 보물을 잃은 뒤로는 힘들게 죽어갔다. 최악이었던 지난번 신부는 서툴게 도살당하는 돼지처럼 비명을 질러댔다. 몸부림을 치고 괴성을 질렀다. 고통스러워하는 신음 소리는 늑대의 울부짖음이나 사르메닌의 척박한 땅 가장자리 검은 돌에 부딪히는 차가운 바다의 한숨 소리보다 더 지독했다. 케레발은 아우레나가 죽는 모습이 자신의 지혜를 평가하는 시금석이 될 것이라고 믿었다. 신이 렌가와의 협상을 승인했다면 아우레나는 깨끗하게 죽어갈 것이다. 하지만 못마땅하게 생각한다면 아우레나는 고통스러운 죽음을 맞이할 것이고, 부족 내에 있는 케레발의 적들은 그의 지도자 자격을 문제 삼을 것이다.

정착지 남쪽 끝, 밀물선 위로 이십여 척의 배가 끌어올려져 있는 강변에 거친 돌기둥이 원형으로 서 있었다. 태양 신부의 신전이었다. 부족민들은 신부가 몸을 씻고 옷을 갈아입는 오두막에서 나타나기를 기다리는 동안 원 주위를 돌며 춤추고 노래했다. 금을 돌려받기 위해 라사린을 방문했던 절름발이 사제이자 현재 부족의 원로 사제인 레칸이 하늘을 올려다보았다. 구름이 흩어지고 있었다. 태양신이 신부를 보러 나올 수도 있다는 뜻이다. 이는 좋은 징조였다. 문득 노래와 춤이 멈추고, 부족민들이 일제히 땅에 무릎을 꿇었다.

오두막에서 모습을 드러낸 아우레나는 두 사제의 손에 이끌려 신전으로 향했다. 곱게 빗어 땋아 늘인 머리카락을 가죽 끈으로 묶고 앵초와 자두꽃으로 장식했다. 깨끗하고 희디흰 가운은 어깨에서 직선으로 늘어져 있었다. 보통 때라면 목에 마름모꼴 금붙이를 두르고 커다란 금 조각을 옷에 달았겠지만, 올해는 금이 없었다. 그럼에도 불구하고 눈부신 자태였다. 아우레나는 키가 크고 날씬했으며 허리가 곧았다. 엎드린 부족민들 사이를 지나가는 아우레나의 모습에는 이 세상 사람 같지 않은 품위가 있었다.

아우레나는 어떻게 해야 할지 알 수가 없었다. 그녀가 원 안으로 들어가지 않고 망설이자 사제 하나가 지금이 곧 여신이 되는 순간이다, 여기가 당신의 신전이다, 원하는 대로 해도 된다, 신부가 원 한가운데 들어가 부족민들에게 일어서서 춤을 추라고 명하는 것이 관례라고 귀띔했다. 아우레나는 떨리는 목소리로 사제의 말을 따랐다. 바로 그 순간 태양이 구름 사이에서 모습을 드러냈다. 좋은 징조를 본 사람들은 기쁨의 한숨을 내쉬었다.

족장 케레발이 들고 있던 가죽 주머니를 건네자 레칸은 주머니를 열었다. 안에는 새 보물이 들어 있었다. 케레발이 서쪽 바다 건너 육지에서 청동과 보석, 흑석을 주고 만들게 한 보물이었다. 잃어버린 보물을 대신할 수는 없지만, 에렉과 그 신부에게 경의를 표하는 데는 충분했다. 사제는 큰 금붙이 하나와 힘줄에 엮은 작은 금붙이 목걸이 세 개를 꺼내 아우레나의 목에 걸어주었다. 그런 다음, 나무 손잡이에 금 핀이 꽂혀 있는 청동 칼을 꺼냈다. 칼은 아우레나의 시간이 다하면 그 생명줄을 끊어야 한다는 상징으로 사제 자신이 그대로 지녔다.

여신에게 곡식과 굴, 홍합, 말린 생선 등이 든 자루가 선물로 바쳐졌다. 도끼머리와 청동 조각은 사제들이 챙겼지만 식량은 아우레나 앞에 쌓였다. 자루를 신전 안으로 가져온 남자들이 아우레나에게 시선을 흘끗 주고 황급히 무릎을 꿇었다. 아우레나는 매력적인 수줍음을 보이며 선물마다 감사 인사를 건넸다. 아가미를 막대에 꿴 말린 생선 한 마리가 땅에 널브러지자 웃음을 짓기도 했다. 생선을 가져온 남자가 그걸 주우려고 돌아서는 순간, 막대 반대쪽에서 다시 한 마리가 떨어졌다. 아우레나의 웃음은 지금도 구름 사이에서 내려다보고 있는 그녀의 약혼자만큼 밝았다.

"음식은 과부들에게 주는 것이 관습입니다."

레칸이 낮은 목소리로 아우레나에게 말했다. 아우레나는 또렷하게 되풀이했다.

"음식은 과부들에게 주세요."

레칸은 계속해서 주의 사항을 알려주었다. 그녀는 이제 여신이기 때문에 먹는 모습이나 마시는 모습을 보여서는 안 된다. 하지만 사르메닌 내에서는 어디를 가든지 사생활 보호를 위해 오두막이 주어질 것이다. 두 여자가 옆에서 늘 시중을 들며 젊은 창병 네 사람이 경비를 서게 될 것이다.

"원하는 데는 어디든 가셔도 됩니다. 그러나 땅 전체를 두루 돌아다니며 은혜를 내리는 것이 관습입니다."

"그러면…."

아우레나는 뭐라 물으려고 했지만, 목이 말라붙어 말이 나오지 않았다.

"혹시…."

다시 입을 열었지만, 이번에도 질문을 마칠 수 없었다. 레칸은 침착하게 말했다.

"마지막에 여기로 돌아오시면 우리가 남편께 인도해드리겠습니다. 아프지 않을 겁니다."

그러곤 구름 사이에서 이글거리는 태양을 가리켰다.

"당신 남편은 필요 이상 조금도 기다리려 하지 않으실 겁니다. 고통은 없을 겁니다."

"고통이 없다고?"

느닷없이 등 뒤에서 누군가가 외쳤다.

"고통이 없어? 당연히 고통이 있지! 어떤 신부가 고통을 느끼지 않는다던가? 고통과 피! 고통과 피!"

이렇게 말한 남자가 신전 안으로 들어와 땅에 꿇어앉더니 아우레나의 발치로 손을 뻗었다. 그리고 풀에다 대고 외쳤다.

"당연히 고통이 있소! 상상도 못할 고통! 피가 끓어오르고, 뼈가 부서지고, 피부가 오그라드는 고통. 단말마의 고통이오. 세상이 끝날 때까지 고통 속에서 살아가지 않는 이상, 그런 고통은 상상조차 못할 것이오."

그는 다시 일어나 아우레나를 향해 내뱉었다.

"당신은 고통에 울부짖을 것이오. 당신은 신부니까!"

남자 뒤에는 십여 명의 추종자들이 있었다. 모두 지도자와 사제처럼 알몸이었지만, 아우레나 곁에 다가온 것은 방금 외친 남자뿐이었다. 그는 키가 크고 말랐으며 얼굴은 수척했고 눈은 이글거렸다. 누렇고 긴 이빨, 헝클어진 검은 머리카락, 여기저기 흉터가 남은 피부. 목소리는 갈까마귀의 냉소 같았고, 굵은 뼈대에는 부싯돌 같은 혹이 울퉁불퉁 돋아 있었다. 검은 때가 묻은 손가락은 짐승의 발톱처럼 끝이 굽었다.

"당신은 고통을 그 대가로 지불해야 할 것이오!"

남자는 겁에 질린 소녀를 향해 외친 뒤, 묵직한 돌촉 창을 거칠게 휘두르며 돌 사이를 뛰어다녔다.

"눈은 터지고, 힘줄은 쭈그러들고, 당신의 비명은 절벽 위에서 메아리로 울려 퍼질 것이오!"

카마반은 이런 광경을 바라보며 피식 웃었다. 그러나 케레발은 신전 안으로 뛰어 들어가 화난 음성으로 외쳤다.

"스카셀? 스카셀!"

스카셀은 사르메닌의 현 제사장이자 보물을 도둑맞은 당사자였다. 하지만 금을 잃어버린 죄책감 때문에 스스로 산속에 들어가 바위틈에서 울부짖고 부싯돌로 자신의 몸을 그었다. 다른 사제들도 그 뒤를 따랐다. 스카셀의 광기가 물러간 뒤에도 그들은 높은 산 바위틈에 새 신전을 짓고 거기서 예배드리고 보물을 잃어버린 걸 자책하며 굶고 자해했다. 많은 부족민들은 스카셀이 영원히 사라졌다고 믿었다. 그런 그가 돌아온 것이다.

스카셀은 케레발을 무시한 채 레칸을 창으로 밀어내고 겁에 질린 아우레나 앞으로 다가갔다. 스카셀은 그녀의 아름다움에도 아무 반응을 보이지 않고 거친 얼굴을 들이댔다.

"당신이 여신인가?"

아우레나는 말이 나오지 않았다. 대신 그렇다는 뜻으로 보일락 말락 고개만 끄덕였다. 스카셀은 정착지 안의 모든 사람이 들을 수 있도록 우렁차게 외쳤다.

"그렇다면 청원할 것이 있소. 우리의 보물을 돌려주시오! 보물은 돌아와야 합니다!"

침이 아우레나의 얼굴에 튀었다. 그녀는 한 걸음 뒤로 물러섰다.

"나는 신전을 지었다!"

스카셀은 아우레나의 어깨너머로 모든 군중을 향해 외쳤다. 모두 어안이 벙벙해 그를 지켜만 보고 있었다.

"나는 내 손으로 신전을 짓고, 신을 위해 피를 흘렸다. 신은 내게 말을 건넸다! 우리는 보물을 되찾아야 한다!"

"보물은 돌아올 것이오."

케레발이 끼어들었다.

"당신!"

스카셀은 족장을 향해 돌아서서 창을 겨누었다. 십여 명의 전사들이 케레발 곁으로 달려왔다.

"당신은 보물을 되찾기 위해 무엇을 했소?"

"라사린에 사람을 빌려주고, 신전을 보내기로 했소."

케레발은 정중하게 대답했다. 스카셀은 냉소했다.

"라사린! 작은 부족, 한심한 땅, 작달막한 인간과 혹이 난 돼지와 똬리를 튼 독사들의 수렁. 당신은 족장이지 상인이 아니오! 우리의 금은 협상의 대상이 아니라 마땅히 되찾아야 할 보물이오! 창을, 활을 가지고 가서 보물을 찾아와야 하오!"

스카셀은 옆으로 물러선 뒤, 부족민들의 주의를 끌기 위해 두 팔을 들었다.

"전쟁을 해야 한다! 전쟁!"

그러곤 창으로 돌을 두드리기 시작했다.

"창과 칼과 활을 들고 라사린이 자비를 구걸할 때까지 닥치는 대로 죽이고 베어야 한다!"

창살이 부러지고 거친 돌로 만든 창촉이 옆으로 튀었다.

"그들의 오두막을 불태우고, 신전을 무너뜨리고, 가축을 죽이고, 아이들을 에렉의 불 속에 던져야 한다!"

그런 다음 다시 케레발을 향해 돌아서더니 부러진 창살을 내밀었다.

"렌가는 우리 전사를 자기들의 전쟁에 내보내고, 우리의 금을 가지고 있다. 전쟁에 이기고 나면 우리 전사들을 죽일 것이다. 당신이 족장이라고? 진정한 족장이라면 지금 이 순간 우리 젊은이들을 이끌고 전쟁을 치르고 있을 것이다!"

케레발은 칼을 뽑았다. 아름답게 균형 잡힌 청동 칼이었다. 서쪽 바다 건너 섬에서 찾아오는 상인들이 동쪽으로 물건을 나르려면 사르메닌 부족에게 공물을 바쳐야 했는데, 그때 받은 검이었다. 케레발은 느닷없이 창살을 벴다. 갑작스러운 공격에 스카셀은 뒤로 물러섰다.

"전쟁? 전쟁이 무엇인지 아느냐, 스카셀?"

케레발은 다시 검을 휘둘러 창살을 옆으로 떨쳐냈다.

"전쟁을 치르려면 전사들을 이끌고 검은 산을 넘은 다음 살라족의 땅을 지나야 한다. 그들과 싸우겠느냐?"

세 번째로 휘두른 검이 물푸레나무 지팡이를 두껍게 베어냈다.

"죽은 자를 묻고 다시 산을 넘으면 넓은 강변의 부족들을 만난다. 우리를 좋아하지 않는 자들이야. 그들과도 싸워야겠지?"

케레발은 지팡이를 다시 칼로 쳐냈다.

"싸워 이기고 강을 건너 더 깊은 산속으로 들어가면, 라사린의 동맹 부족들이 창을 들고 우리를 기다리고 있다. 수백 개의 창이!"

"그렇다면 바칼은 어떻게 라사린에 도착했지?"

스카셀이 물었다. 바칼은 렌가가 족장에 오르는 것을 돕기 위해 전사를 이끌고 간 사람이었다.

"그들은 당신 형의 안내를 받아 숨겨진 길로 갔다. 쉰 명뿐이었어. 우리의 창병 전체를 몰래 데려갈 수 있으리라고 보는가? 게다가 라사린을 정복하려면 우리 전사 모두를 데려가야 하는데, 그동안 누가 여기 남아 우리 여자들을 보호하겠는가?"

"신이 보호해주실 것이오!"

스카셀이 주장했다. 케레발은 다시 검을 휘둘렀다. 지팡이를 떨어뜨린 스카셀은 케레발에게 검으로 배를 찌르라는 듯 두 팔을 벌렸다. 하지만 족장은 고개를 저었다.

"나는 약속했고, 라사린의 렌가에게도 약속을 지킬 시간을 줄 것이다."

그리고 스카셀의 지저분하고 텁수룩한 수염 사이로 칼끝을 들이밀었다.

"부족을 선동할 때는 조심하시오, 사제. 아직 이곳의 족장은 나요."

"난 아직 이 부족의 제사장이오."

"보물은 되돌아올 것이오!"

케레발은 외쳤다. 그리고 부족민들을 돌아보았다.

"우리는 그동안 에렉의 침상으로 보낸 그 어떤 여자보다 더 아름다운 신부를 선택했다. 그녀가 우리의 기도를 전할 것이다."

"신이 신부를 거부하면 어찌할 것이오?"

스카셀은 카마반의 음울한 질문을 되풀이한 다음, 갑자기 돌아서더니 레칸의 손에서 청동 칼을 빼앗았다. 순간 사람들은 그가 아우레나를 공격할 것이라고 생각했다. 하지만 스카셀은 왼손으로 자기 턱수염을 쥐더니 엉겨 붙은 털을 베어냈다. 그리고 신전 한가운데로 잘린 수염을 던졌다.

"신이 이 신부를 거부하면, 내 턱수염으로 케레발에게 저주를 내리겠소! 그렇게 되면 남은 것은 전쟁뿐이오! 보물을 되찾을 때까지는 오로지 전쟁과 죽음과 피와 학살뿐!"

스카셀은 예전에 쓰던 오두막을 향해 걸어갔다. 군중은 양옆으로 물러서서 길을 터주었다. 뒤에 남은 아우레나는 공포에 사로잡혀 부들부들 떨었다.

이 광경을 지켜보던 카마반은 아무도 눈치 못 채게 스카셀의 수염을 집어 고리 모양으로 만든 다음 그 고리 사이로 구름에 가린 슬라올을 쳐다보았다. 그리고 신에게 말했다.

"그는 나만큼 당신을 사랑하지만 나와 싸우려 할 것입니다. 그러니 내가 그의 털을 구부렸듯이 그의 생각을 굽혀주십시오."

이 말과 함께 카마반은 정착지 옆을 흐르는 강물에 수염을 던졌다. 이 작은 주술 자체가 변화를 불러오리라고는 생각지 않았지만 조금은 도움이 될지도 모른다. 신은 그에게 엄청난 임무를 맡겼다. 그러므로 도움이 필요했다. 이방인 부족이 암시에, 마법에, 변화에 가장 취약한 이때, 태양 신부가 부족을 다스리는 이때 카마반이 사르메닌에 돌아온 것은 그 때문이었다.

카마반은 모든 세상을 변화시킬 임무를 띠고 있었다.

9

우주의 수수께끼

넌 건축가가 될 것이다. 사반.

하락 일행은 아우레나와 같은 날 케레발 정착지에 도착했다. 좋던 날씨는 저녁나절 폭우로 변해서 어두운 땅을 두드리고, 사반의 머리와 튜닉을 흠뻑 적셨다. 하락은 말 등에서 짐을 내리고 피곤한 짐승들을 낡은 오두막으로 몰아넣은 뒤, 사반과 카간을 정착지의 나무 울타리 안에서 가장 큰 오두막으로 데려갔다. 짚으로 엮은 지붕에서 물이 줄줄 흘러내렸다. 오두막은 사반이 지금까지 본 것 중에서 가장 컸다. 허리를 굽히고 안으로 들어가니 커다란 기둥 다섯 개가 용마루 대들보를 받치고 있었다. 생선 냄새, 연기 냄새, 모피와 땀 냄새가 났다. 안에서는 남자들이 커다란 화톳불 두 개를 피워놓고 잔치를 벌이고 있었다. 고수는 북을 두드렸고, 오두막 구석에서는 악사가 왜가리 뼈로 만든 피리를 불었다.

하락이 들어서자 좌중은 일제히 조용해졌다. 사반은 남자들이 덩치 큰 상인을 경계한다는 것을 눈치챘지만, 하락은 신경 쓰지 않고 실내 한쪽 끝 연기를 내뿜는 화덕 가까이 앉아 있는 덩치 작은 남자를 가리켰다. 뻣뻣한 머리카락에 청동 고리를 쓰고 있었는데, 얼굴에는 잿빛 흉터가 가득했다. 하락이 사반에게 속삭였다.

"족장이다. 케레발. 좋은 사람이야."

케레발 옆에는 카마반이 앉아 있었지만, 사반은 첫눈에 형을 알아보지 못했다. 뼈를 엮어 장식한 머리카락에 무시무시한 얼굴이었다. 뺨이 움푹 패고 눈이 퀭한 그는 사반의 눈엔 그냥 마법사일 뿐이었다. 그때 마법사가 긴 손가락을 들어 사반을 가리켰다. 그러곤 손가락을 굽혀 족장과 자기 사이에 앉으라고 했다. 그제야 사반은 그가 형이라는 것을 깨달았다.

"여기까지 오는 데 오래 걸렸구나."

카마반은 다른 인사말 없이 퉁명스럽게 내뱉고, 마지못한 듯 동생을 케레발에게 소개했다. 족장은 환영의 뜻으로 미소를 짓더니 새로 온 손님을 소개하기 위해 손뼉을 쳤다. 좌중이 조용해졌다. 남자들은 렌가의 동생이라는 말을 듣고 새삼스럽게 사반을 쳐다보았다. 케레발이 노예를 시켜 음식을 가져오게 했다. 카마반이 말했다.

"먹을 생각이 있을 것 같지는 않습니다만."

"아뇨, 먹고 싶습니다."

사반은 말했다. 배가 고팠던 것이다.

"이런 쓰레기를 먹고 싶단 말이냐?"

카마반은 사반에게 생선과 해초, 질긴 고기를 넣고 끓인 국그릇을 보여주었다. 그리고 해초를 한 가닥 들어 보이며 케레발에게 물었다.

"나한테 이걸 먹으라는 겁니까?"

케레발은 카마반을 무시하고 사반에게 말했다.

"자네 형은 아무도 못 고치던, 내가 가장 좋아하는 아내의 병을 고쳐주었다!"

그리고 사반을 향해 활짝 웃었다.

"이제 아주 건강하지! 기적을 행한다네, 자네 형은."

카마반이 대꾸했다.

"당신들이 치유사니, 사제니 부르는 바보들과 달리, 난 적절한 치료를 했을 뿐입니다. 사마귀 하나 못 고칠 작자들이지요!"

케레발은 카마반의 손에서 해초를 빼앗아 먹으며 사반에게 물었다.

"하락과 함께 여행했나?"

"오랜 여행이었습니다."

"하락은 여행을 좋아하지."

케레발이 말했다. 잘 웃고 사람 좋은 얼굴에 눈은 구슬처럼 작았다. 그가 사반 쪽으로 몸을 기울이며 말을 이었다.

"하락은 아주 멀리 여행을 하다보면 자기 아들에게 혀와 귀를 줄 수 있는 마법사를 찾을 수 있을 거라고 믿는다네."

"카간은 머리를 한 방 세게 때려주면 됩니다. 그러면 고쳐질 겁니다."

카마반이 내뱉었다. 케레발은 반갑다는 듯 물었다.

"정말이오?"

"이건 술입니까?"

카마반은 이렇게 묻고, 케레발 옆에 놓인 예쁜 항아리를 집어 들었다. 그러곤 항아리를 입에 대고 기울이더니 탐욕스럽게 마셨다.

"여기 오래 있을 건가? 여름 내내?"

케레발이 웃으며 사반에게 물었다.

"난 내가 왜 여기에 왔는지 모릅니다."

사반은 솔직히 말하며 카마반을 보았다. 형의 변화는 놀라웠다. 말더듬이 불구였던 그가 지금은 상석에 앉아 있었다. 카마반이 말했다.

"넌 나를 도와 신전을 옮기러 온 거야, 동생아."

케레발의 미소가 사라졌다.

"아직 우리 모두가 당신한테 신전을 주어야 한다고 믿지는 않소."

"당연하지요!"

카마반은 거리낌 없이 대꾸했다.

"다른 부족들과 마찬가지로 이 부족에도 바보는 많으니까. 하지만 그들 생각은 중요하지 않습니다."

그러곤 만찬장에 앉은 사람들을 향해 손을 흔들었다.

"신들이 비를 내리기 전에 이 바보들에게 의견을 묻습니까? 그러지 않습니다. 한데 당신이나 내가 왜 그래야 합니까? 저들은 복종하기만 하면 됩니다."

케레발은 얼른 화제를 돌려 날씨 변화에 대한 이야기를 꺼냈다. 사반은 화톳불로 밝힌 오두막 안을 둘러보았다. 이방인의 유명한 독한 술을 잔뜩 마신 남자들 대부분은 목소리를 높여가며 떠들썩하게 이야기를 나누었다. 시낭에서 올린 전공을 겨루는 이도 있었고, 시끄러운 목소리에 묻혀 피리의 가냘픈 음색이 잘 들리지 않으니 조용히 해달라고 고함치는 이도 있었다. 여자 노예들이 음식과 술을 가져왔다. 그때 반대편 화톳불 너머에 앉아 있는 사람이 눈에 띄었다. 그 순간, 사반의 세상은 변했다.

심장 박동이 멈추고, 온 세상의 소음이 사라졌다. 지붕을 두드리는 빗소리도, 거친 목소리도, 타닥거리며 타오르는 장작 소리도, 피리의 가벼운 가락도, 북소리도 모두 사라졌다. 자신과 오두막 건너편 나무 단 위에 올라앉은 흰옷 입은 소녀 외에는 온 세상이 사라진 듯 모든 것이 정지했다.

소용돌이치는 연기 너머로 처음 언뜻 보았을 때는 너무나 깨끗해서 인간일 리가 없다는 생각이 들었다. 흰옷에는 반짝이는 금붙이가 달렸고, 사반이 지금껏 본 어떤 여자보다 더 창백하고 아름다운 얼굴 주위에는 금빛으로 반짝이는 머리카락이 폭포수처럼 흘러내렸다. 문득 데레원에 대한 죄책감이 밀려왔지만, 소녀를 바라보는 동안 이내 그 죄책감도 사라졌다. 사반은 그날 황혼녘 번득이며 날아와 아버지를 죽였던 화살에 맞기라도 한 것처럼 꿈쩍도 하지 않고 그녀를 바라보고 또 바라보았다. 먹지도 않고, 카마반이 내민 술도 거절했다. 시끄러운 잔치 자리 위에서 떠돌고 있는 듯한 초현실적인 소녀만 연기 너머로 바라보았다. 그녀 역시 먹지도, 마시지도, 말하지도 않고 여신처럼 단정히 앉아 있었다.

카마반의 거친 음성이 귀에 들려왔다.

"이름은 아우레나. 여신이다. 에렉의 신부지. 이 만찬은 여신이 마을에 오신 것을 환영하는 자리다. 아름답지 않으냐? 말을 걸 때는 무릎을 꿇어야 한다. 하지만 만지면 죽는다, 동생아. 감히 만지려는 꿈만 꾸어도 죽는다."

"태양의 신부?"

"석 달 안에 불에 태워질 운명이다. 태양의 신부는 그렇게 결혼하지. 바닷가 절벽에서 불 속으로 뛰어든다. 기름이 지글거리고 뼈가 튀지. 불꽃과 비명. 그렇게 죽는다. 그게 신부의 목적이야. 그게 그녀가 사는 이유고 죽는 이유다. 넌 저 여자를 가질 수 없으니, 송아지처럼 멍청하게 쳐다보지 마라. 노예 아이나 찾아봐. 아우레나를 건드리면 죽게 되니까."

하지만 사반은 태양의 신부에게서 눈을 뗄 수가 없었다. 저 금빛 소녀를 만질 수만 있다면 죽어도 좋을 것이다, 사반은 무모한 생각을 했다. 자신과 동갑인 열네 살, 아니면 열다섯 살 정도 되어 보이는 완벽한 신부. 갑자기 엄청난 상실감이 밀려왔다. 처음에는 데레윈, 이번에는 이 소녀. 하락의 딸 마이약도 이런 자리에 앉아 있었을까? 저렇게 아름다웠을까? 그때도 젊은 남자들이 바닷가 절벽에서 불 속으로 뛰어내리게 될 여인을 욕망 가득한 눈으로 바라보았을까?

그때 넓은 문간 상인방에 나무못으로 박아놓은 가죽 장막이 벌컥 들춰지더니 바닥에 툭 떨어졌다. 그 서슬에 사반은 상념에서 깨어났다. 축축하고 차가운 바람이 밀려들자 화톳불이 흔들렸다. 키가 크고 초췌한 얼굴에 헝클어진 머리카락을 한 남자가 오두막 안으로 들어왔다.

"그는 어디 있지?"

남자가 늑대 가죽 망토에서 빗물을 뚝뚝 흘리며 소리쳤다.

자기를 찾는다고 생각한 하락이 자리에서 일어섰다. 하지만 남자는 하락에게 침만 뱉고 케레발 쪽으로 돌아섰다.

"어디 있소?"

곧이어 다른 남자 셋이 오두막 안으로 들어왔다. 턱수염에 뼈를 엮어 늘인 것으로 보아 모두 사제였다. 케레발이 물었다.

"누구 말이오?"

"렌가의 동생!"

"렌가의 동생은 둘 다 여기 있소. 둘 다 내 손님이야."

케레발은 카마반과 사반을 가리키며 말했다.

"손님이라고?"

남자는 비웃은 뒤, 두 팔을 활짝 벌리고 조용해진 좌중을 둘러보았다.

"사르메닌에는 손님이 있을 수 없소. 보물을 되찾기까지는 만찬도, 음악도, 춤도, 즐거움도 있을 수 없소! 저것들이…."

그러곤 휙 돌아서서 뼈만 남은 손가락으로 사반과 카마반을 가리켰다.

"저 먼지 같은 것들이 에렉의 금을 가져다준다고?"

"스카셀! 저들은 손님이다!"

케레발이 외쳤다. 스카셀은 앉아 있는 사람들 사이를 지나 사반과 카마반 쪽으로 다가왔다. 그리고 카마반의 머리에 묶여 있는 뼈를 보더니 얼굴을 찌푸렸다.

"그대도 사제인가?"

카마반은 질문을 무시하고 하품을 했다. 스카셀이 갑자기 허리를 굽혀 사반의 튜닉을 움켜잡더니, 그렇게 마르고 뼈만 남은 사람으로서는 놀랄 정도의 힘으로 그를 일으켜 세웠다.

"형제 마법을 사용해야 하오."

"손님이라니까!"

케레발은 다시 외쳤다. 카마반은 정말 궁금하다는 투로 물었다.

"형제 마법? 그 마법에 대해 알려주시오."

스카셀은 손가락으로 사반의 갈비뼈를 찔렀다.

"내가 이자에게 하는 일이 형제에게도 똑같이 일어날 것이오. 눈을 뽑으면 렌가도 눈을 잃을 것이오."

그러곤 사반을 때렸다.

"자, 렌가의 뺨도 쓰릴 것이오."

"내 뺨은 쓰리지 않은데."

카마반이 말했다.

"당신은 사제니까."

스카셀은 사반의 아픔을 카마반이 느끼지 못하는 이유를 이렇게 설명했다. 카마반이 대답했다.

"아니, 난 사제가 아니라 마법사요."

"마법사가 형제 마법을 모른다? 그게 무슨 마법사지?"

스카셀은 차갑게 비웃고, 좌중의 모든 사람이 볼 수 있도록 사반을 돌려세웠다.

"우리가 사르메닌의 모든 신전을 내놓지 않는 이상, 라사린의 렌가는 절대 보물을 돌려주지 않을 것이다! 우리가 들판의 모든 돌을 뽑아 그의 발치에 놓지 않는 이상! 그러나 내가 그의 눈과 손과 발과 성기를 취하면 굴복할 것이다!"

듣고 있던 남자들이 동의한다는 뜻으로 바닥을 두드렸다. 이 광경을 조용히 지켜보던 카마반은 케레발 부족 내에 렌가와의 협약을 반대하는 세력이 상당수 존재한다는 것을 깨달았다. 그들은 라사린이 금을 내놓을 거라고 믿지 않았다. 당시에는 대안이 없어 협상에 동의했지만, 지금은 스카셀이 산에서 내려와 우렁찬 목소리로 그 해법을 주장하고 있었다.

"구덩이를 파서 이자를 안에 넣고, 그 형이 보물을 내놓을 때까지 가둬야 한다!"

만찬장의 남자들이 동의한다는 뜻으로 우렁차게 소리쳤다. 좌중이 조용해지자 카마반이 말했다.

"내 동생을 구덩이에 집어넣으면, 나는 네 오줌보에 석탄을 채워서 오줌을 쌀 때마다 불이 붙는 고통에 몸부림치게 하겠다."

그러곤 몸을 기울이더니 케레발의 그릇에서 생선 한 덩어리를 집어 천천히 먹었다.

"네가? 불구 마법사가? 날 협박해?"

스카셀은 예전처럼 흉측하지는 않지만 아직 모양이 완전치 않은 카마반의 왼발을 가리켰다.

"신들이 너 같은 자의 말을 들을 거라고 생각하나?"

카마반은 입에서 생선뼈를 꺼낸 다음 엄지와 검지로 천천히 구부리며 조용히 말했다.

"네 내장 위에서 신들이 춤추게 하고, 죽은 영혼들이 네 안구를 통해 골을 뽑아 먹게 하겠다. 네 간은 까마귀에게 던져주고 창자는 개에게 주리라."

그러곤 뼈를 반으로 툭 끊었다.

"내 동생을 놓아주어라."

스카셀이 거만하게 카마반을 향해 허리를 굽혔다. 사반은 두 사람이 많이 닮았다고 생각했다. 나이는 이방인 마법사이자 하락의 쌍둥이 형 쪽이 더 많았지만, 그 역시 카마반처럼 마르고 초췌하고 강했다.

"오늘 밤 네 동생은 구덩이에 들어간다, 불구야. 내가 그 위에 오줌을 싸주마."

그때 여자 목소리가 들렸다.

"그를 놓아주세요!"

좌중은 놀라서 숨을 들이쉬며 아우레나를 돌아보았다. 그녀가 자리에서 일어나 사제를 손가락으로 가리키며 다시 한 번 말했다.

"놓아주세요. 당장!"

스카셀은 순간 몸을 바르르 떨었다. 하지만 꾹 참으며 마지못해 사반을 잡았던 손을 놓고 케레발에게 말했다.

"당신은 모든 것을 잃을 수도 있소!"

"케레발은 에렉의 뜻대로 하고 있어."

카마반은 족장 대신 조용히 말한 다음, 몸을 앞으로 기울여 생선뼈 두 조각을 불 속에 던져 넣었다.

"오래전부터 당신을 만나고 싶었소, 사르메닌의 스카셀. 당신 이야기를 많이 듣고, 바보처럼 혹시 배울 것이 있을까 생각했었지. 한데 내가 당신을 가르쳐야겠군."

스카셀은 화톳불 안의 장작 위에 놓인 생선뼈 두 개를 바라보았다. 잠시 그렇게 바라보다 손을 뻗어 조심스럽게 그 뼈를 하나씩 집었다. 팔에 난 털이 불에 그을고, 살이 타는 냄새에 사람들은 얼굴을 찌푸렸다. 하지만 스카셀은 꿈쩍도 하지 않았다. 그렇게 집어낸 뼈에 침을 뱉은 다음 카마반을 가리키며 말했다.

"우리 신전은 하나도 가져가지 못할 것이다, 불구야, 절대로!"

스카셀은 카마반을 향해 생선뼈를 획 날리고, 축축한 늑대 가죽 옷자락으로 마른 몸을 감싸며 밖으로 나갔다.

"사르메닌에 온 것을 환영한다."

카마반이 사반에게 말했다. 사반은 물었다.

"날 왜 여기로 데려왔지?"

"내일 알려주마. 내일 너에게 새 인생을 주겠다. 하지만 오늘 밤은 먹어라. 먹을 수 있다면."

카마반은 더 이상 아무 말도 하지 않았다.

다음 날, 전날 밤에 내린 비로 깨끗하게 씻긴 바람을 맞으며 카마반은 하락과 사반, 카간을 이끌고 바다 신전으로 향했다. 신전은 정착지 서쪽, 바닷물이 돌에 부딪혀 하얗게 부서지는 낮은 곳 위에 자리 잡고 있었다. 카간은 여동생이 죽은 신전 근처에 가지 않으려고 바위 사이에 몸을 웅크린 채 낑낑거렸다. 하락은 덩치 큰 아들을 어린아이처럼 토닥이며 듣지도 못하는 귀에 대고 달랬다. 결국 하락은 아들을 바위틈에 내버려둔 채 형제를 따라 신전으로 향했다. 흰 물새들의 구슬픈 노랫소리가 요란했다.

신전은 열두 개의 돌을 원형으로 배열한 단순한 모양이었다. 돌은 각각 남자 키만 했는데, 원에서 절벽 쪽으로는 십여 개의 작은 돌이 복도 모양을 이루며 서 있었다. 절벽은 높지도 않고 수직도 아니었다. 아래쪽 가장자리에는 나무를 쌓아 만든 넓은 단이 있었다.

"벌써 불 피울 준비를 시작했군."

하락은 역겹다는 듯 말했다.

"케레발 말로는, 올해에는 불을 더 크게 피울 거랍니다. 여자가 빨리 죽음을 맞이할 수 있도록."

카마반이 말했다. 바람에 머리카락이 날리고 튜닉 가장자리에 매단 작은 뼈가 달그락거렸다. 카마반은 사반을 보며 말을 이었다.

"여자는 원 안에서 알몸으로 태양이 바다에 닿을 때까지 기다렸다가 돌길을 따라 절벽으로 가서 불에 뛰어든다. 작년에 본 여자는 겁에 질렸지, 절벽에서 불 속으로 뛰어들며."

그는 그때의 기억이 떠오르는 듯 희미하게 웃으며 덧붙였다.

"그런 죽음을 맞다니!"

"자진해서 가지 않아?"

사반이 물었다. 하락이 대답했다.

"그런 여자도 있다. 내 딸이 그랬지."

하락은 흐느끼고 있었다.

"신부답게 한 발 한 발 웃으면서 남편을 향해 걸어갔다."

사반은 몸을 떨었다. 벼랑 끝을 바라보며 하락의 딸이 타오르는 불을 향해 걸음을 옮기는 모습을 상상했다. 비명 소리가 들리고, 긴 머리카락이 신랑인 태양보다 더 밝게 타오르는 모습이 보이는 듯했다. 문득 아우레나가 떠올라 울고 싶었다. 그녀의 얼굴을 뇌리에서 지울 수가 없었다. 하락은 말을 이었다.

"마이약의 뼈는 가루로 찧어서 들판에 뿌려졌다. 무엇을 위해서? 무엇을 위해서?"

마지막 두 마디는 고함이었다. 카마반은 씁쓸하게 대답했다.

"부족의 안위를 위해서. 그때 당신은 사제였소. 다른 남자의 딸들을 아무런 양심의 가책 없이 태우지 않았습니까."

하락은 한 대 맞은 듯 움찔했다. 카마반보다 나이가 훨씬 많았지만, 그는 젊은이의 권위를 인정한다는 듯 고개를 숙이고 짧게 말했다.

"내가 틀렸네."

"대부분의 사람들이 틀렸습니다. 이 세상은 바보로 가득 차 있죠. 그래서 바꿔야 하는 겁니다."

카마반은 하락과 사반에게 앉으라고 손짓했다. 하지만 자신은 제자들에게 강의하는 스승처럼 그대로 서 있었다.

"렌가는 사르메닌이 신전을 주면 에렉의 금을 돌려주겠다고 약속했습니다. 신전을 라사린으로 옮길 수 없다고 믿었기 때문에 그렇게 약속한 것이지만, 우리는 그 생각이 잘못됐다는 것을 증명할 겁니다."

"이 신전을 가져가게."

하락은 바다 신전의 삭막한 기둥을 턱으로 가리켰다.

"아뇨. 사르메닌 최고의 신전을 찾아내서 그걸 가져갈 겁니다."

"왜?"

사반이 물었다. 카마반은 쏘아붙였다.

"왜? 왜냐고? 슬라올은 라사린에 자신의 금을 보냈다. 그건 신이 우리에게 뭔가를 원한다는 징표야. 무엇을 원할까? 당연히 신전이지. 신전은 신들이 땅과 접촉하는 공간이니까. 슬라올은 라사린에 신전을 원하고, 그 신전을 어디에서 가져와야 하는지 알려주기 위해 사르메닌의 금을 우리한테 보낸 거야. 이해하기 어려우냐?"

카마반은 한심하다는 듯 사반을 쳐다보고 짧게 자란 풀 위를 서성거리기 시작했다.

"사르메닌은 다른 신보다 슬라올을 가장 높이 섬기지. 그래서 여기에서 신전을 가져오기를 원하는 거야. 이곳 사람들이 진실을 조금 들여다본 셈이지, 우리는 그 진실을 내륙으로 가져가야 한다. 하지만 더 큰 진실이 있어."

카마반은 걸음을 멈추고 강렬한 표정으로 두 사람을 쳐다보았다.

"난 만물의 핵심을 보았다."

그는 부드럽게 말하고 누구든 반박하기를 기다렸다. 하지만 하락은 그저 숭배하는 얼굴로 쳐다만 보고, 사반에게는 할 말이 없는 듯했다. 카마반은 경멸 섞인 어조로 말을 이었다.

"사제들은 세상이 고정 불변한다고 생각하지. 변하는 것은 없다고. 우리가 저들의 규칙을 따르고 제물을 바치면, 아무것도 변하지 않을 거라고. 그러나 세상은 변하고 있어. 변해왔고. 규칙은 깨졌다."

"규칙?"

사반이 물었다. 하락이 북쪽 나라에서 규칙을 언급한 적이 있지만, 그 의미는 설명해주지 않았다. 그런데 이제 카마반이 그 뜻을 설명하려 하고 있었다.

카마반은 허리를 굽혀 사반의 활통에서 화살 하나를 꺼냈다. 사반은 더 이상 노예가 아니라는 상징인 주목 활을 어디든 지니고 다닐 수 있었다. 카마반은 화살촉으로 잔디 위에 큰 원을 그리고, 흙이 드러날 때까지 누르스름한 풀을 파냈다.

"이 원은 한 해다. 우리는 원을 알고 있어. 표시도 하지. 이곳 사르메닌에서는 하지마다 한 원이 끝나고 다른 원이 다시 시작된다는 것을 보여주기 위해 소녀를 죽인다. 이해하겠느냐?"

카마반은 사반을 처다보았다. 하락은 이미 깨어진 규칙에 대해 알고 있었기 때문이다.

"응."

사반은 대답했다. 라사린에서도 하지에 원의 끝과 시작을 알렸지만, 거기서는 일몰에 소녀를 죽이는 대신 일출에 암소를 제물로 바쳤다.

"한데 수수께끼는."

카마반은 커다란 원 위에다 마치 큰 청동 목걸이에 꿴 구슬처럼 훨씬 작은 원을 그렸다.

"이건 라하나다."

그러곤 작은 원을 톡톡 두드렸다.

"라하나는 태어나서 자라고….”

그는 손가락으로 원을 짚으며 말했다.

"다시 죽는다. 그리고 다시 태어난다."

그리고 첫 번째 원 옆에 똑같은 크기의 다른 원을 그렸다.

"라하나는 자라고 죽고, 그리고 다시 태어난다."

이어서 세 번째 원을 그렸다. 지금까지 그린 원은 큰 목걸이에 꿴 세 개의 구슬 같았고, 태양의 궤도에서 사분의 일을 차지하고 있었다.

"태어나고 죽는다."

카마반은 계속해서 똑같은 구슬을 그려나갔다. 마침내 구슬이 열두 개가 되자 멈췄다.

"보이느냐?"

카마반은 화살촉으로 마지막과 첫 구슬 사이의 간격을 가리켰다.

원에는 열두 개의 구슬이 꿰어져 있었다.

"일년 열두 달. 한데 수수께끼는 여기 있다."

그는 첫 번째와 마지막 구슬 사이에 남은 작은 공간을 두드렸다.

하락은 반드시 이해해야 한다는 듯 사반을 돌아보았다.

"달의 한 해는 태양의 한 해보다 짧다."

사반은 이해했다. 라사린 사제들은, 아니, 온 세상의 모든 사제들은 달이 열두 번 차고 이시러지는 흰 헤가 태양이 하늘을 한 바퀴 도는 큰 궤도보다 짧다는 것을 이미 오래전부터 알고 있었다. 그러나 사반은 그 차이에 대해 별로 깊이 생각해본 적이 없었다. 사슴은 왜 연중 일정 기간만 뿔을 달고 지내는지, 제비가 겨울에 어디로 날아가는지 같은 질문과 마찬가지로 그것 역시 삶의 끝없는 수수께끼 중 하나였다. 사반은 카마반이 인간의 허벅지 뼈를 꾸러미에서 꺼내는 것을 바라보았다.

"어렸을 때, 나는 옛 신전에 앉아 하늘을 바라보았다. 사자의 집에 가서 뼈를 훔쳐다가 이런 식으로 표시를 했지."

카마반은 사반에게 뼈를 건넸다.

"봐라."

카마반은 긴 뼈 한쪽 면에 작게 한 줄로 새긴 표식을 가리켰다.

"이건 태양의 한 해를 하루하루 새긴 거다."

표식이 워낙 작았기 때문에 사반은 뼈를 눈 가까이 가져갔다. 너무 많아 셀 수도 없는 수백 개의 작은 흠이 있었다. 각각의 흠은 하루 낮과 밤을 가리켰다. 카마반은 사반에게 첫 눈금과 평행으로 새긴 두 번째 표식을 보여주었다.

"이것은 달이 차고 이지러지는 하루를 새긴 것이다. 열두 번 탄생하고 열두 번 죽지."

두 번째 줄은 첫 번째보다 약간 짧았다.

사반은 이번에도 뼈를 눈 가까이 대고 태양의 줄에서 남는 날짜를 손톱으로 세어보았다.

"열하루?"

"내가 아는 한."

카마반은 말했다. 경멸 섞인 말투는 사라지고, 진심에서 우러나온 겸손이 그 자리를 대신했다.

"그러나 하루하루 세는 것은 힘들다. 오랜 세월 동안 많은 뼈를 사용해 세어보았는데, 때로는 구름이 너무 많아서 달의 날짜를 추측해야 할 때도 있었고, 차이가 열하루 이상이거나 그 미만인 해도 있었다."

그는 사반에게서 뼈를 돌려받았다.

"하지만 이 뼈는 최상의 해에 기록한 것인데, 다른 모든 뼈와 같은 사실을 알려주고 있어. 규칙이 깨졌다는 사실."

"규칙?"

"원은 만나야 해!"

카마반은 땅에 새긴 도형을 두드리며 흥분해서 말했다. 그리고 구슬 사이의 공간에 손가락을 대며 말을 이었다.

"이 간격은 열하루야. 하지만 간격이 있어서는 안 돼."

카마반은 다시 일어서서 서성거리기 시작했다.

"세상 만물에는 목적이 있다. 목적이 없다면 의미도 없으니까. 그 의미는 규칙에 있다. 밤과 낮, 남자와 여자, 사냥꾼과 사냥감, 계절, 조석(潮汐)! 모두 규칙이 있어! 별에도 규칙이 있다. 태양은 규칙에 따라 움직이고 달도 규칙에 따라 움직이지만, 두 규칙이 서로 다르기 때문에 세상이 둘로 갈라진 거야."

그리고 바다를 가리켰다.

"어떤 규칙은 태양을 따르고, 어떤 규칙은 달을 따른다. 작물은 태양의 규칙에 따라 자라고 수확하지만, 조석은 달의 규칙을 따른다. 왜? 왜 딜란은 에렉에게 금을 보냈을까?"

카마반은 이방인의 언어로 바다신과 태양신의 이름을 말한 뒤 자신이 던진 질문에 직접 답했다.

"태양은 바다의 조석으로 하여금 자신의 규칙을 따르게 하기 위해 금을 보낸 거야!"

"여자들은 달의 규칙을 따르지."

하락이 음울하게 말했다.

"그렇습니까?"

카마반은 놀란 목소리였다. 하락이 어깨를 으쓱했다.

"달거리를 할 때 그렇다고 들었소."

"하지만 모든 것은, 모든 것은 태양의 규칙을 따라야 해! 만물은 동일한 규칙을 따라야 하는데, 지금은 그렇지가 않아."

그리고 다시 풀 위의 도형을 가리켰다.

"수수께끼는 그 규칙을 어떻게 바로잡느냐는 것이다."

"어떻게?"

"네가 말해보렴."

카마반이 말했다. 사반은 그게 가벼운 질문이 아니었다는 것을 깨달았다.

사반은 도형을 바라보았다. 청동 줄에 꿴 구슬을 생각해보면 답은 명백하다. 더 많은 작은 구슬을 만들어서 줄이 꽉 찰 때까지 꿰면 된다. 하지만 그러려면 많은 노력이 필요할 것이다. 그것보다 간단한 방법은 구슬 수에 맞춰 줄을 잘라내면 된다. 어떤 대장장이라도 할 수 있는 일이다. 줄이 짧아지면 큰 원은 작아지고, 모든 구슬이 맞닿게 된다.

"슬라올을 지구 쪽으로 끌어당겨야 한다?"

사반은 자신 없이 말했다.

"잘했다. 그렇다면 결론은?"

사반은 오랫동안 열심히 생각하다 어깨를 으쓱했다.

"모르겠어."

"우리는 슬라올과 라하나가 서로 사랑하다 적이 되었다고 말하지만, 그건 그저 이야기일 뿐. 거기엔 빠진 게 있다. 우리. 우리는 왜 여기 있는가? 신들이 우리를 만들었다는 것은 알지만, 왜? 왜 우리는 물건을 만들까? 활은 죽이기 위해 만들지. 그릇은 물건을 담기 위해서. 브로치는 망토를 고정시키기 위해서. 이렇듯 우리 역시 어떤 목적이 있어 만들어졌을 텐데, 그 목적이 무엇일까?"

카마반은 대답을 기다렸지만, 하락도 사반도 말하지 않았다.

"게다가 인간은 왜 약점을 지니고 있을까? 너라면 약한 활을 만들겠느냐? 깨진 그릇을 만들겠느냐? 만들어질 때 우리에겐 약점이 없었어! 그릇장이가 깨진 그릇을 만들지 않고 대장장이가 뭉툭한 날을 만들지 않듯이, 신들이 인간을 만들 때는 약점이 없었을 것이다. 한데 우리는 병들고, 다치고, 불구가 된다. 신들은 인간을 완벽하게 만들었지만, 우리는 약점을 지니고 있어. 왜?"

카마반은 잠시 침묵하더니 말을 이었다.

"우리가 슬라올의 뜻을 거슬렀기 때문이다."

"우리가 그랬어?"

사반은 물었다. 라하나가 슬라올의 빛을 약하게 하려고 해서 감정이 상했다는 이야기에는 익숙했지만, 카마반은 인류 전체에 그 탓을 돌리고 있었다.

"슬라올을 섬기듯 그보다 못한 신들도 열정적으로 섬긴 것이 그의 뜻을 거스른 것이다. 인간은 그를 모욕했고, 그래서 슬라올은 멀어졌다. 이제 우리는 슬라올의 정당한 지위를 되찾아 다른 모든 신들 위에 놓고, 그에 맞는 방식으로 숭배하고, 우리가 그의 규칙을 이해했다는 증거로 신전을 지음으로써 슬라올을 다시 끌어와야 한다. 그렇게 하면 그는 돌아올 것이고, 그가 돌아오면 세상에는 겨울이 없어질 것이다."

"겨울이 없어져?"

사반은 놀라 물었다.

"겨울은 슬라올이 내리는 형벌이지. 우리가 그의 뜻을 거슬렀기에 매년 벌을 주는 것이다. 어떻게? 우리에게서 멀어짐으로써. 어떻게 아느냐고? 불에서 멀어질수록 열기는 덜 느껴지게 마련. 슬라올이 가까이 있는 여름에는 그의 열기가 느껴지지만, 사물이 죽는 겨울에는 열기가 사라진다. 그가 우리에게서 멀어지기 때문이야. 그러니 슬라올을 도로 데려올 수만 있다면 겨울은 없어질 것이다."

카마반은 돌아서서 태양을 바라보았다.

"겨울이 없어지고, 질병이 없어지고, 슬픔이 없어지고, 밤에 우는 아이들도 더 이상 없겠지."

그의 눈에는 눈물이 고여 있었다. 어머니가 죽던 날 밤, 카마반이 늑대 새끼처럼 울부짖던 기억이 났다.

"불에 타 죽는 소녀도 없을 것이오."

하락이 조용히 말했다. 카마반은 하락의 말을 무시하고 사반을 돌아보았다.

"그리고 너는 전사가 되어서는 안 된다."

카마반은 사반의 어깨에서 활을 빼앗았다. 얼굴을 찡그리며 활을 무릎 위에 대고 힘을 주어 부러뜨렸다. 그리고 부러진 활을 절벽 아래 바다로 던졌다.

"넌 건축가가 될 것이다, 사반. 하락을 도와 신전을 사르메닌에서 라사린으로 옮기고, 슬라올을 다시 데려오너라."

"형이 허락한다면."

하락이 말했다. 스카셀을 뜻하는 것이었다. 카마반은 자신 있게 말했다. "때가 되면 스카셀도 협력할 것입니다. 우리가 진실을 보았다는 것을 이해할 테니까요."

그리고 무릎을 꿇고 태양을 향해 절했다.

"우리는 진실을 보았습니다. 우리가 세상을 바꿀 것입니다."

사반은 흥분을 느꼈다. 우리가 세상을 바꿀 것이다. 바다 위에 높이 선 그 순간, 사반은 할 수 있다는 것을 깨달았다.

여신으로 승격한 아우레나는 태양의 불에 몸을 던질 때까지 온 나라를 돌며 사람들의 기도를 듣고 남편에게 전해야 했다. 그녀는 호위할 창병 넷, 시중 들 여인 둘, 안내할 사제 셋, 노예 열둘, 그 외 태양의 신부가 가는 길을 따르고자 하는 여러 부족민을 거느리고 케레발 정착지를 떠났다.

케레발이 지배하는 땅은 면적으로는 라사린보다 넓었지만 땅이 척박했기 때문에 라사린만큼 사람이 밀집해서 살지는 않았다. 모든 부족민과 공동묘지에 묻힌 조상들에게 자신을 보여주는 것이 아우레나의 의무였다. 매일 밤 태양의 신부가 아무도 보지 않는 곳에서 잠을 잘 수 있도록 오두막 하나가 비워졌고, 아침마다 오두막 밖에는 청원을 하러 온 사람들이 모여들었다. 여인들은 아들을 내려달라고 빌었고, 부모들은 병든 아이를 낫게 해달라고 빌었고, 전사들은 자신의 창에 은총을 내려달라고 빌었고, 어부들은 여신이 자신의 배와 그물을 만져주면 그 앞에서 허리를 숙였다. 사제들은 아우레나를 데리고 온갖 신전과 무덤을 순례했다. 사제들이 무덤 문을 열고 거대한 출입석을 옆으로 밀어내면, 아우레나는 동굴 같은 내부를 들여다보며 축축한 어둠 속에서 뼈가 뒤엉킨 채 누워 있는 죽은 자들에게 말을 걸었다.

카마반과 사반도 여신을 따라다녔다. 행렬은 사람들이 가축을 기르고 긴 나무배로 바다에서 고기를 잡아먹으며 사는 사르메닌 남쪽 해안 계곡을 지나, 가난한 사람들이 드문드문 오두막을 짓고 소와 양을 기르고 돌도끼를 만들어 먹고사는 북쪽 고원 황무지로 향했다. 어딜 가든지 카마반은 라사린으로 가져가고 싶은 신전을 고르기 위해 모든 신전을 자세히 살펴보았다. 사람들은 그가 마법사라는 것을 알고 절을 올렸다.

"마법을 할 수 있어?"

어느 날 사반이 물었다. 카마반이 대답했다.

"널 노예로 만들지 않았느냐?"

사반은 손의 상처를 내려다보았다.

"그건 잔인했어."

"어리석은 소리 마라."

카마반은 피곤하다는 듯 대답했다.

"안 그랬으면 어떻게 널 살렸겠느냐? 렌가는 널 죽이려고 했어. 당연한 일이었지. 하지만 난 네가 필요할지도 모른다고 생각했어. 그래서 렌가에게 이복동생을 죽인 자들에게는 신이 복수할 거라는 말도 안 되는 이야기를 하며, 널 노예로 만들라고 했어. 렌가는 그것도 괜찮겠다고 생각했지. 그리고 난 널 하락과 만나게 해주고 싶었다."

"난 하락이 좋아."

사반은 따뜻하게 말했다. 카마반은 경멸 섞인 목소리로 대답했다.

"넌 대부분의 사람을 다 좋아하지. 하락은 매우 영리하지만, 그 사람 생각을 다 믿어서는 안 된다. 그는 딸의 죽음 때문에 엄청난 영향을 받았어. 그는 제의를 믿지 않아. 하지만 제의가 잘못된 건 아니지. 신들에게 우리가 그들의 힘을 인지한다는 것을 보여주는 의식이니까. 하락의 생각대로 한다면 아우레나를 태워 죽이지 말아야 하는데, 불에 타 죽지 않는다면 그 소녀의 존재에 무슨 의미가 있겠느냐?"

사반은 저 앞쪽에서 사제들과 함께 걸어가는 아우레나를 쳐다보았다.

순간 카마반이 미웠지만, 아무 말도 하지 않았다. 동생의 생각을 정확히 읽은 카마반은 웃음을 터뜨렸다.

그날 오후, 일행은 다른 신전에 도착했다. 다섯 개의 돌을 원형으로 세운 단순한 신전으로, 사르메닌 북부 신전의 전형적인 형태였다. 열두 개의 돌을 세운 신전은 극히 드물었지만, 그나마 카살로 성벽 안에 있는 돌만큼 큰 것은 하나도 없었다. 사르메닌의 돌은 남자 키보다 크거나 남자 허리보다 두꺼운 경우가 거의 없었다. 그래도 거의 대부분 네모반듯한 기둥으로 다듬어져 있었다.

지금까지 본 신전 중에는 카마반의 마음에 드는 것이 없었다.

"사람들을 놀라게 할 만한 신전이 필요해. 슬라올에게 우리가 그를 위해 대단한 노력을 기울였다는 것을 알려줄 만한 신전을 찾아야 한다. 작은 돌 네다섯 개를 라사린으로 옮기는 것이 무슨 대단한 일이겠느냐?"

사반은 돌 하나를 옮기는 것만 해도 대단한 일이라고 생각했다. 카마반이 원하는 신전은 영원히 찾을 수 없을 것 같았다.

"그냥 아무 신전이나 고르면 안 돼?"

어느 날 밤, 사반은 카마반에게 물었다.

"옮기는 것만 해도 우리가 얼마나 큰 노력을 기울였는지 슬라올이 아실 텐데."

"신속하게, 아무렇게나 이 일을 끝내려고 했다면, 내 시간을 굳이 낭비하지 않고 너에게 신전을 찾아보라고 했겠지. 어리석은 소리 마라, 사반."

두 사람은 사람들 틈에 섞여 식사를 하고 있었다. 오두막은 아우레나의 시종들에게 생선과 고기, 모피, 술 등의 선물을 바치는 부족민들로 북적거렸다. 술 한 항아리 정도면 남자의 뇌와 다리를 죄다 빼앗아가지만, 카마반은 아무리 마셔도 흔들림이 없었다. 그는 술을 물처럼 마신 뒤 트림을 하고 또 마셨다. 혀가 꼬이거나 비틀거리는 일도 없었다. 사반은 아침이 되면 머리가 욱신거리고 속이 메슥거렸지만 카마반은 힘에 넘쳤다.

그날 밤, 일행은 산기슭에 일족이 옹기종기 모여 사는 마을 촌장의 오두막에서 묵었다. 이가 다 빠진 늙은 촌장은 아우레나가 오는 것을 기념해 뼈만 남은 목에 금고리를 걸고 있었다. 촌장의 아내들은 연기 나는 화덕 위에서 해초와 조개를 넣은 죽을 휘저었다. 식사가 끝나자 아버지 못지않게 늙고 이가 빠진 촌장의 아들이 서까래에 매달려 있는 바다거북 등껍질을 내리더니 북처럼 두드리며, 자기 아버지가 서쪽 바다 건너 땅에서 수많은 적을 죽이고 많은 노예를 잡아오고 금을 가져온 업적을 칭송하는 노래를 부르기 시작했다. 노래는 끝날 줄을 몰랐다. 카마반은 사반에게 말했다.

"아마 저 늙은 바보가 사흘 동안 해안을 서성거리다 줄무늬 돌멩이 두 개와 갈매기 깃털 하나를 주워왔다는 뜻일 게다."

노래가 계속되는 동안, 다른 오두막에서 사람들이 모여들었다. 꾸역꾸역 들어오는 사람들 때문에 카마반과 사반은 나지막한 오두막 돌 벽에 기대 설 수밖에 없었다. 다들 따라 부르는 것을 보니 여러 번 들은 노래인 것 같았다. 노인은 합창 소리가 들릴 때마다 즐겁게 고개를 끄덕였다. 그때 갑자기 노래와 북소리가 멎었다. 그 침묵이 불쾌한지 노인이 눈을 번쩍 떴다. 다른 오두막에서 혼자 식사를 마친 아우레나가 들어와 있었다. 촌장은 미소를 지으며 태양의 신부에게 옆에 와서 앉으라고 손짓했다. 하지만 아우레나는 고개를 젓고 오두막을 둘러보더니 우아하게 사람들 사이를 헤치고 사반 옆에 앉았다. 그녀가 노래하던 사람에게 계속하라고 고개를 끄덕이자, 남자는 거북 등껍질을 두드리며 눈을 감더니 다시 이야기를 읊기 시작했다.

사반은 아우레나가 바로 옆에 있다는 것을 의식하지 않을 수 없었다. 사르메닌의 울퉁불퉁한 길을 걸으며 몇 번 이야기를 걸어본 적은 있지만, 아우레나가 먼저 사반 쪽으로 다가온 적은 없었다. 그녀가 곁에 있으니 왠지 어색하고 수줍은 기분이 들었다. 헛바닥마저 굳어버린 것 같았다. 얼마 후면 벌어질 일을 생각하니 아우레나를 보는 것 자체가 가슴 아팠다. 사반의 머릿속에서 그녀와 데레윈의 운명은 한데 얽혀 있었다. 마치 데레윈의 영혼이 아우레나의 몸에 들어가 다시 사반의 곁을 떠나려 하는 것만 같았다. 사반은 눈을 감고 고개를 숙인 채 렌가에게 몸을 더럽힌 데레윈과 곧 처참한 죽음을 당할 아우레나에 대한 생각을 머릿속에서 몰아내려고 애썼다.

그때 아우레나가 사반 쪽으로 몸을 기울이며 말했다.

"신전은 찾았나요?"

"아니요."

사반은 긴장해서 떨며 대답했다.

"왜요? 매일 새 신전을 볼 텐데요."

"너무 작습니다."

사반은 얼굴을 붉히며 대답했다. 말을 더듬을까봐 아우레나 쪽은 쳐다볼 수도 없었다.

"신전은 어떻게 옮길 건가요? 신에게 라사린까지 날아가게 해달라고 할 건가요?"

사반은 어깨를 으쓱했다.

"모르겠습니다."

"레위드와 의논해보세요."

레위드는 아우레나를 호위하는 창병으로, 지금은 오두막 중앙 기둥 옆에서 쭈그리고 앉아 있었다.

"그가 방법을 알고 있다고 했어요."

"스카셀이 신전을 가져가게만 해준다면."

사반은 우울하게 말했다. 아우레나는 자신 있게 말했다.

"내가 스카셀을 물리칠게요."

이 말을 들은 사반은 용기를 내서 그녀의 눈을 보았다. 검은 눈에서 화톳불 빛이 반짝이고 있었다. 그녀가 죽는다고 생각하니 갑자기 울고 싶었다.

"스카셀을 물리친다고요?"

"난 그가 싫어요. 내가 처음 신전에 갔을 때, 나한테 침을 뱉었거든요. 당신을 구덩이에 못 넣게 한 것도 그 때문이었어요. 내가 불 속으로 뛰어들면, 남편에게 라사린으로 신전을 가져가게 허락해달라고 말할게요."

아우레나는 시선을 돌렸다. 다른 남자가 거북 껍질을 받아들고 다른 노래를 시작했다. 이번엔 태양의 신부를 찬양하는 노래였다. 아우레나는 노래 부르는 사람에 대한 예의로, 태양신의 외로움과 인간 신부에 대한 갈망을 소재로 한 가사를 주의 깊게 들었다. 노래가 태양 신부의 아름다움을 묘사하는 구절로 넘어가자, 아우레나는 흥미가 떨어졌는지 다시 사반 쪽으로 몸을 기울였다.

"라사린에서는 신에게 신부를 보내지 않는다는데, 사실인가요?"

"사실입니다."

"카살로에서도?"

"네."

아우레나는 한숨을 쉬고 화톳불을 바라보았다. 사반은 그녀를 처다보고, 호위병들은 사반을 처다보았다. 아우레나가 다시 사반 쪽으로 몸을 기울였다.

"내일 나는 케레발 정착지로 출발해야 해요. 하지만 당신은 이 마을 뒷산으로 올라가세요."

"왜요?"

"거기 신전이 있어요. 이 마을 사람들이 알려주더군요. 스카셀이 광기에서 회복되어 새로 지은 신전이래요. 보물이 돌아오면 봉헌할 거라고 하더군요."

사반은 자기가 지은 새 신전이 라사린으로 보내지면 스카셀이 얼마나 펄펄 뛸지 생각하며 미소를 지었다.

"둘러보겠습니다."

그렇게 약속했지만 사실은 아우레나와 함께 있고 싶었다. 이유는 자신도 알 수 없었다. 아우레나는 곧 죽어서 타오르는 하늘의 영광 속으로 사라져버릴 운명인데.

다음 날 아침, 바다에서 짙은 안개가 밀려올 무렵 아우레나는 남쪽을 향해 출발했다. 그러나 사반과 카마반은 짙게 낀 하얀 안개를 뚫고 북쪽 산을 오르기 시작했다. 카마반이 투덜거렸다.

"시간 낭비야. 이번에도 번지르르한 돌 몇 개만 놓여 있겠지."

그러면서도 카마반은 사반을 이끌고 가파른 풀밭과 돌멩이가 쌓인 경사로를 올랐다. 마침내 그들은 구름을 뚫고 찬란한 햇살이 비치는 산 위에 올라섰다. 안개가 희고 조용한 바다처럼 발아래 펼쳐져 있었다. 산 정상은 마치 신이 분노의 망치로 내려쳐 갈라놓은 돌섬처럼 우뚝 솟아 있었다. 사반은 사르메닌의 신전 기둥이 왜 다 비슷하게 생겼는지 깨달았다. 정상 주변에는 원래부터 사각 기둥 모양으로 생긴 돌이 무수히 흩어져 있었다. 신전을 지을 때는 그 갈라진 돌을 그냥 산 밑으로 나르기만 하면 되는 것이다.

신전은 눈에 보이지 않았다. 카마반은 짙은 안개 속 어딘가에 있을 거라 생각하고 돌 턱에 앉아 기다렸다. 서성거리던 사반이 카마반에게 물었다.

"스카셀이 적이라면 그의 신전은 볼 필요도 없잖아?"

"그는 내 적이 아니야."

사반은 카마반의 대답을 비웃듯 물었다.

"그럼 뭐지?"

"그는 너 같은 인간이다, 동생아. 사물이 변화하는 것을 싫어하는 사람.

하지만 슬라올의 훌륭한 종인 만큼 때가 되면 우리의 친구가 될 거야."

카마반은 동쪽으로 고개를 돌려 흰 운무 위에 열도처럼 늘어선 산맥을 바라보았다.

"스카셀은 슬라올의 영광을 원해. 그건 좋은 일이다. 하지만 넌 무얼 원하지, 동생아? 아우레나라고 말하지는 마라. 그녀는 곧 죽을 테니까."

사반은 얼굴을 붉혔다.

"내가 그녀를 원한다고 누가 그래?"

"네 얼굴에 씌어 있어. 목마른 송아지가 암소 젖통 바라보듯이 아우레나를 쳐다보더구나."

"미인이잖아."

"데레윈도 그랬지. 하지만 아름다움이 왜 중요하지? 어두운 밤 오두막 안에서 그게 눈에 보이나? 됐어. 네가 원하는 걸 말해봐라."

"아내. 자식. 좋은 농사. 풍족한 사슴."

카마반은 웃었다.

"꼭 우리 아버지 같은 말이로구나."

"그게 뭐가 나쁘지?"

사반은 반항적으로 물었다. 카마반은 피곤한 듯 대답했다.

"나쁠 거 없어. 하지만 야심이 그렇게 작아서야! 아내를 원해? 그럼 구해! 자식? 자식은 좋든 싫든 나오게 되어 있어. 그중 반은 네 가슴을 아프게 하고 반은 죽겠지. 곡식과 사슴? 그건 지금도 있잖아."

"그럼, 형이 원하는 건 뭐지?"

사반은 형의 냉소에 발끈해서 물었다. 카마반은 침착하게 말했다.

"말했잖아. 만물이 변하기를 원한다고. 하지만 저절로 변하는 건 없어. 그러니 우리가 균형점을 찾아야 해. 태양이 더 이상 방황하지 않고 겨울도, 질병도, 눈물도 없는 세상. 그러려면 제대로 된 슬라올 신전을 만들어야 해. 내가 원하는 건 그거야. 슬라올에게 경의를 표할 수 있는 신전."

여기까지 말한 카마반은 갑자기 입을 다물고 눈을 크게 뜨며 낮게 가라앉은 안개 저쪽을 바라보았다. 사반은 형의 시선을 끈 것이 무엇인지 궁금해서 눈을 가늘게 떴다.

처음에는 안개밖에 보이지 않았다. 그러다 천천히, 밤이 물러가고 땅이 모습을 드러내듯, 하나의 형체가 흰 운무 속에서 모습을 드러냈다.

그 형체는 바로 신전이었다. 하지만 사반이 지금껏 본 그 어떤 신전과도 달랐다. 돌은 한 겹이 아닌 두 겹의 원형으로 배열되어 있었다. 처음에는 돌 끝부분밖에 보이지 않았다. 기둥의 수를 세어보려 했지만 너무 많았다. 이중 원형 저쪽 끝, 겨울에 태양이 지는 지점을 향해 다섯 쌍의 돌기둥으로 된 입구가 있었다. 기둥 꼭대기에는 직각으로 다른 돌을 올려서 지는 태양을 향한 다섯 개의 문 형태를 이루었다. 사반은 멍하니 쳐다보았다. 순간 마술처럼 신전 전체가 운무 속에 둥실 떠 있는 느낌이 드는가 싶더니, 높은 계곡부터 안개가 차차 물러가면서 검은 땅에 박힌 돌만 뒤에 남았다.

카마반도 입을 벌린 채 서 있었다.

"스카셀은 미치광이가 아니었어."

카마반은 조용히 말하더니 갑자기 소리를 지르며 바위에서 펄쩍 뛰어내리더니 언덕을 급히 내려가기 시작했다. 검은 털을 가진 양떼가 놀라서 흩어졌다. 사반도 천천히 뒤를 따랐다. 두 겹의 원 사이로 들어서자, 카마반이 신전 북동쪽에 쭈그리고 앉아 가로대를 올린 돌기둥으로 이뤄진 터널 안을 들여다보고 있었다.

"슬라올의 문이야."

경이로운 목소리였다.

신전은 남쪽으로 저지대가 내려다보이는 높은 계곡 안쪽에 세워져 있었다. 한겨울에 해가 먼 지평선에 걸리는 순간, 햇빛이 넓은 바다와 땅을 건너 이 돌문을 통과하게 되어 있었다. 카마반은 부드럽게 말을 이었다.

"다른 곳은 온통 어둠이겠지. 돌 그림자가 어둡게 내리고, 그 그림자 한가운데 한줄기 빛이 비친다! 이건 그림자 신전이야!"

카마반은 서둘러 입구 반대쪽으로 향했다. 그리고 죽어가는 태양빛이 암석에 못을 박기라도 한 듯 태양 문 반대쪽에서 두 팔을 벌린 채 몸을 기둥에 납작하게 붙였다. 그리고 외쳤다.

"스카셀은 대단해! 대단해!"

원래 사각형인 기둥들은 그다지 크지 않았다. 태양 문에 세워진 기둥들은 카마반의 키보다 조금 더 컸지만, 나머지는 보통 남자 키보다 작고 그중에는 어린아이 키만 한 것도 있었다. 모든 돌은 산에서 채취한 다음 가파른 경사를 이용해 미끄러뜨리는 방식으로 이 평평한 지대까지 운반한 뒤 얇은 토양 위에 세운 것 같았다. 돌 하나를 밀어보니 위험스럽게 건들거렸다. 카마반이 기대 서 있는 돌은 사실 얇은 기둥 두 개였다. 긴 한쪽 돌에 홈을 파고 다른 돌은 돌출시켜 남녀가 서로 교합하듯 끼워 맞춘 형태였다. 카마반은 한 쌍으로 엮은 두 돌을 바라보며 경외감에 젖은 목소리로 말했다.

"원의 두 절반. 저건 태양 쪽."

그러곤 태양이 매일 운행하는 길을 나타내는 남쪽의 돌들을 가리켰다.

"그리고 밤 쪽. 두 절반이 여기서 이렇게 맞물려 있어. 이 결합 면은 태양이 죽어가는 순간 피로 봉해야 해."

"그걸 어떻게 알아?"

사반은 물었다. 그는 돌의 개수를 계속 세고 있었다. 지금까지 센 것만 해도 일흔 개가 넘었다. 카마반은 짤막하게 대답했다.

"다른 방법이 없잖아. 뻔하지."

그러곤 흥분에 가득 찬 몸짓으로 휙 돌아섰다.

"하지에는 바다 신전, 겨울에는 그림자 신전! 스카셀은 대단해! 하지만 이 신전은 우리 거야. 우리 것이 될 거야!"

카마반은 지팡이로 돌을 두드리며 원 주위를 걷더니, 태양 문에 도착해 다섯 개의 돌문이 배열된 터널 안을 들여다보았다.

"슬라올의 통로."

카마반은 허리를 펴고 옆에 있는 돌을 손으로 쓸었다. 안개의 물기 때문에 돌은 묘한 청녹색을 띠고 있었다. 봄의 햇빛과 바닷바람에 물기가 서서히 마르면서 색은 차츰 원래의 검정색으로 돌아갔다. 카마반이 기둥 위의 가로대를 힘껏 밀어보았지만 돌은 꿈쩍도 하지 않았다.

"이걸 어떻게 고정시켰을까?"

"내가 어떻게 알아?"

"알 거라고 생각하진 않았다."

카마반은 무심히 대답하곤 미간을 찌푸렸다.

"사나스가 죽었다는 이야기를 내가 했던가?"

"아니."

사반은 묘한 충격을 받았다. 노파에 대해 좋은 감정이 있어서가 아니라, 지금껏 살아오는 동안 사나스는 늘 이 세계의 한 부분, 그냥 한 부분이 아닌 무시무시한 존재였기 때문이다.

"왜 죽었어?"

"내가 어떻게 알겠어?"

카마반이 되받았다.

"그냥 죽었다. 상인이 소식을 전해줬어. 사나스는 슬라올의 적이었으니, 좋은 소식이지."

카마반은 돌아서서 다시 신전을 바라보았다. 안개의 습기가 완전히 마르자, 신전은 검은 돌산의 검은 계곡 안에 자리 잡은 검은색 이중 원이었다. 이 넓고 장대한 신전을 미치광이 사제가 신께 봉헌한 것이다. 카마반의 눈에 눈물이 글썽였다. 그는 진지하게 말했다.

"이건 우리 신전이다. 이 신전이 겨울을 없애줄 것이다."

어떻게든 신전을 가져가게 해달라고 스카셀을 설득한 다음, 세상의 반을 돌아 라사린까지 운반해야 했다.

IO

폭풍 속에서

네가 한 짓이지! 네가 폭풍우를 불러왔어!

그림자 신전을 두르고 있던 짙은 안개가 물러나자, 따뜻한 햇살이 비치고 잔잔한 바람이 불어오는 나날이 시작되었다. 노인들은 이렇게 일찍 여름이 찾아온 해는 기억에 없다며 놀라워했다. 케레발은 온화한 날씨는 태양신이 새 신부를 받아들인 징표라고 주장했다. 날씨의 신 말킨에게 공물을 바치는 강가에 작은 소금 오두막을 가지고 있는 어부 몇몇은 폭풍이 닥쳐올 거라고 무시무시하게 예언했지만, 비관적인 전망은 하루하루 힘을 잃어갔다. 케레발이 총애하는 눈먼 여자 마법사도 격렬한 경련을 일으키며 폭풍을 예언했으나 하늘은 맑기만 했고 바람은 가벼웠다.

케레발의 악명 높은 전사들은 매년 여름이면 늘 그렇듯 이웃 영토를 침략해서 노예와 가축을 훔쳐왔다. 서쪽 바다 건너 땅에서 온 상인들은 금을 가져왔다. 무럭무럭 자라는 곡식들로 들판은 녹색을 이루었다. 사르메닌에서는 모든 일이 순조로웠다. 아니, 그래야 했다. 한데 카마반과 사반이 정착지로 돌아와 보니 주민들은 뚱한 분위기였다.

사르메닌 사람들을 심술궂게 한 것은 스카셀의 귀향이었다. 제사장은 케레발이 라사린과 맺은 협약을 공격하며 렌가는 무력을 쓰지 않는 이상 절대 금을 돌려주지 않을 거라고 주장했다. 카마반과 사반이 아우레나와 여행하는 동안, 그는 케레발의 오두막 앞에 깊은 구덩이를 파고 억센 나뭇가지를 격자 모양으로 엮어 올려놓았다. 사반을 잡아 가둘 덫이었다. 스카셀은 거기서 사반을 고문하고 마법을 통해 렌가에게 똑같은 고통을 줄 수 있다고 자신했다. 하지만 케레발이 허락하지 않아 스카셀의 계획은 수포로 돌아갔다. 족장은 렌가가 보물을 돌려줄 거라고 고집스럽게 주장했다. 그리고 맑은 하늘을 가리키며 이보다 더 좋은 징조가 어디 있느냐고 물었다.

"신은 벌써 신부를 사랑하고 있다. 그녀가 신의 곁으로 가면 우리에게 보답할 것이다. 형제 마법을 쓸 필요는 없다."

그러나 스카셀은 사반의 눈을 파내고 손을 잘라내야 한다고 끈질기게 설파했다. 정착지 안의 오두막과 한나절이면 갈 수 있는 바깥 지역의 농가를 돌아다니며 열변을 토하자 사람들은 귀를 기울이기 시작했다.

"라사린은 우리의 신전을 빼앗아가지 못한다! 절대로! 신전은 우리 조상이 우리의 돌로 세운 우리의 것이다! 라사린이 신전을 원한다면 자기네 똥을 쌓아 올리고 절하게 하라!"

"당신 형이 일부라도 금을 미리 돌려준다면 도움이 될 텐데."

케레발이 아쉬운 듯 말했지만, 카마반은 고개를 저으며 그건 협약 조건이 아니라고 잘라 말했다. 신전이 옮겨지면 금이 돌아올 것이라고 했다. 하지만 스카셀이 직접 지은 신전을 원한다는 말은 하지 않았다. 부족민들의 감정이 이미 격앙될 대로 격앙된 상태였기 때문이다. 케레발은 커져가는 그들의 분노를 잠재우기 위해 최선을 다하고 있었다.

"태양의 신부가 영광스럽게 시집가는 모습을 보게 되면 잠잠해질 거요."

걱정이 된 족장은 사반을 안심시켰다.

사반은 매일같이 태양 신부 신전을 찾아가 높이 솟은 돌 그림자를 쳐다보곤 했다. 사반은 그 그림자가 두려웠다. 그림자는 나날이 가운데 돌

쪽으로 길어지고 있었다. 그림자가 돌에 닿는 날, 아우레나는 화염 속으로 뛰어들어야 한다. 아우레나는 그림자를 무시하면 남은 삶도 길어질 수 있다는 듯 신전을 회피했다. 대신 그녀는 하락을 즐겨 찾았다. 하락은 이렇게 말하곤 했다.

"남편에게 가면 쓸데없는 희생을 그만두라고 설득하시오. 신부를 거부해야 한다고!"

그러나 하락은 케레발이 렌가가 약속을 지킬 것이라고 부족민들을 설득하듯이 부족민들에게 희생 제례를 포기하라고 설득할 수는 없었다. 아우레나는 죽어야 했다. 낮이 길어질수록 그녀는 점점 더 많은 시간을 하락과 사반 곁에서 보냈다. 손가락 하나가 잘리고 가슴에 푸른색 문신을 새긴 내륙 출신의 키 큰 검은 머리 청년에게 아우레나가 마음을 주고 있다는 것을 눈치챈 하락은 자리를 피했다. 다른 젊은이들은 살해 표식을 자랑했으나 사반은 대신 이런저런 이야기를 들려주었다. 처음에는 땅의 첫 수확을 훔치려다 갈라나의 벌을 받아 다람쥐로 변해버린 갈라나의 동생 디켈 이야기처럼 어머니에게서 들은 전설을 들려주었다. 아우레나는 사반의 이야기를 좋아했고, 늘 더 듣고 싶어 했다.

태양의 신부 곁에는 늘 호위병이 붙었기 때문에 둘만 있을 수는 없었다. 아우레나의 오두막이 아니면 늘 창병 넷이 그녀를 따라 다녔다. 사반도 그 호위병들에게 익숙해졌고, 그중 한 사람인 레위드와는 친구가 되었다. 어부의 아들인 레위드는 아버지에게서 땅딸막한 체구를 물려받았다. 가슴은 넓고 팔은 두툼하고 강했다.

"갓 걷기 시작했을 때부터 아버지가 그물을 만들어주었지. 그물과 노! 남자의 힘을 키워주지!"

신전의 돌을 라사린으로 운반하는 방법을 생각해낸 것도 레위드였다.

"배로 신고 가야 해."

레위드는 말했다. 사반보다 세 살 많은 그는 두 번이나 동쪽 지역 깊숙이 노예사냥을 다녀온 적이 있었다.

"라사린으로 가는 거의 모든 여행은 물길을 이용할 수 있어."

"라사린은 바다에서 멀어."

사반이 지적했다.

"바다가 아니라 강! 바닷길을 가다가 강을 타고 거슬러 올라가면 저 멀리 드레웨나의 경계가 나온다고. 거기서부터는 배와 돌을 끌고 라사린 강까지 가야 해. 하지만 가능해."

사르메닌의 배는 라사린의 강배와 마찬가지로 늙고 큰 나무를 파서 만들었다. 사르메닌에는 나무가 드물었다. 그래서 사제들은 특정한 나무에다가는 배를 만들 정도로 크게 자랄 때까지 보호하라는 표식을 새겨두었다. 그 나무가 충분히 자라면 베어서 속을 파냈다. 어느 날, 레위드는 사반을 데리고 바다로 나갔다. 사반은 거대한 파도가 덮쳐오자 두 손으로 얼굴을 가렸다. 그걸 보고 레위드는 웃으며 배를 돌려 잔잔한 강물로 되돌아갔다.

아우레나는 속을 파낸 나무배로 강을 건너는 것을 좋아했다. 그녀는 창병들을 거느리고 동쪽 제방 위 숲 속을 걷다가 반짝이는 결정과 작은 분홍색 입자가 박힌 커다란 회녹색 암석 위에 앉아 흘러가는 강물을 바라보곤 했다. 사반이 동행할 때는 이야기를 더 해달라고 졸랐다. 사반은 계곡의 신 아린이 강의 여신 마이를 쫓아다녔던 이야기, 마이가 아린을 방해하기 위해 넓은 땅을 늪으로 바꿔놓은 이야기, 아린이 통나무를 쓰러뜨려 늪을 건넌 뒤 결국 마이가 땅에서 솟아나는 샘물까지 쫓아갔다는 이야기를 들려주었다. 마이는 아린을 돌로 만들겠다고 협박했지만 아린이 공기의 신 라카에게 속삭이자 라카는 마이가 아린을 볼 수 없도록 안개를 보냈다. 그 틈을 타 아린은 마이를 덮쳐 아내로 삼았다. 지금도 추운 아침이면 아린이 속임수를 써서 행복을 찾았다는 사실을 보여주기 위해 마이 강에서는 안개가 피어난다.

"남자들은 속임수를 써요."

아우레나가 말했다. 사반이 대꾸했다.

"신도 그렇습니다."

"아니, 신은 순수해요."

사반은 반박하지 않았다. 그녀는 여신이고, 자신은 그저 인간이었기에.

때로 사반은 이야기를 하면서 작업을 하기도 했다. 숲에서 주목을 찾아내 가지를 쳐낸 다음, 카마반이 바다에 던져버린 것보다 길고 큰 활을 만들었다. 그리고 톱니 모양의 뿔을 달고 황소 기름을 발랐다. 레위드는 활시위로 쓸 힘줄을 구해주었고, 아우레나는 활시위에 감으면 햇빛을 받아 반짝이도록 금발 머리를 잘라주었다.

"활에 여신의 머리카락을 감았으니, 잃어버릴 염려는 없겠네요!"

그녀는 이렇게 말하며 웃었다. 처음 활의 성능을 시험해본 날, 사반은 강 건너 숲 속까지 깨끗하게 화살을 날려 보냈다. 아우레나도 활을 쏘아보고 싶어 했지만, 힘이 모자라 시위를 절반도 당기지 못했다. 레위드는 끝까지 당기긴 했지만 이방인의 짧은 활에 익숙했기 때문에 화살이 강물에 떨어지고 말았다.

"다른 이야기를 해줘요."

아우레나는 사반에게 명령했다. 그는 숲의 여신 케리 이야기를 해주었다. 돌의 신 팔락이 그녀를 사랑했으나 케리는 콧방귀만 뀌었다. 그러자 팔락은 케리의 나무를 벨 수 있도록 자신의 형상을 영원히 도끼 모양으로 만들었다. 하루 이틀이 지나 신들에 대한 이야기가 동나자 사반은 데레윈 이야기를 해주었다. 그녀와 결혼하고 싶었다는 이야기, 렌가가 어둠 속에서 나타나 쏜 화살 하나가 그의 인생을 바꾸었다는 이야기. 아우레나는 소용돌이치며 흘러가는 강물을 바라보며 귀를 기울이다 그를 돌아보았다.

"렌가가 자기 아버지를 죽였나요?"

"네."

아우레나는 와락 몸을 떤 뒤 한참 동안 미간을 찌푸렸다. 문득 그녀가 침묵을 깨고 물었다.

"렌가가 보물을 돌려줄까요?"

"케레발은 그렇게 생각하더군요."

"당신은?"

사반은 한참 동안 대답하지 않았다.

"돌려주지 않을 수 없는 상황이 되어야 할 겁니다."

사반은 마침내 솔직히 털어놓았다. 아우레나는 움찔하더니 근심에 싸인 표정이 되었다.

"에렉이 돌려주지 않을 수 없도록 만들 거예요."

"스카셸이든지요."

"그는 당신을 구덩이에 넣으려고 해요."

사반은 어깨를 으쓱했다.

"그보다 더한 일도 할 수 있을 겁니다."

문득 며칠 뒤 아우레나에게 닥칠 일이 떠올랐다. 가슴이 아파 말을 할 수가 없었다. 사반은 아우레나를 바라보며 반짝이는 금발과 부드러운 뺨, 창백하고 아름다운 얼굴에 감탄했다. 그녀의 평온함이 새삼 놀라웠다. 곧 불에 타 죽어야 할 운명인데도, 그 운명을 침착하게 받아들이고 있다는 사실이 감동적이기도 하고 혼란스럽기도 했다. 사반은 그건 그녀가 여신이기 때문일 거라고 생각했다. 다른 이유는 찾을 수가 없었다.

아우레나는 부드럽게 말했다.

"내가 에렉에게 말해서 렌가가 약속을 지키도록 하라고 할게요."

"렌가는 에렉이 자신에게 금을 보냈으니 자기 것이라고 할 겁니다."

"하지만 신전도 원하잖아요?"

사반은 고개를 저었다.

"신전을 옮기려는 건 카마반입니다. 렌가는 그게 가능하지 않다고 생각해요. 렌가는 힘을 원합니다. 넓은 땅을 지배하고 수백 명의 부족민에게서 공물을 받고 싶어 합니다. 신을 그 땅으로 끌어오겠다고 꿈꾸는 건 카마반이지 렌가가 아닙니다."

"그러면 에렉이 렌가를 죽여야 하나요?"

"그랬으면 좋겠습니다."

사반은 힘주어 말했다. 아우레나는 부드럽게 말했다.

"내가 그렇게 부탁할게요."

사반은 강물을 바라보았다. 마이 강보다 훨씬 넓고, 바닷물과 강물이 밀고 당기는 지점이 검게 소용돌이치고 있었다.

"겁나지 않습니까?"

사반은 물었다. 자신도 모르게 불쑥 입 밖으로 튀어나온 질문이었다.

"당연하죠."

아우레나는 대답했다. 결혼 문제가 화제에 오른 것도 처음이고, 사반이 그녀의 눈에서 눈물을 본 것도 처음이었다.

"난 신을 위해 불에 타고 싶지 않아요."

그녀는 창병들에게 들리지 않도록 나지막이 말했다.

"다들 금방이라고 하죠! 불이 워낙 크고 거세서 에렉의 품 외에는 아무것도 느낄 시간이 없을 거라고. 그 뒤에는 오로지 희열뿐일 거라고. 사제들은 그렇게 말하지만, 나도 살아서 보물이 돌아오는 것을 보고 싶을 때가 있어요."

아우레나는 입을 다물고 사반에게 창백한 미소를 보냈다.

"살아서 내 아이를 보고 싶어요."

"태양의 신부가 살아남은 적이 있습니까?"

"한 번 있어요. 불을 뚫고 바다로 떨어졌는데, 죽지 않고 절벽 근처 바닷가로 밀려왔어요. 사람들은 그녀를 데려다 다시 불에 집어넣었죠. 그

땐 이미 불길이 약해져 있었기 때문에 아주 천천히 죽었어요."

그녀는 몸을 떨었다.

"난 선택의 여지가 없어요, 사반. 에렉의 불에 뛰어들어야 해요."

"당신은….”

"아뇨!"

아우레나는 날카롭게 말을 막았다.

"에렉이 원하는 것을 어떻게 거부할 수 있어요? 도망치면 난 어떻게 될까요?"

그러곤 미간을 찌푸리고 생각에 잠겼다.

"기억할 수 있는 첫 순간부터 난 내가 특별한 사람이 될 운명이라는 걸 알고 있었어요. 중요한 사람도, 돈 많은 사람도 아닌, 특별한 사람. 신들은 날 원해요, 사반. 나도 그들이 원하는 것과 같은 걸 원해야 해요. 가끔은 에렉이 내 목숨을 살려주고, 이 땅 위에서 그의 일을 할 수 있게 끔 해줬으면 하기도 하지만, 그가 날 자기 곁에 두고자 한다면 난 세상에서 가장 행복한 사람이 되어야만 해요.”

사반은 두 사람이 앉아 있는 돌을 내려다보았다. 저녁 햇살을 받은 연녹색 표면은 마치 무수한 달빛 조각이 박힌 것처럼 반짝이고, 붉은 입자들은 마치 돌이 피를 머금은 것처럼 보였다. 그는 데레윈을 생각했다. 종종 데레윈이 떠오르곤 했지만, 사반은 그 점이 걱정스러웠다. 이런 생각과 아우레나를 연모하는 마음이 어떻게 공존할 수 있는지 알 수 없었다. 카마반은 데레윈이 임신을 했다고 말했다. 그녀가 출산을 했는지 궁금했다. 렌가의 아내로 살기로 했는지 궁금했다. 그 사건이 일어나기 전 자신과 함께 나누었던 시간을 기억하는지 궁금했다.

"무슨 생각 해요?"

"아무것도, 아무것도 아닙니다.”

다음 날 저녁, 사반은 사제들과 함께 아우레나 신전의 돌 그림자가 얼마나 길어졌는지 확인하러 갔다. 스카셀은 사반에게 침을 뱉더니 허리를 숙여 그림자가 아직 가운데 돌에서 손가락 폭 두 배 정도 떨어져 있다는 것을 확인했다. 사반은 돌망치를 가져다 기둥 모서리를 부수고 싶은 심정이었지만 그저 기도만 했다. 하지만 슬라올에게 애원하는 그 순간에도, 기도가 아무 소용이 없다는 것을 알고 있었다. 사반은 징표를 찾았지만 좋은 징조는 눈에 띄지 않았다. 검은 새끼 새 한 마리가 날아가는 것을 보고 좋은 징조가 아닐까 생각했지만, 갑자기 새매가 휙 덮치더니 깃털이 흩날리고 피가 튀었다.

하지는 하루 정도 남아 있었다. 해는 아직 밝게 빛났지만, 어부들은 모자반과 다시마를 말킨 신전에 바치며 폭풍신이 꿈틀거리고 있다고 단언했다. 카마반은 애기풀과 진홍색 꽃이 핀 난초가 화려하게 뒤덮인 산을 오르며 서쪽 지평선에서 갈색 선을 보았다고 했다. 그러나 이런 위험들도 렌가를 따라 라사린으로 갔던 전사 중 다섯 젊은이가 돌아오자 들뜬 분위기에 묻혀버렸다. 다섯 창병은 적대적인 부족들을 우회하느라 숲 속을 오랫동안 여행했기 때문에 고향에 돌아올 무렵에는 아주 쇠약하고 지쳐 있었다.

그날 밤, 케레발은 환영 잔치를 열었다. 창병들이 식사를 마치자 부족민은 그들이 가져온 소식을 듣기 위해 모여들었다. 그들은 케레발의 큰 오두막 바깥, 스카셀이 사반을 빠뜨리기 위해 파놓은 구덩이 옆에 모였다. 남자들은 창병들 가까이 앉았고, 여자들은 그 뒤에 섰다. 렌가가 자기 아버지에게서 라사린 족장 지위를 빼앗았다는 것은 이미 알고들 있었다. 다섯 창병은 라사린과 카살로 사이 고원에서 일년 동안 전투가 벌어졌다는 새로운 소식을 알려주었다. 하지만 사르메닌 전사단의 지원을 받은 라사린 부대가 카살로에 연이어 패배를 안겼다. 이 전투로 사르메닌 전사 여덟 명이 죽고 스무 명이 다쳤으며, 라사린 남자도 여러 명 부상을 입었다. 반면, 카살로의 전사자는 엄청났다.

"저들의 위대한 여자 마법사가 겨울에 죽었습니다. 그 때문에 기가 완전히 꺾였지요."

"키탈, 저들의 족장은?"

사반이 물었다. 창병은 대답했다.

"카살로의 키탈은 죽었습니다. 전투에서 바칼에게 살해당했지요."

군중은 사르메닌의 영웅이 적의 우두머리를 죽였다는 소식에 창끝으로 마른 땅을 두드리며 기쁨을 표시했다.

"그 후계자가 화해를 요청하며 아낌없는 선물을 보냈습니다."

"선물은 받았나?"

케레발이 물었다.

"마덴이라는 마을을 돌려주는 대가로 받았습니다."

"선물은 어디 있지?"

스카셸이 물었다.

"절반을 따로 떼어놓았다가 사르메닌으로 보내줄 겁니다."

더욱 기쁜 소식이었지만, 스카셸이 허리를 곧게 펴고 일어나자 환호성이 멈추었다.

"우리의 금은? 라사린의 렌가가 너희에게 금을 주어 보냈느냐?"

젊은이 중 우두머리가 대답했다.

"아닙니다. 하지만 보여는 주었습니다."

"보여주다니! 이 얼마나 친절한가!"

스카셸은 조롱하듯 내뱉었다. 연회를 빛내는 뜻에서 수백 개의 갈매기 깃털로 장식한 커다란 모직 망토를 두른 제사장은 마치 흰색과 회색 속에 파묻혀 있는 것 같았다. 길고 부드러운 머리카락은 가죽 끈으로 묶어서 역시 깃털 장식을 꽂았고, 목에는 작은 뼈로 만든 목걸이를 걸고 있었다.

"에렉의 금이 라사린에서 전시되다니! 전부 다 보았느냐?"

분노로 가득 찬 마지막 질문에 군중은 조용해졌다. 다섯 젊은이들은 머뭇거렸다. 잠시 후 우두머리가 대답했다.

"전부 다 보지는 못했습니다. 큰 것 세 점만 있었습니다."

"작은 금 중 일부는 썼다고 들었습니다."

다른 전사가 덧붙였다. 스카셀은 격분해서 물었다.

"쓰다니, 어떻게?"

"저희가 도착하기 전에 헨갈이 썼다고 합니다."

케레발은 놀란 표정으로 물었다.

"누구에게 줬다는 말이냐?"

"카살로."

"너희가 카살로를 물리쳤다. 그들에게 금을 돌려달라고 요구하지 않았느냐?"

"그들은 금이 사라졌다고 했습니다."

젊은이는 어쩔 줄 몰라 하며 대답했다. 스카셀은 외쳤다.

"사라져? 사라지다니!"

스카셀은 노발대발해서 케레발을 돌아보며 말을 이었다.

"족장은 어리석게도 저들을 믿었다! 렌가의 약속을 믿었지만, 이미 소중한 보물 일부는 새똥처럼 흩어져버렸다. 얼마나 더 많은 보물을 사용했을까?"

군중은 이제 모두 스카셀 편이었다. 그는 외쳤다.

"렌가는 자신이 안전하다고 생각할 것이다. 적에게 평화를 구걸하게 하였으니, 곧 우리 전사들이 필요 없게 될 것이다! 그러니 그들을 죽이고 금을 지킬 것이다. 하지만 렌가는 우리 손아귀에 있다!"

스카셀은 사반을 가리켰다.

"나는 라사린의 렌가로 하여금 살려달라고 외치게 할 수 있다. 밤에 땀을 흘리게 하고, 고통에 몸부림치게 하고, 피부에 물집을 일으키고, 눈을 멀게 할 수도 있다! 처음에는 한쪽 눈, 다음에는 반대쪽 눈, 다음에는 손, 다음에는 발, 다음에는 성기, 마지막으로 목숨까지 빼앗을 수 있다. 썩어가는 살점에 상처가 파고들면 날아가는 독수리에게라도 제발 금을 돌려달라고 빌지 않겠느냐?"

남자들은 땅에 창끝을 두드리며 환호했다.

케레발은 손을 들어 좌중의 흥분을 가라앉혔다. 그리고 다섯 전사에게 물었다.

"렌가가 보물을 돌려주겠다고 약속했느냐?"

"신전과 교환하겠다고 했습니다."

"신전은 골랐소?"

케레발은 카마반에게 물었다. 갑자기 질문을 받은 카마반은 열띤 논란에 전혀 주의를 기울이지 않고 있었는지 흠칫 놀랐다.

"곧 찾아낼 거요."

카마반은 가볍게 대답했다. 스카셀은 냉소했다.

"찾아내서 옮기면, 당신 형이 과연 금을 돌려줄까?"

카마반은 고개를 끄덕였다.

"그도 그러겠다고 동의했소."

"동의했다. 동의했다! 한데 그 금의 일부를 이미 써버렸다는 말은 하지 않았어! 렌가가 우리에게 숨기는 사실이 또 뭐가 있을까? 대체 뭘까?"

이 질문을 던지자마자 깡마른 사제는 갑자기 몸을 웅크리더니 긴 머리카락을 땅에 끌며 손으로 머리를 감쌌다. 그리고 한동안 고통스러운 듯 신음 소리를 내뱉으며 몸을 비틀었다. 군중은 그가 에렉과 대화하는 중이라는 것을 알고 숨을 멈췄다. 사반은 카마반도 왜 비슷한 행동을 보여주지 않는지 초조했다. 그래서 흘끗 보았지만, 카마반은 그저 하품만 할 뿐이었다.

스카셀은 다시 고개를 들고 맑은 저녁 하늘을 향해 울부짖었다. 울부

짖음은 다시 신음으로 변했고, 눈알이 돌아가더니 흰자가 번득였다. 그
는 쉰 목소리로 말했다.

"신이 말씀하신다! 신이 말씀하신다!"

신의 뜻이 무엇인지 너무나 잘 알 것 같았다. 사반은 두려움을 떨쳐내
려고 애썼다. 그는 다시 카마반을 보았지만, 카마반은 떠돌이 고양이 한
마리를 안아들고 무심하게 털에서 이를 잡고 있었다.

"우리는 피를 사용해야 한다!"

스카셀은 날카롭게 외치며 한 손으로 사반을 가리켰다.

"저자를 잡아라!"

십여 명의 전사가 앞을 다투어 사반을 잡으려 했다. 미처 방어할 시간
이 없었다. 그들을 떼어내려던 하락이 전사들에게 맞아 쓰러졌다. 카간
이 울부짖으며 아버지를 구하기 위해 덤벼들었다. 그러자 남자 여섯 명
이 합세해 귀머거리 거인을 쓰러뜨리고 구덩이 옆에 처박았다. 창병들
은 몸부림치는 사반을 케레발의 오두막 벽 쪽에 단단히 밀어붙였다. 그
들은 족장의 명령도 듣지 않았다. 에렉의 금을 써버렸다는 소식에 격분
했기 때문이다.

제사장은 갈매기 깃털 망토를 어깨에서 떨쳐냈다. 그의 알몸이 드러
났다.

"에렉이시여, 내가 이자에게 하는 일을 그 형에게도 이루어주소서!"

사반은 스카셀이 자신을 향해 걸어오는 걸 보고 있을 수밖에 없었다.
사제의 얼굴에는 승리감과 흥분이 가득 차 있었다. 사반은 그가 이 잔
인한 행위를 즐기고 있다는 것을 깨달았다. 카마반은 소동에도 아랑곳
하지 않고 고양이 목만 간질이고 있었다. 스카셀이 사제 한 사람에게서
돌칼을 받아들었다.

"렌가의 눈을 뽑아주십시오!"

스카셀은 신을 향해 외친 뒤, 왼손을 내밀어 사반의 머리카락을 한 움

큼 쥐었다. 창병들은 사반을 더욱 단단히 붙잡았다. 사반은 칼날이 다가오는 순간, 고개를 돌리려고 발버둥 쳤다.

그때 아우레나의 목소리가 울려 퍼졌다.

"안 돼요!"

스카셀의 손에 들린 칼이 사반의 눈앞에서 커다란 그림자처럼 파르르 떨었다.

"안 돼요. 내가 살아 있는 한은!"

아우레나가 다시 외쳤다. 스카셀은 쉿, 소리를 내더니 돌아섰다.

"내가 살아 있는 한은 안 돼요."

아우레나는 침착하게 되풀이했다. 그리고 군중 사이를 헤치고 다가와 대담하게 스카셀을 마주보았다.

"칼을 내려놓으세요."

"이자가 당신에게 무엇이오?"

스카셀이 물었다.

"나에게 이야기를 들려주는 사람입니다."

아우레나가 대답하며 스카셀의 눈을 똑바로 쳐다보았다. 사제는 비교적 키가 큰 편이었는데, 나란히 서 있으니 태양의 신부도 거의 비슷한 키였다. 그녀는 흰색과 금색이 빛나는 찬란한 옷차림으로 등을 곧게 편 채 침착한 얼굴로 스카셀과 맞섰다.

"내가 남편에게 가면, 그분이 금에 대한 징표를 내려주실 것입니다."

스카셀의 얼굴이 일그러졌다. 여자에게서 명령을 들었기 때문이다. 그러나 여신이니 따를 수밖에 없었다. 스카셀은 겨우 고개를 숙이고 물러섰다.

"저자를 구덩이에 넣어라."

스카셀이 창병 둘에게 명령했다. 하지만 이번에도 아우레나가 끼어들었다.

"안 돼요! 아직 나에게 들려줄 이야기가 남아 있습니다."

"구덩이에 넣어야 합니다!"

스카셀이 주장했다.

"내가 떠날 때까지는 안 돼요."

아우레나는 스카셀이 시선을 피할 때까지 그의 눈을 똑바로 쳐다보았다. 스카셀은 창병들에게 사반의 팔을 놓으라고 손짓했다.

다음 날 저녁, 태양 신부 신전의 기둥에는 그림자가 없었다. 서쪽에 두꺼운 구름이 걸려 있었기 때문이다. 그러나 사제들은 때가 되었다고 결론 내렸다.

새벽에 바다 신전으로 출발해, 저녁에 아우레나를 불 속으로 뛰어들게 할 계획이었다.

그날 밤 불어 닥친 바람에 지붕이 흔들리고 나무가 휘청거렸다. 절망감에 사로잡힌 사반은 모피 위에 누운 채 잠을 이루지 못했다. 하지만 카마반이 한밤중에 일어나 조용히 오두막을 빠져나가는 것을 미처 눈치채지 못했다.

카마반은 말킨 신전으로 가서 날씨의 신께 기도를 올렸다. 바람이 정착지 울타리를 흔들고, 강에서는 작은 물결이 하얗게 부서지고 있었다. 아주 오랫동안 기도를 드린 그는 신께 절을 올리고, 성상의 검은 발에 입을 맞춘 다음 하락의 오두막으로 돌아가 곰 모피 망토로 몸을 감쌌다. 카마반은 카간의 코고는 소리, 사반이 잠결에 울먹이는 소리에 귀를 기울이다 눈을 감고 산 위에서 본 그림자 신전을 생각했다. 신전이 마법처럼 라사린의 녹색 언덕 위에 옮겨져 있는 광경을 상상했다. 언덕 위에서 태양신이 크고 밝게 모든 것을 감싸는 모습을 상상했다. 바보들이 방해만 하지 않으면 온 세상을 행복하게 할 수 있을 텐데. 카마반은 소리 없이 흐느끼기 시작했다. 그러다 어느새 잠이 들었다.

새벽에 가장 먼저 잠을 깬 것은 사반이었다. 오두막 입구로 기어가 내다보니 좋은 날씨는 끝나 있었다. 바람이 나뭇가지를 헤집고, 짙은 회색 구름이 산 위에 낮게 드리워져 있었다. 문득, 카마반의 목소리가 들렸다.

"비가 오나?"

"아니."

"잘 잤어?"

"아니."

"난 잘 잤다. 밤새도록!"

사반은 활기 찬 형의 태도를 참을 수가 없어서 오두막 밖으로 나섰다. 갓 잠에서 깨어난 부족은 긴 하루를 준비하며 바쁘게 움직였다. 제전이 하루 종일 계속되기 때문에 바다 신전에 음식 자루와 물 포대를 날라야 했다. 신부가 불 속에 뛰어든 다음 불이 꺼지고 그을린 뼈를 꺼내 가루로 만들 때까지, 그들은 신전 주위에서 춤을 출 것이다.

비버 모피를 두르고 번들거리는 청동 촉을 단 커다란 창을 손에 든 케레발이 창병들에게 정착지 정문을 열라고 지시했다. 전사들은 얼굴에 붉은 황토를 칠하고 긴 머리카락을 가죽 끈으로 묶었다. 오늘은 아무도 고기를 잡지 않는다. 부족민 거의 대부분이 바다 신전으로 갈 것이다. 태양 신부를 떠나보내기 위해 사르메닌 전역에서 사람들이 모여들 것이다. 하락은 부산하게 준비하는 광경을 바라보다 견딜 수 없어 고개를 돌렸다. 그리고 사반에게 말했다.

"같이 사냥이나 가자."

"당신 형이 허락하지 않을 겁니다."

사반은 스카셀의 지시를 받아 자신을 감시하는 창병을 턱으로 가리켰다. 오늘 사반은 제사장의 인질이었다. 왜 밤에 동쪽으로 도망치지 않았는지 스스로도 궁금했지만, 아우레나 때문이라는 것은 자신도 잘 알고 있었다. 그는 그녀를 사랑했다. 곁에 있다고 해서 도와줄 일은 아무것도 없겠지만 차마 떠날 수는 없었다.

하락과 카간은 통나무배를 타고 강을 건너 숲 속으로 들어갔다. 잠시 후, 케레발의 커다란 오두막에서 스카셀이 모습을 드러냈다. 제사장이 입은 깃털 망토가 바람에 흩날렸다. 머리카락은 붉은 흙으로 단단하게 굳혔고, 목에는 바다 괴물의 이빨로 만든 목걸이를 걸고 있었다. 허리띠에는 칼집 두 개를 찼다. 두 번째로 지위가 높은 사제 레칸은 무두질한 인피로 만든 망토를 둘렀고, 두 남자의 얼굴 가죽이 머리카락을 길게 늘어뜨린 채 등에 걸려 있었다. 다른 사제들은 머리에 뿔을 쓰고 있었다. 그들이 춤을 추며 오두막을 나서자, 기다리던 부족민들이 발을 바꿔 디디며 몸을 흔들기 시작했다. 고수가 가죽 북을 두드렸다. 춤이 박자를 타자 누군가가 노래를 부르기 시작했다. 카마반도 그들의 춤에 합류했다. 카마반은 사슴 가죽 망토를 걸치고, 얼굴에는 검댕으로 줄을 그었다.

그때 스카셀이 사반을 가리키며 명령했다.

"잡아라!"

붉은 칠을 한 전사 십여 명이 창을 들고 사반에게 다가왔다. 그들이 사반을 끌고 구덩이 가장자리까지 갔을 때, 아우레나가 나타났다.

그녀의 흰 얼굴에는 수심과 그늘이 가득 차 있었다. 하지만 날씬한 몸에는 새 모직 가운을 두르고, 가슴과 목에서는 금 장신구가 반짝였다. 그녀는 곧게 빗은 머리카락을 바람에 흩날리며 천천히 춤을 추고 있는 사제들 쪽으로 다가갔다. 사반을 외면하고 땅만 쳐다보던 아우레나는 스카셀이 부르자 순순히 정문 쪽으로 돌아섰다. 군중 사이에서 한숨이 새어나왔다. 사람들은 이윽고 아우레나를 바다 신전으로 데려가는 행렬에 합류했다.

스카셀이 사반을 지키는 창병들에게 고개를 끄덕였다. 그러자 전사 두 명이 사반의 어깨에서 망토를 벗기고, 한 명은 칼을 뽑아 사반의 튜닉을 위에서 아래로 잘랐다. 사반은 이내 알몸이 되었다.

"뛰어내려라!"

창병이 명령했다.

사반은 마지막으로 뒤를 돌아보았다. 카마반은 이쪽을 쳐다보지도 않았다. 그리고 아우레나는 이미 정문 밖으로 나간 뒤였다. 참을성 없는 창병 하나가 다시 재촉했다. 사반은 단념하고 구덩이 안으로 뛰어내렸다. 구덩이는 깊었다. 떨어질 때의 충격이 꽤 컸다. 손을 뻗어도 위쪽이 닿지 않았다. 창병들은 나뭇가지로 엮은 뚜껑으로 구덩이를 덮고 바닥에 나무못을 박아 고정시켰다.

들리는 것은 바람의 한숨 소리와 점점 멀어지는 북소리뿐이었다. 사반을 감시하기 위해 남은 두 창병 중 한 명이 뚜껑 사이로 물 포대 하나를 던져주었다. 사반은 쭈그리고 앉아 무릎을 안은 채 얼굴을 묻었다

아우레나는 죽을 것이다. 그리고 자신은 고문을 당하고, 눈이 멀고, 손발이 잘릴 것이다. 금이 라사린으로 갔기 때문에.

라사린의 사제들 역시 오늘이 하지라고 결정했다. 황혼이 다가올 무렵, 부족민들은 모닥불을 밝히고 황소춤과 불꽃 뛰어넘기를 준비했다. 데레윈은 들뜬 분위기를 외면했다. 그녀는 렌가의 오두막 구석, 가죽 장막 너머에 몸을 숨긴 채 웅크리고 있었다. 그녀는 벌거벗고 있었다. 렌가 때문이었다. 그는 데레윈의 굴욕을 즐기며, 그녀를 카살로의 창녀라고 불렀다. 슬라올 신전에서 강제로 결혼식을 올렸으니 렌가의 아내였지만, 지난 몇 달 동안 렌가의 친구들이 부르면 언제든지 그들에게 가야 했고, 거부하면 매를 맞았다. 얼굴과 어깨, 팔에는 온통 상처투성이였다. 데레윈에게 모욕을 많이 당한 제가가 가장 심하게 그녀를 구타했다. 데레윈은 그들 모두를 조롱했다. 그것만이 최고의 방어였기 때문이다. 지금 그녀는 장막 옆에 쭈그리고 앉아 세 남자가 하는 이야기를 들으며 태아가 뱃속에서 꿈틀거리는 것을 느꼈다. 렌가의 아이였다. 데레윈은 아기가 아들이라고 확신했다. 두 달, 혹은 석 달 후면 태어날 것이

다. 남자들은 임신한 뒤로 데레윈에게 관심을 갖지 않았지만 모욕은 계속되었다. 그러나 그녀의 가슴속에서 타오르는 분노를 감지한 사람은 아무도 없었다. 그들은 데레윈이 포기했다고 생각했다.

오두막 안의 세 남자, 즉 렌가, 제가, 바칼은 카살로에 대해 이야기를 나누고 있었다. 바칼은 렌가가 족장이 되는 것을 돕기 위해 사르메닌에서 온 전사들의 대장이었다. 그는 라사린 전사처럼 파란 문신을 뽐내며 그들과 라사린 언어로 대화를 주고받았다. 렌가의 친구들처럼 그에게도 원할 때면 언제든 데레윈을 부를 수 있는 권리가 주어졌다. 렌가는 카살로를 칠 때가 무르익었다고 주장했다. 카살로는 사나스가 죽은 충격에서 아직 회복하지 못했다, 그와 동시에 카살로를 지켜주던 마법도 사라졌다, 그러니 늦여름 즈음 카살로를 다시 공격해서 이번에는 정착지를 아예 불태워버려야 한다, 대신전도 파괴하고 성스러운 무덤을 무너뜨리고 카살로 조상들의 무덤에 오줌을 싸야 한다고 렌가는 말했다.

"듣고 있나, 창녀야?"

제가가 외쳤다. 데레윈은 대답하지 않았다.

"뚱한 년."

제가는 말했다. 혀가 꼬이는 것을 보니 이방인의 술을 마시고 있는 모양이었다.

오늘 밤, 사르메닌에서는 태양의 신부를 불태울 것이라고 바칼이 말했다. 제가가 대꾸했다.

"우리도 데레윈을 불태울까?"

"슬라올이 원하지 않을 거야. 슬라올에게 창녀를 주다니, 우리한테서 등을 돌릴걸."

렌가가 말했다. 바칼이 대답했다.

"오늘 저녁, 해가 저무는 광경을 바라보지 않으면 슬라올이 우리를 고마워하지 않을 거요."

라사린의 들판에서는 이미 모닥불이 타오르고 있었다. 황소 가죽을 뒤집어쓴 남자들은 슬라올 신전 나무 기둥 사이에서 춤출 준비를 하고 있었다.

"우린 가야 한다. 너는 여기 있어라, 창녀!"

렌가는 장막 너머에 있는 데레윈에게 외친 뒤, 땅바닥과 소중한 모피 더미 밑에 숨겨놓은 보물을 지키기 위해 젊은 전사 하나를 오두막에 남겨놓았다. 렌가는 젊은이에게 지시했다.

"창녀가 말썽을 피우거든 때려주어라."

창병은 불 옆에 앉았다. 매우 젊은 그는 마덴 고원 전투에서 카살로 전사 두 명을 죽였다는 표시로 파란 문신 두 개를 새기고 있었다. 부족의 많은 젊은이들처럼 그 역시 렌가를 숭배했다. 새 족장은 라사린 창병들에게는 두려움을 안겨주었고, 지지자들에게는 부를 가져다주었다. 젊은이는 많은 소와 아내를 거느리는 희망을 품고 있었다. 커다란 오두막을 소유하고 자신의 영웅적인 무용담이 노래로 불리는 꿈을 꾸었다.

문득 어떤 소리가 나서 돌아보니, 데레윈이 장막 가장자리에서 모습을 드러냈다. 그녀는 무릎을 꿇고, 전사가 돌아보자 복종한다는 뜻으로 머리를 숙였다. 긴 머리를 곱게 빗질하고 목에 호박 장신구만 걸친 완전한 나체였다. 데레윈은 시선을 내리깐 채 무릎걸음으로 다가오며 야릇한 신음 소리를 냈다. 창병은 보는 사람이 없는지 본능적으로 입구 쪽을 살폈다. 아무도 없었다. 라사린에 남은 사람은 병자와 노인뿐이었다. 나머지는 모두 황소 남자들이 슬라올의 영광을 위해 여자들을 덮치게 될 슬라올 신전에 가 있었다.

창병은 데레윈이 다가오는 것을 지켜보았다. 화톳불에 작은 젖가슴이 으스스한 그림자를 드리우고, 부푼 배가 확연히 드러났다. 데레윈이 문득 머리를 들고 젊은이를 올려다보았다. 커다란 눈에 짙은 슬픔이 어려 있었다. 데레윈은 가련하게 신음하며 따뜻한 화톳불 쪽으로 기어갔다.

전사는 얼굴을 찌푸리며 초조하게 말했다.

"돌아가시오."

"안아주세요. 난 외로워요. 안아주세요."

데레윈은 애원했다.

"돌아가라니까!"

강제로 장막 뒤로 밀어 넣었다가는 불빛에 반짝이는, 잔뜩 부푼 배가 터져버릴 것 같아 두려웠다.

"안아주세요."

데레윈은 다시 말하며 젊은이의 창을 옆으로 밀고 팔로 그의 목을 감았다.

"제발 안아주세요."

"안 돼. 안 돼."

하지만 너무 두려워서 밀어낼 수도 없었다. 전사는 꼼짝 않고 데레윈이 하는 대로 내버려두었다. 머리카락에서 향기가 났다.

"돌아가시오."

젊은이는 겨우 말했다. 그때 데레윈이 허벅지 사이에 오른손을 넣어 청동 단검을 꺼냈다. 그리고 곧장 젊은이의 배를 찔렀다. 뱃속에 집어넣은 칼날을 비틀면서 위로 끌어올리자 창병은 눈을 커다랗게 뜨며 헐떡였다. 허파 아래 근육과 심장 주변의 혈관이 찢어지면서 따뜻한 피가 데레윈의 손목과 허벅지에 쏟아졌다. 젊은이는 데레윈을 밀어내려고 발버둥 쳤지만 이미 기력이 없었다. 목에서 그르렁거리는 소리가 나더니 눈이 흐릿해졌다. 데레윈은 렌가가 돌아온 이후 처음으로 진심에서 우러나오는 희열을 느꼈다. 마치 사나스의 쉼 없는 영혼이 몸속에 들어온 것만 같았다. 순간, 시체의 무게가 몸을 눌렀다. 데레윈은 칼을 빼내고 시체를 옆으로 밀었다. 시체의 머리가 화톳불 안에 툭 떨어졌다. 기름기 밴 머리카락이 불 속에서 지지직거리며 밝게 타올랐다.

데레윈은 어느새 오두막을 가로질렀다. 그리고 렌가가 침상으로 사용하는 모피 더미로 가서 피 묻은 칼로 흙을 파헤치기 시작했다. 땅을 파낸 뒤, 칼을 밀어 넣자 칼끝에 가죽이 닿았다. 데레윈은 흙을 깨끗이 털고 가죽 주머니를 화롯불 옆으로 가져갔다.

주머니 안에는 사르메닌의 커다란 금 하나와 작은 금 두 개가 들어 있었다. 모든 금이 다 있었으면 좋았겠지만, 렌가는 분명 보물을 오두막 안 여기저기에 나누어 감춰뒀을 것이다. 잠시 오두막을 찢어발기고 모든 모피를 뒤엎어 보물을 파헤치고 싶었지만, 이 금 조각 세 개만으로도 충분했다.

데레윈은 렌가의 튜닉을 걸치고 가죽 신발을 신은 뒤 오두막 기둥에 걸어놓은 렌가의 소중한 청동검을 들었다. 그리고 금이 든 주머니를 들고 오두막 문간으로 다가가서 잠시 기다렸다. 아직 날이 완전히 어두워지지는 않았지만 아무도 보이지 않았다. 데레윈은 튜닉 자락을 모아 쥐고 허리를 굽힌 채 문 밖으로 나갔다.

라사린 제방을 통과하는 길은 양쪽 다 창병들이 지키고 있어 데레윈은 입구 사이의 해자로 달려갔다. 여름에 비가 많이 내려 해자 바닥에는 물이 고여 있었다. 데레윈은 첨벙거리며 해자를 건넌 다음 눈에 띄지 않도록 천천히 높다란 제방을 올랐다. 경비병이 보지 못했는지, 라하나가 오늘 밤 데레윈을 지켜주고 있는지, 들키지 않고 무사히 꼭대기까지 올라갈 수 있었다. 데레윈은 잠시 숨을 돌리고 뒤를 돌아보았다. 남서쪽 지평선을 완전히 뒤덮은 검은 구름의 좁은 틈새로 한줄기 태양빛이 찬란하게 타오르고 있었다. 부족민들은 신전 기둥 주위에서 춤을 추고, 저 멀리 고원 지대에는 새 하늘 신전이 버려진 채 서 있었다.

데레윈은 해를 향해 고양이처럼 쉿 소리를 냈다. 렌가가 슬라올을 숭배하니, 슬라올은 데레윈의 적이었다. 그녀는 제방 위에 걸린 두개골 위로 몸을 웅크리며 구름을 빨간빛과 금빛으로 물들인 해를 향해 침을 뱉었다. 그러자 갑자기 밝은 햇살이 사라졌다.

데레윈 역시 해와 함께 사라졌다. 제방 바깥을 기어 내려가 어두운 숲을 지나 강변에 도착한 그녀는 북쪽으로 발길을 돌렸다. 사반과 처음 잠자리를 같이한 섬을 지날 때 문득 그가 떠올랐지만, 추억에는 애정이 남아 있지 않았다. 마음속에 있던 애정, 친절, 웃음, 기쁨은 모두 눈물과 함께 씻겨나갔다. 그녀는 카살로의 창녀가 되었고, 지금부터는 카살로의 복수를 꿈꿔야 했다.

짧은 하지의 밤이 내렸고, 데레윈은 계속 북쪽으로 걸었다.

아주 오랜 시간이 지난 뒤, 사냥개 소리가 등 뒤에서 들려왔다. 그러나 강을 건넜으니 사냥개는 영혼을 따라오지 못할 것이다. 데레윈은 자신이 자유라는 것을 깨달았다. 아직 마덴에 주둔한 창병 부대를 뚫고 늪지대를 건너야 했지만, 그녀는 자신감에 넘치고 강했다. 라하나가 머리 위에서 빛나고, 손에는 라하나에게 바칠 소중한 태양신의 금을 지니고 있었기에.

데레윈은 탈출했다. 뱃속에는 렌가의 아이가 있었다. 이제 전쟁만이 남았다.

사르메닌에서는 오후에 비가 내렸다. 바람이 한층 기세를 더했고, 묵직한 빗줄기가 떨어지기 시작했다. 구덩이를 덮은 뚜껑 틈새로 보이는 회색 하늘에서 검은 기운이 요동쳤다. 바람이 오두막 지붕을 흔들고, 구덩이에 빗물이 차올랐다.

사반은 첫 번째 천둥이 울리는 순간, 고개를 뒤로 젖히고 천둥의 신을 향해 울부짖었다. 그리고 젖은 구덩이 옆면을 파헤쳐 모서리가 날카로운 돌을 찾아낸 다음 벽을 찍어 홈을 만들기 시작했다. 두 번째, 세 번째 만든 홈을 딛고 위로 올라가려 했지만, 맨발이 젖은 흙에 미끄러져 계속 차오르는 물속에 떨어지기만 했다.

사반은 좌절감에 흐느끼며 다시 돌을 주워들고 더욱 깊이 홈을 팠다. 물이 발목까지 올라왔다. 빗물이 뚜껑을 두들기고, 그의 얼굴을 때렸다. 끊임없이 울부짖는 바람 소리에 누군가가 못을 빼내고 뚜껑을 들어내는 소리도 듣지 못했다. 이윽고 젖은 망토가 구덩이로 내려오고, 붙잡으라고 외치는 하락의 목소리를 듣고서야 구조되었다는 사실을 깨달았다.

머리 위 어둠 속에 하락과 카간이 서 있었다. 사반이 망토를 붙잡자 카간이 어린아이 다루듯 훌쩍 구덩이 밖으로 끌어냈다. 사반은 풀밭 위에 엎어졌다. 젖은 몸을 부들부들 떨며 그대로 누운 채 바다에서 육지로 올라와 해변을 때리는 폭풍의 눈을 쳐다보았다. 날카로운 폭풍에 나무가 휘고, 오두막 지붕이 보조리 깅 니미로 날아갔다. 사반을 지키던 경비병은 보이지 않았다.

"가야 한다."

하락이 사반을 일으키며 말했다. 하지만 사반은 상인의 손을 뿌리쳤다. 그러곤 케레발의 오두막으로 가서 장막을 밀어젖혔다. 경비병이 있을 거라고 생각했지만, 오두막은 비어 있었다. 그는 커다란 모피로 몸을 닦고 사슴 가죽 튜닉을 입었다.

하락이 오두막 안으로 따라 들어오며 말했다.

"가야 한다."

"어디로요?"

"멀리. 여긴 광기뿐이야. 스카셀에게서 도망쳐야 한다."

"이건 에렉의 광기입니다."

사반은 부츠를 신은 다음 망토를 걸치고, 케레발의 청동 창을 집어 들었다.

"바다 신전으로 가야 합니다."

"그녀가 죽는 걸 보려고?"

"에렉이 보내는 징표를 보려고요."

사반은 이렇게 말한 뒤 가죽 장막을 들추고 윙윙거리는 빗줄기 속으로 나갔다. 창병 하나가 정착지 한가운데로 나와 텅 빈 구덩이를 들여다보고 있었다. 돌아서서 동료 경비에게 소리치려는 순간, 사반을 보고는 창을 겨눈 채 달려왔다.

"구덩이로 돌아가!"

창병이 외쳤지만 노호하는 바람 소리에 묻혔다.

사반이 창을 들었다. 경비는 사반을 찌를 생각은 없으니 자진해서 구덩이로 돌아가라는 듯 고개를 흔들었다. 그러나 사반은 내처 정문 쪽으로 걷기 시작했다. 경비가 앞을 가로막기 위해 달려왔다. 사반은 그의 창을 힘껏 쳐냈다. 지난 몇 주 동안의 좌절감이, 아우레나가 평온하게 죽음을 기다리는 모습을 바라보아야만 했던 무력감이 울컥 치밀어 올랐다. 사반은 경비를 향해 도끼처럼 창을 휘둘러 얼굴을 베었다. 바람에 붉은 피가 흩날렸다. 사반은 욕설을 퍼부으며 경비의 배를 깊숙이 찔렀다. 경비는 진흙탕 위에 쓰러졌다. 사반은 죽어가는 경비의 배 위에 부츠 신은 발을 대고 창을 빼냈다.

이윽고 사반은 달리기 시작했다. 하락과 카간도 뒤따랐다.

죽어가는 남자의 영혼이 두려워서가 아니라 긴 하루가 거의 끝나가고 어둠이 찾아오고 있었기 때문이다. 슬라올이 진 것이 아니라 구름 때문에 일찍 어두워진 것 같았다. 라사린에 금을 가져다주었던 바로 그런 폭풍, 신들의 전쟁으로 인해 발생한 폭풍이었다. 거센 바람에 몸이 휘청거렸다. 어깨에 걸친 망토가 거대한 박쥐 날개처럼 날아갈 기세로 펄럭였다. 사반은 목의 끈을 풀었다. 그러자 망토 가죽이 빗물이 줄줄 흐르는 땅 위를 스치며 바람에 날렸다. 눈앞을 가로막는 비, 귀가 멀 듯한 바람 속에서 그는 빗줄기를 뚫고 계속 걸음을 옮겼다.

바다 위 언덕에 도착해 내려다보니 대양이 땅을 산산조각 내려는 듯했다. 하얀 물마루를 인 산만 한 파도가 바위에 부딪혔다 검은 구름 쪽으로 치솟아 폭풍을 타고 육지로 날아갔다. 사반은 소금기를 씹으며 고개를 숙인 채 바람을 안고 계속 걸음을 옮겼다. 하늘은 그 어느 때보다 컴컴했다. 하락과 카간도 같이 걸었다. 오늘 슬라올이 지는 광경은 볼 수 없을 것이다. 어쩌면 두 번 다시 해를 볼 수 없을지도 모른다고 사반은 생각했다. 어쩌면 세상의 종말인지도 모른다. 사반은 소리 내어 울었.

먼 바다에서 번득인 번개가 온 세상을 흑백으로 물들였다. 머리 위에서 천둥소리가 이어졌다. 사반은 신들에 대한 두려움으로 흐느끼며 낮은 언덕을 올랐다. 정상에 오르는 순간, 다시 번개가 하늘을 찢었다. 사악한 불빛 속에서 발아래로 바다 신전이 보였다. 처음에는 사람이 없는 듯했다. 하지만 다시 보니 부족민들이 들판에 흩어져 큰 돌 아래 웅크리고 있었다. 몇 사람만이 신전 안에 남아 있었다. 그들을 본 사반은 다시 걸음을 옮기기 시작했다. 하락과 카간은 바위 그늘에 몸을 숨긴 채 언덕 꼭대기에 남았다.

거대한 바다가 벼랑 발치에서 부서졌다. 물보라가 벼랑 위까지 튀어 신전의 돌을 적셨다. 절벽 꼭대기 바로 아래, 커다란 불이 타오르고 있어야 할 단 위에서는 증기와 연기만이 피어오르고 있었다. 사제와 창병들이 원형 신전 안에 웅크리고 있었다. 신전을 향해 달려가던 사반의 눈에 흰옷을 입은 아우레나가 보였다.

아직 살아 있었다.

창병들이 축축한 장작을 벼랑 끝으로 날라 꺼져가는 불 속에 던졌다. 스카셀이 일어서서 뭐라 부르짖었다. 옷에 달렸던 깃털은 광풍에 날려가고 없었다. 사반을 보지는 못한 것 같았다. 케레발은 이 징조가 무엇을 뜻하는 것인지 몰라 두려움에 떨고 있었다.

그때 카마반이 사반을 보았다. 그 순간, 카마반이 의식을 시작했다. 그는 아우레나를 끌고 모닥불 쪽으로 이어진 회랑을 따라 절벽 끝까지 갔다. 그러곤 칼을 꺼내 케레발이 에렉의 금을 대신해 산 금붙이를 잘랐다. 아우레나는 몽환 상태인 것 같았다. 스카셀은 바람을 맞으며 카마반에게 항의의 표시로 소리를 질렀다. 카마반이 마주 소리를 지르자 스카셀은 이내 물러섰다. 사반은 형 옆으로 달려갔다.

"불 속으로 들어가야 해!"

카마반이 외쳤다.

"불이 없잖아!"

"불 속으로 들어가야 한다니까, 이 바보야!"

카마반이 다시 외쳤다. 그러곤 물에 젖은 아우레나의 흰옷 목덜미를 잡고 칼로 잘랐다.

사반이 손을 잡자 카마반은 세차게 떨쳐냈다. 그리고 울부짖는 바람 소리 위로 목청을 높였다.

"이렇게 해야 한다! 제대로 해야 해! 모르겠느냐? 제대로 해야 해!"

순간, 사반은 형의 의중을 깨달았다. 아우레나는 의무대로 불을 향해 걸어가야 한다. 모닥불이 없는 것은 그녀의 죄가 아니다. 사반은 물러서서 형이 아우레나의 긴 옷을 찢는 것을 지켜보았다. 묵직한 모직 옷감이 거칠게 펄럭이며 잘려나갔다. 카마반은 젖은 옷이 아우레나의 발치에 떨어질 때까지 계속 잡아당겼다.

신부가 신랑에게 갈 때 그렇듯이 아우레나는 알몸이 되었다. 이제 슬라올에게 갈 차례였다. 카마반은 그녀에게 소리쳤다.

"걸어! 걸어!"

아우레나는 걸었다. 하지만 가녀린 몸에 부딪치는 비바람 때문에 걸음을 옮기기가 힘들었다. 그러나 그녀는 꿈을 꾸듯 끈질기게 앞으로 걸었다. 카마반은 한 걸음 뒤에서 그녀를 재촉하며 따라갔다. 겁에 질린 사제들은 원형 신전 안에서 그 광경을 바라만 보고 있었다.

여전히 연기와 증기가 절벽 꼭대기까지 올라와 바람에 흩어지고 있었다. 사반은 아우레나 옆에서 나란히 걸었다. 하지만 신성한 통로를 상징하는 돌 안으로는 들어가지 않았다. 절벽 끝으로 다가갈수록 바람은 더욱 거세졌다. 발이 젖은 풀 위에서 미끄러지고, 젖은 머리카락이 등 뒤에 늘어져 붙었다. 하지만 아우레나는 몸을 앞으로 숙인 채 순순히 폭풍을 뚫고 나아갔다. 카마반이 소리쳤다.

"계속 가! 계속!"

이윽고 벼랑 꼭대기에 도착했다. 장작 안에는 아직 불기가 조금 남아 있었다. 장작더미는 엄청나게 컸다. 시간이 갈수록 더욱 활활 타오르게 낮에 불을 지핀 후 계속해서 연료를 넣었을 것이다. 바람과 파도, 비 때문에 기세가 꺾이긴 했어도 장작더미 한가운데 깊숙한 곳에는 여전히 불씨가 남아 폭풍과 싸우고 있었다.

"저기! 저기!"

카마반은 의기양양하게 외쳤다. 사반과 아우레나는 동시에 고개를 들고 남서쪽 지평선을 바라보았다. 캄캄한 하늘 한가운데 작은 틈새로 붉은 기운이 비치고 있었다. 태양신이 거기 있었다. 거기서 바라보고 있었다. 구름을 붉게 물들이며.

"자, 뛰어내려!"

카마반은 아우레나에게 소리쳤다.

귀가 멀 듯한 천둥이 망치처럼 온 세상을 때렸다. 번개가 절벽을 따라 번득였다.

"뛰어!"

카마반은 다시 외쳤다. 아우레나는 공포 때문인지 승리감 때문인지, 뭐라 외치더니 비와 바닷물로 흠씬 젖은 모닥불 쪽으로 걸음을 옮겼다. 발을 내딛는 순간, 폭풍 때문에 균형을 잃고 비틀거렸다. 검게 그을린 장작이 발밑에서 부서졌다. 다음 순간, 그녀는 절벽으로 몸을 던졌다. 마지막 연기가 소용돌이치며 오르더니 불은 완전히 꺼졌다. 아우레나는 의무를 다했고, 신은 그녀를 거부했다.

사반은 단으로 뛰어내렸다. 그러곤 튜닉을 벗어 아우레나의 머리에 씌웠다. 아우레나는 팔을 들 힘도 없는 듯했다. 겨우 튜닉을 끌어내려 그녀의 몸을 감싸주었다. 문득 아우레나가 고개를 들어 그의 얼굴을 보았다. 사반은 맨팔로 그녀의 몸을 꼭 껴안았다. 폭풍으로 날뛰는 바다에서, 아우레나는 탈진한 채 그의 어깨에 몸을 기대고 울었다.

그러나 그녀는 살아남았다. 그녀는 해야 할 일을 했고, 사르메닌에는 재난이 찾아왔다.

폭풍은 위력을 잃기 시작했다. 바다는 여전히 절벽을 두드리며 어두운 허공에서 하얗게 부서지고 있었다. 하지만 폭풍우는 이제 단순한 돌풍으로 변했고, 빗줄기는 가늘어져 바람에 흩날렸다.

사반은 아우레나를 부축해 절벽 위로 올라갔다. 그녀는 튜닉 소매에 팔을 집어넣은 채 꿈꾸는 듯 그에게 매달려 있었다.

"그녀가 걸었다!"

카마반이 사제들에게 외쳤다.

하락도 언덕에서 내려와 있었다. 그가 카마반이 한 말을 되풀이했다.

"그녀가 걸었다!"

케레발은 비탄에 잠긴 얼굴이었다. 태양 신부의 운명은 부족의 내년 운세를 예언하는 것이다. 그런데 신부가 불 속으로 뛰어들었다가 걸어나온 것이다. 그런 것을 본 사람은 지금껏 아무도 없었다.

스카셀은 고통스럽게 울부짖더니 옆에 있던 전사의 창을 빼앗아 들고 카마반에게 다가갔다.

"너야! 네가 한 짓이지! 네가 폭풍우를 불러왔어! 간밤에 말킨 신전에서 널 본 자가 있다! 네가 폭풍우를 불러왔어!"

십여 명의 전사들이 제사장 곁으로 몰려와 얼굴에 살기를 띠고 카마반을 노려보았다.

사반은 아우레나를 돕기 위해 창을 버린 터였고, 그녀가 매달려 있어 형을 구할 방법이 없었다. 그러나 카마반에게는 도움이 필요 없었다.

카마반이 한쪽 손을 들어 올렸다.

그의 손에는 마름모꼴 금붙이가 들려 있었다. 사나스의 오두막에서 가져온 커다란 금이었다.

스카셀은 멈춰 섰다. 금을 바라보더니 손을 들어 창병들을 제지했다.

"내가 보물을 바다로 던지기를 원하는가?"

카마반은 물었다. 그러곤 반대쪽 손을 들어 열한 개의 작은 금을 보여 주었다.

"난 상관없다!"

카마반은 갑자기 웃음을 터뜨렸다. 광기 어린 웃음이었다.

"에렉의 금이 내게 무엇인가? 당신들에게는 무엇인가?"

찢어지는 듯한 목소리로 묻고 소리쳤다.

"금을 보낸 것은 너다, 스카셀! 너는 보물을 지키지도 못했어! 이번에도 보물이 가게 두라! 바다로 돌려주라!"

카마반은 돌아서서 약해진 바람 속으로 보물을 던지려 했다.

"안 돼!"

스카셀이 애원했다. 카마반은 돌아섰다.

"왜 안 되지? 네가 잃어버렸어, 스카셀! 이 한심하고, 말라붙은 도마뱀 똥 같은 작자야, 에렉의 금을 잃어버린 건 당신이야! 그런데 내가 그중 일부를 가져왔지."

카마반은 금붙이를 높이 들어 올렸다. 그리고 힘찬 음성으로 말했다.

"나는 마법사다, 사르메닌의 스카셀. 나는 마법사, 너는 내 발밑의 흙이다. 나는 공기의 신령과 바람의 신령을 카살로로 보내 이 금을 가져오게 했다. 당신 족장이 내 형과 맺은 약속을 네가 깨뜨리려고 하는데도. 너, 사르메닌의 스카셀, 너는 에렉에게 저항했다! 그는 자신의 신전을 옮겨 영광을 되찾기를 원하는데, 사르메닌의 스카셀은 무엇을 했느냐? 사슴 앞에서 침이나 흘리는 돼지처럼 신의 앞을 막아섰어. 넌 에렉의 뜻을 거슬렀다! 에렉이 네게서 거둔 이 금을 무엇 때문에 내가 돌려주어야 하느냐? 금은 바다로 가야 한다."

카마반은 꺼진 모닥불 위 절벽에 올라선 채 다시 한 번 들끓는 파도 속으로 금을 던지려 했다.

"안 돼!"

스카셀이 에렉을 바라보듯 금을 바라보며 외쳤다. 수척한 얼굴을 타고 눈물이 흘러내렸다. 도저히 이해할 수 없다는 눈빛이었다. 그는 무릎을 꿇었다.

"제발, 안 돼!"

스카셀은 카마반에게 애원했다. 카마반은 물었다.

"라사린으로 신전을 옮기겠느냐?"

"라사린으로 신전을 옮기겠소."

스카셀은 무릎을 꿇은 채 겸손하게 답했다. 카마반은 북쪽을 가리켰다.

"당신은 광기에 취해서 산속에 이중 원형 신전을 지었어. 내가 원하는 신전은 그것이다."

"가지시오."

"동의합니까?"

카마반은 케레발에게 물었다. 케레발이 답했다.

"동의하오."

카마반은 여전히 커다란 금을 높이 쳐들고 있었다.

"당신들이 신의 큰 뜻을 거부했기에, 에렉도 신부를 거부했다! 에렉은 자기 신전을 라사린으로 옮기기를 원한다!"

사람들은 숨어 있던 바위틈에서 빠져나와 검은 벼랑 끝에 무시무시한 자태로 서 있는 카마반의 말에 귀를 기울였다. 바람이 카마반의 길고 검은 머리카락과 그 끝에 매달린 뼈를 흔들었다.

"의미 없이 일어나는 일은 없다. 당신들이 금을 잃은 것은 비극이었으나, 이는 의미가 있는 비극이었다. 무슨 의미인가? 에렉이 힘을 더해간다는 의미다! 에렉이 그 빛을 세상 한가운데 비춘다는 의미다! 진정한 신부를, 이 땅을 되찾는다는 의미다! 당신들이 그의 뜻을 따르면, 그는 우리에게 생명과 행복을 돌려줄 것이다. 그의 신전을 라사린으로 옮기면, 당신들 모두 신과 같은 존재가 될 것이다."

카마반은 탈진한 듯 목소리가 작아졌다.

"당신들 모두 신과 같은 존재가 될 것이다…."

"아우레나를 살려줘서 고마워."

사반은 아우레나에게 팔을 두른 채 말했다. 카마반은 지친 음성으로 대답했다.

"어리석은 소리 하지 마."

카마반은 앞으로 걸어가더니 스카셀 앞에 무릎을 꿇었다. 그러곤 금 열두 개를 모두 스카셀 앞에 놓았다. 두 사람은 오래전에 잃어버린 형제처럼 포옹했다. 둘 다 울고 있었다. 둘 다 태양신의 뜻대로 하겠다고 맹세했다.

이렇게 아우레나는 살아남았다. 카마반은 이겼고, 라사린은 신전을 갖게 되었다.

11

학살

사르메닌의 위대한 전쟁 신전이야. 비밀 신전이지.

스카셀은 아우레나를 어떻게 해야 할지 알 수 없었다. 불 속으로 들어 갔다가 살아남은 신부는 지금껏 없었다. 죽여야 한다는 생각이 본능적 으로 떠올랐지만, 케레발은 그녀를 신부로 삼고 싶어 했다. 그러나 이제 사르메닌에서 그 권위에 도전할 자가 없어진 카마반은 아우레나를 자 유롭게 풀어주기로 결정했다.

"에렉은 아우레나에게 생명을 허락했다. 이는 신이 그녀를 사용할 데 가 있다는 뜻이다. 죽이거나 억지로 결혼시키면 에렉의 뜻을 거스르게 된다."

이렇게 해서 아우레나는 가족들이 사는 북쪽으로 향했고, 거기서 겨 울을 났다. 그러나 봄이 되자 오빠 둘을 데리고 남쪽으로 돌아왔다.

세 사람은 버드나무 가지를 휘어 오목하게 만든 뼈대에 가죽을 덧대 만든 배를 타고 강을 따라 내려왔다. 아우레나는 사슴 가죽 옷을 입고 금발은 목덜미께에서 한데 묶었다. 저녁에 케레발 정착지에 도착한 그 녀는 지는 햇살에 얼굴을 빛내며 오두막 사이를 걸어왔다. 부족민들은 그녀 앞에서 움츠러들었다. 아직 아우레나가 여신이라고 믿는 사람도 있었고, 에렉에게 거부당했기 때문에 사악한 영혼으로 변했다고 생각하는 사람도 있었다. 어쨌든 모두가 그녀의 힘을 두려워했다.

아우레나는 하락의 오두막 입구에서 허리를 굽혔다. 안에서는 사반 혼자 돌화살촉을 깎고 있었다. 그는 이런 일이 좋았다. 거칠고 뭉툭한 돌멩이가 날카로운 화살촉으로 변하는 것이 만족스러웠다. 그때 갑자기 화살촉을 비추던 불빛이 가려졌다. 사반은 짜증이 나서 고개를 들었다. 누군가의 형체가 오두막 입구에 서 있었다. 등 뒤에서 비치는 바깥 불빛 때문에 검은 윤곽만 보였다.

"하락은 여기 없소."

"당신을 만나러 왔어요."

아우레나가 대답했다. 그제야 사반은 그녀를 알아보았다. 심장이 부풀어 올라 말을 할 수가 없었다. 이따금 아우레나를 떠올리기는 했지만, 다시는 만날 수 없을지도 모른다고 생각했다. 한데 그녀가 나타난 것이다. 아우레나는 오두막 안으로 들어와 사반 맞은편에 앉고, 두 형제는 문밖에 쭈그리고 앉았다. 그녀는 엄숙하게 말했다.

"에렉께 기도했더니, 내게 당신이 신전 옮기는 것을 도우라고 하셨어요. 그게 내 운명이에요."

"당신의 운명? 돌을 옮기는 것이?"

사반은 하마터면 웃을 뻔했다.

"당신과 함께 있는 것이."

아우레나는 사반이 자신의 도움을 거절하면 어쩌나 하는 눈으로 초조하게 그를 바라보았다. 사반은 무슨 말을 해야 할지 알 수 없었다. 아우레나의 말이 정확히 무슨 뜻인지 몰라 소심하게 되물었다.

"나와 같이 있는 것이?"

"당신이 날 갖고 싶다면요."

아우레나는 얼굴을 붉혔지만 오두막이 어두워서 사반에게 보이지는 않았다. 아우레나는 나지막이 말을 이었다.

"지난겨울 내내 에렉께 기도드렸어요. 왜 날 데려가지 않으셨냐고 물었죠. 왜 내 가족에게 치욕을 안겨주었느냐고. 사제님께 이야기했더니 물약을 주셨어요. 신기한 꿈을 꾸었죠. 에렉은 내가 라사린의 새 신전지기 어머니가 될 거라고 하셨어요."

"어머니?"

사반은 아우레나의 말이 감히 믿기지 않았다.

그녀는 겸손하게 말했다.

"당신이 날 갖고 싶다면."

"나에게 그보다 더한 꿈은 없어."

사반은 마침내 고백했다. 아우레나는 미소를 지었다.

"좋아요. 그럼 당신과 함께 가겠어요. 내 오빠들이 돌을 날라줄 거예요."

그녀는 자신의 오빠 카단과 마킨이 높은 산꼭대기에서 저지대까지 큰 돌을 나르는 데 익숙하다고 말했다. 두 형제가 돌을 날라오면 가족들은 암석을 쪼개 돌도끼를 만들었다. 아우레나는 열심히 말을 이었다.

"당신은 돌을 나르는 게 힘들다고 생각한다면서요?"

힘들다고 생각한 것은 사반이 아니라 하락이었다. 케레발이 하락에게 신전 옮기는 일을 감독하게 했지만, 덩치 큰 상인은 도무지 어찌할 바를 몰라 했다. 그는 지난여름과 가을 내내 스카셀 신전과 케레발 정착지를 계속 오가며 방법을 강구했지만 여전히 그 돌을 어떻게 옮길지, 과연 옮길 수나 있는지 판단할 수 없었다. 하락은 근심에 싸여 사람들의 조언을 들었으나 아무런 해결책을 찾지 못했다. 레위드와 사반이 의견을 제시했지만, 하락은 그들이 제안한 방법에 의구심을 품었다. 사반은 아우레나에게 말했다.

"할 수 있어. 하지만 하락이 우선 레위드와 나를 믿어야 해."

"내가 그에게 당신을 믿으라고 할게요. 꿈 이야기를 해주면 신의 계시를 따를 거예요."

아우레나가 돌아오자 사제들은 그녀의 힘이 자기들을 넘어서지 않을까 동요했다. 사반은 바다 쪽 강 건너 기슭에 오두막을 짓고, 거기서 아우레나와 함께 살았다. 사르메닌 전역, 심지어 영토 경계선 근처에서도 아우레나의 손길을 원하는 사람들이 찾아왔다. 어부들은 고깃배에 축복을 해달라고, 아이를 못 낳는 여인들은 자식을 선물해달라고 찾아왔다. 아우레나가 자신에겐 그럴 힘이 없다고 털어놓았지만 사람들은 막무가내였다. 심지어 그녀의 오두막 주변에 새로 집을 짓고 사는 사람들도 있었다. 이윽고 아우레나 마을이라는 정착지가 생겨나기 시작했다. 어부의 아들 레위드도 자기 아내를 데려와 그곳에 정착했고, 아우레나의 오빠들도 그 옆에 집을 짓고 아내를 맞아들였다. 하락과 카간도 왔다. 하락은 아우레나에게서 사반과 레위드가 신전의 돌을 날라야 한다는 에렉의 계시를 전해 듣고 안도의 숨을 내쉬었다. 그녀는 하락에게 말했다.

"내 오빠들이 산 밑으로 돌을 나르면, 사반이 돌 실을 배를 만들고, 레위드가 라사린까지 배를 저어갈 것입니다."

하락은 아우레나의 말을 받아들였다. 그리고 사르메닌 전역을 여행하며 자신의 이상을 설파하고 있는 카마반과 합세했다. 돌을 옮기려면 부족민들의 도움이 필요했기 때문에 그들을 설득해야 했던 것이다. 카마반은 이렇게 설파했다. 시간이 시작되었을 때 신들은 함께 춤을 추었고, 땅 위의 인간들은 신들의 그림자 속에서 행복하게 살았다. 그러나 인간들이 달의 여신과 땅의 여신을 에렉보다 더 많이 사랑하기 시작하자, 에렉은 춤의 대열에서 빠져나갔다. 에렉을 돌아오게 할 수만 있다면 옛날의 행복도 되돌아올 것이다. 겨울도 없을 것이고, 질병도, 어둠 속에서 우는 고아도 없을 것이다. 하락도 같은 내용을 설파했다. 부족민들은 놀라움과 희망으로 가득 차 그들의 말을 들었다. 신전을 옮기자는 주장을 탐탁지 않게 생각하던 반대파들도 단 일년 만에 열렬한 찬성파로 돌아섰다.

케레발의 부족민들을 설득하는 것도 중요했지만, 렌가에게서 신전을 받아들이겠다는 약속을 받아내는 것도 중요했다. 이제 카마반의 동료가 된 스카셀이 봄에 라사린으로 출발했다.

"렌가에게 우리가 보내는 신전은 전쟁 신전이라고 전하시오."

카마반이 지시하자 스카셀이 말했다.

"전쟁 신전이 아니잖소!"

카마반은 참을성 있게 설명했다.

"전쟁 신전이라고 생각하면 렌가는 기꺼이 받아들일 것이오. 금과 돌을 바꾸면 대적할 자가 없어질 정도로 창병들이 강대해질 거라고 말하시오. 또 렌가 자신은 세상에서 가장 강력한 전사가 될 거라고, 그의 무공을 칭송하는 노래가 영원히 울려 퍼질 거라고 말하시오."

라사린을 찾아간 스카셀은 카마반의 지시대로 거짓을 고했고, 렌가는 그 키 크고 비쩍 마른 사제에게 압도당해 작은 금 여섯 개를 내놓았다. 그러나 데레윈이 훔쳐간 금에 대해서는 입 밖에 내지 않았다.

스카셀은 라사린에서 갈레스의 아들 메레스를 사반의 조수로 데려왔다. 사반보다 한 살 어린 메레스는 자기 아버지의 지식과 힘을 물려받았다. 나무로 물건을 만들고, 돌을 들어 올리고, 신전 기둥을 옮기고, 돌을 깎을 줄 알았다. 또 이 모든 일을 능숙하고 빠르고 기술적으로 해냈다. 게다가 아버지와 마찬가지로 커다란 손과 넓은 가슴을 지니고 있었다. 그는 사반에게 어머니가 죽었다는 불행한 소식을 전해주었다.

사반은 어머니의 시신을 사자의 집으로 옮겼다는 이야기를 들으며 흐느꼈다. 메레스는 말했다.

"우리는 라하나 신전에서 그녀를 위해 그릇을 깨뜨렸습니다. 렌가는 그 신전을 파괴하려고 해요."

"라하나 신전을 파괴하려 한다고?"

사반은 놀랐다.

"카살로가 라하나를 숭배하니까 라사린은 더 이상 라하나를 숭배해서는 안 된다는 겁니다."

메레스는 데레윈이 카살로 부족민들을 한데 모으고 있다는 소식도 전해주었다.

이 역시 사반에게는 놀라운 소식이었다. 데레윈은 뱃속에 아이를 지닌 채 카살로로 탈출했다고 했다. 사반은 자초지종을 자세히 이야기해달라고 했으나, 메레스는 이미 말한 것 외에 아는 것이 별로 없었다. 사반은 이 소식을 듣고 뛸 듯이 기뻤지만, 한편으로는 아우레나에게 죄책감을 느꼈다.

"그럼 지금쯤 아이를 낳았겠군?"

"그 이야기는 못 들었습니다."

메레스와 사반은 썰매와 배를 만들기 시작했고, 아우레나의 오빠 카단과 마킨은 높은 계곡에 있는 스카셀 신전의 돌을 옮기기 위해 산으로 갔다. 돌을 옮기는 데는 길이가 사람 키 두 배, 폭이 사람 키 절반 정도 되는 썰매가 필요했다. 썰매의 날은 단단한 참나무로, 짐을 싣는 바닥면은 육중한 목재를 붙여서 만들었다. 사반은 첫 해에 열두 대의 썰매를 만들었다. 레위드는 그 썰매를 배에 싣고 바람에 휘어진 나무가 드문드문 서 있는 황량한 지대를 지나 북쪽으로 꺾어서 배가 더 이상 갈 수 없을 정도로 수심이 낮은 곳까지 강을 타고 올라갔다. 거기가 신전이 있는 산기슭이었다.

돌을 옮기는 데는 장정 수십 명이 필요했다. 그러나 카마반과 하락의 설교에 감동한 사르메닌 사람들이 많아 일꾼은 부족하지 않았다. 여자들은 노래를 불렀고, 남자들은 썰매를 끌고 산으로 올라갔다. 이제는 신전의 돌을 땅에서 뽑아 썰매에 실어야 했다. 아우레나의 오빠 둘은 남자 열 명이 들어서 옮길 수 있는 작은 돌부터 한 썰매에 두 개씩 실었다. 남자 십여 명이 그 썰매를 끌고 높은 계곡 가장자리까지 왔다. 썰매는 비탈길 위에 아슬아슬하게 걸렸다. 이제부터는 서른 명의 장정이 썰매를 끄는 대신 가파른 비탈길에서 미끄러지지 않도록 지탱하며 내려와야 했다. 돌 두 개가 실린 썰매 하나를 끌고 비탈을 내려오는 데 하루가 꼬박 걸렸다. 그리고 산기슭에서 강변까지 옮기는 데 또다시 하루가 걸렸다. 이렇게 신전의 돌을 전부 뽑아 산을 내려오는 데 2년 정도가 걸렸다. 그동안 단 하나의 돌기둥만이 썰매가 비탈을 구르는 바람에 산산조각 났을 뿐이다. 들어 올리는 데 삼사십 명이 필요한 큰 돌은 강변 옆 썰매 위에 그대로 두었고, 십여 명 정도로 들 수 있는 작은 기둥은 풀밭에 내려놓았다.

지금부터 배를 이용해 돌을 라사린으로 옮겨야 할 사람은 선원 레위드였다. 그는 배를 새로 고안했다. 돌 몇 개가 산 밑으로 내려온 첫해, 그는 썰매를 싣고 강을 거슬러 올라왔던 배에 작은 돌 두 개를 실었다. 배는 선체 두 개를 나란히 붙여 십여 명의 노잡이를 태우고 강을 따라 출발했다. 배는 물살을 따라 빠르게 움직였다. 레위드는 강이 넓어져서 바다로 이어지는 곳까지 돌을 옮기는 데는 자신이 있었다. 하지만 바다의 높은 파도에 배가 어떻게 움직일지 궁금했다. 첫 번째 파도가 뱃전을 두드린 순간, 선체 두 개를 나란히 붙인 배는 돌의 무게 때문에 심하게 기울었다. 그리고 이내 둘로 쪼개지며, 돌이 가라앉고 말았다. 하락은 작업 방식이 잘못되었다고 울부짖었다. 하지만 카마반은 바다의 신 딜란이 공물을 원한 것일 뿐 다른 돌은 빠지지 않을 것이라고 사람들을 안심시켰다. 사제들은 해변에서 암소 한 마리를 제물로 바쳤다. 암소의 피가 물속으로 흘러 들어간 지 얼마 지나지 않아 먼 바다에서 돌고래 세 마리가 모습을 드러냈다. 스카셀은 딜란이 제물을 받아들였다고 외쳤다.

"세 척을 붙여야 해."

레위드가 사반에게 말했다. 그리고 딜란이 돌을 가져간 게 아니라 배가 잘못 설계된 것이라고 주장했다.

"세 척을 나란히 붙여야겠어. 이렇게 전부 열 척이 필요해. 나무만 충분하다면."

"모두 서른 척이라니!"

사반은 사르메닌의 척박한 숲에 그 정도의 나무가 있을지 의심스러웠다. 기존의 배를 이용하고 싶었지만, 카마반은 오로지 에렉의 영광을 위해 배를 새로 만들어야 한다고 주장했다. 그리고 돌을 동쪽으로 다 옮긴 다음 그것들을 불태워야 한다고 했다.

그해 여름, 새로운 태양의 신부가 영광스러운 죽음을 향해 불로 뛰어들었다. 사르메닌 사람들은 그날 하지 밤처럼 붉게, 크게, 장엄하게 타오르는 에렉을 지금껏 본 적이 없었다. 신부는 비명 한마디 없이 죽었다. 아우레나는 바다 신전에 가지 않고 오두막에 머물렀다. 임신을 했기 때문이었다.

아이는 이듬해 초에 태어났다. 남자아이였다. 아우레나는 아이에게 리어라는 이름을 붙였다. '목숨을 구한 아이.' 아우레나 자신이 불에서 목숨을 구했기 때문에 붙인 이름이었다.

"내가 죽을 거라는 생각은 솔직히 든 적이 없었어요."

리어를 낳은 그해 어느 겨울 저녁, 아우레나는 사반에게 고백했다. 두 사람은 오두막 근처 강변에서 분홍색 결정이 박힌 녹색 돌 위에 앉아 함께 곰 가죽을 두르고 있었다.

"난 당신이 죽을 거라고 생각했어."

아우레나는 웃었다.

"난 매일 에렉에게 기도드렸어요. 신이 내 목숨을 구해줄 거라는 걸 알았죠."

"왜?"

아우레나는 사반의 질문이 쓸데없다는 듯 고개를 저었다.

"그냥 그렇게 생각했어요. 그 희망을 감히 믿을 수는 없었지만. 물론 태양의 신부는 되고 싶었어요."

그녀는 미간을 찌푸리며 얼른 덧붙였다.

"하지만 난 에렉을 위해 봉사하고 싶었어요. 여신이었을 때 꿈을 꾸었는데, 꿈속에서 에렉은 변화의 때가 오고 있다고 말했어요. 외로움의 시간이 끝나가고 있다고."

사반은 아우레나가 여신 시절의 이야기를 할 때면 언제나 마음이 불편했다. 그녀의 말을 믿을 수가 없었다. 어쩌면 사르메닌에서 자라지 않았기 때문에 한 여자가 여신으로 변하거나 또는 그 반대로 변한다는 개념에 익숙하지 않아서 그런지도 몰랐다.

"난 당신을 살아남게 해달라고 기도했어."

"난 요즘도 꿈을 꿔요."

아우레나는 사반의 말을 무시하고 말했다.

"마치 안개 속을 들여다보는 것 같긴 하지만, 미래에 대한 꿈인 것 같아요. 당신이 처음 스카셀의 신전을 안개 속에서 보았던 것처럼, 내 꿈도 그래요. 하지만 차츰 또렷해질 거예요."

아우레나는 잠시 말을 끊었다.

"계속 또렷해졌으면 좋겠어요. 어쨌든 지금도 난 머릿속에서 에렉의 목소리를 들을 수 있어요. 가끔 난 내가 정말 에렉의 신부라는, 에렉이 자신의 일을 시키기 위해 땅 위에 남겨놓은 신부라는 생각이 들어요."

"신전을 옮기기 위해서?"

사반은 문득 질투심이 일었다. 아우레나는 대답했다.

"겨울을 끝내고 슬픔을 없애기 위해서. 당신 형이 사르메닌으로 온 것도, 그가 당신을 렌가에게서 구한 것도 그 때문이었어요. 사반, 당신과 나는 에렉의 시종이에요."

그해 겨울, 사반과 메레스는 사르메닌 남쪽 숲을 돌아다니며 최고로 큰고 곧은, 라사린의 신전 기둥 중에서 가장 높은 것보다 더 큰 참나무와 느릅나무를 찾았다. 그들은 나무둥치에 이마를 대고 나무의 정령에게 용서를 빈 다음, 둥치를 베어서 가지를 잘라내고 아우레나 정착지까지 황소를 이용해 끌고 갔다. 그리고 나무를 깎아 선체를 만들었다. 우선 선체 바깥쪽 형태를 먼저 잡은 뒤, 둥치를 뒤집어서 돌이나 청동 호미로 속을 파냈다. 강변에서 일하는 십여 명의 남자들은 호미질을 하며 노래를 불렀다. 나뭇조각이 땅에 수북이 쌓였다. 사반은 이 일이 좋았다. 목재를 다루는 데 익숙했고, 깨끗한 금빛 모양의 배가 모습을 드러내는 걸 바라보는 것이 기뻤다. 아우레나와 여인들도 근처에서 선체와 대들보, 대들보와 돌을 묶는 데 필요한 가죽 끈을 만들었다. 사반은 행복했다. 그는 이제 아우레나 정착지의 우두머리였다. 마을 사람들은 모두 하나의 목적을 공유했고, 일이 진척되는 것을 낙으로 삼았다. 웃음과 성실한 작업으로 가득 찬 아름다운 나날이었다.

첫 번째 선체 세 개가 완성되자, 레위드는 배를 보호하는 신이 폭풍과 암초를 잘 볼 수 있도록 뱃머리마다 작은 눈을 팠다. 각각의 선체는 길이가 남자 세 사람 키만 했고, 세 선체 전체를 합한 폭은 길이의 절반이었다. 사반은 세 선체를 남자 허리 두께만 한 커다란 참나무 두 개로 이었다. 참나무의 아랫부분 절반은 뱃전에 판 홈에 들어맞도록 돌과 청동으로 네모나게 다듬었다. 그리고 윗부분은 선체에 고정시키기 위해 긴 가죽 끈으로 단단히 묶었다. 선체 세 개를 잇자 그야말로 엄청난 크기였다. 어부들은 고개를 저으며 절대 뜨지 않을 거라고 말했다. 하지만 배는 떴다. 스무 명의 남자가 썰물 때 개펄로 밀어내자, 밀물이 배를 가볍게 들어 올렸다. 배에는 '몰롯'이라는 이름을 붙였다. 괴물이라는 뜻이었다. 레위드는 이 정도 배라면 가장 큰 돌의 무게도 지탱하고 거친 풍랑에도 견딜 수 있을 거라고 확신했다.

겨울이 끝날 무렵 라사린으로 갔던 카마반은 몰롯이 완성될 즈음 사르메닌에 돌아왔다. 그는 거대한 배를 보고 감탄하며 한창 작업 중인 현장을 둘러본 뒤, 사반의 오두막 밖에 앉아 고향 소식을 들려주었다. 렌가의 힘이 그 어느 때보다 강력해졌다고 했다. 또한 드레웨나 부족의 멜락이 죽은 뒤, 멜락의 아들과 스타키스라는 전사가 족장 자리를 놓고 싸웠는데, 스타키스가 이겼다며 이렇게 덧붙였다.

"우리가 원치 않던 상황이지."

그러곤 아우레나에게서 죽 한 그릇을 받아들며 감사의 뜻으로 고개를 끄덕였다. 사반은 물었다.

"스타키스가 왜?"

"돌을 나를 때 배로 그의 영토를 지나가야 하는데, 호의를 보이지 않을지도 몰라. 어쨌든 우리를 만나준다고는 했어."

"우리를?"

"우리 전부를."

카마반은 전 세계라도 지칭하듯 한 손을 저으며 모호하게 말했다.

"부족 간의 만남이야. 우리, 라사린과 드레웨나. 하지 한 달 전. 문제는…."

그러곤 허리를 굽혀 죽을 한 숟가락 떴다.

"문제는…."

카마반은 입 안에 죽을 가득 넣은 채 말을 이었다.

"스타키스가 렌가를 좋아하지 않는다는 거야. 그의 잘못은 아니지. 우리 형의 창병들이 바빴거든. 드레웨나의 가축도 약탈했어."

"렌가는 카살로하고 싸우잖아?"

"늘 싸우지. 하지만 저들은 늪지대 뒤에 숨어 있고, 새 족장은 훌륭한 전사야. 키탈의 아들 랄린이지."

"데레윈의 사촌이군."

사반은 그 이름을 기억했다. 카마반은 분한 듯 말했다.

"데레원의 똘마니야. 데레원은 요즘 스스로 마법사라 칭하고 사나스의 옛 오두막에 살면서 라하나를 향해 울부짖고 있어. 랄린은 그 여자 허락 없이는 오줌도 못 싸. 이상하지 않아?"

카마반은 말을 멈추고 죽을 더 먹었다.

"카살로가 여자들의 지배를 그렇게 좋아하는 것 말이야. 처음에는 사나스, 이번에는 데레원! 마법사! 데레원은 약초를 다루고, 사람들을 협박해. 그건 마법이 아니야."

"렌가의 아이는 낳았대?"

사반은 물었다. 검은 머리카락에 가무잡잡한 얼굴, 데레원의 웃는 모습이 문득 떠올랐다. 웃던 표정이 비명을 지르며 울부짖는 얼굴로 변했다. 사반은 몸을 부르르 떨었다.

"아기는 죽었어."

카마반은 대수롭지 않게 대꾸하더니 코웃음을 쳤다.

"무슨 마법사가 자기 자식도 못 살려?"

그러곤 빈 그릇을 내려놓으며 덧붙였다.

"렌가가 부족 간 회의에 아우레나를 데려가래."

"왜?"

"내가 아름답다고 그랬거든. 그래도 여기 남겨두는 게 낫겠지."

"렌가는 그녀를 건드리지 못해."

"렌가는 자기가 원하는 모든 여자를 건드려. 창병이 무서워서 아무도 대들지 못해. 사반, 우리 형은 폭군이야."

케레발, 스카셀, 하락, 카마반 그리고 십여 명의 장로와 사제들이 부족간 회의에 참석하기 위해 여행을 떠났다. 사절단을 실어 나르는 데만도 일곱 척의 배가 필요했다. 사반은 레위드와 함께 노잡이 여덟 명을 실은 낚싯배를 타고 갔다. 날씨는 험하고 바다는 넓었지만, 레위드는 걱정하지 않았다.

"딜란이 우리를 보호할 거야."

레위드는 사반에게 확언했다. 제대로 된 바다 여행이 처음인 사반은 솔직히 두려웠다.

어느 여름날 새벽, 일행은 강 하류를 향해 출발했다. 바다에 도착한 그들은 곶 아래에서 잠시 기다렸다. 레위드가 그 이유를 설명했다.

"조석을 기다리는 거야."

"무슨 조석?"

"조석은 수위만 높아졌다 낮아지는 게 아니야. 조석은 물 위의 바람과 같아. 해안으로 밀려왔다 빠져나가지만, 바람과 달리 일정한 리듬이 있어. 물의 흐름을 따라 동쪽으로 갔다가 조석의 방향이 반대로 바뀌면 다시 그 도움을 받을 때까지 기다려야 해."

레위드는 말킨에게 새끼 돼지 한 마리를 바치고 그 피를 뱃머리에 뿌린 뒤 시체를 뱃전 밖으로 버렸다. 다른 배 여섯 척의 선원들도 똑같이 했다.

사반은 조석의 방향이 바뀌는 것을 알아차리지 못했지만, 레위드는 만족했다. 여덟 명의 노잡이는 힘차게 외치며 배를 저었다. 배는 해안에서 충분히 멀어진 다음 동쪽으로 방향을 틀었다. 바람이 뒤에서 불고 있었다. 레위드는 돛을 올리라고 지시했다. 황소 가죽 두 장으로 만든 돛이 짧고 두꺼운 돛대 꼭대기의 가로대에 매달려 있었다. 가죽에 바람이 실리자 배는 날듯이 경쾌하게 달렸다. 그래도 조류가 더 빨랐다. 배 뒤쪽으로 바닷물이 높이 솟았다. 사반은 배가 뒤집어지지 않을까 걱정했지만, 고물이 들릴 때마다 노잡이들은 두 배의 속도로 노를 저었다. 선체는 파도를 타고 앞으로 휙 튀어나갔다, 파도가 배 밑을 완전히 지나가면 다시 뒤로 기울었다. 그때마다 돛에서 채찍 소리가 나곤 했다. 선원들은 노래를 부르며 열심히 노를 저었다. 햇빛 아래에서 끊임없이 물보라가 튀었다. 조개껍질로 배에 고인 물을 퍼낼 때는 이따금 노래가 멈추었다.

늦은 아침, 일곱 척의 배는 내륙으로 접어들었다. 조석이 바뀌고 있었다. 노와 돛을 이용해 조류를 거슬러 올라갔지만, 들이는 힘에 비해 속도가 너무 느렸다. 배는 작은 만에 정박했다. 해안에 배를 대지 않고 대신 구멍이 뚫린 커다란 돌에 긴 가죽 줄을 매단 닻을 내렸다. 일곱 척의 배는 오후 내내 만에 머물렀다. 선원 대부분은 잠을 청했지만, 사반은 깨어 있었다. 창과 활을 든 사람들이 해안 절벽 위에 나타났다. 그들은 배를 내려다보기만 할 뿐 굳이 공격하려 하지는 않았다.

저녁때쯤 선원들은 잠에서 깨어 말린 생선과 물로 배를 채웠다. 그리고 닻을 감아올린 다음 돛을 다시 펼치고, 노를 바다에 넣었다. 슬라울은 기다랗게 펼쳐진 구름 사이로 붉게 타오르며 서쪽으로 넘어가고, 등 뒤의 거대한 바다는 핏빛으로 출렁거렸다. 마지막 핏빛이 사라지고 회색 하늘이 까맣게 변했다. 그들은 밤에도 항해를 계속했다. 처음에는 달이 뜨지 않아 육지가 보이지 않았다. 그러나 하늘에 이렇게 많은 별이 뜬 것은 처음인 듯했다. 레위드는 이방인 언어로 백치, 라사린 사람들이 '수사슴'이라고 부르는 별자리 중에서 항해의 길잡이로 삼는 별을 사반에게 가르쳐주었다. 별은 하늘을 가로지르며 움직였다. 레위드는 모든 어부들이 그렇듯 별의 움직임을 잘 알고 있었고, 사반의 눈에는 그저 희미하게만 보이는 북쪽 해안의 캄캄한 지형에 대해서도 잘 알고 있었다. 선잠을 자다 일어나 보니 배 양쪽으로 육지가 보였다. 원형에 가까운 달이 바다를 비추고 있었다. 다른 배들이 양쪽에 길게 늘어섰고, 라하나의 빛이 노에 반사되어 규칙적으로 빛났다.

다시 잠이 든 사반은 새벽녘에야 잠에서 깨었다. 노잡이들은 이글거리며 떠오르는 해를 향해 노를 젓고 있었다. 넓은 개펄이 배 양쪽에 펼쳐져 있고, 사람들이 그 위를 걸으며 이쪽을 쳐다보고 있었다.

"조개를 잡고 있는 거야."

레위드가 이렇게 말하고 창을 들어 올렸다. 남쪽 해안에서 십여 척의 배가 나타났던 것이다.

"저들에게 네 활을 보여줘."

레위드가 말했다. 사반은 활을 들어 올렸다. 사르메닌 함대의 모든 남자들이 창이나 활을 들어 올리자 그들은 방향을 돌려 물러났다. 레위드가 말했다.

"그냥 고깃배일 거야."

바다는 넓은 개펄 사이로 좁게 이어졌다. 개펄에는 작은 가지 수백 개로 복잡하게 얽은 생선잡이 그물이 검게 널려 있었다. 배 한쪽 옆으로 내려다보니 바닥에서 뭔가가 꿈틀거렸다.

"뱀장어야. 그냥 뱀장어. 맛있는데!"

레위드가 말했다. 하지만 조류가 다시 바뀌고 있었기 때문에 고기를 잡을 시간은 없었다. 노잡이들은 우렁차게 노래를 부르며 바다와 맞닿은 강 하구 쪽으로 배를 몰았다. 레위드는 그 강의 이름이 '설'이라고 알려주었다. 라사린에서 부르는 이름과 같았다. 강둑에서 새들이 날아올랐다. 하늘이 온통 흰 날개와 시끄러운 새 울음소리로 가득 찼다.

그들은 밀물과 썰물이 바뀌길 기다렸다 다시 조류를 타고 설 강을 거슬러 올라갔다. 그날 밤에는 뭍에서 잠을 잤다. 다음 날 아침에는 더 이상 조석의 영향을 받지 않았기 때문에 계속 노를 저어 상류로 올라갔다. 무성하게 자란 나무들이 강변을 따라 가지를 드리워 마치 초록색 동굴 안을 지나는 것 같았다.

"여기가 드레웨나 땅이야."

레위드가 말했다.

"와본 적 있어?"

"성인식을 치르는 라사린 젊은이들을 사냥하러 왔을 때."

레위드가 씩 웃으며 대답했다. 사반이 말했다.

"내가 널 봤을지도 모르겠군. 넌 날 못 봤겠지만."

"봤어도 너 같은 꼬마는 쓸모가 없어 안 잡았을지도 모르지."

레위드는 웃음을 터뜨린 뒤, 창을 배 옆으로 내려 강물의 깊이를 쟀다.

"이 길로 돌을 나를 거야."

"사흘밖에 안 걸려?"

사반은 돌을 나르는 여행이 얼마 걸리지 않는다는 사실에 기뻤다. 레위드는 고개를 저었다.

"돌을 실으면 훨씬 오래 걸릴 거야. 돌 무게 때문에 배가 느려지고, 좋은 날씨도 기다려야 하거든. 엿새, 이레? 돌을 강 상류로 운반하는데도 시간이 더 걸리지. 일년에 한 번 항해할 수 있으면 온이 좋은 거겠지."

"겨우 한 번?"

"굶지 않으려면 그래야지."

레위드는 말했다. 노잡이들이 고기잡이나 농사 같은 생업을 오래 버려둘 수는 없다는 뜻이었다.

"운이 좋으면 일년에 두 번 항해할 수도 있을 거야."

레위드는 창으로 강바닥을 밀었다. 깊이를 재려는 게 아니라 배를 앞으로 밀려는 것이었다. 일곱 척의 배는 강한 물살을 거슬러 올라갔다. 노잡이들은 대부분 노를 놓고 레위드처럼 서서 창으로 강바닥을 밀었다. 이따금 나무 사이로 밀밭과 보리밭, 소들이 풀을 뜯는 목초지가 보였다. 강둑에서는 돼지가 코로 땅을 파고, 나무 위 높은 가지에는 왜가리 둥지가 있었다. 물총새가 강 양쪽에서 날개를 파닥거렸다. 레위드가 말했다.

"게다가 여기서 라사린까지 얼마나 걸릴지 나도 모르겠어."

레위드는 수심이 너무 낮아서 배가 더 이상 뜨지 않을 때까지 설 강을 따라 올라가다 돌과 배를 강둑 위로 올리고 썰매로 하룻길 정도 걸리는 다른 강까지 옮겨야 한다고 설명했다. 마이 강으로 흘러 들어가는 그

지류를 거슬러 올라가다보면 라사린이 나온다고 했다.

"썰매가 필요해?"

사반이 물었다.

"그건 라사린 사람들이 만들어야지. 드레웨나 사람들이나."

레위드가 말했다. 드레웨나의 새 족장이 오늘 부족 간 회의를 소집한 것도 이 때문이었다. 돌이 드레웨나 땅을 지나가려면 족장의 도움이 필요했다. 스타키스는 분명 돌을 안전하게 통과시켜주는 조건으로 두둑한 대가를 요구할 것이다.

녹색 나무 아래에서 강폭이 점점 좁아졌다. 함대는 뱃머리에 평화의 사절이라는 뜻으로 잎이 많은 나뭇가지를 걸었다. 그래도 배를 보고 도망치거나 숨는 주민들이 있었다. 사반은 레위드에게 물었다.

"설 강에 와본 적 있어?"

"아니. 가끔 이 근처까지 약탈을 하러 오긴 하지만."

레위드는 설 강 주변 정착지는 너무 넓고 경비가 삼엄해서 사르메닌 전사들은 항상 그곳을 피해간다고 말했다.

그 정착지는 뜨거운 물을 지하에서 뿜어 올리는 여신 설의 고향으로 유명한 곳이었다. 신기한 샘이 거품을 내며 솟아오르는 바위틈 주위에서 소용돌이치는 강에도 그녀의 이름이 붙었다. 드레웨나는 정착지를 철통같이 방어했다. 설에게 치유를 받기 위해 찾아오는 사람들이 많았기 때문이다. 뜨거운 샘에 접근하려면 선물을 가져와야 했다. 사반도 설에 얽힌 이야기는 많이 들어 알고 있었다. 한때 설에는 들소보다 큰 거대한 괴물이 살았는데, 피부는 뼈처럼 단단하고 이마에 난 커다란 뿔과 엄청난 발굽은 돌보다 무겁다고 어머니가 이야기해주었다. 뜨거운 물에 접근하려면 이 괴물을 지나야 하는데, 슬라올의 아들이자 모든 라사린족의 조상인 영웅 야사나조차 그 관문을 통과하지 못했다. 그러나 설이 자장가를 부르자 괴물은 그녀의 무릎에 거대한 머리를 얹고, 설이 그 귀에 물을 붓자 돌로 변해 그녀를 가두어버렸다. 괴물과 여신은 아직도 그곳에 있으며, 밤이면 설이 부르는 서글픈 자장가가 뜨거운 물이 흐르는 돌 틈에서 들려온다고 했다.

그 유명한 정착지는 북쪽 강변에 자리 잡고 있었다. 하류 쪽은 한때 비옥한 계곡을 뒤덮었던 숲을 베어내 만든 넓은 들판이었다. 들판 너머 짚으로 엮은 지붕에서 연기가 피어올랐다. 양쪽은 가파른 비탈이었지만, 바람이 할퀴는 사르메닌의 계곡에 비하면 녹음이 무성했다.

설 부족들이 배가 강을 거슬러 올라오는 소리를 들은 모양이었다. 춤꾼들이 케레발과 그 부하들을 환영하기 위해 나루터에서 기다리고 있었다. 스카셀이 가장 먼저 배에서 내렸다. 벌거벗은 사제는 커다란 바다 괴물의 갈비뼈를 들고 있었다. 그는 진흙탕 위에 몸을 웅크리고 위험이 없는지 공기 냄새를 맡더니 그 자리에서 세 바퀴를 돌곤 일행에게 안전하다고 알렸다.

드레웨나의 새 족장인 흉터투성이 젊은 전사 스타키스가 이방인들을 환영했다. 사반이 그들의 미사여구를 통역했다. 스타키스가 강대한 렌가의 동생을 만나게 되어 기쁘다며 포옹했지만, 사반은 그게 거짓 기쁨이라는 것을 느낄 수 있었다. 사실 스타키스가 드레웨나의 족장이 된 것은 라사린의 끈질긴 위협에 대항할 수 있을 만큼 강하기 때문이었다. 원래 족장을 이어받기로 되어 있던 멜락의 아들은 너무 나약했다. 렌가는 아직 도착하지 않았지만, 동쪽 산 위에서 맑은 하늘로 한줄기 연기가 피어올랐다. 렌가 일행이 오는 걸 목격했다는 신호였다.

춤꾼들이 이번 회의를 위해 특별히 지은 새 오두막으로 사르메닌 손님들을 안내했다. 오두막 너머 정착지 북쪽 풀밭에는 회의를 구경하러 온 부족민들을 위해 해 가리개를 설치했다. 군중 사이에는 곡예사도 있었고 늑대, 솔담비, 어린 곰 등 길들인 야생 동물을 키우는 사육사도 있었다. 몸에 흉터가 있고 불에 탄 나무색 발톱을 지닌 늙은 수곰 한 마리가 나무 우리 안에 갇혀 있었다. 스타키스는 렌가 일행이 도착하면 곰과 자기가 키우는 최고의 사냥개들이 싸우는 광경을 보여주겠다고 약속했다. 여자 노예 스무 명이 오두막 안에서 기다리고 있었다.

"여러분을 위해 준비했습니다. 마음껏 즐기십시오."

스타키스는 말했다.

렌가는 저녁 무렵에 도착했다. 북소리가 그의 도착을 알리자, 모든 군중이 렌가 일행을 환영하기 위해 동쪽으로 걸음을 옮겼다. 허리까지 벌거벗은 여자 무용수 여섯 명이 물푸레나무 가지로 땅을 쓸며 선두에 섰고, 그 뒤로 벌거벗은 몸을 석회암으로 하얗게 칠하고 머리에 사슴뿔을 쓴 사제 여섯 명이 따랐다. 사반이 기억하기로 라사린 사제 중 가장 어렸던 닐은 이제 제사장을 뜻하는 커다란 사슴뿔을 쓰고 있었다.

사제들 뒤에는 스무 명의 전사가 있었다. 이들을 보자 군중은 헉 하고 숨을 들이쉬었다. 대낮의 더위에도 불구하고, 전사들은 여우 가죽 망토와 백조 깃털로 장식한 높다란 여우 털 모자를 쓰고 있었다. 모두 똑같이 생긴 청동 창촉과 청동검을 들고 있는 것이 묘하게 위협적으로 보였다.

행렬 한가운데에는 그 유명한 족장을 선두로 라사린의 지휘관들이 따라왔다. 턱수염을 길게 기르고 예전보다 몸집이 더 커진 렌가는 아버지를 연상케 했다. 하지만 뿔 문신을 새긴 눈매는 여전히 날카롭고 영리해 보였다. 그는 번쩍거리는 청동 판을 댄 가죽 튜닉을 입고, 머리에는 사반이 한 번도 본 적 없는 청동 투구를 쓰고 있었다. 렌가는 사반을 보고 교활하게 웃은 뒤 스타키스 쪽으로 계속 걸음을 옮겼다. 드레웨나의 무용수들이 부옇게 먼지를 날리며 손님들을 둘러쌌다. 전사단 뒤에는 노예 스무 명이 따라왔다. 몇몇은 스타키스에게 바칠 공물로 보이는 묵직한 자루를 들고 있었다.

렌가는 스타키스와 인사를 마친 뒤 사반에게 다가왔다.

"동생아, 이제 노예가 아니로구나."

"형 덕분은 아니야."

이렇게 대답한 사반은 형과 포옹도, 키스도 나누지 않았다. 손조차 내밀지 않았다. 하지만 렌가 역시 따뜻한 인사는 기대하지 않은 듯했다.

"네가 살아 있는 것 자체가 내 덕분이다, 사반."

렌가는 이렇게 말하고 어깨를 으쓱했다.

"어쨌든 이제 우린 친구가 될 수 있어. 네 아내도 왔느냐?"

"내 아내는 지금 여행을 할 수 없어."

렌가가 노란 눈을 가늘게 떴다.

"왜?"

"아기를 가졌거든."

사반은 거짓말을 했다.

"그래서? 아기야 잃어도 다시 배게 하면 그만인 것을."

렌가는 얼굴을 찌푸렸다.

"미인이라고 들었는데."

"그렇다고들 하더군."

"그러면 데려왔어야지. 내가 그렇게 명령하지 않았느냐? 내가 네 족장인 것을 잊었나?"

렌가는 끓어오르는 분노를 억누르듯 고개를 저었다.

"네 여자는 다음에 만날 수 있겠지."

그러곤 사반의 벌거벗은 가슴에 새겨진 파란색 문신을 두드리며 말했다.

"살해 표식은 겨우 하나냐, 동생아? 아들도 하나뿐이라지? 나는 내가 인정한 아들만 일곱이고, 그 외에도 수없이 많다."

렌가는 사반의 튜닉 자락을 잡고 라사린 사람들을 위해 마련한 오두막 쪽으로 데려가며 낮은 목소리로 물었다.

"그 신전 말인데, 정말 전쟁 신전이냐?"

"사르메닌의 위대한 전쟁 신전이야. 비밀 신전이지."

렌가는 귀가 솔깃한 것 같았다.

"승리를 가져다주는 신전인가?"

"형을 역사상 최고의 전사로 만들어줄 거야."

렌가는 흡족한 모양이었다.

"만약 내가 신전과 금을 둘 다 가진다면, 사르메닌 사람들이 어떻게 나올까?"

"사람들은 아무 짓도 못하겠지만, 슬라올이 틀림없이 형을 벌할 거야."

"나를 벌한다!"

렌가는 울컥 짜증을 내며 사반에게서 떨어져 섰다.

"말투가 꼭 카마반 같군! 카마반은 어디 있지?"

"여신의 신전을 보러 갔어."

사반은 정착지를 둘러싼 높은 나무 울타리와 여신의 샘 쪽을 턱으로 가리켰다. 다시 고개를 돌려 보니 제가가 이쪽으로 다가오고 있었다.

제가를 보자마자 증오심이 끓어올라 사반 스스로도 놀랐다. 순간, 데레윈을 둘러싼 그 옛날의 고통이 물밀듯이 되살아났다. 얼굴에도 그런 감정이 드러난 모양이었다. 렌가는 사반의 반응이 재미있는 것 같았다.

"제가를 기억하겠지, 동생아?"

"기억해."

사반은 원수의 눈을 똑바로 쳐다보았다. 제가는 이제 부자인 듯했다. 좋은 수달피 망토를 두르고, 목에는 금 목걸이, 손가락에는 십여 개의 금반지를 끼고 있었다. 그러나 오른쪽 손은 여전히 쓸모없이 오그라들어 있었다. 머리카락에는 붉은 황토를 칠했고 턱수염은 땋아 늘였다.

"아직 살해 표식은 하나뿐이냐, 사반?"

제가는 깔보듯이 말했다. 사반은 도전하듯 대꾸했다.

"마음만 내킨다면 하나 더 죽여줄 수도 있어."

"하나 더!"

제가는 짐짓 대단하다는 듯 외치더니, 어깨를 으쓱 움직여 망토를 벗었다. 가슴에 온갖 문신이 새겨져 있었다. 파란 문신은 하나하나 일일이 뼈 빗으로 피부를 찍어 일렬로 새겨 넣은 것이었다. 제가는 으스댔다.

"문신 하나하나는 남자의 영혼이다. 점 하나하나는 누워 있는 여인이고."

그러곤 파란 문신 하나를 손가락으로 가리켰다.

"이 여자를 또렷이 기억하고 있지. 그녀는 반항했다. 비명을 질렀다!"

제가는 야비한 눈으로 사반을 쳐다보았다.

"그 여자 기억하나?"

사반은 대답하지 않았다. 제가는 미소를 지었다.

"그녀는 일이 끝난 뒤 울면서 네가 복수해줄 거라고 맹세했다."

"난 나를 대신해서 한 맹세는 지킨다."

사반은 딱딱하게 말했다. 제가는 웃음을 터뜨렸고, 렌가는 사반의 가슴을 가볍게 톡톡 쳤다.

"제가를 혼자 있게 놔둬라. 내일 나를 대신해서 협상을 해야 하니까."

렌가는 넓은 공터를 가리켰다. 세 부족 간의 협상이 벌어질 공터 주위에는 가느다란 나무 장대가 둥글게 세워져 있었다.

"직접 협상하지 않고?"

사반은 놀라 물었다. 렌가는 무심하게 답했다.

"이곳 북쪽에 야생 황소가 있다더군. 사냥을 하고 싶다. 제가는 스타키스에게 무슨 말을 해야 하는지 알고 있어."

"스타키스가 모욕감을 느낄 거야."

"괜찮아. 그는 드레웨나족이고 나는 라사린족이니까. 모욕을 당해도 싸지."

렌가는 걸음을 옮기려다 다시 돌아섰다.

"네 여자를 데려오지 않은 게 유감이다, 사반. 사람들이 말하는 것처럼 정말 그렇게 미인인지 보고 싶었는데."

"분명 미인이겠지."

제가가 옆에서 끼어들었다.

"네 지난번 여자도 미인이었으니까. 그 여자가 지금 카살로의 마법사라는 거 알고 있나? 그 여자가 우리에게 저주를 걸고 있지만, 보다시피 우리는 이렇게 살아 있어. 아주 잘."

제가는 잠시 말을 멈췄다.

"나도 네 여자를 만날 날을 기대하고 있겠다, 사반."

제가는 미소를 지은 뒤 렌가 뒤를 따라갔다. 두 사람이 웃음을 터뜨렸다.

곰은 개 일곱 마리를 죽인 뒤 자기도 죽었다. 스타키스가 내놓은 독한 술에 취해 싸움을 벌인 남자 셋이 죽고, 부족 간의 다툼을 우려한 사제들은 그 살인자들도 죽였다. 밤이 찾아왔고, 별이 총총한 하늘에서 라하나가 땅을 내려다보았다. 취한 전사들은 하나둘 잠이 들었고, 계곡에는 평화가 찾아왔다.

카마반은 부족 회의에 가지 않았다. 대신 라사린의 제사장이 된 닐과 함께 틀어박혀서 신전을 어떻게 지어야 하는지 가르쳤다. 카마반은 사반이 돌 모형으로 깎은 나뭇조각을 이중 원형으로 땅에 박고, 하지에 태양이 뜨는 곳을 향하는 태양 문도 만들었다.

"사르메닌에서 태양 문은 지는 해를 향하고 있지만, 라사린에서는 뜨는 해를 향하도록 배치해야 해."

"왜?"

"태양에게 작별 인사를 하려는 게 아니라 환영 인사를 하고 싶으니까."

닐은 작은 나뭇조각을 바라보았다.

"직접 와서 짓지 그래?"

닐이 불만스럽게 물었다. 카마반과 함께 있으면 불편했다. 지저분하고 불쌍한 불구였던 어린 시절을 기억하고 있었기 때문이다. 지금 자신에게 명령을 내리는 이 자신만만한 마법사와 기억 속의 소년이 동일 인물이라고는 생각할 수가 없었다.

"나는 건축가가 아니야."

닐이 불평했다.

"당신은 내 형에게 신들의 진짜 뜻이 아니라, 형이 듣고 싶어 하는 것만 전하는 인간이지. 내가 왜 라사린으로 가야 하지? 거기도 건축가는 충분하니까 내 시간을 낭비할 필요는 없어."

카마반은 서쪽 바다 긴니 땅을 여행해보고 싶었다. 그쪽 사제와 마법사들은 육지 사람들에게 아직 알려져 있지 않은 것들을 알고 있다고 들었기 때문이다. 돌을 실제로 옮기거나 쌓는 작업은 언제나 지루했다.

"짓는 건 어렵지 않을 거야."

카마반은 닐에게 돌을 크기에 따라 어떻게 배열해야 하는지 보여주었다. 가장 큰 돌은 태양 문 옆에, 가장 작은 돌은 맞은편이었다. 그런 다음, 기다란 힘줄이 담긴 가죽 주머니를 꺼냈다.

"그걸 봐."

"이게 뭐지?"

"신전 크기. 옛 신전 중앙에 이 힘줄을 놓고 반대쪽 끝으로 둥글게 원을 그려. 그게 바깥 원의 바깥 테두리야. 안쪽 원은 거기서 한 걸음 안쪽에 세우면 돼."

닐은 고개를 끄덕였다.

"지금 신전은 어떻게 하지?"

카마반은 대수롭지 않게 대꾸했다.

"그냥 둬. 해가 되는 건 아니니까."

그러곤 닐에게 자기가 알려준 대로 직접 해보게 한 뒤 한 번 더 설명했다. 사르메닌의 높은 계곡에 있던 것과 똑같은 새 신전을 짓고 싶었기 때문이다.

카마반과 닐이 이야기를 하는 동안, 부족 회의가 열렸다. 렌가는 열두 명의 남자와 노예, 개를 데리고 사냥을 나갔다. 대신 제가가 더운 날씨에도 두꺼운 수달피 망토를 입은 채 라사린 사람들을 이끌고 회의 장소에 나타났다.

부족들은 선물을 교환했다. 스타키스는 넉넉한 선물을 준비했다. 당연한 일이었다. 사르메닌의 돌이 자기 영토를 지나가게 해주는 대가로 높은 가격을 부를 생각이었기 때문이다. 그는 케레발에게 양털과 모피, 부싯돌, 그릇, 귀한 호박이 든 주머니를 내놓았다. 빗, 핀, 윤을 낸 녹색 날이 달린 도끼도 내놓았다. 그리고 거북 껍질, 청동 도끼 두 개, 술 여덟 단지, 진기한 바다 생물의 뾰족한 이로 만든 목걸이를 선물로 받았다.

스타키스는 제가에게도 케레발에게 준 것과 똑같은 선물을 내놓았다. 족장 렌가가 아닌 제가가 대신 받아서 기분이 상했는지 모르지만 겉으로 드러내지는 않았다. 선물을 받은 제가가 감사의 뜻으로 미사여구를 늘어놓고, 스타키스는 원둘레 남쪽의 자기 자리로 가 앉았다. 라사린 전사 두 명이 드레웨나의 새 족장에게 렌가의 선물을 가져왔다. 버드나무로 엮은 바구니들이었다. 바구니 하나에는 가죽이 덮여 있었다. 두 전사가 스타키스 앞에서 가죽 덮개를 들추자 청동 창촉이 가득 나왔다. 가죽을 덮지 않은 두 번째 바구니에는 청동검 하나와 활 한 묶음, 십여 개의 돌도끼가 들어 있었다. 바라보던 사람들은 모두 감탄했다. 기대를 뛰어넘는 선물이었던 것이다. 두 전사가 세 번째 바구니를 가져왔다. 이번에는 청동 도끼 두 개, 들소 뿔 두 개, 오소리 가죽과 늑대 모피 한 묶음이 들어 있었다. 스타키스는 만족했다. 특히 들소 뿔 중에서 큰 것이 마음에 들었는지 무릎 위에 올려놓고 눈을 커다랗게 뜬 채 살펴보았다. 이어서 렌가의 오두막에서 가장 묵직한 네 번째 바구니가 옮겨졌다. 전사들은 마지막 바구니를 제가 앞에 놓고 가죽을 벗기지 않은 채 그대로 두었다. 스타키스가 라사린의 요구를 받아들이면 주겠다는 뜻이었다.

사반은 형처럼 인색한 사람이 이만큼 넉넉하게 베푸는 것이 신기했다. 스카셀도 이번만큼은 흡족한 것 같았다. 정말 활짝 웃고 있었다. 이제 드레웨나의 새 족장이 어찌 요구를 거부하겠는가? 돌이 라사린에 일찍 도착할수록 에렉의 금도 그만큼 일찍 사르메닌으로 돌아올 것이다. 그러나 스타키스는 렌가의 후한 선물에 감사를 표하면서도, 라사린의 전사들에게 드레웨나의 족장 자리를 놓고 경쟁했던 자를 잡아들이는 걸 도와달라고 요구했다. 멜락의 아들이 숲 속에서 추방 생활을 하고 있는데, 예순 명가량의 전사를 거느리고 스타키스의 재산을 끊임없이 약탈한다고 했다.

"켈란의 머리를 바구니에 담아주시오. 그러면 사르메닌의 돌 전부라도 통과시켜주겠소."

하락이 제가 옆으로 다가가 제안을 받아들이라고 권했다. 그러나 제가는 망설이며 켈란이 어디 있는지, 정확히 몇 명의 부하를 거느리고 있는지, 무슨 무기를 가지고 있는지 물어보았다. 스타키스 혼자 경쟁자를 잡아들일 수는 없는지도 물었다.

스타키스는 자신도 여러 번 시도해봤지만, 그때마다 켈란이 라사린 남쪽 영토로 도망쳐버렸다고 대답했다.

"당신 전사들이 서쪽으로 진격하고, 우리가 동쪽으로 진격하면 켈란을 포위할 수 있을 것이오."

간단한 제안이었으나, 그래도 제가는 걱정스러운 듯했다. 켈란이 남쪽이 아니라 서쪽의 두란족 쪽으로 간 것은 아니오? 두란 족장하고는 이야기해보았소? 제가는 이렇게 물었다.

"물론이오. 그는 켈란을 보지 못했다고 했소."

스타키스는 대답했다. 그러자 제가가 말했다.

"우리도 그를 본 적이 없소. 수색에 나설 수는 있으나, 숨으려고 마음만 먹으면 평생 숲에서 살아남을 수 있을 것이오. 여기 내 친구, 사반은….."

제가는 사반을 조롱하듯 쳐다보며 웃었다.

"돌을 빨리 옮기고 싶어 하오. 이번 여름이라도 당장! 하지만 모든 나무를 수색하고 모든 수풀을 뒤질 때까지 기다려야 한다면, 돌을 영원히 옮기지 못할 거요. 게다가 켈란은 죽었을지도 모르오."

"그는 살아 있소. 어쨌든 켈란을 잡아들이는 것을 돕겠다는 약속만으로 충분하오. 약속해주시오, 제가. 그러면 내 영토를 통과해 돌을 운반하는 것을 허락하겠소."

"더 이상의 대가 없이?"

제가는 켈란 문제는 접어두고 물었다.

"우리 영토로 물건을 운반하도록 해줄 때는 대가를 받는 것이 당연한 일."

스타키스는 사르메닌 사절단 쪽을 돌아보며 말을 이었다.

"드레웨나로 가지고 들어오는 돌 하나 당 창촉 하나를 만들 수 있는 청동 조각을 주고, 돌 열 개 당 창촉 하나를 더 주시오."

"열 개 당 창촉 하나를 드리겠습니다."

사반이 제안했다. 케레발 대신 발언할 권리는 없었지만, 스타키스의 제안이 지나치다는 것을 알고 있었기 때문이다. 사반이 사르메닌 족장에게 이 말을 통역하자, 족장은 동의하는 뜻으로 고개를 끄덕였다. 스타키스가 물었다.

"돌은 몇 개나 되는가?"

"칠십하고 둘입니다."

사반이 대답했다. 드레웨나 부족민 사이에서 탄성이 일었다. 기껏해야 이삼십 개 정도라고 생각했는데 그 두 배라니. 스타키스는 더욱 고집을 부렸다.

"그렇다면 돌 하나 당 창촉 하나를 주시오."

"케레발에게 말해보겠습니다."

사반은 족장 쪽으로 허리를 굽히고 이방인의 언어로 통역했다.

"너무 많이 요구합니다."

"창촉 열 개를 주겠다고 해. 더 이상은 안 돼."

케레발은 둥글게 늘어놓은 선물을 둘러보며 말을 이었다.

"창촉을 바구니에 가득 담아 주었잖아! 전사 전부에게 금속 창을 줄 셈인가?"

사반은 스타키스에게 말했다.

"돌 열 개 당 창촉 하나를 드리겠습니다. 더 이상은 안 됩니다."

제가는 양쪽의 입씨름을 흥미롭게 지켜보고 있었다. 스타키스가 사반의 제안에 대답하기 직전, 회합 장소 북쪽 언덕 숲에서 나팔 소리가 울렸다. 스타키스가 미간을 찌푸리자 제가는 달래듯 미소를 지으며 말했다.

"렌가가 사냥을 하는 중이오."

"이렇게 설 강 가까운 곳에서는 들소가 잡히지 않소."

스타키스는 숲을 바라보며 말했다. 제가는 어깨를 으쓱했다.

"몰이를 하는지도 모르지. 당신들이 우리한테 켈란을 당신네 창 쪽으로 몰아주기를 바라듯이."

"그렇게 해주겠소?"

스타키스는 얼른 물었다. 그때 두 번째로 나팔 소리가 울렸다. 그러자 제가가 몸을 앞으로 내밀더니 네 번째 바구니의 가죽 덮개를 벗겼다. 안에 들어 있는 것은 선물이 아니라 무기였다. 회합 장소에는 무기 없이 오는 것이 관례였다. 라사린 전사들이 약속이나 한 것처럼 달려오더니 창과 활을 집어 들었다. 순간, 창병 부대가 느닷없이 숲 속에서 모습을 드러냈다. 이어서 화살 하나가 날아와 스타키스의 전사들 사이에 떨어졌다.

제가는 사반을 향해 외쳤다.

"돌아가! 네 오두막으로 돌아가! 사르메닌과 싸울 생각은 없다!"

그러곤 망토를 벗어던지고 가죽 끈에 달아 차고 있던 청동검을 비틀린 오른손으로 쥐었다. 불편한데도 굳이 두꺼운 수달피 망토를 입고 있던 이유를 그제야 알 수 있었다. 제가는 다시 외쳤다.

"돌아가!"

렌가는 사냥이 아니라, 셀 북쪽 숲에서 자신의 창병들과 만나기 위해 갔던 것이었다. 그들은 무장조차 하지 않은 드레웨나 사람들을 공격했다. 여기에 켈란과 그의 전사들이 가세했다. 스타키스는 속아서 배신을 당하고 목숨까지 잃을 처지가 되었다.

사반은 사르메닌 전사들과 함께 오두막으로 달려갔다. 그리고 활과 활통을 집어 들자, 케레발이 사반의 팔에 손을 얹으며 말했다.

"이건 우리의 싸움이 아니다."

그것은 싸움이 아니라 학살이었다. 스타키스 전사 일부가 강으로 도망쳐 배를 띄우려 했으나, 렌가의 궁사 부대가 강둑 위에서 활을 쏘아 댔다. 이어 강변에 도착한 라사린 창병이 아직 살아 있는 사람들을 마구 죽였다. 개들이 짖고 여자들은 비명을 질렀다. 죽어가는 자들은 신음했다. 스타키스는 추종자 대부분과 함께 셀 정착지 쪽으로 도주했다. 제가와 렌가가 그 뒤를 쫓았다. 드레웨나 부족민 중에는 숲으로 도망치기 위해 라사린 전사 쪽으로 달려가서 몰래 빠져나가려는 자들도 있었다. 렌가는 제가에게 이들을 쫓아가라고 명령한 뒤, 정착지 주변의 울타리를 짚고 훌쩍 넘어갔다. 렌가를 따르던 전사 중 하나가 울타리를 도끼로 가르자, 사람들이 뒤이어 그 틈을 넓혔다. 이윽고 그들은 신성한 샘을 둘러싼 마을 쪽으로 달려갔다. 켈란과 그 부하들은 부서진 울타리 안에서 학살을 계속했다.

사르메닌 사람들은 오두막 안에서 불안하게 살육 장면을 바라만 보고 있었다. 카마반이 따라 들어왔다.

"이건 우리 일이 아니라 렌가의 일이야. 렌가는 사르메닌과 싸울 까닭이 없어."

"이건 부끄러운 일이야."

사반이 격하게 말했다. 죽어가는 사람들이 신을 부르는 소리가 들렸다. 여인들이 시체 옆에서 흐느끼는 광경, 강물에 핏물이 소용돌이치는 광경이 보였다. 공격자 중 일부는 환희의 춤을 추고, 제가가 교활하게 스타키스에게 준 선물을 지키는 자들도 있었다.

"이건 부끄러운 일이야."

사반은 다시 말했다. 스카셀이 비웃듯 말했다.

"너희 부족이 협정을 깨뜨리든 말든 알 바 아니지만, 어쨌든 우리에게 도움은 되겠지. 켈란은 아무 대가 없이 돌을 나르도록 허락해줄 테니까."

제가는 마지막 도망자들을 쫓아 십여 명의 창병과 함께 숲으로 사라졌다. 사반은 데레윈이 자기 대신 한 맹세를, 꼭 복수하겠다던 자신의 맹세를 떠올리고 창을 집어 들었다.

"뭐하는 거야?"

레위드가 앞을 가로막았다. 사반이 그냥 지나치려 하자, 레위드는 그의 팔을 잡았다.

"이건 네 싸움이 아니야."

"내 싸움이야!"

"늑대와 맞서는 건 현명한 일이 아니야."

카마반이 말했다.

"난 맹세를 했어."

사반은 레위드의 팔을 뿌리치고 숲으로 달려갔다. 레위드도 창을 들고 따라갔다.

숲 속에는 죽은 자와 죽어가는 자들이 널려 있었다. 스타키스의 전사들은 부족 회합에 참석한 다른 사람들과 마찬가지로 한껏 치장을 했고, 제가의 부하들은 그들의 몸에서 목걸이와 부적, 옷가지 등을 약탈했다. 사반과 레위드가 나타나자 그들이 놀라서 쳐다보았다. 하지만 대부분은 사반을 알아보았다. 게다가 회색 문신을 새긴 이방인 레위드 역시 오늘은 그들의 적이 아니었기에 두려워하지 않았다.

사반은 제가를 찾기 위해 산을 올랐다. 오른쪽에서 비명 소리가 들려왔다. 숲을 뚫고 달려가 보니 제가가 죽어가는 사람에게 칼을 찌르려 하고 있었다. 다친 손에 칼을 묶고 있었지만, 그래도 힘만큼은 놀랄 정도였다.

"제가!"

사반은 창을 들어 올리며 외쳤다. 활을 이용하면 더 수월했겠지만, 그것은 겁쟁이들의 방법이다.

"제가!"

사반은 다시 외쳤다.

흥분한 제가가 번득이는 눈빛으로 돌아보았다. 순간, 사반의 손에 들린 사냥용 창을 보더니 문득 사반이 동지가 아니라 원수라는 사실이 기억난 듯했다. 제가는 놀란 표정을 짓고는 곧 웃음을 터뜨렸다. 그리고 허리를 굽혀 묵직한 창과 칼을 양손에 들고 다시 허리를 펴며 사반을 똑바로 쳐다보았다.

"나는 예순세 명을 죽였다. 그중에는 나보다 살해 표식이 더 많은 자도 있었지."

"난 두 사람밖에 죽이지 않았지만, 곧 세 사람이 될 것이다. 저승에 가 있는 예순세 명의 영혼은 내게 신세를 질 테고, 데레윈도 감사하겠지."

"데레윈!"

제가는 비웃듯 말했다.

"그 창녀. 창녀를 위해 죽겠다고?"

그러곤 갑자기 창을 내밀며 사반에게 달려들었다. 사반이 옆으로 황급히 물러서자 그는 웃으며 창날을 내렸다.

"집에나 가라, 사반. 너 같은 어린놈을 죽여봤자 무슨 명예가 되겠느냐?"

사반은 제가를 찌르려 했다. 하지만 제가는 손쉽게 사반의 창을 쳐냈다. 제가가 별로 힘도 들이지 않은 채 다시 공격을 해왔다. 창을 옆으로 쳐내는 순간, 반대쪽에서 칼이 들어왔다. 사반은 얼른 뒤로 물러섰다. 창과 칼이 연이어 사반을 위협했다. 사반은 자신만만하고 능숙하게 휘두르는 제가의 창과 칼에 눈을 휘둥그레 뜬 채 황급히 물러섰다. 전투는 제가의 인생이었다. 오래전부터 매일같이 연습을 했기 때문에 불구가 된 손도 장애가 되지 않았다. 제가는 창을 다시 찌르곤 갑자기 고개를 저으며 공격을 그만두었다.

"넌 죽일 가치도 없다."

비웃듯 말했다. 제가의 부하 몇 명이 싸움을 지켜보기 위해 언덕으로 올라왔다. 제가는 손짓으로 그들을 돌려보냈다.

"이건 우리의 싸움이다. 하지만 이제 끝났다."

"끝나지 않았어."

사반은 창으로 찌르려다 제가가 쳐내려 하자 얼른 다시 거둬들였다. 이어 제가의 목을 겨냥해 다시 찔렀지만, 제가는 한쪽으로 물러서며 창을 피했다.

"정말 죽고 싶냐, 사반? 그렇게 되지는 않을 거다. 나랑 싸워봤자, 난 널 죽이지 않아. 대신 내 앞에 무릎을 꿇게 하고, 예전처럼 머리에 오줌을 싸주마."

"난 네 시체 위에 오줌을 싸겠어."

"바보 같으니."

제가는 뱀처럼 빠른 속도로 창을 찔러 사반을 뒤로 물러서게 한 다음 다시 찔렀다. 사반은 돌 위로 훌쩍 뛰어올랐다. 그러자 제가는 사반의 다리를 향해 칼을 휘둘렀다. 사반은 좀 더 높은 곳으로 물러섰다. 제가는 사반의 얼굴에 떠오른 공포를 보고 웃음을 터뜨리며 창으로 찌르기 위해 다가섰다. 순간, 슬라올이 그를 비추었다.

수없이 살랑거리는 녹색 나뭇잎 사이로 한줄기 햇빛이 비쳤다. 창날처럼 나뭇가지 사이를 뚫고 들어온 햇살이 제가의 눈을 찔렀다. 아주 잠깐이었지만, 제가는 움찔하며 고개를 돌렸다. 순간, 사반은 바위에서 뛰어내리며 창으로 그의 목을 찔렀다. 사반은 고함을 질렀다. 데레윈의 고통을 위한, 그 자신의 승리를 위한, 적의 피가 분수처럼 뿜어져 나오는 기쁨을 위한 외침이었다.

제가는 천천히 쓰러졌다. 창을 떨어뜨리고 숨을 쉴 때마다 검붉은 피가 부글거리는 목을 움켜잡았다. 몸에서 경련이 일었다. 허리가 꺾이며 배와 무릎이 닿았다. 안구가 뒤로 돌아갔다. 사반은 창끝을 비틀고 또 비틀었다. 나뭇잎 위로 피가 콸콸 쏟아졌다. 사반은 마침내 창을 빼냈다. 제가가 믿기지 않는다는 눈으로 그를 올려다보았다. 사반은 다시 한 번 그의 배에 창을 꽂았다.

제가는 부르르 떨더니 이내 잠잠해졌다. 사반은 눈을 커다랗게 뜨고 숨을 몰아쉬며 적을 바라보았다. 제가가 죽었다는 사실이 믿기지 않았다. 스스로도 상대가 되지 않을 거라 생각했고, 사실 그랬지만, 슬라올이 개입했다. 사반은 제가의 시체에서 창을 빼낸 다음, 충격을 받은 채 멍하니 서 있는 라사린 전사들을 돌아보며 외쳤다.

"가서 렌가에게 데레윈의 복수를 했다고 전해라."

그러곤 제가의 시체에 침을 뱉었다.

제가의 부하들이 뒤로 물러섰다. 사반은 허리를 굽혀 제가의 손과 칼을 묶은 가죽 끈을 풀었다.

"설에 얼마나 오래 있을 거야?"

사반은 전투 내내 곁에 있던 레위드에게 물었다.

"곧 돌아가. 하지까지는 고향에 도착해야 해. 왜?"

"나흘 뒤 여기로 돌아올게. 그리고 너와 함께 사르메닌으로 돌아가겠어. 기다려줘."

"나흘…."

레위드는 중얼거리다 사반의 행동을 보고 움찔했다.

"어딜 가게?"

"나흘 뒤에 돌아올게."

사반은 이 말만 되풀이하고 더 이상 설명하지 않았다. 그리고 짐을 싸들고 산을 올라가기 시작했다.

설 마을의 학살은 끝났다.

12

해후

내가 잊지 않았다는 걸 알려주고 싶었어.

피곤하고 배고프고 발이 아팠다. 거의 하룻밤 하루 낮을 꼬박 걸어온 참이었다. 처음에는 설에서 동쪽으로 가다가 상인들이 자주 다니는 길을 따라 북쪽을 향해 끝도 없는 숲 속을 걸었다. 출발한 지 이틀째 되는 저녁, 사반은 완만하고 나무가 없는 긴 언덕을 올랐다. 산비탈의 작물은 고사리로 뒤덮인 지 오래였다. 고사리를 먹는 유일한 짐승인 돼지도 없었다. 주위에는 살아 있는 생명이 보이지 않았다. 공기조차 따뜻하고 갑갑한 저녁 하늘에는 새조차 없었다. 잠시 서서 귀를 기울였지만 고사리 숲을 스치는 바람 소리도 들리지 않았다. 신들이 짐승과 인간을 창조하기 전의 세상이 이러했으리라. 나지막한 태양 근처에 걸린 뭉게구름은 자줏빛으로 멍든 채 그 뒤쪽의 온 땅에 그늘을 드리우고 있었다.

활과 활통, 창은 레위드에게 맡기고, 제가의 피 묻은 튜닉과 무거운 짐만 짊어지고 떠난 길이었다. 몸은 더러웠고 머리카락에도 때가 찌들어 있었다. 설을 떠난 뒤로 왜 이 여행을 하고 있는지 수없이 자문했지만, 본능과 의무가 시키는 일이라는 것 외에 속 시원한 해답을 얻을 수는 없었다. 사반은 빚을 지고 있었다. 운명이 친절하다면 반드시 갚아야 할 빚으로 가득 찬 것이 인생이다. 이는 누구나 아는 사실이었다. 고기를 많이 잡으면 어부는 신들에게 뭔가 돌려주어야 한다. 농사가 풍작이면 일부를 제물로 바쳐야 한다. 호의는 또 다른 호의를 낳고, 저주는 그 대상은 물론 내리는 사람에게도 똑같이 위험하다. 세상 모든 좋은 일과 나쁜 일은 균형을 이룬다. 사람들이 징조에 민감한 것은 그 때문이다. 물론 렌가처럼 불균형을 무시하는 사람도 있었다. 그런 자들은 악 위에 악을 더하고 신에게 도전하지만, 사반은 그렇게 태평할 수 없었다. 자기 삶의 일부가 불균형을 이루었다는 것이 걱정스러웠다. 아무것도 움직이지 않고 아무 소리도 들리지 않는, 고사리로 뒤덮인 길고 긴 언덕길을 올라온 것도 그 때문이었다. 언덕 꼭대기에는 숲이 우거져 있었다. 밤이 다가오자 캄캄한 숲에서 걷는 것이 두려웠다. 숲 가장자리에 도착하자 두려움은 힌층 커졌다. 길 양쪽에 사람의 머리를 매단 가느다란 장대가 마치 문지기처럼 서 있었던 것이다.

새들이 눈과 살을 쪼아 먹어 뼈만 남은 두개골이었지만, 한쪽 머리에는 아직 누런 두피에 머리카락이 남아 있었다. 눈구멍이 산 아래를 향해 황량한 경고의 시선을 보내고 있었다. 지금 돌아서라. 눈구멍은 이렇게 말하는 듯했다. 그냥 돌아서서 가라.

사반은 계속 걸었다.

걸으면서 노래를 불렀다. 숨이 차서 노래 부르는 것이 힘들었지만, 나뭇가지 사이에서 느닷없이 날아온 화살에 맞느니 이 지역을 지키는 창병들에게 자신의 존재를 알리는 것이 나았다. 사반은 다람쥐의 신 디켈의 노래를 불렀다. 흥겨운 가락이 붙은 동요였다. 디켈은 여우를 속여서 커다란 턱과 날카로운 이빨을 얻어내려 했지만, 주문을 외는 순간 여우가 돌아서는 바람에 턱과 이빨 대신 여우처럼 탐스러운 빨강색 꼬리를 갖게 됐다는 내용이었다.

"실룩거리는 꼬리, 실룩거리는 꼬리."

사반은 어머니가 불러주던 가사를 떠올리며 노래를 불렀다. 문득, 등 뒤에서 나뭇잎 밟는 발소리가 들렸다. 사반은 걸음을 멈췄다.

"넌 누구냐, 실룩거리는 꼬리?"

놀리는 듯한 목소리였다.

"내 이름은 사반. 헨갈의 아들이다."

날카롭게 숨을 헉 하고 들이쉬는 소리가 들렸다. 등 뒤의 남자가 그를 죽일까 고민한다는 것을 알 수 있었다. 렌가의 동생이라는 사실을 알렸으니, 이 땅에서는 그것만으로도 충분히 목숨을 잃을 수 있었다. 사반은 다시 말했다.

"선물을 가져왔다."

사반은 피가 말라 붙은 짐을 들어 보였다. 남자는 물었다.

"누구에게 주는 선물이냐?"

"당신네 마법사."

"선물이 그녀의 마음에 들지 않으면 넌 죽는다."

"마음에 들지 않으면 죽어 마땅하다."

사반은 이렇게 대답하고 돌아섰다. 한 사람이 아니라 세 사람이었다. 모두 가슴에 살해 표식이 있고, 활과 창을 들고 있었다. 끝없는 전투에 나서 열정적으로 싸우느라 황폐하고 의심에 가득 찬 얼굴이었다. 이들은 해골이 보호하는 자기들의 영토를 지키고 있었다. 카살로 전체가 적의 머리로 둘러싸여 있는 게 아닐까 궁금했다.

남자들은 망설였다. 아직도 그를 죽일까 갈등하는 것이 분명했지만, 사반은 무기가 없고 두려운 기색도 보이지 않았다. 그들은 마지못해 사반을 살려주었다. 두 사람이 사반을 데리고 동쪽으로 향했다. 세 번째 남자는 외부인이 찾아왔다는 것을 알리기 위해 정착지로 먼저 달려갔다. 밤이 다가오고 있어 서둘러야 했지만, 여름의 황혼은 길었다. 카살로에 도착했을 무렵에도 하늘에는 아직 엷은 빛이 남아 있었다.

새 족장 랄린은 정착지 가장자리에서 사반을 기다리고 있었다. 십여 명의 전사들이 그 곁에 섰고, 부족민은 감히 자기들이 사는 곳으로 찾아온 렌가의 동생을 구경하기 위해 그 뒤에 모여 있었다. 랄린은 사반과 비슷한 또래였지만, 키가 크고 어깨가 넓었다. 웃음기 없는 얼굴에는 턱수염에서 왼쪽 눈가까지 긴 흉터가 있어 강인한 인상을 주었다. 그가 뚱한 목소리로 사반을 맞았다.

"라사린의 사반."

"지금은 사르메닌의 사반이오."

사반은 정중하게 절하며 말했다. 랄린은 사반의 말을 무시했다.

"라사린 남자는 죽인다. 찾는 대로 무조건 죽여서 머리를 잘라 장대에 매단다."

군중이 웅성거렸다. 누군가가 사반의 머리도 당장 자르자고 소리쳤다.

"정말 사반이냐?"

다른 목소리가 들려왔다. 돌아보니 눈구멍이 텅 빈 제사장 모르소르가 군중 사이에 끼어 있었다. 턱수염이 어느새 하얗게 변했다.

"얼굴을 보니 좋습니다, 모르소르."

사반은 순간, 자기가 한 말을 후회했다. 그러나 모르소르는 미소를 지었다.

"네 목소리를 들으니 좋구나."

그러고는 보이지 않는 눈으로 랄린을 돌아보았다.

"사반은 좋은 청년이다."

"그는 라사린 출신이오."

랄린은 무표정하게 대답했다. 사반은 손가락이 없는 왼손을 들어 보였다.

"라사린은 날 이렇게 만들었소. 라사린은 날 노예로 만들고 마을에서 추방했소. 나는 라사린 사람이 아니오."

"그러나 라사린에서 태어나지 않았나."

랄린은 고집스럽게 주장했다. 사반은 물었다.

"송아지가 당신 오두막에서 태어났다고 당신 아들이오?"

랄린은 잠시 생각에 잠겼다.

"그럼, 왜 여기에 왔느냐?"

"모르소르의 딸에게 선물을 전하러 왔소."

"무슨 선물?"

"이거요."

사반은 짐을 들어 보였다. 하지만 짐을 풀지는 않았다. 그때 암여우 소리처럼 찢어지는 외침이 들려왔다. 랄린은 신전의 거대한 제방 쪽을 돌아보았다.

어둑어둑한 신전 안에 창백하고 날씬한 여인이 서 있었다. 여인이 소리를 지르자 랄린은 고분고분 옆으로 물러섰다. 사반은 두 쌍의 돌이 서 있는 서쪽 길과 신전 제방이 만나는 곳으로 여인을 향해 걸어갔다. 데레원이었다. 그녀는 라하나의 빛을 받아 아름다웠다. 달빛 속에서 거의 하얗게 보이는, 발목까지 내려오는 소박한 사슴 가죽 튜닉을 입고 목에는 뼈 목걸이를 걸고 있었다. 그러나 가까이 다가가니, 아름다움은 그저 달빛 때문이었다. 몸은 한층 야위었고, 얼굴은 분노와 주름살, 원한으로 가득 찼다. 검은 머리카락은 뒷덜미에서 단단히 하나로 묶었고, 한때 그렇게 잘 웃던 입술을 꾹 다물고 있었다. 오른손에는 사나스가 가지고 다니던 허벅지 뼈를 들고 있었다. 데레원은 사반이 길 끝 마지막 돌까지 다가오자 뼈를 들어 올렸다.

"당신이 어찌 감히 이곳을 찾아왔나요?"

"당신에게 선물을 주려고."

데레원은 짐을 쳐다본 뒤 고개를 끄덕였다. 사반은 튜닉을 풀고 내용물을 달빛이 비치는 맨땅 위에 털었다.

"제가."

데레윈은 턱수염과 피부에 말라붙은 피에도 불구하고 잘린 머리의 주인을 알아보았다.

"제가야. 내가 이자의 검으로 머리를 잘랐어."

데레윈은 머리를 바라보다 미간을 찌푸렸다.

"날 위해서?"

"안 그러면 왜 당신에게 머리를 가져왔겠어?"

데레윈은 사반을 쳐다보았다. 순간 얼굴을 채웠던 가면이 사라지고 피곤한 미소가 떠올랐다.

"이제 사르메닌의 사반인가요?"

"그래."

"아내도 있다면서요? 슬라올을 사랑하는?"

사반은 그녀의 심술궂은 말투를 무시했다.

"모든 이방인들은 슬라올을 사랑해."

"그런데도 나한테 찾아왔군요."

분노의 가면이 데레윈의 얼굴에 되돌아왔다.

"선물을 갖고 나한테 기어왔어! 왜? 렌가한테서 보호해줄 사람이 필요해서?"

"아니야."

"보호가 필요하잖아요. 당신이 친구를 죽였는데, 그자가 보복하지 않을 것 같아요? 라사린의 구더기 한 마리만 건드려도 나머지 전체가 쫓아올걸요."

데레윈은 사반을 향해 이맛살을 찌푸렸다.

"렌가가 당신을 죽이지 않을 거라고 생각해요? 날 빼앗았듯이 당신의 아내를 빼앗지 않을 거라고 생각해요? 당신은 그를 화나게 했어요!"

사반은 제가의 머리를 가리켰다.

"난 당신에게 이걸 주러 왔을 뿐, 다른 이유는 없어."

사실, 제가의 죽음에 대해 렌가가 어떤 반응을 보일지 생각해본 적은 거의 없었다. 분노로 펄펄 뛸 거라는 것만은 분명했다. 그리고 보복도 원하겠지만, 사반은 사르메닌에 있으면 안전할 거라고 믿었다. 데레윈이 말했다.

"선물만 주러 왔을 뿐 다른 이유는 없다. 뭘 기대하고, 사반? 감사 인사?"

데레윈은 사슴 가죽 치맛자락을 허리 높이까지 들어 올렸다.

"이걸 원해요?"

사반은 외면하고 캄캄한 들판을 바라보았다.

"내가 잊지 않았다는 걸 알려주고 싶었어."

데레윈은 치맛자락을 내려놓고 가시 돋힌 말투로 물었다.

"뭘요?"

"우리가 연인이었다는 걸. 내가 당신으로 인해 행복을 알았다는 걸. 그이후 하루도 당신을 생각하지 않은 날이 없었다는 걸."

데레윈은 오랫동안 사반을 쳐다보다가 한숨을 쉬었다.

"난 당신이 잊은 줄 알았어요. 언제나 당신이 돌아오기를 바랐어요."

그녀는 어깨를 으쓱했다.

"정말 이렇게 왔군요. 그래서요? 계속 있을 건가요? 우리가 당신 형과 싸우는 데 도움을 줄 건가요?"

"난 사르메닌으로 돌아가야 해."

데레윈은 냉소했다.

"그 유명한 신전을 옮기려고? 위대한 슬라올을 라사린으로 끌어올 수 있는 신전! 당신 소원대로 다가와서 하늘에서 이글거려달라고? 정말 슬라올이 가까이 올 거라고 믿어요?"

"그래. 믿어."

"하지만 뭘 위해서?"

이번에는 데레윈의 목소리에 조롱이 깃들어 있지 않았다.

"카마반이 약속한 것을 이루기 위해서. 겨울도 없고, 병도 없고, 슬픔도 없는 세상을 위해서."

데레윈은 사반을 바라보다 고개를 뒤로 젖히고 웃음을 터뜨렸다. 거대한 석회암 제방 저쪽 끝까지 조롱 섞인 웃음소리가 울려 퍼졌다.

"겨울도 없다! 슬픔도 없다! 들었어요, 사나스? 들었어요? 라사린이 겨울을 물리칠 거라는군요!"

조롱하며 춤을 추던 데레윈은 발을 멈추고 허벅지 뼈로 사반을 가리켰다.

"사나스한테 말할 필요도 없겠죠? 카마반이 그녀의 목숨을 빼앗았으니, 그녀도 카마반이 원하는 것은 잘 알고 있을 테니까."

데레윈은 대답도 기다리지 않고 침을 뱉더니 성큼성큼 걸어가서 제가의 피 묻은 머리를 들어 올렸다.

"따라와요, 사르메닌의 사반. 당신이 서쪽에서 가져온 돌로 정녕 겨울을 정복할 수 있을지 알아보죠. 할 수만 있다면! 우리 모두 다시 행복해질 수 있겠지! 뼛속에 아무런 아픔도 없는 젊은 시절로 돌아가 다시 행복해질 수 있겠지."

데레윈은 그를 이끌고 신전으로 들어갔다. 안에는 떠오르는 달이 미세한 별빛을 머금은 듯한 암석을 비추고 있을 뿐 아무도 없었다. 데레윈은 사나스의 옛 오두막으로 사반을 데려갔다. 신전 안의 건물은 아직도 이 오두막 하나뿐이었다. 데레윈은 제가의 머리를 문 옆에 던진 뒤, 튜닉 자락을 들어 올려 머리 위로 벗었다. 뼈 목걸이도 튜닉 위에 던져 놓았다.

"당신도."

데레윈은 사반에게 옷을 벗으라고 명했다.

"당신을 범하지는 않을 거예요, 사반. 여신과 이야기를 나누고 싶을 뿐이에요. 여신은 당신네들 사제가 벌거벗듯이 신과 우리 사이에 아무런 장애물도 없는 것을 좋아해요."

그러고는 허리를 굽혀 오두막 안으로 들어갔다.

사반은 튜닉과 부츠를 벗고 그녀를 따라 오두막으로 들어갔다. 누군가가, 데레윈이겠지만, 아이의 두개골을 문간 위에 걸어놓았다. 두개골을 보건대 아주 어린 나이에 죽은 아이였다. 오두막 안은 변한 것이 없었다. 똑같은 꾸러미가 어둑어둑한 천장에 매달려 있고, 모피 더미와 뼈 바구니, 약초 그릇, 고약도 그대로였다.

데레윈은 화톳불 한쪽에 책상다리를 하고 사반에게 맞은편에 앉으라고 손짓했다. 그녀는 화톳불에 나무를 더 넣었다. 밝게 타오르는 불꽃에 지붕 가로대에 걸려 있는 박쥐 날개와 사슴뿔 사이로 그녀의 그림자가 불길하게 흔들렸다. 불꽃이 무자비할 정도로 마른 데레윈의 몸을 비추었다.

"난 이제 아름답지 않죠?"

"아름다워."

사반은 말했다. 데레윈은 미소를 지었다.

"당신도 당신 형들처럼 거짓말을 하는군요."

그러곤 커다란 단지 안에서 말린 약초를 꺼내 불 속에 던졌다. 한 움큼, 한 움큼 집어넣을 때마다 작고 흰 약초 잎이 밝게 타오르며 불길을 사그라뜨리기 시작했다. 이윽고 불길이 사그라지며 오두막은 짙은 연기로 가득 찼다.

"연기를 들이마셔요."

데레윈이 말했다. 사반은 몸을 앞으로 기울여 숨을 들이쉬었다. 목이 탁 막히고 머리가 핑 돌았지만, 억지로 한 모금 더 마셨다. 독한 연기 속에는 달짝지근하고 역겨운 냄새가 감돌고 있었다.

데레윈은 눈을 감고 몸을 양옆으로 흔들었다. 코로 숨을 쉬다 이따금 한숨을 내쉬더니 갑자기 울기 시작했다. 마른 어깨가 들썩이고, 얼굴이 일그러지고, 눈에는 눈물이 넘쳤다. 가슴이 찢어지는 듯한 표정이었다. 데레윈은 신음 소리를 내며 숨을 헐떡였다. 눈물이 뺨을 타고 흘러내렸다. 그러다 토를 하려는 듯 몸을 숙였다. 사반은 그녀가 불 위로 넘어질까봐 더럭 겁이 났다. 그때 데레윈이 다시 허리를 펴더니 천장 꼭대기를 바라보며 숨을 몰아쉬었다.

"뭐가 보여요?"

"아무것도 안 보여."

사반은 대답했다. 술을 많이 마신 것처럼 머리가 어질어질했지만 아무것도 보이지 않았다. 꿈도, 환각도, 유령도. 저승에서 돌아온 사나스의 모습을 보게 될까봐 두려웠으나 보이는 것이라고는 어둑어둑한 그림자와 연기 그리고 갈비뼈가 튀어나온 데레윈의 하얀 몸뿐이었다.

"난 죽음이 보여요."

데레윈은 속삭였다. 눈물은 여전히 뺨을 타고 흘러내렸다.

"수많은 사람들이 죽을 거예요. 당신은 죽음의 신전을 만들고 있어요."

"아니야."

데레윈이 신전 기둥을 스치는 산들바람의 한숨처럼 속삭였다.

"카마반의 신전은 겨울 신전, 그림자 신전이에요."

그녀가 몸을 양옆으로 흔들었다.

"그 돌에서는 피가 안개처럼 뿜어져 나올 거예요."

"아니야!"

"태양의 신부는 거기서 죽을 거예요."

데레윈은 나직하게 읊조리듯 말했다.

"아니야."

"당신의 태양의 신부."

데레윈은 사반을 응시하고 있었지만, 눈동자가 돌아가서 흰자밖에 보이지 않았다.

"그녀는 거기서 죽을 거예요. 돌 위에 피를 흘리면서."

"아니야!"

사반은 외쳤다. 격렬한 외침에 데레윈은 몽환 상태에서 깨어났다. 눈빛에 다시 초점이 돌아왔다. 얼굴은 놀란 표정이었다. 그녀는 침착하게 말했다.

"난 내가 본 것, 사나스가 내게 보여준 것만 말해요. 사나스는 카마반을 또렷이 보고 있어요. 카마반이 그녀의 목숨을 빼앗았으니까요."

"그게 정말이야?"

사반은 아까부터 묻고 싶었던 질문을 했다. 데레윈은 지친 목소리로 말했다.

"목격자가 있어요, 사반. 절뚝거리는 남자가 새벽에 신전을 떠나는 것을 한 어린아이가 보았죠. 그날 아침, 사나스는 시체로 발견되었어요."

그녀는 어깨를 으쓱하며 말을 이었다.

"그러니 카마반이 놓아줄 때까지 사나스는 조상들 곁으로 갈 수 없어요. 난 카마반을 죽일 수가 없어요. 그러면 사나스를 함께 죽이는 게 되고, 그녀의 운명을 나눠 갖게 되니까."

데레윈은 가슴 아픈 표정을 짓다가 곧 고개를 저었다.

"난 라하나 곁에 가고 싶어요, 사반. 하늘에 있고 싶어요. 이 땅에는 행복이 없어요."

"있을 거야. 슬라올을 도로 끌어오면 겨울도 없고 질병도 없어질 거야."

사반은 단호하게 말했다. 데레윈은 슬프게 웃으며 중얼거렸다.

"규칙을 회복하기만 하면 겨울도 사라지고 모든 게 좋아진다."

데레윈은 사반의 놀란 표정을 재미있다는 듯 바라보았다.

"사르메닌에서 일어나는 일은 모두 다 듣고 있어요. 상인들이 찾아와서 이야기해주죠. 당신들의 신전과 희망에 대해서도 다 알고 있어요. 하지만 규칙이 깨졌다는 걸 어떻게 알죠?"

"그냥 깨졌어."

사반은 말했다. 데레윈은 비웃듯 말했다.

"당신은 밀이 자기를 위해 자란다고, 기도를 올리면 추수를 방해할 수 있다고 생각하는 쥐 같아요."

데레윈은 흐릿한 불빛을 바라보고, 사반은 그녀를 응시했다. 사반은 원한에 사무친 이 마법사와 한때 자신이 알았던 소녀가 같은 사람이라는 사실을 납득하려고 애썼다. 데레윈 역시 같은 생각을 하고 있었던 모양이다. 그녀가 문득 시선을 들어 사반을 보았다.

"모든 것이 예전으로 돌아갔으면, 하고 생각할 때 없어요?"

"늘 그래."

데레윈은 사반의 열띤 목소리에 미소를 지었다. 그리고 부드럽게 말했다.

"나도 그래요. 우린 행복했어요. 안 그래요, 우리 둘? 하지만 우린 아이였어요. 오래전 일도 아닌데, 이제 당신은 신전을 옮기려 하고 난 랄린에게 지시를 내리고 있군요."

"무슨 지시를 내리지?"

"라사린에서 온 사람은 무조건 죽이라고. 죽이고 또 죽이라고. 라사린은 항상 우리를 공격하지만, 습지가 우릴 보호해주죠. 습지를 우회해서 오는 자들은 숲에서 하나씩 죽이고."

데레윈의 목소리에 복수심이 가득 찼다.

"누가 학살을 시작했죠? 렌가예요! 렌가가 숭배하는 신은 누구죠? 슬라올! 그는 사르메닌으로 가서 슬라올을 다른 모든 신보다 숭배하는 것을 배웠고, 그 이후로 학살이 끊이지 않았어요. 슬라올이 속박에서 풀려났어요, 사반. 그는 피를 불러와요."

"그는 우리의 아버지야. 우리를 사랑해."

"우릴 사랑한다니! 그는 잔혹해요, 사반. 잔혹한 신이 왜 우리에게서 겨울을 가져가겠어요?"

그녀는 몸을 떨었다.

"다른 신들과 함께 숭배할 때는 슬라올도 억제하고 있었어요. 모든 게 균형을 이루고 있었죠. 하지만 당신들이 그를 신들의 으뜸으로 올려놓았어요. 언젠가 슬라올은 당신들에게 회초리를 휘두를 거예요."

"아냐."

"난 그에게 맞설 거예요. 그게 내 임무니까. 난 슬라올의 적이에요, 사반. 그의 잔혹함을 막아야 해요."

"그는 잔혹하지 않아."

"사르메닌에서 매년 불에 타 죽는 소녀들에게 그렇게 말해보세요."

데레윈은 신랄하게 말했다.

"당신의 아우레나를 살려주긴 했지만. 안 그래요?"

데레윈은 미소를 지었다.

"난 당신 아내의 이름도 알아요, 사반. 좋은 여자인가요?"

"그래."

"친절해요?"

"응."

"아름다워요?"

데레윈은 가시 돋힌 말투로 물었다.

"응."

"하지만 슬라올의 신부였어요. 안 그래요? 슬라올에게 바쳐진!"

데레윈은 마지막 질문을 힘주어 던졌다.

"슬라올이 잊을 거라고 생각해요? 그녀한테는 신의 낙인이 찍혀 있어요, 사반. 카마반도 낙인이 찍혀 있죠! 배에 달 그림이 그려져 있어요. 신의 표식이 찍힌 사람들을 신뢰해선 안 돼요."

"아우레나에게는 낙인이 없어."

데레윈은 다시 미소를 지었다.

"그 아름다움이 낙인이에요, 사반. 난 알아요. 나도 한때 아름다웠으니까."

"당신은 지금도 아름다워."

사반은 진심으로 말했지만, 데레윈은 그저 비웃을 뿐이었다.

"백 명의 신에게 백 개의 신전을 세워주든지, 천 명의 신에게 한 개의 신전을 세워주는 건 잘할 수 있을 거예요. 하지만 태양 신전? 아예 아무것도 만들지 않는 게 낫겠어요. 돌은 가져다 바다에 던져버려요."

데레윈은 이렇게 조언해봤자 쓸모없다는 듯 고개를 저었다.

"밖에 넌져놓은 목걸이를 가져다줘요."

사반은 그녀가 시키는 대로 밖으로 나가 뼈 목걸이를 집어 들었다. 작은 갈비뼈, 연약한 손가락, 놀랍게도 작은 아기의 뼈였다. 그는 연기만 나는 화톳불 위로 목걸이를 건네주었다. 데레윈은 목걸이의 힘줄을 물어 끊더니 작은 척추뼈 하나를 줄에서 빼냈다. 그리고 손을 뒤로 뻗어 넓은 입구를 밀랍으로 봉한 붉은 단지를 찾았다. 칼을 지렛대처럼 이용해 밀랍 뚜껑을 열자 독한 화톳불 연기보다 더 끔찍한 악취가 오두막을 가득 채웠다. 그러나 악취가 흘러나오는 단지 입구에 얼굴을 대고 있는 데레윈은 전혀 신경 쓰지 않았다. 그녀는 작은 뼈를 단지 안에 집어넣었다 다시 꺼냈다. 뼈에 끈적끈적하고 희뿌연 진액이 묻었다.

데레윈은 단지를 밀어내고 납작한 바구니를 끌어당겨 내용물을 뒤지더니 반쪽짜리 헤이즐넛 껍질 두 개를 꺼냈다. 그러곤 뼈를 껍질 안에 넣고 얼굴을 찌푸려가며 신중하게 껍질을 오므리고 힘줄로 묶었다. 그녀는 힘줄로 껍질을 여러 번 감은 다음, 가죽 끈을 매 목에 걸고 다닐 수 있게 만들었다. 그리고 사반에게 건넸다.

"걸어요."

"뭐지?"

사반은 미심쩍게 받아들며 물었다.

"부적이에요."

그녀는 아무것도 아니라는 듯 대수롭지 않게 대답하며 악취 풍기는 단지를 가죽 조각으로 덮었다.

"무슨 부적?"

"렌가는 내게 아들을 줬어요."

데레윈은 침착하게 말을 이었다.

"껍질 안의 뼈는 그 아이의 뼈, 연고는 살이 썩고 남은 거예요."

사반은 부르르 몸을 떨었다.

"당신 아이의 뼈?"

"렌가의 아이예요. 난 이를 잡듯이 아이를 죽였어요. 태어나서 젖을 달라고 우는 아이의 목을 땄죠."

데레윈은 눈도 깜빡이지 않고 사반을 쳐다보았다. 사반은 다시 몸을 떨며 데레윈의 영혼에 새겨진 증오를 상상해보려고 애썼다.

"하지만 난 언젠가 다시 아이를 가질 거예요. 딸을 낳아서, 나처럼 마법사로 키울 거예요. 라하나가 때가 되었다고 말하면, 랄린과 동침해서 딸을 낳고, 내가 죽은 뒤 부족을 이끌 수 있도록 키울 거예요."

데레윈은 한숨을 쉰 뒤 부적을 턱으로 가리켰다.

"렌가에게 그의 생명이 이 부적 안에 들어 있다고 말해요. 그가 당신을 협박하거나 공격하거나 기분을 상하게 하면 부적을 부숴버려요. 돌로 납작하게 만들든지, 태우든지. 그러면 렌가는 죽을 거예요. 렌가에게 그렇게 말해요."

사반은 헤이즐럿 껍질을 어머니가 선물로 준 호박 목걸이 옆에 걸었다.

"당신은 렌가를 미워하는데, 왜 그냥 부수지 않고?"

데레윈은 미소를 지었다.

"그건 내 아이이기도 해요, 사반."

"그럼…."

사반은 입을 열었지만 말을 이을 수가 없었다.

"부적을 부수면 나 역시 아플 거예요. 하지만 죽지는 않을 거예요. 내 마법이니, 그걸 중화시킬 부적을 만들 수 있어요. 하지만 아프기는 할 거예요. 아플 거예요. 안 돼!"

사반이 부적을 벗으려는 것을 보고 데레윈이 외쳤다.

"필요할 거예요, 사반. 내게 선물을 가져왔으니, 당신도 내 선물을 가져가야 해요. 당신이 내게 제가의 생명을 준 대가로 당신 형의 생명을 주는 거예요. 내 말 믿어요. 렌가는 분명 당신의 생명을 원하고 있어요."

네레윈은 눈을 비비더니 사반 옆을 지나 탁 트인 공간으로 나아갔다. 사반도 뒤따랐다. 데레윈은 사슴 가죽 튜닉을 머리 위로 껴입고 허리를 굽혀 제가의 머리를 보았다. 그의 머리를 뒤집더니 눈에 침을 뱉었다.

"오두막 바깥에 장대를 꽂고 걸어야겠어. 언젠가 렌가의 머리도 그 옆에 걸 수 있겠지."

사반은 옷을 입었다.

"당신이 허락한다면, 난 새벽에 떠나겠어."

"허락이 아니라 도와야지요. 안전하게 여행할 수 있도록 창병을 붙여줄게요."

데레윈은 제가의 머리를 발로 차 오두막 안에 넣었다.

"우린 다시 만나게 될 거예요, 사반."

그러곤 갑자기 돌아서더니 그의 튜닉에 얼굴을 묻으며 놀랄 만한 힘으로 사반을 끌어안았다. 데레윈의 몸이 떨리고 있었다. 사반은 그녀의 몸에 팔을 둘렀다. 그녀는 얼른 물러서며 차갑게 말했다.

"먹을 것과 잘 곳을 마련해줄게요. 아침에 떠나세요."

아침이 되자, 그는 떠났다.

설 마을에 도착해 보니, 렌가는 이미 라사린으로 돌아간 뒤였다. 레위드가 사반에게 말했다.

"그는 네가 도망쳤다고 생각해."

"돌아올 거라고 말하지 않았지?"

"난 아무 말도 안 했어. 왜 그래야 하지? 하지만 사르메닌에 일찍 도착하면 할수록 좋을 거야. 그가 널 죽이려 하니까."

사반은 목에 건 부적을 손으로 더듬었지만, 그것에 대해서는 말하지 않았다. 효과가 있을까? 이것이 필요할 때가 정말 올까? 머나먼 사르메닌에 계속 머물러 있으면 렌가를 다시 만날 일도 없을 것이다. 사반이 카살로에서 돌아온 다음 날, 케레발은 뼈마디의 아픔이 완전히 치유되었다며 내내 몸을 담그고 있던 온천에서 나왔다. 맞바람이 불어 서쪽으로 가는 바다 여행은 훨씬 힘들었다. 반나절 동안은 조석의 도움을 받을 수 있었으나 노를 훨씬 많이 저어야 했다. 돌아가는 길은 올 때보다 하루가 더 걸렸다. 마침내 함대가 곶을 돌자, 선원들은 밀물을 타고 케레발 정착지가 있는 상류로 가면서 기쁨의 노래를 불렀다.

다음 날, 사반은 산비탈에서 대청을 뜯었다. 그리고 아우레나는 그 대청을 물에 풀어 물감을 만든 다음 사반의 가슴에 두 번째 살해 표식을 새겨주었다. 빗을 망치로 두들겨 물감을 깊이 새기는 동안, 사반은 설에서 있었던 일과 데레윈에게 제가의 머리를 가져다준 일을 이야기해주었다. 가슴의 피가 마른 뒤, 그와 아우레나는 강변에 나란히 앉았다. 아우레나가 껍질 부적을 만지며 물었다.

"데레윈에 대해 이야기해줘요."

"야위고 원한에 가득 차 있었어."

"누가 그녀를 탓하겠어요?"

아우레나가 물었다. 그러곤 부적을 보며 얼굴을 찌푸렸다.

"마음에 들지 않아요. 저주는 저주하는 사람까지 해칠 수 있어요."

사반은 부적을 빼앗았다.

"이게 내 목숨을 지켜줄 수도 있어. 렌가가 죽을 때까지 간직했다가 묻을 거야."

사반은 부적을 목에 다시 걸었다. 혹시 데레윈을 해치는 마법에 이용할까봐 카마반에게는 보여줄 생각이 없었다. 카마반이 카살로에 다녀온 이유를 듣고 비웃을까봐 두려웠지만, 정작 카마반은 서쪽 바다 건너 섬에 데려다줄 상인을 물색하느라 바빴다. 그는 마침내 부싯돌을 갖고 바다를 여행하는 상인들을 찾아냈다.

카마반이 사반에게 말했다.

"저쪽 사제들의 비밀을 배우고, 때가 되면 돌아오마."

"그게 언제지?"

"내가 돌아오는 때가 그때지."

카마반은 배에 올랐다. 상인 하나가 노를 건넸지만, 카마반은 깔보듯이 노를 쳐냈다.

"난 노를 젓지 않아. 앉아 있을 테니까 당신이 노를 저어. 자, 돛을 올리게."

카마반이 탄 배는 바다를 향해 하류로 흘러갔다.

신전 기둥을 실을 배 열 척이 준비를 마쳤다. 모두 선체 세 개를 단단히 묶은 배였다. 그들은 돌을 쌓아놓은 상류 쪽으로 배를 끌고 갔다. 남자 키만 한 작은 돌은 한 척에 두 개씩 실을 수 있었지만, 가장 큰 돌은 한 척에 하나밖에 실을 수 없었다. 사반은 우선 큰 돌 중 하나를 싣기 시작했다. 밀물 때 강변으로 배를 끌어올린 다음 고물을 강둑에 단단히 묶었다. 사반은 아직 썰매 위에 놓여 있는 돌의 한쪽 끝을 들어 그 밑에 나무를 받쳤다. 반대쪽 끝도 들어서 나무 세 개를 밑에 놓은 다음, 남자 마흔 명이 들고 비틀거리며 배로 향했다. 몇 걸음만 가면 되는 거리였지만, 물에 발을 들여놓자 인부들이 긴장하는 바람에 안전하게 운반하려면 십여 명이 더 붙어야 했다. 사람들은 땀을 뻘뻘 흘리며 세 척의 선체를 가로지른 네모난 목재 위에 커다란 돌을 올릴 때까지 조금씩 나아갔다. 돌을 배 위에 올리자 한쪽 선체 아랫부분이 강바닥에 닿았다. 레위드와 십여 명의 남자들이 배를 진흙에서 겨우 끌어당겨 빼냈다. 돌을 올려놓자 갑판에는 남는 공간이 거의 없었다. 하지만 레위드는 날씨의 신 말킨이 친절을 베푼다면 라사린까지는 충분히 항해할 수 있을 것이라고 판단했다. 레위드와 십여 명의 남자들이 배를 타고 하류로 나아가자, 들뜬 인부들이 강둑에서 한참 동안 배를 따라 달렸다.

열 척의 배에 모두 돌을 싣는 데 사흘이 걸렸다. 다섯 척에는 큰 돌 하나씩을, 나머지 다섯 척에는 작은 돌 두 개씩을 실었다. 모든 돌을 가로대에 묶은 뒤 함대는 하류를 향해 나아갔다. 수심이 낮은 두 곳에서는 사람들이 배를 직접 끌고 가야 했지만, 이틀 뒤 모든 배를 아우레나 정착지까지 안전하게 가져와 나무에 묶었다. 배는 썰물 때 진흙 위에 올라앉았고, 밀물 때는 나무에 묶인 채 물 위에 떠서 이리저리 흔들렸다.

함대는 날씨가 좋아지길 기다렸다. 이미 늦여름이었지만, 레위드는 매일 아침 말킨 신전에서 기도를 드린 다음 정착지 뒤쪽 언덕에 올라가 서쪽을 지켜보았다. 그는 바람이 잦아들고 바다가 잠잠해지기를 기다렸다. 하지만 그해 늦여름 내내 바람이 쉼 없이 불고, 서쪽 바다에서는 회색 파도가 끊임없이 포효하며 해변 바위에 부딪혀 산산이 부서졌다.

추수가 끝나자 바다에서 비구름이 몰려와 엄청난 빗줄기를 뿌리기 시작했다. 사반은 정박시킨 배에서 매일같이 빗물을 퍼내야 했다. 하늘은 계속 캄캄했다. 돌을 과연 옮길 수 있을지 절망적인 기분이 들기 시작했다. 하지만 레위드는 희망을 버리지 않았다. 결국 그의 낙관주의가 옳았다. 어느 날 아침 일어나 보니 묘한 평화가 감돌고 있었다. 날씨는 따뜻하고 바람이 잦아들었다. 어부들은 좋은 날씨가 계속될 거라고 점쳤다. 가을에 폭풍이 몰려오기 전, 말킨이 한참 동안 은혜로운 평온을 선

사하는 일이 종종 있다고 했다. 열 척의 배에 신선한 물과 말린 생선 자루, 뜨거운 돌 위에다 구운 납작한 빵 바구니가 실렸다. 스카셀은 배마다 갓 죽인 소의 피를 묻혔다. 한낮, 신전의 돌을 실은 첫 함대는 각각 열두 명의 노잡이를 싣고 바다로 출발했다.

선원들을 다시 볼 수 없을 거라고 말하는 사람도 많았다. 거대한 바다로 나가면 배가 뒤집힐 것이고, 돌의 무게 때문에 회색 괴물이 사는 심해로 가라앉을 거라고 했다. 사반과 아우레나는 해변으로 나가서 열 척의 함대가 날렵한 고깃배 두 척의 호위를 받으며 곶을 돌아 바다로 나아가는 광경을 지켜보았다. 비관주의자들의 생각은 틀렸다. 배들은 작은 파도를 쉽게 넘었고, 노 젓는 움직임도 힘찼다. 그들은 부드러운 바람과 조류를 타고 동쪽으로 나아갔다.

이제 레워드가 돌아오기를 기다리는 것밖에 할 일이 없었다. 낮은 짧아지고, 바람은 거세지고, 공기는 쌀쌀해졌다. 종종 사반과 아우레나는 남쪽 곶 벼랑 끝까지 걸어가 레워드의 함대가 보이는지 먼 바다를 살피곤 했다. 사람들이 작은 그물을 던지는 고깃배도 보이고, 물건을 가득 실은 상인들의 배도 자주 보였지만 돌을 싣고 갔던, 세 척의 선체를 한데 묶은 배는 보이지 않았다. 하루하루 바람이 더욱 거세게 몰아치고 흰 파도가 바위에 부딪혀 산산이 부서졌지만 레워드는 돌아오지 않았다. 파도와 바람이 너무 날뛰어서 바다로 나갔던 어부가 돌아오지 않는 날도 있었다. 그런 날이면 사반은 레워드가 더욱 걱정스러웠다.

첫서리가 내렸고, 이어서 첫눈이 내렸다. 아우레나는 또다시 임신했다. 때로 아침에 깨어 흐느끼는 날이 있었는데, 그때마다 아우레나는 레워드 때문에 우는 것은 아니라고 말했다.

"그는 살아 있어요. 분명 살아 있어요."

"그런데 왜 울어?"

"겨울이니까요. 에렉은 겨울에 죽는데, 나는 그와 워낙 가까워서 그의 아픔을 느낄 수 있어요."

사반이 뺨을 만지자 아우레나는 움찔했다. 사반은 때로 아우레나가
자신과는 멀어지고 에렉과는 갈수록 더 가까워진다고 느낄 때가 있었
다. 신의 음성을 듣는다면서 강가 돌 위에 앉아 양쪽으로 팔을 뻗기도
했다. 반면 아무런 소리도 듣지 못하는 사반은 질투심이 일었다.

"봄은 올 거야."

"항상 그랬지."

아우레나는 이렇게 말하고 돌아섰다.

사반과 메레스는 배를 더 많이 만들었다. 그들은 가까운 숲에서 마지
막으로 남은 커다란 참나무를 찾아내 그 둥치로 다섯 척을 더 만들 수
있었다. 레위드가 모든 배를 무사히 이끌고 돌아온다면 모두 열다섯 척.
열다섯 척이면 네 번의 항해로 모든 돌을 동쪽으로 실어 나를 수 있다.
그러나 레위드가 돌아오지 않는다면 신전을 옮기는 것은 불가능하다.
하루가 지나고 또 하루가 지났다. 겨울이 땅 위에서 맹위를 떨쳤지만,
레위드에게서는 아무런 소식도 없고 함대의 모습도 보이지 않았다.

레위드가 오랫동안 돌아오지 않자 사르메닌 부족은 동요하기 시작했
다. 온갖 소문이 퍼졌다. 에렉이 돌을 옮기는 것을 원치 않기 때문에, 돌
의 무게 때문에 배 열 척이 모두 가라앉고 선원들 또한 모두 빠져 죽었
다는 이야기도 있었다. 레위드와 선원들이 드레웨나 부족에게 학살당
했다는 소문도 있었다. 설 강변 학살 이후, 드레웨나의 새 족장이 약속
한 대로 썰매를 제공해주는 대신 돌을 빼앗기로 결심했다는 것이었다.
소문은 눈덩이처럼 불어나 아우레나가 불 속에서 걸어 나온 이후 처음
으로 카마반과 케레발이 틀렸다는 목소리가 들려오기 시작했다. 하락
은 부족민의 동요를 무마하려고 애썼으나, 점점 많은 사람들이 신전을
내놓아서는 안 된다고 수군거렸다. 사람들은 배를 타고 떠난 젊은이 백
여 명을 다시는 볼 수 없는 게 아닐까 두려워했다. 그러면 과부와 고아

들이 남고, 사르메닌은 창병 수가 위험할 정도로 부족할 터였다. 게다가 떠난 남자들이 주로 어부라 올겨울은 배를 곯게 될 터였다. 이 모든 것이 신전을 옮겨야 한다고 주장한 이들의 잘못이라고 사람들은 생각했다. 스카셀과 하락 그리고 케레발은 소식을 더 기다려보자고 사람들을 다독이면서 그들의 분노를 억누르려고 애썼다. 하지만 소문은 입에서 입으로 퍼졌고, 결국 폭발하고 말았다. 어느 겨울 저녁, 분노로 가득 찬 부족민 한 무리가 횃불을 들고 케레발 정착지를 떠나 강 건너 남쪽 아우레나 정착지로 향했다.

케레발이 사람들을 말리려고 해봤지만, 병중인지라 그의 지도력도 이미 약해지고 있었다. 스카셀은 사람들이 아우레나 징착지를 불태우고 새로 만든 배를 부수기 위해 몰려오고 있다는 것을 알리기 위해 황급히 아우레나 정착지로 내려갔다.

하락은 화를 내며 침을 뱉었다.

"인솔자는 누구요?"

하락은 형에게 물었다. 스카셀이 몇 사람의 이름을 대자 하락은 고개를 저었다.

"벌레 같은 놈들이군."

하락은 조롱하듯 말하고 창을 쥐었다. 사반이 말했다.

"내가 이야기를 해보겠습니다."

"말로는 설득할 수 없는 놈들이야."

하락은 대꾸한 뒤, 창을 손에 든 채 오두막을 나섰다. 카간이 그 뒤를 따랐다. 사반은 메레스에게 정착지 여자들을 숲으로 피신토록 지시한 다음 하락의 뒤를 따라갔다. 하락은 좁은 숲길에서 횃불을 밝힌 군중 앞에 우뚝 섰다. 그리고 창을 쳐들며 말했다.

"당신들은 에렉에 맞서는 것이다."

그러나 채 다음 말을 잇기도 전에 화살이 날아와 하락의 가슴에 박혔다. 하락은 비틀거리다 참나무에 몸을 기대며 쓰러졌다. 순간, 카간이 울부짖으며 아버지의 창을 집어 들더니 군중을 향해 돌진했다. 화살과 돌 세례가 날아왔지만 카간은 마치 들소 같았다. 귀머거리-벙어리 거인은 창을 마구 휘둘러 군중을 물러서게 했다. 사반은 카간의 뒤를 따라 달려갔다. 그때 카간이 발을 헛디디며 쓰러졌다. 그러자 무리들이 거인에게 몰려들어 창으로 마구 찔렀다. 카간은 창날 아래서 몸부림쳤다. 사반은 하락의 팔을 잡고 뒤로 물러났다.

"카간!"

하락이 소리쳤다.

"도망쳐요!"

사반은 큰 소리로 외쳤다. 화살 한 대가 귀 옆을 스치고, 다른 화살 한 대는 나무에 꽂혔다. 카간의 죽음을 보고 흥분한 군중이 따라오고 있었다. 창 하나가 길 위를 스치듯 날아와 사반의 발목을 아슬아슬하게 비켜갔다. 문득, 아우레나가 길 한가운데 서 있는 모습이 보였다.

"돌아가!"

사반이 외쳤으나 그녀는 오히려 남편에게 물러나라는 손짓을 했다. 금발 머리가 휘날리고, 사슴 가죽 튜닉이 임신한 배 언저리에서 부풀어 있었다.

"가! 카간을 죽였어. 가라니까!"

사반은 아내를 끌어당겼다. 하지만 아우레나는 그의 손을 떨쳐내고 꼼짝도 하지 않았다. 그녀는 태양의 불을 기다리던 때처럼 평온하고 침착하게 서 있다 성난 군중 쪽으로 걸음을 옮겼다.

손을 들지도, 말을 하지도 않았지만 아우레나가 거기 그렇게 있는 것만으로도 군중은 멈칫했다. 그들은 사람 하나를 죽인 참이었다. 하지만 지금 그들 앞을 막아선 존재는 에렉의 신부이자 여신, 혹은 마법사, 힘을 지닌 여인이었다. 아무도 그녀를 공격할 용기는 없었다. 한 남자가 나섰다. 이름은 카르건. 케레발의 조카로, 사르메닌의 유명한 전사였다. 머리에는 까마귀 날개를 꽂고, 사르메닌의 그 어떤 창보다 더 길고 무거운 창살에는 까마귀 깃털을 꽂고 있었다. 그는 기다란 턱과 사색에 잠긴 눈, 전투에서 학살한 영혼의 수를 자랑하는 두꺼운 회색 흉터를 지니고 있었으나 아우레나 앞에서 경건하게 고개를 숙였다.

"당신과 싸울 생각은 없습니다."

"그러면 누구와 싸울 생각입니까, 카르건?"

"우리 젊은이들을 훔쳐간 자들입니다. 세상 반대편까지 신전을 옮기겠다는 바보들입니다!"

"누가 당신의 젊은이들을 훔쳐갔지요, 카르건?"

"알고 계시지 않습니까?"

아우레나는 미소를 지었다.

"우리 젊은이들은 내일 돌아올 것입니다. 배를 타고 강 저편에서 우렁찬 노래를 부르며 올 것입니다. 내일은 기쁨이 넘칠 것입니다. 그런데 왜 오늘 밤 슬픔을 만들려고 합니까?"

아우레나는 잠시 말을 멈추고 기다렸지만, 군중은 아무 말도 없었다.

"돌아가세요. 우리 젊은이들은 내일 돌아올 테니까요. 에렉이 약속했습니다."

마지막으로 침착한 미소를 남긴 채, 아우레나는 돌아서서 걸음을 옮겼다. 카르건은 망설였고, 아우레나의 확신 가득 찬 말에 군중의 분노는 누그러졌다. 그들은 아우레나의 말을 믿었다. 사반은 군중이 멀어지는 것을 지켜보다 아우레나 뒤를 따라갔다.

"내일 배가 돌아오지 않으면 어떻게 저들을 막지?"

"배는 내일 올 거예요. 에렉이 꿈에서 그렇게 말했어요."

확신에 찬 그녀는 사반이 자신의 꿈을 의심하자 놀란 듯했다. 그녀는 행복한 표정으로 말했다.

"꿈속의 안개는 걷혔어요. 나는 에렉의 미래를 본답니다."

아우레나는 사반에게 미소 지은 뒤, 하락을 자기 오두막으로 데려가 자식 잃은 슬픔을 달래주었다. 하락은 화살이 깊이 꽂혀 숨을 몰아쉬고 있었다. 입에서는 분홍색 피거품이 나왔다. 아우레나는 죽지 않을 거라고 격려하며 물약을 준 뒤 화살을 빼냈다.

다음 날 아침, 그들은 카간의 시신을 화장했다. 그리고 거의 모든 부족 민들은 바다와 강이 만나는 남쪽 곶으로 가서 배들이 돌아오길 기다렸다. 흰 새들이 하늘을 선회하며 울었다. 그 소리가 마치 물에 빠져 죽은 영혼들의 울부짖음 같았다. 사반은 메레스를 데리고 스카셀과 함께 절벽 꼭대기에 있었다. 카르건도 전날의 폭도들과 함께 와 있었다. 아우레나는 오지 않았다. 그날 아침, 그녀는 사반에게 이렇게 말했다.

"배는 올 거예요. 굳이 나가볼 필요 없어요."

아우레나는 하락 곁에 머물렀다.

아침이 지나갔지만, 온 것이라고는 돌풍뿐이었다. 바다 위에 비가 쏟아졌고, 차가운 바람이 사람들의 얼굴에 빗물을 날렸다. 스카셀은 기도를 하고, 사반은 바위 뒤쪽에서 비를 피하고, 카르건은 벼랑 꼭대기를 서성이며 묵직한 창으로 빛바랜 풀을 두드렸다. 해는 구름 뒤에 모습을 가리고 있었다. 마침내 카르건이 사반 앞에 우뚝 서며 말했다.

"당신과 당신 형은 사르메닌에 광기를 가지고 왔다."

"난 가져온 것이 아무것도 없소. 당신들의 광기는 금을 잃었을 때 찾아온 것이오."

"금은 도난당한 것이야!"

카르건은 외쳤다.

"우리가 훔친 것은 아니오."

"신전도 움직일 수는 없어!"

사반은 피곤한 듯 대답했다.

"신전은 옮겨져야 하오. 그렇지 않으면 다시는 우리에게 행복이 찾아오지 않을 것이오."

"행복? 신들이 우리의 행복을 원한다고 생각하나?"

"신들이 원하는 것을 알고 싶다면, 스카셀에게 물어보시오. 그는 사제니까."

사반은 벼랑 끝에서 기도를 올리는 깡마른 사제 쪽으로 손짓을 했다. 하지만 스카셀은 하늘을 향해 두 팔을 들어 올린 대신 동쪽을, 끊임없이 흩날리는 회색 비의 장막을 뚫어지게 바라보고 있었다. 순간, 그가 고함을 질렀다. 지팡이로 한쪽을 가리키며 다시 고함을 질렀다. 부족민들은 제사상이 바라보는 쪽으로 고개를 돌렸다.

그들은 배를 보았다.

함대였다. 마지막 썰물을 타고 비바람에 맞서며 고향을 향해 오고 있었다. 선체를 묶었던 밧줄을 풀어 한 척이 세 척으로 나뉘어 있었다. 돌을 지탱해준 목재는 추위에 시달리며 얼른 집에 가고 싶어 하는 사람들이 열심히 노를 젓고 있는 선체 안쪽에 있었다. 전날 밤 카간을 살해하고, 아우레나 정착지의 모든 사람을 학살하려던 부족들도 환호성을 질렀다. 레위드가 맨 앞의 배 위에 우뚝 서서 노를 흔들었다. 사반이 배의 숫자를 세어보니 한 척도 빠지지 않고 모두 다 무사했다. 배는 음울한 파도를 뚫고 곶 아래 강 입구에 닿았다. 지친 노잡이들은 거기서 조석의 방향이 바뀔 때까지 기다렸다.

저녁이 되자 밀물이 함대를 상류로 실어주었다. 아우레나가 예언한 대로 선원들은 노래를 부르며 정착지를 향해 큰 배를 몰았다. 그들은 바다의 신 딜란의 노래를 부르며 박자에 맞춰 노를 저었다. 상류까지 배를 따라온 군중도 함께 노래했다.

레위드가 뭍으로 뛰어내리자 사람들이 그를 포옹하러 달려갔다. 하지만 그는 군중을 뚫고 사반을 찾아 얼싸안았다.

"해냈어. 우리가 해냈어!"

사반은 반쯤 완성된 배 옆 공터에 큰 모닥불을 지폈다. 여자들은 구근과 곡식을 빻았다. 사반은 사슴고기를 굽게 했다. 그리고 선원들에게는 마른 모피를 내주었다. 카르건은 케레발 정착지에서 술독을 가져왔다. 갈수록 많은 사람이 모여들었다. 마치 사르메닌 부족 전체가 레위드의 이야기를 듣기 위해 모여든 것 같았다. 레위드는 흥미진진하게 이야기를 풀어놓았다. 부족민들은 늦여름에 설 강까지 돌을 싣고 간 이야기를 들으며 신음을 내뱉고, 한숨을 들이쉬고, 환호했다. 항해에는 어려움이 없었다고 레위드는 말했다. 배는 잘 견뎠고, 돌은 안전했으며, 강까지 안전하게 도착할 수 있었다. 한데 거기서 문제가 시작되었다.

렌가에게 패한 스타키스의 지지자들이 아직도 드레웨나 주위를 떠돌고 있었던 것이다. 그들이 레위드가 가지고 있지도 않은 공물을 요구했다. 일행은 설 강 하구에 울타리를 치고 머무르면서 드레웨나의 새 족장 켈란의 전사들이 와서 부랑자들을 물리칠 때까지 기다려야 했다.

켈란의 창병들이 설 강 상류까지 배를 호위했다. 하지만 배가 뜰 수 없는 얕은 상류에 도착하자 썰매가 보이지 않았다. 썰매를 만들어주겠다던 켈란이 약속을 지키지 않았던 것이다. 레위드는 라사린까지 걸어가서 렌가에게 사정을 이야기했다. 다행히 렌가는 켈란을 설득하겠다고 했다. 그러나 이미 가을바람이 차가워지고 비가 내리기 시작해, 나무를 베고 둥치를 깎아 돌과 배를 실을 만큼 커다란 썰매를 만드는 데는 오랜 시간이 걸렸다.

언덕을 넘어 동쪽으로 흐르는 강까지는 황소가 배와 썰매를 끌었고, 거기서 사람들은 배를 다시 강물에 내리고 돌을 새로 실었다. 그리고 강을 따라 동쪽으로 이동해 마이 강에 도착한 다음 다시 라사린까지 돌을 끌고 갔다.

라사린에 마지막 돌을 내려놓은 후, 거대한 배를 세 척으로 나누어 왔던 길을 되돌아왔다. 한데 설 강 하구에 도착하니 춥고 혹독한 겨울이 한창 기승을 부리고 있었다. 폭풍 치는 바다를 건너 고향까지 올 수는 없었다. 그래서 레위드는 날씨가 누그러질 때까지 설 강 어귀에서 기다 렸다.

이제 레위드와 선원들은 모두 고향에 돌아왔다. 첫 번째 돌들은 이미 라사린에 있었다. 사반은 흐느꼈다. 카간이 죽었기 때문이기도 했지만, 이 땅에 기쁨이 찾아올 것이기 때문이기도 했다. 신전은 그렇게 옮겨지고 있었다.

13

죽은 자의 집

슬라울 신전이야. 슬라울과 결합한, 죽은 자를 위한 신전!

둘째는 여자아이였다. 아우레나는 이방인 말로 '선택받은 아이'라는 뜻인 랄릭이라는 이름을 붙였다. 인생을 결정할 기회도 주기 전에 이미 운명을 결정지어버리는 것 같아서 사반은 마음에 들지 않았지만, 아우레나가 고집을 피워서 어쩔 수 없었다. 그리고 사반도 어느덧 그 이름에 익숙해졌다. 아우레나는 다시는 아이를 갖지 않았고, 아들과 딸은 건강하고 튼튼하게 자랐다. 강가에 산 덕분에 리어는 걷기도 전에 수영부터 배웠다. 아들은 노 젓는 법, 활 쏘는 법, 얕은 강에서 창으로 고기 잡는 법을 배웠다. 오빠와 여동생은 신전의 돌이 오두막을 지나 바다로 향하는 광경을 바라보며 자랐다.

돌을 모두 옮기는 데는 5년이 걸렸다. 원래 레위드는 좀 더 빨리 끝내고 싶었지만, 완벽한 날씨가 아니면 부담스러운 짐을 싣고 바다로 나갈 수가 없었다. 일년은 아예 돌을 전혀 옮기지 못했고 다음 해에는 단 한 번밖에 항해를 할 수가 없었다. 하지만 일단 출항하면 신들은 자비를 베풀었고 잃어버린 돌 하나, 빠져 죽은 사람 하나 없었다.

레위드는 신전이 어떻게 만들어지고 있는지, 렌가와 카살로 사이의 전쟁은 어떻게 진행되고 있는지 소식을 전해주었다.

"어느 쪽도 이길 수 없고, 어느 쪽도 굴복하려 하지 않아. 하지만 네 형은 신전이 행운을 가져다줄 거라고 믿고 있어. 아직도 전쟁 신전이라고 생각하거든."

어느 해에는 데레원이 아이를 낳았다는 소식을 가지고 왔다.

"딸이겠지."

사반은 말했다. 레위드가 물었다.

"들었어?"

사반은 고개를 저었다.

"추측이야. 데레원은 괜찮대?"

레위드는 어깨를 으쓱했다.

"모르겠어. 네 형의 사제들이 어미와 자식에게 저주를 내렸다는 것만 들었어."

그날 밤, 사반은 케레발 정착지 안에 있는 태양 신부의 신전에 가서 어머니의 호박 목걸이를 돌 옆에 묻었다. 그는 슬라올에게 절하고 라사린이 데레원과 그 딸에게 내린 저주를 풀어달라고 빌었다. 어머니는 분명 용서하실 것이지만, 아우레나가 이해해줄지는 알 수 없었다. 늘 걸고 다니던 목걸이가 어떻게 되었느냐고 아우레나가 묻자, 사반은 힘줄이 끊어져서 호박이 강에 떨어져버렸다고 대답했다.

그림자 신전의 마지막 돌을 실어 나른 것은 5년째 되던 해 봄이었다. 남은 기둥은 겨우 열한 개. 돌은 모두 배에 실려 아우레나 정착지 옆 선착장을 향해 하류로 내려갔다. 레위드는 하루빨리 마지막 돌을 동쪽으로 실어 나르고 싶었지만, 이번에는 스카셀과 케레발도 따라나서겠다고 했다. 마지막 돌을 안전하게 전달하면 사르메닌 쪽의 약속을 모두 이행한 것이니 렌가로부터 에렉의 보물을 돌려받아야 했기 때문이다. 보물을 돌려받는 순간 그 자리에 있고 싶었던 것이다. 그들은 서른 명의 창병도 데려가겠다고 주장했다. 이들 모두에게 필요한 식량을 모으는 데 시간이 꽤 걸렸다.

배에 식량을 다 싣자마자, 이번엔 바람이 갑자기 동쪽으로 방향을 바꾸어 바다에 차가운 돌풍과 험한 풍랑을 몰고 왔다. 레위드는 출항을 미루고, 함대는 강에서 기다렸다. 휘몰아치는 바람과 방향이 바뀌는 조석 때문에 정박한 배들은 끊임없이 출렁거렸다. 하루하루 바람은 차갑기만 했고, 겨우 방향이 서쪽으로 바뀌었지만 너무 거세서 여전히 출항할 수는 없었다.

그래서 계속 기다렸다. 봄이 다 끝나가던 어느 날, 바람이 나무 꼭대기에서 울부짖고 절벽에 흰 물보라가 부딪히던 날, 서쪽 바다 건너 땅에서 배 한 척이 나타났다. 배 안에서는 십여 명의 노잡이가 폭풍과 싸우고 있었다. 폭풍을 향해 고함을 치고, 배에 찬 물을 퍼내고, 다시 노를 젓고, 바람의 신에게 저주를 퍼붓고, 바다의 신에게 기도를 드린 끝에 연약한 배는 겨우 폭풍으로 갈기갈기 찢긴 곳을 안전하게 돌아 강으로 들어섰다. 노잡이들은 조류가 바뀌기를 기다리지도 않고 썰물을 거슬러 상류로 올라오면서 폭풍을 이겨낸 승리의 노래를 불렀다.

배는 카마반을 사르메닌으로 데려다주었다.

바다에 대한 두려움을 전혀 보이지 않은 것은 카마반뿐이었다. 그 혼자만이 고함을 치지도, 물을 퍼내지도, 노를 젓지도, 저주를 퍼붓지도, 노래를 부르지도 않은 채 그저 조용하고 평온하게 앉아 있었다. 배가 아우레나 정착지에 정박하자, 카마반은 무심한 얼굴로 뭍으로 내려왔다. 땅이 울렁거리는 느낌에 조금 비틀거리다 아우레나의 오두막으로 향했다.

처음에는 사반도 형을 알아보지 못했다. 몸은 여전히 어린 나무처럼 마르고 부싯돌 칼날처럼 초췌했지만, 뺨과 이마에 수직으로 깊은 흉터를 내고 검댕을 문질러서 새긴 검은 줄무늬 문신 때문에 무시무시한 인상이었다. 수백 갈래로 가늘게 땋은 긴 머리카락은 독사처럼 꿈틀거렸고, 그 끝에는 어린아이의 손가락 관절뼈가 달려 있었다. 리어와 랄릭은 화톳불 옆에서 아무 말 없이 앉아 있는 낯선 사람을 보며 잔뜩 움츠러들었다.

카마반은 밤새도록 그렇게 앉아서 아무 말도 하지 않고, 아무것도 먹지 않았다.

다음 날 아침, 아우레나는 불을 새로 지피고 고깃국을 끓였다. 하지만 카마반은 여전히 말이 없었다. 바람은 지붕을 들썩이고, 정박한 배를 흔들며 카마반과 함께 온 선원들이 쉬고 있는 정착지 위로 비를 몰고 왔다.

사반이 음식을 권해도 카마반은 불만 쳐다보았다. 검은 흉터 위로 한 줄기 눈물이 흐르고 있었다. 하지만 그것은 어쩌면 바람길에 날아온 연기가 눈에 들어가서였는지도 몰랐다.

카마반이 몸을 움직인 것은 오전이 되어서였다. 미간을 찌푸리더니 얼굴에 드리운 머리카락을 밀어내고 꿈에서 깨어난 것처럼 눈을 깜빡였다.

"바다 건너 땅에는 거대한 신전이 있다."

카마반은 갑자기 말문을 열었다. 아우레나는 꿈을 꾸듯 카마반을 쳐다보았다. 사반은 형이 그 신전도 배로 실어 나르자고 할까봐 눈살을 찌푸렸다.

"거대한 신전, 죽은 자의 신전."

카마반의 음성에는 경외감이 어려 있었다.

"라하나 신전인가?"

사반이 물었다. 라하나는 죽은 자의 수호신으로 알려져 있었기 때문이다. 카마반은 고개를 저었다. 머리카락처럼 땋아서 역시 작은 손가락뼈로 장식한 턱수염을 타고 이 한 마리가 기어 내려왔다. 카마반의 몸에서는 소금 냄새가 풍겼다. 그는 속삭였다.

"슬라올 신전이야. 슬라올과 결합한, 죽은 자를 위한 신전!"

카마반은 갑자기 미소를 지었다. 아이들은 삼촌의 늑대 같은 웃음을 보더니 더욱 움츠러들었다. 카마반은 두 손으로 낮은 무덤 모양을 만들었다. 그는 열정적으로 말했다.

"그 신전은 언덕이다, 사반. 돌로 둘러싸고 속은 비어 있는 언덕. 한가운데 죽은 자의 돌집이 들어 있어. 슬라올이 죽는 날, 햇살은 돌을 댄 구멍을 통해 그 집 한가운데로 쏟아져 들어간다. 난 거기 앉아 있었어. 거미와 뼈가 널려 있는 곳에 앉아 슬라올이 내게 하는 말을 들었다."

카마반은 불을 바라보며 다시 얼굴을 찌푸렸다.

"당연히 라하나 신전은 아니지!"

카마반은 짜증스럽게 말했다.

"라하나는 우리들의 죽은 자를 훔쳐갔어. 그들을 되찾아야 해."

"라하나가 죽은 자를 훔쳐갔다고?"

사반은 어리둥절해서 물었다. 카마반은 무시무시한 줄무늬가 그려진 얼굴을 사반 쪽으로 향하며 소리쳤다.

"물론이야! 왜 일찍이 이걸 몰랐을까? 우리가 죽으면 어떻게 되지? 당연히 하늘로 올라가서 신들과 함께 살게 되지만, 우리는 라하나에게 가! 라하나는 우리의 죽은 자들을 훔쳐갔어. 우리는 부모 없는 자식이나 마찬가지야."

카마반은 몸을 떨었다.

"죽은 사람이 아무 데도 가지 않는다고, 별들 사이의 심연으로 사라진다고 믿는 사람을 만난 적이 있는데, 난 그를 비웃었다. 하지만 어쩌면 그가 옳을지도 몰라! 주위에 온통 뼈가 널려 있는 죽은 자의 집에 앉아 있는데, 문득 라사린의 시체들이 나를 부르는 소리가 들렸다. 그들은 구원받기를 원하고 있어, 사반. 슬라올과 재결합하기를 원하고 있어! 우린 그들을 구해야 해! 그들을 다시 빛 속으로 데려와야 해!"

"뭘 좀 드세요."

아우레나가 말했다.

"난 가야 한다."

카마반은 말했다. 그러곤 다시 사반을 보았다.

"라사린에서는 신전을 짓기 시작했느냐?"

"레위드가 그렇게 말했어."

"바꾸어야 해. 사자(死者)의 집이 필요해. 너와 내가 새로 지어야 해. 무덤은 물론 필요 없어. 그건 바다 건너 사람들이 잘못한 거야. 하지만 그건 죽은 자들을 라하나에게서 데려올 공간이야."

"형이 새로 지어. 난 여기 있을 거야."

"너도 가야 해!"

카마반은 외쳤다. 아우레나는 랄릭이 울기 시작하자 황급히 달려가서 달랬다. 카마반은 뼈만 남은 손가락으로 사반을 가리켰다.

"돌은 몇 개나 남았지?"

"열한 개. 형이 강에서 본 게 다야."

"너도 같이 가야 해. 그건 슬라올에 대한 네 의무야. 라사린으로 돌을 옮기고, 거기서 다시 만나자."

카마반은 미간을 찌푸리며 말을 이었다.

"하락은 여기 있나?"

사반은 턱으로 하락이 있는 오두막 쪽을 가리켰다.

"그의 아들이 죽었어."

"잘됐군."

카마반은 차갑게 말했다. 사반은 말을 이었다.

"하락도 부상을 입었지만 회복했어. 하지만 아직 카간의 죽음을 슬퍼하고 있어."

"그러면 일거리를 주어야지."

카마반은 일어서서 비바람 속으로 나갔다.

"라사린으로 가는 건 네 의무다, 사반! 난 너를 위해 아우레나의 목숨을 살려주었어! 네 목숨도 살려주었어! 네가 이 강둑에서 아무것도 안 하고 썩어버릴 운명이었다면 절대 그러지 않았을 게다. 난 슬라올을 위해서 그렇게 했어. 그러니 넌 슬라올 신전을 지어서 보답해야 해."

카마반은 하락의 오두막으로 가서 주먹으로 이끼 긴 초가지붕을 두드리며 외쳤다.

"하락! 당신이 필요해."

하락이 놀란 표정으로 오두막을 나왔다. 하락은 머리가 완전히 벗겨지고 거의 부자연스러울 정도로 말라서 나이보다 더 늙어 보였다. 화살 맞은 상처 때문에 오랫동안 앓았고, 이러다 숨이 끊어질지 모른다고 생각한 적도 있지만, 하락은 살아남았다. 하지만 사반이 보기에는 몸의 상처보다 영혼의 상처가 훨씬 더 큰 것 같았다. 하락은 카마반을 쳐다보면서도 문신이 그려진 얼굴을 잠시 알아보지 못하는 듯했다. 그러다 문득 미소를 지으며 말했다.

"돌아왔군!"

"물론 돌아왔지요! 돌아온다고 그러지 않았나? 그렇게 쳐다보지만 말고, 하락, 이리 와요! 의논할 것이 많고, 갈 길은 멉니다."

하락은 잠시 망설이다 고개를 끄덕이더니 오두막은 돌아보지도 않고, 필요한 것을 가지러 들어가지도 않고 카마반을 따라 숲으로 향했다.

"어디로 가는 거야?"

사반은 외쳤다. 카마반이 대답했다.

"당연히 라사린이지!"

"걸어간다고?"

"다시는 배를 타고 싶지 않아. 살아 있는 한."

카마반은 격하게 말하곤 계속 걸음을 옮겼다. 신전을 더욱 위대하게 만들기 위해서. 슬라올을 산 자에게 결합시키고, 죽은 자를 슬라올에게 결합시키기 위해서. 꿈을 만들기 위해서.

"카마반의 말이 맞아요."

그날 저녁 아우레나가 말했다.

"그래?"

"에렉은 우리를 구했어요. 그러니 우리는 그의 뜻대로 여행을 해야 해요. 그게 우리의 의무예요."

사반은 몸을 앞뒤로 흔들었다. 밤이었다. 아이들은 자고, 약하게 타오르는 화톳불은 오두막을 연기로 가득 채우고 있었다. 바람은 잠잠해졌고 비도 그쳤지만, 초가지붕 처마에서는 아직 물이 뚝뚝 떨어졌다.

"카마반은 당신도 라사린으로 가야 한다는 말은 안 했어."

"에렉은 내가 거기로 가기를 원해요."

사반은 속으로 끙 하고 신음 소리를 냈다. 지금부터 신과 말다툼을 해야 한다는 것을 알고 있었기 때문이다.

"내 형 렌가는 당신이 라사린에 오기만을 기다리고 있어. 당신을 보면, 갖고 싶어 할 거고, 가질 거야. 난 당신을 구하기 위해 싸울 테지만, 형의 전사들이 날 단칼에 베어버리겠지. 당신은 강제로 그의 침상에 끌려가서 몸을 더럽힐 테고."

"에렉이 허락하지 않을 거예요."

아우레나는 평온하게 말했다. 사반은 짜증이 났다.

"그리고 난 라사린에 가고 싶지 않아. 난 여기서 행복해!"

"하지만 여기서 당신이 할 일은 끝났어요. 이제 배를 만들 필요도 없고, 산 밑으로 돌을 나를 필요도 없어요. 에렉의 사업은 라사린으로 옮겨갔어요. 에렉이 우리 목숨을 구했으니 우리는 그곳으로 가야 해요."

아우레나는 미소를 지으며 덧붙였다.

"우린 라사린에 갈 거고, 세상을 태초의 모습대로 되돌려놓을 거예요."

이길 수 없는 설전이었다. 상대는 에렉이었기 때문이다. 아우레나는 아이들과 함께 항해할 준비를 했다. 그러나 바닷바람은 누그러지지 않았고, 아직 커다란 파도가 절벽에 하얗게 부서지고 있었다. 가시나무 꽃이 피고 브리오니아, 메꽃, 꼬리풀이 돋았지만, 레위드는 아직 출발을 망설였다.

"신들이 우리를 붙잡고 있어."

어느 날 밤, 레위드가 말했다

"잃어버린 돌 때문이에요. 강에 빠뜨린 돌 두 개와 산에서 부서진 돌. 그 돌을 채우지 않으면 신전은 완성될 수 없어요."

아우레나는 말했다.

사반은 산에서 돌을 더 가지고 내려오는 것을 레위드가 어떻게 생각할지 궁금해서 말없이 그쪽을 힐끗 보았다. 아우레나는 눈을 감고 몸을 앞뒤로 흔들었다. 그리고 부드럽게 말했다.

"이건 에렉 신전이지만, 그를 모드론 쪽으로 끌어오기 위해 짓는 거예요."

모드론이란 이방인 말로 땅의 여신 갈라나를 뜻했다.

"그러니 그녀에게도 돌 하나를 보내야 해요. 잃어버린 세 개를 대체할 수 있는 큰 돌 하나를."

"산에서 돌 하나는 더 갖고 올 수 있지."

레위드는 내키지 않는 듯 말했다.

"산에서가 아니라 여기에서요."

아우레나가 말했다.

다음 날 아침, 아우레나는 사반과 함께 즐겨 앉곤 했던 강변의 녹색 돌, 반짝이는 입자와 녹색 결정이 박혀 있는 돌을 레위드에게 보여주었다. 아우레나는 이것을 어머니 돌이라고 불렀다. 다른 돌들은 에렉의 하늘에 있는 계곡에서 뽑은 돌인데 반해, 이 돌은 어머니 대지의 검은 품 안에 박혀 있었기 때문이다.

어머니 돌은 컸다. 신전 기둥 중에서 가장 무거운 돌보다 두 배는 더 무거웠고, 풀이 무성한 강둑에 깊숙이 박혀 있었다. 사반은 이틀 동안 돌을 바라보며 어떻게 옮길지 궁리하다, 메레스와 함께 숲으로 가서 큰 나무 여섯 그루를 베었다. 그들은 몸통에서 나뭇가지를 잘라내 매끄러운 기둥을 만든 뒤, 열여덟 조각으로 짧게 토막 냈다.

다음 날, 그들은 어머니 돌을 참나무 지렛대로 땅에서 들었다. 우선 돌 양쪽의 땅을 오소리 굴처럼 깊이 판 뒤, 지렛대를 찔러 넣고 양쪽으로 여섯 명이 붙어서 돌 앞쪽을 들어 올렸다. 돌은 힘들게 올라왔고, 사람들이 달라붙어서 흙을 파냈다. 이윽고 돌이 들리자 메레스는 짧게 토막 낸 굴림대 하나를 그 밑에 집어넣었다.

사흘 동안의 작업 끝에 돌은 열여덟 개의 굴림대 위에 올라왔다. 레위드는 빈 배 한 척을 강둑으로 끌고 왔다. 그리고 뱃머리를 돌 쪽으로 향하게 묶은 뒤 썰물이 와서 배가 진흙 위에 올라앉기를 기다렸다. 배가 준비되자 인부들은 돌을 앞으로 밀었다. 다른 사람들은 강둑 진흙 위에 서서 굴림대 위의 돌을 줄로 묶어 굴렸다. 어머니 돌은 거의 남자 키의 세 배 높이였지만 길쭉한 편이어서 잘 굴러갔다. 사람들은 돌 뒤에서 굴림대를 끌어와 다시 돌 앞에 계속 놓았다. 거대한 돌의 한쪽 끝이 정박해 있는 배 위로 돌출할 때까지 이렇게 한 뼘, 한 뼘 밀고 끌었다.

"조심해!"

사반은 외쳤다. 두 사람이 굴림대를 배 위에 놓고 붙잡았다. 십여 명은 돌 뒤에서 지렛대를 잡았다.

"다시 들어 올려!"

거대한 암석은 앞으로 움직이더니 아래로 기울기 시작했다.

"기울게 해! 기울게 해!"

돌의 앞쪽 모서리가 휙 돌아서 배 위에 걸쳐졌다. 세 척을 한데 묶은 선체가 돌 무게 때문에 삐걱거렸다. 배 위에도 굴림대가 놓였다. 그들은 다시 지렛대로 돌을 밀었다. 강변에는 비가 뿌렸고, 여자들은 이 광경을 구경했다. 밀물이 올라오는 가운데 거대한 돌은 마침내 배 위에 완전히 실렸다. 어머니 돌은 거의 배 앞쪽 끝에서 뒤쪽 끝까지 채울 정도로 길었다.

"이제 배가 뜨는지 확인해야 해."

레위드가 말했다. 그와 사반, 아우레나는 밤이 찾아오고 밀물이 계속 차오르는 동안 강둑에서 기다렸다. 모닥불 불빛에 배 주변에서 소용돌이치며 들어오는 검은 물살이 보였다. 점점 높이 차오른 물이 거의 뱃전까지 올라와서 넘칠 기세였다. 그때 진흙 꿀럭거리는 소리가 나더니 배 밑바닥이 움직였다. 이윽고 선체가 강물 위에 떠서 넘실거리기 시작했다.

"이 돌을 옮길 수 있을 거라고는 생각도 못했는데."

레위드는 신기하다는 듯 말했다. 사반이 대답했다.

"아직 라사린까지 운반할 일이 남았어."

"에렉이 도와줄 거예요."

아우레나가 자신 있게 말했다.

"배가 물에 많이 가라앉아 있어."

레위드는 걱정스럽게 말했다. 바다에서는 파도가 뱃전으로 넘어오기 때문에 배에 물이 차게 마련이다. 세 개의 선체 중에 노잡이들이 있는 바깥쪽 선체는 쉽게 물을 퍼낼 수 있지만, 어머니 돌이 워낙 길기 때문에 중앙에는 사람이 웅크리고 앉을 자리가 거의 없었다.

"거기는 작은 아이를 앉히자."

사반이 말했다. 다음 날 아침 확인해보니 돌 앞쪽에 아이 하나, 뒤쪽에 하나가 겨우 들어앉을 만한 공간이 있었다. 레위드는 아이 둘이 계속 바닷물을 퍼낸다면 무거운 짐을 실은 배도 항해를 견뎌낼 수 있을 거라며 덧붙였다.

"날씨만 좋다면."

그러나 날씨는 계속 험악했다. 전사들은 출발 준비를 마친 채 기다렸다. 하지만 거센 바람은 바다를 들어 올리고 비바람을 일으켰다. 다시 한 달이 지났다. 여름이 서서히 물러가고 있었다. 이러다 떠날 수 없는 게 아닌가 싶은 걱정이 들기 시작했다. 아니, 차라리 떠날 수 없었으면 싶었다. 사실, 사반은 라사린에 돌아가고 싶지 않았다. 그의 집은 사르메닌이었다. 평생 이 강가에 살면서 아이들이 자라고, 케레발 부족의 일원이 되는 것을 볼 거라고 생각했다. 언젠가 사르메닌의 표식도 얼굴에 새기고 회색이 배도록 온몸에 재를 문지를 거라고 생각했다. 카마반과 아우레나는 내륙으로 돌아가야 한다고 고집을 부렸지만 사반은 가고 싶지 않았다. 배를 사르메닌 강가에 묶어두는 날씨가 고마웠다. 그와 메레스는 돌을 나를 배를 만들기에는 너무 짧아서 그냥 버려두었던 나무 둥치로 고깃배를 만들면서 시간을 보냈다. 신전을 옮겨준 보상으로 레위드에게 줄 생각이었다.

사르메닌 여자를 아내로 얻은 메레스 역시 돌아가야 할지 말아야 할지 고민하고 있었다.

"아버지를 보고 싶어. 라이도 라사린을 보고 싶어 하고."

라이는 그의 아내였다.

사반은 강가 모래를 자루에 담아 배에 붓고 돌로 문질러서 나무를 매끄럽게 다듬었다.

"갈레스를 다시 만나면 좋겠지."

아버지의 묘를 찾아가는 것도 좋을 것이다. 하지만 그것 말고는 어린 시절의 고향을 찾아가고 싶은 이유가 없었다. 사반은 조끼 아래 숨겨둔 껍질 부적을 만져보았다. 그리고 몸을 앞뒤로 흔들며 왜 이렇게 돌아가고 싶지 않은지 그 이유를 생각해보았다. 물론 렌가가 두려웠다. 하지만 사반에게는 부적이 있고, 그 효험도 믿었다. 한데 왜 이렇게 두려울까?

신전이 완성되면 슬라올이 돌아오고 모든 것이 잘될 텐데. 사반은 배가 떠 있는 강을 바라보았다. 저 돌이 하늘 신전에 도착하고 꿈이 이루어지면, 그다음에는? 모든 것이 변할까? 하늘에서 이글거리는 슬라올이 겨울과 질병을 없애줄까? 세상은 천천히 변해갈까? 아무 일도 일어나지 않는 건 아닐까?

"걱정스러워 보여."

메레스가 말했다.

"아니야."

사반은 대답했지만, 사실 걱정스러웠다. 스스로 믿지 못한다는 것이 걱정스러웠다. 카마반은 믿었고, 스카셀도 믿었고, 아우레나도 믿었다. 아니, 케레발 부족민 대부분은 자기들이 세상을 바꾸고 있다고 믿었다. 그러나 사반은 자신도 그런 믿음을 갖고 있는지 알 수가 없었다. 어쩌면 비틀어진 아이, 추방된 말더듬이, 경멸당하던 시절의 카마반을 아는 사람은 사반 혼자였기 때문인지도 몰랐다. 어쩌면 이 강, 이 강둑과 사랑에 빠졌기 때문인지도 몰랐다. 사반은 말했다.

"레위드하고 이 배를 같이 쓸까? 어부가 돼볼까?"

"넌 감기나 걸릴걸."

메레스가 말했다. 그는 뱃머리의 곡선이 완벽해지도록 나무 표면을 깨끗하게 깎아내고 있었다.

"아니, 우린 고향에 가게 될 거야, 사반. 가서 익숙해져야겠지. 우리 아내들이 그러기를 원하니까. 아내들이란 원하는 건 무조건 얻고 말거든."

여름이 지나갔지만 바람은 잠잠해지지 않았다. 올해는 배를 띄울 수 없을 것 같다고 생각하던 즈음, 첫 번째 해처럼 가을로 접어들면서 고요한 바다와 부드러운 바람이 찾아왔다. 레위드는 이틀을 더 기다렸다. 그러는 동안 어부들의 의견도 물어보고 말킨 신전에서 기도도 드리더니, 마침내 출발해도 좋다고 선언했다. 음식과 물이 배에 다시 실리고,

전사들은 제각기 자리를 잡았다. 메레스와 사반은 신전 돌을 실은 배를 엄호하는 선체 하나짜리 긴 배에 가족을 태웠다. 스카셀은 암소를 제물로 바치고, 그 피를 단단히 묶은 돌에 뿌렸다. 케레발은 수많은 아내들에게 일일이 입맞춤을 했다. 이제 출발해야 할 시각이었다.

묵직한 짐을 실은 배는 강어귀의 곳을 향해 하류로 내려갔다. 노잡이들은 에렉에게 바치는 노래를 불렀다. 뒤에 남은 사람들은 강둑에 서서 차츰 멀어지는 노잡이들의 우렁찬 목소리를 들었다. 그들은 흐르는 강물 소리, 바람의 한숨 소리만 남을 때까지 계속 귀를 기울였다. 사르메닌은 신의를 지켰다. 신전을 라사린에 보냈으니, 이제 부족이 할 수 있는 일은 족장과 제사장 그리고 보물이 돌아오기를 기다리는 것뿐이었다.

날씨는 평온했고, 그래야만 했다. 어머니 돌을 실은 배가 워낙 느렸기 때문이다. 사반이 처음 항해했을 때는 상당히 빨랐다. 하지만 그때는 칼로 살을 베듯 물살을 가르는 선체 하나짜리 배였다. 선체 세 개를 붙인 배는 파도를 뚫고 악전고투하며 앞으로 나아갔다. 조류가 배를 도왔고, 노잡이들은 지치도록 노를 저었다. 그래도 고통스러울 정도로 느린 항해였다. 사반과 그의 가족 그리고 케레발의 전사들이 탄 배는 한참 앞서 나아갈 수 있는데도 돌을 실은 함대와 보조를 맞추려니 답답했다. 어머니 돌을 실은 배가 가장 느렸다. 가운데 선체에 탄 소년 둘은 끊임없이 물을 퍼내야 했다. 배가 가라앉으면 너희 탓이니 빠져 죽어도 마땅하다고 스카셀이 으름장을 놓았기 때문에 아이들은 조개껍질로 열심히 물을 퍼냈다. 아우레나는 랄릭을 끌어안고 있었다. 리어는 혹시 뱃전 너머로 떨어져도 물고기 낚듯이 다시 끄집어낼 수 있도록 허리에 줄을 묶었다. 하늘에서는 해가 비치고 있었다. 에렉이 항해를 승낙한다는 증거였다.

그들은 조류가 바뀔 때마다 배를 멈추었다 물이 다시 동쪽으로 흐르면 출발했다. 밤이든 낮이든 상관없었다. 그들은 조류의 흐름에 맞춰 잠을 잤고, 별을 보며 어두운 바다를 나아갔다. 달은 낫 모양으로 나지막하게 걸려 있어 라하나의 질투가 여행을 방해할 위험은 거의 없을 듯했다. 낮에는 낮대로, 밤에는 밤대로, 배는 조금씩 동쪽으로 전진했다. 마침내 아흐레 낮밤이 지나고 해가 뜨자, 강기슭의 녹색 언덕과 넓은 개펄이 보였다. 개펄은 상류 쪽으로 갈수록 점점 메말라 있었다. 그들은 차츰 약해지는 조류에 맞춰 서로 경쟁하듯 열심히 노를 저었다. 강둑이 서서히 가까워지더니 마침내 설 강 입구가 시야에 들어왔다. 노잡이들은 좁은 강의 높은 개펄 사이로 배를 저었다. 그들은 생선과 뱀장어 덫을 지나 레위드가 첫 항해를 할 때 세운 울타리 근처 작은 어촌 마을 쪽으로 나아갔다. 스카셀은 돌도끼 머리를 마을 족장에게 주고 깡마른 염소 한 마리를 구했다. 그리고 가장 위험한 여행길을 무사히 마치게 해준 감사의 뜻으로 에렉에게 바쳤다. 어촌 사람들은 이방인 전사들이 지는 해를 향해 춤추는 것을 신기한 듯 쳐다보았다. 예전 같았으면 서로 적개심을 품었을 테지만, 이 정착지는 드레웨나에 충성을 맹세했고 부족 사람들도 돌을 싣고 오가는 배에 익숙해져 있었다.

레위드는 드레웨나 족장 켈란에게 어부를 보내 수심이 낮은 강 상류 쪽으로 썰매를 옮겨달라고 전했다. 다음 날 아침, 그들은 밀물이 들어오는 설 강을 타고 상류로 올라가기 시작했다. 첫 날은 쉬웠지만, 다음 날부터는 조류도 별 도움이 되지 않았다. 배를 노로 밀어야 했다. 설까지 가는 데 사흘이 걸렸다. 케레발은 이틀 동안 쉬겠다고 선언했다. 사반과 아우레나는 아이들을 데리고 돌 틈에서 솟아올라 고사리와 이끼 한가운데 연못을 이룬 온천으로 향했다. 연못 위의 돌에는 여신에게 올리는 기원을 적은 양털 조각이 널려 있었다. 그날 하루 종일 절름발이와 불구자, 병자들이 설의 도움을 청하기 위해 줄지어 신전으로 향했다. 아우레나는 샘에 머리를 감았고, 사반은 그녀의 머리를 빗겨주었다. 설 부족민들은 키가 크고 희고 평온한 아우레나의 모습을 감탄스러운 눈으로 바라보았다. 한 남자는 사반에게 혹시 그녀가 여신이 아니냐고 물었다. 다른 사람은 아우레나를 자기 아내로 주면 사반에게 황소 일곱 마리, 도끼머리 두 개, 청동 창 하나, 딸 셋을 주겠다고 제안했다.

그날 밤, 일행은 스타키스가 부족 회합을 위해 지었던 오두막에서 묵었다. 사반은 화톳불을 밝히고 송어를 구우며 아우레나를 가만히 지켜보았다. 남편의 시선에 지쳤는지, 아우레나가 물었다.

"왜 그래요?"

"당신, 여신이야?"

"사반!"

아우레나는 나무라듯 말했다.

"난 당신이 여신이라고 생각해."

"아니에요."

아우레나는 미소를 지으며 대답했다.

"하지만 에렉은 뭔가 특별한 일에 날 원해요. 우리가 여행하는 것도 그 때문이에요."

아우레나는 사반이 자기 때문에 걱정하고 있다는 걸 알고 있었다. 그녀는 손을 뻗어 그의 손을 잡았다.

"에렉이 우리를 보호해주실 거예요. 두고 봐요."

새벽에 잠에서 깬 사반은 라사린 전사 한 부대가 밤 사이 이곳에 도착했다는 것을 알았다. 전사대 지휘자는 렌가의 가장 가까운 동료 중 하나로, 사반이 하락의 노예가 되던 날 렌가의 오두막에서 그를 끌어낸 군두르였다. 사반은 드레웨나 동쪽에서 온 군두르 부대가 설 마을 오두막 사이를 우쭐대며 누비는 모습을 지켜보았다. 여기는 켈란의 영토였지만, 라사린 창병들은 이곳의 지배자나 다름없었다. 사반은 군두르의 부하들과 함께 밥을 먹으며 렌가의 전쟁 이야기를 들었다. 렌가가 카살로 황소 떼를 약탈한 이야기, 라사린 동쪽 지역 깊숙이 진격한 이야기,

마이 강 어귀 바닷가 사람들에게 어마어마한 공물을 바치게 한 이야기.
군두르는 지금 렌가가 켈란의 창병을 데리러 드레웨나에 가 있다고 말
했다.

"추수가 한창이니, 카살로를 공격하기에 이보다 더 좋은 때가 어디 있
겠나? 영원히 뭉개버려야 해. 자네도 참여해, 사반. 전리품을 나누어야
지. 응?"

군두르는 미소를 지으며 말했다. 사반과 렌가 사이의 오랜 적대감은
이미 지난 이야기라는 듯 우호적인 태도였다.

"당신은 왜 설에 왔소?"

사반은 물었다.

"자네 때문에. 렌가가 마지막 돌이 도착했다는 걸 듣고, 사실인지 알아
보라고 우릴 보냈어."

"사실이오."

사반은 배를 가리켜 보였다.

"사르메닌의 케레발이 보물을 받기 위해 같이 왔다고 전하시오."

"그렇게 전하지."

군두르는 오두막에서 나와 강가로 향하는 아우레나를 돌아보았다. 그
녀는 허리를 굽혀 물 포대를 채운 다음 돌아갔다. 군두르는 아우레나의
걸음걸이를 빼놓지 않고 지켜보다가 탄복한 음성으로 물었다.

"누구지?"

"내 아내요."

"렌가에게 두 사람 모두 왔다고 전하지. 기뻐할 거야."

군두르는 일어서더니 잠시 머뭇거렸다. 이 근처에서 죽은 제가 이야
기를 꺼내려는 게 아닌가 싶었지만, 군두르는 혹시 오늘 중으로 돌을
나를 생각이냐고 물었다.

"그럴 생각이오."

"그러면 라사린에서 보세."

군두르는 부하들을 이끌고 남쪽으로 떠났다. 사반 일행은 다시 강물의 흐름을 거스르며 배를 밀어야 하는 고단한 여행을 계속했다. 이제 렌가도 아우레나가 내륙에 도착했다는 것을, 그녀가 아름답다는 것을 알게 되었다. 사반은 목에 건 부적을 남몰래 만졌다.

섬에서 한나절쯤 올라가자 사람이 물에 직접 들어가 배를 밀 수 있을 만큼 수심이 낮아져 여행은 한결 쉬웠다. 다음 날, 함대는 남쪽으로 섬 강과 만나는 작은 지류에 도착했다. 레위드는 지류로 배를 돌렸다. 유속이 빠르지 않고 거의 잔잔해서 쉽게 항해할 수 있었다. 저녁나절에는 마침내 배를 운반할 수 있을 정도로 수심이 낮은 곳에 다다랐다. 그곳에서는 썰매가 기다리고 있었다. 다음 날, 드레웨나에서 사람들이 도착했다. 그들은 작은 돌 열한 개를 배에서 내려 썰매에 실은 다음, 배 자체도 들어서 더 큰 썰매에 올렸다.

이제 남은 것은 어머니 돌이었다. 배를 강변의 썰매와 나란히 놓고 굴림대로 쓸 나무를 잘라오는 데만 하루 종일이 걸렸다. 다음 날, 그들은 황소로 어머니 돌을 끌어 배에서 썰매로 옮겼다. 그리고 이튿날에는 배를 뭍으로 끌어냈다. 그때 이미 첫 번째 돌은 동쪽으로 이동하고 있었다.

낮은 언덕을 넘는 데만 사흘이 걸렸다. 일행은 완만하게 올라갔다가 다시 내려가는 풀밭을 따라 동쪽으로 흐르는 강변까지 나아갔다. 여기에서 다시 배를 내려 강에 띄우고, 돌도 다시 배에 실었다. 레위드와 선원들은 5년 동안 이 일을 해왔다. 들어 올리고 밀고 신음하고 땀 흘린 5년. 이제 위대한 임무는 거의 끝나가고 있었다. 모든 돌을 썰매에서 내려 배에 싣는 데 사흘이 걸렸다. 이제 다시는 이 고된 일을 할 필요는 없을 터였다.

다음 날 아침, 일행은 배를 타고 강을 따라 내려갔다. 남자들은 물살을 따라 내려가며 노래를 부르기 시작했다. 서두를 필요는 없었다. 가끔 장애물을 비켜가기 위해 노로 밀어주기만 했을 뿐 달리 할 일은 없었다. 마지막 남은 녹색 나뭇잎 사이로 햇살이 비치고, 강은 깃털 같은 분홍 바늘꽃이 빽빽이 자란 강둑 사이로 천천히 굽이쳐 흘렀다. 들판에서는 흰눈썹뜸부기가 쉰 소리로 울었고, 숲에서는 딱따구리가 나무를 쪼았다. 이윽고 라사린 최남단 정착지 케올에 도착하자, 주민들이 강둑에 줄지어 서서 노래와 춤으로 돌을 환영했다.

"내일!"

사반은 주민들에게 외쳤다.

"내일이면 라사린에 도착한다! 우리가 간다고 알려라!"

케올을 지나자 강은 다시 숲으로 둘러싸였다. 유속도 빨라져서 강둑을 따라 걷는 사람들은 함대와 보조를 맞추기 위해 반쯤 뛰어야 했다. 선원들 사이에는 흥분이 감돌았다. 위대한 임무가 드디어 막바지에 다다르고 있었다. 사반은 태양을 향해 승리를 외치고 싶었다. 이 모두가 슬라올을 위해 한 일이었다. 렌가의 적의도 슬라올의 영광스러운 만족 안에서 누그러지리라. 슬라올이 그 만족감을 어떤 방식으로 표현할지는 알 수 없었으나, 카마반의 꿈에 대해 사반이 품고 있던 회의도 서서히 옅어졌다. 그의 신념을 되살려준 것은 여행 그 자체였다. 배와 돌을 움직이려면 얼마나 많은 노력이 필요한지 직접 보았기 때문이며, 그 힘든 5년의 세월이 무의미하다고 믿을 수는 없었기 때문이다. 슬라올은 분명 응답할 것이다! 짧은 나무 지렛대로 거대한 돌을 옮길 수 있었듯, 하찮은 인간들도 거대한 신을 움직일 수 있을 것이다. 카마반은 분명 옳았다.

"물살에 쓸려가지 마라!"

레위드의 외침에 사반은 행복한 상념에서 깨어났다. 배는 마이 강과 합쳐지는 지점에 거의 다다랐다. 이제 배를 강둑으로 끌어내 하룻밤 묵을 시간이었다. 다음 날 아침에는 마이 강의 물살을 거슬러 라사린까지 돌을 운반해야 하기 때문에, 오늘 밤은 두 강 사이에 있는 우거진 숲 속에서 보내야 했다.

일행은 배를 강둑에 묶은 다음 불을 피웠다. 따뜻하고 건조한 날씨라 가리개를 설치할 필요는 없었지만, 사악한 영혼을 피하기 위해 강둑을 따라 불을 피운 것이다. 케레발의 전사들은 모닥불 옆에서 망을 보며 어둠을 밝히는 불길 속에 장작을 던져 넣었다. 나머지 여행자들은 한데 모여 피곤해질 때까지 노래를 부르다 망토로 몸을 감싸고 나무 아래에서 잠이 들었다. 사반은 꿈이 찾아올 때까지 강에서 나는 소리에 귀를 기울였다. 그는 어머니가 오두막 기둥에 못을 박으려고 하는 꿈을 꾸었다. 왜 그러느냐고 물었지만 어머니는 대답이 없었다.

갑자기 새로운 소음이, 비명과 공포가 꿈을 가득 채웠다. 잠에서 깨어 보니 꿈이 아니었다. 강둑을 따라 피운 모닥불 건너편에서 고함 소리가 들려왔다. 머리 위에서는 공기를 가르는 듯한 소리가 들려왔다. 그때 뭔가가 나무에 꽂혔다. 순간, 사반은 그것이 화살이라는 것을 깨달았다. 그는 활과 화살통을 움켜잡고 모닥불 쪽으로 달려갔다. 그때, 바로 옆 어둠 속에서 화살 두 개가 날아왔다. 사반은 불빛 때문에 자신이 표적이 됐다는 것을 깨닫고 얼른 수풀 뒤로 몸을 숨겼다. 그곳에 메레스와 케레발이 숨어 있었다.

"무슨 일이지?"

둘 다 몰랐다. 케레발의 전사 두 명이 부상을 입었지만 적을 본 사람도, 적이 누구인지 아는 사람도 없었다. 그때 케레발의 조카 카르건이 달려와 삼촌에게 소리쳤다. 그 목소리 때문에 어둠 속에서 다시 화살이 날아왔다.

"저들이 돌을 훔치고 있습니다."

카르건이 말했다. 사반은 자기 귀를 의심했다.

"돌을 훔쳐?"

"배 한 척을 상류로 끌어가고 있어!"

옆에서 이 말을 들은 스카셀이 끼어들었다.

"따라가야 해."

"여자들과 아이들은? 그들만 두고 갈 수는 없어."

케레발이 말했다. 메레스가 물었다.

"돌을 왜 훔치는 걸까?"

사반이 되물었다.

"힘을 얻으려고?"

이윽고 숲 속의 소음이 잦아들었다. 어둠 속에서는 더 이상 화살이 날아오지 않았다.

"따라가야 해."

스카셀은 다시 주장했다. 잠시 후, 사반과 카르건이 모닥불 너머 어둠 속으로 살그머니 다가가 살펴보니 아무도 없었다. 적은 사라지고 없었다. 다음 날 새벽, 안개 낀 강변을 살피자 작은 돌을 실은 배 한 척이 없었다. 돌도 함께 사라졌다. 부상당한 전사 두 사람 중 한 명이 그날 아침 죽었다.

새벽이 왔는데도 달은 하늘에 머물러 있었다. 간밤에 꾸었던 어머니에 대한 꿈이, 어머니가 라하나를 숭배했다는 사실이 떠올랐다. 여신이 반격하고 있는 게 아닐까. 사반은 두려웠다. 그때 어둠 속에서 날아온 화살이 눈에 띄었다. 화살에는 까마귀 깃털이 장식되어 있었다. 검은 깃털. 라사린 전사들이 사용하는 것과 같은 깃털이었다. 위대한 임무는 아직 끝나지 않았다. 하지만 사반은 그런 의혹을 입 밖에 내지 않았다.

여행의 마지막은 마이 강을 거슬러 올라가는 물길이었다. 해가 따뜻하게 비치고 있었지만 분위기는 우울했고, 간밤의 화살에 대한 기억은 오싹했다. 남자들은 허리까지 빠지는 물속에서 배를 끌면서도 숲이 무성한 강둑을 경계했다. 창병의 시체는 긴 어머니 돌 위에 누워 있었다. 스카셀이 시체도 라사린까지 운반해야 한다고 주장했기 때문이다. 죽은 자의 피부에 보물을 대면 육신을 떠난 영혼도 자신의 여행과 죽음이 헛되지 않았다는 것을 알게 될 것이다.

사반은 리어의 손을 잡고 강둑을 따라 걸었다. 아우레나는 랄릭을 안고 걸으며 주변의 산에 얽힌 사반의 이야기에 귀를 기울였다. 이 산은 거대한 곰이 죽은 곳, 저 산은 번개의 신 라노스가 도둑을 번갯불로 죽인 곳. 사반은 왼쪽에 나무로 덮인 산을 가리키며 말했다. 저 산은 사자(死者)의 집이 세워질 곳.

"사자의 집?"

리어가 물었다. 사반이 설명했다.

"라사린에서는 죽은 사람을 화장하지 않고, 새와 짐승이 살을 쪼아 먹을 수 있도록 작은 신전 안에 둔단다. 그런 뒤 뼈를 묻거나 무덤 안에 넣지."

리어는 얼굴을 찌푸렸다.

"난 먹히는 것보다는 불에 타는 게 좋은데."

"조상님들한테 가는 데 그게 무슨 상관이니?"

산모퉁이를 돌자 저 앞 강둑에 사람들이 잔뜩 모여서 환영의 노래를 부르고 있었다. 아우레나가 물었다.

"누가 렌가죠?"

"안 보여."

가까이 다가가 보니 렌가는 거기 없었다. 메레스의 이복동생과 사반의 여형제들, 기억에 남아 있는 많은 사람들의 얼굴이 보였다. 사반이 다가오자 그들은 그에게 마법사의 힘이 있다고 믿는지 달려와서 그를 만지려고 손을 뻗었다. 그들이 마지막으로 보았을 때 사반은 소년에 지나지 않았다. 하지만 이제 그는 키가 훤칠하고 허리가 곧고 턱수염을 기르고 엄한 표정에 아들까지 거느린 어른이었다. 그들은 아우레나의 금발 머리와 질병의 흔적이 전혀 없는 부드러운 얼굴을 보고 감탄했다. 사람들은 렌가가 아직 드레웨나에 있다고 알려주었다. 그때 군중이 반으로 갈라서더니 갈레스가 나타났다. 그는 이미 머리가 허연 노인이었다. 한쪽 눈은 우유처럼 하얗게 변했다. 허리가 굽고 턱수염도 숱이 다 빠져 있었다. 갈레스는 먼저 맏아들 메레스와 포옹한 뒤 사반을 껴안았다.

"이제 영영 온 거냐?"

갈레스는 사반에게 물었다.

"모르겠어요, 삼촌."

"계속 여기서 살아야지. 족장이 되거라."

갈레스는 부드럽게 말했다.

"족장은 이미 있지 않습니까."

"폭군이 있을 뿐."

갈레스는 사반의 어깨에 손을 없은 채 격하게 말했다.

"평화보다 전쟁을 더 사랑하는 사람, 모든 여인이 제 것이라고 생각하는 사람이 있을 뿐이다."

그리고 아우레나를 쳐다보았다.

"데리고 가거라, 사반. 네가 이곳 족장이 될 때까지는 데려오지 마라."

"렌가는 신전을 지었습니까?"

"짓는 중이다. 한데 카마반이 봄에 와서 렌가와 싸웠다. 하락을 데리고 왔는데, 둘 다 신전을 바꿔야 한다고 하더구나. 렌가는 신전이 자신에게 힘을 줄 것이니 지금 그대로 완성해야 한다고 고집했다. 그래서 카마반과 하락은 떠났다."

갈레스는 다시 아우레나를 보았다.

"데리고 가라, 사반! 데리고 가! 렌가가 보면 자기 것으로 취할 게다!"

"우선 신전부터 보겠습니다."

사반은 아우레나를 데리고 돌을 실은 썰매가 수없이 지나다녀 풀이 납작해진 넓은 길을 따라 산을 올랐다. 케레발과 부하들도 자기들의 신전이 어떤 모습으로 세워지고 있는지 궁금해 따라나섰다.

"렌가는 위대한 전쟁 신전이라고 하더구나."

갈레스가 사반 옆에서 절뚝거리며 말을 이었다.

"그는 슬라올이 태양의 신일 뿐 아니라 전쟁의 신이기도 하다고 믿고 있어! 전쟁의 신은 이미 있다고 내가 말했지만, 렌가는 슬라올은 위대한 전쟁의 신이자 살육의 신이라고 하더구나. 신전을 완성하면 자신이 온 세상을 지배하게 될 거라고 믿는다, 사반."

사반은 미소를 지었다.

"세상이 동의하지 않을지도 모르지요."

"렌가는 원하는 것은 무조건 가진다."

갈레스는 어둡게 말하며 아우레나를 향해 다시 불안한 눈빛을 보냈다. 사반은 껍질 부적을 만졌다.

"우린 안전할 겁니다, 삼촌. 안전할 거예요."

길은 추수를 끝낸 들판 사이를 지나 사자의 집이 숨어 있는 울창한 숲을 우회해서 북쪽으로 한동안 이어지다 서쪽으로 방향을 바꾸었다. 오른쪽에 라사린의 거대한 흙벽이 보였다. 사반은 리어에게 제방을 가리키며 자신이 자란 곳이라고 설명했다. 길 양쪽에는 조상들의 무덤이 있었다. 사반은 무릎을 꿇고 그동안 보호해줘서 감사하다는 뜻으로 풀 위에 머리를 댔다.

무덤을 지나자 길은 남쪽으로 꺾어지면서 작은 계곡으로 내려가 카살로에서 처음 돌이 도착했을 때 길란이 만든 성스러운 길로 이어졌다. 솟아오른 언덕이 마지막 순간까지 신전의 모습을 감추는 카살로의 성스러운 길과 같은 역할을 하고 있었다. 해자와 석회암 제방 사이를 올라가는 동안, 사반은 차츰 흥분되었다. 마지막으로 그림자 신전을 본 것은 사르메닌의 높은 계곡이었는데, 그 신전을 넓은 땅과 차가운 녹색 바다 건너 이곳에서 다시 보게 된 것이다. 사반은 아우레나의 손을 잡았다. 아우레나 역시 기대를 품고 그에게 미소를 보냈다.

신전에서 가장 먼저 눈에 띈 것은 성스러운 길 위에 홀로 높이 솟아 있는 태양석 하나였다. 그 뒤로 태양이 들어오는 문간에 쌍둥이 기둥이 서 있고, 마지막으로 언덕의 경사를 오르자 신전이 눈앞에 펼쳐졌다.

신전은 반 이상 완성되었다. 가로대를 인 입구 복도는 작업이 다 끝났고, 이중 원형 기둥은 신전 중앙을 둘러싸고 3분의 2가량 완성되었다. 네 개의 월석도 세워져 있었다. 남은 돌은 서른 개 정도로, 그것들을 세울 구덩이도 이미 파놓은 상태였다. 신전 한쪽 옆, 해자와 제방 너머에 사르메닌에서 날라온 돌이 쌓여 있었다. 그 돌을 정문으로 옮기고, 강변에 있는 마지막 돌만 가져오면 모든 일이 끝나고 신전은 완성될 것이다. 그러나 지금 이대로도 완성 단계에 가까웠기 때문에 마지막 돌이 세워지고 나면 신전이 어떤 모습일지 충분히 상상해볼 수 있었다. 사반은 이끼 낀 태양석 옆에 서서 자신을 비롯한 레위드와 수많은 사람들이 지난 5년 동안 해낸 일을 가만히 바라보았다.

갈레스가 물었다.

"왜 그러냐?"

사반은 아무 말도 하지 않았다. 오랫동안 기다려온 순간이었다. 사반은 처음 사르메닌의 안개 속에서 모습을 드러내던 이중 원형 신전을 보는 순간 느꼈던 경외감을 기억하고 있었다. 그러나 무슨 이유에서인지 이곳 라사린에서는 그 경외감이 없었다. 신전을 보면 압도당할 거라고, 가슴속에서 우러나오는 숭배의 마음으로 무릎을 꿇게 될 거라고 생각했는데, 여기에서 보니 두 원은 작아 보이고 신전의 돌들도 쪼그라든 것 같았다. 사르메닌의 검은 계곡에 둘러싸여 당당히 서 있던 돌들은 바람 부는 하늘에서 엄청난 힘을 빨아들이며 온 땅 너머 저 멀리 태양이 지는 쪽을 바라보고 있었다. 사르메닌에서는 신을 붙잡을 수 있을 만큼 컸지만 여기에서는 넓은 초원 때문에 초라해 보였다. 카살로에서 가져온 더 높고 흰 기둥 일곱 개 때문에 더욱더 그랬다.

"왜 그래?"

갈레스가 다시 물었다. 사반은 대답하고 싶지 않아서 둘러댔다.

"어젯밤에 일행이 습격당했습니다."

갈레스는 사타구니를 만졌다.

"추방자들 짓이냐?"

"공격자들의 정체를 모르겠습니다."

검은 깃털 달린 화살이 떠올랐다.

"추방자들이 요즘 대담해졌어."

갈레스는 한 손을 사반의 팔에 얹고 목소리를 낮췄다.

"사람들이 도망치고 있다."

"추방자들한테서요?"

"렌가한테서!"

갈레스는 몸을 사반 쪽으로 더욱 기울였다.

"죽은 자의 영혼이 렌가를 죽이기 위해 한데 모였다는 소문이 있다. 사람들이 겁을 먹고 있어!"

"간밤에 본 것은 죽은 자들이 아니었습니다."

사반은 입구에 있는 카살로의 기둥 사이에 섰다. 이 기둥 꼭대기를 보려면 고개를 한껏 젖혀야 했지만, 새로 가져온 원형 신전의 돌은 가장 높은 것도 사반의 키보다 그리 크지 않고 대부분은 더 작았다.

"카마반은 신전에 대해 뭐라고 합니까?"

"새로 만들자고 하더구나."

갈레스는 고개를 저었다.

"또 뭘 원하는지는 모르겠지만, 만족하지 못한 것 같았어. 렌가가 카마반에게 소리를 질렀어. 그렇게 다투다 카마반은 동료와 함께 물러났어."

"사르메닌에서는 이렇게 놓여 있었어요."

사반은 돌들을 쳐다보며 말했다. 아우레나가 물었다.

"실망했어요?"

"내가 실망하고 말고가 중요한 게 아니야. 슬라올이 어떻게 생각할지가 중요하지."

사반은 신전 너머, 남쪽 언덕마루에 촘촘하게 모여 있는 조상들의 무덤 쪽을 바라보았다. 새 무덤들도 있었다. 석회암 사면이 햇빛에 하얗게 빛났다. 저 새 무덤 중에 아버지의 무덤도 있을 것이다.

"카마반은 지금 어디 있습니까?"

사반은 갈레스에게 물었다. 노인은 대답했다.

"여름 내내 보지 못했다."

"카마반은 나더러 여기로 와서 신전을 완성시키라고 했습니다."

"안 돼!"

갈레스는 격하게 외쳤다.

"넌 떠나야 한다, 사반. 네 여자를 데리고 가!"

그리고 아우레나를 향해 돌아서며 말을 이었다.

"사반을 여기 있게 두지 마라, 소원이니."

아우레나는 미소를 지었다.

"우리는 여기 있어야 합니다. 에렉…."

아우레나는 고쳐 말했다.

"슬라올은 우리가 여기 있기를 원하십니다."

"카마반도 우리가 와야 한다고 했습니다."

사반이 덧붙였다.

"하지만 카마반은 없어. 넉 달 동안 돌아오지 않았다. 너도 돌아가야 해."

"어디로요?"

사반은 아우레나를 이끌고 신전 가장자리 해자 바깥의 낮은 제방을 따라 돌다가 오랜 옛날 성인식을 마치고 데레원과 함께 앉아 있곤 했던 풀밭까지 갔다. 그녀가 데이지 목걸이를 만들어주었던 곳이다. 5년 동안의 고된 노력이 수포로 돌아간 것 같아 사반은 갑자기 슬픔이 밀려왔다. 신전은 옮겼지만, 이 작은 돌은 슬라올을 절대 끌어당기지 못할 것이다. 거의가 어린애 키만도 못하지 않은가! 신을 이 땅으로 부르기 위해 만들었지만, 이 작은 돌들은 마치 매의 눈에 비친 개미처럼 슬라올의 시선을 비켜갈 것이다. 카마반이 도망친 것도 놀랄 일은 아니다. 그모든 일이 수포로 돌아갔으니까.

"그냥 고향으로 돌아가는 게 좋을지도 모르겠어."

사반은 아우레나에게 말했다.

"하지만 카마반이…."

사반은 격하게 아우레나의 말을 끊었다.

"카마반도 떠났어! 그는 떠났고, 그가 떠났다면 우리도 여기 머무를 이유가 없어. 우린 사르메닌으로 돌아간다."

이미 사르메닌의 음악은 사반의 음악이었고, 부족의 전설은 사반의 전설, 그 언어는 사반의 언어였다. 초라한 신전이 서 있는, 이 두려움에 떠는 땅에서는 더 이상 혈육의 정을 느낄 수가 없었다. 사반은 돌아서서 태양석 옆에 서 있는 케레발 쪽으로 향했다. 그는 족장에게 말했다.

"허락하신다면 당신과 함께 집으로 돌아가겠습니다."

"안 그러면 나도 섭섭할 걸세."

케레발은 웃으며 말했다. 족장은 이제 흰 머리가 나고 허리도 굽었지만, 계약이 이행되는 것을 볼 수 있을 만큼 오래 살았으니 행복한 듯했다. 스카셀이 끼어들었다.

"하지만 금과 다른 보물을 돌려받기 전에는 돌아갈 수 없어."

"그건 내 형도 알고 있습니다."

그때 뒤에서 조심하라는 외침 소리가 들렸다. 사반은 뒤를 돌아보았다. 말에 올라탄 여섯 명의 남자가 남쪽 무덤 사이에서 나타났다. 모두 창을 지니고, 이방인의 짧은 활을 어깨에 메고 있었다. 오래전 렌가가 족장이 되는 것을 돕기 위해 라사린으로 왔던 사르메닌의 전사들이었다. 우두머리는 사르메닌의 회색 문신을 새긴 바칼이었다. 하지만 지금은 팔에 라사린의 파란 문신을 새기고 있었다. 그는 엄격한 얼굴에 키가 컸다. 짧고 검은 턱수염에는 한곳에 집중적으로 흰 털이 섞여 있었다. 가죽 튜닉에는 청동판을 덧대고, 허리에는 청동검을 차고, 머리카락은 여우 꼬리와 함께 땋아 길게 늘어뜨렸다. 말에서 내린 그가 케레발에게 다가오더니 무릎을 꿇었다.

"렌가의 환영 인사를 전합니다."

바칼이 족장에게 말했다. 케레발이 물었다.

"그도 같이 왔느냐?"

"내일 올 겁니다."

바칼이 일어서서 옆으로 물러나자, 다섯 명의 이방인 전사들도 다가와서 족장에게 인사했다. 사반은 이방인 전사들이 다가올 때 마치 창병 옆에 있는 것이 저주라도 된다는 듯 라사린 사람들이 얼른 옆으로 비켜서는 모습을 보았다. 바칼이 아우레나를 바라보았다. 아우레나는 그 시선이 불편한지 사반 옆에 와 섰다.

"난 당신을 모른다."

바칼이 사반에게 도전적으로 말했다. 사반은 대답했다.

"우린 한 번 만났소. 당신이 처음 라사린에 왔던 날."

바칼은 미소를 지었지만 눈빛에는 기쁨이 없었다.

"사반이군. 제가를 죽인 자."

"그는 내 친구다!"

케레발이 목소리를 높였다.

"우린 모두 친구입니다."

바칼은 사반을 뚫어지게 쳐다보며 말했다. 스카셀이 물었다.

"렌가는 금을 가지고 오느냐?"

"그렇습니다."

바칼은 마침내 사반에게서 눈길을 돌렸다.

"금을 가지고 옵니다. 자기가 도착할 때까지 족장님과 일행을 손님으로 잘 모시라고 했습니다."

그러곤 돌아서서 라사린 쪽을 가리켰다.

"사신의 집으로 온 것을 환영하되, 여러분을 위해 만찬을 준비할 거라고 말했습니다."

"금도 돌려준다고 하더냐?"

케레발이 묻자 바칼은 진심 어린 미소를 지으며 말했다.

"모두 다. 모두 다 돌려준다고 했습니다."

케레발은 감사의 뜻으로 무릎을 꿇었다. 그는 신전을 보냈고, 신과의 약속을 지켰다. 이제 보물이 그의 부족에게 돌아올 것이다. 그는 행복하게 말했다.

"내일, 내일이면 금을 가지고 집으로 돌아갈 수 있겠구나."

집. 사반은 생각했다. 집으로. 내일. 내일이면 이 모든 것이 끝나고 집으로 돌아갈 수 있을 것이라고.

I4

배반의 땅

여기는 내가 지배하는 라사린이고, 여기서는 신들이 날 사랑한다.

라사린은 한층 팽창해 있었다. 사반이 떠날 때보다 오두막은 두 배 이상 늘어났고, 제방 안 공간의 절반 이상을 차지했다. 제방 밖 나무로 된 슬라올 신전 옆 고지대에는 새 정착지가 형성되어 있었다. 그러나 무엇보다도 놀라운 변화는 라하나 신전이 있던 자리에 커다랗고 둥근 초가 건물이 서 있다는 사실이었다.

"예전에는 신전이었지만 지금은 렌가의 저택이다."

갈레스가 설명했다.

"렌가의 저택?"

사반은 충격을 받았다. 신전을 저택으로 바꾸다니 끔찍하기만 했다.

"카살로의 데레윈이 라하나를 섬기니까, 렌가는 여신을 모욕하기로 작정했다. 기둥을 대부분 뽑아버리고 지붕을 덮었지. 그는 여기서 만찬을 즐긴다."

갈레스와 사반은 하늘을 찌를 듯한 저택 문간을 지나 사르메닌에 있는 케레발의 커다란 오두막보다 높고 넓은 동굴 같은 내부로 들어섰다. 옛 신전의 기둥 십여 개가 지금은 짚으로 엮은 높은 지붕을 받치고 있었다. 한가운데를 향해 점점 높아지는 지붕의 정점에는 연기가 빠져나가는 구멍이 있었지만, 지붕 대들보에 수많은 창과 연기에 검게 찌든 해골이 걸려 있어 거의 눈에 띄지 않았다.

"창과 적들의 머리다."

갈레스가 낮은 목소리로 사반에게 말했다.

"난 이곳이 마음에 들지 않아."

사반도 싫었다. 라하나도 자신의 신전을 이렇게 더럽힌 데 대해 틀림없이 복수하고 싶으리라. 저택은 백 명이 넘는 케레발의 부하들이 골풀과 고사리를 깐 바닥에 모두 누워 잘 수 있을 만큼 넓었다. 일행은 그날 밤 저택에서 돼지고기와 송어, 창꼬치, 빵, 꽹이밥, 버섯, 배, 블랙베리로 만찬을 즐겼다. 사반과 아우레나는 갈레스의 오두막에서 식사를 하며 렌가의 치세에 대한 이야기를 들었다. 수많은 약탈 이야기, 이방인을 학살한 이야기, 전사들이 부를 쌓았다는 이야기, 수많은 이웃 부족민을 노예로 삼았다는 이야기. 그럼에도 불구하고 카살로는 끈질기게 저항했다.

"라사린을 미워하는 모든 부족이 카살로와 동맹을 맺고 있다."

카살로와 라사린은 아직도 싸우고 있었지만, 더 깊숙이 쳐들어가는 쪽은 라사린이었다. 이제 라사린 소년들은 렌가의 거대한 오두막에 걸적의 머리를 가져오지 못하면 성인이 될 수 없었다.

"요즘은 숲에서 살아남는 걸로는 안 돼. 전투에서 용맹을 보여주어야 한다. 겁쟁이로 몰리면 일년 동안 여자 옷을 입고 지내야 해. 오줌도 앉아서 싸고 노예와 함께 물을 길어야 한다. 어머니조차 자식을 경멸하지!"

갈레스는 고개를 젓고 서글프게 한숨을 쉬었다.

"그런데도 신전을 짓는단 말인가?"

아우레나는 그렇게 전쟁을 사랑하는 사람이 평화와 행복의 시대를 가져다준다는 신전을 짓고 있다는 것이 의아해서 물었다.

"그건 전쟁 신전이다! 렌가는 켄과 슬라올이 하나라고 주장해!"

"켄?"

아우레나가 묻자 사반이 설명했다.

"전쟁의 신이야."

"슬라올이 켄이고, 켄이 슬라올이란다."

갈레스는 고개를 저으며 말을 이었다.

"하지만 렌가는 위대한 지도자는 위대한 신전을 가지고 있어야 한다며, 세상 반대편에서 신전 하나를 통째로 훔쳤다고 뻐기고 다닌다."

"훔쳐요? 금과 교환하기로 한 거잖아요."

아우레나는 얼굴을 찌푸리며 물었다. 갈레스가 대답했다.

"그는 자신의 영광을 위해 신전을 짓고 있어. 신전이 절대 완성되지 못할 거라는 소문도 있지만."

"무슨 소문입니까?"

사반이 물었다. 노인은 몸을 앞뒤로 흔들었다. 화톳불이 그의 초췌한 얼굴을 비추고, 초가지붕 바닥에 그림자를 드리웠다. 그는 조용히 말했다.

"징조가 있었어. 숲에는 그 어느 때보다 추방자가 많아졌다. 점점 대담해졌고. 렌가는 모든 창병을 끌고 숲으로 갔지만 거기엔 나무에 매달린 시체밖에 없었어. 사람들은 죽은 족장이 추방자들을 지휘한다고 수군거린다. 이제 창병들은 부적과 마법을 쓸 사제가 따라가지 않으면 그들과 맞서려고 하지 않아."

이제는 허리가 굽고 이도 다 빠진 갈레스의 아내 리다가 울면서 가죽 옷 아래로 사타구니를 더듬었다.

갈레스는 말을 이었다.

"건강한 아이들이 죽고, 아린과 마이 신전에 번개가 쳤다. 기둥 하나가 시커멓게 타서 쪼개졌어!"

리다가 한숨을 쉬며 신음하듯 말했다.

"하늘 신전 너머로 시체가 걸어 다니는 것을 본 사람도 있단다. 그림자가 없었어."

"그건 이제 하늘 신전이 아닙니다."

사반은 쓸쓸하게 말했다. 사르메닌에서 가져온 납작한 원형 신전의 돌들 때문에 공기 같은 가벼움이 사라졌다. 그것은 이제 그림자 신전조차 아닌, 왜소하고 어울리지 않는 존재일 뿐이었다. 갈레스가 말했다.

"숲에서 물푸레나무를 베었더니, 나무가 죽어가는 어린아이처럼 울부짖었다! 내가 직접 듣지는 못했지만."

그러곤 덧붙였다.

"도끼는 쓰기도 전에 무뎌지고."

리다가 한탄을 이어갔다.

"핏빛 달이 떴단다. 오소리가 개를 물어 죽였이. 손가락 여섯 개 달린 아이가 태어났어."

"어떤 이는…."

갈레스는 목소리를 낮추고 아우레나에게 조심스러운 눈빛을 보냈다.

"이방인의 신전이 액운을 가져왔다고 말하기도 한다. 봄에 찾아왔을 때, 카마반은 신전을 새로 만들어야 한다고, 모두 잘못되었다고 말했어."

"렌가는 반대했고요?"

"렌가는 카마반이 미쳤다고 하지. 슬라올의 적들이 신전의 완성을 방해하고 있다고. 그는 카마반을 슬라올의 적이라고 했다! 그래서 카마반은 떠났어."

"사제들은요? 뭐라고 합니까?"

"아무 말도 안 해. 렌가를 두려워하니까. 렌가는 사제 한 사람을 죽였다!"

"사제를 죽여요?"

사반은 충격을 받고 되물었다.

"라하나 신전을 오두막으로 만드는 걸 반대해서 렌가가 죽였어."

"닐은? 닐은 뭘 했습니까?"

"닐!"

갈레스는 제사장의 이름을 듣더니 침을 뱉었다.

"그는 렌가의 발꿈치를 쫓아다니는 개에 지나지 않아."

갈레스는 아우레나를 돌아보았다.

"당신은 가야 해. 렌가가 돌아오기 전에."

"렌가는 날 건드리지 않을 거예요."

아우레나는 사반에게서 배운 라사린 언어로 말했다. 사반이 설명했다.

"우리는 사르메닌 전사들과 함께 왔습니다. 그들이 아우레나를 보호할 겁니다."

사반은 튜닉 밑의 껍질 부적을 만졌다. 갈레스는 그래도 미심쩍다는 얼굴로 아우레나에게 말했다.

"내 형이 족장이었을 때는 행복했지."

"우린 행복했어."

리다가 말을 받았다. 갈레스는 계속 말했다.

"우리는 평화롭게 살았다. 아니, 그렇게 살려고 노력했지. 물론 배고픔은 있었어. 언제나 배고픔은 있었지만, 내 형은 음식을 어떻게 나눠야 하는지 알고 있었다. 한데 이제 모든 게 변했어. 모두."

다음 날 아침, 구름 한 점 없는 하늘과 따뜻한 햇살 아래에서 남자들은 어머니 돌을 강변으로 밀어올려 열여섯 마리의 황소가 끄는 썰매 위에 얹었다. 황소들이 강에서 돌을 끄는 동안, 갈레스는 사반과 아우레나를 하늘 신전으로 데려가 돌을 어디에 놓아야 하는지 물었다. 어머니 돌을 이중 원 안쪽, 태양이 들어오는 문 반대쪽에 놓여야 한다고 말한 사람은 아우레나였다. 그렇게 해야 하지에 떠오르는 햇빛이 어머니 돌에 닿아서 땅과 태양이 결합했음을 상징할 수 있다고 했다. 아우레나 외에 결정을 내릴 수 있는 사람이 없었기 때문에, 갈레스는 십여 명의 장정들에게 아우레나가 지시한 곳에 구덩이를 파도록 했다.

갈레스는 장정들이 잔디를 벗기고 사슴뿔 곡괭이로 그 아래 석회암을 파는 광경을 지켜보았다. 그는 사반에게 말했다.

"난 이제 땅을 못 판다. 관절이 아파. 도끼도 휘두를 수가 없구나."

"그동안 열심히 일하셨잖아요."

"일을 못하면 먹지도 말아야지. 안 그러냐?"

갈레스는 황소들이 어머니 돌을 끌고 오는 것을 돌아보았다. 돌은 워낙 길어서 썰매 양쪽 끝으로 튀어나와 있었다. 그 뒤로 작은 돌 세 개를 얹은 썰매를 사람들이 끌고 왔다. 갈레스는 사반에게 말했다.

"모두 노예다. 우리 창병들은 끊임없이 노예와 먹을 것을 약탈한다. 요즘은 노예무역도 하는데, 그 덕분에 렌가는 부자가 되었지."

그때 남쪽에서 나팔 소리가 들렸다. 깊고 우렁찼지만 따뜻한 가을 공기 때문에 떨리는 소리였다. 사반이 묻는 얼굴로 갈레스를 보자 그는 고개를 끄덕이며 피곤한 듯 대답했다.

"네 형이다."

사반은 제방과 해자를 건너 아우레나에게 가서 팔을 두르고 다른 손으로 아들의 어깨를 잡았다. 나팔 소리가 다시 들리더니 긴 정적이 흘렀다. 사반은 무덤들이 솟아 있는 가까운 언덕 꼭대기를 바라보았다. 그 너머로 저 멀리 검은 숲이 펼쳐진 지평선이 따뜻한 공기에 흐릿하게 보였다.

하지만 언덕 위에는 아무것도 나타나지 않았다. 바람이 아우레나의 긴 머리를 날리고, 잔디는 흰 물결을 일으키며 한쪽으로 누웠다가 다시 일어섰다. 아우레나는 품에서 발버둥치는 랄릭을 달랬다. 어머니 돌을 세울 구덩이를 파던 남자들도 사슴뿔 곡괭이를 놓고 남쪽을 바라보았다. 돌을 끌던 황소들조차 고개를 숙인 채 가만히 서 있었다. 막대기에 찔린 옆구리에서 피가 흘렀다. 매 한 마리가 성스러운 길 위를 스치듯 날아가며 검은 그림자를 석회암 제방 위에서 선명하게 드리웠다.

"나쁜 사람이 오는 거예요?"

리어가 아버지에게 물었다. 사반은 웃으며 아이의 머리를 쓸었다.

"네 삼촌이다. 공손하게 굴어야 한다."

황소 나팔 소리가 한결 가까운 곳에서 크게 들려왔다. 우렁찬 소리에 놀란 리어가 사반의 손 밑에서 펄쩍 뛰었다. 아직 언덕 위에는 아무것도 나타나지 않았다. 그때 황소 나팔이 네 번째로 울리더니, 한 남자가 무덤 위로 달려갔다. 그는 여우 털과 늑대 꼬리로 만든 깃발을 매단 긴 장대를 들고 있었다. 손질하지 않은 늑대 가죽 망토 차림에 늑대 가면이 또 하나의 얼굴처럼 머리 위에 얹혀 있었다. 남자가 하늘을 배경으로 선 채 깃발을 흔들었다. 잠시 후, 언덕 꼭대기는 사람들로 가득 찼다.

그들은 길게 한 줄로 서서 행진했다. 강한 인상을 주려는 것이었다면, 성공이었다. 텅 비어 있던 산꼭대기가 전투 진형을 형성한 창병으로 가득 찼다. 창병의 수가 엄청난 것을 보니 라사린과 드레웨나의 연합군인 것 같았다. 뾰족뾰족한 창들이 울타리처럼 늘어섰다. 군대가 갑자기 함성을 지르자 랄릭이 겁에 질렸다. 그렇게 엄청난 힘을 과시했으나, 정작 그들은 적군 앞에 늘어선 것이 아니라 렌가 자신의 고향을 상대로 도열해 있었다. 렌가는 이 연합군에 대한 이야기가 카살로에도 흘러 들어갈 것이라 예상하고 그 힘을 과시하려는 게 분명했다.

망토를 입은 장신의 렌가가 손에 창을 들고 허리띠에 검을 찬 채 군대 한가운데에 나타났다. 십여 명의 지휘관들이 그를 둘러쌌다. 렌가 옆에는 땅딸막한 드레웨나 족장 켈란이 아첨꾼처럼 서 있었다. 렌가는 잠시 그렇게 서 있더니 지휘관들을 앞으로 나오게 했다.

"저 부대를 어떻게 다 먹이죠?"

아우레나도 놀란 듯이 물었다. 사반이 대답했다.

"여름에는 쉬울 거야. 사슴과 돼지가 있으니까. 당신이 상상하는 것 이상으로 돼지가 많아. 여기는 비옥한 땅이야. 겨울에는…."

사반은 잠시 말을 끊었다.

"이웃 부족을 약탈해야겠지."

사반을 발견한 렌가가 방향을 틀어 이쪽으로 다가왔다. 라사린의 족장은 청동판을 댄 긴 가죽 튜닉과 모직 망토를 걸치고, 윤기 나는 청동 날이 달린 커다란 창을 들고 있었다. 여우 털 조각이 창살에는 물론 렌가의 다리와 팔에도 감겨 있었다. 기름을 발라 착 달라붙도록 빗어 넘긴 머리카락에는 독수리 깃털이 엮여 있었다. 이방인이 죽던 날, 렌가가 사반을 죽이려고 정착지까지 따라오던 그 먼 옛날의 기억이 되살아났다. 이제는 렌가의 손등과 손가락에까지 살해 표식이 뒤덮여 있었다. 눈가에 새긴 뿔 문신 때문에 얼굴에서는 무시무시할 정도로 강렬한 인상이 풍겼다. 리어가 몸을 부르르 떠는 것이 느껴졌다. 사반은 부드럽게 아들의 머리를 쓰다듬었다.

렌가는 몇 걸음 앞에서 멈췄다. 그리고 잠시 사반을 쳐다보더니 조롱하듯 말했다.

"동생아, 다시는 감히 고향에 돌아오지 못할 줄 알았는데."

"고향에 돌아오는 것이 두려울 이유가 뭐 있겠어?"

사반은 되물었다. 그러나 렌가는 사반의 말을 듣지 않았다. 그는 아우레나를 쳐다보고 있었다. 그녀는 여전히 사반과 처음 만났던 날처럼 키가 크고 날씬하고 등이 곧았다. 바다 건너 족장들의 마음을 빼앗을 만한 여인이었다. 아우레나는 렌가의 시선을 침착하게 받았다. 렌가는 자기 눈이 믿기지 않는다는 듯 진심으로 놀란 표정이었다. 그는 아우레나를 머리끝부터 발끝까지 살피더니 다시 물러섰다.

"이 여자가 아우레나냐?"

"내 아내 아우레나야."

사반은 아내의 어깨에 팔을 두른 채 대답했다. 렌가는 조용히 말했다.

"군두르가 한 말이 사실이었군."

"무슨 말?"

사반이 물었다. 렌가는 아직도 아우레나를 쳐다보고 있었다.

"네 여자 말이다."

렌가는 퉁명스럽게 대답했다. 렌가 뒤에는 지휘관들이 끈에 매인 사냥개처럼 서 있었다. 모두 긴 창과 긴 망토, 길게 땋아 늘인 머리, 긴 턱수염을 지닌 장신의 남자들이었다. 그들은 하나같이 키가 큰 금발의 사르메닌 여인을 탐욕스럽게 쳐다보고 있었다. 렌가가 마침내 아우레나에게서 시선을 돌렸다.

"네 아들이냐?"

리어 쪽을 턱으로 가리키며 사반에게 물었다.

"이름은 리어, 헨갈의 아들인 사반의 아들."

"그 아이는 딸이고?"

렌가는 아우레나가 안고 있는 랄릭을 가리켰다. 사반이 대답했다.

"이름은 랄릭."

렌가는 조롱하듯 미소를 지었다.

"아들이 하나뿐이냐, 사반? 난 일곱이나 있다!"

그러곤 다시 아우레나를 쳐다보았다.

"난 네게 많은 아들을 줄 수 있다."

"난 당신 동생의 아들로 만족합니다."

아우레나가 말했다. 렌가는 비웃듯이 말했다.

"내 이복동생의 아들이지. 그 아이가 죽으면 네 인생은 허사로 돌아간다. 아들을 하나만 낳은 여인이 무슨 소용이 있느냐? 새끼를 하나밖에 못 낳는 암퇘지를 너라면 계속 키우겠느냐? 아들은 죽게 마련이야."

렌가는 아직도 아우레나를 바라보고 있었다. 눈길을 뗄 수가 없는 모양이었다. 그는 감탄의 눈빛을 숨기려 하지도 않은 채 아우레나를 위아래로 훑어보았다.

"기억하느냐, 사반? 아버지는 늘 엉덩이가 큰 여자와 결혼하라고 했지. 마른 여자는 곁에 둘 가치가 없다고. 한데 넌 이 여자를 골랐다. 헨갈의 충고를 따른다면, 아들을 더 많이 낳을 수 있지 않겠느냐?"

"난 다른 아내는 갖지 않을 거야."

"이제 라사린에 왔으니 내 명령을 따라라, 동생아."

렌가는 돌아서서 낮은 언덕 꼭대기에 있는 새 무덤을 가리켰다.

"저것이 제가의 무덤이다. 내가 그를 잊었다고 생각하느냐?"

"사람은 친구를 기억해야 하는 법."

사반은 말했다. 렌가의 창이 사반을 겨누었다.

"넌 제가의 가족에게 죽음의 빚을 지고 있다. 황소와 돼지를 많이 바쳐야 해. 내가 그들에게 약속했다."

"형이 약속을 지켜?"

"네가 그 약속을 지키지 않으면, 나는 대신 네게서 소중한 것을 빼앗겠다, 동생아."

그러고는 아우레나를 보며 억지 미소를 지었다.

"하지만 싸우면 안 되지! 오늘은 기쁜 날! 네가 돌아왔고 마지막 돌이 도착했으니 신전은 완성될 것이다!"

"그리고 당신은 보물을 우리 부족에게 돌려주어야겠지요."

아우레나가 말했다. 렌가의 얼굴이 일그러졌다. 여자에게서 지시받는 것을 좋아하지 않았지만, 그는 동의한다는 뜻으로 고개를 끄덕이며 짧게 말했다.

"보물은 돌려주겠다. 케레발도 왔느냐?"

"정착지 안에 있어."

사반이 대답했다.

"기다리게 하면 안 되지. 가자!"

렌가는 아우레나를 향해 팔을 뻗었다. 하지만 그녀는 사반의 곁을 떠나지 않으려 했다. 렌가는 못 본 척하고 그녀를 지나쳤다. 창병들이 사반과 아우레나 옆을 줄지어 지나갔다. 사반이 말했다.

"우린 가야 할 것 같아. 떠나자."

아우레나는 고개를 저었다.

"우린 여기 있어야 해요."

"카마반이 오라고 했기 때문이잖아! 그는 사라졌어! 도망쳤다고! 우리도 그를 따라가야 해."

"에렉, 슬라올이 우리한테 여기로 와야 한다고 했어요. 카마반이 있든 없든 내가 있을 곳은 여기예요."

아우레나는 완성되지 않은 신전의 작은 돌들을 돌아보며 부드럽게 말했다.

"슬라올은 꿈에서 예전보다 더 또렷하게 내게 이야기해요. 그는 내가 여기 있기를 원해요. 슬라올이 내 목숨을 살려준 것도 그 때문이었어요. 날 여기로 데려오려고."

반박하고 싶었지만, 신과 싸우는 것은 쓸데없는 짓이다. 사반은 꿈에서 어떤 신과도 대화하지 않았다. 아우레나는 정착지 쪽으로 걸어가는 창병 부대를 바라보며 미간을 찌푸렸다.

"당신 형은 왜 저렇게 많은 군대가 필요한 걸까요?"

"카살로를 공격할 거니까. 우리는 딱 전쟁이 일어나는 시기에 왔어."

두 사람은 정착지 쪽으로 걸어갔다. 어린 소년들이 돼지들을 숲에서 몰아 짐승을 도살하는 슬라올의 옛 신전 근처 땅으로 밀어 넣고 있었다. 여자들과 아이들은 뼈에서 살을 발랐고 개들은 고기 찌꺼기를 찾아 어슬렁거렸다. 그들은 고기를 보리와 함께 절구에 빻은 뒤 돼지 내장에 집어넣어 뜨거운 재 속에 넣고 익혔다. 죽어가는 짐승들의 비명 소리가 끊임없이 들려왔고, 주린 개들은 작은 시내를 이루며 비탈길을 흐르는 피를 핥았다. 카살로를 공격할 전사들의 창에 바를 끈적끈적한 독액을 항아리에 넣고 젓느라 정착지 안은 악취가 더욱 심했다. 밤에 열릴 연회를 준비하는 여인들도 있었다. 여인들은 백조 깃털을 뽑고, 돼지고기를 굽고, 곡식을 맷돌로 갈았다. 똥과 오줌으로 가득 찬 구덩이도 악취를 더했다. 남자들은 돌 화살촉을 화살대에 묶고 창날을 날카롭게 갈았다.

아우레나는 갈레스의 오두막으로 가서 아이들에게 음식을 먹였고, 사반은 옛 친구들을 찾아 정착지를 돌아다녔다. 아린과 마이 신전에서 벼락에 맞아 갈라지고 검게 탄 기둥을 바라보던 사반은 신전 입구에 분홍 바늘꽃 다발을 놓고 있는 아버지의 가장 나이 많은 아내 게일과 마주쳤다. 게일은 사반을 끌어안고 울기 시작했다.

"넌 돌아오지 말았어야 했어. 그는 마음에 들지 않는 건 모조리 죽인단다."

"당신을 만난 것만으로도 돌아온 보람이 있습니다."

사반은 말했다. 노파는 흰 머리카락 끝으로 눈물을 닦아내며 말했다.

"난 다음 겨울을 넘기지 못할 게다. 네 아버지는 좋은 사람이었어."

그러곤 자신이 입구 표석 옆에 놓아둔 꽃을 돌아보았다.

"내 아들은 모두 죽었다."

그녀는 서글프게 덧붙인 뒤 절뚝거리며 오두막으로 향했다.

사반은 신전 안으로 들어가 자신과 갈레스가 오래전에 세운 기둥에 이마를 댔다. 당시 그는 어른도 아니었다. 눈을 감으니 문득 벌거벗은 채 머리카락에서 물을 뚝뚝 흘리며 강에서 걸어 나오는 데레원의 모습이 떠올랐다. 강의 여신 마이가 이 기억을 보낸 걸까? 무슨 뜻일까? 사반은 가족을 안전하게 지켜달라고 기도하며 마이 여신의 주의를 끌기 위해 기둥을 두드렸다. 그때 누군가가 등 뒤에서 불렀다.

"사반!"

렌가의 음성이었다. 사반은 돌아섰다.

"사반!"

렌가는 창병 둘을 거느리고 오두막 사이를 성큼성큼 걸어오고 있었다.

"사반!"

렌가는 다시 소리치더니 빠른 걸음으로 다가왔다.

"간밤에 돌 하나를 도둑맞았다는 이야기를 왜 하지 않았지?"

사반은 어깨를 으쓱했다.

"검은 깃털 장식을 단 화살을 쓰는 사람들이 훔쳐갔어. 형도 이미 알고 있는 사실을 왜 굳이 말해야 하지?"

렌가는 당황한 것 같았다.

"그게 무슨 소리…."

사반은 형의 말을 끊었다.

"무슨 소린지는 형이 잘 알 거야."

렌가가 소리쳤다.

"난 사르메닌과 협약을 맺었다! 신전을 모두 가져온다는 약속이었어. 신전 일부가 아니라!"

"돌을 가져간 건 형의 부하들이야."

사반은 비난하듯 말했다. 렌가는 냉소했다.

"내 부하? 내 부하는 아무 짓도 하지 않았다! 네가 돌을 잃어버린 거야!"

그러곤 사반의 가슴을 주먹으로 때렸다.

"네가 잃어버렸어, 사반!"

사반이 렌가를 공격할까봐 창병 둘이 경계하는 눈빛으로 사반을 쳐다보았다. 사반은 피곤해서 그저 고개만 저었다.

"돌 하나가 없어졌으니, 속은 거라고 생각해? 그 많은 돌 중에서 단 하나인데?"

"내가 네 살점 하나라도 자르면 아프지 않겠느냐?"

렌가는 내뱉었다.

"말해봐라. 검은 깃털 화살로 공격당했을 때 죽인 사람은 있나? 포로는 잡았나?"

"아니."

"그런데 어떻게 그자들의 정체를 안다는 거지?"

"그건 나도 몰라."

하지만 검은 깃털 화살을 쓰는 부족은 라사린뿐이다. 카살로는 푸른 어치새 깃털과 검은 까마귀 깃털을 섞어서 사용하고, 드레웨나는 검정색과 흰색 깃털을 섞어서 쓴다.

"맞서 싸우지 않았으니 당연히 모르겠지. 안 그래?"

렌가는 비웃으며 사반의 튜닉 윗자락을 뜯었다.

"살해 표식은 두 개뿐이군, 사반. 여전히 겁쟁이냐?"

"하나는 세가야. 그는 날 겁쟁이라고 생각하지 않았을걸."

사반은 도전적으로 말했다. 그러나 렌가는 이 미끼에 걸려들지 않았다. 가죽 끈에 묶은 껍질 부적을 발견한 그는 사반이 미처 막을 사이도 없이 그것을 잡아챘다.

"카살로는 개암나무 껍질 안에 마법을 넣지."

렌가는 불안감이 느껴지는 부드러운 목소리로 말했다. 그러곤 시선을 들어 사반의 눈을 똑바로 쳐다보았다.

"이건 무슨 부적이지?"

"생명이야."

"누구의?"

"어떤 사람의 뼈 중의 뼈, 살 중의 살이야."

잠시 사반의 말뜻을 생각하느라 입을 다물고 있던 렌가는 가죽 끈을 세게 잡아당겼다. 사반의 몸이 앞으로 휘청하며 부적이 떨어졌다.

"누구의 생명이냐고 물었다."

"형의 생명."

사반은 말했다. 렌가는 미소를 지었다.

"이 껍질로 네 여자를 지킬 수 있을 거라고 생각하느냐, 동생아?"

"아우레나는 슬라올이 지켜줄 거야."

"하지만 이 부적은, 동생아…."

렌가는 사반의 눈앞에 대고 껍질 부적을 들어 보였다.

"이건 슬라올의 것이 아니야. 라하나의 부적이다. 데레윈에게 기어갔느냐?"

"기어가지 않았어. 선물을 들고 찾아갔지."

"내 적에게 선물을?"

"제가의 머리를 갖다줬어."

사반은 말했다. 무기도 없고 렌가의 성질을 건드리면 위험하다는 것은 잘 알고 있었지만 참을 수가 없었다.

렌가는 뒤로 물러서더니 제사장 닐을 소리쳐 불렀다.

"닐! 이리 와! 닐!"

사제가 오두막에서 나타났다. 렌가가 헨갈을 죽인 날 밤 허벅지에 화살을 맞은 그는 아직도 다리를 절고 있었다. 머리카락은 말린 진흙을 발라 끝이 뾰족했고, 목에는 뼈 목걸이를 걸고 있었다. 허리띠에는 약초와 부적을 넣는 주머니들이 달려 있었다. 그가 렌가 앞에서 절을 올렸다. 렌가는 그에게 껍질을 건넸다.

"내 생명에 건 부적이다. 데레윈이 만든 거야. 어떻게 만들었는지 말해 보라."

닐은 초조한 눈으로 사반을 쳐다보더니 주머니에서 작은 돌칼을 꺼내 껍질을 동여맨 힘줄을 잘랐다. 껍질을 열고 냄새를 맡았다. 악취에 얼굴을 찌푸린 다음 손가락으로 작은 뼈를 건드렸다.

"이건 데레윈의 아이일 겁니다."

"내 아이이기도 하다."

"아이를 죽여서 그 뼈와 살로 당신에게 저주를 걸었습니다."

"라하나의 저주인가?"

"데레윈은 다른 신을 이용하지 않았을 겁니다."

렌가는 껍질을 돌려받고 조심스럽게 다시 여몄다.

"효험이 있을까?"

렌가는 사제에게 물었다. 닐은 망설였다.

"라하나는 여기서 힘을 쓰지 못합니다."

"넌 늘 그렇게 이야기하지. 이제 그 믿음을 시험해볼 수 있겠구나."

렌가는 사반을 보았다.

"날 죽이려면 이걸 어떻게 해야 하지, 동생아? 뭉개야 하나?"

사반은 아무 말도 하지 않았다. 렌가는 웃었다.

"언젠가 네 살을 돼지에게 먹이고 네 채골을 요강으로 쓰고 말겠다."

도전적인 말투였지만, 얼굴에는 초조한 빛이 어른거렸다. 렌가는 두 손으로 껍질을 감싸더니 천천히 힘을 주었다. 그러면서도 여신에 대한 불경이 과연 현명한 짓인지 잠시 갈등하는 듯했다. 그러나 라사린을 두려움의 대상으로 만든 것은 렌가의 조심성이 아니었다. 위대함을 성취하려면 위험을 무릅써야 한다. 렌가는 충분히 큰 대가가 주어진다면 자신의 목숨도 내걸 수 있는 사람이었다. 그는 다시 손에 힘을 주었다. 생각보다 많은 힘이 필요했지만, 마침내 껍질이 뭉개지고 부적은 깨졌다. 렌가는 두 손에 끈적끈적한 뼛조각들을 쥔 채 숨을 죽였다. 아무 일도 일어나지 않았다.

렌가는 나직이 웃더니 부적 조각을 한쪽 손바닥에 쓸어 담았다. 그리고 닐에게 건네며 말했다.

"불 속에 던져버려라."

사제는 명령에 따라 음식을 만드는 모닥불로 가서 부적을 던졌다. 환한 불꽃이 작게 타오르며 기름이 지지직거렸지만, 렌가는 아직 살아 있었다.

"라하나의 저주 따위에 내가 왜 신경을 써야 하지?"

렌가는 커다랗게 소리쳤다.

"나는 그녀의 신전에서 살고 있지만, 아무 일도 없다. 우리는 슬라올의 사람들이다! 켄의 사람들이다!"

렌가의 외침에 부족민들이 불안한 듯 이쪽을 쳐다보았다. 렌가는 손을 비벼 털었다.

"데레원의 저주 따위…."

그러곤 사반에게 물었다.

"내가 죽었나?"

이 말에 닐이 웃으며 외쳤다.

"안 죽었습니다!"

렌가는 자기 몸을 두드렸다.

"살아 있는 것 같은데!"

제사장이 맞장구쳤다.

"살아 있습니다!"

"하지만 데레원은 고통을 느끼겠지?"

렌가는 제사장에게 물었다. 닐은 대답했다.

"아, 그럼요. 네! 아플 겁니다!"

그러곤 데레원이 얼마나 아플지 보여주려는 듯 몸을 비비 꼬았다.

"분명히 아픕니다!"

"사반은 실망했겠고."

렌가는 불쌍하다는 듯 말하며 동생에게 싸늘한 시선을 던졌다. 당장이라도 칼을 뽑아 배를 찌를 것 같은 눈빛이었다. 그러나 렌가는 놀랍게도 미소를 지었다.

"네게 제안을 하겠다, 동생아. 난 널 죽일 이유가 있으나, 겁쟁이를 죽여서 무엇하리? 넌 사르메넌으로 돌아가도 좋다. 하지만 다시 한 번 내 앞에 나타나면 그때는 목을 잘라버리겠다."

"나도 무엇보다 사르메닌으로 가고 싶어."

"하지만 네 아내는 두고 가라. 실망하지 않도록 값은 쳐주겠다. 제가의 목숨을 빼앗은 값을 그것으로 치러라."

"아우레나는 팔지 않아. 그리고 그녀는 사르메닌 부족이야. 사르메닌 사람들이 형이 욕구를 채우도록 내버려둘 것 같아?"

렌가는 조소했다.

"동생아, 오늘 밤 네 아내는 내 것이 될 것이다. 다름 아닌 네 손으로 직접 데려올 것이다."

그리고 손가락으로 사반을 찔렀다.

"들었나? 네가 그녀를 나에게 데려올 것이다. 여기는 내가 지배하는 라사린이고, 여기서는 신들이 날 사랑한다."

그러곤 반쯤 돌아섰다가 다시금 사반을 돌아보며 웃었다.

"네가 다스릴 수도 있겠지? 날 죽이기만 하면 된다."

렌가는 공격해보라는 듯 잠시 기다리다 손을 뻗어 사반의 뺨을 톡톡 친 뒤, 웃음기 가득한 창병들을 이끌고 멀어졌다.

아우레나에게 달려간 사반은 그녀가 무사한 것을 확인하고 안심했다.

"우린 가야 해."

사반이 말했지만, 아우레나는 코웃음만 쳤다.

"난 여기 있어야 해요. 에렉은 내가 여기 있기를 원해요. 우리는 위대한 일을 하기 위해 여기 있는 거예요."

껍질 부적은 소용이 없었고, 아우레나는 태양신의 꿈에 빠져 있었다. 사반은 어쩔 도리가 없었다.

그날 밤, 렌가는 사르메닌 부족을 위해 성대한 연회를 열었다. 굴, 백조, 송어, 돼지, 사슴고기가 풍족하게 나왔다. 노예들이 만찬장에서 음식을 날랐다. 렌가는 독한 술도 넉넉히 내놓았다.

렌가의 부하들은 드레웨나 전사들과 마찬가지로 바깥에서 성찬을 즐겼다. 만찬장에는 그렇게 많은 사람이 들어갈 공간이 없었고, 바깥의 남자들은 전투 준비를 해야 했기 때문이다. 그들은 우선 슬라올의 옛 신전에 모여 어린 암소를 제물로 바치고 살육을 맹세한 뒤 술 항아리를 들고 꿀꺽꿀꺽 마셨다. 독한 술이 용기를 준다고 믿기 때문이었다. 여자들은 아린과 마이 신전에 모여 남자들을 위해 기도를 올렸다.

아우레나와 사반은 케레발 일행과 함께 식사를 했다. 연회장에 여인이 참석했다며 스카셀이 불평하자 케레발은 까다로운 사제를 달랬다.

"그녀는 우리 부족 사람이고, 이건 오늘만이오. 게다가 아우레나의 운명은 보물을 되찾는 것과 관계가 있지 않소?"

커다란 화톳불 두 개가 넓은 실내를 비추고 있었다. 불빛을 받아 붉게 빛나는 해골 쪽으로 연기가 모락모락 피어올랐다. 연기는 해골 사이를 소용돌이치며 맴돌다 천장 꼭대기에 난 구멍으로 빠져 나갔다. 음식은 풍족했고, 술은 독했다. 케레발의 부하들이 기분 좋게 취해 있을 때, 렌가가 여섯 명의 창병을 거느리고 나타났다. 라사린 족장은 전투 복장을 하고 있었다. 튜닉에서는 청동판이 빛났고, 창날에는 독수리 깃털이 늘어져 있었다. 렌가는 창살로 오두막 문기둥을 쳐서 좌중을 조용히 시켰다.

"사르메닌 사람들이여!"

렌가는 이방인의 언어로 외쳤다.

"당신들은 금을 찾으러 왔다! 당신들의 보물을 찾으러! 여기 보물이 있다!"

감사를 표하는 소란이 일었다. 렌가는 잠시 두런거리는 소리를 듣고 있다가 미소를 지으며 말을 이었다.

"그러나 나는 당신들이 신전을 옮기면 보물을 돌려주겠다고 약속했다."

"신전을 가져왔지 않소!"

스카셀이 외쳤다. 렌가가 대꾸했다.

"거의 다 가져왔지. 그러나 돌 하나가 빠졌다. 당신들은 돌 하나를 도둑맞았다."

두런거리던 목소리가 성난 외침으로 변했다. 렌가 뒤의 창병들이 족장을 보호하기 위해 다가섰지만, 렌가는 그들을 물리쳤다.

"돌 하나가 빠진 신전에 힘이 있을까? 적의 시체를 묻을 때, 우리는 손을 자르거나 발을 자른다. 왜? 죽은 자의 영혼에서 힘을 빼앗기 위해서다. 내 신전은 불완전하다. 에렉이 못 알아볼 수도 있지 않나?"

"알아볼 거요!"

스카셀은 주장했다. 깡마른 사세는 분노로 가득 차 자리에서 일어났다.

"슬라올은 우리가 돌을 옮기는 것을 보았소! 우리가 한 일을 보았소!"

"그러나 돌 하나를 잃어버려서 화가 났다면?"

렌가는 서글픈 표정을 지으며 고개를 저었다.

"난 이 문제를 깊이 생각해보았다. 사제들과 이야기도 나누어보았다. 그리고 우리는 당신들이 보물을 갖고 돌아갈 수 있는 해법을 찾았다. 당신들이 여기 온 이유는 그것이 아닌가? 금을 고향으로 가지고 가서 행복하게 살기 위해?"

렌가는 잠시 말을 멈추었다. 스카셀은 어리둥절해서 아무 말도 하지 않았다. 케레발이 일어섰다.

"해법이 무엇이오?"

족장은 공손하게 물었다. 렌가는 미소를 지었다.

"나는 에렉을 신전으로 끌어당겨야 한다. 완전하지 않은 신전으로. 에렉의 신부만큼 그를 끌어들이는 데 좋은 것이 어디 있겠는가?"

그러곤 아우레나를 가리켰다.

"저 여자를 내게 주면 금을 돌려주겠다. 더 많이 주겠다! 금을 도둑맞기 전보다 더 부자로 만들어주겠다. 오늘 밤 당장! 단, 내 동생이 신부를 데려와야 한다!"

렌가는 웃으며 창으로 사반을 가리켰다.

"네가 나에게 아우레나를 데려오너라."

"안 돼!"

사반은 외쳤다. 렌가가 사람을 보내 돌을 훔치게 한 이유를 이제야 알 수 있었다. 아무도 자신의 이야기를 믿지 않으리라는 것도 깨달았다.

"안 돼!"

사반은 다시 외쳤다. 렌가는 케레발에게 말했다.

"아우레나를 내게 보내시오. 그러면 보물을 돌려주겠소."

이 말을 남긴 뒤, 렌가는 문간에 걸린 가죽 장막을 젖히고 다시 밖으로 나갔다.

"안 돼!"

사반은 세 번째로 외쳤다. 그러자 스카셀이 더욱 크게 외쳤다.

"맞아! 그렇다! 에렉이 바다 신전에서 아우레나를 살려준 게 무엇 때문이겠는가? 부족 역사상 어떤 신부도 거절당한 적은 없었다! 신이 거절한 데는 목적이 있었고, 이제 우리는 그 목적을 깨달았다."

"렌가는 에렉을 위해 그녀를 원하는 게 아니오! 자기 자신을 위해 가지려는 것이오!"

사반은 외쳤다. 레위드도 사반 옆에 서서 항의했다. 5년 동안 육지와 바다를 오가며 돌을 나른 노잡이 몇몇도 주먹으로 바닥을 때렸다. 사반을 지지한다는 뜻이었다. 하지만 보물을 고향으로 가져가기 위해 온 전사들은 사반이나 아우레나를 쳐다보지 않았다. 그저 바닥만 내려다보고 있을 뿐이었다. 스카셀이 외쳤다.

"5년 동안 우리는 보물을 되찾기 위해 노예 노릇을 해왔다. 피와 땀을 바쳤다. 대부분의 사람들이 할 수 없다고 하는 일들을 해냈다. 한데 이제 와서 물거품으로 만들겠단 말인가?"

스카셀은 뼈만 남은 손가락으로 사반을 가리켰다.

"에렉이 그녀의 목숨을 왜 살렸겠느냐? 지금 이 순간이 아니라면, 에렉의 목적이 무엇이었겠느냐?"

"좋은 질문이군."

케레발이 조용히 말했다.

"이건 에렉을 위한 일이 아니라 내 형의 욕망을 위한 일이란 말이오!"

그러나 사반의 목소리는 전사들의 외침에 묻혔다. 그들에게 중요한 것은 보물 외에 아무것도 없었다.

그때 아우레나가 한 팔에 랄릭을 안은 채 일어섰다. 그리고 사반의 손을 만지며 조용히 말했다.

"상관없어요. 저걸 봐요."

아우레나는 시선을 들어 연기가 불에 그을린 해골을 지나 빠져 나가는 지붕 구멍을 바라보았다. 사반은 물었다.

"뭘?"

아우레나는 사반에게 부드러운 미소를 보냈다.

"밤이에요. 라하나의 저주가 햇빛 아래서 효험이 있을 수는 없죠. 안 그래요?"

그녀는 렌가가 데레원의 부적을 부수었다는 이야기를 듣고 얼굴을 찌푸리며 이렇게 말했었다.

"반드시 나쁜 영향을 미칠 거예요."

아우레나는 지금 그 이야기를 하고 있는 것이었다.

"그는 신들에게 도전했어요. 신들은 반항하는 것을 좋아하지 않아요."

"여자를 끌어내라!"

스카셀은 일이 늦어지고 있는 것이 답답하다는 듯 외쳤다. 카르건이 가까이 있는 심복들에게 손짓을 하자 케레발이 명령했다.

"그녀를 건드리지 마!"

아우레나는 여전히 사반의 얼굴을 바라보고 있었다.

"모두 다 잘될 거예요."

아우레나는 랄릭을 안고 문간으로 향했다. 레위드는 리어를 안아들고, 사반은 아우레나를 따라가 팔을 붙잡았다. 그러자 아우레나는 그를 보며 눈살을 찌푸리더니 팔을 뿌리쳤다.

"지금 날 막을 수는 없어요."

"당신을 그에게 주느니 차라리 죽여버리겠어."

사반은 말했다. 그는 데레윈의 운명에 대해서도 스스로를 용서한 적이 없었다. 이제 아우레나까지 형의 침상으로 걸어가도록 내버려두어야 한단 말인가?

"에렉은 내가 여기 있기를 원해요."

아우레나는 말했다. 사반이 외쳤다.

"에렉이 당신이 강간당하는 걸 원한다고?"

"난 에렉을 믿어요."

아우레나는 평온하게 말했다.

"내 목숨 전부는 그가 준 선물이 아니었던가요? 나쁜 일이란 게 있을 수 있나요? 난 몸을 더럽히지 않을 거예요. 에렉이 허락하지 않아요."

케레발이 다가와서 두 사람을 막아섰다. 그 역시 할 말은 없었다. 족장은 사반과 아우레나를 둘 다 좋아했다. 하지만 그의 부족은 금을 되찾기 위해 많은 희생을 치렀고, 이제 더한 희생을 치러야 할 차례였다. 미안하다는 말을 하고 싶었지만 입이 떨어지지 않았다. 그는 그냥 돌아섰다. 족장은 스카셀이 옳다고 생각했다. 아우레나는 원래 에렉을 위해 목숨을 바칠 운명이었고, 바다 신전에서 죽음을 면한 뒤 몇 년을 덤으로 살았다. 그러니 이것도 보기만큼 그렇게 비극적인 일이 아닐지 모른다. 지금까지는 신의 의도가 숨겨져 있고 수수께끼 같기도 했지만, 이제 보니 명백했다. 운명은 냉혹했다.

아우레나가 장막을 걷어 올리자 만찬장에는 침묵이 흘렀다. 그녀는 가죽 아래로 허리를 굽혀 밖으로 나갔다. 레위드와 사반이 그 뒤를 따랐다. 렌가는 한쪽에서 기다리고 있었다. 양옆에는 청동 갑옷을 입은 전사들이 죽 늘어서서 창과 활을 손에 든 채 만찬장을 에워싸고 있었다. 몇몇은 횃불을 손에 들고 달도 뜨지 않은 캄캄한 밤을 밝혔다.

"달이 없잖아!"

사반이 외쳤다. 아우레나는 조용히 말했다.

"모두 다 잘될 거예요. 난 알아요. 에렉은 날 버리지 않았어요."

"여자를 내게 데려와라."

렌가가 말했다. 사반은 망설였다. 하지만 아우레나는 그를 끌고 우뚝 서 있는 렌가를 향해 침착하게 다가갔다. 렌가의 얼굴에 승리감이 떠올랐다.

"네 손으로 여자를 데려올 거라고 했지, 사반. 이 겁쟁이 같으니."

렌가가 고갯짓을 하자 부하 네 명이 창으로 위협해 아우레나를 사반에게서 떼어놓았다. 그들은 아우레나를 렌가 쪽으로 밀어붙이고, 다른 남자들은 술 냄새를 풍기며 레위드와 사반을 붙잡더니 줄지어 늘어선 전사들 대열 밖으로 끌어냈다. 사반이 뒤를 돌아보니 아우레나는 렌가 바로 뒤에서 두 호위병 사이에 서 있었다.

그러나 렌가는 아우레나를 보지 않았다. 대신 만찬장 쪽을 바라보며 창을 들어 올렸다.

"지금이다!"

렌가는 환희에 차서 소리쳤다.

"공격!"

전사들이 횃불을 만찬장 초가지붕 위에 던지고, 몇몇은 짚으로 싼 막대기에 불을 붙여 넓은 처마에 쑤셔 박았다. 초가에 붙은 불은 엄청난 속도로 번졌다. 잠시 후, 놀란 사람들이 불을 피해 뛰쳐나오기 시작했다. 하지만 그들은 문간을 나서자마자 화살에 맞아 뒤로 자빠졌다. 타오르는 지붕이 만찬장 안으로 떨어지기 시작했고, 실내는 연기로 가득 찼다. 날씨 또한 건조해 불꽃이 마치 말불버섯처럼 번졌다. 전사들이 화염과 어둠에 싸인 지붕 위로 횃불을 던졌다. 불은 계속해서 번지며 활활 타올랐다. 사람들은 지붕에 매달린 해골 밑에서 비명을 질렀다. 벽을 뚫고 달아나려는 사람들에게는 화살이 쏟아졌다. 한 사람이 겨우 탈출했지만, 그 역시 대여섯 발의 화살을 집중적으로 맞고 땅에 쓰러진 뒤 청동 도끼 세례를 받았다.

　아우레나는 손으로 입을 가린 채 아연실색한 눈으로 이 광경을 지켜보았다. 학살 광경을 보지 못하도록 랄릭을 품에 꽉 껴안은 채였다. 이제는 벽까지 타오르고 있었다. 벽 틈새에 끼어 죽은 사람의 긴 머리카락에 불이 붙었다. 지붕 한쪽이 무너지며 밤하늘에 불똥이 튀었다. 해골은 땅으로 떨어졌고, 불붙은 지푸라기가 별을 향해 훨훨 날아올랐다. 렌가의 전사들은 황홀한 눈으로 이 광경을 지켜보았다. 그중에는 바칼을 따라 라사린으로 온 케레발의 부하들도 있었다. 하지만 이 이방인들은 이미 어둠의 족장에게 충성을 맹세한 터였다. 타오르는 벽 틈새로 불붙은 사람들이 화염 속에서 비틀거리는 광경이 보였다. 어머니 돌을 실은 배에서 물을 퍼냈던 두 소년 중 하나가 미친 듯이 비명을 질렀다. 살점 타는 냄새가 났다. 이윽고 비명은 서서히 잦아들었다. 여기저기 새까맣게 탄 인간의 형체가 불과 연기 속에서 꿈틀거렸다. 하지만 이내 그런 움직임조차 사라지고 무너지는 서까래와 튀어 오르는 불꽃, 불과 연기만 보였다. 지붕 전체가 무너지고 열두 개의 신전 기둥만 남았다. 불꽃이 두툼한 기둥을 핥으며 위로 올라갔다. 해골이 연기를 내며 풀밭 위를 굴렀다. 리어를 내려놓고 창병 두 사람에게 붙잡혀 발버둥 치던 레위드는 무릎을 꿇고 주저앉아 두 손에 얼굴을 묻었다. 사반은 그 옆에 쭈그리고 앉았다.

"미안해."

사반은 한 팔로 친구의 어깨를 감쌌다. 그리고 리어를 끌어당기며 말했다.

"렌가는 금을 돌려줄 생각이 없었어. 짐작했어야 했는데. 내가 미리 알았어야 했는데."

"그 둘은 아직 살아 있나?"

렌가의 목소리가 등 뒤에서 들렸다.

"목을 졸라라. 아니, 불에 집어넣어."

창병이 사반과 레위드에게 손을 뻗었다. 고원 숲 너머 서쪽 하늘에서 달이 막 떠오르고 있었다. 살육의 밤에, 서의 다 차서 부풀어 오른 커다란 보름달이 기괴한 분위기를 풍겼다. 하지만 달빛은 타오르는 불꽃에 눌려 빛을 잃었다. 그때 검은 숲 너머로 은은하게 비치는 라하나의 빛 속에서, 사반은 제방 꼭대기에서 움직이는 그림자들을 보았다. 그림자들은 악귀로부터 정착지를 보호하는 흰 해골 사이를 지나 벽을 타넘고 있었다. 사반은 자신을 일으키려는 창병의 손에서 몸부림치며 동쪽을 돌아보았다. 그쪽에서도 그림자가 움직이고 있었다. 하지만 라사린 사람들은 백여 명의 사르메닌 부족이 해골과 타오르는 초가 아래에서 질식하고 타 죽는 지옥도를 구경하느라 전혀 눈치를 채지 못했다.

창병이 마침내 사반과 레위드를 일으킨 순간, 첫 번째 화살이 화염 속에서 번득였다. 한 남자가 목에 검은 화살을 맞고 쓰러졌다. 사반은 팔꿈치로 창병을 세차게 가격한 뒤, 창병이 헉 하고 숨을 못 쉬는 틈을 타서 얼른 빠져나왔다. 화살은 계속 날아왔다. 사반은 몸을 낮추고 리어를 팔로 감싸 안았다. 우르릉거리는 화염 소리 때문에 다른 소리는 거의 들리지 않았지만, 불빛을 뚫고 날아오는 화살은 보였다. 레위드를 잡고 있던 전사도 활에 맞았다. 렌가의 창병들은 술에 취해 반응이 느렸고, 제방을 넘어와 어둠 속에서 연거푸 활을 쏘아대는 적군을 미처 대적할 겨를이 없었다. 돌화살촉이 창병들의 살을 뚫고 들어갔다. 오두막을 맞히는 화살도 있고, 불 속으로 떨어지는 화살도 있었다.

사반은 레위드를 잡아당겼다.

"이리 와!"

그러곤 리어를 안은 채 아직 위험을 깨닫지 못하고 있는 아우레나에게 달려갔다. 렌가의 술 취한 전사들은 그제야 정신을 차렸지만 화살이 어디서 날아오는지 아직 몰랐다. 사반이 아우레나에게 다가가자 렌가의 호위병 하나가 그쪽으로 달려왔다. 호위병이 렌가에게 소리쳐 알리려고 입을 벌리는 순간, 화살 한 대가 정확히 그의 목구멍에 날아와 박혔다. 호위병은 비틀거리며 물러섰다. 턱수염을 타고 피가 분수처럼 흘러내렸다. 호위병은 이내 땅에 쓰러졌다. 그때 렌가가 뒤를 돌아보았다. 순간, 사반은 아이를 안지 않은 주먹을 힘껏 휘둘렀다. 얼굴에 사반의 필사적인 주먹을 맞은 렌가는 뒤로 벌렁 넘어졌다. 사반은 얼얼한 손으로 아우레나를 붙잡았다. 그리고 여자들이 비명을 지르고 개들이 울부짖는 오두막 사이 어두운 그늘로 밀어 넣었다.

"도망쳐!"

사반은 아우레나에게 외쳤다.

"도망쳐!"

그러나 도망칠 곳이 없었다. 적은 제방 북쪽을 타넘어 이미 무두질 구덩이까지 와 있었다. 화살이 사반 옆 초가지붕에 박혔다. 사반은 화살을 피하며 갈레스의 오두막으로 향했다. 그리고 아우레나와 랄릭, 리어를 안으로 밀어 넣은 뒤 자신도 들어갔다.

"무기!"

사반은 살육의 현장을 거부하고 오두막 안에 틀어박혀 있던 갈레스에게 외쳤다.

사반은 갈레스의 낡고 묵직한 창을 들고 레위드에게도 창을 건넸다.

바깥은 온통 비명 소리뿐이었다. 달빛 속으로 나가 보니 창병들이 갈팡질팡하고 있었다. 아무도 그들에게 눈길을 주지 않았다. 밤의 혼란 속에서 사반과 레위드는 그저 렌가의 창병으로 보일 뿐이었다. 몇몇 사람은 만찬장에서 옮겨 붙은 오두막의 불을 끄느라 허둥댔고, 나머지는 술에 취한 채 겁에 질려 적군을 찾고 있었다. 라사린 전사들이 적을 발견하고 그쪽으로 달려가자, 적군은 제방을 넘어 어둠 속으로 물러났다.

"누구지?"

레위드가 사반에게 외쳤다.

"카살로?"

다른 적은 떠오르지 않았다. 내일 라사린이 처들이올 기리는 정보를 미리 입수한 랄린이 밤을 틈 타 기습 공격을 한 것이라고 추측할 수밖에 없었다.

적군은 완전히 사라졌다. 하지만 라사린 정착지의 공황은 가라앉지 않았다. 몇몇 라사린 전사와 드레웨나 전사들이 서로를 적으로 착각해 싸우고 있었다. 렌가가 그들 사이를 누비며 그만두라고 외쳤다. 사반은 렌가 뒤를 바짝 따라갔다.

싸움은 서서히 가라앉았다. 남자 여자 할 것 없이 망토와 가죽으로 초가지붕에 붙은 불을 끄고 타는 짚을 걷어내느라 분주했다. 부상당한 남자들이 여기저기 뒹굴며 피를 흘렸다. 열두 개의 신전 기둥이 여전히 만찬장을 태우고 있는 시뻘건 불길에 그을린 채 우뚝 서서 연기를 내뿜고 있었다. 렌가는 아직도 싸우고 있는 전사 두 명을 떼어놓고 돌아섰다. 그때 신전 기둥 하나가 넘어지면서 밝은 불씨를 정착지 위로 날렸다. 순간, 렌가는 창을 들고 있는 사반을 보았다. 렌가는 미소를 지었다.

"족장이 되고 싶으냐, 동생아? 날 죽이고 싶으냐?"

"내가 죽일 거야. 내가 죽일 거야!"

레위드가 복수심에 불타 소리쳤다.

"안 돼."

사반은 레위드를 밀어내고 앞으로 걸어 나갔다.

렌가는 들고 있던 창을 옆으로 던지고 칼을 뽑았다. 사반을 죽이는 일 따위는 아무것도 아니라는 듯 따분한 표정이었다. 사반은 형의 자신감을 경계했어야 하지만, 그러기에는 너무 화가 나 있었다. 사반은 그저 형을 죽이고 싶을 뿐이었고, 렌가도 그 사실을 잘 알고 있었다. 사반이 분노 때문에 무턱대고 덤빌 거라는 사실을, 쉽게 죽일 수 있을 거라는 사실을 알고 있었다.

"오너라, 동생아."

렌가는 사반을 조롱했다.

사반이 숨을 들이쉬며 다짜고짜 덤빌 준비를 하는데, 갑자기 누군가가 비명을 지르며 정착지 남쪽 입구를 가리켰다. 렌가와 사반은 동시에 그쪽을 돌아보았다. 둘 다 입을 떡 벌렸다. 순간, 두 사람 모두 싸움을 까맣게 잊었다.

죽은 자가 밤을 걷고 있었다.

3부

사자의 신전

stonehenge

15

새로운 족장

너희들의 족장으로 삼기 위해 나를 여기로 보냈다.

죽은 자가 달빛 아래를 걷고 있었다. 라사린 사람들은 부족을 찾아온 공포에 신음했다.

걷고 있는 시체는 해골처럼 마른 데다 완전히 알몸이었다. 눈은 창백한 가면 속에서 푹 팬 검은 구멍 자체였다. 피부는 유령처럼 희고, 갈비뼈 가장자리는 검고, 풀어헤친 머리카락은 회색이었다. 걷고 있는 동안에도 부패하고 있는 듯 피부 조각과 머리카락이 연신 떨어지며 둥둥 떠다녔다. 달은 한층 높게, 작게, 창백하게, 밝게 떠올라 있었다. 렌가 가까이 있던 창병 하나가 겁에 질려 느닷없이 외쳤다.

"그림자가 없다! 그림자가 없다!"

이 말에 렌가의 전사들은 도망치기도 하고 땅에 엎드려 얼굴을 가리기도 했다. 렌가만이 그림자 없는 시체 쪽으로 다가갔다. 그런 렌가조차 떨고 있었다.

겁에 질려 꼼짝도 못하던 사반은 문득 달빛에 드리운 유령의 그림자를 보았다. 시체가 왼쪽 다리를 내딛을 때마다 조금씩 절뚝거리는 것도 보았다. 계속 떨어지는 회백색 조각은 피부가 아니라 산들바람에 날리는 재였다. 강에서 몸을 적신 뒤 재를 몸에 바르고 눈과 갈비뼈에 검댕을 칠한 것이었다. 그 재가 마르면서 머리카락과 피부에서 떨어져 흩날리고 있었다.

"카마반!"

렌가가 고함쳤다. 그도 절뚝거리는 걸음을 알아보았던 것이다. 렌가는 두려워했던 것이 부끄러운 듯 성난 목소리였다.

"형!"

카마반이 말했다. 그리고 렌가를 향해 팔을 벌렸지만, 렌가는 칼을 들어 올려 대답을 대신했다.

"형!"

카마반은 꾸짖듯 다시 말했다.

"날 죽일 셈인가? 날 죽이면 카살로를 어떻게 정복하지? 마법 없이 카살로를 어떻게 정복해?"

카마반은 달을 향해 울부짖으며 춤을 추듯 어색하게 껑충껑충 뛰었다.

"마법! 속임수! 어둠 속의 주문과 달빛 속의 부적!"

그러곤 신들이 몸에 들어오기라도 한 듯 몸을 떨었다. 경련이 지나가자 렌가를 향해 조롱하듯 미간을 찌푸렸다.

"데레윈의 저주를 막으려면 내 도움이 필요하지 않나?"

하지만 렌가는 앞으로 뻗은 칼날을 거두지 않았다.

"네 도움?"

카마반은 오두막으로 피한 전사들에게까지 다 들리도록 커다랗게 말했다.

"나는 카살로를 정복하러 왔어! 카살로를 가루로 만들기 위해 왔다고! 카살로에 대항해 신의 힘을 풀기 위해 왔어! 하지만 형, 그러려면 먼저 우리가 화해해야 해. 우리가 포옹해야 해."

그는 다시 렌가에게 다가갔다. 렌가는 뒤로 물러서며 사반 쪽을 흘끗 돌아보았다. 카마반이 말했다.

"언젠가 사반을 죽일 때가 오겠지. 하지만 우선 나와 화해해. 싸운 건 유감이야. 우리가 적이 되는 건 옳지 않아."

렌가는 칼로 카마반을 막으며 말했다.

"카살로를 정복하러 왔다고?"

"카살로가 융성하는 한 라사린은 위대해질 수 없어. 라사린이 다시 위대해지는 것을 나처럼 바라는 사람이 어디 있으리."

카마반은 외치며 렌가의 칼을 부드럽게 밀어냈다.

"우리가 싸울 필요는 없어, 형. 우리가 싸우는 한 카살로를 정복할 수는 없어. 그러니 승리의 이름으로 날 안아줘, 형. 그러면 난 형의 발밑에 꿇어앉아 부족에게 내가 틀렸고, 형이 옳았다는 걸 보여줄게."

카살로를 정복한다는 말은 렌가를 설득하기에 충분했다. 렌가는 카마반을 안기 위해 두 팔을 벌렸다.

두 형 가까이 서 있던 사반은 헨갈이 키탈과 포옹하며 카살로와 평화협정을 맺던 날을 떠올렸다. 그러나 이내 카마반이 화해를 위해 온 게 아니라는 사실을 깨달을 수 있었다. 카마반이 오른손으로 렌가의 목을 감는 순간, 칼이 눈에 띄었던 것이다. 손바닥 안에 숨길 수 있을 정도로 짧고 날이 검은 돌칼이 흐릿하게 빛을 발했다. 그 칼이 렌가의 목을 갈랐다. 따뜻하고 검붉은 피가 솟구쳤다. 렌가가 몸부림을 치자, 카마반은 놀랄 만한 힘으로 그를 끌어안았다. 검고 흰 가면 안에서 웃으며 칼날을 더욱 깊이 박고 앞뒤로 움직였다. 깃털 달린 칼날이 렌가의 단단한 근육과 고동치는 혈관을 끊었다. 렌가의 피가 카마반의 마른 몸을 타고 흘러내리며 재를 씻어냈다. 렌가가 컥컥거리며 목구멍으로 피를 토했지만, 카마반은 그를 놓아주지 않았다. 칼을 또 한 번 앞뒤로 움직인 후에야 카마반은 마침내 형을 놓아주었다. 렌가는 무릎을 꿇고 주저앉았다. 카마반은 렌가의 머리를 발로 차 고개를 젖힌 다음 짧은 칼로 그의 목을 찔렀다.

렌가는 쓰러졌다. 잠시 경련을 일으키며 목에서 피가 뿜어져 나왔지만, 이내 맥박이 점차 약해지더니 결국 멈췄다. 사반은 멍하니 죽은 형을 쳐다보았다. 렌가가 죽었다는 사실을, 아우레나가 안전하다는 사실을 믿을 수가 없었다. 라하나의 달이 기름 바른 머리카락 옆에서 검붉게 번들거리는 피 웅덩이를 비추고 있었다.

카마반은 허리를 굽혀 렌가의 청동검을 집어 들었다. 족장이 죽는 광경을 지켜보던 렌가의 전사들은 격분해서 소리치며 카마반을 향해 다가왔다. 카마반은 검을 치켜들었다.

"나는 마법사다! 나는 너희 뱃속에 벌레를 집어넣고 내장을 흙으로 바꾸고 네 아이들을 고통 속에서 죽어가게 할 수 있다."

전사들은 멈칫했다. 인간인 적을 향해서는 창을 겨눌 수 있으나 마법이라는 위협 앞에서 그들의 용기는 완전히 수그러들었다.

렌가의 시체 쪽으로 돌아선 카마반은 칼을 서툴게 내리치고 또 내리쳐 머리를 잘라냈다. 그리고 돌아서서 사반을 쳐다보며 말했다.

"렌가는 신전을 다시 지으려 하지 않았다."

카마반은 침착한 목소리로 말을 이었다.

"내가 그렇게 설득했지만 들으려 하지 않았어. 너도 봤듯이 신전은 완전히 잘못됐다. 사르메닌의 돌은 크지 않아. 내 잘못이지, 모두 내 잘못이야. 내가 그 신전을 골랐으니, 그건 내 잘못이야. 인간은 자라면서 배운다는 하락의 말대로, 난 배웠어. 하지만 렌가는 들으려 하지 않았어. 그래서 이렇게 돌아와 다시 시작하기로 결심한 거야."

그러곤 칼을 내던지며 말했다.

"이제 누가 족장을 할까, 사반? 너, 나?"

"족장?"

사반은 이 질문에 놀랐다.

"난 내가 족장이 되어야 한다고 생각한다. 난 너보다 나이도 많고 훨씬 똑똑하니까. 안 그러냐?"

"족장이 되고 싶어?"

사반은 아직도 오늘 밤의 일들이 믿기지 않아 멍하니 되물었다.

"그래. 되고 싶다. 원하는 건 그것 말고도 많아. 겨울과 질병을 없애고 싶고, 밤에 우는 아이들도 없애고 싶다. 그게 내가 원하는 거야."

카마반은 이렇게 말하며 사반 쪽으로 다가왔다.

"난 신들과 화합하고 싶다."

그는 부드럽게 말을 이었다.

"난 끝없는 여름을 원해."

그러곤 사반을 끌어안았다. 그의 몸에서 레가의 피 냄새가 풍겼다. 사반의 목을 끌어안은 카마반의 팔에 힘이 들어갔다. 목덜미에서 돌칼의 감촉이 느껴졌다.

"아우레나는 여기 있나?"

카마반이 물었다.

"그래."

"좋아."

카마반은 사반의 목에 칼을 댄 채 속삭였다.

"내가 원하는 건 이 땅의 어떤 신전과도 비교할 수 없는 신전을 짓는 것이다. 신들을 한데 모을 수 있는 신전. 죽은 자들을 슬라올에게 되돌릴 수 있는 신전. 세상을 새롭게 할 수 있는 신전. 내가 원하는 건 그거야."

그리고 사반의 목에 댄 날카로운 칼날에 힘을 주었다가 다시 물러났다.

"그건 영원히 서 있는 신전이 될 거다. 그리고 너, 동생아."

카마반은 손으로 사반을 가리켰다.

"네가 그걸 지어야 해."

카마반은 만찬장에서 활활 타오르는 불빛과 남아 있는 기둥을 돌아보았다. 그리고 불에 탄 살 냄새를 맡으며 물었다.

"안에는 누가 있었지?"

"사르메닌에서 온 형의 친구들."

"케레발? 스카셀?"

"둘 다 있었어. 그 외에도 백여 명. 레위드만 살아남았어."

"렌가는 학살을 할 때는 언제나 철저하지."

카마반은 존경스럽다는 투로 말하더니 돌아서서 창병들을 바라보았다. "나는 카마반이다! 헨갈의 아들, 로크의 아들. 약탈에서 훔쳐온 이방인 여인이 낳은 자식이다! 슬라올이 나를 여기로 보냈다. 너희들의 족장으로 삼기 위해 나를 여기로 보냈다. 나를! 불구자를! 비틀린 아이를! 반대하는 사람이 있다면 지금 나오너라. 그 눈에 쐐기풀을 찔러주고, 그 배를 끓는 오줌 솥으로 만들어주고, 그 해골을 똥통에 묻어주리라! 도전할 자 없느냐?"

아무도 움직이지 않았고, 아무도 말하지 않았다. 그저 벌거벗은 몸에 재를 바른 사람이 열변을 토하는 모습만 바라보고 있을 뿐이었다.

"슬라올은 내게 말한다! 언제나 그러했다! 슬라올은 이제 내 부족이 자신의 뜻에 따르기를 원한다. 그의 뜻은 곧 나의 뜻이다! 나의 뜻!"

그때 한 전사가 카마반 뒤에 있는 정착지 북문을 가리켰다. 돌아보니 한 무리의 남자들이 제방을 넘어오고 있었다. 모두 활을 들고 있었다. 사반은 그들이 조금 전 케레발 부족을 학살하는 만족감에 젖어 있던 라사린 전사들을 급습한 자들이라는 것을 깨달았다. 그들은 카살로 전사들이 아니라 숲 속의 추방자들이었다. 그들을 이끈 것은 소문과 달리 죽은 자가 아니라 카마반이었다. 하나같이 턱수염과 머리카락이 텁수룩했다. 렌가로부터 도망쳐 숲에서 은신하고 있던 그들을 여름 동안 카마반이 감화시켜 자기편으로 끌어들인 것이었다. 그들이 하락의 지휘하에 고향으로 돌아온 것이다. 저 멀리에서 하락의 대머리가 달빛에 빛났다. 그는 창을 들고, 얼굴에는 검댕으로 줄무늬를 칠했다.

"저들 역시 내 편이다!"

카마반은 추방자들을 가리키며 외쳤다.

"저들은 내 친구이며, 이제 부족민으로 다시 합쳐질 것이다."

그리고 두 팔을 들어 올리며 겁에 질린 라사린 전사들을 도전적으로 노려보았다.

"내게 도전할 자 없느냐?"

아무도 없었다. 그들은 카마반과 그의 마법이 두려웠다. 전사들은 조용히 오두막으로 돌아갔다. 그리고 사르메닌 사람들을 화장하는 불길이 밤새도록 타올랐다.

"정말 배를 끓는 오줌 솥으로 만들어줄 생각이었어?"

사반은 그날 밤 형에게 물었다. 카마반은 피곤한 듯 대답했다.

"내가 사나스에게 배운 진실이 하나 있다. 마법은 인간의 공포 속에 있다는 것, 공포는 인간의 마음속에 있다는 것, 오직 신만이 실재한다는 것. 어쨌든 나는 이제 내 아버지 대신 족장이 되었고, 사반, 너는 내게 신전을 지어주어야 한다."

드레웨나 사람들은 아침에 고향으로 돌아갔다. 그들의 족장이 카마반은 미쳤다, 자신은 그 광기에 가담하고 싶지 않다고 선언하며 자신의 전사들을 이끌고 초지 너머로 길을 떠난 것이다.

라사린 창병들은 드레웨나 사람들이 반기를 들었으니 카살로를 무찌를 절호의 기회가 사라졌다고 불평하며 랄린이 곧 라사린을 공격할 것이라고 수군거렸다. 카마반은 마법사일지 모르나 전쟁 지도자는 아니다, 카살로에는 카마반의 마법에 견줄 만한 마법사들이 있다. 이런 말도 오갔다. 창병들은 이제 자신들에게 남은 것은 치욕과 패배밖에는 없다고 생각했다.

"당연히 그렇겠지."

카마반은 사반이 못마땅한 여론을 전하자 이렇게 말했다. 카마반이 돌아온 다음 날 아침이었다. 새 족장은 조언을 구하기 위해 부족의 사제와 명망 있는 사람들을 불렀다. 그들은 모두 마이와 아린 신전에 책상다리를 하고 모여 앉았다. 불에 그을린 열한 개의 기둥이 우뚝 솟아 있는 근처 만찬장에서는 아직도 연기가 피어오르고 있었다.

"창병들은 미신을 잘 믿는다."

카마반은 말했다.

"다리 사이에 뇌가 있지. 그러니 바쁘게 일할 거리를 주어야 한다. 렌가에게 아들이 몇 명이나 있지?"

"일곱입니다."

제사장 닐이 대답했다.

"그러면 창병들에게 그 아들들부터 죽이라고 해."

카마반이 명령하자 레위드가 나섰다.

"아직 아이들입니다. 우리는 이 땅을 피로 물들이기 위해 온 게 아닙니다!"

카마반은 미간을 찌푸렸다.

"우리는 슬라올의 뜻을 실현하기 위해 왔고, 렌가의 자식들이 목숨을 건지는 것은 슬라올의 뜻이 아니다. 독사의 굴을 찾았는데, 다 자란 뱀만 죽이고 새끼들은 살려놓겠는가?"

그러곤 어깨를 으쓱하며 말을 이었다.

"나도 내키지 않는 건 마찬가지다, 친구여. 그러나 슬라올이 꿈에서 내게 말했다."

레위드는 하락이 동의해줄 거라 생각하고 그쪽을 보았다. 하지만 하락은 새 족장의 안전을 보장할 수 있다면 렌가의 자식들을 죽이는 게 좋을지도 모른다고 말했다. 레위드는 계속 이의를 제기했다.

"이 일은 신들과는 관계가 없소."

"전적으로 신들과 관계된 일이지."

닐이 반박했다. 렌가의 열렬한 지지자였던 그의 충성심은 하룻밤 사이 카마반에게 옮겨가 있었다.

"간밤에 슬라올이 내게도 말했소. 카마반의 결정이 옳소."

"마음이 놓이는구나."

카마반은 싸늘하게 말한 뒤, 라사린 최정예 전사들을 거느린 군두르에게 명령했다.

"가서 죽여라."

잠시 후, 렌가의 아들들이 끌려 나가는지 그 어머니들의 비명 소리가 들려왔다. 전사들은 아이들을 제방 안 해자로 끌고 가 살해한 뒤 시체를 돼지에게 던져줄 터였다

"이는 슬라올의 뜻입니다."

닐은 열성적으로 카마반에게 말했다.

"하락을 새 제사장으로 삼는 것 또한 슬라올의 뜻이다."

닐은 한 대 얻어맞은 것처럼 꿈틀하더니 뭐라 반박하려고 입을 벌렸지만 말이 나오지 않았다. 카마반을 멍하니 쳐다보다 말고 하락을 돌아보았다. 하락 역시 놀란 얼굴이었다. 하락이 먼저 평정을 찾고 말했다.

"난 오래전에 사제 노릇을 그만둔 사람이오."

"제사장은 납니다!"

닐이 날카로운 목소리로 불평했다. 카마반은 침착하게 말했다.

"넌 아무것도 아니다. 있으나마나한 존재야. 넌 돌 밑의 진창에 지나지 않아. 숲으로 가거라. 안 그러면 똥구덩이에 산 채로 묻어버리겠다."

카마반은 닐을 추방한다는 뜻으로 정착지 남쪽 출입구를 가리켰다.

"가라."

닐은 감히 아무 말도 못하고 순순히 명령을 따랐다. 그가 나가자 카마반은 말했다.

"나약한 자였어. 내 제사장은 강해야 한다."

"난 사제가 아니오. 당신 부족 사람도 아니고."

하락의 말에 카마반이 대답했다.

"당신은 슬라올 부족 사람. 내 제사장은 당신이오."

하락은 깊이 숨을 들이쉰 다음 제방 꼭대기 너머를 바라보며 먼 나라들, 바다 위 절벽들, 거친 숲, 신기한 부족들, 가보지 않은 온 세계의 길들을 생각했다.

"난 사제가 아니오."

하락은 다시 한 번 말했다. 카마반이 물었다.

"원하는 게 뭐요?"

"좋은 일을 하는 사람들이 사는 땅."

하락은 이맛살을 찌푸리며 말을 골랐다.

"신들의 뜻대로 사는 사람들이 사는 땅. 전쟁이 없는 땅. 매정함이 없는 땅."

"말하는 게 꼭 사제 같군."

카마반이 말했다.

하락이 맞받았다.

"인간은 나약하고, 신의 요구는 강력하오."

"그러면 우리를 강하게 만들어주시오! 우리가 약하다면 어찌 신을 이 땅으로 불러올 수 있겠는가? 여기 있어주시오, 하락. 신전 만드는 것을 도와주시오. 우리가 가치 있는 부족이 되도록 도와주시오! 나는 당신을 사제로, 아우레나를 여사제로 삼겠소."

"아우레나?"

사반이 외쳤다. 그러자 생각에 잠긴 카마반의 시선이 사반을 향했다.

"네 새끼나 낳으라고 슬라올이 아우레나의 목숨을 살려주었다고 생각하느냐? 아우레나가 암퇘지 노릇이나 했으면 좋겠느냐? 젖통이 팽팽한 암양이었으면 좋겠느냐? 그러라고 우리가 사르메닌에 천둥을 불러온

줄 아느냐?"

카마반은 고개를 저었다.

"전사들을 바쁘게 하는 것만으로는 안 돼. 이상을 심어주어야 한다. 그러기에 아우레나보다 더 좋은 사람이 어디 있느냐? 그녀는 통찰력을 지녔고, 슬라올의 사랑을 받고 있다."

하락도 동의했다.

"슬라올은 아우레나에게 원하는 것이 있는 게 분명해. 안 그러면 왜 살려주었겠나?"

"슬라올은 당신 아들이 죽던 날 밤, 당신의 목숨은 살려주었소."

카마빈은 힘주어 말했다.

"거기에는 아무 이유가 없다고 생각하시오? 우리 부족의 아버지가 되어주시오. 내 제사장이 되어주시오."

하락은 한동안 말이 없었다. 무뚝뚝한 얼굴에서는 표정을 읽을 수가 없었다. 그는 마침내 마지못해 고개를 끄덕였다.

"슬라올의 뜻이라면."

"슬라올의 뜻이오."

카마반은 자신 있게 말했다. 하락은 한숨을 쉬었다.

"그러면 이곳의 제사장이 되겠소."

"좋아!"

카마반은 미소를 지었다. 그러나 그 미소는 홀쭉한 얼굴의 냉혹한 인상을 조금도 누그러뜨리지 못했다. 머리카락에 바른 재를 거의 다 씻어내고 길게 많은 머리도 틀어 올려 긴 뼈못으로 고정시켰지만, 얼굴에는 지워지지 않는 검은 문신이 그대로 새겨져 있었다.

"하락은 제사장, 아우레나는 여제사장, 군두르는 창병 대장 그리고 사반은 신전을 만든다. 넌 뭘 할 테냐, 레위드?"

레위드는 연기가 오르는 만찬장의 잔해를 돌아보고 나서 엄숙하게 말했다.

"내 부족 사람들을 묻어주고 고향으로 돌아가겠소."

"그러면 이걸 가져가거라."

카마반은 레위드에게 가죽 주머니를 주었다. 주머니를 열어 보니 사르메닌의 금붙이가 들어 있었다."

세 개가 모자란다. 데레윈이 훔쳐갔다는 이야기를 간밤에 들었는데, 어떻게든 찾아내서 돌려주마."

그러곤 몸을 앞으로 내밀어 레위드의 어깨를 두드렸다.

"보물을 가지고 고향으로 돌아가서 사르메닌의 족장이 되거라. 살도 찌고, 부귀도 얻고, 현명해져라. 그리고 우리를 잊지 말아라."

그때 사반이 갑자기 웃음을 터뜨렸다. 카마반이 의아한 표정으로 그를 보았다. 사반은 어깨를 으쓱했다.

"벌써 몇 년째 우리가 했던 모든 일이 저 금 때문이었지. 이제 다 끝났군."

"끝나지 않았어. 이제 시작일 뿐이야. 금이 우리를 현혹시켰고, 그래서 우리는 사르메닌에서 운명을 찾았지만, 운명은 거기에 있지 않았다. 그것은 카살로에 있어."

"카살로?"

사반은 놀라서 물었다.

"돌이 없는데 슬라올에 걸맞는 신전을 어떻게 만들겠느냐? 돌은 어디에 있지? 카살로에 있다."

"카살로에서 돌을 줄 거야. 아니면 물물교환을 하든가."

"그렇지 않아."

카마반은 격하게 말했다.

"올여름 난 데레윈을 만났다. 데레윈이 딸을 낳은 건 알고 있겠지? 그 불쌍한 아기 이름은 메렐이다. 데레윈은 족장의 아이를 낳고 싶어서 랄

린과 동침했고, 그 아이를 자기처럼 마법사로 키우겠다고 했다. 마법
사! 데레윈은 뼈를 비비고, 달팽이 껍질을 향해 주문을 외고, 해란초를
찧어 고약으로 만들고, 요강을 들여다보고, 자기가 신을 좌지우지한다
고 생각해. 어쨌든 난 이번 여름에 그녀를 만나러 갔다. 밤을 틈 타 몰
래. 그녀에게 절을 했다. 나 자신을 낮췄어. 돌을 달라, 그러면 라사린과
카살로에 평화를 가져다주겠다. 난 애원했다. 한데 돌멩이 하나도 안 내
놓더군."

카마반은 굴욕적인 기억이 분한 듯했다.

"사나스는 예전에 늑대가 있는 곳에 가면 늑대의 신에게 기도한다고
말한 적이 있나. 왜? 왜 늑대의 신에게 기도를 드릴까? 늑대의 신이 들
을 것 같아서? 늑대의 본성은 사람을 살리는 것이 아니라 죽이는 것이
다. 내가 데레윈에게 애원한 것은 사나스의 실수와 똑같은 거였어. 난
잘못된 신에게 기도를 드렸던 거야."

"렌가의 머리를 줘. 그러면 카살로의 돌을 전부라도 줄 거야."

사반이 말했다.

"데레윈은 우리에게 아무것도 안 줄 거요."

군두르가 말했다. 그의 손에는 아직 렌가 아들들의 피가 묻어 있었다.
카마반은 전사를 바라보았다.

"내일이라도 카살로를 공격한다면 이길 수 있을까?"

군두르는 망설이다가 라사린에 충성을 맹세한 이방인 전사 바칼을 보
았다. 둘 다 어깨를 으쓱했다.

"아니오."

군두르는 마침내 시인했다.

"전쟁으로 원하는 것을 얻을 수 없다면 평화를 시도해야겠지."

카마반이 말하며 사반을 돌아보았다.

"형의 머리를 데레윈에게 가져가 평화를 제안해라. 우리가 원하는 건

돌뿐이라고 말해."

"늑대의 신에게 빌려고?"

하락이 물었다. 그러자 카마반이 말했다.

"늑대의 신을 위협하는 거요. 우리에게 돌을 주지 않으면 지금껏 구경도 못해본 전쟁을 일으킬 거라고 말해."

이렇게 해서 사반은 형의 머리를 포대에 넣고, 다음 날 아침 북쪽을 향해 길을 떠났다.

평화를 위해 떠났기 때문에 무기를 지니지 않았지만, 마덴 옆을 흐르는 강을 건너서 해골로 표시한 카살로 영토를 향해 산을 오르자니 그래도 불안했다. 동행한 사람도 없는데다 이따금 누군가가 노려보고 있다는 느낌이 들었다. 당장이라도 나뭇잎 사이에서 화살이 날아와 등에 꽂힐 것 같았다.

저녁나절, 사반은 좁은 강을 건너 작은 신전과 신성한 길로 이어지는 언덕을 오르기 시작했다. 강에서 서른 걸음 정도 옮겼을까. 십여 명의 창병이 등 뒤 흩어진 나무 사이에서 나타나더니 사반 양옆에 늘어선 채 말없이 따라왔다. 단순히 숲에서부터 따라온 게 아니라, 그가 올 것을 예상하고 있었던 듯했다. 아무도 왜 왔느냐고 시비를 걸지 않았기 때문이다. 그들은 두 쌍의 돌이 서 있는 성스러운 길을 지나 신전 안 사니스의 옛 오두막 앞까지 사반을 인도했다. 어둠이 짙어가는 황혼녘에 모닥불이 밝게 타오르는 가운데 세 사람이 사반을 기다리고 있었다. 카살로 족장 랄린, 그 옆에는 데레윈, 반대쪽에는 데레윈의 아버지 장님 모르소르가 있었다. 세 사람 뒤에는 몸에 전쟁을 뜻하는 파란 칠을 하고 창을 든 카살로 전사들이 있었다.

랄린이 일어서서 사반을 맞았다.

"소식을 가져오셨군."

억양 없는 말투였다. 모르소르도 일어섰다. 피부에는 흰 칠을 했고, 빈 눈구멍 가장자리에는 붉은 황토로 칠을 했다.

"사반인가?"

"그렇습니다."

모르소르는 미소를 지었다.

"잘 지내느냐?"

"형의 그림자 안에서 벌레처럼 지내고 있겠죠."

데레윈은 앉은 채 말했다. 몸은 예전보다 한층 더 말랐고, 광대뼈 위의 팽팽하고 창백한 피부 때문에 검은 눈이 더욱 커 보였다. 머리는 뒷덜미에서 하나로 묶었다. 그러나 죽은 아이의 뼈로 만든 목걸이는 걸고 있지 않았다. 다른 아이를 낳았기 때문인지도 몰랐다. 데레윈의 팔에 안겨 있는 아이는 랄릭 또래의 검은 머리 소녀였다. 데레윈이 말을 이었다.

"사반은 렌가가 죽었다는 소식을 전하러 왔어요, 아버지. 카마반이 족장이 되었다, 순순히 우리 산에서 돌을 가져가게 해주지 않으면 전쟁을 일으키겠다는 소식을 전하러."

"사실인가?"

랄린이 물었다. 데레윈은 그를 향해 소리쳤다.

"물론 사실이지! 렌가가 죽었다는 건 여기서도 느낄 수 있어!"

데레윈은 자신의 배를 두드렸다. 메렐이 소리 내어 울기 시작했다. 데레윈은 놀랄 정도로 부드럽게 딸의 이마를 쓸어주며 달랬다.

"난 껍질이 깨지는 순간 그의 죽음을 느꼈어. 렌가의 머리를 가져왔어요, 사반?"

사반은 포대를 내밀었다.

"여기."

"제가의 머리와 잘 어울리겠군."

데레윈은 사반에게 포대를 내려놓으라고 손짓했다. 사반은 렌가의 피 묻은 머리를 풀 위에 내려놓고 데레윈의 오두막을 돌아보았다. 제가의 머리는 문간 장대에 매달려 있었다.

랄린과 모르소르가 자리에 앉았다. 사반도 따라 앉았다. 랄린이 물었다.

"여기는 왜 왔나, 사반?"

"데레윈의 말이 맞습니다. 이제 카마반이 라사린의 족장이 됐습니다. 하지만 그는 카살로와의 전쟁을 원치 않습니다. 그는 평화를 원하며, 이곳에서 돌을 가져가고 싶어 합니다. 내가 전할 말은 이뿐입니다."

"렌가가 정말 죽었느냐?"

눈 먼 모르소르가 물었다.

"그렇습니다."

"라하나가 하신 일이야!"

모르소르는 빈 눈구멍을 하늘로 향하며 덧붙였다.

"울 수만 있다면 기쁨의 눈물을 흘리련만!"

데레윈은 아버지의 기쁨을 무시했다.

"돌은 왜 원하죠?"

"신전을 지으려고 해. 평화를 가져다줄 위대한 신전. 우리가 원하는 건 그뿐이야. 평화."

"위대한 신전은 여기도 있어. 당신들도 여기 와서 숭배하면 되지 않나."

랄린이 말했다. 사반은 대답했다.

"당신들의 신전은 이 땅에 평화를 가져다주지 못했습니다."

"당신들의 신전은 평화를 줄 수 있고?"

데레윈이 심술궂게 물었다.

"우리의 신전은 평화와 행복을 가져다줄 거야."

"평화와 행복!"

데레윈은 웃었다.

"어린아이 같군요, 사반! 카마반이 이미 왔다 갔어요. 여름에 내 앞을 기면서 돌을 달라고 빌더군요. 그때 했던 대답을 다시 드리죠. 사나스의 영혼을 조상들에게 되돌려주면 돌을 가져가도 좋아요, 라사린의 사반."

"사나스의 영혼?"

사반은 물었다. 데레윈은 격하게 되물었다.

"사나스의 마지막 숨결을 훔쳐간 게 누구죠? 카마반이에요! 카마반이 그 뱃속에 숨결을 가지고 있는 한 사나스는 평화를 찾을 수 없어요. 그러니 카마반의 머리를 가져와요, 사반. 그러면 돌과 교환해줄게요."

사반은 친절한 답변을 기대하며 랄린을 보았다.

"우리는 카살로에 대해 불만이 없습니다."

"불만이 없다고!"

데레윈은 외쳤다. 아이가 다시 놀랐다.

"라사린은 내륙에 이방인을 데려왔고, 게다가 이방인의 신전까지 가져왔어요. 이제 신부를 불 속에 뛰어들게 할 건가요? 무엇 때문에? 슬라올을 위해서? 우리를 버린 슬라올, 이방인의 해충을 이 땅에 가져온 슬라올, 우리에게 겨울을 준 슬라올, 라하나와 갈라나가 보호하지 않으면 우리를 파멸시켜버릴 슬라올. 불만이 없다고? 내가 불만이 있어요."

데레윈은 우는 딸을 노예의 팔에 넘겨주더니 망토를 벗어 세 개의 금붙이를 보여주었다. 큰 금 하나, 작은 금 두 개가 작은 젖가슴 사이에 붙어 있었다.

"이게 타올라요!"

데레윈은 큰 금 조각을 두드렸다.

"밤낮으로 날 태우면서 슬라올의 사악함을 일깨워주죠."

그녀는 울부짖으며 양옆으로 몸을 흔들었다.

"그러나 라하나는 우리에게 승리를 약속했어요. 당신들을 파멸시키겠다고 약속했어요. 우리는 당신들의 슬라올을 가두고, 당신들의 시체를 태워 슬라올의 콧구멍을 독한 연기로 채우겠어요."

데레윈은 망토를 바닥에 집어던지며 일어서서 사나스가 한때 휘둘렀던 인간의 허벅지 뼈를 쳐들었다.

"돌은 줄 수 없어요. 평화도 줄 수 없어요."

사반은 마지막으로 진지하게 말했다.

"난 우리 아이들이 평화의 땅에서 자라게 하고 싶어."

"나도 같은 것을 원하오."

랄린이 노예의 팔에 안긴 메렐을 보며 대답했다.

"그러나 카마반이 사나스의 영혼을 갖고 있는 한 평화는 있을 수 없소."

모르소르가 말했다.

"우리 조상들은 불행하다. 사나스가 곁에 오기를 원하고 있어. 카마반을 우리에게 넘겨다오, 사반. 그러면 돌을 주마."

"아니면, 카마반에게 전쟁을 일으켜보라고 하든지요."

데레윈은 냉소했다.

"그가 전사라고 생각해요? 우리 창에 맞서보라고 하시지! 똑똑히 전해요, 사반. 덤비기만 했다가는 그의 살을 뼈에서 한 조각 한 조각 바르고, 사흘 밤낮 비명을 지르게 한 뒤 그의 영혼과 사나스의 영혼을 내가 갖겠다고."

데레윈은 불 속에 침을 뱉고 망토를 집어 벌거벗은 몸을 가렸다. 그리고 차갑게 말했다.

"렌가의 머리는 고마워요. 하지만 보답으로 줄 게 없군요."

데레윈은 딸을 다시 안아들고 오두막을 나갔다.

사반은 랄린에게 말했다.

"여기서는 여자 말이 법입니까?"

"라하나의 말이 법이오."

랄린은 무뚝뚝하게 대답하고 일어서서 모르소르를 일으켰다.

"이제 가시오."

"내가 떠나면 전쟁이 일어날 겁니다."

"당신이 떠나든 여기 있든 전쟁은 일어날 거요. 당신 아버지가 죽은 뒤부터 라사린과는 오로지 전쟁뿐이었소. 그렇게 빨리 평화가 이루어질 거라고 보시오?"

랄린은 고개를 저었다.

"가시오. 그냥 가시오."

사반은 떠났다.

전쟁은 계속되어야 했다.

카마반은 사반의 임무가 실패했다는 것을 듣고 놀라지도, 실망하지도 않았다.

"그들은 전쟁을 원해."

카마반은 하늘 신전에서 사르메닌의 이중 원형 신전을 굽어보며 생각에 잠겨 있었다.

"렌가가 죽었으니 창으로 다루기에 만만한 먹잇감이라고 생각하는 게지. 내가 전투를 지휘할 수 없을 거라고 생각하는 거야."

"실제로 그렇게 말했어."

사반은 사실대로 털어놓았다. 카마반은 행복하게 말했다.

"좋아! 적이 날 과소평가할수록 좋지. 상대에게 굴욕을 주는 게 훨씬 쉬워지거든."

카마반은 자신을 수행하고 있는 라사린 전사단 대장 군두르와 바칼에게 들리도록 목소리를 높였다.

"흔히 전쟁은 힘을 쓰는 거라고 생각하지만, 아니야, 전쟁은 생각을 쓰는 거지. 지능의 대결이야. 내일 당장 늪을 지나고 언덕을 넘어 곧장 카살로로 진격해야 해."

군두르가 보일락 말락 미소를 지으며 부드럽게 말했다.

"전에도 그런 시도를 했습니다만 실패했습니다."

"모든 걸 시도했지만 다 실패했겠지."

"카살로는 창병으로 가득 차 있다고 들었습니다."

바칼이 끼어들었다.

"그들은 우리와 드레웨나 군대가 공격할 거라 예상하고 동맹군을 모으고 있습니다."

"하지만 드레웨나가 우리를 버렸다는 것도 알고 있을 테지. 감히 우리가 공격할 거라고 생각하지 않을 거야. 이보다 더 좋은 기회가 어디 있나?"

"아마 우리를 선제공격할 계획을 짜고 있을 겁니다."

군두르가 음울하게 말했다. 카마반은 버럭 고함을 질렀다.

"너희들은 언제나 어려운 점만 생각하지! 질까봐 걱정만 하고 있으면 어떻게 전쟁에서 이기겠나? 너희들이 여자인가?"

그러곤 절뚝거리며 전사들 쪽으로 다가가 말했다.

"내일 아침 출발해서 모레 새벽에 공격하면 이길 수 있다. 슬라올이 약속했다. 알아듣겠나? 슬라올이 약속했다!"

군두르는 고개를 숙였지만 카마반의 결정이 마음에 들지 않는 듯했다.

"내일 진격하겠습니다."

군두르는 마지못해 동의했다. 그리고 바칼의 팔꿈치를 잡아끌고 창병들에게 소식을 전하러 정착지 쪽으로 향했다.

카마반은 두 전사가 멀어지는 것을 바라보며 웃었다.

"이번에 이기지 못하면 저 둘은 내 머리를 자르려들 거야."

"이기기는 힘들 거야."

사반은 조심스럽게 말했다.

"카살로는 우리 쪽 일을 훤히 알고 있는 것 같았어. 첩자가 있는 게 분명해. 내일 공격한다는 것도 미리 알고 있을 거야."

"다른 선택의 여지가 있나? 돌도 구해야 하지만, 군두르와 바칼에게

개처럼 죽지 않으려면 난 지금 싸워야 해. 내가 이곳 족장이 되려면 렌가보다 더 위대한 전쟁 지도자라는 것을 보여주어야 한다. 렌가보다 영리하기는 쉽지만, 남자는 영리한 사람을 숭배하지 않아. 힘센 사람을 숭배하지. 카살로를 무찌르면 렌가가 해내지 못한 것을 해내는 셈. 문제는 평화를 얻었을 때, 이 모든 창병을 어떻게 처리하느냐는 거야. 전사들은 평화를 좋아하지 않거든."

"평화를 이룰 수 있다고 생각해?"

"난 슬라올이 승리를 내려줄 거라고 믿어, 동생아. 넌 신전을 지어줄 것이고. 네가 가장 먼저 해야 할 일은 이 돌들을 빼내버리는 거야."

카마반은 라사린 땅에 깊이 박혀 있는, 바다를 건너온 돌들을 가리켰다.

"사르메닉에서는 정말 찬란해 보였지."

그러곤 미간을 찌푸리며 말을 이었다.

"기억하느냐? 너도 슬라올의 존재를 느꼈을 거야. 그곳에 평화롭게 머물러 있는 것을. 언제나 거기에! 돌 속에 갇혀서. 한데 여기서는 아니야. 죽어 있어. 여기서는 그래. 돌들이 죽어 있어!"

카마반은 돌 하나를 밀어서 넘어뜨리려 했지만 땅에 너무 깊숙이 박혀 있었다.

"모두 다 빼내야 해. 모두 다! 몇 사람이나 필요할까?"

"서른? 마흔?"

"더 필요할 거야."

카마반은 자신 있게 말했다.

"카살로에서 새 돌을 끌어오는 데도 인력과 황소가 필요할 테고."

카마반은 문득 입을 다물고 짓다 만 원형 신전을 바라보았다.

"전쟁을 할 필요가 없다면 얼마나 좋을까."

이윽고 이렇게 말하더니 동생을 돌아보았다.

"부족 간의 전쟁을 본 적 있어?"

"아니."

"곧 보게 될 거야. 전쟁이 시작되기 전에는 모든 사람이 영웅이지만, 화살이 날아다니기 시작하면 그중 절반은 갑자기 발목을 삐거나 복통이 생기지."

카마반이 미소를 지으며 덧붙였다.

"넌 영웅이 될 거야, 사반."

"건축가가 되라면서?"

"전사가 먼저고, 건축가는 나중이야. 난 너 없이는 전장에 나가지 않을 거다, 동생아."

전사들이 전쟁 준비를 하는 광경은 오랜만이었다. 다음 날 새벽, 전사들은 벌거벗은 몸에 물과 대청을 섞어 바른 다음, 창날과 화살촉에도 똥과 약초즙을 섞은 끈적끈적한 반죽을 묻혔다. 해가 떠오르자 창병들은 마이와 아린의 신전을 둘러싸고 춤을 추며, 카살로와의 마지막 전투에서 붙잡은 포로를 끌어와 살해했다. 이런 예식은 전투 전에 포로를 살해하는 카살로의 관습에서 시작되었다는 군두르의 말에 카마반은 호기심을 보였다. 하락이 살해 의식을 반대했지만, 군두르는 제물을 바치는 게 아니라고 그를 설득했다. 하는 수 없이 제사장은 해골 장대를 높이 들었고, 벌거벗은 몸에 파란 칠을 한 군두르는 머리카락을 휘날리며 청동검으로 포로의 몸을 사타구니부터 가슴뼈까지 천천히 갈랐다. 라사린의 창병들은 오른손을 포로의 피로 적셨다. 포로가 죽어가며 한참 동안 지르는 비명은 부족이 전투에 나간다는 것을 신들께 고하는 전갈이었다.

사반은 손을 피로 적시지도 않았고, 염소 가죽 북소리의 빠른 박자에 맞춰 신전 기둥 주위를 돌며 춤을 추지도 않았다. 그는 포로가 죽어가는 모습을 무표정한 얼굴로 바라보는 아우레나 옆에 앉아 있었다.

"당신은 전쟁에서 이길 거예요. 난 꿈에서 승리를 봤어요."

"당신은 요즘 꿈을 많이 꾸는군."

사반은 뻐딱하게 말했다. 아우레나가 대답했다.

"슬라올이 원하는 곳에 왔으니까요."

"레위드와 함께 집에 돌아갔으면 얼마나 좋았을까."

사반은 레위드를 도와 불에 타 쪼그라든 케레발과 부족민들의 시체를 만찬장의 잿더미에서 끌어냈다. 그 시체들을 슬라올의 옛 신전 위쪽 높은 산비탈에 묻은 후, 레위드는 금을 가지고 사르메닌으로 돌아갔다.

"이제 내 집은 여기예요."

아우레나는 말했다. 그녀는 전사들이 차례로 창자를 끄집어낸 시체 옆에 쪼그리고 앉는 모습을 지켜보며 행복하게 말했다.

"이 모든 건 운명이 있어요. 사르메닌에서 처음 이곳에 도착했을 때, 우리는 슬라올의 뜻이 무엇인지 몰랐어요. 그냥 돌을 나르는 건 줄 알았죠! 한데 슬라올은 그의 영광을 이루기 위해 우리를 여기로 부른 거예요."

"그럼, 지난 몇 년은 모두 헛수고였나?"

사반은 씁쓸하게 물었다. 사르메닌에서 돌을 나르느라 인생의 가장 좋은 시절을 다 보냈는데, 일을 마치자마자 거부당한 것이다. 아우레나는 고개를 저으며 침착하게 말했다.

"헛수고는 아니었어요. 그것 모두 우리가 슬라올을 위해 위대한 일을 할 수 있다는 것을 증명하기 위해 슬라올께 바친 세월이에요. 이제는 더 많은 일을 해야 해요. 스카셀의 신전은 바다 신전과 마찬가지로 살육의 공간이었지만, 우리의 새 신전은 생명의 신전이 되어야 해요."

사반은 몸을 떨었다.

"데레윈은 우리 신전에서 피비린내가 날 거라고 예언했어. 태양의 신부가 여기서 죽을 거라고. 당신이 여기서 죽는다고 예언했어."

아우레나는 부드럽게 웃었다.

"사반! 사반! 데레윈은 적이에요. 우리가 하는 일을 좋게 말할 리가 없죠. 피는 없을 거예요. 하락은 희생 제의를 싫어해요. 혐오한다구요!"

그러곤 사반의 팔을 잡았다.

"우릴 믿어요. 슬라올은 우리 안에 있어요! 난 슬라올의 존재를 뱃속에 든 아기처럼 느낄 수 있어요."

하락은 전쟁 부대와 동행하게 되었다. 비록 제사장이 마땅히 해야 할 일이었지만, 사반은 그의 열성에 놀랐다. 완고한 사제는 이렇게 말했다. "난 사람 죽이는 걸 좋아하지 않지만, 전쟁은 달라. 네가 저들에게 평화를 제안하지 않았다면 모르지만, 기회를 주었는데도 거절했으니 이제 슬라올의 의무를 이행해야지."

하락은 부족을 상징하는 해골 장대를 들고 전사들이 모여 있는 아린과 마이 신전으로 향했다. 카마반은 가슴에 청동판을 붙인 렌가의 낡은 튜닉을 입고, 옆구리에는 렌가의 청동검을 차고 있었다. 시체의 피를 문신한 얼굴에 바르고 검은 머리까지 풀어헤치니 마치 악몽 속에서나 나올 법한 존재 같았다. 카마반은 하락에게 해골 장대를 내리라고 손짓한 후, 피 묻은 손을 누런 두개골 위에 얹고 외쳤다.

"나는 조상들의 영혼 앞에서 카살로를 무찌르겠다고 맹세한다!"

이백여 명의 전사들은 엄숙한 맹세를 지켜보았다. 대부분 렌가의 전쟁터에서 잔뼈가 굵은 자들이었고, 막 성인식을 통과했지만 아직 사람을 죽여본 적이 없어 살해 문신을 새기지 않은 젊은이도 몇 명 있었다. 가장 난폭한 창병은 카마반과 함께 숲에서 돌아온 추방자들이었다.

"이제 진격해서 내일 새벽 카살로에 도착하면 곧바로 공격한다. 슬라올이 내게 말했다. 그는 언제나 내게 말을 한다. 내가 어렸을 때도 슬라올은 내게 왔지만 지금은 그때보다 명료하게 말한다. 우리가 위대한 승리를 거둘 것이라고! 우리가 카살로를 정복할 것이라고! 수많은 창병을 죽이고, 수많은 포로를 잡아들일 것이라고. 이제 카살로의 위협에 영원히 종지부를 찍고, 우리 아이들이 평화로운 땅에서 살게 하자!"

전사들은 환호했다. 부족의 여자들도 환성을 질렀다. 북소리가 울려 퍼지기 시작했다. 부대는 카마반을 따라 북쪽 숲으로 향했다. 그들은 오후 내내 행진해 거의 어두워질 무렵 마덴 인근 습지대에 도착했다. 높이 뜬 하얀 달이 습지에 난 길을 환히 비추고 있었다. 달빛에 비친 강물이 번들거렸다. 카살로가 라사린 창병에게 겁을 주기 위해 숲 가장자리에 세워놓은 장대 위의 흰 해골도 으스스 빛났다. 카마반은 그 장대에서 해골 하나를 뽑아 땅에 던지고 숲으로 들어갔다. 창병 부대가 그 뒤를 따랐다. 숲에 익숙한 추방자 출신 전사들이 척후대로 앞장을 섰지만 적은 보이지 않았다.

나뭇잎이 라하나의 빛을 가려서 전진 속도는 느렸다. 가장 높은 고지에 도착한 부대는 싸늘한 밤 1내내 기다렸다. 군두르와 바칼은 초조했다. 라사린 전사들이 이렇게 아무 저항 없이 습지를 건넌 것은 처음이었기 때문이다. 이제 적의 영토 깊숙이 들어왔으니 복병이 있을 법도 한데 어둠 속에서는 화살도, 창도 날아오지 않았다. 예전에는 열심히 전투를 벌여 이 숲까지 들어오면 늘 궁사들이 숨어 있다 공격을 하곤 했다. 하지만 지금은 마치 라사린의 공격을 전혀 예상하지 못한 듯 숲이 텅 비어 있었다. 새벽이 다가오자 숲에 안개가 끼기 시작했다. 부대가 다시 진격하려는 순간, 여우 새끼들이 공터를 가로질렀다. 라사린 전사들은 이를 좋은 징조로 받아들였다. 카살로 전사들이 숨어 있다면 짐승들이 굴에서 나오지 않았을 것이다. 쉽게 승리할 수 있겠다는 자신감으로 한층 사기가 오를 무렵, 갑자기 끔찍한 포효 소리가 들려왔다. 전사들은 몸을 웅크렸다. 문신을 새긴 카마반의 얼굴에도 순간 공포가 떠올랐다. 뭔가를 밟고 지나가는 소리였다. 사슴처럼 빠르지도, 인간처럼 조심스럽지도 않은, 거대하고 육중한 소리였다. 안개 속에서 들리는 이 소리에 부대 전체는 전율했다.

무시무시한 소리는 점점 가까이 다가왔다. 사반은 시위에 화살을 메겼지만 기껏해야 돌화살촉으로 카살로의 마법에 타격을 입힐 수 있을 것 같지는 않았다. 그때 거대한 머리 위에 앞으로 굽은 뿔이 달린 괴물이 나타났다. 사반은 활시위를 잡아당겼지만 화살을 쏘지는 않았다. 그것은 마법이나 괴물이 아니라 사반이 여태껏 본 들소보다 두 배 정도 큰 야생 들소였다. 거대한 근육, 검은 가죽, 날카로운 뿔, 구슬 같은 눈. 들소는 인간들을 보고 멈춰 서서 똥이 말라붙은 꼬리를 휘두르더니 거대한 발굽으로 땅을 차고 다시 으르렁거렸다. 입을 벌리자 동굴 같은 입에서 침이 줄줄 흘렀다. 안개 속에서 작은 눈이 붉게 번득였다. 순간, 들소는 부대를 향해 돌진할 듯하더니 돌아서서 쿵쿵 소리를 내며 북쪽으로 향했다.

"징조다. 따라가라!"

카마반이 외쳤다.

사반은 카마반이 이렇게 흥분한 모습을 처음 보았다. 냉소 어린 자신감 대신 초조함에서 비롯된 어린아이 같은 열정이 감돌고 있었다. 목소리는 높고 거칠었다. 렌가였다면 이런 상황에서 오히려 조용해졌을 것이다. 그러나 전사들은 카마반을 기꺼이 따랐다. 전사의 복장을 하고 있을지라도, 창보다는 마법으로 카살로를 물리칠 수 있는 마법사라고 믿었기 때문이다. 숲 속에 적이 없는 것도 카마반의 마법이 통했기 때문이라고 믿었다.

숲 가장자리에 도착한 직후 날이 밝았다. 희고 축축한 안개가 온 세상을 감싸고 있었다. 밤까지만 해도 그렇게 자신만만하던 전사들은 초조한 기분에 휩싸였다. 카살로 영토에 이렇게 깊숙이 침입한 것은 처음이었으니 사기가 충천해야 마땅했지만 안개 때문에 두려움이 일었다. 숲을 빠져나오자마자 마치 하얀 허공 속을 걷는 기분이 들었던 것이다. 이따금 안개 속에서 창백한 원반 모양의 해가 모습을 드러냈다. 하지만 해는 곧 사라지고 축축한 안개가 다시 몰려왔다. 시야가 닿지 않는 안개 너머로 언뜻 그림자가 스치는 것을 보고 활을 쏘는 전사도 있었지만, 저쪽에서는 화살도 날아오지 않고 화살에 맞은 적의 비명도 들려오지 않았다.

"돌아가야 합니다."

군두르가 말했다.

"돌아가다니?"

카마반은 물었다. 얼굴에 바른 피가 말라 쩍쩍 갈라지고 있었다.

군두르는 더 이상 전진하기 힘들다는 뜻으로 안개를 가리켰다. 그때 부대 왼쪽에서 걷던 한 전사가 오래된 무덤 하나를 발견했다. 둥근 언덕 모양이 아니라 긴 산맥 형태로 쌓은 무덤이었다. 카마반은 그쪽으로 다가가서 거대한 돌을 초승달 형태로 둘러놓은 무덤 앞 공터에 창병을 집합시켰다.

"나는 여기가 어디인지 알고 있다. 카살로는 저쪽이다."

카마반은 안개 저쪽을 가리켰다.

"여기서 멀지 않다."

"이런 안개 속에서는 너무 멉니다."

군두르가 말했다. 창병들도 투덜거리며 동의했다. 카마반은 말했다.

"그러면 안개가 조금 걷힐 때까지 기다리면서 그동안 적에게 타격을 입히자."

카마반은 전사 십여 명에게 무덤 앞에 있는 작은 돌 두 개를 옮기라고 지시했다. 돌을 옮기자 더 많은 돌이 세워져 있는 캄캄한 동굴이 나타났다. 동굴 안으로 기어 들어간 카마반은 죽은 자들에게서 영혼을 지키는 주문을 왼 다음 뼈와 해골을 밖으로 내던지기 시작했다. 이들은 카살로의 조상, 전투에서 후손들을 지켜주는 영혼이었다. 카마반은 뼈를 무덤 앞에 쌓으라고 지시했다. 뼈를 한 곳에 쌓은 전사들은 차례로 무덤 위로 올라가 오줌을 누었다. 부대의 사기는 다시 올랐다. 전사들은 전날 밤처럼 다시 웃으며 떠들기 시작했다.

사반은 마지막으로 무덤 위에 올라갔다. 하지만 방광이 텅 비어 있어 오줌이 나오지 않았다. 전사들이 조롱을 할까 두려워하며 문득 북쪽을 보니, 저 멀리 안개 속에서 누군가가 모습을 드러냈다. 순간, 안개 위를 걷는 영혼인가 싶어 더럭 겁이 났다. 그러다 사반은 그 형체가 방금 성스러운 무덤으로 올라온 사람이라는 사실을 그리고 그가 남쪽을 바라보고 있다는 사실을 깨달았다. 그는 사반 쪽을 바라보았고, 사반도 그쪽을 바라보았다. 데레윈인가? 순간, 그녀가 이제 적이라는 생각에 가슴이 아팠다. 오른쪽 저 멀리 언덕 위에 있는 거대한 돌들이 안개 속에서 모습을 드러냈다. 하지만 사람이라곤 오로지 적막한 계곡을 사이에 두고 서로를 응시하는 데레윈과 사반뿐이었다.

"뭐지?"

카마반이 아래쪽에서 말했다.

"올라와봐."

사반은 말했다. 카마반은 길쭉한 이랑 모양의 무덤 옆을 돌아 가파른 경사를 기어 올라왔다. 멀리 서 있는 형체가 망토를 떨어뜨린 채 팔을 들어 올렸다가 내리기를 반복했다.

"저주야."

카마반은 이렇게 말하더니 그쪽을 향해 침을 뱉었다. 사반은 물었다.

"데레윈인가?"

"달리 누구겠어?"

데레윈이 라하나의 언덕 위에 서서 카살로의 적에게 타격을 입히기 위해 여신을 부르고 있었다. 사반은 사타구니를 만졌다.

"그럼, 우리가 오는 걸 알고 있었군?"

"저들이 안개를 부른 거야. 길을 잃게 하려고. 하지만 우린 길을 잃지 않았어. 여기서부터는 내가 길을 알고 있거든."

카마반은 저 멀리 있는 형체를 향해 주먹을 들어 올린 뒤, 사반을 끌고 무덤에서 내려왔다.

"북쪽 길을 따라갈 거야. 숲을 통과하고 강을 건너면 성스러운 길이 나와."

성스러운 길이 카살로의 신전으로 그들을 이끌 터였다.

뼈에 오줌을 싼 뒤 사기를 회복한 전사들은 카마반을 따라 힘차게 북쪽으로 향했다. 카마반은 수많은 사람의 발길에 다져진 길을 따라 빠르게 걸음을 옮겼다. 길은 울창한 참나무 숲을 뚫고 완만하게 아래로 이어졌다. 창병들이 나무 사이를 누비고 있는데, 문득 한줄기 바람이 나뭇잎 사이로 불어왔다. 바람이 안개를 흐트러뜨리자 대열 선두에 있던 전사들의 눈에 작은 계곡 너머로 성스러운 길이 보였다. 그곳에 회색 암석들을 따라 전열을 가다듬은 카살로 군대가 있었다.

카살로 족장 랄린이 만반의 준비를 갖춘 채 그들을 기다리고 있었던 것이다. 카살로 전사 모두를 포함해 렌가의 침략 때문에 라사린을 미워하게 된 부족의 창병들도 있었다. 성스러운 길을 가득 채운 적의 군대는 카마반의 군대가 숲에서 나오는 것을 보고 우렁찬 함성을 질렀다. 그때 안개가 다시 짙어지면서 양쪽 군대는 서로의 시야에서 사라졌다.

"저들의 숫자가 많습니다."

군두르가 초조하게 말했다. 카마반이 대답했다.

"저들 역시 우리와 마찬가지로 초조할 것이다. 그러나 우리에게는 슬라올이 있다."

"우리를 여기서 제압하려고 일부러 끌어들인 겁니다. 우리 쪽 생존자들을 산으로 따라와 하나씩 죽일 것입니다."

"저들이 원하는 것은 전쟁에 종지부를 찍을 전투야."

카마반이 말했다.

"그렇습니다. 저들이 이길 겁니다. 퇴각해야 합니다!"

군두르가 강력하게 말하자 바칼도 고개를 끄덕였다. 카마반이 말했다.

"슬라올은 우리가 후퇴하는 것을 원치 않는다."

카마반의 눈이 흥분으로 번쩍였다.

"우리의 모든 적이 한데 모였으니, 슬라올은 저들을 격파하기를 원하신다."

"숫자가 너무 많습니다."

군두르가 주장했다.

"아무리 많은 적도 우리는 죽일 수 있다."

카마반은 대답했다. 슬라올의 영혼이 그의 몸 안에 깃들어 있었다. 그는 승리를 확신했다. 카마반은 군두르의 조언에 고개를 젓고 칼을 뽑아 들었다.

"우린 싸울 것이다."

카마반은 외쳤다. 신이 그를 힘으로 가득 채운 듯 온몸을 부르르 떨었다.

"우리는 슬라올을 위해 싸울 것이다. 우리는 이길 것이다!"

16

전쟁의 상처

가서 죽어라! 저들의 목숨은 너희 것이다!

돌풍에 휩쓸린 안개는 차츰 강해지는 슬라올의 힘에 밀려 서서히 흩어졌다. 두 군대가 대치한 계곡에서 가장 요란한 소리는 강 위를 나는 백조 두 마리의 날갯짓이었다. 들소는 오래전에 서쪽 깊은 숲 속으로 사라졌지만, 사반은 그 들소가 나타난 것이 좋은 징조라고 믿고 싶었다. 양쪽 군대의 창병들은 모두 백조를 바라보며 각자 자기편으로 날아오기를 바랐다. 하지만 백조는 유유히 양쪽 진영 사이를 날아 동쪽 안개 속으로 사라졌다. 카마반이 외쳤다.

"떠오르는 태양 쪽으로 갔다! 슬라올이 우리 편이라는 뜻이다!"

마치 자기 자신에게 말하는 것 같았다. 라사린 쪽에서는 아무도 그의 외침에 반응하지 않았다. 전사들은 카살로 군대가 창과 도끼, 활, 곤봉, 철퇴, 갈퀴, 칼로 무장하고 철옹성처럼 늘어서 있는 얕은 계곡 맞은편만 쳐다보고 있었다. 전선은 산 위의 작은 신전 근처에서 시작되어 두 쌍의 돌이 세워져 있는 길을 따라 서쪽의 성스러운 무덤까지 이어졌다. 전선 뒤쪽 낮은 언덕에는 남자들이 라사린을 물리치는 광경을 구경하러 온 카살로의 여인과 아이들이 모여 있었다.

"사백 명?"

메레스가 상대의 숫자를 센 뒤 사반에게 나지막이 말했다. 사반은 대답했다.

"모두 어른은 아니야. 소년티를 못 벗은 아이들도 있어."

"소년이라도 화살로 사람을 죽일 수는 있지."

메레스는 중얼거렸다. 갈레스의 키와 넓은 가슴을 물려받은 그는 아버지의 소중한 청동 도끼로 무장하고 있었다. 강인한 인상을 풍겼지만, 속으로는 사반과 마찬가지로 초조해했다. 양쪽 군대 모두 초조했다. 그러나 이 순간만을 꿈꿔온 단련된 전사들도 있었다. 그 무용담이 노래로 불리는 전사들, 기나긴 겨울밤 그 활약상이 전설처럼 전해지는 전사들. 그들은 학살의 영웅이었다. 지금 카마반의 군대 앞에서 위풍당당하게 걸으며 계곡 건너편을 향해 모욕적인 욕설을 외치는 이방인 바칼과 같은 싸움꾼이었다. 그는 적을 벌레 똥이라 불렀고, 밤에 오줌이나 싸는 어린애들이라 불렀고, 그들의 어머니를 종기 난 염소라 불렀고, 아무나 둘이 한꺼번에 나와 강둑에서 싸워보자고 조롱했다. 카살로 부대 쪽에서도 비슷한 조롱과 욕설이 들려왔다. 깃털과 여우 꼬리 장식을 달고 피부에 살해 표식을 잔뜩 새긴 카살로의 지휘관들은 청동 갑옷 차림으로 으스대고 있었다. 사반도 한때 저런 전사가 되고 싶다는 꿈을 꾼 적이 있었다. 하지만 그는 파괴하는 자 대신 건설하는 자가 되었고, 적을 보면 공포는 아닐지라도 경계심을 느끼는 사람이 되었다.

"흩어져라!"

군두르가 라사린 전사들에게 외쳤다. 그는 카살로와 그 연합군의 수가 너무나 많아 아침까지만 해도 싸움을 꺼렸지만, 카마반이 따로 불러 무어라 말한 뒤로 기적적으로 자신감이 되살아난 모양이었다. 군두르는 전사들을 한 줄로 세웠다.

"흩어져라! 한 줄로 서! 어린아이처럼 모여 있지 말고! 흩어져!"

부대는 마지못해 참나무 숲 가장자리를 따라 한 줄로 늘어섰다. 적의 전선과 마찬가지로 완전히 이어지지는 않았다. 전사들은 서로 친척이나 친구들 가까이 섰고, 군데군데 모여선 사람들 사이엔 넓은 틈이 있었다. 양쪽 사제들이 맨 앞에 나서서 뼈를 흔들며 적을 향해 저주의 말을 외쳤다. 하락은 점점 엷어지는 안개 속에서 일어나는 일을 조상들이 잘 볼 수 있도록 라사린의 해골 장대를 높이 쳐들고 있었다. 카살로의 장님 제사장 모르소르도 비슷한 장대를 들고 있었다. 장대를 너무 위협적으로 흔드는 바람에 카살로의 해골이 땅에 떨어지는 모습을 보고 라사린 전사들은 환호성을 올렸다. 해골이 떨어졌으니 적에게 액운이 닥칠 거라고 여겼던 것이다. 데레윈은 성스러운 무덤 위에서 대여섯 명의 창병을 거느린 채 카마반을 향해 계속 저주를 내뱉고 있었다.

"나는 저 여자 마법사가 죽기를 원한다."

카마반은 전사들을 향해 소리쳤다.

"저년의 머리를 가져오는 자에게 금을 선물로 주마! 죽이는 자에게 저년의 해골을 금으로 가득 채워 주겠다!"

"우리가 이길 거라고 생각해?"

메레스가 심술궂게 물었다.

"슬라올이 우리와 함께 있어."

사반은 말했다. 해는 엷은 안개를 뚫고 계곡을 녹색 빛으로 물들이며, 양쪽 군대 사이로 흐르는 강물에 눈부시게 반사되고 있었다.

"슬라올이 우리 곁에 없으면 곤란하지."

메레스는 중얼거렸다. 적의 숫자는 라사린의 두 배였다.

"나는 저들의 족장이 죽기를 원한다!"

카마반은 부하들에게 계속 외쳤다.

"족장과 그 자식들! 자식들을 찾아 죽여라! 아내가 임신했다면, 그 아내도 죽여라! 마법사의 새끼도 죽여라! 마법사도, 그 자식도, 모두 다 죽여라!"

랄린도 저쪽 전선을 따라 걸으며 역시 자신의 창병들에게 비슷한 살육을 주문하고 있는 듯했다. 양쪽 사제들은 강둑으로 나아가 서로 침이 닿을 정도로 가까이 선 채 온갖 모욕과 욕설을 주고받았다. 더러는 펄쩍펄쩍 뛰고 마치 빙의를 한 것처럼 몸을 부들부들 떨기도 했다. 그들은 보이지 않는 영혼들에게 적의 창자를 끄집어내달라고 날카롭게 외쳤다. 하락 혼자만 강으로 나아가지 않고 전선 몇 걸음 앞에서 태양 쪽을 향해 해골 장대를 들고 있었다.

용감한 전사 몇몇이 사제들 쪽으로 다가가 욕설을 외쳤지만, 양쪽 전선은 더 이상 전진하지 않았다. 일부 전사들은 진격할 용기를 짜내기 위해 미친 듯이 춤을 추었고, 어떤 전사는 전쟁의 송가를 부르거나 신의 이름을 높이 외치기도 했다. 안개는 이제 완전히 걷히고, 날은 점점 따뜻해지고 있었다. 메레스는 전선 바로 뒤쪽 숲으로 들어가 블랙베리를 따기 시작했다. 하지만 이내 대열 왼쪽에서 돌아온 카마반이 메레스를 끌고 와 대열에 세웠다.

카마반이 말했다.

"활을 든 모든 전사는 숲으로 들어가 대열 한가운데 서라. 들리나?"

카마반은 지시를 되풀이하며 대열 앞을 지나갔다. 숲으로 들어간 궁사들은 적의 눈에 띄지 않게 느슨한 대열 한가운데로 달려갔다. 사반만이 명령에 따르지 않고 메레스와 함께 있었다.

그때 카살로의 전선에서 북소리가 울려 퍼지기 시작했다. 묵직한 리듬에 용기를 얻었는지 랄린의 전사들이 카마반 대열 쪽으로 작게 무리지어 튀어나오기 시작했다. 그중 용감한 자들은 첨벙거리며 강물을 건너더니 활을 쏘아보라는 듯 파란 칠을 한 몸을 그대로 드러내고 섰다. 바칼과 이방인 창병 몇몇이 달려가자 그들은 도로 물러났다. 라사린 전사들에게서 욕설이 튀어나왔다. 사제들은 창병들이 뛰쳐나갔다 물러나는 소동 한가운데 있었지만 전사들에게는 신경도 쓰지 않았고, 전사들 역시 사제들을 무시했다.

카살로 전선 여기저기서 궁사들이 뛰쳐나와 계곡 너머로 화살을 날리기 시작했다. 대부분은 못 미쳐서 떨어졌지만, 몇 개는 머리 위를 지나 숲 속 나뭇잎 사이로 들어갔다. 작은 소년들이 재빨리 화살을 주워 라사린 궁사들에게 가져다주었다. 이쪽 궁사 몇몇이 전선 한복판에서 전진하자 카살로 궁사들은 뒤로 물러났다. 아직 부상을 당하거나 죽은 사람은 없었다. 모욕은 걸쭉했지만 양쪽 다 강물을 건너 본격적인 혈전을 시작할 마음은 없는 듯했다. 랄린은 다시 전선을 돌아다니며 전사들을 독려했고, 여자들은 남자들에게 술을 가져다주었다.

"저들이 먼저 다가오게 할 것이다."

카마반은 전선 뒤쪽을 오가며 말했다.

"저들이 공격해올 때까지 기다려라."

카마반의 목소리는 활기찼다.

"저쪽에서 진격해오더라도 그냥 서서 기다려라."

카살로 전선 전체가 우렁찬 목소리로 라하나의 전투가를 부르고 있었다.

메레스가 블랙베리 즙을 입술에 묻힌 채 말했다.

"사기를 북돋우고 있군."

사반이 말했다.

"난 사르메닌에서 배나 만들고 싶어."

"난 어디든 좋으니 배나 만들고 싶어."

메레스가 말했다. 그는 아직 가슴에 살해 표식이 하나도 없었다.

"저들이 강을 건너오면 난 돌아서서 바다가 나올 때까지 계속 뛸 것 같아."

"저들도 우리만큼 겁이 날 거야."

"그럴지도 모르지. 하지만 아무리 겁이 나도 우리 한 명 당 저쪽은 두 명이야."

카살로 진영에서 엄청난 외침이 들리는가 싶더니, 상당수의 전사들이 무리를 지어 강 쪽으로 다가왔다. 그들은 랄린의 전선 한복판에서 라하나의 이름을 외치며 진격했다. 하지만 몇 걸음 걷다가 양옆을 돌아보고는 다른 전사들이 움직이지 않자 그 자리에 우뚝 서서 라사린 전선 한복판으로 돌아온 카마반을 향해 욕설만 퍼부었다. 데레윈은 성스러운 무덤에서 내려와 머뭇거리는 카살로 전사들 앞을 걷고 있었다. 길게 풀어헤친 검은 머리카락이 흰색 망토와 함께 바람에 날렸다. 데레윈은 계속해서 무어라 외쳤다. 사반은 그녀가 라사린을 모욕하며 전사들의 사기를 북돋우고 창병들에게 진격을 독려하고 있다는 것을 알 수 있었다. 더 많은 술 항아리가 도착했다. 고수는 염소 가죽 북을 한층 세게 두드렸고, 전사들은 기묘한 춤을 추며 용기를 북돋웠다. 하도 고함을 질러 목이 아팠는지 양쪽 사제들은 자기 쪽 강변에 모여 손으로 물을 떠 마시며 이야기를 나누었다.

"렌가라면 이렇게 싸우지 않았을 거야."

사반 옆에 있던 한 전사가 투덜거렸다. 사반이 물었다.

"어떻게 싸웠는데?"

"당신 형은 언제나 먼저 공격했소. 이렇게 기다리지 않고. 그냥 고함을 지르면서 적을 향해 달려가는 거지."

전사는 침을 뱉고 말을 이었다.

"그러면 상대는 늘 무너졌소."

군두르도 이런 계획을 염두에 두고 있는 듯했다. 그는 최강의 전사들을 라사린의 해골 장대가 있는 전선 한복판에 모았다. 살해 표식이 가장 많은 렌가의 최정예 전사들로서 여우 털을 머리에 땋아 늘이고 창살에도 매단 창병들이었다. 군두르가 그들 앞에서 열변을 토했지만, 너무 멀어서 사반에게는 들리지는 않았다. 바칼과 그의 이방인 전사들도 중앙으로 합류했다. 그리고 이 무시무시한 부대 뒤에는 카마반이 뽑은 궁사들이 모여 있었다.

이윽고 해가 떴다. 랄린과 데레윈은 여전히 전선 앞을 오갔다. 하지만 양쪽 다 여전히 공격을 시도하지 않았다. 카살로 궁사 몇 명이 대담하게 강을 건너 화살 몇 발을 날렸다. 라사린 전사 하나가 다리에 활을 맞자 적은 요란하게 환호했다. 카마반도 궁사 대여섯 명을 전진시켜 적을 쫓아냈다. 이번에는 라사린이 환호했다.

메레스가 활기차게 말했다.

"전투는 없을지도 몰라. 하루 종일 여기 서서 목이 쉬도록 소리만 지르다 집에 가서 우리가 얼마나 용감했는지 자랑하는 거지. 그러면 참 좋을 텐데."

"랄린은 우리가 렌가처럼 공격할 거라고 생각했는지도 몰라."

사반이 말했다.

"우리가 먼저 덤벼들 거라고?"

"아마도. 우리가 예상했던 것하고도 다르니까, 랄린은 이기고 싶으면 먼저 나서야 할 거야."

랄린 역시 같은 결론에 다다른 듯했다. 그와 데레윈은 라사린의 해충들은 겁이 많아서 먼저 덤벼들지 못하지만 고집이 세다, 그래서 싸우지도 않고 물러나지도 않는다, 그냥 학살당하기만을 기다리고 있을 뿐이라고 전사들을 독려했다. 랄린은 영광이 카살로를 기다리고 있다, 오늘 죽는 자는 라하나의 영광을 향해 곧장 하늘로 올라간다고 외쳤다. 또 라사린의 전선으로 맨 먼저 돌격하는 자에게는 적의 여자와 가축을 선택할 권리를 주겠다고 약속했다. 이 말에 카살로 전사들은 대담해졌다. 술기운도 효과를 발휘하고 있었다. 북소리는 하늘을 가득 채웠고, 언덕 위에서 쳐다보던 여자들은 남자들에게 앞으로 나아가서 적을 죽이라고 외쳤다. 외침과 고함 소리, 북소리와 노랫소리, 발 구르는 소리가 끊이지 않았다. 전선을 따라 흩어진 랄린의 지휘관들이 전사들을 계속 앞으로 잡아끌었다. 이윽고 카살로 군대 전체가 움직이기 시작했다.

카마반은 외쳤다.

"그냥 서서 기다려라! 서서 기다려!"

"신들이 우릴 돕는다."

메레스는 사타구니를 만지며 말했다.

적은 천천히 다가왔다. 라사린 전선으로 먼저 뛰어들고 싶어 하는 사람은 없었다. 그들은 서로 격려의 말을 외치며 조금씩 다가왔다. 궁사들이 선두로 나왔지만, 그들조차 너무 앞서지 않기 위해 몸을 사렸다. 랄린은 전선 한복판에 서서 최강의 전사들을 재촉했다. 영웅들이 라사린 전선 한복판을 돌파하는 것을 보고 전사들도 함께 돌격해서 카마반의 전열을 무너뜨리기를 바라는 마음이었다. 전사들은 전투 구호를 외치며 창을 흔들었다. 하지만 라사린 전사들은 일체 대응하지 않았다.

카마반이 외쳤다.

"가만히 있어라! 슬라올이 우리에게 승리를 내려주실 것이다!"

적의 궁사들이 건너편 강둑에 다다랐다. 그들은 울창한 분홍바늘꽃 사이에서 잠시 머뭇거리다 이내 강물로 뛰어들었다.

"화살 조심해!"

사반 옆에서 한 전사가 외쳤다.

첫 번째 화살들이 번득이며 날아왔다. 사반 쪽으로 온 화살은 없었다. 다른 전사들은 화살이 자기 쪽으로 곧장 날아오는 것을 보고 급히 몸을 피했다. 카살로 궁사들이 전선을 따라 길게 펴져 있어 어느 한 곳에 화살이 집중되지는 않았다. 그래도 몇몇 전사가 화살에 맞았다. 이에 용기를 얻은 카살로 창병들이 궁사들을 따라오기 시작했다. 그들은 여전히 강가에 서 있는 자기편 사제들을 피해 강을 첨벙첨벙 건넜다.

"그 활 쓸 거야?"

메레스는 사반에게 묻자, 사반은 활통에서 화살 하나를 꺼내 시위에 메겼지만 줄을 당기지는 않았다. 한때 부족의 노래에 등장하는 영웅이 되고 싶은 적도 있었지만, 지금은 피를 보고 싶은 욕구가 조금도 없었다. 데레윈이나 그녀의 부족을 미워할 수가 없었던 것이다. 그는 다가오는 적을 바라보며 카마반이 이 공격을 어떻게 막아낼지 궁금했다.

카마반이 외쳤다.

"덤벼들게 놓아둬라!"

라사린 궁사들은 적의 화살에 전혀 대응하지 않았다. 이에 대담해진 랄린의 궁사들은 직선으로 날아오는 화살을 피할 수 없을 정도의 거리까지 다가왔다. 화살에 맞은 라사린 전사들이 비명을 지르며 비틀거리다 뒤로 쓰러졌다. 그러자 랄린의 경험 많은 전사들은 본격적으로 함성을 지르며 완만한 경사를 달려 올라오기 시작했다.

"지금이다!"

카마반은 외쳤다. 라사린의 최정예 창병들이 옆으로 비켜서자, 뒤에 모여 있던 궁사들이 랄린의 돌격대 정면을 향해 화살을 구름처럼 쏟아붓기 시작했다. 십여 명의 적이 쓰러졌다. 눈에 화살을 맞은 자도 있었다. 카살로 창병들은 갑자기 쏟아지는 돌화살에 놀라 멈췄다. 검은 깃털 달린 화살들이 다시 날아오고, 이어서 한 번 더 쏟아졌다. 그때 군두르가 라사린의 전쟁 구호를 외치자 정예 전사들이 여우 꼬리를 휘날리며 고함과 함께 돌격을 시작했다. 카마반의 궁사들은 적의 궁사들을 뒤로 밀어내기 위해 오른쪽과 왼쪽으로 흩어졌다. 가만히 있던 라사린 전사들이 갑자기 독사처럼 신속하게 반격하자 적은 당황했다.

군두르와 바칼은 랄린의 부상병들을 향해 돌진했다. 머리에 흰 백조 깃털을 꽂은 바칼은 손잡이가 긴 도끼를 휘둘렀고, 군두르는 묵직한 창을 무시무시할 정도로 정확하게 휘둘렀다. 이윽고 평야는 찌르고 베는 인간들로 뒤얽힌 난장판으로 변했다. 카마반의 궁사들이 적에게 이미 상당한 타격을 입힌 터라 라사린 정예 부대는 랄린의 전선 한복판을 돌파할 수 있었다. 그들은 카살로의 위대한 영웅들을 거침없이 죽였다. 바칼이 묵직한 도끼를 휘둘러 랄린의 머리를 찍었다. 랄린은 분홍바늘꽃 수풀 속에 쓰러졌다. 이어서 군두르가 첨벙거리며 강을 건너와 랄린의 가슴을 창으로 찔렀다. 카마반은 적은 물론 자신에게도 위험할 정도로 칼을 크게 휘두르며 그 옆을 지나쳤다. 카마반의 난폭한 행동, 줄을 그은 얼굴, 뼈를 매단 머리카락, 피 묻은 피부를 본 카살로 전사들은 겁을 집어먹고 한 걸음씩 뒤로 물러나더니 이내 후퇴하기 시작했다. 여우 꼬리를 매단 전사들은 고함을 지르며 돌격했다.

"가라!"

카마반은 라사린 전사들에게 외쳤다.

"가서 죽여라! 가서 죽여라! 저들의 목숨은 너희 것이다!"

중앙 돌격대의 성공적인 돌파에 적 못지않게 놀란 라사린 전사들은 카살로 전사들이 겁에 질려 후퇴하는 것을 보고 함성을 지르며 강을 향해 진격했다. 카마반은 계속해서 외쳤다.

"죽여라! 죽여라!"

선봉에서 돌격에 성공한 전사들은 카마반 주위로 다시 모였다. 카마반은 그들을 이끌고 거칠게 소리치며 아직 이쪽보다 수적으로 우세하지만 족장을 잃고 전의를 상실한 적을 뒤쫓기 시작했다. 라사린 전사들은 승리의 함성을 지르며 도망치는 적을 뒤에서 베었다. 피투성이가 된 도끼와 철퇴가 머리를 부수고 뼈를 산산조각 냈다. 적은 겁에 질려 우왕좌왕하다 창에 찔리고 베이고 맞아 죽었다. 카살로의 해골 장대를 바칼이 탈취하자 적은 본격적으로 패주하기 시작했다. 바칼은 눈먼 모르소르를 칼로 베어 죽이고 장대를 탈취한 뒤 칼날로 해골을 부쉈다. 해골이 부서지는 것을 본 적의 흐트러진 전선에서 거센 울부짖음이 일었다. 카살로 여자들이 신전을 향해 도망쳤다. 창병들도 공포에 질려 그 뒤를 따랐다. 이제 전장은 혼돈 그 자체였다. 카마반의 전사들은 도망치는 적을 몰이하듯 뒤쫓았다. 카살로는 패배했다. 카살로는 패주했고, 라사린 전사들의 무기는 살육으로 흠뻑 젖었다.

사반만이 적을 뒤쫓지 않았다. 메레스는 커다란 도끼를 들고 성스러운 돌길을 적신 살육에 합류했지만, 사반은 데레윈을 바라보고 있었다. 그녀는 군두르와 바칼이 랄린의 전사들을 공격하는 동안, 전선 서쪽 끝에서 자기 부족이 패주하는 광경을 지켜보고 있었다. 카살로 전사 두 명이 데레윈을 정착지 쪽으로 데려가려 했으나, 데레윈은 카마반의 군대가 그쪽으로 진격하리라는 것을 예상했는지 서쪽으로 달려가다 카살로 전사들이 우왕좌왕 성스러운 길로 모여드는 것을 보고 카마반의 전선 뒤쪽 숲으로 향했다. 숲 외에 숨을 곳은 없었다. 사반은 데레윈이 안전하게 숲까지 갈 거라고 생각했다. 하지만 라사린 궁사 두 명이 남쪽으로 허겁지겁 달려가는 그녀를 향해 활을 쏘았다. 화살 한 대가 데레윈의 다리를 맞혔다. 창병 둘이 비틀거리는 데레윈을 일으켜 세우고 거의 몸을 들다시피 해서 숲으로 데려갔다. 카마반이 약속한 금에 욕심이 난 라사린 궁사들이 그 뒤를 쫓았다.

사반도 궁사들을 따라 숲으로 들어갔다. 데레윈과 추적자들의 모습은 보이지 않았다. 그때 어디선가 활시위 놓는 소리, 데레윈이 저주를 퍼붓는 소리가 들려왔다. 사반은 소리가 나는 쪽으로 돌아서서 개암나무 덤불을 지나 작은 공터로 달려갔다. 카살로 창병 하나가 목에 검은 깃털 화살을 맞은 채 죽어 있었다. 데레윈은 고통에 일그러진 창백한 얼굴로 이끼 낀 참나무 등치에 기대앉았고, 하나 남은 호위병이 라사린 궁사 둘과 맞서고 있었다. 웃음을 짓고 있던 라사린 궁사들은 사반이 공터로 들어서자 미간을 찡그렸다.

"우리가 발견했소."

궁사 중 하나가 단호하게 말했다. 사반은 말했다.

"너희가 발견했어. 그러니 상도 너희들 것이다. 난 원하지 않아."

둘 다 모르는 얼굴에 아직 소년티를 못 벗은 젊은이들이었다. 사반은 가까이 있는 궁사를 향해 미소를 지으며 시위에 화살을 메겼다.

"칼 있나?"

사반은 물었다.

"칼?"

"마법사의 머리를 베어야 하니까."

사반은 활시위를 당기며 적의 창병을 겨눴다.

"마법사의 머리를 가져오면 무슨 상을 내린다고 했는지 기억나? 해골에 금을 가득 담아 준다고 했어. 그러니 부자가 되고 싶으면 내 형에게 마법사의 머리를 가져가야 한다."

사반은 표정 없는 얼굴로 자신을 바라보고 있는 데레윈을 흘끗 보았다. 그리고 궁사들에게 물었다.

"한데 마법사가 죽어가면서 내리는 저주를 피하는 방법은 알고 있나?"

"저주요?"

사반 쪽 가까이 서 있던 궁사가 걱정스러운 목소리로 물었다.

"이 여자는 마법사다."

사반은 짐짓 으스스한 목소리로 말했다. 궁사가 물었다.

"방법을 알고 있습니까?"

사반은 미소를 지었다.

"저주는 이렇게 없애는 거다."

그러곤 휙 돌아서서 그 궁사를 향해 시위를 놓았다. 녹색 그늘 아래 선명한 피가 튀었다. 사반은 활을 던진 뒤, 죽어가는 사내의 몸을 뛰어넘어 두 번째 궁사를 덮쳤다. 썩어가는 나뭇잎 위에 그 궁사를 쓰러뜨리고 얼굴을 주먹으로 내리치자 상대도 주먹으로 맞받아쳤다. 그때 궁사의 눈이 커지더니 갈비뼈 부러지는 소리가 났다. 데레윈의 창병이 청동 칼을 들어 궁사의 가슴을 찌른 것이다.

사반은 일어섰다. 심장이 두근거리고 땀이 흘러 눈에 들어갔다.

"이번 전투에서는 아무도 안 죽일 줄 알았는데."

사반의 화살에 목을 맞은 첫 번째 궁사는 고통스럽게 헐떡거리다 이내 조용해졌다.

"아무도 죽이고 싶지 않았다고요?"

데레윈은 조롱하듯 물었다.

"당신의 이방인 아내가 죽이지 말라고 하던가요?"

"당신하고 싸우고 싶지 않아. 당신과 싸운 적도 없었고."

사반은 말했다. 카살로의 창병이 피 묻은 창을 위협적으로 들고 있었다. 그러나 데레윈은 손짓으로 무기를 내려놓으라고 명했다.

"이 사람은 날 해칠 마음이 없다. 남에게 해를 끼치지 않고 살아가려 하지만 오히려 많은 해를 끼치지. 가서 숲 가장자리를 지켜라."

데레윈은 창병이 멀어지는 것을 바라보며 사반에게 다가오라고 손짓했다. 그리고 상처 입은 다리를 구부리다 비명을 질렀다. 돌화살촉이 오른쪽 허벅지 근육을 관통해 반대쪽으로 비죽 나와 있었다. 화살에는 라사린의 검은 까마귀 깃털이 붙어 있었다. 데레윈은 얼굴을 찌푸리며 깃털 달린 끝부분을 부러뜨린 뒤 화살촉도 잘라냈다. 화살대가 상처를 막고 있기 때문에 피는 많이 나지 않았다. 사반이 말했다.

"화살을 뽑아줄게."

"나도 할 수 있어요."

데레윈은 잠시 눈을 감고 북쪽에서 들려오는 희미한 비명 소리에 귀를 기울였다.

"저 사람들을 죽여줘서 고마워요."

데레윈은 죽은 궁사 둘을 가리켰다.

"당신 형이 정말 내 목숨에 상금을 걸었나요?"

"당신의 시체에."

"그럼 날 죽이면 당신도 부자가 되겠군요?"

데레윈은 미소를 지으며 물었다. 사반도 마주 웃었다.

"아니."

사반은 데레윈 앞에 쭈그리고 앉았다.

"이번 일이 일어나지 않았더라면 얼마나 좋았을까. 모든 것이 예전처럼 돌아간다면 얼마나 좋을까."

"불쌍한 사반."

데레윈은 나무둥치에 머리를 기댔다.

"당신이 라사린의 족장이 되었어야 해요. 그랬다면 이 모든 일도 일어나지 않았을 텐데."

"남쪽으로 도망가면 안전할 거야."

"난 안전하지 못할 거예요."

데레윈은 웃기 시작했다.

"카마반이 돌을 달라고 했을 때, 그냥 줬어야 해요. 지난여름 밤에 몰래 날 찾아와서 돌을 달라고 사정할 때."

데레윈은 얼굴을 찌푸렸다.

"그가 그 대가로 뭘 주겠다고 했는지 알아요?"

"평화?"

"평화!"

데레윈은 내뱉듯 말했다.

"평화 이상을 제안했어요, 사반. 자기 자신을 내놓았다구요! 그는 나와 결혼하겠다고 했어요. 당신과 나는 둘 다 위대한 마법사다, 함께 라사린과 카살로를 통치해 신들이 봄날의 토끼처럼 춤추게 하자."

사반은 사실인지 궁금해서 데레윈을 가만히 쳐다보았다. 사실인 것 같았다. 사반은 미소를 지었다.

"내 아버지의 아들들은 모두 당신을 사랑하는군."

"당신은 날 사랑했어요. 하지만 렌가는 날 강간했고, 카마반은 날 두려 워해요."

"난 아직도 당신을 사랑해."

사반은 불쑥 말했다. 데레윈보다 사반 자신이 이 말에 더 놀랐다. 얼굴 이 붉어졌다. 아우레나 때문에 부끄러웠다. 그러나 그는 자신의 말이 진 심이라는 것을, 오랫동안 스스로도 깨닫지 못하고 있던 진심이라는 것 을 알고 있었다. 사반은 데레윈을 쳐다보았다. 그의 눈앞에 있는 여자는 깡마른 카살로의 마법사가 아니라 한때 그 웃음으로 온 부족을 매혹시 켰던 밝은 소녀였다.

"불쌍한 사반."

데레윈은 다리를 타고 아픔이 올라오는지 움찔했다.

"당신과 내가 결합했어야 해요. 그러면 우린 아이를 낳고, 그렇게 살다 죽을 거고, 아무것도 변하지 않았겠죠. 한데 지금은?"

데레윈은 어깨를 으쓱했다.

"슬라올이 이겼어요. 그의 잔혹함이 온 세상에 퍼질 거예요."

"그는 잔혹하지 않아."

"두고 보면 알겠죠."

데레윈은 망토 자락을 펼치고 끈에 달아 목에 건 금붙이 세 개를 꺼냈 다. 그리고 반짝이는 작은 금 조각을 들어 입으로 가져가더니 힘줄을 끊고 사반에게 내밀었다.

"가져가요."

사반은 미소를 지었다.

"필요 없어."

"가져가요!"

데레윈이 말했다. 사반은 금을 받았다.

"안전하게 보관해요."

"사르메닌에 돌려줘야 해."

데레윈은 피곤한 듯 말했다.

"제발 이번만이라도 바보짓 하지 말아요. 곧 내 도움이 필요할 테니까. 마이 섬, 기억해요?"

사반은 고개를 끄덕였다.

"당연히 기억하지."

"우린 그곳 버드나무 아래에서 한 몸이 됐어요. 그 나무둥치에 남자 손이 닿는 곳보다 약간 높은 가지 하나가 있을 거예요. 금을 그 가지 위에 놓으면, 내가 당신을 도우러 갈게요."

"당신이 날 도와?"

사반은 약간 어이가 없었다. 오늘의 승자는 라사린이고, 데레윈은 이제 도망자에 지나지 않았기 때문이다.

"내 도움이 필요할 거예요. 당신이 원할 때 도와줄게요. 난 이제 유령이 될 거예요, 사반. 유령이 되어서 라사린에 나타날 거예요."

데레윈은 잠시 말을 끊었다.

"카마반은 내 딸도 죽이려 하겠죠?"

사반은 고개를 끄덕였다.

"그래."

"불쌍한 메렐. 카마반은 그 앨 찾지 못하겠지만, 이제 내 딸에게 내가 무슨 인생을 줄 수 있을까?"

데레윈은 입을 다물었다. 그녀는 울고 있었지만, 아픔 때문인지 슬픔 때문인지는 알 수 없었다. 사반은 그녀의 머리를 안았다. 데레윈은 그의 어깨에 얼굴을 묻고 흐느꼈다.

"난 당신 형들이 미워요."

잠시 후, 그녀는 이렇게 말하고 심호흡을 한 뒤 가만히 그의 품에서 몸을 일으켰다.

"난 추방자처럼 살아갈 거예요. 카마반이 절대 찾을 수 없는 숲 속 깊은 곳에 라하나 신전을 지을 거예요."

데레윈은 손을 내밀었다.

"일으켜줘요."

사반은 그녀를 일으켰다. 다친 다리에 몸무게가 실리자 신음 소리를 냈지만, 데레윈은 사반의 손을 물리치고 창병을 불렀다. 그리고 작별 인사도 없이 떠나려다 갑자기 돌아서서 사반에게 입을 맞췄다. 그렇게 아무 말 없이 두 번째 입을 맞춘 뒤 절룩거리며 남쪽을 향해 걷기 시작했다.

사반은 데레윈의 모습이 나뭇잎 사이로 사라질 때까지 지켜보다 눈을 감았다. 그러지 않으면 울 것만 같았다.

수많은 눈물을 흘리게 될 날이었다. 돌길에는 도끼나 곤봉으로 머리가 깨진 시체가 쌓였고, 머리가 아예 없는 시체는 더욱더 많았다. 전리품으로 가져갈 머리가 워낙 많았기 때문에 얼마 후에는 시체의 머리를 자르는 사람도 없었다. 심지어 가지고 가던 머리를 버리는 전사도 있었다. 그나마 아직 살아남은 적은 심한 부상을 입은 상태였다. 사반은 머리카락에서 피를 뚝뚝 흘리며 돌기둥에 매달려 있는 남자 옆을 지나쳤다. 오늘 전투로 라사린에서는 어떤 노래가 만들어질까. 사반은 씁쓸하게 생각했다. 까마귀가 펄럭거리며 내려앉고 개들이 시체의 살을 뜯으러 몰려왔다. 카마반 부대를 따라온 어린 소년 둘이 여자의 머리를 잘라내고 있었다. 사반은 아이들을 쫓아냈지만, 어차피 다른 시체를 찾을 거라는 사실을 알고 있었다. 길에 세워진 돌기둥에서 피가 흘러내리고 있었다. 새 신전의 돌에서 피비린내가 날 거라던 데레윈의 예언이 떠올랐다. 그녀가 틀렸다고 사반은 생각했다. 그녀가 틀렸다고.

정착지 안의 오두막에서 연기가 오르기 시작했다. 카마반의 전사들은 오두막 안에서 가지고 나올 수 있는 귀중품은 모두 갖고 나온 뒤 횃불을 지붕 위에 던지고 있었다. 오두막이 이렇게 파괴되는 동안, 패배한 부족의 생존자들은 신전 안으로 몸을 피했다. 사반은 신전에서 카마반을 발견했다. 그는 신전을 두른 거대한 제방 꼭대기에 홀로 서서 신전을 수호하는 해골들을 차례로 해자 안에 차 넣고 있었다.

"어디 있었지?"

카마반이 물었다. 사반은 대답했다.

"데레윈을 찾으러."

"찾았어?"

"아니."

"죽었겠지."

카마반은 복수심에 가득 찬 목소리로 말했다.

"그러길 바라. 그래도 그년 시체에 오줌을 싸고 싶은데."

카마반은 늑대 해골을 해자 밑바닥에 차 넣었다. 긴 머리카락과 그 끝에 달린 뼈에 피가 묻어 있었지만, 카마반 자신의 피는 아니었다. 허리띠에 찬 청동검에도 피가 잔뜩 묻어 있었다.

"랄린의 아이들도 지금쯤 찾아내야 하는데. 죽여야 하거든."

"그 아이들은 우리에게 위협이 되지 않잖아."

사반은 항의했다.

"랄린의 가족들이니 모두 죽여야 해. 데레윈의 딸년도 같이."

카마반은 해골을 다시 차 넣었다.

"자기가 마법사라니! 하! 그 마법 때문에 자기 부족이 어떻게 되었는지 보라지!"

그러곤 갑자기 씩 웃었다.

"난 전쟁이 좋아."

"난 싫어."

"그건 네가 전쟁을 잘 못하기 때문에 그런 거야. 하지만 어렵지 않아. 군두르는 미처 생각해보지도 않고 후퇴하자고 했지만, 나는 랄린이 최강의 전사들을 이끌고 앞장설 테니 쉽게 함정을 팔 수 있을 거라고 생각했어. 군두르도 내 계획을 잘 이해했다는 건 인정해야지. 그는 잘 싸웠어. 넌 잘 싸웠나?"

"한 사람 죽였어."

"겨우 한 사람?"

카마반은 재미있다는 듯 물었다.

"어렸을 때 난 네가 참 부러웠다. 넌 렌가처럼 키가 크고 힘이 셌으니까. 난 네가 전사가 될 거라 생각했고, 난 영원히 불구일 거라고 생각했어. 한데 카살로를 정복한 게 그 불구라니. 렌가도, 너도 아닌 내가!"

카마반은 오늘의 전투에 대한 자부심으로 가득 차 웃음을 터뜨리더니 사나스의 옛 오두막 옆에 모여 있는 카살로 사람들을 보았다.

"겁을 줄 때가 됐군."

카마반은 신전 안으로 향했다. 라사린 창병 중에서 신전 안에 들어간 사람은 열 명도 채 안 되었기 때문에 사실상 호위병이 없는 셈이었지만, 카마반은 두려운 기색 없이 신전 한가운데로 걸어갔다. 거기서 두 팔을 높이 치켜들자 카살로 부족민들은 겁에 질려 조용해졌다.

"너희들은 날 알고 있을 것이다! 나는 카마반이다! 비틀어진 아이 카마반! 불구 카마반! 라사린의 카마반! 하지만 이제는 카살로 족장 카마반이다. 반박할 자가 있느냐?"

카마반은 군중을 바라보았다. 남자들이 적어도 스무 명 이상 있었다. 대부분 아직 무기를 가지고 있었지만, 아무도 움직이지 않았다. 카마반은 계속 외쳤다.

"나는 카마반 그 이상이다. 오래전 밤을 틈 타 여기에 와서 사나스의 마지막 숨결을 훔쳤으므로! 나, 카마반은 사나스를 내 안에 지니고 있다. 나는 사나스다! 나는 사나스다!"

카마반은 이렇게 외치더니 갑자기 사나스의 늙은 목소리로, 완벽하게 똑같은 목소리로, 오래된 뼈처럼 말라비틀어진 노파의 목소리로 읊기 시작했다. 눈을 감으면 늙은 마법사가 아직 살아 있는 게 아닌가 싶을 정도였다.

"나는 너희들을 형벌에서 구하기 위해 이 땅에 돌아온 사나스다!"

카마반은 몸부림치며 춤을 추기 시작했다. 마치 노파의 영혼이 자신의 영혼과 싸우기라도 하듯 절박하게 비명을 지르며 펄쩍펄쩍 뛰고 몸을 뒤틀었다. 겁먹은 아이들은 어머니의 옷에 얼굴을 묻었다.

"나는 사나스다!"

카마반은 외쳤다.

"슬라올은 나를 정복했다! 슬라올이 나를 취했다! 슬라올은 나와 동침했고, 나는 슬라올로 가득 차 있다! 그러나 나는 너희를 위해 싸우겠다!"

카마반은 피 묻은 긴 머리카락을 아래위로 펄럭거리며 머리를 세게 흔들었다.

"너희는 복종해야 한다, 너희는 복종해야 한다."

그는 계속 사나스의 음성으로 말했다.

"죽여라."

이번에는 카마반 자신의 목소리였다. 카마반은 피 묻은 칼을 빼어 들고 군중에게 다가가며 계속 읊었다.

"죽여라, 죽여라, 죽여라."

군중은 뒤로 물러섰다.

"노예로 삼아라!"

이번에는 다시 사나스의 목소리였다.

"그들은 좋은 노예가 될 것이다! 열심히 일하지 않으면 채찍질을 해라! 채찍질을 해라!"

카마반은 다시 몸을 뒤틀며 울부짖다 느닷없이 잠잠해졌다.

"슬라올이 내 안에서 말씀하신다."

다시 자신의 음성으로 말했다.

"내 안에서, 나를 통해 말씀하신다. 위대한 신이 내게 와서 왜 너희 모두를 죽이지 않느냐고 물으신다. 왜 너희 아이들을 빼앗아 신전 돌에 머리를 박아 깨뜨리지 않느냐?"

여인들이 소리 내어 울었다.

"왜 너희 아이들을 슬라올의 불에 던지지 않느냐? 왜 너희 여인들을 강간하지 않느냐? 왜 너희 남자들을 똥구덩이에 산 채로 파묻지 않느냐? 왜?"

마지막 한마디는 찢어지는 듯한 외침이었다.

"내가 못하게 하기 때문이다."

이번에는 다시 사나스의 음성이었다.

"내 부족민들은 라사린에 복종할 것이다. 복종할 것이다. 무릎을 꿇어라, 노예들이여. 무릎을 꿇어라!"

카살로 사람들은 카마반 앞에 무릎을 꿇었다. 어떤 이는 그에게 손을 내밀었다. 여자들은 아이들을 끌어안고 살려달라고 애원했다. 카마반은 말없이 돌아서더니 가장 가까운 기둥으로 가서 머리를 기댔다.

사반은 자기도 모르게 참고 있던 숨을 내쉬었다. 카살로 사람들은 공포에 질린 얼굴로 계속 무릎을 꿇고 있었다. 그때 군두르의 창병들이 일렬로 서서 서쪽 입구로 들어왔다.

군두르가 카마반에게 다가갔다.

"죽일까요?"

"노예들이다. 죽은 노예는 일을 할 수 없어."

카마반은 침착하게 말했다.

"그럼 늙은이는 죽일까요?"

"늙은이는 죽여라. 하지만 나머지는 살려둬."

카마반은 돌아서서 무릎을 꿇고 있는 군중을 바라보았다.

"나는 슬라올이니, 이들은 내게 신전을 지어줄 노예들이다."

그리고 태양을 향해 두 팔을 들었다.

"나는 슬라올이니, 이들은 내 신전을 지을 것이다!"

카마반은 승리감에 가득 차 외쳤다.

카마반은 군두르에게 카살로 통치를 맡기며 봄에 노동력이 필요하니 사람들을 살려두라고 지시했다. 숲을 뒤져 데레윈을 찾아내라는 명령도 내렸다. 데레윈의 시체는 발견되지 않았고 딸 역시 사라졌다. 랄린의 아내들과 아이들 시체는 얕은 구덩이 안에서 썩고 있었다. 모르소르는 흙무덤에 묻혔고, 새 제사장이 선출되었다. 제사장은 카마반의 비틀린 발에 입을 맞추고 복종하겠다는 맹세를 해야 했다.

승리를 거둔 카마반은 라사린으로 돌아가 겨우내 나무토막과 씨름했다. 그는 나무를 사각기둥 모양으로 잘라달라고 사반에게 부탁했다. 그리고 오두막에 틀어박혀 강박적으로 나무토막을 이리저리 배열했다. 처음엔 지금의 미완성 신전처럼 서로 겹친 이중 원형 모양으로 배열했다가, 잠시 후에는 원형 대신 라사린 정착지 입구 너머에 있는 기존 슬라올 신전과 같은 모양으로 늘어놓았다. 기둥으로 숲 형태를 만들고 며칠 동안 쳐다보다 이내 흩어버리기도 했다. 슬라올과 라하나의 운동 규칙을 돌로 재구성해보기도 했다. 큰 원 위에 열두 개의 작은 원을 배열한 형태였다. 그러나 허리를 굽히고 찬찬히 들여다보다 이것마저도 역시 흩어버렸다.

춥고 배고픈 겨울이었다. 사르메닌에서 여생을 살고자 하는 바칼의 부하 몇 명이 레위드의 뒤를 이어 떠났다. 라사린에는 먹여야 할 입들이 많았다. 렌가는 아버지처럼 식량을 비축하는 데 주의를 기울이지 않았기 때문에 모아둔 식량이 많지 않았다. 신전 외에는 다른 생각이 거의 없는 카마반 역시 식량에는 신경 쓰지 않았다. 그는 두 부족의 족장이었지만 아버지가 했던 일들을 전혀 하지 않았다. 카마반은 지휘관들에게 부대를 맡기고, 하락에게 재판을 억지로 떠맡겼다. 그리고 사반에게는 라사린 부족이 겨울을 날 수 있도록 식량 비축하는 일을 맡겼다. 그는 아내를 얻지 않았고 아이도 낳지 않았으며, 보물도 쌓아두지 않았다. 하지만 언젠가부터 렌가의 오두막에서 찾아낸 좋은 장신구를 몸에 두르기 시작했다. 오래전 옛 신전을 찾아온 이방인이 차고 있던 두꺼운 금 허리띠를 매고, 여우 털로 가장자리를 댄 늑대 가죽 망토를 두르고, 렌기기 디른 부족의 사제에게서 빼앗은 작은 곤봉을 들고 다녔다. 헤갈은 곤봉을 힘의 상징으로 들고 다녔는데, 그런 아버지를 따라하며 그에 대한 기억을 조롱하는 것이 카마반의 즐거움이었다. 헨갈의 곤봉은 뼈를 부술 수 있을 만큼 뭉툭하고 거친 돌로 만든 것이었지만, 카마반의 곤봉은 섬세하고 아름다웠다. 나무 손잡이에는 번개 모양으로 깎은 뼈 고리가 달려 있고, 머리 부분은 완벽하게 조각하고 아름답게 윤을 낸 달걀 모양의 갈색 돌이었다. 장인이 오랜 시간 공들여 만든 작품이었다. 카마반은 그 곤봉의 머리 쪽을 매끈하게 다듬어서 손잡이를 끼울 수 있도록 둥근 구멍을 냈다. 너무 가볍고 작아서 아주 약한 머리에나 상처를 입힐 정도였기 때문에 예식용으로나 쓸 만한 무기였다. 카마반은 돌도 나무처럼 쉽게 조각할 수 있다는 증거로 이 곤봉을 즐겨 들고 다녔다. 그는 하락에게 말했다.

"우리는 카살로처럼 거친 돌은 쓰지 않을 겁니다. 모양을 만들고 조각을 할 거요. 매끈하게."

사반은 부족의 곡식을 한 오두막에 모으고, 드레웨나에서도 사들여 추운 겨울에 조금씩 나누어주었다. 전사들은 사슴과 멧돼지, 늑대를 사냥했다. 굶는 사람은 없었지만, 노인과 병자가 많이 죽었다. 그 추운 겨울 동안 사반은 사르메닌에서 가져온 검은 돌을 모두 치웠다. 힘든 일은 아니었다. 돌을 구덩이에서 파내고 풀밭 위로 쓰러뜨린 다음 신전 동쪽의 작은 계곡으로 끌고 가면 끝이었다. 돌을 빼낸 구덩이는 해자에서 캐온 석회암 덩어리로 다시 메워 평평하게 만들었다. 사반은 해자 안의 월석과 그 바깥쪽 기둥 세 개만 남기고 모두 치운 뒤 어머니 돌을 세웠다. 장정 예순 명과 참나무 삼각대를 사용한 그 작업에는 이레가 걸렸다. 하지에 태양이 성스러운 길을 따라 기둥을 비칠 수 있도록 신전 입구 맞은편에 세웠다. 어머니 돌은 사르메닌에서 가져온 다른 돌들보다 훨씬 컸고, 겨울의 비스듬한 햇빛이 비치자 희끄무레한 풀밭 위에 검은 그림자가 길게 늘어졌다.

카마반은 그림자 신전을 치우는 인부들에게 거의 신경도 쓰지 않은 채 매일 신전에서 명상에 잠겼다. 날이 점점 짧아지고 공기가 차가워지자 더욱 자주 신전을 찾았다. 얼마 후에는 창 여러 자루를 신전으로 가져가 딱딱한 땅에 박은 뒤 그 꼭대기를 넘겨다보기도 했다. 얼마나 높은 돌기둥을 세워야 할지 판단하기 위해서였다. 창으로 만족하지 못한 카마반은 메레스에게 좀 더 긴 장대를 잘라오도록 한 다음 사반을 시켜 땅에 꽂았다. 장대는 길지만 가벼워서 일은 하루 만에 끝났다. 카마반은 매일 장대를 쳐다보며 머릿속으로 규칙을 그려보았다.

결국 마지막에 선택된 것은 어머니 돌 뒤쪽에 세워진 긴 장대 하나와 신전 입구 쪽에 세워진 짧은 장대 하나였다. 하나는 남자 키의 두 배, 다른 하나는 그보다 두 배 더 길었다. 장대는 하지 날 해가 뜨는 길목에 일직선으로 서 있었다. 한겨울로 접어들자 카마반은 저녁마다 신전으로 가서 얼음장 같은 바람 속에서 떨고 있는 가느다란 장대를 응시했다.

동지가 찾아왔다. 약해진 태양을 달래기 위해 제물로 희생된 소의 울음소리가 울려 퍼질 날이었지만, 하락이 그런 살육을 허락하지 않았기 때문에 부족은 신선한 피 냄새 없이 춤추고 노래했다. 하락의 결벽증 때문에 신들이 노할 것이다, 새해에 질병이 돌지 않으려면 제물을 바쳐야 한다고 투덜대는 사람도 있었지만, 카마반은 하락의 편을 들어주었다. 그날 저녁 부족민들이 죽어가는 태양을 한탄하는 노래를 부른 뒤 카마반은 과거는 불행했다, 라사린이 신념을 버리지 않는다면 새 신전은 태양이 죽지 않도록 해줄 것이라고 설파했다. 부족은 그날 밤 사슴과 돼지고기로 잔치를 벌였고, 다음 날 새벽에는 슬라올을 다시 불러오기 위해 커다란 모닥불을 피웠다.

새벽에는 눈이 내렸다. 많이 내리지는 않았지만 고원을 하얗게 덮을 정도였다. 카마반은 눈 위에 발자국을 남기며 신전으로 걸어갔다. 그는 사반에게노 같이 가사고 했나. 형세는 모괴로 몸을 잔뜩 두르고 있었다. 살을 에는 날씨였다. 분홍색 구름이 살짝 낀 창백한 하늘에서 날카로운 바람이 불어왔다. 묵직한 눈구름은 한낮에 사라졌고, 오후의 나지막한 태양이 돌 구덩이를 다시 메우느라 생긴 작은 언덕의 그림자를 눈 위에 드리우고 있었다. 카마반은 쌍둥이 장대를 바라보다 사반이 그 용도를 묻자 짜증스럽게 고개를 저었다. 그리고 라하나가 가장 멀리까지 움직이는 궤적을 나타내는 길란의 돌기둥과 판석 네 개를 돌아보았다.

"라하나를 용서할 때가 되었어."

"라하나를 용서해?"

"우리는 평화를 위해 카살로와 싸웠고, 슬라올은 신들 사이의 평화를 원할 거야. 라하나는 그에게 반기를 들었지만 전투에서 졌지. 우리가 이겼어. 이제 그녀를 용서할 때가 되었어."

카마반은 저 멀리 숲을 응시했다.

"데레윈이 아직 살아 있다고 생각해?"

"데레윈을 용서하고 싶어?"

사반은 물었다. 카마반이 차갑게 대답했다.

"절대로."

"겨울 동안 살아남지 못할 거야."

"그년을 죽이려면 겨울로는 모자라."

카마반은 냉혹하게 말했다.

"우리가 평화를 위해 일하는 동안, 그년은 어느 어두운 곳에서 라하나에게 기도를 올리고 있겠지. 난 라하나가 우리를 반대하는 걸 원치 않아. 라하나도 우리와 함께하길 원해. 이제 그녀를 슬라올에게 이끌어야 할 때야. 라하나의 돌 네 개를 남겨두어야 하는 것도 그 때문이지. 그 돌들은 라하나가 슬라올에 속해 있다는 것을 여신에게 보여주니까."

"그래?"

카마반은 미소를 지으며 가까이 있는 월석 기둥을 가리켰다.

"기둥 옆에 서서 원형 건너편 판석을 바라보면 라하나가 가는 길을 볼 수 있지?"

"그래."

사반은 길란이 네 개의 돌을 배열했던 방식을 떠올리며 대답했다. 카마반이 물었다.

"하지만 다른 판석에서는 무엇이 보일까?"

사반은 무슨 말인지 몰라 얼굴을 찌푸렸다. 카마반은 동생의 팔을 잡고 기둥 옆으로 데려가 원형 반대편에 서 있는 거대한 판석을 가리켰다.

"저것이 라하나가 가는 곳이다. 그렇지?"

"맞아."

카마반은 사반을 두 번째 판석 쪽으로 돌려세웠다.

"저 방향에서는 뭐가 보이지?"

너무 추워서 생각하기가 힘들었다. 늦은 오후의 태양이 분홍색 구름 사이로 낮게 떠 있었다. 사반은 문득 슬라올이 월석과 일직선으로 지평선에 닿을 거라는 사실을 깨달았다.

"슬라올이 동지에 죽는 지점이군."

"바로 그거야! 그리고 반대쪽을 보면? 저 기둥 옆에 서서….''

카마반은 원형 대각선 반대쪽을 가리켰다.

"반대쪽 판석을 보면?''

"슬라올이 하지에 뜨는 지점.''

"그렇지!''

카마반은 외쳤다.

"여기서 무엇을 알 수 있지? 슬라올과 라하나가 서로 이어져 있다는 것을 알 수 있다. 그들은 연결되어 있어, 사반. 깃털이 날개에 달려 있듯이, 뿔이 머리에 달려 있듯이. 라하나는 반항할 수는 있어도 언젠가 돌아와야 해. 온 세상의 슬픔은 슬라올과 라하나의 이별에서 비롯된 것. 우리 신전은 그 둘을 한데 이어줄 거다. 돌은 그 점을 알려주고 있어. 라하나의 돌은 슬라올의 돌. 모르겠어?''

"알겠어.''

사반은 월석이 라하나는 물론 슬라올의 궤적 한도까지 쉽게 알려준다는 사실을 왜 그동안 깨닫지 못했는지 신기했다. 카마반은 열성적으로 말했다.

"네가 할 일은, 사반, 두 기둥 주위에 해자를 파고 제방을 쌓는 거야. 이건 관찰대야. 흙으로 둥글게 원형을 쌓고, 사제들이 그 원 안에 서서 슬라올이 판석 사이를 지나가는 광경을 바라보는 거야. 좋아!''

카마반은 정착지 쪽으로 성큼성큼 걷다 신전에서 가장 먼 태양석 옆에 우뚝 섰다.

"이 돌 주위에도 해자와 제방을 만들어.''

카마반은 돌을 손바닥으로 두드렸다.

"돌 세 개, 원 세 개. 사제들만이 출입할 수 있는 장소. 두 곳은 태양의 죽음과 라하나의 궤적을 관찰하는 지점, 한 곳은 슬라올이 영광스럽게 떠오르는 것을 관찰하는 지점. 이제 한복판에 무얼 세울 것인지만 결정하면 된다."

"그것 말고도 결정할 일이 있어."

"뭐지?"

"카살로에 식량이 부족해."

카마반은 별일 아니라는 듯 어깨를 으쓱했다. 사반은 카마반이 했던 말을 엄숙하게 상기시켰다.

"죽은 노예는 일을 할 수 없어."

"군두르가 알아서 할 거야."

카마반은 이 화제가 짜증스러운 듯 대답했다. 신전 외에는 아무것도 생각하고 싶지 않았던 것이다.

"군두르를 카살로에 보낸 건 그 때문이야. 알아서 식량을 구하라고 해."

"군두르는 카살로 여자한테만 관심이 있어. 그의 오두막에는 가장 젊은 여자들이 모여 있고, 나머지 부족은 굶고 있어. 남은 부족민들이 반란을 일으키길 바라는 거야? 노예 대신 추방자가 되길 바라는 거야?"

"그러면 네가 가서 카살로를 다스려."

카마반은 무심히 말하며 얇게 쌓인 눈 위를 가로질렀다. 사반은 그의 등 뒤에 대고 소리쳤다.

"내가 카살로에 가면 신전은 누가 짓지?"

카마반은 답답하다는 듯 하늘을 향해 고함지르더니 멈춰 서서 어두워지는 하늘을 쳐다보았다.

"아우레나."

"아우레나?"

사반은 어리둥절해서 물었다. 카마반은 돌아섰다.

"카살로를 다스린 건 언제나 여자였지. 처음에는 사나스, 다음에는 데레윈. 아우레나라고 안 될 게 뭐지?"

"그 사람들이 아우레나를 죽일 거야."

"아니, 사랑할 거다, 동생아. 아우레나는 슬라올에게 사랑을 받지 않느냐? 목숨도 살려주지 않았어?"

카마반은 눈 위에서 발을 끌며 서툴게 춤을 추었다.

"카살로 부족민들이 아우레나가 태양의 신부이자 라하나라고 생각하도록 하락에게 설득하라고 하면 돼."

"그녀는 내 아내야."

사반은 거칠게 말했다. 카마반은 사반 쪽으로 천천히 걸어왔다.

"우리한테는 아내가 없다, 동생아. 남편도, 아들도, 딸도 없어. 신전을 다 지을 때까지 우리에게는 아무것도 없는 거야."

사반은 말도 안 된다며 고개를 지었다.

"그들이 아우레나를 죽일 거야!"

"사랑할 거라니까."

카마반은 다시 말했다. 그러곤 절뚝거리며 사반에게 다가오더니 흉한 모습으로 무릎을 꿇고 두 손을 들어 올렸다.

"네 아내를 카살로로 보내라, 사반. 부탁이다! 보내라! 슬라올의 뜻이다!"

그러곤 사반을 올려다보았다.

"제발!"

"아우레나가 안 가려고 할지도 몰라."

"슬라올이 원해."

카마반은 다시 말한 뒤 얼굴을 찌푸렸다.

"우리는 세상을 태초의 모습으로 되돌리려 해. 겨울을 끝내기 위해. 슬픔과 피로를 몰아내기 위해. 그게 얼마나 어려운지 알아? 한 걸음만 잘못 디디면 영원히 어둠에서 벗어나지 못할 수도 있어. 하지만 가끔, 느닷없이 슬라올이 내게 어떻게 해야 할지 알려준단다. 신은 아우레나를 카살로로 보내라고 내게 말했어. 부탁이다, 사반! 부탁이야! 보내줘."

"아우레나가 카살로를 다스리는 걸 원한다고?"

"아우레나가 라하나를 다시 끌어당기는 걸 원해. 그녀는 태양의 신부야. 세상에 즐거움이 돌아오려면, 사반, 슬라올과 라하나가 다시 결합해야 해. 이 일을 할 수 있는 건 아우레나뿐이다. 슬라올이 그렇게 말했으니, 넌 그녀를 보내야 해."

카마반은 사반에게 일으켜달라는 듯 한 손을 내밀었다.

"제발."

"아우레나가 가고 싶어 한다면."

사반은 아내가 새 신전으로부터 그렇게 먼 곳에 혼자 고립되는 걸 원치 않을 거라고 생각했다. 그러나 놀랍게도 아우레나는 카마반의 뜻을 거부하지 않았다. 오히려 카마반과 하락과 한참 동안 이야기를 나누더니, 슬라올의 옛 신전으로 가서 긴 금발 머리를 청동 칼로 짧게 자르는 과부의 의식을 치렀다. 하락은 머리카락을 태워서 재를 항아리에 넣은 다음, 그 항아리를 나무 기둥에 쳐서 깨뜨렸다.

사반은 그렇게도 아름다운 머리카락을 바짝 깎고 신전에서 나오는 아우레나의 모습을 놀란 눈으로 바라보았다. 그러나 그녀는 기쁜 표정이었다. 아우레나는 사반에게 무릎을 꿇었다.

"보내주시겠어요?"

"당신이 정말 가고 싶다면."

사반은 내키지 않는 마음으로 말했다. 그녀는 열성적으로 대답했다.

"가고 싶어요! 가고 싶어요!"

"왜? 과부의 의식은 왜 치렀지?"

"과거의 삶은 끝났어요."

아우레나는 일어섰다.

"난 슬라올에게 바쳐진 몸이었어요. 신이 날 거부했지만 난 그의 신도였어요. 그러나 오늘부터 나는 라하나의 사제예요."

"왜?"

사반은 다시 물었다. 목소리에는 아픔이 가득했다. 아우레나는 평화롭게 미소를 지었다.

"사르메닌에서는 매년 신에게 인간 신부를 바쳤지만, 일년이 지날 때마다 다른 신부를 요구했어요. 젊은 여자들이 차례로 불태워졌어요! 하지만 슬라올은 그 여자들에게 만족하지 않았어요. 어떻게 만족할 수 있겠어요? 그는 영원히 함께할 신부를 원해요. 자신의 영광에 합당한 하늘의 신부, 그건 라하나뿐이에요."

"이방인들은 라하나를 숭배하지 않았어."

"우리가 틀렸어요. 라하나와 슬라올! 남자와 여자가 서로를 위해 창조되었듯, 그들 역시 서로를 위해 존재해요. 슬라올이 바다 신전에서 왜 내 목숨을 구했을까요? 분명 거기에는 목적이 있었고, 이제 난 그 목적이 무엇인지 알아냈어요. 그는 라하나를 원했기 때문에 인간의 신부를 거부했고, 내가 할 일은 라하나를 슬라올의 품안에 되돌려놓는 것. 난 기도로, 춤으로, 친절함으로 그 사명을 이루겠어요."

아우레나는 사반에게 미소를 짓고 두 손으로 그의 뺨을 감쌌다.

"우리는 위대한 일을 해야 해요, 당신과 내가. 신들의 결혼을 이루어내야 해요. 당신은 신전을 만들고, 나는 신부를 슬라올의 침상으로 데려와야 해요. 내가 그 임무를 수행하는 걸 막지는 않겠죠?"

"카살로 사람들이 당신을 죽일 거야."

아우레나는 고개를 저었다.

"난 그들을 달랠 거예요. 언젠가 그들은 우리의 새 신전에서 신들을 숭배하고 기쁨을 함께 나누게 될 거예요."

아우레나는 미소를 지었다.

"이것이 내가 태어난 이유였어요."

아우레나는 다음 날, 리어와 랄릭을 데리고 떠났다. 군두르는 라사린으로 돌아왔지만, 이십여 명의 전사들은 카살로에 남겨두었다. 아우레나는 전사들에게 숲에서 멧돼지와 사슴을 잡아오게 해 부족민을 먹여 살렸다.

사반은 라사린에 남았다. 카마반은 신전 설계에 여념이 없었고, 때때로 동생의 조언을 구했다. 기둥으로 세울 수 있는 가장 큰 돌은 무엇일까? 돌 위에 다른 돌을 쌓아 올릴 수 있을까? 돌은 어떻게 옮길까? 돌을 다른 모양으로 다듬을 수 있을까? 사반조차 대답할 수 없는 질문이 끊이지 않았다. 겨울이 끝나고 봄이 나무를 녹색으로 물들였지만, 카마반은 여전히 사색에 빠져 있었다.

그러던 어느 날, 질문이 멈췄다. 카마반의 오두막 문에 걸린 장막은 걷히지 않았고, 아무도, 심지어 하락이나 사반조차도 출입이 허락되지 않았다. 라사린 정착지 위에 드리운 안개가 제방 위 해골을 가렸다. 그날은 바람도 없었다. 세상은 희고 조용했다. 신들이 정착지 가까이 있다는 것을 감지한 부족민들은 목소리를 낮추었다.

해가 질 무렵 카마반이 외쳤다.

"찾았다!"

바람이 안개를 다시 몰아냈다.

I7

하늘로 가는 문

우리는 하늘에 닿을 거다.

　하락과 사반은 흙바닥 일부가 평평하게 다져진 카마반의 오두막으로 호출되었다. 사반은 신전의 최종 형태가 완성된 거라고 생각했으나, 나무토막은 아무렇게나 흩어져 있고 카마반은 그 옆에 앉아 있었다. 눈빛이 번들거리고 피부에서도 윤기가 흘러 열이라도 오른 것 같은 모습이었지만, 그 열기는 질병 때문이 아니라 흥분 때문이었다.

　"우리는 지금 있는, 혹은 앞으로 지어질 그 어떤 신전과도 같지 않은 신전을 지을 것이다."

　카마반은 사반과 하락을 맞으며 말했다. 벌거벗은 피부는 오두막을 따뜻하게 밝히는 화톳불 불빛에 붉게 달아올라 있었다. 그는 사반과 하락이 앉을 때까지 기다렸다 깨끗하게 치운 흙바닥 한가운데 나무토막 하나를 놓았다.

　"이건 우리가 이 땅 위에 있다는 사실, 모든 존재의 핵심이라는 사실을 일깨워주는 어머니 돌이다."

　카마반이 몸을 앞뒤로 흔들자 머리와 턱수염에 매달린 뼈가 부딪혔다. 그는 말을 이었다.

　"우리는 사자의 집을 지을 거야. 슬라올의 집이기도 하지. 죽음은 삶으로 이어지는 관문이라는 사실을 일깨워주는 집이야. 슬라올의 집은 신전의 나무 기둥만큼 높은 돌로 지어야 해."

카마반은 가장 긴 나무토막 두 개를 어머니 돌 바로 뒤에 놓았다.

"우리는 하늘에 닿을 거다."

그는 공손하게 말한 다음 작은 나무토막을 두 기둥 꼭대기에 걸쳐서 아주 높고 좁은 문 모양으로 만들었다.

"슬라올의 아치다. 사자가 슬라올에게로 가는 문."

사반은 높다란 아치를 바라보았다.

"얼마나 높아야 하지?"

"신전 기둥 두 개 중에서 긴 것과 같은 높이야."

사반은 형이 깨끗하게 치운 신전에 세운 가느다란 장대 높이를 떠올리고 움찔했다. 사람 키보다 네 배나 높은 아치를 세우자는 것이었다. 사반이 지금껏 본 그 어떤 돌보다 높았다. 과연 그런 돌을 세울 수 있을지, 게다가 그 위에 가로대를 놓을 수 있을지도 알 수 없었다. 그러나 사반은 아무 말도 하지 않았다. 그는 카마반이 처음 두 기둥 옆에 여덟 개의 기둥을 세우는 것을 지켜보았다. 직선이 아니라 어머니 돌을 감싸면서 황소 뿔처럼 날카롭게 휜 모양이었다. 카마반은 한 쌍의 기둥 위에 각각 가로대를 얹어서 다섯 개의 문을 만들었다. 한가운데의 아치가 가장 높았지만, 그 옆의 아치 네 개도 모두 하늘을 찌를 듯 높게 만들어야 했다.

카마반은 네 개의 아치를 두드렸다.

"이 아치는 월석을 가리킨다. 사자가 라하나의 손에서 빠져나올 수 있도록 하는 문이지. 라하나가 동서남북 어디로 가든, 사자는 슬라올의 집으로 가는 문을 찾을 수 있어."

"그리고 가장 큰 아치를 통해 슬라올의 집에서 빠져나오는 건가?"

하락이 물었다. 카마반이 머리를 끄덕였다.

"이렇게 라하나에게서 사자를 빼앗아 슬라올에게 바치는 거요. 생명을 주는 것은 슬라올이지."

"달의 통로, 태양의 통로."

하락은 찬성한다는 듯 말했다.

"아직 끝나지 않았어."

카마반은 서른 개의 나무토막을 세워서 태양의 집 주위에 커다란 원을 만들었다. 돌은 하나만 빼고 모두 같은 크기에 네모반듯했다. 모두 가운데 있는 아치보다 짧고, 마지막 기둥 한 쌍은 높이는 같되 폭은 절반이었다.

"이 기둥은 달의 날짜를 가리킨다."

카마반이 설명하자 하락은 고개를 끄덕였다. 서른 개의 돌은 달이 무(無)에서 만월로 변하는 29일과 하루의 절반을 가리켰다.

"이렇게 하면 라하나도 우리가 알아본다는 것을 이해할 것이다."

"하지만 슬라올은…."

하락은 슬라올의 집 주위에 라하나에게 바치는 기둥을 세운다는 사실이 마땅치 않아서 입을 열었다. 카마반은 그의 말을 막고 서른 개의 나무토막을 집어 기둥 위에 가로대처럼 하나하나 얹었다.

"슬라올을 뜻하는 원도 만든다. 라하나는 이 원을 머리에 이고 있어야 하며, 슬라올에게 복종하는 것이 자신의 의무라는 것을 깨달을 것이다."

"하늘의 원."

사반은 나직하게 말했다. 어떻게 이런 신전을 세울지는 알 수 없었지만, 나무토막을 바라보고 있으려니 가슴이 벅차올랐다. 장관일 거라는 생각이 들었다. 이건 그냥 모형일 뿐, 카마반도 나무처럼 옮길 수 있고 쉽게 모양을 낼 수 있는 돌을 염두에 두고 있을 것이다.

카마반은 다른 돌과 아주 멀리 떨어진 곳, 성스러운 길을 만들 산비탈에 마지막 나무토막을 놓았다.

"이것은…."

그러곤 마지막 나무토막을 톡톡 쳤다.

"태양석이다. 하지에 이 그림자는 태양의 집까지 가 닿을 것이며, 동지에 태양빛은 긴 아치를 지나 이 돌에 가 닿을 것이다. 슬라올이 죽을 때 그 마지막 빛은 그의 가장 큰 힘을 나타내는 이 돌에 닿는다."

"슬라올도 기억하겠군."

하락이 말했다. 카마반은 동의했다.

"슬라올은 우리가 그의 힘을 다시 원한다는 것을 알고 겨울과 싸워 이겨 다시 우리에게 돌아올 것이다. 가까이, 좀 더 가까이. 이 원이…."

그는 하늘의 원을 가리켰다.

"라하나의 열두 달과 일치할 때까지. 그렇게 되면 슬라올과 라하나는 결혼하고 우리는 축복을 받게 된다. 우리는 축복받게 된다."

카마반은 나무토막으로 세운 신전 모형을 바라보며 침묵에 잠겼다. 흰 석회암 제방과 해자로 둘러싸인 돌 신전이 녹색 산비탈에 당당하게 서 있는 모습이 마음의 눈을 통해 보이는 듯했다. 저 멀리 떨어진 신들을 집으로 불러들이는 석회암의 원과 돌의 원과 아치로 된 집.

사반은 나무토막을 바라보았다. 나무 그림자가 검정색과 빨강색으로 흔들리며 복잡한 문양을 그리고 있었다. 카마반이 옳다고 그는 생각했다. 온 세상에, 하늘 아래, 회색 바다 사이에 이런 신전은 없다. 이렇게 장대하고, 깨끗하고, 짓기 힘든 신전은 꿈에서도 본 적이 없었다.

"할 수 있을까?"

카마반은 약간 초조한 기색으로 물었다. 사반은 대답했다.

"신들이 원하신다면."

"슬라올이 원하신다."

카마반은 자신 있게 답했다.

"슬라올이 지어야 한다고 명하신다! 3년 안에."

3년! 사반은 얼굴을 찡그렸다.

"그보다 더 오래 걸릴 거야."

사반은 형의 반박을 예상하며 나직이 말했다. 카마반은 비관적인 생각을 떨치듯 고개를 저으며 말했다.

"원하는 건 뭐든 말해. 인력이든, 목재든, 썰매든, 황소든, 원하는 건 뭐든지."

"인력이 많이 필요할 거야."

"노예를 쓰면 돼. 신전을 다 지으면 너도 아우레나와 다시 결합할 수 있어."

이렇게 사반은 일을 시작했다. 카마반의 이상에 감화된 그는 즐겁게 일하며, 신들이 정상적인 규칙을 회복해 온 세상의 근심을 없애줄 날만을 고대했다. 그는 메레스에게 장정들을 마텐 인근 숲으로 데려가 참나무를 베어오도록 했다. 나뭇가지를 쳐내고 잘라서 썰매로 만드는 것도 그쪽 정착지에서 할 일이었다. 넓은 활주부 위에 커다란 목재 세 개를 이어 돌을 올려놓을 받침대를 만들고, 앞쪽에는 황소를 묶을 네 번째 목재를 달았다. 작은 돌은 사람이 끌 수 있겠지만, 태양의 집에 필요한 돌 열 개와 하늘의 원에 띄울 돌 서른 개는 황소가 끌어야 하기 때문에 썰매를 만들 때도 이를 고려해야 했다. 황소에 채울 밧줄도 필요했다. 그러려면 황소를 죽여서 그 가죽을 무두질한 뒤 자르고 꼬아서 강한 밧줄을 만들어야 했다. 라사린과 카살로의 황소로는 충분하지 않았기 때문에, 군두르와 바칼은 전사를 이끌고 황소를 약탈하러 출동했다. 사반은 물을 채운 구덩이에 적신 참피나무 껍질을 세로로 자르고 꼬아서 긴 줄을 만든 다음 둘둘 말아 창고에 보관했다.

카마반은 사르메닌에서 가져온 돌이 서 있던 곳에 신전의 평면도를 그렸다. 먼저 신전 한가운데 꽂은 못에 줄을 매달고 쟁기를 연결해 원을 그렸다. 하늘 원을 세울 자리였다. 이어서 서른 개의 돌을 세울 위치를 표시한 다음 태양의 집을 세울 곳에도 못을 박았다. 신전 한복판에는 매일 수많은 사람이 지나다녀 풀이 나지 않았고, 사르메닌의 돌을 파내고 그 구덩이를 메웠던 석회암 덩어리도 원 여기저기에 흩어져 있었다.

카마반은 사반에게 정확한 크기로 자른 버드나무 막대 여섯 개를 주고, 각각의 길이에 해당하는 돌이 몇 개나 필요한지 알려주었다. 가장 긴 막대는 사람 키의 네 배였는데, 이는 땅 위로 튀어나올 부분만 잰 길이였다. 폭풍과 바람에 견디려면 그 길이의 3분의 1 정도는 땅에 파묻어야 한다. 카마반은 이렇게 거대한 돌 두 개를 요구했다. 카살로 지역을 둘러보니 그 정도로 큰 돌은 하나밖에 없었다. 그다음으로 큰 돌은 너무 짧았지만, 얕게 묻으면 서 있을 것 같기는 했다. 짧은 돌은 카살로의 녹색 언덕 여기저기에 흩어져 있었기 때문에 고르기가 쉬웠다. 사반은 태양의 아치에 기둥으로 세울 무시무시한 돌을 몇 번이고 가서 살펴보았다.

진정 무시무시한 돌이었다. 너무나 거대해서 마치 대지의 갈비뼈 같았다. 그리 두껍지는 않아서 이끼가 낀 윗부분이 사반의 무릎 높이에도 못 미칠 정도였지만, 돌의 부피 거의 대부분은 땅속에 묻혀 있었다. 폭이 가장 넓은 지점은 네 걸음이 조금 넘었고, 길이는 열세 걸음이 넘었다. 열세 걸음이라니! 이걸 세울 수 있다면 정말 하늘에 닿겠지만, 과연 어떻게 세울 것인가? 어떻게 땅에서 들어 올려 라사린으로 가져갈 것인가? 사반은 돌을 어루만지며 햇빛을 받아 따뜻해진 표면의 온기를 느꼈다. 작은 돌을 땅에서 파내 참나무 썰매에 싣는 것은 쉬울 것 같았다. 하지만 이 거대한 돌을 땅에서 들어 올리려면 온 세상 사람이 다 달라붙어도 어려울 것 같았다.

게다가 이것을 옮기려면 지금까지 만들었던 가장 큰 썰매보다 세 배는 더 큰 썰매가 필요했다. 사반은 참나무를 좁고 긴 오두막에서 말려 썰매를 만들기로 결정했다. 말린 나무는 생나무처럼 튼튼하지만 훨씬 가볍다. 사반은 큰 돌을 끌고 산을 넘어가려면 썰매를 가능한 한 가볍게 만들어야 한다고 생각했다. 일년 정도 목재를 말리면서 돌을 어떻게 들어 올릴지 강구하기로 했다.

아우레나는 카살로 신전에 있었다. 그녀는 사슴 가죽을 세로로 수없이 잘라 사이사이에 어치 깃털을 박아 넣은 특이한 예복을 입었다. 옷은 산들바람이 불 때마다 파란색과 흰색으로 빛났다.

"사람들은 여제사장은 남과 다른 모습일 거라고 생각해요."

아우레나가 그 옷에 대해 설명하면서 말했다. 새삼 사반은 그녀의 아름다움에 감탄했다. 창백한 피부에는 여전히 티끌 하나 없었고, 눈빛은 단호하고 부드러웠으며, 짧게 자른 머리는 다시 자라 부드러운 금색 모자처럼 얼굴을 덮고 있었다. 얼굴은 행복감으로 빛났다. 그녀는 패배한 카살로 부족이 오두막에서 말리고 있는 목재를 불태우면 어쩌나 하는 사반의 걱정에 웃음을 터뜨렸다.

"그들은 우리 신전을 완성하기 위해 열심히 일할 거예요."

"그래?"

사반은 놀라 물었다.

"신전이 완성되면 자유를 준다고 했거든요. 내가 약속했어요."

"당신이 자유를 약속해? 카마반은 뭐래?"

"카마반은 슬라올의 뜻에 따를 거예요."

아우레나는 사반에게 정착지를 구경시켜주었다. 그녀는 카살로 사람들이 선의를 갖고 있다고 유쾌하게 주장했지만, 사반의 눈에 비친 부족민들은 음울하고 분한 얼굴이었다. 족장이 죽고, 마법사는 사라졌으며, 자신들은 라사린 전사들의 창칼 아래에서 살아가고 있으니 당연하다. 사반은 그들이 목재를 불태우려 하지 않을까 하는 걱정이 다시금 들었다. 아우레나와 두 아이의 목숨도 걱정되기는 마찬가지였다. 하지만 아우레나는 사반의 그런 걱정을 웃어 넘겼다. 그녀는 라사린 전사들의 보호를 거절한 채 호위병도 없이 굴욕을 당한 부족민 사이를 돌아다녔다.

"그들은 날 좋아해요."

아우레나는 이렇게 말하고, 자신이 카살로의 성소를 모독하지 않기 위해 싸운 이야기를 해주었다. 하락이 신전의 돌을 뽑아서 라사린으로 가져가려 했을 때, 아우레나는 그것들을 그냥 두라고 카마반을 설득했다.

"우리의 임무는 라하나를 유혹하는 것이지 기분을 상하게 하는 것이 아닙니다."

아우레나는 카마반에게 이렇게 말했고, 그래서 신전은 무사했다. 카살로 사람들은 이 일에서 조금의 위안을 얻었다.

그들은 아우레나에게서도 위안을 얻고 있는 듯했다. 그녀는 자신이 라하나의 사제라고 주장했다. 그리고 하락의 의견을 존중해서이기도 하지만 살아 있는 생명을 희생하는 것은 허락하지 않았으며, 카살로 부족의 기도를 배웠다. 밤마다 달을 향해 노래를 불렀고, 새벽마다 라하나의 빛이 흐려지는 것을 탄식하며 신전을 세 번 돌았다. 카살로 사제들에게도 자문을 구했고, 아무도 굶주리지 않도록 식량을 배급했다. 무엇보다도 사나스와 데레윈 못지않은 치유 능력을 보여주었다. 아니, 데레윈보다 더 낫다는 평판이 많았다. 아우레나는 모든 아이를 사랑했다. 여인들이 아들딸을 데려오면 데레윈에게서는 볼 수 없었던 친절함과 끈기로 그들의 아픔을 달래주곤 했다. 요즘은 십여 명의 고아들이 아우레나의 오두막에서 살고 있었다. 그녀는 아이들을 먹이고, 입히고, 가르쳤으며, 오두막은 카살로 여인들이 모이는 장소가 되었다.

"난 여기가 좋아요."

아우레나는 사반과 함께 신전으로 돌아가며 말했다.

"난 여기서 행복해요."

"난 당신과 함께 있으면 행복할 거야."

사반은 유쾌하게 말했다. 아우레나는 놀란 듯 물었다.

"나와 함께?"

사반은 미소를 지었다. 한겨울 이후로 아내를 보지 못했다. 사반은 그녀를 그리워했다.

"곧 돌을 옮기기 시작할 거야. 작은 돌부터 옮기고, 큰 돌도 차례차례. 그러니까 나도 여기서 지내야 해. 상당 기간."

아우레나는 미간을 찌푸렸다.

"여긴 안 돼요. 내 오두막은."

아이들이 시끄럽게 떠들며 오두막에서 쏟아져 나왔다. 리어가 맨 앞에 서 있었다. 사반은 아들을 안고 빙빙 돌며 허공에 던져 올렸다. 아우레나는 리어가 땅에 내려서자 아이를 밀어내고 사반의 팔을 잡았다.

"우린 예전처럼 함께 살 수 없어요. 그건 적절치 못해요."

"적절치 못하다니?"

아우레나는 말없이 몇 걸음 옮겼다. 아이들은 작은 얼굴로 어른들을 걱정스럽게 바라보며 뒤를 따랐다.

"당신과 나는 당신이 지을 신전의 종이에요. 신전은 라하나의 결혼 신전이고요."

"그게 당신과 나랑 무슨 상관이야?"

"라하나는 그 결혼에 저항할 거예요. 라하나는 슬라올과 맞서려고 하는데, 우리는 영원히 그녀를 슬라올의 손에 두려고 하니까요. 그녀는 반항할 거예요. 내 임무는 라하나를 달래는 것. 내가 여기로 보내진 이유는 그 때문이에요."

아우레나는 잠시 말을 끊고 얼굴을 찌푸렸다.

"데레윈이 아직 살아 있다는 소문 들었어요?"

"들었어."

"그녀는 라하나를 우리에게 저항하도록 할 거예요. 그러니 난 데레윈에 맞서야 해요."

아우레나는 이 말을 들으면 사반도 만족할 것이라는 듯 평화롭게 미소를 지었다.

사반은 분홍색과 갈색 꿀벌난이 빽빽하게 자란 해자를 바라보았다. 아이들은 자기들의 탐욕스러운 손에 벌집을 쥐어주는 아우레나 곁에 몰려들었다. 돌아서서 그녀를 바라본 순간, 사반은 늘 그렇듯 놀라운 아름다움에 감탄했다.

"내가 여기서 살 수도 있어."

그러곤 사나스의 낡은 오두막을 가리켰다.

"라사린보다 살기가 더 좋은 곳이야. 적어도 돌을 옮기는 동안에는."

"오, 사반!"

아우레나는 나무라듯이 말했다.

"내 말 이해 못하겠어요? 난 머리를 잘랐어요! 예전의 인생에서 등을 돌렸다구요. 이제 라하나에게, 오로지 라하나에게 바쳐진 몸이에요. 슬라올도, 당신도 아닌, 오로지 라하나에게! 신전이 지어지면 라하나도 외로움에서 벗어날 테니 우리도 함께 살 수 있겠지만, 그때까지는 그 외로움을 함께 나누어야 해요."

"우리는 결혼했잖아!"

사반은 성난 음성으로 소리쳤다. 아우레나는 평온하게 말했다.

"언젠가 다시 결혼하게 되겠죠. 하지만 지금 나는 라하나의 사제, 그게 나의 희생이에요."

"카마반이 그러라고 했어?"

사반은 분한 듯 물었다. 아우레나는 단호하게 말했다.

"내가 꿈을 꾸었어요. 라하나가 내 꿈에 나타나요. 물론 저항하고 있지만, 난 끈기 있게 대하고 있어요. 라하나는 반짝이는 긴 예복을 입은 여인의 모습으로 나타나요. 정말 아름다워요, 사반! 너무나 아름답고 상처 입은 모습이에요. 그녀를 하늘에서 보고 소리쳐 부르면, 라하나도 가끔 내 목소리를 들어요. 슬라올을 신전으로 모셔오면 라하나도 우리에게 올 거예요. 확신해요."

아우레나는 사반도 자신처럼 행복을 느낄 것이라는 듯 웃었다.

"하지만 그날까지 우리는 평화롭고, 순종하고, 성실해야 해요."

아우레나는 돌아서서 아이들에게 물었다.

"우리는 어떻게 해야 한다고 했지?"

"평화롭고, 순종하고, 성실해야 한다!"

아이들은 입을 모아 말했다. 아우레나는 사반을 돌아보았다.

"당신이 오두막에 오는 것을 막을 수는 없지만, 그거 라하나를 몰아내는 짓이고 신전도 무의미해질 거예요."

라사린으로 돌아온 사반은 하락에게 아우레나의 말을 전했다. 하락은 잠시 생각에 잠긴 다음 어깨를 으쓱했다.

"자네가 치러야 할 몫이야. 우리 모두 신전을 위해 각자 희생해야 해. 자네 형은 미래를 그리느라 고통스러워하고 있고, 나는 다시 사제 노릇을 하고 있잖나. 자네는 당분간 아우레나를 잃었고. 좋은 것은 쉽게 얻을 수 없는 법."

"그럼 아내와 동침하자고 고집 부리지 말아야 합니까?"

"노예 소녀를 얻게."

하락은 엄한 목소리로 말했다.

"아우레나는 잊어. 그녀는 당분간 라하나의 외로움을 함께 나누어야 하고, 자네는 신전을 지어야 해. 그러니 노예 소녀를 얻고 아내는 잊어. 그냥 신전만 짓게, 사반. 신전만 지어."

신전을 지으려면 우선 돌부터 카살로에서 옮겨와야 했다. 라사린까지 직선거리로 옮길 수는 없었다. 마덴 인근 습지를 지나고 그쪽 정착지 남쪽의 가파른 산도 넘어야 했는데, 큰 돌은 도저히 그 길로 운반할 수 없었다. 사반은 여름 내내 좀 더 좋은 길을 찾아 다녔다. 그때마다 리어도 동반했다. 이제 아들도 정착지에서 멀리 떨어진 곳에서 살아남는 방법을 배워야 할 때가 되었기 때문이다. 사반과 리어는 서쪽 지역을 떠돌아다니며 습지와 가파른 산이 없는 길을 찾아 헤맸다. 늦여름 내내 돌아다니던 사반은 마침내 카살로에서 일단 서쪽으로 가다가 크게 반원을 그리며 하늘 신전으로 이어지는 길을 찾아냈다.

리어와 함께 다니는 것은 즐거웠다. 늘 추방자들을 경계하긴 했지만, 서쪽 지역은 라사린 전사들이 자주 약탈을 나서는 곳이기 때문에 아무도 보이지 않았다. 사반은 리어에게 활 쏘는 법을 가르쳐주었고, 여행 마지막 날에는 화살로 수사슴을 쏘아 잡은 다음 아들에게 창으로 그 숨을 끊으라고 했다. 리어는 하느라고 열심히 했지만, 사슴 가죽에 구멍을 뚫는 데 얼마나 큰 힘이 필요한지 깨닫고 놀란 듯했다. 아이는 버둥거리는 사슴의 다리를 겨우 피해 청동 칼을 제대로 박았다. 아들의 첫 사냥을 기념하기 위해 사반은 리어의 얼굴에 사슴 피를 발라주었다. 리어가 아버지에게 물었다.

"사슴이 다시 살아날까요?"

"그렇진 않을 거다."

사반은 미소를 지었다. 그리고 사슴의 뱃가죽을 뜯은 다음 칼로 내장을 감싼 근육을 갈랐다.

"그 전에 벌써 고기를 거의 다 먹을 테니까!"

"엄마 말로는 우리 모두가 다시 살아난대요."

리어는 진심 어린 목소리로 말했다. 사반은 허리를 세우고 아들을 보았다. 손과 손목은 피로 흥건했다.

"엄마가 뭐라고 했다고?"

"신전이 다 지어지면 무덤이 텅 빌 거래요. 사랑했던 모든 사람들이 다시 살아날 거래요. 엄마가 그랬어요."

사반은 아들이 혹시 아우레나의 말을 잘못 이해한 게 아닌가 싶었다. 그는 가볍게 물었다.

"다 살아나면, 그 사람들을 전부 어떻게 먹여 살리겠니? 살아 있는 사람들을 먹이는 것만 해도 힘든데."

"아픈 사람도 없을 거라고 했어요. 불행한 사람도 없을 거라고."

"그 때문에 신전을 만드는 거야."

사반은 다시 따뜻한 사슴의 살에 칼을 들이밀어 비비 꼬인 창자를 드러냈다. 리어가 어머니의 말을 잘못 들은 것이리라. 카마반도, 하락도 신전이 죽음 자체를 정복할 거라고 말한 적은 없었다.

그날 밤, 라사린으로 돌아온 사반은 카마반에게 리어에게서 들은 얘기를 해주었다.

"더 이상 죽음이 없다고?"

카마반이 말했다. 그와 사반은 아버지의 옛 오두막에서 돼지고기로 식사를 하고 있었다. 카마반의 여자 노예 여섯 명이 시중을 들었다. 카마반이 이빨로 갈빗대를 뜯으며 말을 이었다.

"아우레나가 그렇게 말했다고?"

"리어 말로는."

"영리한 놈이군."

카마반은 얼굴에 피를 묻힌 채 오두막 한쪽에서 잠들어 있는 리어를 돌아보고 신중하게 말했다.

"그것도 가능하다고 봐."

"죽은 사람들이 살아난다고?"

사반은 놀라 물었다.

"신들이 재결합하면 무슨 일이 일어날지 어떻게 알겠어?"

카마반은 다른 갈빗대를 집어 들며 말을 이었다.

"겨울은 사라질 거야. 그건 확신해. 그렇다면 죽음은? 안 될 것 없잖아?"

그는 미간을 찌푸리며 생각에 잠겼다.

"우리는 왜 신을 섬기지?"

이윽고 카마반이 물었다.

"좋은 수확과 아이들의 건강을 위해서."

카마반이 사반의 대답을 정정했다.

"우리가 신을 섬기는 건 삶이 끝은 아니기 때문이지. 죽음은 끝이 아니야. 죽음 뒤에도 우리는 살아가. 어디서? 라하나와 함께 밤 속에서. 그러나 생명을 주는 것은 라하나가 아니라 슬라올이야. 우리 신전은 죽은 자들을 라하나에게서 데려와 슬라올의 품으로 돌려놓을 거다. 그러니 어쩌면 아우레나 말이 옳을지도 몰라. 블랙베리 좀 먹어라. 올해 첫 수확이니까. 아주 맛있어."

노예 소녀 하나가 블랙베리를 갖다 놓고 카마반 옆에 앉았다. 카살로 출신의 날씬한 소녀는 크고 깊은 눈에 머리카락은 곱슬곱슬한 검은색이었다. 그녀가 카마반의 어깨에 머리를 얹자 카마반은 무심하게 한 손을 튜닉 안에 넣고 젖가슴을 어루만졌다.

"내가 신전에 정신이 팔려 있는 동안, 아우레나는 그런 생각을 했군. 신들을 다시 결합시키면 우리에게 뭔가 상을 내릴 거라고. 그럴듯하지 않아? 죽음을 없애는 것보다 더 큰 상이 어디 있을까?"

카마반은 블랙베리를 소녀의 입에 넣어주고 말을 이었다.

"돌은 언제부터 나르지?"

"서리가 내려서 땅이 굳으면 곧바로."

"노예가 필요할 거다."

카마반은 소녀에게 블랙베리를 하나 더 먹였다. 소녀가 장난스럽게 카마반의 손가락을 깨물자 카마반은 그녀를 꼬집었다. 소녀가 웃음을 터뜨렸다."

"겨울에 부대를 내보내 노예를 더 잡아오도록 하마."

"나한테 필요한 건 노예가 아니야."

사반은 멍하니 말했다. 형의 노예가 부러웠다. 하락의 조언을 듣지는 않았지만, 때로 마음이 흔들릴 때가 있었다.

"황소가 필요해."

"황소는 보내주마. 하지만 노예도 필요할 거야. 돌을 깎아내야 하잖아. 황소는 못하지!"

"깎아내?"

사반이 큰 소리로 묻는 바람에 리어가 잠에서 깼다.

"당연하지!"

카마반은 노예를 만지지 않는 손으로 신전 모형의 나무토막을 가리켰다. 리어가 저녁에 갖고 놀던 장난감이었다.

"돌은 이 나무토막처럼 매끈해야 해. 카살로 신전처럼 울퉁불퉁한 돌은 어느 부족이든 올릴 수 있지만, 우리 부족의 신전은 매끈해야 한다. 아름다워야 해. 완벽할 거다."

사반은 형의 태평한 요구에 얼굴을 찌푸렸다.

"돌이 얼마나 단단한지 알아?"

"난 돌을 매끈하게 깎아내야 한다는 걸 알 뿐이야. 그리고 네가 그 일을 해야 한다는 걸."

카마반은 고집스럽게 말했다.

"이러쿵저러쿵 이야기하는 시간이 길어질수록, 일은 더 오래 걸리겠지."

사반과 리어는 다음 날 카살로로 돌아갔다. 리어가 얼굴에 딱지처럼 말라붙은 사슴 피를 묻힌 채 달려가자 아우레나는 기겁을 했다. 그녀는 손가락에 침을 뱉어 피를 닦은 다음 사반을 나무랐다.

"리어는 사냥하는 법을 배울 필요가 없어요!"

"모든 남자한테는 첫 사냥이 필요해. 사냥을 못하면 먹을 수가 없어."

"사제는 사냥을 하지 않아요. 리어는 사제가 될 거라구요."

아우레나는 성난 목소리로 말했다.

"자기가 원하지 않을 수도 있잖아."

"내가 꿈을 꾸었어요!"

아우레나는 이번에도 사반이 도전할 수 없는 권위를 내세웠다.

"신들이 그렇게 결정하셨어요."

그는 리어를 데리고 갔다.

사반이 산비탈에서 첫 번째 돌을 옮긴 것은 추수가 끝난 뒤였다. 작은 돌이었지만, 그래도 썰매에 실어 언덕을 내려오는 데 황소 스물네 마리가 필요했다. 황소는 한 줄당 여덟 마리씩 세 줄로 늘어섰고, 줄 뒤에는 마구를 묶는 나무둥치를 댔다. 나무둥치는 각각 황소 가죽을 꼬아 만든 긴 줄 두 개로 썰매에 묶었다. 처음 몇 걸음 걸어보니, 앞쪽의 황소가 비틀거리면 뒤쪽의 황소가 줄을 밟곤 했다. 사반은 잠시 썰매를 멈추게 하고 십여 명의 작은 소년들을 정착지에서 불러와 황소들 틈에서 걷다가 줄이 느슨해지면 높이 들게 했다. 소년들에게는 황소를 몰 날카로운 막대기를 쥐어주었다. 썰매 앞에서도 역시 십여 명의 어른과 아이들이 썰매가 나아가는 데 지장을 주는 나뭇가지를 줍고 덤불을 발로 밟아 평평하게 다졌다. 돌 뒤에서는 황소 열 마리가 따라갔다. 썰매를 끌다 쓰러지는 황소를 대체하고 사료와 예비 밧줄을 싣고 가기 위함이었다.

돌을 산에서 끌어와 카살로의 신전을 통과하는 데만 하루가 꼬박 걸렸다. 황소가 지나가자 아우레나는 여자들을 모아 라하나를 찬양하는 노래를 부르게 했다. 라사린의 하락도 와서 첫 번째 돌이 신전을 지나가는 광경을 환한 얼굴로 바라보았다. 그는 황소 뿔에 제비꽃 목걸이를 걸어주고, 카살로의 사제들도 돌 위에 조팝나무를 뿌려주었다. 라사린 정복자들과 가장 먼저 화해한 사람은 사제들이었다. 카마반이 청동과 호박, 흑석 같은 선물을 넉넉히 주었기 때문이다.

마구는 커다란 가죽으로 만들었지만, 첫 날부터 황소의 목이 벌겋게 쓸려 피가 났다. 사반은 아이들을 시켜 돼지기름을 가죽에 바르게 했다. 다음 날, 그들은 카살로 영역 밖까지 돌을 날랐다. 대부분의 어른과 아이들은 정착지로 돌아가 식사를 하고 잠을 잤지만, 몇몇은 사반과 함께 남아 돌을 지켰다. 그들은 모닥불을 피우고 말린 고기와 배, 근처 숲에서 딴 블랙베리로 요기를 했다. 모닥불 주위에는 사반 외에 어른 셋과 아이 넷이 있었다. 모두 카살로 사람들이었다. 처음에는 서먹해하더니 식사를 끝내자 한 남자가 사반을 돌아보았다. 모닥불에서 타오르는 불꽃이 별을 향해 올라가고 있었다.

"당신은 데레윈의 친구요?"

"그랬소."

"그녀는 아직 살아 있소."

남자는 도전적으로 말했다. 그의 뺨에는 라사린과의 전투 때 화살에 맞은 흉터가 있었다. 사반은 대답했다.

"나도 아직 살아 있기를 바라오."

"살아 있기를 바란다고?"

남자는 어리둥절한 듯했다. 사반은 단호하게 말했다.

"말했듯이 난 그녀의 친구요. 아직 살아 있는 게 사실이라면, 당신들은 말조심을 해야 할 거요. 라사린 창병들이 그녀를 찾아 숲을 뒤질지도 모르니까."

다른 남자가 두루미 다리로 만든 피리로 짧은 가락을 불었다. 연주를 마친 뒤 그가 말했다.

"맘대로 뒤지라지. 절대 못 찾을 테니까. 데레윈의 아이도."

처음 말을 건 베나라는 남자가 모닥불을 막대기로 쑤시자 불꽃이 더 많이 일었다. 그가 사반을 흘겨보며 물었다.

"여기서 우리랑 있는 게 무섭지 않소?"

"무서웠으면 안 왔을 거요."

"두려워할 필요 없소."

베나는 아주 조용히 말했다.

"데레윈이 당신을 죽이면 안 된다고 했으니까."

사반은 미소를 지었다. 여름 내내 그는 데레윈이 가까운 곳에서 정복자들 몰래 부족민과 연락을 취하고 있을지 모른다고 생각했다. 어쨌든 그녀가 자신을 죽이지 말라고 지시했다는 말은 감동적이었다.

"하지만 당신이 라사린으로 돌을 옮기는 걸 방해한다면 난 당신과 싸울 거고, 당신은 날 죽여야 할 거요."

베나는 고개를 저었다.

"우리가 옮기지 않아도 어차피 다른 사람이 해야 할 테니까."

피리를 불던 남자가 덧붙였다.

"게다가 우리 여인들은 당신이 죽으면 라하나가 노여워할까봐 두려워하고 있소."

"라하나가 노여워해?"

사반은 어리둥절해서 물었다. 라사린이 복수를 한다면 몰라도, 라하나의 노여움이라니? 베나는 이맛살을 찌푸렸다.

"우리 여인들 중에는 아우레나가 라하나 자신이라고 믿는 사람들이 있소."

"정말 아름답지."

두 번째 남자가 동경하는 듯한 말투로 중얼거렸다. 베나가 말했다.

"슬라올이 그녀의 목숨을 살려주었다던데, 사실이오?"

"그녀는 라하나가 아니오."

사반은 데레윈이 이런 소문을 들으면 어떻게 나올지 두려워서 단호하게 말했다. 베나가 대답했다.

"여자들은 그렇게들 생각하고 있소."

베나 자신은 어떻게 생각해야 할지 갈등하고 있는 듯한 말투였다. 데레윈에 대한 충성심과 아우레나에 대한 경외심 사이에서 아직 갈피를 못 잡고 있는 것 같았다. 아우레나 자신이 그런 소문을 퍼뜨렸다고는 생각할 수 없고, 어쩌면 카마반의 짓인지도 몰랐다. 그럴듯했다. 카살로 사람들은 여자 마법사를 잃었다. 여신보다 더 좋은 대용물이 어디 있겠는가?

"이방인들은 그녀를 여신으로 모시지 않았소?"

베나가 물었다. 사반은 고집스레 말했다.

"아우레나는 여자요. 그냥 여자."

"사나스도 마찬가지였지."

"당신 형은 슬라올이라던데. 그럼 아우레나라고 라하나가 아니란 법이 있나?"

피리 불던 남자가 말했다. 사반은 더 이상 대답하지 않았다. 그는 잠을 청했다. 아니, 망토로 몸을 감싼 채 어렴풋한 연기 너머로 하늘에 가득한 초롱초롱한 별을 쳐다보았다. 아우레나가 정말 여신으로 변해가고 있는 건 아닐까? 그녀의 아름다움은 전혀 바래지 않았고, 그 평온함은 절대 깨지는 법이 없었으며, 자신감도 확고했다.

첫 번째 돌을 라사린까지 운반하는 데는 열하루가 걸렸다. 돌을 내려놓은 뒤 베나와 인부들은 다른 돌을 운반하기 위해 황소와 썰매를 끌고 카살로로 돌아가고, 사반은 하늘 신전에 머물렀다. 첫 번째 돌은 가장 작은 것으로 기둥 위에 얹을 서른 개의 하늘 원 중 하나였다. 카마반은 하늘 원의 위치를 동심원 두 개로 땅에 표시해두고 돌을 그 사이에 정확히 얹어야 한다고 주장했다.

"모양을 다듬어야 해. 바깥쪽 윤곽은 큰 원에 들어맞고, 안쪽 윤곽은 작은 원에 들어맞도록."

사반은 돌덩어리를 바라보았다. 울퉁불퉁한 돌은 두 원 밖으로 한참 튀어나와 있었지만, 카마반은 넓은 원의 30분의 1에 딱 들어맞도록 돌을 다듬으라고 지시했다.

"하늘 원을 이루는 서른 개의 돌은 모두 길이가 같아야 해."

카마반은 열정적으로 설명했다.

"하지만 끝은 깎아내지 마."

그는 석회암 조각을 들고 돌의 평평한 표면에 그림을 그렸다.

"한쪽 끝은 이렇게 튀어나오게 하고, 반대쪽 끝은 오목하게 홈을 파. 서로 인접한 돌 두 개가 맞물리도록."

차라리 태양을 깎거나, 바다 밑바닥의 물을 엉겅퀴로 닦아내거나, 숲의 나뭇잎 개수를 세는 게 쉬울 거라고 사반은 생각했다. 하늘 원을 이루는 돌뿐 아니라 그 돌을 높이 받칠 서른 개의 돌, 훨씬 큰 태양의 집을 이룰 열다섯 개의 거대한 돌도 깎아야 했다. 카마반은 모든 돌의 크기를 정확히 계산해서 버드나무 막대로 만들었다. 사반은 신전 가까운 곳에 지은 오두막에 그 막대를 보관했다. 그 오두막은 이제 사반의 집이었다. 그는 노예에게 장작과 물을 가져오게 하고 요리를 시켰다. 그리고 노예들에게 한겨울쯤 도착한 여섯 개의 돌을 다듬으라고 지시했다.

여섯 개의 회색 돌은 카살로에서 가져온 다른 돌들과 마찬가지로 판형이었다. 윗면과 아랫면은 거의 평평한 데다 서로 평행을 이루었다. 게다가 모든 돌의 두께가 비슷했기 때문에 모서리를 사각으로 깎아내고 오두막에 보관해둔 버드나무 막대의 길이대로 잘라내기만 하면 그만이었다. 그러나 너무 단단했다. 사르메닌의 돌보다 훨씬 단단했기 때문에 돌망치가 수도 없이 부러졌다. 사반은 머리가 사람 해골 크기만 한 좀 더 단단한 돌망치를 만들었다. 노예들이 돌망치를 들어 올렸다 내리칠 때마다 돌 조각이 튀었다. 이렇게 조금씩, 조금씩 모양이 완성되어갔다.

일을 거듭할수록 요령이 생겼다. 가장자리를 깎아내는 것보다 돌 표면에 얕은 홈을 파는 것이 더욱 빨랐다. 어떤 돌에는 갈색 줄무늬가 있었다. 사반은 이 변색된 부위가 약하다는 것을 깨닫고 돌을 다듬는 데이 줄무늬를 적절히 이용했다. 십여 개의 망치로 갈색 줄무늬 한쪽 면을 동시에 내려치면 커다란 돌 조각이 한꺼번에 떨어져나갔다. 이 방법으로도 만족하지 못한 사반은 변색 부위에 불을 붙이고 돼지기름을 떨어뜨려 열기를 돌 표면 아래로 내려 보냈다. 그리고 기름이 지글거리면서 돌이 거의 붉게 달아오를 즈음 차가운 물을 부으면 돌이 변색 부위를 중심으로 갈라졌다. 이따금 이미 갈라져 있는 틈새에 쐐기를 집어넣고 망치로 두드려 깨는 경우도 있었고, 추운 밤에 그 틈새로 물을 집어넣고 얼리면 얼음 속에 갇힌 물의 정령이 돌을 깨고 탈출하기도 했다. 그러나 대부분의 돌은 고된 노력과 반복적인 연마, 끊임없는 망치질로 다듬어야 했다. 망치 소리와 숫돌 가는 소리가 끊이지 않았다. 꿈속에서도 돌 가는 소리, 돌 부수는 소리, 돌과 돌이 마찰하는 소리가 들려올 정도였다. 사반의 피부는 돌처럼 회색으로 변했고, 머리카락과 턱수염에도 돌먼지가 하얗게 내려앉았다.

두 번째 해에는 돌 여덟 개, 세 번째 해에는 열세 개가 도착했다. 돌을 갈고 망치질하고 쪼개고 태울 인부가 더 많이 필요했다. 신전으로 음식과 물을 가져다줄 노예도 더 필요했다. 카마반은 전투 부대를 수시로 보내 포로를 잡아오게 했다. 직접 전사들을 이끌고 나가는 경우도 있었다. 카마반은 이제 칼을 차고 청동판을 댄 튜닉을 입었다. 그리고 못을 박아 머리에 꼭 맞도록 그릇 모양으로 기발하게 이은 청동 모자를 쓰고 다녔다. 사람들은 카마반을 렌가 못지않은 위대한 전사이자 사나스보다 더 훌륭한 마법사로 여겼다. 창으로 물리치지 못한 적들도 그의 명성 앞에서는 겁에 질려 복종했다.

그러나 돌을 다듬는 마법은 없었다. 카마반은 느린 진척 속도에 점점 조바심을 내기 시작했다. 노예들이 일하면서 노래하는 것을 보면 화를 냈다.

"더 열심히 일을 시켜라!"

"지금도 최대한 열심히 일하고 있어."

사반은 말했다.

"그런데 노래 부를 힘이 남아 있나?"

"노래를 부르면 박자를 맞출 수 있어."

"채찍질을 하면 박자가 더 빨라질 게다."

카마반은 투덜거렸다.

"채찍질은 안 해. 일을 더 빨리 시키고 싶으면 먹을 것을 더 많이 줘. 옷을 해 입을 가죽도 주고. 이 사람들은 우리의 적이 아니야, 형. 우리의 꿈을 짓고 있는 사람들이지."

카마반은 느린 속도에 투덜거리면서도 일거리를 더 많이 만들었다. 그는 하늘 원이 절대 떨어지지 않도록 아래에서 받치는 기둥과 맞물리도록 했다. 사반은 기둥 위에 올려놓는 것으로 충분할 거라고 생각했지만, 카마반은 기둥과 하늘 원을 고정시킬 수 있도록 기둥 꼭대기마다 요철을 두 개씩 만들라고 지시했다. 위에 얹을 관석에도 홈을 두 개씩 파야 했지만, 사반은 기둥을 다 세우고 홈을 정확히 어디에 파야 할지 잴 수 있을 때까지 그 작업을 시작하지 않았다.

카마반은 계속해서 설계를 개선했다. 카살로에 가서 아우레나와 오랫동안 이야기를 나누기도 했다. 워낙 오랫동안 같이 있자 부족민들이 수군거릴 정도였지만, 하락은 소문을 부인하고 단지 신전 이야기를 나눈 것뿐이라고 말했다. 사반은 두 사람의 대화가 두려웠다. 대화가 끝난 뒤에는 언제나 뭔가 새롭고 불가능한 요구를 했기 때문이다. 4년째 되는 해, 카마반은 라사린의 신전 기둥들이 바닥부터 하늘까지 폭이 일정하게 보인다는 것을 알고 있느냐고 사반에게 물었다.

사반은 돌 옆면에 장작을 대는 것을 돕고 있다가 얼굴을 찡그리며 허리를 폈다.

"나무가 원래 그렇게 자라니까 폭도 일정하고 직선으로 보이지."

"아니야. 아우레나가 카살로에서 오두막 짓는 것을 봤는데, 중심 기둥은 위로 갈수록 가늘어지지만 일단 세우고 나면 일직선으로 평행하게 보인다고 했어. 갈레스하고도 이야기를 해봤는데, 환상이라는군."

"환상? 마법이라는 거야?"

"슬라올이여, 제발 바보들을 없애주시길!"

카마반은 석회암 조각을 들더니 사반이 조심스럽게 한 줄로 늘어놓은 장작을 밀어냈다.

"나무둥치는 원래 한쪽 끝이 다른 쪽 끝보다 굵어."

카마반은 울퉁불퉁한 돌 표면에 한쪽 끝으로 길수록 과장되게 가늘어진 형태의 나무를 그렸다.

"하지만 가끔은 아래부터 위까지 폭이 거의 같은 나무둥치도 있어. 그런 나무는 꼭대기 쪽이 오히려 더 굵게 보이지. 위쪽이 가는 나무는 일직선으로 보이고, 그렇지 않은 나무는 다르게 보이는 거지. 그러니까 돌도 위로 갈수록 가늘게 만들어. 위쪽이 약간 더 가늘어지도록 깎아내라고."

카마반은 석회암을 던지고 두 손을 털었다.

"많이 깎을 필요는 없어. 양쪽으로 각각 한 뼘 정도? 그 정도면 폭이 일정해 보일 거야."

한 달 뒤, 카마반은 아우레나가 돌 표면에서 빛이 나도록 반질반질하게 다듬어야 한다는 꿈을 꾸었다고 전했다. 사반은 엄청난 일의 양에 질려서 그냥 고개만 끄덕였다. 그는 빛이 나도록 돌 네 면을 갈려면 얼마나 일을 많이 해야 하는지 카마반에게 굳이 설명하려 하지도 않고, 젊은 노예 여섯 명에게 완성된 돌 하나에 우선 윤을 내라고 지시했다. 노예들은 돌망치로 돌의 표면을 계속 문지르고, 때로는 돌조각과 모래를 부어 갈기도 했다. 여름 내내 그들은 거친 돌가루에 손을 찢겨가며 돌을 갈았다. 여름이 끝나자 양가죽만 한 넓이의 돌이 반반하게 갈렸다. 물에 적시니 그 부분이 빛났다.

"더!"

카마반은 만족하지 않았다.

"더 빛나게 해!"

"그러려면 노예가 더 있어야 해."

"지금 있는 노예한테 채찍질을 하면 안 되나?"

"채찍질을 할 수는 없소."

하락이 끼어들었다. 제사장은 이제 다리를 절고 허리는 굽었으며 근육에도 힘이 없었다. 하지만 깊은 목소리에는 여전히 힘이 가득했다. 그는 엄하게 되풀이했다.

"채찍질을 할 수는 없소."

"왜?"

카마반은 물었다.

"이는 세상의 고통을 없애려는 신전이오. 그런 신전을 피와 고통 속에서 태어나게 하고 싶소?"

"난 신전을 만들고 싶어!"

순간, 카마반은 소중한 곤봉으로 돌을 내리치기라도 할 기세였다. 사반은 반들반들한 곤봉 머리가 산산조각 나는 것을 상상하고 움찔했다. 그러나 카마반은 분노를 억제했다.

"슬라올은 신전을 원한다! 슬라올은 할 수 있다고 말씀하시지만, 아직 완성된 것이 없어! 아무것도! 제대로 된 일이 없잖아."

"사반에게 노예를 좀 더 붙여주시오."

하락이 말했다. 카마반은 부대를 이끌고 북쪽 땅 깊숙이 들어가 알 수 없는 언어로 말하는 포로들을 데려왔다. 얼굴에 붉은 문신을 한 노예, 사반이 들어보지도 못한 신을 섬기는 노예들이었다. 하지만 작업은 지굿지굿할 정도로 힘들고 느렸다. 게다가 노예는 여전히 모자랐다. 신전 한가운데 태양의 집 기둥으로 세울 기다란 돌은 아직 옮기지도 못한 상태였다. 긴 썰매 활주부를 만들 목재는 이미 잘라서 말리고 있었지만, 사반은 아직 거대한 돌을 옮길 엄두가 나지 않았다.

사반은 조언을 구하러 갈레스를 찾아갔다. 삼촌은 이제 늙고 쇠약했다. 얼마 남지 않은 머리카락은 하얗게 세었고, 턱수염은 한 줌도 되지 않았다. 아내 리다는 이미 죽었다. 갈레스는 눈이 멀었지만, 앞이 안 보여도 돌과 지레, 썰매는 머릿속에 환히 그릴 수 있었다.

"큰 돌을 옮기는 건 작은 돌을 옮기는 것과 다를 게 없다. 모든 게 더 클 뿐이야. 썰매, 지레, 황소."

갈레스는 몸을 떨었다. 따뜻한 밤인데도 오두막에는 커다란 화톳불이 타고 있었다. 게다가 어깨에 곰 가죽을 두르고 있었다.

"아프십니까?"

사반은 물었다. 갈레스는 아무것도 아니라는 듯 대답했다.

"여름 감기다."

사반은 미간을 찌푸렸다.

"썰매와 지레는 만들 수 있지만, 돌을 썰매 위에 어떻게 올려야 할지 모르겠습니다. 너무 커요."

"그러면 아예 돌을 얹어놓고 썰매를 만들면 되지."

갈레스는 잠시 입을 다물더니 몸을 부들부들 떨었다.

"아무것도 아니야. 아무것도. 그냥 여름 감기야."

그러곤 오한이 가라앉을 때까지 잠시 기다렸다 돌 아래에 구덩이부터 파라고 말했다. 구덩이를 기반암까지 파 들어간 다음 커다란 활주부를 양옆에 놓는다, 그런 다음 활주부를 지레 받침 삼아 돌을 들어 올려야 한다고 했다.

"한 번에 한쪽 끝만. 그런 다음 받침대를 돌 밑에 끼워 넣어. 이렇게 하면 돌을 썰매 위에 얹는 게 아니라, 돌 밑에서 썰매를 만들 수 있다.”

사반은 생각해보았다. 될 것 같았다, 아니, 잘될 것 같았다. 썰매 앞에는 경사로를 만들어야 할 것이다. 경사로는 황소가 기반암에서 평지까지 돌을 끌고 올라올 수 있도록 길고 완만해야 한다. 황소는 몇 마리나 필요할까? 갈레스는 모르겠다, 하지만 이전의 그 어떤 돌을 옮길 때보다 많은 수가 필요할 거라고 대답했다. 줄도, 줄을 묶을 목재도, 황소를 이끌 인력도 더 많이 필요할 것이다.

“하지만 할 수 있어.”

노인은 말했다. 그리고 다시 몸을 부르르 떨더니 신음했다.

“아프시군요, 삼촌.”

“감기라니까, 녀석아.”

갈레스는 늙은 어깨를 곰 가죽으로 좀 더 꼭 감쌌다.

“하지만 이제 사자의 집에 가서 리다를 만나도 여한이 없겠구나. 날 묻어줄 거지, 사반?”

“그럼요. 하지만 아직 사실 날이 많이 남았습니다.”

“카마반은 내가 이 땅에서 다시 살게 될 거라는구나.”

갈레스는 사반의 낙관적인 말을 무시하고 말을 이었다.

“하지만 어떻게 그렇게 된다는 건지 모르겠어.”

“카마반이 뭐라고 했는데요?”

“내가 돌아오게 될 거라고. 새 신전의 문을 통해 내 영혼이 땅으로 돌아오게 될 거라고.”

노인은 잠시 말없이 앉아 있었다. 화톳불 불꽃에 비친 주름살에는 마치 칼자국 같은 그림자가 드리워져 있었다.

“내 평생 신전을 스무 개는 지은 것 같지만….”

그는 잠시 침묵하다 말을 이었다.

“신전을 지었다고 좋아진 일은 없었어. 하지만 이번 신전은 다를 게다.”

"다를 겁니다."

"그래야지. 하지만 카살로 사람들도 그 거대한 신전을 지을 때 같은 말을 하지 않았을까."

갈레스는 킬킬 웃었다. 사반은 사람들의 생각처럼 삼촌의 머리가 둔하지 않다는 것을 깨달았다.

"아니면, 달리 할 일이 없어서 돌을 옮기고 있는 걸까?"

갈레스는 생각에 잠긴 듯하다 문득 손을 뻗어 리다의 유골을 담아둔 사슴 가죽 주머니를 만졌다. 두 사람의 뼈를 합쳐서 묻어달라는 것이 그의 소원이었다. 갈레스는 다시 몸을 부르르 떨더니 걱정하는 사반의 얼굴을 보고 괜찮다는 듯 손을 저었다. 그리고 잠시 후 말했다.

"가장 긴 돌 말인데, 폭이 좁으냐?"

사반은 오두막 한쪽에 쌓인 장작더미에서 불쏘시개를 집어 갈레스의 손에 쥐어주었다.

"이 정도입니다."

갈레스는 폭이 좁고 긴 나무를 만져보았다.

"어떻게 해야 할지 알려주랴?"

"말해주세요."

"옆으로 세워서 구멍에 넣어라."

노인은 길고 가는 나무를 구부렸다.

"길고 납작한 돌을 들어 올리려다가는 부러지는 수가 있어."

갈레스는 나무를 옆으로 세웠다. 옆으로 세운 나무는 아무리 압력을 가해도 구부러지거나 부러지지 않지만, 반듯하게 눕히면 쉽게 부러질 터였다.

"옆으로 세워서 구멍에 넣어."

갈레스는 나무를 던지며 다시 말했다.

"알겠습니다."

"그리고 네가 내 시체를 사자의 집으로 날라다오. 약속해라."

"제가 나르죠, 삼촌."

사반은 두 번째로 약속했다.

"이제 자야겠다."

갈레스는 말했다. 사반은 오두막에서 물러나와 카마반에게 갈레스가 아프다고 말해주었다. 카마반은 약초즙을 먹여봐야겠다고 했지만, 사반이 삼촌의 오두막으로 돌아와 보니 갈레스는 반듯이 누운 채 입을 벌리고 있었다. 그런데 콧수염의 털이 숨결에 흔들리지 않았다. 사반은 갈레스의 뺨을 부드럽게 쳐보았다. 앞이 보이지 않는 눈은 열려 있었지만, 그 안에 생명이 없었다. 갈레스는 깃털처럼 가볍게 세상을 떠났다.

부족의 여인들이 갈레스의 몸을 씻기고, 아들 메레스와 사반은 버드나무로 짠 수레에 시체를 실었다. 다음 날 아침, 여인들은 정착지 입구까지 노래를 부르며 시체를 따라왔다. 메레스와 사반은 수레를 사자의 집으로 끌고 갔다. 하락이 앞장섰고, 젊은 사제가 뒤따르며 뼈로 만든 피리로 비가를 연주했다. 시체는 황소 가죽으로 덮였고, 사반은 그 위에 담쟁이를 얹었다. 카마반은 오지 않았고, 조객은 메레스의 이복동생 둘 뿐이었다.

사자의 집은 라사린 남쪽에 있었다. 거리상으로는 하늘 신전에서 그리 멀지 않지만, 중간에 넓은 계곡이 있고 너도밤나무와 개암나무 숲으로 둘러싸여 있었다. 사자의 집 자체는 조상에게 바쳐진 신전으로서 기도나 황소 춤, 결혼식 같은 목적으로는 사용되지 않았다. 오직 죽은 자들을 위한 곳이었기 때문에 풀이 무성한 채 방치되어 있었다. 한여름이라 특히 냄새가 심했다. 썩은 냄새가 콧구멍으로 올라오자, 젊은 사제가 신전 주위에 달라붙은 영혼들을 물리치기 위해 얼른 앞으로 나섰다. 태양 문에 도착한 그는 눈에 보이지 않는 영혼들을 향해 날카롭게 소리쳤다. 까마귀들이 쉰 소리로 응답하더니 내키지 않는 듯 검은 날개를 펴고 가까운 나무로 날아가 앉았다. 하지만 간이 큰 새들은 나지막한 제방 안의 썩어가는 짧은 원형 기둥 위에 내려앉았다. 사람들이 다가오는 것을 본 여우 한 마리가 해자 안 쐐기풀 사이에서 으르렁거리다 숲으로 사라졌다.

"이제 안전합니다."

젊은 사제가 외쳤다.

메레스와 사반은 하지에 태양이 떠오르는 방향을 바라보는 문으로 갈레스를 싣고 들어갔다. 그리고 신전 여기저기에 널려 있는 영혼을 상징하는 작은 말뚝 사이를 지나갔다. 이윽고 하락이 빈자리를 찾아내자 두 사람은 수레를 멈췄다. 메레스가 벌거벗은 시체에 덮인 묵직한 황소 가죽을 벗겼다. 사반과 메레스는 죽은 자들 사이에서 무성하게 자란 풀 위에 갈레스의 몸을 내려놓았다. 노인은 입을 벌린 채 비스듬히 누워 있었다. 사반은 딱딱한 어깨를 잡아당겨 구름 낀 하늘을 똑바로 쳐다보도록 반듯이 눕혔다. 겨우 이틀 전에 죽은 카마반의 노예가 근처에 누워 있었다. 임신한 배는 짐승들에게 찢겼고, 얼굴도 까마귀 부리에 쪼여 엉망이었다. 사자의 집에는 십여 구의 다른 시체가 누워 있었다. 둘은 이미 거의 해골만 남은 상태였다. 하나는 갈비뼈 사이로 잡초가 자라고 있었다. 젊은 사제는 치울 때가 되었는지 알아보기 위해 뼈를 들여다보았다. 죽은 자들의 영혼은 시체에서 마지막 살점이 다 떨어져나갈 때까지 이 음침한 곳에 머무르다 조상들이 있는 하늘로 날아간다.

이복동생 둘이 메레스에게 뾰족한 말뚝과 돌망치를 건넸다. 메레스는 아버지 시체 옆에 쭈그리고 앉아 영혼을 상징하는 말뚝을 기반암에 닿을 때까지 망치로 박은 다음, 갈라나에게 또 다른 영혼이 그녀의 영역으로 갔다는 것을 알리기 위해 세 번 더 세게 두드렸다. 사반은 눈을 감고 눈물을 훔쳤다.

"이건 뭐지?"

문득, 하락이 물었다. 돌아보니 제사장이 미간을 찡그린 채 반쯤 썩은 시체 옆의 풀밭을 내려다보고 있었다. 사반이 시체 옆으로 다가가 보니 누렇게 빛바랜 풀 위에 마름모꼴 문양이 새겨져 있었다.

"라하나의 상징인데."

하락은 중얼거렸다. 사반이 물었다.

"그게 문제가 됩니까?"

"여긴 그녀의 신전이 아니야."

하락은 이렇게 말한 뒤, 발로 문양을 문질러 지웠다.

"아이들 장난인가보군. 아이들이 여기로 오나?"

"못 오게 되어 있지만 오기도 합니다. 저도 그랬죠."

"애들 장난이야."

하락은 대수롭지 않게 넘겼다.

"끝났나?"

"끝났습니다."

메레스는 아버지를 마지막으로 바라본 뒤 신전에서 나가며 시체를 덮었던 담쟁이를 갈라나의 집으로 이어진 깊은 구덩이에 던졌다. 이복동생들과 함께 개암나무와 너도밤나무 사이로 걸음을 옮기던 메레스는 문득 사반이 아직 시체 옆에 서 있는 것을 보고 물었다.

"안 가?"

"기도를 좀 하고 싶어. 혼자서."

메레스와 일행이 모두 떠나고, 사반은 독한 악취 속에 혼자 남았다. 그는 누가 사자의 집 풀 위에 마름모꼴을 새겨놨는지 알고 있었다. 삼촌의 시체 옆에 서서 얼마나 기다렸을까. 문득 숲 속에서 바스락거리는 소리가 들렸다.

"데레윈."

사반은 자신의 목소리에 담긴 반가움에 스스로 놀라며 소리 나는 쪽으로 돌아섰다. 데레윈 역시 놀랍게도 미소를 지으며 숲에서 모습을 드러냈다. 사반이 나지막한 제방과 해자를 건너가자, 그녀는 더욱 놀랍게도 그의 어깨에 손을 올리고 입맞춤했다.

"더 늙어 보이는군요."

"난 늙었어."

"흰 머리도 났어요."

데레윈이 사반의 관자놀이를 만졌다. 그녀는 고통스러울 정도로 마른 데다 머리카락은 더럽고 제멋대로 헝클어졌다. 데레윈은 숲에서 숲으로 쫓겨 다니며 추방자로 살아가고 있었다. 가죽옷은 진흙과 낙엽이 묻어 지저분했다. 광대뼈 위에 가죽만 남은 피부는 사나스의 해골 같은 얼굴을 연상시켰다.

"나도 늙어 보여요?"

"예전처럼 아름다워."

데레윈은 웃으며 부드럽게 말했다.

"거짓말."

"여기 있으면 안 돼. 카마반의 창병들이 당신을 찾고 있어."

데레윈이 살아 있다는 소문이 수그러들지 않자 카마반은 수십 명의 전사들과 개를 보내 숲 속을 샅샅이 뒤지고 있었다. 데레윈은 비웃듯이 말했다.

"나도 봤어요. 그 서투른 창병들이 사냥개를 따라 숲을 어정거리고 다니는 꼴을. 하지만 개들은 내 영혼을 보지 못해요. 카마반이 내게 밀사를 보냈다는 것 알아요?"

"그래?"

사반은 놀랐다.

"숲으로 카마반의 전갈을 머리에 얹은 노예를 보냈어요. '라사린에 오라. 내 앞에 무릎 꿇으면 목숨을 살려주고 라하나를 숭배하도록 해주겠다.'"

데레윈은 웃음을 터뜨렸다.

"난 노예를 카마반에게 돌려보냈어요. 아니, 혀를 자른 머리를 라사린 제방 위에 올려놓았죠. 나머지 몸은 개들에게 던져줬고요. 마름모꼴 금은 아직 갖고 있나요?"

"그럼."

사반은 사르메닌의 금이 든 주머니를 만져보았다.

"잘 보관해요."

데레윈은 사자의 집 해자로 다가가서 시체를 바라보았다. 그리고 사반의 어깨너머에서 말했다.

"당신 아내가 여신이 되었다고 들었어요."

"아내는 그런 말을 한 적이 없어."

"하지만 당신과 동침하진 않겠군요."

"그런 이야기를 하려고 여기까지 왔어?"

사반은 짜증스럽게 물었다. 데레윈은 웃었다.

"당신은 내가 어디서 왔는지 모르죠. 당신 아내가 카마반과 동침한다는 것도 모르고."

"그건 사실이 아니야!"

사반은 성난 목소리로 쏘아붙였다.

"그래요? 남자들은 카마반이 슬라올이고, 여자들은 아우레나가 라하나라고 생각하더군요. 당신이 돌을 운반하는 것도 그 둘을 합치기 위한 것 아니었나요? 성스러운 결합을 위해서? 어쩌면 그 둘이 예행연습을 하고 있는지도 모르죠."

사반은 악귀를 물리치기 위해 사타구니를 만졌다.

"당신은 이야기를 잘 꾸며내. 늘 그랬어."

데레윈은 어깨를 으쓱했다.

"당신 생각이 그렇다면…."

그러곤 자신이 사반의 심기를 얼마나 어지럽혔는지 깨닫고 그에게 다가가 가볍게 손을 잡았다.

"당신과 싸우고 싶지 않아요. 특히 당신한테 부탁하러 온 이런 날에는."

그녀는 부드럽게 말했다.

"당신이 말한 건 사실이 아니야!"

"내가 이야기를 꾸며냈어요. 미안해요."

사반은 심호흡을 하고, 조심스럽게 물었다 .

"부탁이라니?"

데레윈이 숲 쪽을 가리켰다. 사반은 너도밤나무 그늘 아래 예닐곱 명 정도 더 있을 거라고 생각했지만, 나타난 것은 둘뿐이었다. 하나는 누더기 사슴 가죽 튜닉 위에 양털 망토를 반쯤 둘러쓴 키 큰 금발 여인이었고, 하나는 랄릭과 동갑, 어쩌면 한 살 정도 어려 보이는 아이였다. 소녀는 검은 머리에 큰 눈, 겁에 질린 얼굴이었다. 사반을 쳐다보면서도 여인의 손을 꽉 잡은 채 양털 망토 자락 뒤에 몸을 숨겼다.

"숲은 아이가 있을 곳이 못 돼요."

데레윈이 말했다.

"우린 힘들게 연명하고 있어요, 사반. 먹을 것을 훔치기 위해 사람을 죽이고, 강물을 마시고, 안전하다 싶으면 어디서든 자요. 아이 몸이 많이 약해졌어요. 다른 아이도 하나 더 있었는데, 겨울에 죽었어요. 우리와 같이 있다가는 이 아이마저 죽을까봐 두려워요."

"나더러 아이를 키우라고?"

"킬다가 키워줄 거예요."

데레윈은 키 큰 여인 쪽으로 고갯짓을 했다.

"킬다는 내 오빠의 노예였는데, 메렐이 태어날 때부터 잘 알아요. 당신은 킬다와 메렐이 안전하게 있을 만한 곳을 찾아주기만 하면 돼요."

사반은 아이를 바라보았다. 노예의 옷자락에 몸을 잔뜩 숨기고 있어 얼굴은 잘 보이지 않았다.

"당신 딸이군."

"내 딸이에요. 카마반이 절대 알아서는 안 돼요. 그러니까 오늘부터 다른 이름을 써야 해요."

데레윈은 메렐을 돌아보았다.

"들었지? 입에서 엄지손가락 빼!"

아이는 입에서 손을 떼고 데레윈을 엄숙하게 쳐다보았다. 데레윈은 허리를 굽혀 아이 얼굴을 가까이 들여다보며 말했다.

"네 이름은 하나다. 넌 라하나의 아이니까. 네가 누구라고?"

"하나."

아이는 소심하게 되풀이했다.

"그리고 킬다는 네 어머니야. 넌 제대로 된 오두막에서 살고, 옷과 음식, 친구를 갖게 될 거다. 언젠가 엄마가 널 찾으러 가마."

데레윈은 허리를 폈다.

"그렇게 해주겠어요, 사반?"

사반은 고개를 끄덕였다. 킬다와 하나가 갑자기 나타난 것을 어떻게 설명해야 할지 알 수 없었지만, 상관없었다. 그는 외로웠고, 신전의 일은 끝이 없었다. 딸도 보고 싶었다. 데레윈의 딸이 반가웠다.

데레윈은 허리를 굽혀 딸을 껴안았다. 그렇게 한참 동안 포옹하더니, 다시 일어서서 코를 훌쩍인 뒤 숲으로 자취를 감췄다.

뒤에는 사반과 킬다 그리고 아이만 남았다. 킬다의 피부는 더럽고 형클어진 머리카락에는 기름때가 끼어 있었다. 하지만 얼굴이 넓적하고 뼈가 튼튼한 데다 도전적인 표정을 하고 있었다.

"이리 오너라."

사반은 퉁명스럽게 말했다. 킬다가 물었다.

"우릴 어떻게 하실 건가요?"

"살 곳을 찾아주겠다."

사반은 두 사람을 데리고 숲을 나와 탁 트인 비탈길로 들어섰다. 나지막한 계곡 너머로 노예들이 단단한 돌을 갈고, 망치질하고, 문지르고 있는 하늘 신전이 보였다. 좀 더 가까이, 성스러운 길 동쪽에는 노예의 오두막들이 옹기종기 모여 있었다. 오두막에서는 연기가 모락모락 피어올랐다.

"우리를 노예로 삼으려고요?"

킬다가 물었다.

"너희들이 내 친척이 아니라는 건 다들 알 것이다. 우리 부족민도 아니니, 라사린에서 있을 곳이 달리 어디겠느냐? 당연히 노예로 들어가야지."

"하지만 노예가 되면 창병들이 일을 시킬 텐데요."

"우리 노예들은 사제의 보호를 받고 있다. 우리는 신전을 짓고 있는데, 일이 끝나면 노예들은 자유가 된다. 채찍질도 없고, 감독하는 창병들도 없다."

"그런데도 도망치는 노예들은 뭐죠?"

"그런 자들도 있지. 하지만 대부분은 자발적으로 일한다."

이는 하락의 업적이었다. 그가 노예들의 가슴에 신전의 이상을 불어넣었기 때문이다. 몇몇은 숲으로 도망쳤지만 대부분의 노예들은 신전이 완성되는 것을 보고 싶어 했다. 일이 끝나면 자유가 주어진다, 남아도 좋고 가도 좋다, 슬라올의 축복을 마음껏 누릴 수 있다고 하락은 말했다. 노예 스스로 마을을 다스릴 권한도 주어졌고, 사반이 손가락을 잘린 것처럼 노예의 표식도 따로 없었다.

"밤에는? 노예 오두막에서 여자와 아이가 안전할 거라고 생각하세요?"

사반은 하나를 안전하게 지킬 방법은 하나밖에 없다는 것을 알고 있었다.

"둘 다 내 오두막에서 살 것이다. 내 노예라고 말해두마. 따라오너라."

사반은 그들을 데리고 노예들이 똥구덩이를 파서 악취가 풍기는 계곡으로 내려간 다음 석회암 제방을 올라갔다. 제방 위로 올라서니 돌에 망치질 하는 소리가 공기를 울렸다.

사반은 킬다와 하나를 오두막으로 데리고 갔다. 그날 밤, 그는 킬다가 라하나에게 기도하는 소리를 들었다. 그녀는 카살로에서처럼 슬라올의 악의와 라사린의 약탈에서 신도들을 보호해달라고 기도했다. 카마반이 이 기도를 듣는다면 킬다와 하나는 틀림없이 죽을 것이다. 킬다의 기도문을 바꾸도록 해야 한다는 생각이 들었지만, 어쩌면 그의 도움 없이도 신들은 전능하니 알아서 기도를 구별해 들을 것 같았다.

다음 날, 신전에 온 카마반은 가장 긴 돌을 언제 카살로에서 옮길 거냐고 사반에게 물었다.

"곧."

"저건 누구지?"

카마반은 사반의 오두막에서 킬다를 보고 물었다. 사반은 짧게 답했다.

"내 노예야."

"행색을 보아하니 숲에서 발견했군."

카마반은 차갑게 말했다. 킬다는 아직 지저분하고 긴 머리카락도 헝클어져 있었다.

"어디서 발견했든, 동생아, 카살로로 가서 큰 돌을 날라 오너라."

사반은 킬다를 카살로로 데려가고 싶지 않았다. 분명 알아보는 사람이 있을 테고, 하나의 목숨이 위험할지도 모른다. 그러나 킬다는 사반 곁에서 떨어지려 하지 않았다. 그녀는 라사린을 두려워했고, 사반밖에 믿지 않았다.

"데레원은 내 안전을 지켜줄 사람은 당신뿐이라고 했어요."

"하나의 안전은?"

"하나의 안전은 라하나의 손에 달려 있습니다."
이렇게 해서 세 사람은 모두 카살로로 향했다.

18

의인의 맹세

이 아이가 데레윈의 자식이 아니라고, 조상들에게 맹세해라.

"너희들은 카살로로 오는 게 아니었어."

사반은 킬다에게 투덜거렸다. 그는 하나를 안고 있었다. 하나는 사반의 목을 끌어안고 눈을 커다랗게 뜬 채 세상을 바라보고 있었다.

"널 알아보는 사람이 있을 게다. 이 아이도 죽을 거야."

킬다는 풀숲에 침을 뱉었다. 그리고 강물에 얼굴을 씻고 머리를 감은 뒤 뒷덜미에서 하나로 묶었다. 뼈대가 튼튼한 얼굴에 파랗고 큰 눈, 긴 코를 하고 있었다. 사반은 죄의식을 느끼며 아름다운 여인이라고 생각했다.

"날 알아보는 사람이 있을 거라고요?"

킬다는 도전적으로 물었다.

"맞아요, 그럴 거예요. 한데 그게 무슨 상관인가요? 카살로 사람들이 우릴 배신할 거라고 생각하세요? 그들 마음이라도 읽을 수 있나요? 카살로 사람들은 옛날을, 데레윈을, 라하나를 정식으로 숭배하던 시절을 떠올리겠죠. 우릴 환영하겠지만, 입은 다물 거예요. 카살로에 가더라도 이 아이는 라하나의 품속 못지않게 안전해요."

"그랬으면 좋겠지만, 현실은 모르는 거야."

사반은 심술궂게 말했다. 킬다는 반박했다.

"우리는 카살로에 자주 갔어요. 당신 형이 우릴 찾으려고 숲을 뒤졌지만, 우린 카살로 안에서 잔 적도 여러 밤 있었고, 아무도 우릴 배신하지 않았어요. 우린 카살로에서 무슨 일이 일어나고 있는지 다 알아요. 언젠가 보여드리죠."

"뭘 보여줘?"

"기다리세요."

킬다는 퉁명스럽게 말했다.

아우레나는 일행을 상냥하게 맞이했다. 그녀는 킬다를 흘끗 본 뒤 하나에게 칭찬의 말을 건넸다. 그리고 사반을 위해 오두막을 마련해주라고 지시했다.

"당신 여자도 같이 쓸 건가요?"

"내 여자가 아니라 노예야."

"아이는요?"

"저 여자의 아이야."

사반은 짤막하게 대답했다.

"내가 여기서 일하는 동안 요리를 해줄 거야. 며칠 뒤 인부 스무 명이 필요해. 그 뒤로는 더 많이 있어야 하고."

"추수가 끝나면 모든 인력을 다 쓸 수 있어요."

"일단은 스무 명이면 돼."

사반은 가장 큰 돌부터 먼저 옮기기로 결심했다. 땅에 단단히 박힌 이 돌을 옮길 수 있다면 다른 돌은 쉬울 것이다. 그는 스무 명의 장정에게 돌 주변의 땅을 완전히 파내라고 지시했다. 인부들은 기꺼이 일했지만, 이런 돌을 들어 올릴 수 있으리라고 생각하지는 않았다. 그러나 갈레스가 사반에게 그 방법을 알려주었다. 사반은 거대한 돌을 망치질하고 갈아내고 불에 태워 폭과 무게를 줄였다. 이 작업을 하는 데만 한 달이 꼬박 걸렸고, 그 일이 끝나자 거대한 돌은 최종적으로 완성될 긴 기둥 모양의 형태가 되었다.

리어는 돌에 망치질하는 광경을 바라보는 것을 좋아했고, 사반도 이런 아들을 아꼈다. 지난 몇 년 동안 아들을 볼 기회가 너무 드물기도 했다. 인부들이 돌에 모양을 내는 동안, 카살로 아이들은 그 돌에 기어올라 서로 평평한 공간을 차지하려고 싸웠다. 아이들은 창 대신 황소 막대기를 사용해 이따금 격렬한 모의 전투를 할 때도 있었다. 사반은 리어가 손가락에 피가 날 정도로 상처를 입었으면서도 불평하지 않는 것을 보고 흡족했다. 리어는 상처를 보고 웃어넘기더니 장난감 창을 들고 자신을 찌른 소년의 뒤를 쫓았다.

일단 돌 무게를 줄인 다음, 인부들은 긴 쪽의 면을 따라 구덩이를 파기 시작했다. 이 작업에는 엿새가 걸렸고, 잘 말린 썰매 활주부를 정착지에서 가져오는 데 다시 이틀이 걸렸다. 거대한 활주부를 구덩이 안에 밀어 넣었다. 그리고 스무 명의 인부를 동원해 활주부 양쪽 끝을 가죽 줄로 묶은 지렛대를 이용해 돌의 한쪽 끝을 들어 올렸다. 이렇게 한쪽 끝을 들어 올리는 데 하루가 걸렸고, 다른 쪽 끝을 들어 올린 다음 목재 세 개를 그 밑에 넣는 데 또 하루가 걸렸다. 사반은 목재를 활주부에 단단히 묶은 뒤, 기반암에서 평지까지 길고 반반한 경사로를 만들었다.

이제 기다려야 했다. 추수 때라 카살로 사람들은 밭일이나 키질로 바빴다. 하지만 추수 덕분에 사반은 리어와 놀 시간을 가질 수 있었다. 그는 아들에게 활 쏘는 법, 송아지 거세하는 법, 강에서 물고기 낚는 법을 가르쳤다. 딸은 거의 볼 기회가 없었다. 랄릭은 신경질적인 아이였다. 거미와 나방, 개를 무서워했고, 사반이 나타날 때마다 어머니 뒤에 숨었다.

"랄릭은 약해요."

아우레나가 말했다. 사반이 물었다.

"아파?"

"아니, 소중하니까요. 약해요."

아우레나는 랄릭을 따뜻하게 토닥여주었다. 사반이 보기에도 정말 나약해 보이지만 아름다운 아이였다. 피부는 희고 깨끗했다. 금빛 속눈썹은 길고 섬세했으며, 머리카락은 어머니처럼 밝은 금발이었다. 아우레나는 덧붙였다.

"선택받은 아이예요."

"무엇으로?"

"밀릭과 리어는 새 신전 관리인이 될 거예요."

아우레나는 자랑스럽게 말했다.

"리어는 사제, 랄릭은 여사제가 될 거예요. 둘 다 이미 슬라올과 라하나에게 바쳐진 몸이에요."

사반은 아들이 전쟁놀이에 열중하던 모습을, 돌 주위에서 싸우던 모습을 떠올렸다.

"내 생각에 리어는 전사가 될 것 같아."

"당신이 그런 생각을 불어넣었죠."

아우레나는 못마땅하다는 듯 말했다.

"하지만 라하나는 리어를 선택했어요."

"라하나가? 슬라올이 아니고?"

"여기서는 라하나가 지배해요. 진정한 라하나, 저들이 한때 섬겼던 가짜 라하나가 아니라."

추수가 끝난 뒤, 카살로 사람들은 신전에서 춤을 추고 돌 사이를 누비며 밀과 보리, 과일을 원형 제단 아래 바쳤다. 밤에는 잔치가 벌어졌다. 사반의 아이들과 아우레나와 함께 사는 고아들 모두 잔치에 참여했지만, 아우레나는 신전에 머무르고 있었다. 랄릭이 어머니를 찾았다. 사반이 달래자 금방이라도 울 것 같은 표정을 지었다.

신전에는 모닥불이 타고 있었다. 해골을 놓은 제방의 윤곽이 그 불빛에 음산하게 드러났다. 사반이 제방 쪽으로 다가가자 사제가 막아서며 말했다.

"오늘 밤에는 저주가 걸려 있습니다."

"오늘 밤?"

"오늘 밤만입니다."

사제는 어깨를 으쓱하고, 사반을 잔치가 벌어진 쪽으로 부드럽게 밀었다.

"신들이 당신을 원하지 않습니다."

사반을 지켜보던 킬다가 하나를 다른 여인에게 맡기고 다가와 그의 팔을 잡았다.

"내가 보여드릴 게 있다고 했죠?"

"뭘 보여줘?"

"데레원과 제가 본 것."

킬다는 사반을 끌고 어둠 속으로 들어가 정착지 북쪽으로 향했다.

"내가 아무도 우릴 배신하지 않을 거라고 했죠?"

"알아보는 사람은 있던가?"

"당연하죠."

"하나는? 그 아이가 누구인지 다들 알고 있나?"

"그럴 거예요."

킬다는 무심하게 말했다.

"하지만 여기 온 뒤로 많이 자랐으니까 그냥 내 딸이라고 해요. 사람들은 내 말을 믿는 척하고요."

그녀는 해자를 넘어 동쪽으로 꺾었다.

"아무도 하나를 배신하지 않을 거예요."

"너는 카살로 출신이 아니지?"

사반은 물었다. 아직 킬다에 대해 아는 게 거의 없었지만 억양을 들으니 카살로 언어를 배운 지 얼마 안 되었다는 것을 알 수 있었다. 나이는 기껏해야 스물두 살 정도. 하지만 그 외에는 전혀 아는 게 없었다.

"난 어릴 때 노예로 팔려왔어요. 우리 부족 사람들은 동쪽 바닷가에 살아요. 거기는 사는 게 힘들어서 딸이 더 귀하죠. 팔 수 있으니까. 우리는 바다신 크로마드를 숭배하는데, 크로마드가 어떤 아이를 팔지 결정해요."

"어떻게?"

"여자애들을 개펄로 데려가 밀물이 들어오면 달려오게 해요. 가장 빨리 달려오는 아이는 부족 안에서 결혼을 시키고, 가장 느린 아이는 팔죠."

킬다는 어깨를 으쓱했다.

"정말 느린 아이는 물에 빠져 죽어요."

"네가 느렸어?"

"난 일부러 느리게 달렸어요. 우리 아버지가 날 밤에 겁탈했거든요. 아버지에게서 도망치고 싶었어요."

킬다는 이제 신전을 향해 남쪽으로 가고 있었다. 이렇게 멀리 들판을 돌아 접근하니 사제도, 경비도 그들을 보지 못했다. 불빛이라고는 추수가 끝난 그루터기를 비추는 초승달뿐이었다.

"이제 조용히 하세요. 우리를 보면 죽일 거예요."

"누가 우리를 보면?"

"조용히 해요."

킬다는 사반에게 다시 주의를 주었다. 두 사람은 늑대 해골의 사악한 눈빛을 받으며 가파른 석회암 제방을 기어 올라갔다. 킬다가 먼저 꼭대기에 올라서더니 납작하게 누웠다. 사반도 그 옆에서 몸을 낮췄다.

넓은 신전 안에는 아무것도 보이지 않았다. 아우레나의 오두막 근처에서 거대한 모닥불이 타고 있었다. 격렬하게 타오르는 불빛을 받아 검은 해자 너머 제방 벽에서 돌 그림자가 어른거렸다. 정착지의 모닥불 불빛에 붉게 물든 짙은 연기가 별을 향해 올라가고 있었다.

"당신 형이 오늘 오후 카살로에서 왔어요."

킬다는 사반의 귀에 속삭인 다음 신전 저 멀리 반대쪽을 가리켰다. 사반은 검은 그림자가 돌 쪽에서 나오는 것을 보았다.

카마반이었다. 거리가 멀고 황소 가죽을 뒤집어썼지만 다리를 살짝 전다는 걸 알 수 있었다. 커다란 가죽이 어깨에 늘어져 있었다. 소머리가 머리 위에서 흔들거리고, 발굽과 꼬리는 땅에 질질 끌렸다. 황소 인간은 절룩거리며 어색하게 양옆으로 흔들흔들 춤을 추다가 다시 멈추기를 거듭하며 주위를 두리번거렸다. 그러다 문득 고함을 질렀다. 사반은 카마반의 목소리를 알아들을 수 있었다.

"당신 부족한테 황소는 슬라올이죠?"

킬다가 물었다.

"그래."

"우리는 지금 슬라올을 보고 있는 거예요."

킬다는 비웃듯 말했다.

그때 아우레나가 보였다. 아니, 어렴풋한 흰 형체가 어둑어둑한 오두막에서 나와 신전을 가로질러 나긋나긋하게 뛰어가는 모습이 보였다. 등 뒤에서는 흰 천이 휘날리고 있었다.

"백조 깃털이에요."

킬다가 설명했다. 사반의 아내는 어치새 깃털 대신 백조 깃털을 짜 넣은 망토를 입고 있었다. 빛을 발하는 망토 차림의 아우레나는 현실 세계의 사람 같지 않았다. 그녀는 화가 난 척 고함을 지르며 달려오는 카마반을 피해 신전 가장자리를 따라 달렸다.

사반은 이 춤의 끝을 잘 알고 있었다. 그는 손에 얼굴을 묻었다. 제방 아래로 뛰어내려 형을 죽이고 싶었지만, 킬다가 그의 등에 손을 얹으며 평정하게 말했다.

"이건 그들의 꿈이에요. 당신에게 신전을 짓도록 몰아가는 꿈."

"아니야."

"신전은 슬라올과 라하나를 결합시키기 위한 곳이죠."

킬다는 무자비하게 말을 이었다.

"신들에게 그 길을 보여주어야 해요. 라하나에게 자신의 의무를 가르쳐주어야 하는 거죠."

고개를 들어 보니 카마반은 추적을 멈추고 원형 제단 앞에 쌓아놓은 곡식 옆에 서 있었다. 아우레나는 그를 바라보며 가볍게 뛰기도 하고 경쾌하게 다가갔다가 다시 물러서기도 했다. 하지만 변덕스러운 걸음걸이는 차츰 무시무시한 황소 쪽으로 가까이 다가갔다.

꿈일 거라고 생각했지만 이글거리는 분노는 여전했다. 지금 카마반을 죽이면 꿈도 죽겠지. 카마반만이 신전을 지을 만한 격정을 갖고 있으니까. 신전은 슬라올과 라하나를 결합시킬 것이다. 겨울을 없애주고, 세상의 모든 근심을 없애줄 것이다.

"데레원이 날 여기에 데려가라고 했나? 내 형을 죽이라고?"

사반은 킬다에게 물었다. 킬다는 그의 질문에 놀란 듯 대답했다.

"아뇨. 당신 형의 꿈을 보여주려고 데려온 거예요."

"내 아내의 꿈이기도 하지."

사반은 슬프게 덧붙였다. 킬다는 조롱하듯 물었다.

"당신 아내인가요? 과부처럼 머리를 잘랐다고 들었는데."

사반은 다시 신전을 바라보았다. 아우레나는 이제 카마반 가까이 서 있었지만 아직 곁으로 다가가는 것을 꺼리는 것 같았다. 그녀는 뒤로 재빨리 물러섰다가 한쪽 옆으로 가며 우아하고 부드럽게 춤을 추었다. 그러다 천천히 무릎을 꿇자 검은 황소 그림자가 앞으로 다가가기 시작했다. 사반은 신전이 지어진 다음 라하나가 슬라올에게 항복한 것을 상징하는 뜻에서 아우레나가 형에게 무릎을 꿇은 거라는 걸 알고 눈을 감았다. 다시 눈을 떴을 때 깃털 망토를 벗은 아우레나의 날렵하고 하얀 등이 불빛에 드러났다. 사반이 신음 소리를 내자 킬다가 그를 단단히 붙잡았다.

"저들은 신의 역할을 연기하고 있는 거예요."

"내가 저들을 죽이면 신전도 지어지지 않을 거야. 데레윈이 원하는 것도 그거 아니야?"

킬다는 고개를 저었다.

"데레윈은 신들이 그 신전을 뜻대로 사용하실 거라고 믿어요. 당신 형이 원하는 대로가 아니라. 데레윈이 당신에게 바란 건 딸의 목숨이에요. 그녀가 하나를 당신에게 준 건 그 때문이었어요. 당신이 지금 저들을 죽이면 사람들이 복수하지 않을까요? 당신은 살아남겠어요? 당신 아이들은? 하나는? 사람들은 저 둘이 신이라고 생각해요."

킬다는 신전 쪽으로 고갯짓을 했다. 이제 보이는 것은 잔뜩 웅크리고 있는 황소 망토뿐이었다. 그 아래에서 아내와 형이 몸을 섞고 있었다. 사반은 눈을 감고 몸을 떨었다. 킬다가 그의 몸에 팔을 두르며 안았다.

"데레윈은 라하나와 이야기를 나누었어요."

그녀는 속삭였다.

"지금 당신의 임무는 하나를 키우는 거예요."

킬다는 사반을 눕히고 자기 몸으로 내리눌렀다. 눈을 떠 보니 킬다는 미소를 짓고 있었다. 그녀는 아름다웠다.

사반은 말했다.

"난 아내가 없다."

킬다는 그에게 키스했다.

"당신은 라하나의 일을 하고 있는 거예요."

그녀는 조용히 말했다.

"데레윈이 날 당신에게 보낸 것도 그 때문이에요."

아침이 되자 신전에는 재만 남았다. 추수는 끝났고, 마침내 돌을 나르는 일이 다시 시작되었다.

가장 긴 돌 아래 놓인 썰매가 완성되었고, 경사로도 작업이 끝났으며, 기다란 가죽 줄은 풀 위에 놓여 있었다. 사반이 지금까지 본 것 중에서 가장 많은 황소 떼가 산비탈에 모였다. 모두 백 마리였다. 사반도 몰이꾼도 이렇게 엄청난 수의 황소를 다뤄본 적이 없었다. 처음에 황소를 묶으려 하자 줄이 마구 엉켰다. 줄을 나무둥치에 묶고 나무둥치를 다시 마구에 묶인 황소와 연결하는 방법을 알아내는 데만 사흘이 걸렸다.

카마반은 왔을 때와 마찬가지로 몰래 카살로를 떠났다. 사반은 분노와 기쁨이 뒤엉킨 기분이었다. 아우레나가 그의 아내였기에 분노했고, 킬다가 연인이 되었기에 기뻤다. 킬다는 신들과 이야기하지도 않았고, 사반에게 이래라 저래라 설교하지도 않았다. 킬다의 직설적이고 열렬한 사랑이 오랫동안의 외로움을 달래주었다. 그러나 그 기쁨도 분노를 억누르지는 못했다. 아우레나가 긴 돌을 끌어내는 걸 구경하기 위해 산으로 올라가는 것을 보았을 때도 마찬가지였다. 희고 푸른빛을 발하는 어치새 깃털 망토 차림의 그녀는 랄릭의 손을 잡고 있었다. 사반은 아우레나에게 인사를 건네는 둥 마는 둥 돌아섰다. 리어는 황소 막대기를 손에 든 채 아버지 옆에 서서 짐꾸러미를 들고 있는 하나와 킬다를 쳐다보았다.

"라사린으로 돌아가요?"

리어는 아버지에게 물었다.

"돌을 날라야지. 얼마나 오래 걸릴지는 모르겠지만, 그래, 난 라사린으로 돌아간다."

사반은 두 손을 모아 입에 대고 황소 몰이꾼들에게 소리쳤다.

"앞으로 끌어라!"

그러자 스무 명의 장정과 소년들이 막대기로 황소들을 찔렀다. 황소들은 밧줄이 팽팽해질 때까지 앞으로 나아갔다.

　　"난 사제가 되고 싶지 않아요."

　　리어가 불쑥 말했다.

　　"난 남자가 되고 싶어요."

　　순간, 사반은 아들의 말을 잘 알아듣지 못했다. 팽팽하게 당겨진 밧줄을 바라보며 저 정도 굵기로는 충분하지 못한 게 아닐까, 하는 생각을 하고 있었다.

　　"사제가 되고 싶지 않다고?"

　　"난 전사가 되고 싶어요."

　　사반은 두 손을 모아 다시 소리쳤다.

　　"자! 끌어라!"

　　소년들이 막대기로 찌르자 황소들은 피를 흘리며 땅에 발굽을 디디고 힘을 주었다. 밧줄이 부르르 떨며 팽팽하게 당겨졌다.

　　"전진!"

　　사반은 외쳤다.

　　"전진!"

　　황소들의 머리가 숙여지는가 싶더니, 이윽고 썰매가 질질 끌리며 불쑥 움직였다. 사반은 줄이 끊어지지 않을까 걱정했지만, 아니었다. 돌이 움직였다. 움직이고 있었다! 거대한 돌이 움직이자 바라보던 사람들은 환호했다.

　　"난 사제가 되고 싶지 않아요."

　　리어는 작은 목소리로 처량하게 되풀이했다.

　　"전사가 되고 싶다고 했지."

　　사반이 말했다. 썰매는 넓은 활주부 뒤로 부서진 석회암 덩어리를 남긴 채 경사로를 올라오고 있었다.

"그런데 엄마가 난 성인식을 치를 필요가 없으니까 하지 말래요."

리어는 아버지를 올려다보았다.

"엄마는 내가 사제가 되어야 한다고 하세요. 라하나가 그렇게 명했다고요."

"모든 소년들은 성인식을 치러야 한다."

사반은 말했다. 썰매는 이제 평지로 올라와 황소 똥과 풀을 헤치고 일정한 속도로 미끄러지고 있었다. 사반은 썰매를 따라갔다. 그러자 리어는 눈물을 글썽이며 그 뒤를 따라 달렸다.

"나도 성인식을 치르고 싶어요!"

아이가 울부짖었다.

"그러면 라사린으로 오너라. 거기서 성인식을 치르자."

리어는 아버지를 올려다보았다.

"그래도 돼요?"

아이는 믿을 수 없다는 듯 물었다.

"정말 그러고 싶으냐?"

"네!"

"그러면 가야지."

사반은 들뜬 아들을 안아 움직이는 돌 위에 앉혔다.

황소 떼가 너무 많아서 신전 제방 사이를 빠져나갈 수 없었기 때문에, 썰매는 카살로 신전을 북쪽으로 빙 돌았다. 아우레나가 곁에서 함께 걸었고, 그 뒤를 군중이 따랐다. 돌이 신전을 지나가자, 아우레나는 리어에게 썰매에서 내려와 집으로 가자고 했다. 하지만 리어는 어머니를 쳐다보기만 할 뿐 돌에서 내려오지 않았다.

"리어!"

아우레나는 날카롭게 아들을 불렀다.

"리어는 나와 함께 갈 거요. 라사린으로. 거기서 나와 같이 살기로 했어."

아우레나의 얼굴에 놀라움이 떠올랐다. 그 놀라움은 곧 분노로 변했다.

"당신과 같이 산다고요?"

목소리가 찢어질 듯 날카로웠다.

"내가 아이였을 때 배운 걸 가르칠 거요. 도끼 쓰는 법, 곡괭이질 하는 법, 송곳 쓰는 법을 가르칠 거요. 활 만드는 법, 사슴 죽이는 법, 창 휘두르는 법도 가르치고. 리어는 남자가 될 거요."

황소들이 구슬프게 울었다. 공기는 황소 똥과 피 냄새로 가득 찼다. 돌은 사람이 걷는 속도보다 더 느리게 이동했지만, 적어도 움직이기는 했다.

"리어!"

아우레나는 외쳤다.

"이리 와!"

"거기 있거라."

사반은 아들에게 말하고, 서둘러 썰매를 따라잡았다.

"그 아이는 사제가 될 거예요!"

아우레나가 외쳤다. 사반을 따라 달려오는 그녀의 망토에서 어치새 깃털이 나부꼈다. 사반은 말했다.

"우선 남자부터 될 거요. 남자가 된 뒤에 혹시 사제가 되겠다고 하면, 그렇게 하라고 해. 하지만 내 아들은 사제보다 먼저 남자가 될 거요."

"그 앨 당신과 보낼 수는 없어요!"

아우레나는 날카롭게 외쳤다. 이렇게 화난 아내의 모습은 처음이었다. 그녀의 마음속에 이토록 강렬한 감정이 있다는 것도 믿기지 않았다. 아우레나는 얼굴을 일그러뜨리고 머리카락을 나부끼며 사반을 향해 소리쳤다.

"그 애가 어떻게 당신과 같이 살아요? 당신은 노예 여자를 데리고 자잖아!"

아우레나는 카살로 사람들과 함께 썰매를 따라오고 있는 킬다와 하나를 가리키며 말했다. 카살로 사람들은 둘의 싸움을 흥미진진하게 엿듣고 있었다. 리어는 돌 위에 그대로 앉은 채 부모를 쳐다보고, 랄릭은 작은 얼굴을 아우레나의 치맛자락에 숨기고 있었다.

"당신은 노예 창녀와 사생아를 데리고 살잖아!"

아우레나가 고함을 쳤다. 사반이 대꾸했다.

"적어도 난 황소 춤 망토를 입고 여자를 덮치지는 않아! 그 여자는 내 창녀지, 슬라올의 창녀가 아니야!"

순간, 아우레나는 입을 다물었다. 이글거리던 분노는 얼음장 같은 격분으로 변했다. 아우레나는 손을 뒤로 뻗어 사반의 얼굴을 치려 했다. 사반은 그녀의 손목을 잡고 말했다.

"당신은 남자가 있으면 라하나가 겁을 먹고 도망칠 거라는 이유로 내 침상을 떠났어. 그때는 나도 당신이 원하는 대로 해줬지만, 내 아들에게 남자가 될 기회까지 빼앗을 수는 없어. 리어는 내 아들이고, 남자가 될 거요."

"리어는 사제가 될 거예요!"

아우레나의 눈에 눈물이 고였다.

"라하나가 명령했다고요!"

사반은 자신이 손목을 아프게 잡고 있다는 것을 깨닫고 아우레나를 놓았다.

"여신이 사제가 되기를 원한다면, 사제가 되어도 좋아. 하지만 우선 남자부터 될 거요."

사반은 황소를 내버려둔 채 싸움 구경을 하고 있는 몰이꾼들에게 돌아섰다.

"줄을 잘 봐! 느려지게 두지 마라. 리어! 내려와. 너도 막대기를 들고 일을 해라!"

사반은 우뚝 선 채 울고 있는 아우레나에게서 멀어졌다. 몸이 떨렸다. 끔찍한 저주가 두려웠다. 그러나 아우레나는 그냥 돌아서서 랄릭을 데리고 집으로 향했다.

"복수하려 할 거예요."

킬다가 경고했다.

"다시 데려가려고는 하겠지만, 그뿐이야. 하지만 보내지 않아. 보내지 않는다."

긴 돌을 라사린까지 운반하는 데는 23일이 걸렸다. 사반은 여행 내내 썰매 곁을 지키다 하늘 신전에서 하루 이틀 정도 떨어진 곳에 도착하자 킬다와 하나, 리어를 데리고 먼저 라사린으로 갔다. 돌이 통과하려면 신전 입구를 넓혀야 했기 때문이다. 입구 옆 해자를 메우고 입구의 돌기둥도 끌어내려야 했다. 사반은 긴 돌이 도착하기 전에 모든 일을 끝내고 싶었다.

돌은 이틀 뒤에 도착했다. 사반은 마흔 명의 노예를 시켜 돌을 기둥 모양으로 다듬기 시작했다. 카살로에서는 대충 모양만 만들었기 때문에 이제 매끈하게 다듬어야 했다. 십여 명의 다른 노예들은 돌을 세울 구덩이를 깊이 파기 시작했다.

사반은 정착지로 내려가지 않았고, 카마반은 돌이 도착한 뒤에도 며칠 동안 신전에 오지 않았다. 그러나 신전에는 무두질 구덩이에서 나는 악취처럼 뭔가 골치 아픈 분위기가 감돌고 있었다. 정착지에서 온 사람들은 사반을 피해 다니거나, 괜한 농담이나 던지면서 리어가 아버지를 따라온 것을 눈치채지 못한 척했다. 노예들은 열심히 일했다. 사반은 아무 내색도 하지 않았고, 돌은 매끈한 형태를 갖추기 시작했다.

첫 서리가 내렸다. 하늘은 물이 빠져 창백하게 변했다. 마침내 카마반이 신전을 찾아왔다. 그는 전투 복장을 한 창병 스무 명을 거느리고 있었다. 바칼이 카살로 전투에서 자신이 죽인 사람들의 머리 가죽으로 장식한 창을 들고 선두에 섰다. 아버지의 곰 가죽 망토를 두른 카마반은 허리에 청동검을 차고 있었다. 머리는 텁수룩하고 헝클어져 있었다. 머리 타래와 이제 희끗희끗해진 턱수염 끝에는 어린아이의 뼈를 매달았다. 그는 창병들에게 태양석 옆에서 기다리라고 손짓한 뒤 절뚝거리며 사반에게 다가왔다. 젊은 사제가 해골 장대를 들고 따라왔다.

카마반이 입구를 넓히기 위해 기둥을 무너뜨린 자리로 들어서자 침묵이 흘렀다. 그의 얼굴은 분노에 차 있었다. 사반 곁에 있던 노예들은 어머니 돌 옆에 그 혼자만 두고 모두 물러났다. 카마반은 우뚝 서서 신전을 둘러보았다. 해골 장대를 든 사제는 두 걸음 뒤에서 멈췄다.

"아직 세워진 돌이 하나도 없군."

목소리는 부드러웠지만, 얼굴은 찡그리고 있었다.

"왜 아직 세워진 돌이 없지?"

"우선 모양부터 만들어야 하니까."

"저건 모양을 다 만든 것 같은데."

카마반은 곤봉으로 하늘 원에 쓰일 기둥 몇 개를 가리켰다. 사반은 대답했다.

"저걸 세우면 큰 돌이 지나가는 길이 막혀. 그쪽부터 먼저 세워야 해."

카마반은 고개를 끄덕였다.

"한데 큰 돌은 어디 있지?"

사반과 싸우지 않겠다는 듯 이성적인 목소리였지만, 자제하는 태도가 오히려 더욱 위협적이었다.

"제일 먼저 가져온 게 이거야."

사반은 돌 부스러기와 먼지 더미 속에 놓여 있는 괴물처럼 큰 돌을 가리켰다.

"메레스가 다음 돌을 가져오기 위해 썰매를 카살로로 끌고 갔어. 하지만 이건…"

사반은 가장 긴 돌을 가리켰다.

"동지 이전에 세울 거야."

카마반은 만족스러운 얼굴로 다시 고개를 끄덕였다. 그러다 문득 검을 뽑아들고 긴 돌 쪽으로 다가가서 모서리에 칼을 갈기 시작했다.

"아우레나와 이야기를 했다."

카마반의 목소리는 여전히 침착했다.

"이상한 말을 하더군."

"리어?"

사반은 초조함을 감추기 위해 잔뜩 긴장한 채 방어적으로 대답했다.

"물론 리어 이야기도 들었다."

카마반은 칼날을 만져보고 아직 무디다고 판단했는지 다시 돌에 갈기 시작했다. 귀에 거슬리는 소리가 났다.

"한데 리어에 대한 건 나도 찬성이야, 동생아."

사반을 바라보며 말을 이었다.

"남자가 되어야지. 나도 그 아이가 사제로 어울릴 것 같지는 않아. 제 여동생 같은 꿈이 없어. 널 더 많이 닮았지. 하지만 너와 함께 사는 건 좋지 않다고 생각해. 리어는 전사의 몸가짐과 사냥꾼의 습성을 배워야 해. 군두르의 집에서 살면 되겠지."

사반은 조심스럽게 머리를 끄덕였다. 군두르는 잔인한 사람이 아니었다. 그의 아들들도 정직한 사람들로 자라고 있었다.

"군두르의 오두막에서 사는 건 좋아."

"그런데…."

카마반은 칼날에 찍힌 작은 흠을 보고 눈살을 찌푸렸다.

"아우레나가 말해준 이상한 이야기는 데레윈에 관한 거야."

그러곤 사반을 올려다보았다.

"아직 살아 있지. 알고 있었나?"

"내가 어떻게 알겠어?"

"한데 아이는 데레윈과 함께 있지 않아."

카마반은 허리를 펴고 사반의 눈을 똑바로 쳐다보았다.

"데레윈이 자기 아이를 어느 정착지로 보낸 것 같다는데. 숲에서 살면 병에 걸려 죽을까봐. 그래서 보냈다는군. 카살로로 보냈을까? 아니면 여기로? 라사린으로? 카살로의 오두막에서 수군거리는 이야기를 아우레나가 들었다는군. 그 이야기를 들어본 적 있나, 사반?"

"아니."

카마반은 미소를 짓더니 검으로 신호를 보냈다. 창병 둘이 하나를 오두막에서 끌고 나왔다. 킬다가 소리를 질렀지만 세 번째 창병이 그녀 앞을 막아섰다. 겁에 질린 아이는 카마반에게 끌려왔다. 아이 쪽으로 달려가자 창병 하나가 사반에게 창을 겨누고, 다른 하나는 카마반에게 아이를 넘겼다. 카마반은 하나를 붙잡더니 방금 간 칼을 아이의 목에 댔다.

"이 아이의 어미는, 만약 네 노예가 이 아이의 어미라면 말이다, 금발 머리지. 이 아이는 검은 머리고."

사반은 자신의 검은 머리를 만졌다. 카마반은 고개를 저었다.

"네 아이라기엔 너무 나이가 많아, 사반. 신전을 짓기 시작하기 전에 네가 이 애 어미를 만난 게 아니라면 말이다."

카마반이 칼에 힘을 주자 하나는 헉 하고 숨을 들이쉬었다.

"이 아이가 데레윈의 사생아냐, 사반?"

"아니."

사반은 대답했다. 카마반은 나직이 웃었다.

"한때 너와 데레윈은 연인 사이였지. 아직도 사랑하나? 도울 정도로?"

"형도 한때는 그녀와 결혼하고 싶어 했어. 그렇다고 지금 그녀를 돕는 건 아니잖아?"

사반은 대꾸했다. 데레윈에게 청혼했다는 것을 사반이 알고 있다는 사실에 카마반은 놀랐다. 놀라움은 미소로 변했다.

"크게 한 번 떠들어볼까, 형?"

카마반의 얼굴이 분노로 경련을 일으켰다. 하나는 비명을 질렀다.

"날 협박하는 거냐, 사반?"

"내가?"

사반은 웃었다.

"내가 마법사를 협박해? 그런데 나랑 싸우면 이 신전은 어떻게 지을 거지, 형? 삼각대는 만들 줄 아나? 구덩이 벽에 목재를 댈 수 있어? 황소에 마구를 씌울 수 있어? 돌을 자연스럽게 깨뜨리는 방법은 알고 있나? 평생 도끼를 손에 쥐어본 적이 없다고 자랑하는 형이 신전을 지을 수 있어?"

카마반은 이 질문에 웃음을 터뜨렸다.

"돌을 세울 사람은 백 명도 더 찾을 수 있다!"

그는 조롱하듯 말했다. 사반은 미소를 지었다.

"그러면 그 백 명한테 돌 위에 돌을 얹으려면 어떻게 해야 하는지 물어봐."

사반은 긴 돌을 가리키며 말을 이었다.

"저 기둥을 세우면 높이가 사람 키의 네 배는 돼. 네 배! 그 위에 다른 돌을 어떻게 얹을 거야? 알고 있어?"

사반은 카마반 뒤쪽의 창병들을 향해 좀 더 큰 소리로 물었다.

"자네들은 아나? 바칼? 군두르? 말해보지? 저 기둥 위에 다른 돌을 어떻게 얹을 건지? 하나도 아니고, 원형으로 죽 둘러서! 어떻게 할 거야? 대답해봐!"

아무도 대답하지 않았다. 그저 사반만 쳐다보고 있을 뿐이었다. 카마반은 어깨를 으쓱했다.

"흙을 비스듬히 쌓으면 되겠지."

"흙을 비스듬히 쌓아?"

사반은 냉소했다.

"서른다섯 개의 돌을 기둥 위에 올려야 하는데, 흙도 비스듬히 서른다섯 군데나 쌓겠다고? 얼마나 걸릴까? 이 얕은 토양에서 그만한 흙을 어떻게 구하지? 흙을 쌓아서 돌을 올리려다가는 우리 손자의 손자들도 신전이 완성되는 걸 못 볼걸."

"그럼 너는 어떻게 할 거지?"

카마반은 화난 목소리로 물었다. 사반은 대꾸했다.

"적설한 방법을 써서."

"대답해!"

"안 돼. 나 없으면 형은 절대 신전을 가질 수 없어. 돌덩이만 잔뜩 갖겠지."

사반은 하나를 가리켰다.

"저 아이를 죽이면 나는 이 신전을 나가서 절대 돌아보지 않을 거야. 절대로! 노예의 자식이지만, 내가 아끼는 아이야. 데레윈의 딸이라고?"

사반은 긴 돌에 조롱하듯 침을 뱉었다.

"데레윈이 형이 다스리는 부족한테 자기 애를 보낼 것 같아? 온 세상을 찾아봐. 모든 오두막을 뒤져. 하지만 데레윈의 아이를 여기서 찾지는 마."

카마반은 잠시 사반을 응시했다.

"이 아이가 데레윈의 딸이 아니라고 맹세할 수 있나?"

"맹세해."

순간 등골을 타고 오한이 스쳤다. 거짓된 맹세는 가볍지 않다. 그러나 조금이라도 망설이거나 사실대로 말한다면 하나는 그 자리에서 죽음을 당할 것이다.

카마반은 사반을 바라보더니 사제에게 손짓했다. 사제가 다가와서 사반을 향해 해골을 내밀었다. 카마반은 여전히 하나의 가녀린 목에 칼을 들이대고 있었다.

"해골에 손을 얹어라."

카마반은 사반에게 명령했다.

"이 아이가 데레원의 자식이 아니라고, 조상들에게 맹세해라."

사반은 천천히 손을 내밀었다. 이것은 가장 엄숙한 맹세였다. 조상들에게 거짓말을 한다는 것은 부족 전체를 배신하는 일이었지만, 사반은 뼈에 손가락을 얹고 고개를 끄덕였다.

"맹세해."

"네 딸의 목숨을 걸고?"

땀이 흘렀다. 온 세상이 흔들리는 것 같았다. 하지만 하나가 그를 바라보고 있었다. 사반은 다시 고개를 끄덕였다.

"랄릭의 목숨에 걸고."

사반은 자신이 끔찍한 거짓말을 했다는 걸 알고 있었다. 이제 랄릭의 목숨을 살리려면 무언가 보상을 해야 한다. 하지만 무엇으로 보상을 해야 할지 알 수가 없었다.

카마반이 하나를 밀쳐냈다. 아이는 사반에게 달려와 울며 매달렸다. 사반은 아이를 들어 안았다.

"신전을 만들어라, 동생아."

카마반은 가죽 허리띠에 검을 다시 차며 말했다.

"신전을 만들어. 빨리!"

목소리가 차츰 높아졌다.

"넌 언제나 변명뿐이지! 돌이 단단하다, 땅이 젖어서 썰매를 끌 수가 없다, 황소 발굽이 깨졌다. 아무것도 되는 일이 없어!"

카마반은 찢어지는 듯한 목소리로 마지막 문장을 내뱉었다. 그는 몸을 부들부들 떨고 있었다. 금방이라도 눈을 뒤집고 환각 상태에 빠져 신전을 피와 공포로 뒤덮을 것 같은 기세였다. 하지만 카마반은 어디가 아프기라도 한 듯이 끙, 하는 소리를 내더니 갑자기 돌아서서 멀어졌다.

사반은 겁에 질려 울고 있는 하나를 꼭 껴안았다.

카마반이 전사들을 거느리고 신전 출입구를 나서는 것을 보고서야, 사반은 긴 돌에 몸을 기대며 숨을 내쉬었다. 추운 날이었지만, 아직도 땀이 흐르고 있었다. 킬다가 달려와 하나를 받아 안았다.

"둘 다 죽는 줄 알았어요!"

"난 하나의 목숨을 위해서 내 딸의 목숨을 걸었어."

사반은 멍하니 말했다.

"카마반은 하나가 누구인지 알고 있었지만, 난 아니라고 맹세했어."

사반은 부들부들 떨며 눈을 감았다.

"거짓 맹세를 했어."

킬다는 말이 없었다. 노예들은 사반을 바라보고 있었다.

"난 랄릭의 목숨을 걸었어."

흰 돌가루에 덮인 뺨을 타고 눈물이 흘러내리며 고랑을 만들었다. 킬다는 조용히 물었다.

"어떻게 하실 거예요?"

"신들이 날 용서해주시길 바랄 뿐. 다른 아무것도 할 수 없어."

"신들에게 신전을 지어 바치면 당신을 용서할 거예요. 그러니까 지으세요, 사반. 지어요."

킬다는 손을 뻗어 사반의 뺨에 흐르는 눈물을 닦아주었다.

"기둥 위에 돌은 어떻게 올릴 거예요?"

"몰라. 나도 정말 몰라."

하지만 그 방법을 발견한다면 신들도 용서하고, 랄릭의 목숨을 살려줄지 모른다고 사반은 생각했다. 신전만이 랄릭을 살릴 수 있는 길이다. 사반은 노예들을 향해 돌아섰다.

"일해라! 일해! 빨리 완성할수록 우리 모두 더 빨리 자유로워진다."

그들은 열심히 일했다. 팔이 아프고 콧구멍에 돌가루가 가득 차고 눈이 따갑도록 망치질을 했다. 또 흙과 돌멩이를 파내고, 돌을 갈아 윤기를 냈다. 가장 힘 센 노예들이 긴 돌을 다루었다. 사반의 약속대로 동지까지 모든 준비가 끝났다. 더 이상 모양을 다듬을 필요가 없는 날이 왔다. 돌은 날렵하고 우아하고 위쪽이 가느다란 기둥 모양으로 변했다. 이제 세워야 할 때였다. 사반은 갈레스의 조언대로 돌을 모서리 쪽으로 세워 일으키자고 제안했다. 가느다란 돌이 무게 때문에 부러지지 않을까 염려되었기 때문이다. 그러나 우선은 돌을 구덩이 가장자리까지 끌고 와야 했다. 지렛대로 들고 땀을 흘리고 욕을 퍼붓는데 엿새, 길고 좁은 모서리가 아래로 가도록 뒤집는 데 하루가 걸렸다. 돌은 마침내 굴림대 위에 놓였다. 사반은 돌의 위아래를 완전히 밧줄로 감은 다음 구덩이까지 끌고 갈 황소 예순 마리와 연결했다.

이번 구덩이는 사반이 이제까지 판 것 중에 가장 깊었다. 깊이가 남자키의 거의 두 배였다. 경사로와 구덩이 맞은편 벽에는 길게 쪼개서 돼지기름을 바른 나무둥치를 댔다. 돌에 연결된 밧줄은 구덩이 위를 지나고 해자와 제방을 넘어 황소 예순 마리가 콧김을 안개처럼 뿜어내고 있는 곳까지 이어졌다. 사반이 신호를 보내자 몰이꾼들은 막대기로 황소를 찔렀다. 배배 꼬인 밧줄이 공중에 떠서 팽팽해지더니 이윽고 돌이 움직이기 시작했다.

"이제 천천히! 천천히!"

사반은 외쳤다. 돌이 쓰러질까봐 걱정스러웠다. 그러나 돌은 통나무 굴림대를 부숴가며 앞으로 조금씩 전진했다. 돌 앞쪽이 경사로 위에 걸치자 노예들은 뒤쪽의 굴림대를 빼냈다. 순간, 밧줄 하나가 끊어졌다. 사람들은 다급하게 고함을 질렀다. 새 밧줄을 가져와 마구에 맬 때까지 한참을 기다려야 했다.

몰이꾼들은 황소를 다시 몰았다. 거대한 돌은 손가락 폭만큼 조금씩 전진했다. 돌이 경사로 위로 반쯤 튀어나오고 나머지 절반이 굴림대 위에 놓이는 순간 사반은 몰이꾼들에게 멈추라고 외쳤다. 돌이 서서히 기울어지기 시작하더니 앞부분 절반이 목재 위로 큰 소리를 내며 넘어갔다. 땅이 흔들렸다. 거대한 돌은 경사로를 미끄러져 내려가 구덩이 반대쪽 벽면에 닿았다.

사반은 그날 밤 돌을 그대로 내버려두었다. 가장 높은 아치의 관석과 맞물릴 요철을 새긴 기둥 끝이 겨울 하늘의 별들을 배경으로 비스듬히 허공을 향해 황량하게 뻗어 있었다.

다음 날, 사반은 노예 쉰 명을 시켜 비구니에 서회안 조각과 강변의 돌멩이를 가득 담아 구덩이 가장자리에 쌓게 했다. 그런 다음 쓰러져 있는 돌에 밧줄 열 개를 묶었다. 그리고 사람 키의 네 배나 되는 삼각대 위쪽으로 줄을 넘겨 해자 옆에서 대기 중인 황소와 연결했다. 줄과 닿는 삼각대 꼭대기의 홈에는 매끄럽게 기름칠을 했다. 밧줄 자체에도 기름을 발랐다. 카마반과 하락 둘 다 와서 구경했다. 제사장은 흥분을 감추지 못했다.

"이것보다 더 큰 돌은 세울 수 없을 거요!"

하락은 감탄했다.

만약 이 돌이 부러진다면 신전은 완성될 수 없을 거라고 사반은 생각했다. 이 첫 번째 큰 기둥을 대체할 정도로 긴 석판은 없기 때문이다.

황소 떼를 정렬하고 삼각대 다리를 제방 바로 안쪽에 판 작은 구멍에 끼워 넣고 줄을 묶는 데만 아침나절이 걸렸다. 마침내 모든 준비가 끝나자 사반은 몰이꾼들에게 손짓했다. 열 개의 밧줄이 땅에서 들어 올려졌다. 삼각대가 삐걱거리며 땅을 파고들자 밧줄은 이내 청동 막대처럼 팽팽해졌다. 해자 너머의 인부들은 뒷다리에서 피가 흐르도록 황소를 막대기로 찔렀다. 밧줄이 삼각대 꼭대기에 걸려 파르르 떨리더니 미끄러지기 시작했다. 그러자 기둥과 경사로 사이에 작은 공간이 생겼다. 노예들은 가장자리에 쌓여 있던 석회암 조각과 돌멩이로 그 공간을 메우기 시작했다.

"몰아라! 몰아!"

사반은 외쳤다. 황소 떼가 머리를 숙이고 힘을 쓰자 삼각대가 부들부들 떨며 삐걱거렸다. 이윽고 깊은 구덩이 벽에 댄 목재를 앞쪽 모서리로 부러뜨리며 거대한 돌이 일어서기 시작했다. 돌이 높이 설수록, 삼각대 꼭대기에서 이어진 밧줄이 돌과 직각을 이룰수록 작업은 쉬웠다. 사반은 숨을 죽이고 이 광경을 지켜보았다. 노예들은 거대한 돌과 경사로 사이의 틈에 황급히 석회암 조각과 돌멩이를 던져 넣었다.

"몰아라! 몰아!"

카마반도 외쳤다. 몰이꾼들은 막대기로 황소를 찌르고, 줄은 파르르 떨리고, 황소는 피를 흘리고, 돌은 덜덜 떨며 위로 올라갔다.

"이제 천천히! 천천히!"

사반은 다시금 주의를 주었다. 기둥이 거의 수직에 가깝게 서 있어 황소가 너무 세게 당기면 반대쪽으로 넘어갈 위험이 있었다.

"한 걸음만 더!"

사반은 외쳤다. 몰이꾼들은 황소를 마지막으로 한 걸음 더 몰았다. 그러자 돌이 조금 움직이더니 자기 무게를 이기지 못하고 쿵하며 똑바로 섰다. 순간, 구덩이에 대놓았던 목재가 찢어질 듯한 소리를 내며 부서졌다. 사반은 숨을 멈추었다. 다행히 돌은 그대로 서 있었다. 사반은 노예들에게 구덩이 가장자리를 메우고 흙으로 다지라고 지시했다. 카마반은 보기 흉하게 펄쩍펄쩍 뛰었고, 하락은 기쁨에 겨워 울고 있었다. 신전의 첫 번째 기둥, 가장 큰 돌이 세워진 것이다.

줄을 걷어내고 구덩이를 메운 후, 사반은 뒤로 물러서서 자신이 해낸 일을 바라보았다. 그는 카살로의 그 어떤 신전도 능가하는, 이 세상의 어떤 인간도 본 적이 없는 경이를 바라보고 있었다. 나무만큼이나 높이 서 있는 거대한 돌을 바라보았다.

심장이 터질 것 같고, 눈에 눈물이 고였다. 회색 하늘을 배경으로 솟은 거대한 돌은 황량하고, 높고, 날렵했다. 아름다웠다. 매끈하고, 나름의 형태를 갖췄고, 경이로웠다. 기둥이 갑자기 드넓은 풍경을 지배했다. 기둥은 이전까지 사반이 정말 크다고 생각했던 어머니 돌을 굽어보고 있었다. 장대했다.

"대단하군."

카마반은 눈을 커다랗게 뜨고 말했다. 하락은 겸손하게 대답했다.

"슬라올의 작품이오."

노예들조차 감탄했다. 이는 그들이 해낸 일이었다. 그들은 기둥을 경외감 어린 눈으로 쳐다보았다. 어떤 부족에서도, 어떤 신전에서도, 어떤 땅에서도, 어떤 꿈에서도 이렇게 크고 강하고 매끄러운 돌을 본 적은 없었다. 그 돌을 보는 순간 사반은 카마반이 하는 일을 신들이 분명 알아줄 것이라고 생각했다. 킬다도 감동을 받았다.

"저 위에 다른 돌을 얹을 거라고요?"

그날 저녁, 킬다가 사반에게 물었다.

"그래야지. 그리고 저건 아치의 기둥 두 개 중 하나일 뿐이야."

"한데 방법은 아직 모르고요?"

"신들이 알려주시겠지."

두 사람은 거대한 돌 옆에 단둘이 서 있었다. 어둠이 내리면서 회색 돌을 검게 물들이고 있었다. 사반은 거대한 기둥을 올려다보며 자신이 이 돌을 옮기고 형태를 만들고 세웠다는 사실에 새삼 놀랐다. 그 순간 자신이 신전을 완성하게 되리라는 것을 알 수 있었다. 할 수 없을 거라고 말한 사람들도 있었고 카마반조차 어떻게 지어야 할지 몰랐지만, 사반은 자신이 해내리라는 것을 알았다. 문득 신전을 지어 신들을 기쁘게 하면 랄릭의 목숨을 걸고 한 거짓 맹세도 용서받을 수 있을 거라는 확신이 들었다.

"난 가끔 이 신전을 우리가 왜 짓고 있는지 그 이유를 진짜 아는 사람은 아무도 없다는 생각이 들어. 카마반은 알고 있다 하고 아우레나는 이 신전이 신들을 혼인의 침상으로 데려올 수 있을 거라고 확신하지만, 난 신들이 뭘 원하는지 모르겠어. 어쨌든 짓기를 원한다는 사실밖에는. 신전이 완성되면 우리 모두가 놀랄 일이 생길 거야."

"데레윈이 늘 했던 말이에요."

동지가 찾아왔다. 부족민은 모닥불을 밝히고 잔치를 벌였다. 노예들은 신전 옆에서 식사를 했다. 동지가 지나고 첫 눈이 내린 날, 그들은 긴 아치의 두 번째 기둥을 만들기 시작했다. 두 번째로 긴 돌이었는데, 첫 번째 돌만큼 긴 것을 찾지 못해 약간 짧은 것을 쓸 수밖에 없었다. 사반은 사나스가 똑바로 펴주기 전에 카마반의 발이 그랬듯이 돌의 아랫부분을 약간 비틀린 상태로 둥글게 만들었다. 약간 비틀어진 묵직한 부분이 기둥을 땅에 고정시켜주는 역할을 할 거라고 생각했다. 구덩이는 비교적 얕았지만, 그러지 않으면 첫 번째 기둥의 높이와 맞출 수가 없었다.

사반은 봄에 이 돌을 세웠다. 삼각대가 놓이고 황소에 마구가 채워졌다. 황소가 밧줄을 잡아당기는 순간 기둥의 뻐딱한 아랫부분이 석회암과 목재를 긁어냈지만 작업은 지난번보다 한결 수월했다. 기둥을 세운 다음 구덩이도 채웠다. 이로써 기둥 두 개가 나란히 서게 되었다. 아래쪽은 고양이 한 마리도 들어가기 힘들 정도로 딱 붙었지만, 위쪽으로 갈수록 가늘어져서 겨울의 햇빛이 통과할 수 있게 되어 있었다.

"꼭대기 돌은 언제 올릴 거냐?"

카마반은 물었다.

"1년 뒤. 어쩌면 2년 뒤."

"1년!"

"기둥이 자리를 잡아야 해. 1년 내내 흙을 다지고 구멍을 채울 거야."

"그러면 기둥마다 1년을 기다려야 한단 말이냐?"

카마반은 기가 막힌다는 듯 물었다.

"2년이면 더 좋겠지."

카마반은 그 어느 때보다 조급했다. 다른 돌을 세울 때 황소가 버티거나, 줄이 끊어지거나, 두 번을 그랬지만 삼각대가 부서지면 짜증을 냈다. 돌이 비스듬하게 세워져도 화를 냈다. 기둥을 똑바로 세워서 아래쪽을 돌과 흙으로 다지는 데만 며칠이 걸렸다.

높은 기둥 열 개를 다듬어 세우는 데 3년이 꼬박 걸렸다. 돌을 세우는 것은 그나마 쉬웠다. 기장 어려운 것은 시전을 소음과 먼지로 가득 채우며 돌을 갈고 모양을 내는 작업이었다. 관석을 얹기 위해 기둥 꼭대기에 요철을 깎는 작업이 가장 힘들었다. 두 뼘 정도의 폭만 남기고 나머지 부분을 모조리 갈아내야 했기 때문이다. 그러지 않으면 관석이 옆으로 미끄러질 위험이 있었다.

태양의 집에 마지막 기둥이 세워진 해, 여섯 개의 하늘 원 기둥이 세워진 해에 리어는 남자가 되었다. 성인식을 통과하고 자신의 영혼이 담긴 석회암 구슬을 기쁘게 부수었다. 사반은 아들에게 청동 날로 된 창을 선물하고 가슴에 성인을 뜻하는 문신을 새겨주었다.

"가서 어머니한테 보여드리지 그러느냐?"

"어머니는 날 만나려고 하지 않을 겁니다."

"널 자랑스러워할 게다."

사반은 단호하게 말했지만, 그 역시 자신의 말을 믿지 않았다. 리어는 얼굴을 찌푸렸다.

"저한테 실망하실 거예요."

"그럼, 네 동생을 보러 가거라. 내가 보고 싶어 한다는 말도 전하고."

아우레나에게서 리어를 데려온 이후, 해골 장대에 랄릭의 목숨을 걸고 맹세한 이후, 딸을 한 번도 본 적이 없었다.

"랄릭은 아무도 만나지 않으려 해요. 겁을 먹고 있어요. 오두막에서 몸을 떨며, 어머니가 나가기만 해도 웁니다."

사반은 자신의 거짓된 맹세가 딸에게 끔찍한 저주를 내린 것은 아닌지 두려웠다. 그는 하락을 만나서 비밀을 지키겠다는 맹세를 받고 고백하기로, 하락이 시키는 대로 벌을 받겠다고 결심했다.

그러나 그렇게 되지는 않았다. 성인식이 끝난 날 밤, 미처 사반이 찾아가기도 전에, 하락은 커다란 울부짖음을 남기고 죽었다. 그리고 카마반의 광기가 시작되었다.

19

꿈꾸는 영혼

그 광기는 신전을 봉헌할 때까지 끝나지 않을 거야.

카마반은 어머니가 돌아가셨을 때처럼 울부짖었다. 하락이 자신의 아버지였다며 통곡했다.

"그는 내 아버지이자 어머니였다. 내 유일한 가족이었다!"

그러곤 노예 소녀들을 오두막에서 몰아내고 부싯돌로 자신의 몸을 그었다. 대낮에 오두막을 나온 그의 벌거벗은 몸에는 핏자국이 낭자했다. 카마반은 하락의 시신 위에 몸을 던지고 죽은 게 아니라 자고 있는 거라며 울부짖었다. 하락의 몸에 자신의 생명을 불어넣으려 했지만, 시체는 변함없이 죽어 있을 뿐이었다. 카마반이 사반을 돌아보며 말했다.

"네가 신전을 일찍 완성했더라면 죽지 않았을 것이다!"

카마반은 하락의 몸 위에 핏방울을 떨어뜨리며 부들부들 떨더니 풀을 한 움큼 뜯어 사반에게 던졌다.

"가거라! 가! 넌 날 진심으로 사랑한 적이 없었어! 넌 날 사랑하지 않았어. 가라!"

군두르는 사반을 카마반의 눈이 미치지 않는 오두막 뒤쪽으로 급히 데려갔다.

"여기 있으면 당신을 죽일 거요."

전사는 카마반의 울부짖음을 들으며 눈살을 찌푸렸다.

"신들이 그의 몸 안에 있소."

"그게 하락의 비극이었지."

사반은 냉정하게 대답했다.

"그의 비극?"

사반은 어깨를 으쓱했다.

"하락은 상인으로 사는 걸 좋아했소. 그걸 좋아했지. 호기심이 많아서 온 세상을 돌아다니며 해답을 찾아 헤맸는데, 그러다 카마반을 만났고, 그가 진실을 찾았다고 믿었소. 하지만 하락은 상인의 삶을 그리워했소. 그는 제사장으로서 여기 머무르지 않았어야 했소. 그 이후로 하락은 다른 사람이 되었지."

카마반은 하락의 시신을 기존 사자의 집으로 데려가지 말고 새 신전에 지어질 사자의 집에 눕혀야 한다고 주장했다. 그래서 시체를 수레에 실어 어머니 돌과 아직 가로대를 씌워야 하는 가장 큰 기둥 사이에 놓기로 했다. 부족 전체가 시체 뒤를 따랐다. 카마반은 내내 울었다. 벌거벗은 몸에는 피딱지가 말라붙었고, 이따금 땅바닥에 몸을 던지기도 했다. 그때마다 하락이 죽었다는 소식을 듣고 카살로에서 달려온 아우레나가 그를 달래며 일으켜야 했다. 아우레나는 재를 바른 회색 늑대 가죽 옷차림이었다. 머리카락은 헝클어져 있었다. 이제 거의 다 자란 랄릭이 곁에 있었다. 랄릭은 연한 눈동자와 겁에 질린 표정을 한 창백하고 마른 소녀였다. 사반이 다가가자 몸을 움찔했다.

"돌에 어떻게 모양을 냈는지 보여주마."

"그 애도 이미 알고 있어요."

아우레나가 쏘아붙였다.

"라하나가 꿈에서 돌을 보여주니까요."

"그러냐?"

사반은 랄릭에게 물었다. 아이는 소심하게 답했다.

"매일 밤마다요."

"랄릭!"

아우레나가 딸을 부르더니 사반을 노려보았다.

"당신은 여신에게서 한 아이를 빼앗아갔어요. 다른 아이까지 빼앗길 수는 없어요."

노예들은 그날 자신들의 오두막에 머물렀고, 부족의 여인들은 신전 해자와 제방 주위에서 춤을 추며 슬라올의 애가를 불렀다. 남자들은 신전 안에서 완성되지 않은 돌과 빈 썰매 사이로 무거운 걸음을 옮겼다. 카마반은 다시 터진 상처에서 피를 흘리며 시체 옆에 무릎을 꿇고 하늘을 향해 울부짖었다. 여인 중에서는 아우레나와 랄릭만이 유일하게 신전 안에 들어오는 것이 허락되었다. 두 사람도 시체 양옆에서 요란하게 울었다.

충격적이었던 것은 사제 둘이 황소 한 마리를 끌고 신전에 들어온 것이었다. 하락은 생명을 제물로 바치는 것을 싫어했지만, 카마반은 죽은 자의 영혼이 피를 필요로 한다고 주장했다. 사제들은 황소의 다리 힘줄을 잘라 움직이지 못하게 한 뒤, 머리가 아래로 내려가도록 꼬리를 추켜올렸다. 카마반이 청동 도끼를 휘둘렀다. 하지만 도끼의 날이 뿔을 스치며 목을 찍었다. 황소가 울부짖었다. 카마반은 다시 도끼를 휘둘렀지만 이번에도 실패했다. 사제가 도끼를 빼앗으려 했다. 그러자 카마반이 도끼를 마구 휘둘렀다. 사제는 가까스로 도끼를 피했다. 이어서 카마반이 미치광이처럼 황소를 향해 도끼를 찍었다. 어머니 돌, 시체, 아우레나와 랄릭, 카마반에게 피가 튀었다. 비틀거리던 황소는 마침내 쓰러졌다. 카마반은 황소의 등뼈에 도끼를 깊이 박아 넣었다. 그러곤 도끼를 던지고 무릎을 꿇었다.

"그는 살아날 것이다! 다시 살아날 것이다!"

"살아날 것이다!"

아우레나가 되풀이한 뒤, 카마반의 몸에 팔을 두르고 일으켜 세웠다.

"하락은 살아날 것입니다."

아우레나는 부드럽게 말하며 카마반을 어루만졌다. 카마반은 그녀의 어깨에 기대 흐느꼈다.

황소의 시체가 끌려 나갔다. 사반은 화가 나서 황소의 핏자국을 석회암 가루로 문질렀다.

"여기서는 제물을 바치지 않기로 했었어."

사반은 킬다에게 말했다. 킬다가 물었다.

"누가 그런 명령을 내렸어요?"

"하락이."

"그런데 하락이 죽었군요."

킬다는 음울하게 말했다.

하락은 죽었고, 시체는 태양의 집 안에서 서서히 썩어갔다. 악취가 구덩이를 파고 돌을 다듬는 인부들의 콧구멍을 가득 채웠다. 까마귀들이 시체를 쪼아 먹고, 썩어가는 살점에는 구더기가 꿈틀거렸다. 살이 다 썩고 뼈만 남는 데 일년이 걸렸지만, 카마반은 여전히 매장을 거부했다.

"여기 놓아둬야 한다."

그래서 그대로 두었다. 일부는 짐승이 물어갔지만, 사반은 하락의 유골을 완전하게 보존하려고 애썼다. 그해에 제정신으로 돌아온 카마반은 자신이 하락을 대신하겠다고 선언했다. 족장 겸 제사장이 되겠다는 뜻이었다. 그러곤 하락의 유골에 제물의 피가 필요하다며 양, 염소, 황소, 돼지, 심지어 새까지 신전으로 가져와 하락의 마른 뼈 위에서 학살했다. 끊임없는 피의 세례 때문에 하락의 뼈는 검게 변색되었다. 노예들은 뼈를 피해 다녔다. 어느 날, 사반은 하나가 유골 옆에 웅크리고 있는 것을 보고 깜짝 놀랐다.

"정말 다시 살아날까요?"

하나는 사반에게 물었다.

"카마반은 그렇게 말하더구나."

하나는 살과 피부가 다시 붙은 사제의 유골이 다시 일어나 취한 사람처럼 비틀비틀 높은 돌 사이를 걸어 다니는 것을 상상하고 몸을 떨었다.

"아버지도 죽으면 이 신전에 놓이나요?"

"내가 죽으면 돌이 없는 곳에 묻어다오. 돌이 전혀 없는 곳에."

하나는 사반을 향해 미간을 찌푸리더니 갑자기 웃음을 터뜨렸다. 그녀는 빠르게 자랐다. 일이 년만 더 있으면 여인으로 보아도 좋을 정도였다. 히니는 자신의 진짜 어머니가 누군지 알고 있었고, 그 사실을 절대 입 밖에 내지 않아야 목숨을 부지할 수 있다는 것도 알고 있었다. 그래서 킬다를 어머니로, 사반을 아버지로 불렀다. 때로는 사반에게 진짜 어머니가 아직 살아 있는지 묻기도 했다. 사반은 그러기를 바란다는 말밖에 할 수 없었지만, 실은 그 반대가 아닐까 걱정스러웠다. 하나는 점점 젊은 시절의 데레윈을 연상시켰다. 가무잡잡한 아름다운 외모, 활기, 라사린의 젊은 남자들은 하나를 민감하게 의식했다. 일년만 지나면 점토 남근상과 해골을 오두막 지붕에 얹어야 할 것 같았다. 리어 역시 하나를 흠모했고, 하나 또한 사반의 아들에게 푹 빠져 있었다. 리어는 키가 컸고 검은 머리를 등 뒤로 땋아 늘였다. 가슴에는 살해 표식도 하나 새겨져 있었다. 카마반이 리어를 다음 족장으로 삼으려 한다는 소문이 떠돌았고, 사람들은 대부분 이를 좋은 결정이라고 생각했다. 리어는 이미 대담하다는 평판을 얻고 있었다. 군두르의 부대와 함께 전투에 나섰고, 라사린의 넓은 경계를 지키거나 국경 너머로 약탈을 나가서 황소와 노예를 끌고 오느라 바빴다. 사반은 아들이 자랑스러웠지만 자주 만나볼 기회가 없었다. 하락이 죽은 뒤로 카마반이 신전 건축을 더욱 재촉했기 때문이다.

노예의 수는 갈수록 늘어났다. 이들을 먹여 살리기 위해 더 많은 전투 부대가 돼지와 황소, 곡식을 찾아 약탈에 나섰다. 신전은 부족민들이 먹여 살려야 할 거대한 입이 되어갔고 망치와 땀, 불로 다듬어야 할 돌이 끊임없이 카살로에서 도착했다. 그러나 카마반은 여전히 조바심을 냈다.

"왜 이렇게 오래 걸리지?"

카마반은 늘 물었다. 그때마다 사반은 이렇게 대답했다.

"돌은 단단하니까."

"노예들한테 매질을 해!"

"그러면 두 배로 더 오래 걸릴 거야."

사반은 협박했다. 그러면 카마반은 화를 내며 사반이 자신의 적이라고 욕을 했다. 하늘 원의 기둥 절반이 세워졌을 때, 카마반이 다시 개선안을 내놓았다.

"하늘 원은 높이가 같겠지. 그렇지?"

"높이가 같아?"

"평평해야 한다고!"

카마반은 성난 목소리로 말하며 평평하게 깎는 손짓을 했다.

"호수의 수면처럼 말이야."

사반은 눈살을 찌푸렸다. 그는 완만한 경사를 이루고 있는 땅을 가리키며 말했다.

"땅 자체에 경사가 있어. 그러니까 기둥이 모두 같은 높이라면, 하늘 원은 지반의 경사면을 따라 기울어지게 돼 있어."

"원은 평평해야 해! 평평해야 한다고!"

카마반은 말을 하다 말고 하나가 오두막에서 나서는 것을 바라보더니 교활한 미소를 지었다.

"데레윈하고 닮았군."

"젊고 머리가 검어. 그뿐이야."

사반은 대수롭지 않게 대꾸했다.

"넌 하나가 데레윈의 딸이 아니라는 데 네 딸의 생명을 걸었지. 안 그러냐?"

카마반은 여전히 미소를 지은 채 말했다.

"내 맹세는 형도 들었잖아."

사반은 카마반의 주의를 다른 곳으로 돌리기 위해 하늘 원을 평평하게 만들겠다고 약속했다. 하지만 그러려면 더 많은 시간이 필요했다. 사반은 가벼운 목재를 기둥 위에 얹고 다시 그 위에 흙으로 만든 물통을 얹었다. 그런 다음 물통을 물로 채우면 옆에 있는 기둥과 수평인지 아닌지 알 수 있었다. 기둥이 너무 높으면 노예들이 나무 사다리를 타고 올라가서 그 끝을 깎아냈다. 너무 짧은 기둥은 쓸모가 없기 때문에, 사반은 기둥을 일부러 약간 길게 만들어 세운 다음 옆의 기둥과 평평해질 때까지 끝을 깎아냈다.

돌 하나가 세우는 과정에서 부러질 뻔했다. 굴림대에서 떨어져 구덩이에 대놓은 목재에 부딪히는 바람에 커다랗게 대각선 방향으로 금이 간 것이다. 사반은 일단 그대로 세우라고 지시했다. 돌은 기적적으로 부러지지 않고 우뚝 섰다. 하지만 금이 눈에 보일 정도였다. 카마반은 말했다.

"이 정도면 괜찮아. 이 정도면."

다음 2년 동안 카살로에서 모든 돌이 도착했고, 하늘 원의 기둥 절반이 제자리에 세워졌다. 그러나 기둥 세우기를 다 끝내기 전에 우선 그 위에 올릴 관석들을 신전 한가운데로 끌어와야 했다. 사반은 여름에 이 일을 했다. 수십 명의 노예가 썰매를 끌고 돌을 날랐다. 관석들은 각각 그 위로 올라가게 될 쌍둥이 기둥 옆에 놓였다.

사반은 관석을 어떻게 기둥 위에 올릴지 밤낮으로 고민했다. 서른다섯 개를 올려야 하는데, 그중 서른 개는 하늘 원이었고, 다섯 개는 태양의 집 아치였다. 어느 깊은 겨울 밤, 마침내 해답이 떠올랐다.

해답은 목재에 있었다. 엄청난 양의 나무를 숲에서 잘라내 신전으로 끌어온 다음 사반은 열여섯 명의 노예에게 일을 시켰다.

우선 가장 높은 아치부터 시작했다. 관석이 놓인 썰매를 쌍둥이 기둥에서 두 걸음 떨어진 곳에 평행하게 놓았다. 사반은 마치 나무로 된 단 위에 긴 돌이 놓인 것처럼 직사각형 목재를 썰매 주위에 쌓도록 했다. 그런 다음 참나무 지렛대로 관석 한쪽 끝을 들어 올리고 아래에 놓인 목재와 직각 방향으로 다른 목재를 그 밑에 놓았다. 반대쪽 끝도 똑같이 했다. 이렇게 해서 직사각형 목재로 쌓은 단 위에 올라앉은 관석을 목재 두 개로 받쳤다.

관석을 받친 두 개의 목재 주위에 다시 돌이 단 위에 올라간 것처럼 보일 때까지 더 많은 목재를 쌓았다. 그런 뒤 돌을 다시 들어 올려 목재 두 개로 받쳤다. 이어서 먼저 쌓은 단과 직각으로 다시 돌 주위에 단을 쌓았다. 이제 단은 3층이 되었고, 돌 밑에 지렛대를 넣을 수 있을 만큼 넓고 길었다.

돌은 한 층 한 층 쌍둥이 기둥 꼭대기까지 올라갔다. 엄청난 양의 목재가 돌을 받치고 있었다. 모두 스물다섯 층의 목재가 관석을 받쳤지만, 아직 기둥 위로 올릴 수는 없었다. 사반은 기둥 위에 깎아놓은 두 개의 요철 위치를 측정한 다음 관석에도 홈을 깎을 위치를 표시했다. 돌을 올리는 데 열하루가 걸렸고, 홈을 파는 데 20일이 걸렸다. 그런 다음 돌을 지렛대로 뒤집고 그 밑에 목재 두 층을 더 쌓았다. 노예들은 지렛대로 돌을 들어 올리기 시작했다. 목재 두 개로 받친 돌은 손가락 한 마디씩 단에서 기둥 위로 옮겨가기 시작했고, 마침내 관석의 홈이 기둥 꼭대기의 요철 바로 위에 자리를 잡았다.

인부 셋이 관석 한쪽 끝을 들어 올리자 사반은 돌을 받쳤던 목재 하나를 쳐냈다. 노예들은 돌이 기둥 위에 내려앉도록 지렛대를 치웠다. 단이 흔들렸지만 관석도, 기둥도 부서지지는 않았다. 두 번째 목재가 빠져나오자 돌이 다시 쿵, 하고 내려앉았다. 이렇게 다섯 개의 거대한 아치 중 최초의 아치가, 가장 큰 아치가 완성되었다.

단은 해체해서 두 번째 기둥이 있는 곳으로 가져갔다. 노예들은 두 번째 관석 주위에 단을 쌓기 시작했고, 사반은 뒤로 물러서서 첫 번째 아치를 바라보았다.

경건한 마음이 들었다. 사반은 이 돌 세 개를 올리는 데 얼마나 많은 노동이 들어갔는지, 얼마나 오랜 나날 돌을 갈고 망치질했는지, 얼마나 많은 땀과 눈물을 흘렸는지 누구보다 잘 알고 있었다. 기둥 하나가 좀 짧고 아랫부분이 묘하게 뒤틀리고 비교적 얕은 구덩이에 세워지긴 했지만, 그래도 아치는 장대했다. 숨이 멎을 정도였다. 아치는 하늘을 향해 치솟아 있었다. 열여섯 마리의 황소가 끌어야 할 정도로 큰 관석이 이제 사람의 손이 닿지 않을 만큼 하늘 높이 올라갔다. 이 돌은 영원히 저곳에 있을 것이다. 어떤 사람이 이렇게 큰 돌을 저렇게 하늘 높이 올릴 수 있겠는가. 사반은 돌아서서 서쪽 지평선에 깔린 희미한 구름 뒤로 지고 있는 태양을 바라보았다. 슬라올도 분명 바라보고 있을 것이다. 분명 이 일을 보고 랄릭의 목숨을 살려줄 것이다. 이런 생각을 하니 눈에 눈물이 고였다. 사반은 무릎을 꿇고 땅에 이마를 댔다.

"얼마나 걸렸다고?"

카마반이 물었다.

"한 달하고 며칠 더. 하지만 다른 건 더 빨리 될 거야. 기둥이 더 낮으니까."

"아직 관석 서른네 개를 더 올려야 해!"

카마반은 외쳤다.

"그러면 3년이잖아!"

그러곤 실망스럽다는 듯 고래고래 고함을 친 뒤 돌아서서, 남아 있는 하늘 원 기둥을 망치와 정으로 다듬고 있는 노예들을 바라보았다.

"모든 돌이 제대로 된 모양을 갖출 필요는 없어. 사각에 가까우면 올려도 좋아. 외곽 면은 반듯하게 맞추지 않아도 돼. 울퉁불퉁한 대로 둬."

사반은 형을 바라보았다.

"뭐라고?"

그 오랜 세월 동안 완벽을 요구했던 카마반이 이제 와서 대충 다듬은 돌을 올리라는 것이었다.

"올려!"

카마반은 외치더니 이쪽에 귀를 기울이고 있는 노예들을 돌아보았다.

"일이 끝날 때까지 너희는 고향에 돌아갈 수 없다. 아무도! 그러니 일을 해! 일! 일을 하라고!"

곧 마지막 기둥을 세우기 시작했다. 북쪽과 서쪽에서 바라보면 원은 이미 완벽한 모습을 갖추었다. 태양의 집도 점점 모양을 잡아가는 원 안에 우뚝 섰다. 사반은 백 걸음 정도 떨어져서 자신이 지은 신전을 경탄의 눈으로 바라보곤 했다. 이 신전을 짓는 데 수많은 세월이 걸렸다. 하지만 아름다웠다. 무엇보다도 사반은 기둥이 만들어내는 그림자 문양을 사랑했다. 규칙적이고 반듯한, 지금껏 한 번도 본 적이 없는 그림자였다. 깨어진 세상의 규칙을 이 산비탈에서 바로잡고 있다는 걸 이해할 수 있었고, 그럴 때마다 그는 형의 이상에 감탄하곤 했다. 때로 신전 한가운데 서서 기둥과 그 그림자에 압도당해 왜소해지는 기분을 느낄 때도 있었다. 아무리 밝은 날이라도 원 안에 서면 어둠이 내리누르는 듯하고 관석이 당장이라도 떨어질 것 같은 공포를 억누를 수가 없었다. 관석은 요철로 맞물려 있고 기둥 꼭대기가 오목해서 가로대를 단단히 받치고 있지만, 그래도 무서웠다. 특히 가장 높은 아치와 어머니 돌 사이 좁은 공간에 하락의 유골과 나란히 서 있으면 신전의 어두운 묵직함에 짓눌리는 듯했다. 그러나 신전을 떠나 해자를 건넌 다음 다시 돌아보면 어둠은 사라졌다.

그리고 이 신전은 사르메닌의 돌처럼 왜소하지 않았다. 신전은 적절한 공간을 메웠고, 하늘과 풀이 덮인 긴 산비탈에 압도당하지 않았다. 바다 건너 낯선 땅에서 온 손님들은 돌을 향해 무릎을 꿇었고, 노예들은 일을 하면서 목소리를 낮추었다.

"신전이 살아나고 있어요."

킬다가 어느 날 사반에게 말했다.

동지에 하늘 원의 마지막 기둥이 우뚝 섰다. 달의 주기에서 하루의 절반을 상징하기 때문에 다른 기둥보다 폭이 절반밖에 안 되는 기둥이었다. 마지막 기둥이 올라가는 광경을 보러 온 카마반은 지는 태양빛 속에서 신전을 바라보았다. 좋은 날씨였다. 공기는 차갑지만 청명했고, 남서쪽 하늘에는 흰색에서 분홍색으로 변하는 섬세한 구름이 얇게 깔려 있었다. 돌화살촉처럼 생긴 찌르레기 떼가 신전 위를 선회했다. 텅 빈 높은 하늘을 배경으로 검은 새들이 수없이 날아다니며 한 몸처럼 진형과 방향을 바꾸었다. 이 광경을 본 카마반은 미소를 지었다. 카마반의 얼굴에 기쁨의 미소가 떠오른 것은 오랜만이었다.

"모든 것이 규칙이야."

카마반은 나직이 말했다.

해가 지면서 신전 그림자가 길어졌다. 사반은 돌이 부르르 떠는 것을 느낄 수 있었다. 성스러운 길의 태양석 옆에 서서 카마반과 함께 바라보니 돌이 검게 보이고, 그림자가 이쪽으로 아주 조금씩 다가왔다. 해가 더 낮아지자 신전은 한층 높이 솟는 듯했다. 돌은 거대하고 어두웠다. 순간, 해가 가장 높은 아치의 관석 뒤로 사라지고 밤의 첫 어둠이 형제를 삼켰다. 등 뒤 라사린 정착촌에서는 커다란 동지의 모닥불이 밝혀졌다. 사반은 카마반이 돌아가서 오늘의 잔치를 주재할 거라고 생각했다. 하지만 카마반은 그대로 선 채 어둠이 내린 돌기둥을 기대에 가득 찬 눈으로 바라보고 있었다.

"곧."

카마반은 부드럽게 말했다.

"이제 곧."

이윽고 가장 높은 관석의 아래쪽 모서리가 붉게 빛나기 시작하더니, 태양이 가장 높은 기둥 틈에서 타올랐다. 카마반은 순수한 기쁨으로 가득 차 박수를 쳤다.

"됐다! 됐어!"

주변의 온 땅은 어둠이었다. 하늘 원의 기둥이 드리운 그림자가 한데 얽혀 성스러운 길을 뒤덮었지만, 거대한 돌 그림자 한가운데에 한줄기 빛이 남아 있었다. 죽어가는 태양의 빛, 한 해의 마지막 빛이 지평선을 가로지르고 숲을 건너고 풀밭을 지나고 아치를 넘어 태양석 옆에 서 있는 카마반을 비추었다.

"여기!"

카마반은 슬라올의 주의를 끌려는 듯 주먹으로 가슴을 치며 외쳤다.

"여기!"

그는 태양이 돌 뒤로 미끄러지고 돌 그림자가 초지를 덮은 거대한 어둠 속에 녹아드는 광경을 황홀경에 빠져 지켜보았다. 카마반은 흥분한 듯 말했다.

"우리가 해낸 걸 봤느냐? 죽어가는 태양은 자신의 가장 큰 힘을 나타내는 돌을 바라볼 것이고, 그 힘이 그리워 겨울의 무력함을 떨쳐버릴 것이다. 될 거야! 될 거야!"

카마반은 돌아서서 사반의 어깨를 움켜잡았다.

"다음 동지까지 완성해."

"완성할게."

사반은 약속했다.

카마반이 사반의 눈을 들여다보더니 문득 미간을 찌푸렸다.

"날 용서해주겠니, 동생아?"

"뭘 용서해?"

사반은 카마반의 말뜻을 잘 알면서도 물었다. 카마반은 다시 얼굴을 찡그렸다.

"슬라올과 라하나는 하나가 되어야 한다."

그러곤 사반의 어깨를 놓으며 말을 이었다.

"너한텐 가혹한 일이라는 걸 알지만, 신들은 언제나 인간에게 가혹해. 가혹하다고! 나도 어떤 밤에는 제발 그만 다그치라고 슬라올에게 기도하곤 하지만, 슬라올은 내 몸에서 피를 흘리게 한다. 피를 흘리게 해."

"이 9래나는 형에게 기쁨을 주고?"

카마반은 움찔하더니 이내 고개를 끄덕였다.

"아우레나는 내게 기쁨을 준다. 그리고 네가 만든 건….."

카마반은 신전을 턱으로 가리켰다.

"우리 모두에게 기쁨을 줄 거야. 완성해라. 완성해."

그러곤 돌아서서 멀어졌다.

이제 남은 일은 하늘 원의 마지막 관석들을 올리는 것뿐이었다. 사반은 갓 세운 기둥들이 땅에 고정될 시간이 충분하지 않아 걱정스러웠지만, 카마반은 조금도 지체하지 못하게 했다.

"끝내야 해. 준비를 마쳐야 해."

뭘 준비한다는 거지? 사반은 의구심이 들었지만 묻지 않았다. 때로 그림자를 드리운 기둥들을 오랫동안 바라보고 있으면, 돌이 생명을 지니고 있는 것처럼 느껴질 때가 있었다. 몸이 피곤하고 주변이 어둑어둑할 때면 돌이 마치 육중한 무용수처럼 움직이는 듯했다. 하지만 고개를 들고 똑바로 바라보면 기둥은 가만히 서 있을 뿐이었다. 그러나 신들이 돌에 깃들어 있다는 것만은 확신할 수 있었다. 아직 봉헌하지는 않았지만 신들이 이 신전을 찾아낸 것이다. 신들이 높은 돌 위를 감싸고 있다. 밤마다 사반은 신들에게 기도를 드렸다. 어느 날 저녁, 킬다는 사반이 기도하는 것을 보고 옆에 앉았다. 그리고 기도가 끝날 때까지 기다렸다 무엇을 빌었는지 물었다.

"항상 기도하는 것. 내 딸의 목숨을 살려달라고."

"당신의 딸은 이제 하나예요. 내 딸이기도 하고."

"데레윈이 죽었다고 생각해?"

"아직 살아 있다고 생각해요. 하지만 당신과 나는 영원히 하나의 부모예요."

사반은 고개를 끄덕였지만, 그래도 랄릭을 위한 기도는 멈추지 않았다. 랄릭은 여사제가 될 테고 사반은 이 신전의 건축자이니, 언젠가는 랄릭도 사반을 겁내지 않고 신뢰하게 될 것이다. 이 신전이 아름다운 곳이며 신들의 집이라는 것을 알고, 아버지가 지었다는 것을 알게 된다면.

이제 신전 건축은 거의 끝나가고 있었다.

하지에는 황소 무용수들이 뛰어다녔다. 모닥불은 사악한 영혼을 물리쳤고, 다음 날 새벽 해가 떠오르는 순간, 처음으로 태양석 그림자가 신전 한가운데 하락의 유골이 누워 있는, 완성된 원 안에 드리웠다.

마지막 관석도 다듬었다. 카마반이 관석을 올리기 전에 파면 더 빠를 것이라고 고집을 부려서 홈을 너무 가깝게 판 돌이었다. 사반은 홈을 다시 파도록 지시했다. 부디 더 이상 지연되는 일이 없기를 그는 기도했다.

추수가 끝났다. 여자들은 타작마당을 밟으며 춤을 추었고, 사제들은 첫 곡식을 타작했다. 카살로에서는 더 이상 노예가 오지 않았다. 지금 신전에 있는 노예가 할 일도 거의 없었기 때문이다. 그러나 카마반은 노예를 놓아주지 않았다.

"신전이 봉헌될 때까지 먹여 살릴 수 있어. 이들이 지었으니 완성되는 것도 보아야 한다. 그런 다음에 풀어주겠다."

겨울이 왔다. 사람들은 이것이 이 땅의 마지막 겨울이기를 소망했다. 킬다는 유산을 했고, 며칠 동안 울었다.

"난 항상 아이를 원했어요. 하지만 신들이 내게 아이를 내려주지 않아요."

"당신에게는 하나가 있잖아."

사반은 그녀가 했던 것처럼 킬다를 위로해주었다.

"하나는 거의 다 자랐어요. 그 아이의 운명이 다가왔어요."

"운명이라니?"

킬다는 어깨를 으쓱했다.

"하나는 데레원의 아이예요. 사나스의 피를 가지고 있어요. 하나에게는 운명이 있어요, 사반. 그 운명이 곧 다가올 거예요."

운명은 다음 날 아침 찾아왔다. 날씨는 춥고, 신전의 돌에는 서리가 내렸다. 이제 관석 두 개만 올리면 끝이었다. 첫 번째 돌을 올릴 단을 쌓으려는데, 정착지에서 리어가 찾아왔다. 리어는 라사린 전사의 복장을 입고 머리에 여우 털을 장식했다. 가슴에는 파란 문신을 새겼고, 저 멀리 해안의 한 족장이 라사린에 공물로 바친 진귀한 바다독수리 깃털을 단 창을 들고 있었다. 신전 입구로 들어선 리어가 돌을 쳐다보며 물었다.

"동지까지 준비되겠어요?"

사반은 대답했다.

"넉넉하다."

리어는 웃는 듯 마는 듯 미소를 지은 뒤 성스러운 길 쪽으로 고갯짓을 했다. 사반은 의아해하며 아들을 따라 입구를 나섰다.

"카마반이 하락의 유골에 피가 필요하대요."

리어는 억양 없는 어조로 말했다. 사반은 고개를 끄덕였다.

"늘 그렇지."

그날 아침, 카마반은 날개를 묶은 백조를 신전으로 가져와 목을 잘랐다. 신전에서는 늘 피 냄새가 났다. 제물의 피가 마르기 전에 다른 짐승이나 새를 하락의 유골로 가져와 죽였기 때문이다. 리어는 음울하게 말을 이었다.

"신전이 봉헌되면, 하락뿐 아니라 모든 죽은 자들이 돌을 통해 새 생명을 찾을 거래요."

"그러냐?"

사반은 물었다. 그는 죽은 자들을 라하나의 품에서 슬라올의 품으로 되돌려주는 것이라고 믿었지만, 신전의 효험에 대한 온갖 소문과 이야기가 사람들 입에 오르내리고 있었다. 봉헌일이 가까워질수록 신전이 정확히 무엇을 이뤄줄 것이라고 확신하는 사람은 점점 적어졌다. 겨울이 사라질 거라는 사실은 모두 알고 있었지만, 다들 더 많은 것을 기대했다. 어떤 이는 죽은 자들이 걸어 다닐 거라고 했고, 어떤 이는 신전 안에 놓인 죽은 자들만이 생명을 돌려받을 거라고 했다.

리어는 말을 이었다.

"카마반은 죽은 이들에게 생명을 주기 위해서는 피가 더 많이 필요하다고 생각해요."

그러곤 태양석 옆에 멈춰 서서 뒤를 돌아보았다. 노예들은 기둥을 손질하고, 여인들은 해자에서 잡초를 뽑고 있었다.

"저 노예들은 신전이 완성되더라도 고향에 돌아가지 못할 거예요."

"남는 이도 있겠지. 그들은 모두 자유를 약속받았어. 대부분은 고향이 어딘지 안다면 돌아가고 싶을 게다."

리어는 고개를 저었다.

"카마반이 간밤에 취해서 군두르에게 명령했어요. 정착지에서 신전까지 사람의 머리로 길을 만들라고. 사자들에게 죽음에서 삶으로 돌아오는 길을 만들어줘야 한다면서요."

그러곤 사반의 얼굴을 쳐다보았다.

"꿈에서 슬라올이 그렇게 하라고 했답니다. 군두르의 부하들이 노예들을 죽일 거예요."

"안 돼!"

"피가 땅에 스며들도록 신전 안에서 죽이고, 머리는 잘라서 길의 제방에 놓을 거랍니다."

리어는 냉혹하게 말했다.

"우리 창병들이 저들을 학살할 겁니다."

사반은 몸을 떨며 킬다가 화톳불을 지피고 있는 오두막을 돌아보았다. 하나가 마른 장작을 들고 문간으로 들어가나 리어를 보았다. 하지만 아버지와 단둘이 있고 싶어 하는 리어의 기색을 알아차렸는지 이쪽으로 오지는 않았다.

"넌 카마반의 생각을 어떻게 보느냐?"

사반은 리어에게 물었다.

"그 생각이 마음에 들었다면 이렇게 왔겠어요?"

리어는 잠시 말을 멈추고 하나 쪽을 바라보았다.

"카마반은 모든 노예를 죽이려 해요, 아버지. 모든 노예를."

"내가 어떻게 했으면 좋겠느냐?"

"카마반에게 말씀을 하시면?"

사반은 고개를 저었다.

"그가 내 말을 듣는 줄 아느냐? 차라리 덤벼드는 멧돼지를 설득하지."

사반은 태양석을 쓰다듬었다. 언젠가는 이 신전의 모든 돌도 원래의 회색을 잃고 이끼에 덮여 검게 변하리라.

"네 어머니한테 이야기해보면 어떨까."

"어머니는 제게 말씀을 안 해요. 사람 말고 오로지 신들하고만 대화를 하죠."

쓸쓸한 말투였다.

"군두르는 노예를 죽여야 하는 이유가 또 있다고 주장해요. 고향으로 돌아가는 것을 허락하면 신전의 건축 비밀을 가져가서 다른 부족들도 신전을 지을 것이고, 그러면 슬라올이 우리에게 오지 않고 저들에게 갈 거랍니다."

사반은 땅을 덮은 회색 먼지를 바라보았다.

"노예들에게 도망치라고 하면 창병을 더 많이 모으겠지?"

"좋은 방법이 없을까요?"

리어는 분개한 목소리였다.

"네가 뭔가를 할 수 있을 게다."

사반은 이렇게 말하고 돌아서서 하나에게 손짓했다. 기다렸다는 듯이 리어 쪽으로 달려오는 하나의 모습이 데레윈과 너무나 닮아 순간 숨이 막혔다. 창병 십여 명이 하나와 결혼해도 되느냐고 물었지만 사반이 거절해 앙심을 품고 있었다. 하나는 노예일 뿐이었다. 따라서 전사의 구혼을 받는 것은 노예에게 영광이라고 그들은 생각했다. 그러나 하나가 좋아하는 전사는 단 한 사람, 리어뿐이었다. 하나는 리어를 보며 수줍게 미소 짓더니 사반 쪽으로 돌아서서 딸이 아버지에게 하듯 공손히 절했다.

"리어를 데리고 강 한가운데 있는 그 섬으로 가거라. 1년 전에 내가 데려갔던 그 섬 말이다."

하나는 고개를 끄덕이면서도 젊은 남자와 단둘이 숲으로 가도 좋다는 허락을 받은 적이 없는지라 어리둥절한 표정이었다. 사반은 주머니를 더듬어 마름모꼴 금을 감싼 가죽을 꺼냈다.

"이걸 가져가라."

사반은 가죽을 풀며 리어에게 말했다.

"이걸 버드나무 가지 위에 올려놓아라. 하나가 어떤 나무인지 알려줄 것이다."

그러곤 아들의 손바닥에 금을 올려놓았다. 리어는 반짝이는 금을 보고 미간을 찌푸렸다.

"그러면 어떻게 되는데요?"

"상황이 바뀔 것이다."

사반도 그렇게 되기를 바랄 뿐이었다. 데레윈이 아직 살아 있는지도 알 수 없었다. 하지만 금은 언제나 상황을 바꾼다. 이 금이 라사린에 처음 왔을 때도 모든 것이 변했다. 이제 태양을 가득 머금은 이 금속이 다시 마법을 부려야 할 때였다.

"이 금이 무얼 뜻하는지 하나가 알려줄 것이다. 하나가 네게 모든 것을 알려줄 때가 되었다."

사반은 아들에게 말한 뒤, 하나의 이마에 입을 맞췄다. 이제 데레윈의 딸을 자신의 품에서 놓아줄 순간이라는 것을 사반은 알고 있었다. 그는 하나와 리어를 진실로 이끌며, 하나가 적의 딸이라는 것을 알고도 아들이 그 애와 멀어지지 않기만을 바랄 뿐이었다.

"하나가 네게 모든 걸 알려줄 것이다. 가거라."

그는 두 사람이 강 쪽으로 걸어가는 모습을 바라보았다. 오래전 데레윈과 함께 저 길을 걸었던 기억이 떠올랐다. 그때만 해도 그는 행복이 영원할 것이라 믿었고, 나중에는 그 행복이 다시는 돌아오지 않을 것이라고 믿었다. 하나가 리어의 손을 잡는 모습이 보였다. 사반의 눈에 눈물이 가득 고였다. 그는 돌아서서 신전을, 하늘을 향해 치솟은 돌 위에 복잡하게 얽힌 빛과 그림자를 보았다. 형은 엄청난 것을 꿈꾸었지만 이제 그 장대한 꿈은 광기로 변해가고 있었다.

사반은 다시 돌을 향해 걸어갔다. 이제 두 개만 더 올리면 신전이 완성될 것이다. 그때가 되면, 그때가 되어야만 신들이 왜 이 신전을 원했는지 알게 될 것이다.

마지막 돌은 동지 사흘 전에야 제자리를 잡았다. 바깥쪽 원의 가장 작은 기둥 위에 얹힌 관석이었다. 사반은 이 기둥이 걱정스러웠다. 달의 여행에서 하루의 반을 상징하기 때문에 카마반이 다른 기둥 폭의 절반으로 만들라고 지시한 돌이었다. 바깥 원에는 사람들이 신전 가운데로 들어올 수 있도록 넓은 공간이 있었다. 그러나 돌의 폭이 좁다보니 관석 두 개를 얹을 요철을 만들 공간이 작아서 위태로울 것 같았다.

하지만 이는 잘못된 걱정이었다. 문제는 공간이 아니라 돌 자체였다. 목재로 단을 쌓고, 마지막 관석을 한 층 한 층 올리고, 돌을 기둥 위쪽으로 조금씩 옮기고, 마침내 제자리에 놓는 순간, 기둥이 갈라졌던 것이다.

지금까지는 관석을 놓으면 요란한 소리를 내며 요철에 들어맞곤 했다. 기둥이나 관석 자체가 그 충격에 무너지지 않을까 사반은 늘 걱정을 했었다. 단단한 돌에는 수많은 흠이 있었다. 사반은 때로 돌의 모양을 다듬는 데 그런 흠을 이용했고, 돌 내부 깊은 곳에도 그런 약점이 숨어 있다는 것을 알고 있었다. 그 흠이 이제야 드러난 것이다. 태양의 집을 이루는 다섯 개의 가로대와 하늘 원을 이루는 스물아홉 개의 관석은 모두 안전하게 올라갔다. 기둥 위쪽의 요철과 관석 아랫면의 흠이 나란해질 때까지 지렛대로 옮긴 뒤 돌을 놓으면 쿵, 하고 제자리에 들어맞았다. 어쨌든 마지막 돌 이전까지는 아무 탈이 없었다. 그러나 이번 돌은 쿵 소리를 내며 내려앉지 않고 대신 쩍, 하고 갈라지는 불길한 소리가 원의 한쪽 끝까지 울려 퍼졌다.

사반은 대재난을 기다리며 꼼짝도 하지 않았다. 정적은 계속되었다. 관석은 제자리에 그대로 놓여 있고, 기둥도 멀쩡하게 버티고 있었다. 그러나 한 층 한 층 쌓아올린 단에서 내려와 보니, 좁은 기둥 표면에 대각선 방향으로 길게 금이 가 있었다. 금은 돌 꼭대기에서 시작해 한쪽 옆면 절반까지 이어졌다. 노예 하나가 사반 곁으로 달려와 손가락으로 금을 가리켰다.

"이게 무너지면⋯."

그는 말을 맺지 못했다.

사반도 알고 있었다. 무너지면 관석도 떨어지겠지.

"건드리지 마라."

사반은 이렇게 지시했다. 그날 저녁 카마반이 오자 사반은 암울한 소식을 전했다.

카마반은 금을 살펴보더니 관석을 올려다보았다.

"돌은 서 있잖아?"

"서 있지만, 얼마나 갈까? 교체해야 해."

"교체?"

가마반은 놀란 듯 물었다.

"카살로에서 다른 돌을 가져와야 해."

"얼마나 걸리는데?"

"돌을 옮기는 데? 다듬는 데? 이걸 치우는 데?"

사반은 잠시 생각에 잠겼다.

"게다가 좁은 기둥에서 양쪽 관석을 둘 다 내려야 해. 그래서 단을 해체하지 않고 그냥 두었어."

사반은 어깨를 으쓱했다.

"내년 여름까지는 걸릴 거야."

"내년 여름?"

카마반은 외쳤다.

"사흘 후에 이 신전을 봉헌해야 해! 사흘! 미룰 수 없어! 끝났어, 끝났다고, 끝났어! 당연히 무너지지 않을 거야."

카마반은 손바닥으로 금이 간 기둥을 두드렸다. 사반은 본능적으로 물러섰지만, 돌은 무너지지 않았다. 카마반은 작은 곤봉으로 돌을 두드리더니, 사반이 움찔하는 것을 보고 돌을 다듬는 데 썼던 육중한 돌망치를 가져다 온 힘을 다해 기둥을 쳤다. 땀을 흘리고 끙끙거리며 치고, 치고, 또 쳤다. 망치를 내리칠 때마다 둔중한 메아리가 온 신전을 울렸지만, 돌은 그대로 서 있었다.

"봤지?"

카마반은 망치를 집어던졌다. 신전 건축에 장애물이 생기면 늘 그랬듯 분노에 휩싸인 그는 갈라진 돌과 그 옆 기둥 사이에 서서 금이 간 돌에 온몸을 부딪치기 시작했다.

"봤지?"

그는 외쳤다. 노예들은 불안하게 사반을 쳐다보았다.

기둥은 무너지지 않았다. 카마반은 마지막으로 몸을 부딪친 뒤, 두 손으로 마구 흔들었다.

"봤지?"

그러곤 망토를 잡아당기며 말했다.

"끝났어. 끝난 거야."

카마반은 하늘 원에서 물러나 가로대를 올려다보았다.

"끝났어."

의기양양하게 외치고 갑자기 돌아서서 사반을 껴안았다.

"잘했다, 사반. 잘했다. 네가 신전을 만들었어. 끝났어! 끝났다고!"

카마반은 어색하게 몇 걸음 뛰며 춤을 추더니 무릎을 꿇고 땅에 납작 엎드렸다.

신전은 정말 완성되었다. 마지막 단을 해체하고 오랫동안 쌓인 먼지만 청소하면 끝이다. 사르메닌의 돌은 신전 동쪽 저지대에다 치워둘 예정이었고, 썰매에 이용되었던 나무들은 봉헌식 때 불태우기 위해 이미 두 군데로 나눠 높이 쌓았다. 예식은 사흘 뒤였다. 카마반은 기도를 끝낸 다음 노예들의 오두막을 무너뜨리고 그 나무와 짚을 장작더미에 함께 쌓으라고 지시했다.

"오두막은 잘 탈 거야."

카마반은 늑대처럼 중얼거렸다. 사반은 물었다.

"오두막을 부수면 노예들은 어디서 자지?"

"자유롭게 떠나야지."

카마반은 대수롭지 않게 대꾸했다.

"지금 당장?"

"아직은."

카마반은 미간을 찌푸리며 말했다.

"노고를 치하해야겠다. 잔치를 열까?"

"노예들은 그럴 자격이 있어."

"그럼, 그렇게 하마."

카마반은 무심하게 말했다.

"동지 전날 잔치를 연다. 아주 성대하게! 노예 오두막은 다음 날 아침에 부숴라."

카마반은 정착지로 걸음을 옮기면서도 계속 신전을 돌아보았다.

리어와 하나는 이제 둘 다 사반의 오두막에서 지냈다. 사반의 지시대로 금을 놓아두고 돌아왔지만, 데레윈에게서는 아무 응답이 없었다. 혹시 죽은 게 아닐까 하는 걱정이 들었다. 리어는 하나의 부모가 누구인지 알고도 전혀 충격을 받지 않았다. 오히려 들뜬 듯 카살로와 라사린의, 렌가와 헨갈의, 데레윈과 사나스의 옛 이야기를 해달라고 졸랐다.

"데레윈은 죽지 않았어요."

킬다는 신전이 완성된 날 밤 고집스럽게 말했다. 돌 주변에는 인적이 없었다. 사반과 킬다는 손을 잡고 달빛에 물든 검은 기둥 사이를 걷고 있었다. 회색 돌에 박힌 미세한 파편들이 달빛을 받아 수많은 별처럼 반짝였다. 이유는 알 수 없었지만 돌은 밤에 더 크고 가까워 보였다. 태양의 집 두 기둥 사이로 다가가자 마치 돌에 포위되는 듯한 기분이 들었다. 하락의 유골 위에도 그림자가 드리워 있었다. 차가운 공기에는 코를 찌르는 피 냄새가 감돌았다.

"안에 들어오면 더 작아 보여요."

킬다가 말했다. 사반이 대답했다.

"무덤처럼."

"어쩌면 죽음의 신전일까요?"

"카마반이 원한 게 그거야."

그때 악취를 풍기는 하락의 유골 위에 드리운 그림자에서 쉰 목소리가 들려왔다.

"그는 신전이 생명을 줄 거라고 생각하지만, 이건 죽음의 신전이지."

목소리를 들은 킬다는 소스라쳤다. 사반은 그녀의 어깨에 팔을 둘렀다. 돌아서 보니 망토를 두른 형체가 유골 옆에서 일어나 이쪽으로 다가오고 있었다. 순간, 하락이 다시 살아 돌아온 게 아닌가 싶었다. 그때 킬다가 느닷없이 사반을 뿌리치더니 검은 형체 쪽으로 달려가 무릎을 꿇었다.

"데레윈! 데레윈!"

어둠 속의 형체가 망토를 벗었다. 데레윈이었다. 머리는 하얗게 셌고, 마르고 해골 같은 얼굴은 사나스를 연상케 했지만 분명 데레윈이었다.

"당신이 금을 놓아두었지요, 사반?"

"내 아들과 당신 딸이 놓아두었어."

사반은 대답했다. 데레윈이 미소를 지었다. 킬다가 데레윈의 다리를 끌어안았다. 데레윈은 부드럽게 발을 빼고 사반 쪽으로 다가왔다. 아직도 조금 절고 있었다. 그날 허벅지에 화살을 맞은 부상 때문이었다.

"당신 아들과 내 딸, 연인인가요?"

"그래."

"리어는 좋은 남자라고 들었어요. 한데 왜 날 불렀죠? 당신 형이 노예를 모두 죽이려고 해서? 나도 알고 있어요. 난 모든 걸 알아요, 사반. 라사린이나 카살로에서 속삭이는 소리 하나도 내 귀에 들리지 않고 넘어가는 법이 없어요."

데레윈은 주위를 둘러보며 높은 기둥을 올려다보았다.

"벌써 피 냄새가 풍기는데도 피를 더 뿌리려 하는군요. 기적이 일어날 때까지 피를 뿌리겠죠."

데레윈은 조롱하듯 웃었다.

"겨울을 끝내기 위해? 질병을 없애기 위해? 심지어 죽음을 끝내기 위해? 하지만 기적이 일어나지 않는다면, 당신 형은 어떻게 할까요? 다른 신전을 만들까요? 아니면 땅이 붉게 물들 때까지 이 신전에 더 많은 피를, 피를, 피를 뿌릴까요?"

사반은 대답하지 않았다. 데레윈은 카살로에서 가져온 돌들보다 달빛 속에서 더 반짝반짝 빛나는 어머니 돌 옆구리를 쓰다듬었다.

"어쩌면 정말 기적이 일어날지도 모르죠. 죽은 자들이 여기서 걸어 다닐지도 몰라요. 모든 죽은 자들, 희고 깡마른 몸뚱이를 가진 죽은 자들이 관절을 삐걱거리며 신전에서 걸어 나올지도."

데레윈은 침을 뱉었다.

"라사린에서는 더 이상 무덤을 파지 않아도 되겠군요?"

그러곤 바깥 돌 쪽으로 건너가 작은 계곡 안의 노예 오두막에서 타오르는 화톳불을 바라보았다.

"당신 형은 이틀 뒤에 저 노예들을 모두 죽일 생각이죠. 잔치를 열어주는 척하고, 창을 든 전사들이 오두막을 둘러싼 다음 신전으로 몰고 가서 죽일 거예요. 어떻게 아느냐고요? 당신 형이 당신 아내와 자러 가는 카살로의 여자들에게서 들었어요, 사반. 동침은 하는데, 단지 동침이라고 말하지 않을 뿐이죠. 동침은 당신과 내가 했던 일, 당신과 킬다가 했던 일, 지금 당신이 입을 쩍 벌리고 서 있는 이 순간 당신 아들이 아마도 지금 내 딸과 하고 있을 일. 그런 게 동침이죠. 아니, 카마반과 아우레나는 슬라올과 라하나의 결혼을 연습하고 있을 뿐이에요. 그게 그들의 성스러운 의무죠."

데레윈은 냉소했다.

"하지만 아무리 기도로 치장해도 어쨌든 동침인 건 마찬가지. 일이 끝나고 두 사람은 이야기를 나누죠. 카살로 여자들이 엿들은 모든 이야기를 내게 들려주지 않을 거라고 생각해요?"

"난 당신에게 도와달라고 금을 보냈어. 노예를 살리고 싶어서."

"그 때문에 카마반의 기적이 일어나지 않더라도?"

사반은 어깨를 으쓱하고 조용히 말했다.

"카마반은 기적이 일어나지 않을까봐 겁을 먹었어. 그래서 광기에 사로잡힌 거고. 그 광기는 신전을 봉헌할 때까지 끝나지 않을 거야. 슬라올이 올까? 난 오기를 바라."

"오지 않으면?"

"그래도 난 거대한 신전을 지은 거야."

사반은 단호하게 대답했다.

"광기가 끝나면 우린 여기로 와서 춤을 추고 기도할 거야. 신들은 이 돌을 그들의 뜻에 따라 사용할 테고."

"당신이 했던 그 모든 일이 결국 그건가요? 신전을 짓는 일?"

데레윈은 심술궂게 물었다.

사반은 갈레스가 죽기 전에 했던 말을 떠올렸다.

"카살로 사람들은 어떤 믿음으로 저 거대한 돌을 산에서 끌어내렸을까? 어떤 기적을 바랐을까?"

데레윈은 잠시 말없이 사반을 바라보다 킬다를 돌아보며 말했다.

"내일 노예들에게 동지 밤에 죽음을 당하게 된다고 알려라. 내 이름을 걸고 그렇게 알려. 그리고 내일 밤 한줄기 빛이 그들을 안전하게 인도

해줄 거라고 말해. 그리고 당신은, 사반."

데레윈은 돌아서서 뼈만 남은 손가락으로 사반을 가리켰다.

"내일 밤 당신은 라사린에서 자고, 리어하고 내 딸은 섬으로 보내세요. 라사린에 머무른다면 하나 역시 죽게 될 거예요. 당신 아들과 동침한다 해도 아직 이 신전의 노예 신분이니까요."

사반은 미간을 찌푸렸다.

"내 아들을 다시 볼 수 있을까?"

"우린 돌아올 거예요. 틀림없이 돌아올 거예요. 내가 약속할게요, 내 목숨을 걸고. 당신 형이 옳아요, 사반. 이 신전이 봉헌되는 날, 죽은 자들이 걸을 거예요. 당신 눈으로 보게 될 거예요. 사흘 후, 라사린에 밤이 찾아오면 죽은 사들이 설을 거예요."

데레윈은 망토를 머리에 뒤집어쓴 다음 뒤도 돌아보지 않고 멀어졌다.

20

빛의 길

신들은 희생을 요구해요. 언제나 그랬어요. 앞으로도 계속 그럴 거예요.

킬다는 사반과 함께 정착지로 가지 않겠다고 했다.

"난 노예예요. 라사린에 있으면 죽을 거예요."

"내가 허락하지 않겠어."

"당신 형은 신전 때문에 미쳤어요. 당신이 허락하지 않는 일이 그에게는 기쁨을 주죠. 난 여기 있다가 데레원이 말한 빛의 길을 따라갈 거예요."

사반은 킬다의 선택을 받아들였지만, 마음은 기쁘지 않았다.

"나는 이제 늙어가고 뼈마디가 아프다. 세 번째 여자까지 잃을 수는 없어."

"날 잃는 게 아니에요. 광기가 끝나면 우리는 다시 만나게 될 거예요."

"광기가 끝나면 당신과 결혼하겠어."

이 약속을 남기고, 사반은 정착지로 향했다. 그는 불안했다. 정착지의 분위기 역시 초조한 기대감으로 가득 차 있었다. 모두가 신전 봉헌식을 기다렸지만, 카마반 외에는 이틀 뒤 어떤 변화가 일어날지 확신하는 사람은 없었다. 카마반조차 모호했다.

"슬라올이 제자리에 돌아올 것이다."

그가 하는 말은 이것뿐이었다.

"그리고 우리의 모든 고난은 겨울과 함께 사라질 것이다."

그날 밤, 사반은 메레스의 오두막에서 다른 부족민 십여 명과 함께 식사를 했다. 그들은 음식을 가져오고, 노래를 부르고, 옛 이야기를 나누었다. 사반이 어린 시절 즐겼던 그런 저녁이었지만, 오늘 밤의 노래에는 맥이 없었다. 모두가 신전 생각에 사로잡혀 있었기 때문이다.

"어떤 일이 일어날지 말해주시오."

한 남자가 사반에게 말했다.

"나도 모르네."

"적어도 노예들은 행복해지겠지."

다른 남자의 말에 사반은 대꾸했다.

"행복해?"

"잔치를 벌여준다니까."

"술도 내놓을 거야."

메레스가 끼어들었다.

"라사린의 모든 여자들은 술을 세 단지씩 담으라는 명령을 받았어. 내일 우리가 신전으로 들고 가서 노예들에게 상으로 줄 거야. 라사린에는 이제 남은 게 하나도 없어!"

카마반이 진심으로 잔치를 열어주는 거라고 믿을 수만 있다면 얼마나 좋을까. 그러나 술은 창병들이 공격을 하기 전에 노예들을 취하도록 하기 위해 내놓는 것이리라. 사반은 눈을 감고 지금쯤 마이 강을 따라 북쪽으로 가고 있을 리어와 하나를 생각했다. 그는 리어와 하나를 포옹한 뒤, 리어의 무기 말고는 아무것도 지니지 않은 채 떠나는 두 사람을 지켜보았다. 두 사람이 겨울 숲 속으로 사라질 때까지 한없이 바라보기만 했다. 아버지가 마이, 아린, 슬라올, 라하나를 숭배하던 시절, 신들이 무리한 요구를 하지 않던 시절, 삶은 얼마나 소박했던가. 그러다 금이 찾아왔고, 금과 함께 세상을 바꾸겠다는 카마반의 야심도 태어났다.

"아파?"

사반의 얼굴이 창백하고 근심이 가득한 것을 보고 메레스가 물었다.

"그냥 피곤해."

사반은 오두막 벽에 등을 기댔다. 사람들은 카마반이 랄린을 무찌른 것을 칭송하는 노래를 불렀다. 노래에 귀를 기울이던 사반은 메레스의 이방인 아내가 사르메닌 노래를 시작하자 미소를 지었다. 바다 괴물을 잡고 세찬 바람과 물결과 싸우며 해안까지 무사히 돌아온 어부를 칭송하는 노래였다. 사르메닌 강변에서 살던 시절이 떠올랐다. 메레스의 아내는 사르메닌 말로 노래를 불렀고, 라사린 사람들은 관심이 있어서라기보다는 예의상 들어주었다. 사반은 아우레나가 여신이 되겠다는 야심을 품기 전, 배를 만들고 돌을 옮기는 데서 즐거움을 찾았던 사르메닌에서의 행복한 시절을 떠올렸다. 그렇게 생각에 잠겨 리어가 헤엄을 배우던 기억을 떠올리고 있는데, 갑자기 바깥 어둠 속에서 고함 소리가 들렸다. 얼른 오두막 입구를 돌아보니 창병들이 지평선의 불빛을 향해 남쪽으로 달려가고 있었다. 순간, 신전의 돌이 불타고 있을지 모른다는 생각이 스쳤다. 사반은 메레스에게 신전에 무슨 일이 있다고 외친 다음 곧바로 바깥으로 달려 나갔다.

다른 사람일 리가 없었다. 봉헌식을 기다리던 불쏘시개와 썰매 목재에 불을 지핀 것은 데레윈이었다. 게다가 성스러운 길에 도착해 보니 노예 오두막 역시 불타고 있었다. 사반의 오두막도 화염에 휩싸여 있었다. 타닥거리는 불꽃이 어둠 속에서 돌을 아름답게 비추었다.

전사 한 명이 노예가 사라졌다고 외쳤다.

대부분이 사라졌다. 도망치는 게 무섭거나 킬다가 하루 종일 퍼뜨린 소문을 믿지 않은 노예 몇몇만 태양석 옆에 모여 있고, 나머지는 데레윈의 불빛을 향해 남쪽으로 도망친 뒤였다. 신전 남쪽 제방에 올라 내려다보니, 땅에 꽂힌 횃불들이 안전한 길잡이 역할을 하고 있었다. 지금은 거의 꺼져가는 횃불이 언덕을 가로질러 사자의 집 너머 숲 속으로 이어져 있었다. 노예들은 이미 오래전에 도망쳤기 때문에 그 빛으로 난 길은 텅 비었다. 지금쯤 숲 속 깊이 들어갔을 거라고 사반은 생각했다. 횃불이 하나둘 꺼지고 있었다.

경악한 카마반은 노발대발했다. 물을 가져와 불을 끄라고 소리쳤지만, 강은 너무 멀고 불길은 너무 거셌다.

"군두르! 군두르!"

군두르가 오자 카마반은 라사린의 창병과 사냥개를 모두 풀어 노예들을 뒤쫓으라고 지시했다.

"그동안 저들을 신전으로 데려가 죽여라."

가마반은 남아 있는 노예들을 검으로 가리켰다. 군두르가 물었다.

"죽입니까?"

"죽여!"

카마반은 이렇게 소리치며 밤새 있었던 일을 설명하려던 한 남자를 칼로 베었다. 잔치를 기대하고 신전에 남았던 노예들은 무릎이 꿇린 채 죽어갔다. 카마반은 마구잡이로 노예들을 난도질했다. 칼질이 끝날 때쯤 카마반의 온몸은 피로 뒤범벅되었다. 그래도 만족 못했는지 다른 노예를 찾아 두리번거렸다. 그때 사반이 눈에 띄었다.

"넌 어디 있었느냐?"

"정착지에."

사반은 타오르는 자신의 오두막을 바라보며 대답했다. 그가 가진 얼마 안 되는 재산이 그 오두막 안에 있었다. 무기, 옷, 그릇.

"노예를 죽일 필요는 없잖아."

"필요한지 아닌지는 내가 결정해!"

카마반은 외쳤다. 그러곤 피 묻은 검을 들어 올렸다.

"어떻게 된 거지? 어떻게 된 거야?"

사반은 위협을 무시하고 차갑게 말했다.

"형이 가르쳐줘."

"내가 가르쳐줘? 내가 뭘 안단 말이냐?"

"여기서는 형이 결정하지 않는 일은 일어나지 않아. 이건 형의 신전, 형의 꿈, 형이 한 일이야."

사반은 솟아오르는 분노를 애써 억제했다. 그는 돌 위에서 붉게 흔들리며 온 신전을 복잡한 그림자로 어른어른 채우고 있는 불빛을 바라보았다.

"이건 모두 형이 한 일이야."

그는 쓰디쓰게 말했다.

"난 형이 하라고 한 일을 한 것뿐이야."

카마반은 사반을 노려보았다. 불빛에 비친 그의 눈에는 끔찍한 광기가 서려 있었다. 금방이라도 검을 내려칠 것 같았다. 그때 갑자기 카마반이 울기 시작했다.

"피가 있어야 해!"

그는 흐느꼈다.

"너희들은 이해 못해! 하락조차 이해 못했어! 피가 있어야 해."

"이 신전은 피로 물들어 있어. 더 이상 무슨 피가 필요하지?"

"피가 있어야 해. 피가 없으면 신은 오지 않아. 오지 않는다고!"

카마반은 외쳤다. 그리고 복통이라도 일으킨 사람처럼 몸을 비틀었다. 사람들은 그런 카마반을 경악한 얼굴로 바라보았다.

"난 죽음을 원치 않았어. 하지만 신들이 원했다. 피를 주지 않으면 그들은 우리에게 아무것도 주지 않을 거야! 아무것도! 너희들은 이해 못해!"

사반은 검을 밀어내고 형의 어깨를 잡았다. 그리고 조용히 말했다.

"신전을 처음 꿈꾸었을 때, 형은 피를 보지 않았어. 피는 필요 없어. 신전은 이미 살아 있어."

카마반은 문신을 새긴 얼굴에 어리둥절한 빛을 띠고 사반을 올려다보았다.

"그래?"

"내가 느꼈어. 신전은 살아 있어. 노예를 가게 내버려두면 신들이 보답할 거야."

"그럴까?"

카마반은 겁먹은 목소리로 물었다.

"그럴 거야. 내가 약속해."

카마반은 사반의 어깨에 기대 아이처럼 울었다. 사반은 카마반이 몸을 일으킬 때까지 달랬다.

"모든 게 잘될까?"

카마반은 눈물을 훔치며 물었다.

"모든 일이 잘될 거야."

카마반은 고개를 끄덕인 후 무슨 말을 하려다 말고 그냥 걸음을 옮겼다. 사반은 카마반이 멀어지는 모습을 바라보다 한숨을 내쉬고 신전으로 돌아가 군두르에게 남은 노예들을 살려주라고 말했다.

"도망가라."

사반은 노예들에게 말했다.

"당장 멀리 도망가!"

군두르가 돌 그림자에 침을 뱉으며 말했다.

"그는 미쳤소."

"언제나 미쳤었지. 기형아로 태어날 때부터 미쳤어. 우리는 그의 광기를 따른 것이고."

"한데 신전을 봉헌하면 무슨 일이 일어나는 거요? 그의 광기는 어디로 가고?"

"광기를 더 깊게 한 것이 그 생각이었지. 하지만 지금껏 따라왔으니 카마반에게 이틀 밤만 더 줍시다.”

“죽은 자들이 일어나 걷지 않으면, 다른 부족들이 늑대처럼 우리에게 반기를 들 거요.”

“그러면 창을 갈아두시오.”

밤중에 바람이 바뀌면서 연기는 북쪽으로 날아갔다. 바람은 거센 비를 가져왔고, 비는 불길을 잠재우며 신전에 남아 있던 마지막 돌가루를 쓸어냈다. 새벽이 오기 전 하늘이 다시 맑아졌을 때, 올빼미 한 마리가 신전 위를 맴돌다 떠오르는 태양 쪽으로 날아갔다. 이보다 더 좋은 징조는 없었다.

신전은 준비를 마쳤고, 신들은 가까이 와 있었다. 꿈은 돌이 되었다.

아우레나는 아침에 랄릭과 십여 명의 노예를 데리고 라사린으로 왔다. 그녀는 카마반의 오두막에서 머물렀다. 묘하게 따뜻한 날씨였다. 사람들은 망토 없이 돌아다니며 이런 날씨를 가져다준 남쪽 바람을 신기하게 생각했다. 슬라올이 벌써 겨울을 누그러뜨리고 있다고 사람들은 말했다. 따뜻한 날씨는 신전에 진정 힘이 있다고 믿게 해주었다.

많은 이방인들이 라사린으로 왔다. 초대받은 사람은 없지만 모두 호기심에서 찾아온 것이었다. 사람들은 며칠 전부터 속속 도착했다. 대부분 이웃 부족들, 드레웨나 사람들, 남쪽 해안 부족들이었지만, 저 멀리 북쪽에서 온 사람들도 있고 돌의 기적을 보기 위해 바다를 건너온 사람들도 있었다. 라사린의 노예 약탈에 잔혹하게 시달린 부족민들도 많았다. 하지만 모두 평화를 위해 찾아왔고 각자 먹을 음식도 지녔기 때문에 인근 숲 속의 베리 수풀 사이에 쉴 곳을 마련하도록 허락받았다. 노예들이 도망친 다음 날, 사르메닌에서 레위드가 십여 명의 창병을 이끌고 도착했다. 사반은 옛 친구를 포옹하고 메레스의 오두막에 쉴 곳을 마련해주었다.

레위드는 이제 사르메닌의 족장이었다. 회색 턱수염을 기르고 회색 문신을 새긴 뺨에는 새로운 흉터 두 개가 더 있었다.

"케레발이 죽자 이웃 부족들이 우리를 쉽게 정복할 수 있을 거라고 생각했어. 그래서 오랫동안 전쟁을 했지."

"이겼나?"

"물론이지."

레위드는 짤막하게 대답하고 아우레나와 하락, 리어와 랄릭의 소식을 물었다. 그리고 사반의 이야기를 듣더니 고개를 저었다.

"자네도 사르메닌으로 돌아왔어야 했어."

"나도 늘 그러기를 바랐지."

"하지만 어기 남아 신전을 시켰잖아?"

"그건 내 임무였어. 신들이 날 이 땅에 내려보낸 이유. 신전을 지어서 기뻐. 아무도 렌가의 전투는 기억하지 않겠지만, 카살로의 패배조차 잊겠지만, 사람들은 내 신전을 언제나 바라보게 될 거야."

레위드는 미소를 지었다.

"잘 지었어. 이런 신전은 어느 땅에서도 본 적이 없어."

레위드는 두 손을 화톳불 쪽으로 내밀었다.

"한데 내일은 무슨 일이 생길까?"

"카마반한테 물어봐. 얘기해줄지 모르지만."

"너한테도 얘기를 안 해?"

사반은 어깨를 으쓱했다.

"아우레나 외에는 아무하고도 이야기하지 않아."

"사람들은 에렉이 땅에 내려올 거라고 하던데."

"온갖 이야기가 많지. 우리가 신이 될 거라고도 하고, 죽은 사람이 건 게 될 거라고도 하고, 겨울이 없어질 거라고도. 하지만 난 모르겠어, 무슨 일이 생길지."

"곧 알게 되겠지."

레위드는 위안하듯 말했다.

여자들은 하루 종일 음식을 준비했다. 카마반이 신전 봉헌식에 따른 별다른 계획을 공표하진 않았지만, 동지는 늘 잔칫날이었기 때문에 여자들은 음식을 하고 탈곡을 하고 키를 흔들었다. 높은 제방은 음식 냄새로 가득 찼다. 카마반은 오두막에서 나오지 않았다. 사반은 내심 다행이라고 생각했다. 형이 혹시 리어가 어디 있는지 물어볼까봐 두려웠던 것이다. 그러나 카마반도, 아우레나도 리어가 없는 것을 이상하게 생각하지 않았다.

그날 밤 사람들은 기대감 때문에 깊이 잠들지 못했다. 숲은 손님들이 피운 모닥불로 환했고, 초승달이 서쪽 하늘에 걸려 있었다. 새벽이 되자 달은 안개 속에 사라졌고, 라사린 사람들은 가장 좋은 옷으로 단장했다. 머리를 빗고 뼈와 흑석, 호박, 조개껍질 목걸이를 걸었다. 날씨는 아직 묘하게 따뜻했다. 안개가 걷히면서 소낙비가 내리자 사람들은 오두막으로 달려갔다. 이윽고 비가 그치자 아름다운 무지개가 서쪽 하늘에 걸렸다. 무지개 한쪽 끝이 신전 위에 걸쳐 있었다. 사람들은 제방 위로 올라가 무지개를 바라보며 좋은 징조에 넋을 잃었다.

안개는 말갛고 휑한 하늘을 남기고 북쪽으로 천천히 흘러갔다. 한낮이 되자 초지에 흩어진 수십 개 부족, 수백 명의 사람들이 신전 주위에 모여들었다. 술 항아리를 수십 개나 비웠지만 취한 사람은 없었다. 어떤 이는 춤을 추고, 어떤 이는 노래를 부르고, 아이들은 뛰어놀았다. 하지만 성스러운 원 안에서 소떼의 똥을 치우는 몰이꾼 십여 명 외에는 아무도 감히 해자와 제방을 넘어가지 않았다. 사람들은 낮은 바깥쪽 제방 옆에 서서 장대하고, 깨끗하고, 평온하고, 수수께끼로 가득 찬 신전을 쳐다보았다. 그들은 사반을 칭송했다. 사반은 신전을 지으면서 있었던 이야기를 몇 번이고 되풀이했다. 어떤 기둥이 어떻게 짧았는지, 관석을 어떻게 올렸는지, 돌 하나하나에 얼마나 많은 땀이 들어갔는지.

바람이 자고 날씨가 잔잔해졌다. 기대감은 더욱 강렬해졌다. 태양이 서서히 가라앉고 있었지만, 아직 라사린 정착지에서는 행진이 시작되지 않았다. 마이와 아린 신전 근처에 무용수와 음악가들이 모여 있다는 소문이 돌았다. 사반은 레위드를 데리고 태양 문을 지나며 돌을 땅에 어떻게 박고 어떻게 하늘을 향해 세웠는지 이야기해주었다. 그는 사르메닌에서 가져온 돌 중에서 유일하게 신전에 남아 있는 어머니 돌 옆구리를 쓰다듬은 뒤, 하락의 유골 옆 풀밭에 아직도 남아 있는 돌조각을 집어 들었다. 비가 마지막 제물의 피를 씻어내려 신전에서는 달콤한 냄새가 풍겼다. 레위드는 태양의 집 아치를 올려다보며 감탄했다.

"이건…."

레위드는 말을 맺지 못했다.

"아름답지."

사반이 말했다. 그는 모든 돌에 대해 알고 있었다. 어떤 돌이 세우기 힘들었는지, 어떤 돌이 구덩이에 쉽게 들어갔는지 알고 있었다. 노예가 단에서 떨어져 다리가 부러진 곳이 어디인지, 모양을 다듬기 위해 뒤집던 돌에 노예가 깔려 죽은 곳이 어디인지 알고 있었다. 그는 오늘 슬라올이 새 집을 비추는 순간 삶의 모든 고난이 사라지기를 소망했다.

그때 누군가가 사제들이 온다고 외쳤다. 사반은 얼른 레위드와 함께 신전을 나왔다. 그들은 군중 틈을 비집고 들어가 정착지에서 나오는 행렬을 바라보았다.

십여 명의 여자 무용수들이 나뭇잎 없는 물푸레나무 가지로 땅을 쓸며 앞장섰고, 고수와 다른 무용수들이 뒤따랐다. 이어서 발가벗은 몸에 복잡한 문양을 그리고 사슴이나 양의 뿔을 머리에 쓴 사제들이 나타났다. 마지막으로 여우 털을 머리카락에 엮어 넣고 창에도 여우 털을 매단 대규모 전사대가 보였다. 사반은 신전 봉헌식에 무기를 지니는 경우를 본 적이 없지만, 비틀린 아이가 세상을 바로세우는 오늘 저녁의 행사는 그 어떤 예식과도 달라야 한다는 생각이 들었다.

사제 하나가 부족의 해골 장대를 들고 있었다. 흰 뼈는 사제들이 영혼을 달래는 동안 움직였다가 다시 멈췄다. 그들은 사람이 떨어져 죽은 자리에서 기도를 올리고 아이가 망치에 맞아 죽은 곳에서 곰의 신을 향해 울부짖은 뒤, 무덤 앞에 서서 오늘 라사린에서 얼마나 위대한 일이 이루어지는지 조상들에게 고했다. 해골을 보자 사반은 거짓 맹세가 떠올라 사타구니를 만지고 신들에게 용서를 빌었다. 사제 뒤쪽 정착지에서는 연기가 구름 한 점 없는 하늘을 향해 똑바로 올라가고 있었다. 북쪽에서는 밤의 첫 그림자가 희미하게 내리기 시작했다.

다시 움직이기 시작한 행렬은 계곡으로 내려갔다가 성스러운 길의 제방 사이로 올라왔다. 군중은 다가오는 북소리에 맞추어 오른쪽 왼쪽, 앞뒤로 춤을 추며 북소리가 그칠 때까지 멈추지 않을 스텝을 밟기 시작했다.

카마반과 아우레나는 사제들과 같이 오지 않았다. 사제들은 신전 해자 근처에서 원형으로 흩어졌고, 무용수들은 악귀를 물리치기 위해 나뭇가지로 원 안을 쓸었다. 원 안을 다 쓸고 나자 전사들이 해자 주위에 둘러섰다.

라사린 여인들은 슬라올의 축혼가를 불렀다. 그들은 자기 목소리에 맞춰 춤을 추다 노래가 멈추면 같이 멈추고, 아름다운 비가가 시작되자 다시 춤을 추었다. 너무나 구슬프고 아름다운 음악 소리에 사반은 눈물이 고였다. 그는 몸속에서 영혼을 느끼고 춤을 추기 시작했다. 다른 사람들도 높아졌다 멎었다 다시 이어지는 노래에 따라 몸을 흔들며 같이 움직였다. 해는 낮게 걸려 있었지만 아직 마지막 죽음을 알리며 핏빛으로 붉게 타오르지는 않았다.

군중 뒤쪽에서 두런거리는 소리가 들렸다. 돌아보니 라사린 정착지 쪽에서 세 사람이 다가오고 있었다. 한 사람은 온통 검정색 옷, 한 사람은 흰색 옷, 한 사람은 사슴 가죽 튜닉 차림이었다. 튜닉을 입은 것은 랄릭이었다. 랄릭은 깃털 망토를 걸친 카마반과 아우레나 사이에서 걷고 있었다. 카마반의 망토에는 백조 깃털이 빽빽하게 꽂혀 있고, 아우레나는 까마귀 깃털로 몸을 감싼 채 사반이 처음 본 날처럼 금발 머리를 빛내고 있었다. 흰색과 검정색, 슬라올과 라하나, 아우레나의 얼굴은 황홀경에 빠져 있었다. 이미 신전이 가져다줄 새로운 세상으로 영혼이 날아갔기 때문에 기다리는 군중도, 말 없는 사제들도, 하늘을 찌를 듯이 솟아 있는 돌조차 의식하지 못했다. 군중은 잠잠해졌다.

카마반은 어제 신전 양쪽, 돌에서 멀리 떨어진 곳에 새로 장작더미 두 개를 쌓게 했었다. 의식에 쓸 장작더미를 데레원이 태워버렸기 때문이다. 이윽고 장징 백어 닝이 쌓은 새 상작더미에 불이 붙었다. 길고 긴 동지 밤 내내 타오르도록 높다랗게 쌓은 장작더미를 화염이 탐욕스럽게 핥았다. 쉭쉭거리며 타들어가는 불꽃 소리가 신전을 가득 채웠다. 성스러운 길에 세 사람이 나타나자 북소리도, 노랫소리도, 춤도 모두 멈췄다.

카마반은 태양석 옆에 멈춰 섰고, 랄릭은 카마반의 나지막한 지시에 따라 돌 앞에 서서 신전 쪽을 바라보았다.

"네 딸이냐?"

레위드가 물었다. 사반은 대답했다.

"내 딸이야. 이 신전의 여사제가 될 거야."

사반이 랄릭에게 다가가려 하자 창병 둘이 즉각 가로막았다.

"움직이지 마."

전사들은 창날을 내려 사반의 가슴을 겨누었다.

"카마반이 아무도 움직이지 못하게 하셨다."

창병이 설명했다. 아우레나는 긴 돌 그림자로 들어가더니 신전 안으로 자취를 감췄다.

군중은 기다렸다. 태양은 낮게 걸려 있지만, 신전 그림자는 아직 태양석까지 미치지 못했다. 하늘에는 분홍색 기운이 희미하게 돌았다. 가장 남쪽에 있는 돌들은 분홍빛으로 물들었지만 신전 안은 이미 캄캄했다. 돌들에 따라 그림자의 형태가 차츰 또렷해질 무렵, 캄캄한 신전 한복판에서 아우레나의 노랫소리가 들려왔다.

아우레나는 오랫동안 노래를 불렀고 군중은 잔뜩 귀를 기울였다. 목청이 좋지 않은 데다 거대한 기둥이 막고 있어 잘 들리지는 않았다. 창병 근처에 있는 사람들이 가사를 알아듣고 뒤로 전달했다. 슬라올은 세상을 만들고 세상을 보존하라고 신들을 만들었네. 아우레나는 이렇게 노래했다. 슬라올은 인간을 세상에서 살아가게 하고, 인간의 집과 식량이 되라고 식물과 동물을 만들었네. 모든 것이 만들어지던 태초에는 생명과 사랑과 웃음밖에 없었네. 남자와 여자는 신들의 동료였기에. 그러나 몇몇 신들은 자신의 창조주만큼 밝고 강하지 못했기에 슬라올을 질투했다네. 그중에서도 질투심이 가장 컸던 라하나는 슬라올의 앞을 가로막아 그 밝음을 바래게 하려 했고, 그것이 실패하자 슬라올 대신 자신을 섬기면 죽음을 없애주겠다고 인류를 설득했다네. 바로 그때 인간의 불행이 시작되었다네. 아우레나는 계속 노래했다. 라하나가 거짓말을 했기에 불행과 질병과 수고와 고통과 죽음은 정복되지 않았다네. 슬라올은 인간이 자신의 힘을 깨닫도록 세상에서 멀어져 겨울이 땅을 파괴하도록 내버려두었다네. 그러나 이제 세상은 태초로 돌아가리라. 라하나는 슬라올에게 절하고, 슬라올이 돌아오면 불행은 끝나리라. 슬라올이 제자리를 찾았으니 이제 더 이상 겨울도, 슬픔도 없으리라. 죽은 자들은 라하나 대신 슬라올의 거대한 밝음 속으로 걸어가리라. 아우레나의 목소리는 가냘프고 날카로웠다. 마치 돌에서 배어나오는 것 같았다. 우리는 슬라올의 영광 속에서 살아가고 그의 은혜를 나누게 되리라. 순간, 아치 꼭대기의 그림자가 태양석에 가 닿고, 무시무시하게 이글거리는 태양이 신전 바로 위에 자리를 잡았다. 저녁 공기가 차가워지고,

한줄기 밤바람이 모닥불의 연기를 헤집었다.

슬라올은 생명을 주는 자. 아우레나는 계속 노래했다. 생명을 주는 유일한 자. 우리가 그에게 생명을 바치면 그는 우리에게 생명을 주리. 그림자가 태양석을 타고 올라갔다. 돌과 신전 사이의 모든 것이 캄캄해지고, 신전 밖 산비탈은 올해의 마지막 태양빛 속에서 녹색으로 빛났다. 아우레나는 노래했다. 오늘 밤 우리가 땅의 신부를 바치면 슬라올은 우리에게 신부를 돌려주리라.

이 말의 의미를 이해하는 데 몇 초가 걸렸다. 사반은 문득 랄릭의 용도를 깨달았다. 아우레나가 사르메닌의 바다 신전에서 가까스로 피했던 바로 그 용도. 사반은 자신의 거짓 맹세가 피로 되돌아오고 있음을 깨달았다.

"안 돼!"

사반은 엄숙한 정적을 깨뜨리며 외쳤다. 창병 하나가 창살로 그의 머리를 때려 땅에 쓰러뜨렸다. 다른 창병이 창날로 사반의 목을 겨누었다. 카마반은 이런 소동에 아랑곳하지 않았다. 랄릭 역시 움직이지 않았다. 아우레나는 동요하지 않고 노래를 계속했다.

우리는 태양에게 신부를 바치네. 우리는 신부가 살아 돌아오는 것을 볼 것이며, 신이 우리의 목소리를 들었다는 것을, 그가 우리를 사랑한다는 것을, 모든 것이 잘될 것이라는 것을 알게 되리니. 죽은 자가 걸으리라. 죽은 자가 춤을 추리라. 신부가 살아 돌아오면 한밤중의 흐느낌도, 장례식의 눈물도 없어지리라. 인류는 신들과 함께 살아가며 그들과 같아지리라. 사반은 일어나려고 발버둥을 쳤지만 창병들에게 눌려 꼼짝도 할 수 없었다. 바로 그때 태양이 아치 뒤로 몸을 숨기며 신전의 윤곽에 눈부신 빛을 던졌다.

카마반이 랄릭을 돌아보며 미소를 지었다. 그러곤 흰 깃털로 장식한 망토 안에서 두 손을 뻗어 랄릭의 튜닉 목 끈을 부드럽게 풀었다. 랄릭이 살짝 떨며 칭얼대는 소리를 냈다.

"너는 여행을 떠나는 거다."

카마반은 랄릭을 달랬다.

"하지만 긴 여행은 아니야. 넌 슬라올을 만나고, 우리에게 그의 인사를 가져다줄 게다."

랄릭은 고개를 끄덕였다. 카마반은 랄릭의 사슴 가죽 튜닉을 어깨에서 밀어냈다. 천 조각이 바닥에 떨어지며 랄릭의 하얀 나체가 회색 태양석을 배경으로 드러났다. 랄릭은 바들바들 떨고 있었다.

"그가 오신다."

카마반은 속삭였다. 그리고 망토 아래에서 작은 금 핀이 수없이 꽂힌 나무 손잡이가 달린 청동 칼을 꺼냈다.

"그가 오신다."

카마반은 다시 말하며 돌을 향해 반쯤 돌아섰다. 순간, 태양이 신전 꼭대기 아치를 통과해 태양석에 한줄기 찬란한 빛을 쏘았다. 좁고 강렬하고 밝은 빛줄기가 하늘 원 반대쪽 관석 위를 스치듯 지나 가장 큰 아치를 통과한 뒤 가장 가까운 관석 아래쪽을 지나 랄릭을 정면으로 비추었다. 카마반이 칼을 들어 올리자 랄릭은 몸을 부르르 떨었다.

"안 돼!"

사반은 다시 외쳤다. 창병이 사반의 목에 댄 창날에 힘을 주었다. 군중은 숨을 죽였다.

그러나 칼은 움직이지 않았다.

군중은 기다렸다. 빛줄기는 오래 가지 않을 것이다. 태양이 신전 너머 지평선 아래로 저물면서 빛은 이미 좁아지고 있었다. 하지만 높이 들어 올린 카마반의 칼은 움직이지 않았다. 칼날이 부들부들 떨었다. 랄릭은 여전히 겁에 질려 있었다. 누군가가 카마반에게 해가 지기 전에 칼을 휘두르라고 재촉했다. 그러나 히락이 카마반의 혀에 놓인 금을 보고 얼어붙었듯이, 카마반 역시 꼼짝도 하지 못했다.

죽은 자가 걷고 있었던 것이다.

데레윈이 약속한 대로, 죽은 자가 걷고 있었다.

성스러운 길 끝에 일군의 사람들이 모여 있었다. 예식에 늦게 도착한 사람들이라 생각하고 아무도 신경 쓰지 않았지만, 그들은 아우레나가 세상 이야기를 노래하는 동안 저지대에 머물러 있었다. 이윽고 그들 중 한 여자가 앞으로 나서더니 흰 석회암 해자 사이의 성스러운 길을 오르기 시작했다. 그녀는 천천히, 머뭇머뭇 걸었다. 카마반의 손을 멈추게 한 것은 바로 그녀의 모습이었다. 카마반은 꼼짝도 하지 않은 채 신전의 긴 그림자를 향해 걸어오는 여인만 바라보고 있었다. 그녀는 오소리 가죽 망토를 두르고, 길고 흰 머리를 털로 된 숄로 가리고 있었다. 두건 아래의 눈빛은 사악하고 영리하고 무시무시했다. 아무도 나이를 모를 정도로 늙은 여인이 느릿느릿 걸어왔다. 사나스였다. 자신의 영혼을 가지러 온 것이다. 카마반은 느닷없이 그녀를 향해 꺼지라고 소리쳤다. 칼이 마구 떨렸다.

"지금!"

아우레나가 신전 안에서 소리쳤다.

"지금!"

그러나 카마반은 움직일 수 없었다. 태양석으로 다가온 사나스만 바라보고 있었다. 사나스는 카마반을 향해 미소를 지었다. 입 안에는 이가 하나밖에 없었다.

"내 영혼은 잘 갖고 있느냐?"

사나스는 캄캄한 무덤 속에서 오랜 세월 잠들어 있던 뼈처럼 바싹 마른 목소리로 물었다.

"내 영혼은 안전하냐, 카마반?"

"나, 나, 날 죽이지 마세요, 제, 제, 제발, 나, 나, 날 죽이지 마세요."

카마반은 애원했다. 노파는 미소를 짓더니 팔로 그의 목을 두르고 입을 맞추었다. 군중은 어안이 벙벙해서 이 광경을 쳐다보기만 했다. 그들 중 많은 사람이 노파를 알아보고 사타구니를 만지며 겁에 질렸다. 그때 레귀드가 넋이 빠진 창병을 밀치고 사반을 일으켰다. 사반은 전사의 창을 낚아챈 다음 지는 태양빛이 점차 줄어들고 있는 태양석 쪽으로 달려갔다.

"지금!"

아우레나는 다시 외쳤다. 군중은 검정색과 흰색 망토를 걸친 죽은 마법사의 모습을 보고 겁에 질려 신음하고 울부짖었다. 창병들도 감히 끼어들지 못했다. 카마반의 공포가 전염된 것이다.

사나스는 카마반의 입술에서 입을 뗐다.

"라하나여!"

그녀는 쉰 목소리로 기도했다.

"그의 마지막 숨결을 내게 주소서."

그러곤 다시 카마반에게 입맞춤을 했다. 순간, 사반은 있는 힘껏 카마반의 등을 창으로 찔렀다. 망설이지 않았다. 딸의 목숨을 위험에 처하게 만든 것은 그 자신의 맹세였고, 그 자신만이 딸을 구할 수 있었기 때문이다. 창끝은 갈비뼈를 뚫고 심장을 찔렀다. 카마반은 노파의 입술에 입을 댄 채 앞으로 쓰러졌다.

사나스는 카마반을 껴안고 함께 쓰러졌다 그가 죽은 것을 확인한 뒤 두건을 벗고 모습을 드러냈다. 예상대로 그것은 데레윈이었다. 두 사람은 피가 낭자한 풀밭을 사이에 두고 서로를 바라보았다. 빛은 태양석에서 거의 사라져가고 있었다.

"나는 그의 영혼을 가졌어요."

데레윈은 사반에게 속삭였다. 머리카락에는 하얗게 재를 발랐고, 이를 뽑아낸 잇몸에서는 아직도 피가 흐르고 있었다.

"난 그의 영혼을 가졌어요."

그녀는 의기양양하게 말했다. 바로 그때 아우레나가 신전에서 비명을 지르며 달려 나오더니, 사반 앞을 지나치며 까마귀 깃털 망토 아래에서 구리 단검을 꺼냈다. 아직 랄릭의 얼굴에는 빛이 한 조각 남아 있었다. 햇빛은 태양의 신부와 그 뒤의 돌, 슬라올이 하지에 떠오르는 지점을 상징하는 돌, 태양신에게 자신의 힘을 일깨워주는 돌을 비추고 있었다. 슬라올은 이 돌을 보고 자신의 힘을 깨달을 것이며 그 돌에 바친 선물을 보고 사랑하는 사람들이 무엇을 원하는지 알 것이다. 그리고 분명 원하는 것을 그들에게 줄 것이다. 아우레나는 이런 믿음으로 딸의 목을 녹색 단검으로 찔렀다. 그녀의 흰 깃털 예복에 선홍색 피가 튀었다.

"안 돼!"

사반이 소리쳤지만 너무 늦었다. 아우레나는 태양 쪽으로 돌아섰다.

"지금! 지금!"

사반은 전율했다. 처음엔 아우레나가 랄릭을 죽이려는 게 아니라 구하러 달려왔다고 생각했던 것이다. 랄릭은 돌 아래에 쓰러졌다. 희고 날씬한 몸에 선혈이 낭자했다. 랄릭은 잠시 컥컥거리며 사반을 바라보다 이내 숨이 끊어졌다. 아우레나는 칼을 던지고 슬라올을 향해 한 번 더 외쳤다.

"지금! 지금!"

랄릭은 움직이지 않았다.

"지금!"

아우레나는 고함을 질렀다. 눈에는 눈물이 글썽거렸다.

"약속했잖아요! 약속했잖아요!"

그러곤 머리카락을 휘날리며 비틀비틀 신전 쪽으로 향했다. 눈은 커다랗게 뜨고, 손은 딸의 피로 붉게 물들어 있었다.

"에렉!"

그녀는 찢어지는 목소리로 외쳤다.

"에렉! 지금! 지금!"

사반은 아우레나를 따라가려 했지만, 데레윈이 손을 내밀어 막았다.

"진실을 찾게 내버려둬요."

그녀는 아직도 사나스의 목소리로 말하고 있었다.

"지금!"

아우레나는 울부짖었다.

"약속했잖아요! 제발!"

그녀는 이제 온몸을 들썩이며 흐느꼈다.

"제발!"

아우레나가 돌 사이로 들어서자 빛줄기가 사라졌다. 돌의 윤곽을 따라 죽어가는 태양빛만 남아 있을 뿐, 신전에는 온통 어둠이 내렸다. 아우레나는 흐느끼고 신음하면서 죽은 딸을 돌아보더니 기둥들 사이를 지나 하늘 원 남쪽 입구로 달려갔다. 그러곤 가느다란 기둥 옆 넓은 통로에 무릎을 꿇고 앉아 두 손을 마주잡고 태양을 향해 다시 울부짖었다. 붉고 거대한 해는 무심하게 지평선에 걸려 있었다.

"약속했잖아요! 약속했잖아요!"

사반은 보지 못했다. 소리만 들었다. 우지직하는 소리와 삐걱거리는 소리, 땅을 흔들 정도의 굉음. 사반은 그것이 라하나의 원을 이루는 마지막 기둥이 부서지고 관석이 땅에 떨어지는 소리라는 것을 알았다. 순간, 아우레나의 외침도 끊겼다.

슬라올은 땅 밑으로 미끄러져 들어갔다.

정적이 찾아왔다.

사반은 라사린 족장이 되고 싶지 않았지만, 부족민들은 그를 선택하고 거절을 허락하지 않았다. 사반은 리어가 더 젊고 군두르가 더 경험 많은 전사라고 주장했지만, 창병이나 몽상가의 지휘를 받는 데 신물이 난 라사린 남자들은 사반을 원했다. 부족민들은 사반이 그의 아버지와 같은 족장이 되어주기를 원했고, 사반은 헨갈처럼 라사린을 다스렸다. 그는 정의를 실현하고, 곡식을 모으고, 신들이 어떤 징조로 뜻을 알리고 있는지 사제들에게 물었다.

데레윈은 카살로로 가서 족장이 되었지만, 리어와 하나는 라사린에 남았고, 킬다는 사반의 아내가 되었다. 정착지 입구 바깥의 슬라올 신전은 라하나에게 봉헌되었다.

세상은 예전 그대로였다. 겨울은 여느 때와 마찬가지로 추웠다. 눈이 내렸다. 노인, 병자, 저주받은 자는 죽었다. 사반은 곡식을 나누어주고, 사냥꾼을 숲으로 보내고, 부족의 보물을 지켰다. 노인들 중에는 헨갈이 죽은 게 아니라 사반의 몸으로 다시 태어났다고 말하는 이도 있었다.

그러나 언덕 위 석회암 원 안에는 깨진 돌이 그대로 서 있었다.

카마반과 아우레나, 랄릭의 시체는 사자의 집에 놓였고, 까마귀들은 어머니 돌 그림자 안에서 시체의 살점을 파먹었다. 늦은 봄이 되자 풀밭에는 하얀 유골만 남았다. 하락의 유골은 오래전에 매장했다.

신전에는 사람의 발길이 끊이지 않았다. 다음 해 혹독한 겨울에도 사람들은 돌을 찾아왔다. 그들은 치료해야 할 병자와, 이루고 싶은 꿈과, 라사린을 부강하게 해줄 선물을 가져왔다. 사반은 놀랐다. 카마반의 죽음과 관석의 추락 때문에 신전이 실패했다고 생각했던 것이다. 슬라올은 땅에 내려오지 않았고 겨울은 여전히 강물을 얼렸지만, 신전에 오는 사람들은 돌이 기적을 일으켰다고 믿었다.

"사람들 말이 맞아요."

데레윈은 카마반이 죽은 후 첫 봄에 사반에게 말했다.

"돌이 기적을 일으켰다는 말?"

사반은 물었다. 데레원은 얼굴을 찌푸렸다.

"당신 형은 돌이 신들을 지배할 거라고 믿었어요. 자신이 신이고 아우레나는 여신이라고 생각했죠 하지만 어떻게 됐죠?"

"죽었지."

사반은 짧게 답했다.

"돌이 그들을 죽인 거예요. 신들은 그날 밤 신전에 찾아와서 스스로 신이라고 주장하는 남자를 죽이고, 스스로 여신이라고 생각하는 여자를 뭉개버렸어요."

데레원은 신전을 바라보았다.

"이건 신들의 공간이에요, 사반. 진정."

"신들은 내 딸도 죽였어."

사반은 쓸쓸하게 말했다. 데레원의 목소리가 거칠어졌다.

"신들은 희생을 요구해요. 언제나 그랬어요. 앞으로도 계속 그럴 거예요."

아우레나와 랄릭은 한 구덩이에 묻혔고, 사반은 그 위에 흙무덤을 쌓았다. 카마반에게도 무덤을 만들어주었다. 데레원이 라사린에 찾아온 것은 그 두 번째 장례식 때문이었다. 그녀는 카마반의 유골이 무덤 한복판 구덩이에 놓이는 광경을 지켜보았다.

"턱뼈는 떼지 않을 거예요?"

"늘 그랬듯이 신들과 이야기하게 둘 거야."

사반은 작은 곤봉을 형의 유골 옆에 놓고 금 손잡이가 달린 칼과 구리칼, 커다란 금 허리띠, 마지막으로 청동 도끼를 놓았다.

"다음 세상에서는 일을 할 수 있겠지. 늘 손에 도끼를 쥐어본 적이 없다고 자랑했으니까, 이제 쥐게 하자고. 내가 그랬듯이 나무도 벨 수 있을 거야."

"그는 결국 라하나의 품으로 갈 거예요."

데레원은 이빨 없이 웃었다.

"그럴 것 같아."

"그럼 선물을 전해달라고 해야겠군요."

데레윈은 구덩이 안으로 내려가 카마반의 가슴에 마름모꼴 금 세 조각을 놓았다. 큰 조각은 한가운데, 그 양쪽에 작은 조각. 개똥지빠귀 한 마리가 구덩이 가장자리에 내려앉았다. 사반은 이를 신들이 선물을 받아들인 징조로 해석했다.

사반은 데레윈이 무덤 밖으로 나오는 것을 도와주었다. 그리고 마지막으로 형의 유골을 바라본 뒤 돌아서서 기다리던 인부들에게 지시했다.

"묻어라."

인부들은 흙과 석회암 조각을 카마반의 유골 위에 덮었다. 이윽고 신전 위 언덕 정상에 조상들의 무덤과 나란히 새 무덤이 완성되었다.

사반은 집으로 걸어갔다.

저녁이었다. 돌 그림자는 라사린 쪽으로 길게 뻗어 있었다. 부서진 회색 돌은 황량하면서도 장대했다. 지구상의 그 어떤 것과도 비교할 수 없는 모습이었지만, 사반은 돌아보지 않았다. 자신이 위대한 신전을 건설했다는 것을 알고, 시간이 끝날 때까지 인간이 그곳에서 신을 섬기리라는 것을 알고 있지만, 그래도 돌아보지 않았다. 그는 데레윈의 팔을 잡고 함께 신전 그림자 밖으로 걸어 나갔다.

물고기 덫을 수리해야 하고, 땅을 갈아엎어야 하고, 씨앗을 뿌려야 하고, 분쟁을 해결해야 했다.

사반과 데레윈의 등 뒤로, 죽어가는 태양이 신전의 가장 높은 아치 위에서 빛나고 있었다. 해는 돌의 윤곽에 눈부신 빛을 던지며 한동안 타오르다 저물었다. 황혼의 신전은 밤처럼 캄캄했다. 낮은 어둠으로 접어들었고, 돌은 영혼들에게 맡겨졌다.

영혼들은 고요히 돌을 차지했다.

〈끝〉

고대 불가사의 중 하나로 꼽히는 스톤헨지에 대해서는 여러 가지 가설이 있을 뿐, 확실하게 밝혀진 사실은 거의 없다. 고고학자들은 영국 땅에 신석기 시대가 저물고 청동기 시대가 시작된 기원전 3000년경부터 기원전 1600년경까지 세워졌다고 추정하고 있으며 죽은 사람을 매장한 흔적이 남아 있다는 것도 밝혀냈으나, 누가, 무슨 목적으로 지었는지는 여전히 수수께끼로 남아 있다. 황량한 들판에 거대한 돌만 우뚝 서 있을 뿐, 브리튼 섬에 살았던 청동기 시대 사람들은 비슷한 시대에 건축된 이집트의 피라미드처럼 오랜 왕정의 역사와 호화로운 부장품, 발전된 문명의 흔적을 남기지 않았다. 쇠조차 사용하지 않았던 시기에 저 큰 돌을 어떻게 땅에 수직으로 세우고 그 위에 다시 돌을 가로로 올렸는지, 건축 방식 역시 어쩌면 영원히 알아내지 못할 것이다.

인간과 짐승의 엄청난 노동력과 나무나 돌을 깎아 만든 도구, 오랜 기간 동안의 집요한 노력이 필요했을 것이라는 점만은 분명하다. 그것을 운용하려면 상당한 수준의 중앙집권적 정치체제가 있어야 할 것이다. 저자 버나드 콘웰은 여기에 고대의 해와 달 숭배 사상을 접목시켜 부족 내의 권력 다툼과 피바람, 종교, 마법과 과학이 어우러지는 20년 동안의 방대한 서사시를 그려내고 있다.

헨갈이 다스리는 라사린 부족은 자연에 순응하고 이웃 부족들과 비교적 사이좋게 지내며 단순하고 평화로운 삶을 살아가고 있다. 이런 현실에 만족하지 못하고 더 큰 권력과 부를 원하는 족장의 큰아들 렌가는 아버지를 살해하고 족장 자리에 올라 이웃 부족들을 약탈하기 시작한다. 한편 둘째 카마반이 원하는 세상은 다르다. 그는 끝없이 차고 이지러지는 해와 달의 조화가 인간의 생명에 영향을 미친다고 믿고 신전을 건설해 두 신을 화합시켜야 땅 위에 진정한 생명이 찾아온다고 생각한다. 결국 카마반은 렌가를 죽이고 권력을 차지하여 신전 건설이라는 대업을 시작하고, 일찍부터 피바람에 휘말려 바깥세상을 떠돌았던 막내 사반이 신전을 건설하는 책임을 맡는다.

아버지를 살해하고 이웃을 약탈하여 부를 꿈꾸는 큰아들 렌가가 힘이 힘을 누르는 약육강식의 원시적 권력을 믿는다면, 거대한 신전을 꿈꾸는 둘째 카마반은 종교의 힘을, 형들에게 밀려 온갖 고난을 겪다가 신전 건설 책임을 맡아서 끝내 사명을 다하는 셋째 사반은 합리적인 사고와 과학을 대표한다. 기본적인 도구 사용 방식과 관습이 전혀 알려지지 않은 선사시대의 생활상과 종교, 문화를 오로지 상상력 하나로 생생하게 그려냈다는 점이 이 책의 가장 뛰어난 점이다. 등장하는 지명과 부족, 신화 모두 작가의 상상력의 산물이다. 인력과 말, 나무 받침대와 도구를 사용하여 거대한 돌을 세우고 끌어올리는 원시 건축법이나 해와 달 숭배가 스톤헨지의 건축 배경에 어떻게 영향을 끼쳤는지 묘사한 부분이 특히 흥미롭다.

2010년 6월
역자 유소영

스톤헨지

1판 1쇄 인쇄 2010년 6월 30일
1판 1쇄 발행 2010년 7월 5일

지은이 버나드 콘웰
옮긴이 유소영

발행인 양원석
편집장 김지아
책임편집 조창원
전산편집 김미선
영업 마케팅 정도준, 김성룡, 백창민, 윤석진, 김승헌

펴낸곳 랜덤하우스코리아(주)
주소 서울시 금천구 가산동 345-90 한라시그마밸리 20층
편집문의 02-6443-8847 **구입문의** 02-6443-8838
홈페이지 www.randombooks.co.kr
등록 2004년 1월 15일 등록 제2-3726호

ISBN 978-89-255-3357-5 (03840)